Sweet Summer

L'intégrale
Tomes 1 à 4

Marie HJ

AVERTISSEMENTS AUX LECTEURS

Ce livre comporte des scènes érotiques explicites entre plusieurs hommes, pouvant heurter la sensibilité des jeunes lecteurs.

Âge minimum conseillé : 18 ans

© Marie HJ private édition 2020

Première édition, Marie HJ private édition

Crédits photo : Adobe Stock/© Icemanphotos

Dépôt légal : Juillet 2020

Code ISBN : 9798643990246

Marque éditoriale : Independently published

Sweet Summer

Prologue

PROLOGUE

Jean-Eudes

Toulouse, Association Sweet Home, une belle fin de journée sous le soleil de juin.

Magdalena dépose un baiser sur ma joue en m'inspectant d'un air inquiet. Comme à son habitude, il lui suffit d'un regard. Et comme à mon habitude, il me suffit d'un grognement primaire pour qu'elle lève les yeux au ciel, en s'essuyant les mains à un torchon posé sur l'épaule.

– C'est bon. La journée a été dure pour tout le monde, j'ai le droit d'être simplement fatigué.

Elle hausse les épaules et tourne les talons.

– Tout à fait. Et si tu es juste malade, j'ai le droit de simplement m'inquiéter.

Je lui emboîte le pas jusqu'au local où les surplus de la journée ont finalement trouvé leurs places. Les caisses d'alcools sont empilées, les tables pliées contre le mur et les chaises rangées dans un coin. À l'exception d'une seule table et de six chaises, partiellement occupées par quatre garçons pleins d'avenir en grande discussion.

Après cette journée « *Sweet Home* Solidarité » et son succès plus que réjouissant, après la visite d'un nombre impressionnant de familles, du service de je ne sais combien de hot-dogs et de l'ouverture d'une multitude de canettes, tout a retrouvé son calme au centre.

Sweet Home est une association venant en aide aux jeunes hommes gay dans le besoin. Nous essayons de prodiguer toutes sortes de réponses à tous les problèmes qu'ils peuvent rencontrer. Et les quatre types assis autour de cette table ont tous intégré les rangs à un moment donné de leur vie parce qu'ils avaient besoin d'aide.

– Eh, J.E… Une petite bière avant que je remballe ?

J'accepte la proposition de Dorian en m'asseyant avec les plus fidèles membres de Sweet Home.

Valentin pose son verre et fait glisser une bouteille encore intacte devant mon nez puis se lève pour aller en récupérer une autre auprès de Dorian, qui empile la dernière caisse. Milan soupire en levant sa bouteille, éreinté.

– Santé, les mecs.

Marlone lui répond en retenant un rire.

– Sérieusement, Milan... Il va falloir que tu viennes me rendre visite plus souvent à la salle. Rester assis devant un ordinateur toute la semaine t'a transformé en limace.

Ce dernier hausse un sourcil.

– En limace ? Et toi, taper dans des sacs toute la journée, ça t'a rendu quoi ? Pas super drôle, en tout cas !

Dorian nous rejoint, accompagné de Valentin, et ne peut s'empêcher de prendre part à la conversation.

– Les mecs, si on pouvait éviter la guéguerre habituelle... Faites-vous un bisou car après celle-là, on ne se revoit pas avant deux mois...

Marlone attrape Milan par les épaules et lui lèche la joue. Ce qui ne manque pas de provoquer une exclamation écœurée de son pote, qui s'empresse d'essuyer sa peau en grimaçant.

– Deux mois ? C'est trop court, c'est clair... J'en peux plus de ta tronche, sérieux...

Valentin soupire en posant brusquement son verre de grenadine sur la table.

– T'es certain que tu n'as pas besoin de monde cet été, J.E. ? Mon contrat se termine dans un mois et trouver du taf en plein mois de juillet, ça risque d'être chaud...

– Non, je te dis. J'ai déjà plus de bénévoles que nécessaire. Et puis, vous êtes présents toute l'année... On va faire bosser les autres un peu...

– Viens au club un petit mois, Val... Moi, je bosse, mais ça te changera les idées...

– Sympa, Dorian, mais je n'aime pas me faire entretenir...

– Allez, c'est bon, Val... c'est pas comme s'il te demandait une petite pipe en contrepartie et...

Marlone s'interrompt de lui-même, sa bière à quelques centimètres de ses lèvres, se rendant compte qu'une fois de plus, la finesse n'est absolument pas son point fort. Valentin lui lance un regard noir.

– OK, c'est bon. Vanne pourrie. Next… Je voulais simplement dire que tu devrais accepter les coups de main, mec. Et ça obligerait Dorian à lever les yeux de son ordinateur, un peu…

Milan s'esclaffe.

– Genre, comme si c'était possible !

Dorian ronchonne et Valentin passe une main dans ses cheveux, l'esprit visiblement fermé. Milan le réalise et frappe l'arrière du crâne du gaffeur violemment.

– T'es vraiment une brêle, quand tu t'y mets !

Et la fine équipe part dans une discussion animée, légèrement stérile, qui au bout du compte leur correspond bien. Ces mecs ne sont que des gamins qui, à la base, n'avaient rien à faire ensemble. Tout les différencie. Leurs milieux sociaux, leurs passions et leurs caractères. Et pourtant… Pour Dorian et Valentin, cette amitié improbable dure maintenant depuis huit ans. Et les autres ont rejoint la bande très rapidement derrière. Depuis, ils sont là. Ils squattent et ne s'envolent jamais vraiment très loin du nid. À mon plus grand regret… Même si j'adore les voir si souvent, je préférerais les savoir occupés et heureux… C'était le but de la manœuvre au départ. Et je croyais qu'ils seraient les plus belles réussites de cette asso. Ce qu'ils sont, dans un certain sens. Mais dans un autre…

Dorian. Le brun au visage toujours sérieux qui en impose par son calme et sa carrure. Le premier, et le plus vieux – bientôt la trentaine – a frappé un jour à ma porte parce qu'il se trouvait perdu dans une société qui le mettait à l'écart. À l'époque, il avait 20 ans et bossait déjà pour aider sa mère à subvenir aux besoins d'une fratrie de cinq frères et sœurs. Le boulot qu'il venait de trouver lui plaisait, mais il se sentait profondément rejeté par ses collègues. Et, je pense qu'il avait simplement besoin d'une épaule compatissante. Je considère qu'il l'a eue, car aujourd'hui, il travaille toujours dans cette boîte. Il est même devenu gérant d'un des établissements de vacances de luxe sur la côte basque. Grande réussite. Le problème, c'est que Dorian est un bosseur. Il a tellement peur de chuter qu'il ne s'arrête jamais. Et sa famille ne lui laisse pas vraiment le choix non plus…

Aujourd'hui par exemple, il a pris une journée. Pas deux ou trois, non. Juste une. Pour parcourir 300 km et nous aider pour la journée de solidarité. Puis, dans moins d'une heure, il repartira d'où il est venu, retraversera le même nombre de kilomètres dans l'autre sens, se couchera seul dans un bungalow du club qu'il considère comme son appartement personnel, et se lèvera à l'aube demain matin pour aller bosser. Pas de jours de congés, pas de pause, pas de vie privée. De ce côté-là... j'ai merdé proprement... Il passe à côté de toute sa vie.

J'observe la tablée envahie par des sourires et des éclats de rire. J'ai perdu le fil de la conversation et me contente d'écouter Milan qui expose son planning de l'été, légèrement dépité.

– Mon père et ses associés ont décidé de réunir toutes nos familles pour un tour de voilier de deux semaines, comme tous les ans. Ils testent un nouveau concept, et devinez qui se colle aux tests ?

Valentin retient un rire.

– Oh, putain !

– Ouais, c'est ça... Autant l'année dernière j'ai pu échapper aux deux semaines de visite d'usine de moteurs et j'en passe, autant cette année, c'est simple, si je n'y vais pas, je suis tout bonnement viré. Fait chier...

Alors... Milan. Le jeunot de la bande. Il a rejoint *Sweet Home* alors qu'il était encore mineur. Pratiquement toujours souriant, il a cette sorte de magnétisme naturel qui attire. Un regard et une voix douce. Quand il s'adresse à vous, il donne l'impression que vous êtes spécial. Le genre de mec à qui on s'attache sans vraiment le vouloir et qu'il est dur de quitter. On se sent bien dans l'univers de Milan, c'est une réalité. Je ne sais pas comment il se débrouille, mais c'est troublant.

Son problème à lui, était le fameux « coming-out ». Pour le reste, tout allait bien. Une vie simple, sans problème majeur, un train de vie plutôt aisé – ses parents fabriquent et louent des bateaux de plaisance, une entreprise familiale qui ne cesse de prospérer et dans laquelle il bosse d'ailleurs en tant que concepteur informatique –. Simplement, tout aussi belle que sa vie puisse être, il a traversé une phase un peu sensible lorsqu'à l'adolescence, il a compris qu'il était gay. Il avait peur d'exposer son homosexualité au grand jour. Et pour un ado, c'était à la fois courageux et compliqué. Mais il est venu, a discuté, et a bien mené sa barque, au point de s'installer en couple avant même d'avoir 20 ans ! Couple qui a d'ailleurs explosé en pleine félicité l'année dernière, avec pertes et fracas. Milan en a vraiment bavé, et ce n'est pas fini... Ce qui me désole. Son mec était un con.

Bref, Milan, comme tous les autres, a demandé de l'aide. Et maintenant, il traîne dans les parages en permanence. Depuis un paquet d'années.

– Et toi, Marlone ?

– Pour moi, c'est stage d'été... Bob m'a prévenu que cette année, les mômes seraient coriaces... J'en brûle d'impatience.

– OK ! Je préfère le bagne familial flottant ! Merci, tu me remontes le moral !

– À ton service ! Remarque, un petit stage de rafting te ferait sans doute le plus grand bien ! Enfin, moi je dis ça...

– Ouais, ben dis rien !

– Dans tes rêves ! J'vais en parler à ton père !

Milan lève les yeux au ciel pendant que Marlone ricane en terminant sa bière d'un trait.

Marlone. Le sportif de la bande. L'éternel révolté qui se fout du regard qu'on peut poser sur lui. Et surtout, le Monsieur Muscle. Boxeur qui entretient son corps tous les jours et légèrement colérique à ses heures perdues, il est attachant parce que, justement, il ne cherche pas à s'attacher. Alors que, quand on le connaît bien, on ne peut que remarquer qu'il est en manque cruel d'attention. Et à 27 ans, mon avis, c'est qu'il serait plus que temps qu'il s'y mette.

Lui, c'est un cas plus compliqué. Issu d'une famille bourgeoise un peu trop classique, tout lui souriait. En passe de devenir un grand boxeur, charmeur avec tout le monde, populaire, il a vu son monde s'écrouler en un seul combat. Une première expérience avec un homme qui lui a coûté une victoire, un futur et toute sa vie... Lorsqu'il a frappé à ma porte, il n'avait qu'un sac presque vide sur le dos et une haine trop lourde au fond du cœur. Aujourd'hui, la haine s'est transformée en tatouages, et son sac est finalement posé au fond d'un placard dans un appartement tranquille et calme. Quant à la boxe... il a trouvé son équilibre. Elle a été son issue de secours et il le lui rend bien.

C'est un homme serein que j'observe ce soir, alors qu'il y a six ans... c'était loin d'être le cas. Le seul hic, encore une fois, c'est qu'en ce qui concerne les mecs, il butine et ne se pose jamais. Vu son âge, il serait peut-être temps...

Valentin, le plus réservé et secret d'entre tous, s'est tu depuis un moment. Je le regarde du coin de l'œil se mordre l'intérieur de la joue, souriant aux réflexions que ses potes s'envoient sans réellement prendre part à la conversation. Il a parfois des moments, comme ça, où il s'écarte de la vie pour la regarder passer... Avant de reprendre sa gouaille et d'asticoter tout le monde.

Valentin, lui, c'est mon plus grand boulot. Celui qui a connu le pire mais qui est capable du meilleur... Brisé, déchiré, en miettes à l'intérieur, il a peu à peu réussi à recoller les morceaux et à redresser les épaules. Il est ma plus belle fierté. Un gars bien qui avait pourtant tout pour finir au fond du fond. Un homme qui impose le respect, quand on sait ce qu'il a enduré.

Mais... C'est aussi, et surtout, un homme seul de 25 ans, beau comme un dieu, qui refuse de se lier. Un petit mec perdu qui ne sait plus faire confiance. Je ne sais pas ce qui le rend si hypnotique. Ses yeux verts ? Son sourire timide si rare quand il est sincère qu'il en est devenu précieux ? Ou toute son histoire qui reste en lui, lui conférant une sensibilité touchante et attirante ? En attendant, il donne cette impression... Une poupée de porcelaine qui a peur de tomber à nouveau... Un cœur sensible et dur, un corps éprouvé devenu intouchable...

Je termine ma bière et une quinte de toux s'empare de moi, sans que j'arrive à l'endiguer. Magdalena accourt vers moi, un verre d'eau à la main et des reproches pleins la bouche.

– Ah, ben voilà... Ça va finir aux urgences cette histoire à force de ne jamais rien écouter ! Jean-Eudes, ça ne peut plus durer ! Tu finiras bientôt entre quatre planches, et tu ne viendras pas te plaindre !

Je ne peux m'empêcher de lui répondre entre deux étouffements.

– Entre quatre planches, il me semble que je n'aurai pas vraiment l'occasion de me plaindre !

Tout ça pour quelques enrouements ! J'adore ma femme, mais parfois, elle en fait des tonnes !

– C'est ça, fais ton malin ! En attendant, bois ça. Et après, on rentre ! Je vais fermer les arrières !

Ma douce et tendre tourne les talons puis s'éclipse, la tête haute et les lèvres pincées. Je sens la soirée de reproches arriver à grands pas. Génial.

Je termine mon verre d'eau avant de m'apercevoir que quatre paires d'yeux me scrutent dans le plus grand silence.

Et voilà ! Comme si une femme enragée ne suffisait pas ! Voilà mes quatre garçons pleins d'avenir au taquet !

C'est Valentin qui parle pour l'ensemble :

– Il se passe quoi J.E. ?

– Rien ! Il ne se passe rien ! À part que j'ai épousé une hypocondriaque par transfert !

– Comment ça, par transfert ?

– Elle croit que je suis toujours malade !

Dorian fronce les sourcils.

– Mais tu es toujours malade, J.E. !

Je lui lance un regard noir.

– Dorian, si tu t'y mets, je te vire de l'asso !

Milan ouvre la bouche pour objecter mais je le coupe net :

– Et c'est pareil pour vous tous ! Occupez-vous plutôt de vous, garnements !

– Mais nous, on va bien, J.E. ! Pas toi ! Je reste avec toi cet été !

Évidemment, Valentin trouve le moyen de s'incruster !

– Et moi, j'annule avec mes parents !

Et revoilà l'autre !

– Je peux très bien écourter aussi les sales mômes !

Allons-y gaiement ! Je me tourne vers Dorian.

– Et toi ? Tu comptes venir me saouler tout l'été aussi ?

– Hein ? Euh, non… enfin si tu veux, je peux m'arranger un jour par semaine… enfin, faut voir, la saison est déjà animée, et… OK, je viens ! Tous les lundis…

Sérieusement ? Certainement pas ! Je suis peut-être un vieux croulant, mais je ne vais pas les laisser m'imposer leur planning chez moi ! Ils ont clairement d'autres chats à fouetter. Je pose les mains sur la table en les toisant d'un regard noir.

– Alors, les mecs… C'est non ! Toi, Marlone, tu vas aller aider les gosses à faire du pédalo autour de ton fameux lac !

– Du rafting !

– J'm'en fous ! Fais-les jouer à la marelle si ça t'amuse, mais je ne veux pas te voir ici !

Je pose mon regard dans celui de Milan.

– Et toi, tu vas voir tes parents ! Ce n'est pas moi ton père je te le rappelle ! Tu as une vraie famille presque parfaite, alors profite !

Milan pousse un soupir surjoué de désespoir.

– Pff ! T'es chiant !

Je n'y prête aucune attention et me tourne vers Valentin, qui ne bronche pas, mais ne se prive pas de me lancer un regard noir, en essayant de me dissuader de continuer. Bien joué, mais non.

– Valentin... Tu vas prendre des vacances aussi. Tu y as droit, cela fait des années que tu bosses sans pauses.

– Mais...

– Tais-toi ! Quant à toi, Dorian...

Il remue les mains devant lui.

– Oui. C'est bon, j'ai compris l'idée. Je ne mets pas les pieds à Toulouse de tout l'été !

– Exactement !

Je me redresse, fier de moi, et en ajoute une couche :

– Les gars, j'apprécie tout ce que vous faites pour *Sweet Home*, mais il va falloir lâcher un peu de brides, OK ? Vous avez votre vie à mener...

– Mais, c'est ce qu'on fait !

Je toise Milan qui se tire les cheveux, au bout de sa vie.

– Non, vous faites le minimum syndical ! Vous êtes des feignasses !

– C'est faux ! T'as bu ou quoi, J.E. ?

Je me penche vers Marlone.

– Non, pas encore. Mais le désert affectif qui flotte autour de vous me file une soif d'alcoolo, je dois bien t'avouer...

Je me redresse alors que mes ouailles m'observent, comme si un bras venait de me pousser sur le front. Et je profite de cet instant solennel pour leur bouger le cul une bonne fois pour toutes :

– Vous voulez m'aider ? Vous voulez que je me repose et guérisse ? Pour ça, le mieux, ce serait de m'enlever un poids énorme qui me chagrine et me fragilise... Le problème, les gars, c'est vous !

Valentin écarquille de grands yeux, effaré :

– Nous ? Tu tentes de nous faire comprendre qu'on est un putain de virus, là ?

Milan ajoute, outré :

– Hallucinant !

Je les coupe.

– Oui ! Si je ne perdais pas mon temps à m'inquiéter pour vous, je serais certainement plus serein ! Et nous savons tous que la paix de l'esprit est la clé pour une meilleure santé…

Bon, j'avoue. C'est un peu tiré par les cheveux… Mais bon. Aux grands maux… Je coupe Marlone qui projetait visiblement d'ouvrir sa grande bouche pour objecter :

– Donc, on va la faire simple et précise, pour une fois. Vous avez deux mois !

Valentin plisse les yeux.

– Deux mois pour quoi ?

– Deux mois pour vous trouver un mec. Et je ne parle pas d'un pour quatre, soyons bien d'accord ! Un chacun !

Je préfère préciser. Avec eux, on ne sait jamais.

Dorian éclate de rire tandis que Marlone lève les yeux au ciel. Milan s'affale sur sa chaise et Valentin… Valentin fait du Valentin : il reste impassible, ses yeux reflétant son désaccord.

– Non, mais J. E. ! Sérieusement… Tu déconnes ? Et si on ne le fait pas, ça changera quoi ?

Je me tourne vers Milan qui attend la sentence… Je lui souris ironiquement.

– Sinon ? Eh bien sinon, j'arrête les frais. Je considérerai que j'ai merdé avec vous. Et donc, je préférerais sans doute me passer de vos services pour l'année prochaine… Pour ma santé, vous comprenez bien…

Ils réagissent exactement comme je l'attendais. Ils blêmissent, serrent les poings et font la tronche. *Parfait, parfait*… Je garde mon sérieux pour une dernière tirade pendant que ma chère femme revient me kidnapper.

– Les gars, il est temps, maintenant. Vous voulez vraiment être des mecs épanouis ? Trouvez-vous des histoires sérieuses. Ouvrez vos cœurs, c'est encore la seule chose chez vous qui reste hermétiquement close à tout changement… Faites ça, et vous me rendrez heureux… Vous savez bien que je vous considère comme mes gamins… Et je veux voir mes fils heureux… Alors, au boulot !

Magda pose une main délicate sur mon épaule en s'adressant à eux à son tour :

– Jean – Eudes se fait réellement du souci pour vous. Si au moins vous vous preniez enfin en main en trouvant des mecs bien et qui prennent soin de vous, il serait soulagé. Donc, si vous ne voulez pas m'avoir sur le dos… Bougez-vous les fesses !

Elle attrape mon bras et ordonne d'un ton sans appel :

– Et maintenant, tout le monde dehors ! On vous a assez vus ! Bande de garnements ! Oust !

Dorian, Valentin, Milan, Marlone

Quelques jours plus tard. Conversation instantanée.

Marlone : Bon, les mecs, on fait quoi pour J.E ?

Dorian : Il va se calmer !

Milan : Perso, c'est pas de J.E dont j'ai peur, c'est de Magda…

Marlone : On est bien d'accord ! La légende raconte qu'elle a déjà égorgé un lion à mains nues !

Dorian : je l'ai vue arracher des clous d'une planche avec ses dents !

Milan : Déménager une armoire trois portes et encore pleine toute seule sur 5 étages aussi !

Valentin : Escalader l'Everest en portant J.E. sur le dos !

Milan : On est d'accord. Donc ?

Dorian : Donc, faites comme vous voulez, mais moi, je vais aller vivre une histoire d'amour avec mon plombier dans 2 minutes ! Le club n'a plus d'eau chaude depuis 5 h ! On se tient au courant !

Marlone : Ouais, ben si Dorian s'en tape, je ne vois pas pourquoi je ferais un effort ! On attachera Magda. À 4 on devrait avoir l'avantage !

Valentin : Ça me va ! Je ne change rien !

Milan : Idem. De toute manière, à part me taper une morue mâle, je ne vois pas trop ce que je pourrais faire !

Valentin : Donc un cabillaud.

Milan : Ouais, si tu veux,

Marlone : Bon... juste pour le cas où on change d'avis... je crée un groupe de conversation. Si... enfin, voilà...

Milan : Pourquoi un autre groupe de conversation ? On a déjà celui-là !

Marlone : Parce qu'ici, Dorian se défoule en traitant ses employés de tous les noms au moins une fois par jour, Val nous parle de surf et de ses chaussettes. Toi, Milan, tu te lâches sur le côté chiatique de ton père et de ses associés. En deux mots, c'est le bordel dans cette fenêtre. Un peu d'ordre ne fera pas de mal !

Valentin : Je ne parle jamais de mes chaussettes !

Marlone : Si, tu en as parlé avant-hier ! Attends, je te fais une copie d'écran. Je remonte le fil.

Milan : Oui, tu parles de tes chaussettes, Val ! C'est dégueu au passage !

Valentin : Oh, mais pardon ! Marlone parle bien de ses soucis de capotes, je pensais qu'on avait passé le stade pudique depuis longtemps ! Et le coup des chaussettes, c'était pour vous avertir que nous faisions une promo ici... Donc, ce n'était pas à proprement parler de « mes » chaussettes dont je parlais !

Marlone : Je ne retrouve plus les messages sur ce sujet... Voilà justement le problème, cette conversation est un vrai bordel. Et au passage, je ne partage pas mes soucis de capote, mais une certaine expérience. Les ultra-fines, c'est de la merde, autant que vous le sachiez ! Bref. Alors, je crée un groupe ou on reste dans la nébuleuse affligeante de celui-là ?

Valentin : Tu parles bien, ça fait rêver !

Marlone : Ouais, t'as vu ? Impressionné bébé ?

Valentin : Grave ! File-moi ton 06...

Marlone : Quel charme fou, je m'impressionne toujours un peu... J'avoue.

Milan : Ouais. Bon, ça va vous deux ? On peut revenir à nos moutons ? J'ai pas toute la journée non plus... Donc, un groupe, genre : quand y a urgence ou autre, on passe dessus, c'est ça l'idée ?

Marlone : T'as tout compris. Ici, on blablate et on vient quand on n'a rien d'autre à foutre. Sur l'autre, on s'engage à intervenir le plus vite possible. Et on n'évoque que ce truc de couple dont J.E. parlait.

Valentin : Truc qu'on ne prendra évidemment pas au sérieux !

Marlone : Évidemment !

Valentin : On aura une preuve qu'on a essayé comme ça... Au cas où J.E. doute !

Milan : Voilà ! Invite J. E. et Magda. Ils verront...

Marlone : T'es pas barge ? Si on ne va jamais sur le groupe on va les avoir sur le dos !

Dorian : Milan, elle est con ton idée...

Milan : OK ! Faites comme vous voulez, ça m'ira.

Dorian : Tu boudes ?

Milan : Ouais ! T'es pas avec ton plombier, toi ?!

Dorian : Il a 10 min de retard. Bon, Marlone, ça vient ce groupe ?

Marlone : T'es chef toi dans la vie ou quoi ? Deux secondes, merde !

Dorian : Putain ! Bonjour l'efficacité ! Je confirme, cette conversation est un vrai bordel... Et oui, Val, tu as parlé de chaussettes... Et toi, Milan, pareil, tu racontes n'importe quoi. Tout comme Marl d'ailleurs... Moi, par contre, je trouve que je reste assez modéré !

Marlone : Ben voyons !

Milan : Je rêve !

Dorian : Ben quoi ?

Milan : Non rien, je préfère garder certaines choses pour moi.

Marlone : Moi non. Dorian, on en parle de ta période « vis ma vie » avec un stagiaire ? Comment s'appelait-il le pauvre mec ? Ignace ?

Milan : Aaaahhhh, oui !!! Non, Eugène !

Dorian : Eustache ! Et c'était particulier, le mec était débile ! Bref... Bon, on en est où ? T'es en train de créer un groupe Messenger ou tu montes une SARL, Marlone ? T'as besoin d'un appel à un ami ?

Milan : 50/50 ?

Dorian : L'avis du public ?

Marlone : Vos gueules !

Dorian : Valentin, t'es toujours là ?

Valentin : Je vois difficilement comment je pourrais être ailleurs, puisque même ailleurs, vous me suivez. La technologie c'est chiant, en fait !

Dorian : Nous aussi on t'aime, Val ! Bon… Marlone ? Tu veux que je le fasse ?

Milan : Ouais, active Marl !

Marlone : Si vous fermiez un peu vos tronches ce serait plus simple. On le nomme comment ?

Dorian : Projet pourri qui fait chier !

Milan : Utopie selon Jean Fudes.

Valentin : ou No Way !

Marlone : Ah, Ah, Ah… OK, puisqu'il faut tout faire dans cette bande de nuls… Ce sera Sweet Summer…

Milan : C'est nul. Et pourquoi pas Sucette exquise pendant qu'on y est ?

Dorian : Ou la Cage aux Folles ?

Valentin : Ou la Fête du Slip ?

Marlone : Ce sera Sweet Summer, pour bien nous rappeler qu'on fait ça pour Sweet Home ! Point final !

Valentin : Tu te calmes !

Milan : Donc on le fait finalement ?

Dorian : Non, c'est simplement au cas où !

Valentin : Au cas où que dalle ! Il ne se passera rien !

Marlone : Parle pour toi, moi il se passera trop ! Y a un bon bar gay à 2 km du camp !

Dorian : Il se passera ce qui se passera !

Milan : Rien pour moi, merci. Je passe mon tour aussi !

Marlone : Bon, bref. Le groupe est créé. Donc, en gros, pour toute question relative au cul, à la queue, aux mecs et au reste, c'est là-bas. Ici, c'est pour le comme d'hab…

Dorian : OK. Ciao, mon plombier est ENFIN arrivé !

Milan : OK aussi…. Autant dire que tu peux me virer du groupe, dès maintenant. Bref. Bises, mon père se pointe.

Valentin : Il ne se passera rien chez moi, mais je reste sur le groupe pour écouter vos conneries… Schuss, j'ai un client !

Marlone : Bye les mecs. À très vite !

Sweet Summer

Livre 1 ☀ Marlone

But I set fire to the rain
Watched it pour as I touched your face
Well, it burned while I cried
'Cause I heard it screaming Out your name,

Mais j'ai mis feu à la pluie
Et l'ai regardé tomber pendant que je touchais ton visage
Eh bien, il a brûlé pendant que je pleurais
Parce que je l'ai entendu crier ton nom

Paroliers : Adele Adkins/Fraser T Smith

Paroles de Set Fire to the Rain © Universal Music Publishing Group,
BMG Rights Management

CHAPITRE 1~1

Tristan

Damien saute de la voiture dès que j'enclenche le frein à main.

– Eh ! Damien !

Il est déjà loin. Dépité, agacé, désespéré par ces deux semaines passées en sa compagnie, je détache ma ceinture de sécurité pour le rattraper, me demandant si cela s'avère nécessaire finalement. Huit ans de distance, je pensais que c'était gérable... Mais au bout du compte, force est de constater que ce n'est pas si simple que ça...

Par la vitre ouverte, j'entends une voix masculine interpellant mon fils.

– Eh, salut ! Tu n'as qu'un sac à dos ?

Je jette un coup d'œil dans le rétro pour analyser la scène, simplement pour voir si mon fils n'est désagréable qu'avec moi ou si c'est une généralité.

– Nan, mon sac est dans le coffre ! C'est mon vieux qui gère. C'est où qu'on dort ?

L'homme, imposant par sa stature autant que par son air professionnel croise les bras en toisant mon fils.

– Je te signale que je t'ai dit bonjour.

Mon fils redresse la tête pour le fixer dans les yeux.

– Bonjour. On dort où ?

Le type consulte sa planche porte-documents alors que d'autres véhicules familiaux arrivent sur le parking derrière lui. Journée d'intégration.

– Tu t'appelles ?

– Damien Veynes.

Il consulte son listing.

– Oh ! Quelle chance, tu seras dans mon groupe ! Je me nomme Marlone et je serai donc ton éducateur attitré pendant toute la durée de ton séjour ici. On t'expliquera ça tout à l'heure. Tu seras dans le bâtiment A. Chambre double, premier étage. Numéro A4.

– OK !

Damien réajuste son sac et s'engage vers le bâtiment principal, mais le moniteur le retient par l'épaule. Mon fils lui jette un regard agacé qui ne semble pas le troubler un seul instant. Au lieu de cela, il désigne la voiture du menton.

– Ton sac !

– C'est mon père qui…

– Ton père n'est pas ton larbin. Tu ne l'attends pas, visiblement, donc, n'attends pas non plus qu'il te porte tes fringues. Prends ton sac et dis au revoir à ton père avant de partir.

Le ton est sans appel. Mon rejeton baisse la tête, ouvre le coffre et le referme, son sac à la main. Puis il me rejoint devant ma portière en grimaçant.

– Salut !

Puis, en se tournant vers l'éducateur.

– C'est bon là ?

Je me décide à sortir de ma cachette. Ce n'est pas à cet inconnu de prendre mon rôle de père, et je suis passablement vexé que ce soit déjà le cas en à peine trente secondes. Je ne suis même pas capable de le tenir face à moi quand j'ai besoin de lui parler.

Cependant, je ne peux pas non plus nier que de savoir mon fils pris en main aussi facilement me rassure. Je m'inquiète réellement pour ce gamin. J'enlace Damien sans qu'il me rende la moindre tendresse et abandonne au bout de quelques secondes. Je lui rends sa liberté en soupirant, honteux de donner un tel spectacle à un inconnu.

– C'est bon, là.

Damien n'attend pas une seconde de plus et se précipite vers les bâtiments du centre. Je me décide à rejoindre la personne qui nous accueille. J'avais mal discerné depuis mon rétro. Il est réellement impressionnant. Brun, tatoué à outrance, muscles très clairement moulés sous son t-shirt. Le spectacle est inratable, il faut bien le dire. J'ai même du mal à détacher mes yeux de sa silhouette parfaite. Sauf quand je me décide à croiser son regard posé sur moi.

Ses yeux d'un vert presque transparent, habités d'une flamme étrange, presque ténébreuse, agrippent toute mon attention et mon esprit. Une sorte de frisson parcourt mon dos et tend certains muscles de mon corps. Je suis tellement happé par l'intensité de ce regard que j'en oublie Damien, son affront et la honte que je devrais ressentir, ainsi que la main que l'éducateur me tend. Un sourire s'esquisse sur ses lèvres et son visage s'éclaire. Encore plus troublant.

Comme pour me rappeler à la réalité, et sans doute me montrer poliment que j'ai l'air d'un parfait abruti à le dévisager de manière aussi impolie, il m'adresse la parole en reprenant sa main que je n'ai toujours pas serrée.

– Bonjour. Monsieur Veynes, je présume ? Je m'appelle Marlone. L'un des éducateurs du centre. Et celui qui gérera votre fils pendant son séjour.

Je hoche la tête pour toute réponse. Apparemment, après avoir perdu l'usage de mes bras, c'est au tour des cordes vocales de se mettre en grève. Super !

Bon Dieu ! Ce n'est qu'un homme, Tristan, pas un Dieu ! Pas même un demi-dieu. Humainement parlant, nous sommes donc sur un pied d'égalité. Il n'a pas de super pouvoir ni de don spécifique… Il va falloir que je règle ce problème rapidement. Dès qu'un homme me fait de l'effet, je n'ai plus qu'une idée en tête, m'enfuir. Les mecs me font peur. C'est quand même le comble pour un gay, non ? D'autant plus, un gay qui se trouve être avocat et donc, censé maîtriser les rapports humains de convenance.

Je me force à respirer et à retrouver mon aplomb. Même s'il ne semble pas avoir remarqué ma gêne, puisqu'il continue son speech en me tendant un document.

– Donc, le dossier étant complet pour Damien, je ne vous retiendrai pas longtemps. Vous avez ici les dates d'ouverture du camp aux parents et les informations utiles. Heures et numéros d'appel pour le service administratif, les coordonnées de chaque éducateur, et tout le bla-bla habituel.

– Ah ?

Magnifique, j'ai prononcé un mot. Amélioration impressionnante et rapide !

– Et il y a le vôtre aussi…

Bon ben là, je dis n'importe quoi. Je plonge mon nez sur le document en bafouillant une sombre explication.

– Enfin, au cas où je voudrais prendre des nouvelles de Damien bien entendu, vu que c'est mon fils et que vous êtes son… enfin…

Il laisse échapper un petit rire discret.

– Son éducateur ? Oui, bien entendu. Vous le trouverez en face de mon prénom, ici… Marlone.

Bon, clairement, il se moque ouvertement de moi. Ce qui se confirme par son air amusé. De mieux en mieux. Je plie la fiche d'informations et me gratte la tête en soupirant.

– Je suis désolé. C'est… enfin, mon fils est un peu turbulent. Je suis séparé de sa mère et jusqu'à il y a un an, je ne le voyais quasiment jamais… Maintenant, j'ai toute sorte de retards à rattraper, et je me demande si le laisser ici est une bonne idée. Je devrais m'en occuper moi-même, je pense. Sauf que…

Et me voilà parti en mode séance de psy. Pour parler, ça, je parle… mais ce mec s'en fout de mes problèmes, clairement. De plus, nous nous trouvons sur un parking, les autres enfants débarquent autour de nous avec leurs familles… Et je ne le connais pas depuis deux minutes et…. Et je suis irrémédiablement pathétique, voilà tout.

Je m'adosse à ma voiture, à bout de tout. De patience, d'envie d'être père et d'idées pour solutionner ce « problème Damien ».

Marlone m'observe un moment, le visage fermé et les yeux toujours animés de cette flamme hypnotique tellement belle, puis il m'adresse un sourire bienveillant.

– Vous voyez tous ces gens autour de nous ?

Il balaye le parking d'un geste du menton.

– Oui ?

– Eh bien, ils sont tous comme vous. Au bout du rouleau et sans solution. Ici, nous traitons les cas difficiles. Je ne dis pas que les mômes ressortent transformés en ange avec une auréole planant au-dessus de la tête, mais habituellement, ils repartent en se sentant mieux dans leurs pompes. On va s'occuper de Damien. Il n'est sans doute pas pire qu'un autre. Il suffit parfois de peu de choses. Un nouvel environnement, de nouvelles règles… Gardez confiance. Et surtout, venez à l'après-midi « portes ouvertes » mercredi prochain. Vous aussi vous avez besoin de voir votre fils dans un autre cadre que votre propre univers. C'est important. Et ça fait du bien.

Je hoche la tête. Rasséréné par son discours.

– Très bien. Je viendrai.

Il semble satisfait. Sa main se pose sur mon épaule, dans un geste réconfortant, pendant qu'il déclare une vérité qui parle directement à ma fierté.

– Il n'y a pas de honte à demander un coup de main dans la vie. Il y en a, par contre, à baisser les bras. Bonne fin de journée.

Il me salue d'un signe de tête et tourne les talons.

Je reste un moment les yeux posés sur son dos, jusqu'à ce qu'il disparaisse dans l'établissement. Ne pas baisser les bras. Mais admettre qu'on a besoin d'aide. Ces deux phrases sont tellement simples. Et tellement vraies… Pas seulement pour le « problème Damien »… De l'aide, j'en ai besoin. Pour une multitude de choses. Le tout, c'est d'oser demander. Et je ne suis pas encore prêt. Ma seule et unique priorité, pour l'instant, c'est mon fils.

Je réintègre ma voiture et laisse ma progéniture adorée aux mains d'étrangers. En espérant que ce soit la bonne décision.

Chapitre 2~1

Marlone

– Et les toilettes sont…

Des cris de rage m'interrompent dans la visite guidée que je termine avec la moitié des nouveaux pensionnaires.

– Vas-y, répète un peu ! Je suis quoi ? Hein ? Un pédé, c'est ça ? Répète !

Un gémissement répond sans que je l'entende réellement. Je me rue sur la porte de la chambre A4 pour trouver Damien assis sur le ventre de Théo, son colocataire. Ce dernier protège son visage derrière ses avant-bras pendant que son assaillant le roue de coups violents, les joues rouges de fureur et les poings fermement serrés. J'attrape le môme par la taille et le soulève comme une plume alors qu'il balance ses poings dans le vide en direction de Théo.

– Oh ! Eh ! Il se passe quoi là-dedans ?

Damien tremble de rage dans mes bras, lançant un regard noir au pauvre gamin transi de peur qui se replie en rampant sur les fesses dans un coin de la pièce.

– Il se passe que ce mec est fou ! Je veux changer de chambre !

Je reporte mon attention sur le gamin contre moi qui semble retrouver un peu de calme. Ses yeux brillent toutefois de rage.

– Il m'a traité de pédé ! « Sale pédé » il a dit !

– Oh !

Je lance un regard assassin à Théo pour lui demander confirmation. Ce dernier secoue la tête.

– C'est faux ! J'ai jamais dit ça ! Il est fou j'vous dis !

– Menteur ! T'as dit « comme ton père, sale pédé ! »

Je déteste ces mots. J'ai beau y avoir fait face une quantité incalculable de fois, ils me hérissent toujours autant le poil… Je m'astreins au calme et à la retenue pour retrouver mon rôle d'éducateur pondéré et impartial. Je prends un instant pour essayer de démêler le vrai du faux. Damien semble tellement énervé et touché que j'ai tendance à le croire. Mais un pressentiment ne fait pas acte de preuve. Je repose le gamin sur ses pieds.

– OK. Alors on va faire une chose.

– Vous me changez de chambre ?

Je me tourne vers Théo en adoptant un air menaçant.

– Certainement pas ! Nous vous avons attribué cette chambre. Pour deux semaines. Alors vous allez faire avec, et c'est tout. En ce qui concerne les mots que je viens d'entendre, sachez que c'est la dernière fois ! Qui les a proférés le premier ? Je m'en moque. Mais il n'y en aura pas d'autres, c'est un conseil. Et pour vous passer le goût des prises de tête, vous allez venir avec moi. Changez-vous. Short, baskets et bouteilles d'eau. Je vous veux dans dix minutes devant le perron. Pas une de plus.

Je sors sans attendre leurs réponses. Tina m'attend en ricanant à quelques pas de la porte.

– Ouais, vas-y, marre-toi ! Je suis bon pour poireauter une bonne heure dans le parc à cause de leurs conneries. Bordel de gosses à la con !

– Je ne t'attends pas pour le repas, alors ?

– Non. Lance les réjouissances, on vous rejoint.

Le centre fonctionne comme ça. Chaque éducateur est désigné responsable principal de six enfants, mais nous chapeautons en même temps toute la tribu. Tina gère les six autres morpions de l'étage, donc nous travaillons plus ou moins en binôme. Puis, sur les autres bâtiments, d'autres éducateurs et d'autres équipes sont répartis selon le même fonctionnement. Et quand l'un de nous doit s'occuper d'un cas particulier, comme moi tout de suite, nous déléguons.

Elle me sourit, et tandis que je grimace en louchant, elle éclate de rire. Je récupère mon téléphone dans ma chambre, une corde dans le débarras de l'étage et je descends les escaliers quatre à quatre. Là, j'attends, les mains sur les hanches, que les graines de délinquants daignent venir me retrouver. Ce qu'ils font, sans se jeter un regard, affichant des têtes de mauvais jours. Ils se postent devant moi. Je laisse passer un moment dans le silence complet, histoire de leur mettre la pression. Ça fonctionne toujours ce truc. Puis, je plisse les yeux et prends une voix grave et profonde (*Actor Studio* n'a qu'à bien se tenir !)

– Donc. Nous avons visiblement un problème. Que je compte régler dès ce soir !

Damien tente de se rebeller.

– Mais il a dit…

– Non, j'ai pas dit ! Menteur !

– C'est toi le menteur !

– STOP ! Je ne vous ai pas demandé d'ouvrir vos grandes bouches ! Gardez vos forces pour la suite !

Ils écarquillent les yeux, légèrement inquiets. Parfait. Je reprends en étirant la corde devant moi, pour qu'ils la voient parfaitement.

– Donc. Vous avez une chambre à partager. On ne vous a pas demandé vos avis, et on ne le fera pas plus parce que ce choix vous froisse. Pour une raison que j'ignore, d'ailleurs. Je ne sais pas qui ment ou qui dit la vérité, et je m'en contrefous. Tout ce que je vois c'est que vous avez foutu le bordel sur mon étage, et ça… C'est un truc qui me met en rogne.

Les yeux se baissent. Parfait. Je continue à étouffer les esprits rebelles dans l'œuf.

– L'acclimatation. L'ouverture d'esprit. Et la solidarité. Voilà ce que je veux. Et ce que vous êtes venus apprendre. Les insultes, quelles qu'elles soient, ne sont pas de mise ici. D'autre part, on ne s'exprime pas avec les poings dans la vie, Damien. Si tu veux te battre, je suis ton homme. Mais sur un ring, avec des gants et selon des règles. C'est l'unique moyen possible. Sommes-nous bien d'accord ?

Le gamin hoche la tête, faussement résigné. Son corps semble accepter mais son regard reste toujours aussi révolté. Il tente clairement de noyer le poisson, mais ça ne marche pas.

– Donc, pour ça, Théo, tu es affecté au nettoyage des sanitaires pour les deux jours à venir, et toi, Damien, tu seras de corvée de rangement du matériel de loisirs dès demain.

Ils redressent la tête, offusqués.

– Quoi ? Mais…

– Hein ?

Je hausse un sourcil.

– Un souci ?

Damien ouvre la bouche puis se ravise en fronçant les sourcils.

– Non.

– Parfait ! En attendant, je vais vous apprendre à coopérer. Même dans la contrainte. Approchez.

Ils avancent avec méfiance. J'attrape leurs chevilles et noue la corde autour des deux, fermement. Puis je me redresse, satisfait.

– Parfait. Maintenant, vous voyez cet escalier, là-bas ?

Ils hochent la tête. Un peu perdus.

– Vous allez descendre. En bas, il y a un lac. Le tour complet fait environ 1,5 km. Vous en faites deux fois le tour en courant, et vous revenez ici. Plus vite vous vous accorderez, plus vite vous mangerez. C'est vous qui voyez. Moi, je vous regarde. De là !

Je désigne le bord de la piscine, offrant une vue plongeante sur le lac en contrebas et la forêt qui borde le camp. Ce coin est exposé plein Ouest, et le coucher de soleil est toujours un grand moment vu d'ici. Et, attachés l'un à l'autre comme ils le sont, nul doute que nous y serons encore lorsque l'astre décidera d'aller se pieuter.

Ils ronchonnent, se plaignent et tentent de se rebeller, mais ils finissent par se diriger vers leur lieu de punition. La cohabitation est drôle, surtout la descente de l'escalier.

Je retire mes pompes et m'installe au bord de la piscine, les pieds dans l'eau, les yeux perdus au loin, tout en jetant régulièrement un coup d'œil au couple improbable qui se chamaille en bas. J'envoie des photos de la vue aux trous de balle qui me servent de potes. Réponses immédiates :

Dorian : Elle est dure la vie j'ai l'impression ! Enfoiré !

Il poste une photo de son PC entouré d'une tonne de documents et de classeurs.

Milan : C'est un lac que je vois en contrebas ? Je peux venir chasser le cabillaud ? Pas besoin d'un coup de main ? Tu ne veux pas me faire un mot, pour mon père ? Nous sommes censés partir demain !! SOS, SOS, SOS !

Valentin : Le cabillaud est un poisson de mer et on le pêche, généralement ! T'as vraiment un manque de culture impressionnant ! Sinon, moi aussi je veux bien un mot ! J'en ai marre de la promo chaussettes !

Il joint une photo d'un tas de chaussettes débordant d'un carton. Je ricane en rangeant mon portable et reporte mon attention sur les deux zouaves qui, au bout d'une demi-heure, commencent à comprendre qu'ils avanceront plus vite en s'accordant plutôt qu'en essayant de s'affronter.

J'observe plus particulièrement Damien. Une tonne de détresse brûle au fond des yeux de ce gosse. Je sens que ça ne va pas être simple avec lui. Et le plus dingue, c'est que son père semble sympa. Relativement doux. Voire timide. J'ai cru le voir rougir tout à l'heure. Il est particulièrement charmant, d'ailleurs. Mais ce n'est pas du tout le sujet. Pourquoi ce gosse est-il autant en colère ? Il va falloir que je fouille un peu parce que je reconnais cette rage. C'est celle-là qu'il faut dompter. Sans quoi, rien ne sera possible. Des six gamins sous ma juridiction, je crois que Damien sera le plus compliqué.

Je soupire en m'adossant au poteau de la pergola derrière moi, offrant mon visage aux derniers rayons du soleil qui commence à se cacher derrière la cime des arbres à l'horizon. Tout est calme et paisible. L'air commence à se rafraîchir et les clapotis de l'eau contre le bord de la piscine chantent un air de vacances qui apaise mes pensées. La journée ici est toujours sportive et sous-tension. Surtout les jours de chassés-croisés des pensionnaires. On aide les jeunes à ranger et nettoyer leurs piaules avant midi, les parents reprennent leurs progénitures, puis rangement et ménage des bâtiments avant l'accueil des prochains sur la liste. Heureusement que je n'ai signé que pour un mois cette année ! Encore deux semaines et je prends des vraies vacances, avant le retour à la salle.

Je laisse mes pieds flotter au gré de l'eau en lorgnant les deux gamins qui semblent avoir trouvé leur rythme. Les deux dernières semaines ont été éprouvantes, et les deux prochaines s'annoncent tout aussi réjouissantes. Quel bonheur !

Tina me rejoint, un sandwich à la main. Elle retire ses sandales et s'installe à côté de moi, les pieds dans l'eau.

– Je t'ai pris à manger et j'ai déposé deux assiettes pour les frères ennemis dans leur chambre.

J'attrape le sandwich.

– Merci Tina.

– De rien… Beau coucher de soleil ce soir…

Je confirme d'un hochement de tête, la bouche pleine. Les bras de ma collègue s'enroulent autour de ma taille et sa tête se pose sur mon épaule… Je termine ma bouchée sans lui jeter un regard. Elle dépose un baiser sur ma joue.

– Ne t'ai-je pas dit, mon ange, que j'aimais les hommes ?

Elle soupire faiblement.

– Non, pas aujourd'hui. J'ai pensé que depuis hier, tu avais peut-être décidé de faire ton « coming-in »…

Je m'esclaffe.

– Peu de risque. Tu sais que Samuel te reluque de plus en plus ?

Elle plisse le nez.

– Samuel n'est pas à proprement parler un mec que je regarderais en temps normal…

Je réfléchis un moment en avalant une autre bouchée de sandwich.

– Oui… remarque, moi non plus…

– Ah, ben voilà ! Au moins, nous sommes d'accord là-dessus…

– Je pense, oui. Mais il ne me mate pas le cul, à moi…

– Il a tort ! Il est beaucoup plus sympa que le mien.

Elle laisse passer une pause puis embrasse à nouveau ma joue.

– Tu fais chier, Marlone. L'année prochaine, essaye d'être devenu affreusement repoussant et surtout très con, parce que je vais finir par me taper une tendinite à l'index et au majeur à force de penser à toi…

Je me contente de rire en continuant de dévorer mon sandwich. Je connais Tina depuis des années. Nous nous voyons uniquement sur le camp l'été, et toutes les journées que nous avons partagées, sans aucune exception, j'ai dû lui rappeler que j'étais gay. Au début, c'était flippant. Maintenant, c'est plutôt marrant et c'est devenu une sorte de jeu. Un incontournable. Je ne sais pas si elle en joue ou si c'est véridique, et je crois que je ne préfère pas creuser la question. Nous fonctionnons comme ça et c'est très bien.

Sa tête ne bouge pas de mon épaule et nous ne prononçons plus un mot. Le paysage suffit à meubler ce moment. Jusqu'au retour des deux guerriers, en nage, en haut de l'escalier.

Il fait nuit, et seules quelques lampes bordant le perron nous éclairent. Je les rejoins, Tina sur mes talons, et termine la leçon qu'ils semblent avoir comprise.

– Donc, maintenant que vous avez eu le temps de réfléchir, j'aimerais vous poser une seule question : avance-t-on mieux ensemble, ou l'un contre l'autre ?

Ils grognent et soupirent.

– Ensemble…

– Ben voilà ! Allez, à la douche, et dans vos chambres ! Extinction des feux dans une heure…

Deux jours que je garde Damien à l'œil. Je sais qu'il est tout sauf serein. Partout où il passe, il jette des regards nerveux autour de lui. Tout le monde y passe. Moi y compris. Mais je maintiens ses regards, tout comme lui. Ce gamin a besoin d'évacuer. Et mon instinct m'indique clairement que ça ne va pas tarder. C'est la raison pour laquelle je redouble de vigilance.

Je monte sur le ponton pour lancer le top départ de la course de natation. J'adore ce job. Pour un mec comme moi, qui reste enfermé toute l'année dans une salle de boxe empestant la chaussette, bosser en bermuda et lunettes de soleil en pleine nature est un véritable bonheur. Je passe derrière les nageurs déjà en position de plonger, les fesses en arrière et les bras tendus, hyper concentrés. Et… c'est plus fort que moi, je ne peux pas m'en empêcher…

Je pousse Stan et Leny dans la flotte. Ils se laissent tomber en poussant un cri de surprise avant de s'affaler tête la première dans le lac. Les autres gamins éclatent de rire, alors j'en pousse un autre et le bordel commence.

Tina arrive par surprise dans mon dos avec Samuel et je rejoins les apprentis plongeurs dans l'eau tiède du lac. La suite logique : bataille d'eau, cris de joie, concours de noyades organisés ou à la sauvage et une dizaine de gamins qui s'éclatent, moi le premier.

Puis, comme tout à une fin, je me hisse sur le ponton et retire mon t-shirt trempé pour le tordre en rappelant les nageurs en herbe :

– Bon, ça suffit le bordel ! Je vais me changer. Et quand je reviens, on fait cette course jusqu'à l'autre rive !

Je jette mon t-shirt sur mon épaule pour rejoindre l'extrémité du ponton où Tina m'attend, les yeux sortant de leurs orbites,-fixés sur mon torse. Elle est incroyable ! Je lui lance mon t-shirt qui atterrit sur son visage dans un « floc » retentissant.

– Mate autre chose, nympho !

Je n'ai pas le temps d'écouter sa réponse qu'une agitation suspecte attire mon attention entre les arbres qui bordent la rive, à quelques mètres derrière elle. Damien, aux prises avec un des « grands » du bâtiment C.

– Eh, merde !

Je me précipite et arrive à leur niveau pour assister à l'atterrissage d'une droite en plein nez de son adversaire. Ce gamin à une pêche de dingue ! L'armoire à glace en face de lui porte sa main à son nez en gémissant, titube sous le choc et se laisse tomber contre un tronc d'arbre.

– Elle t'a fait mal, la tapette ? Hein ? Je t'emmerde, pauvre con ! Va te faire enculer toi-même !

Cette fois, ça commence à me gonfler cette histoire. Déjà, entendre des insultes qui me touchent personnellement ne me convient pas du tout. Mais à répétition comme ça, c'est absolument insupportable. Il y a un truc que je ne pige pas avec ce gosse.

Samuel accourt derrière moi.

– Putain ! Vous faites quoi les gars ? Loïc, ton explication !

Le pauvre Loïc, un gamin de grande section, pleure en se tenant le nez, qui saigne maintenant. Je me tourne vers Damien.

– Et toi ? T'as pas compris la leçon ou quoi ?

Damien est en furie. Pour peu, il sortirait de la fumée de ses oreilles. Je jette un œil à Samuel, qui inspecte le nez de son gars et me fait signe qu'il gère. J'attrape fermement mon gamin par le col.

– Viens par ici, toi.

Il se débat en essayant de s'arracher à ma poigne.

– Vous n'avez pas le droit de me toucher ni de me frapper !

Je l'attire vers moi et plonge mes yeux dans les siens, furieux à mon tour.

– Et toi, tu crois que tu as le droit de cogner tout le monde comme un primate ? Et ne t'inquiète pas, je ne vais pas te frapper ! Ce serait trop facile de t'exploser comme une crêpe, j'ai autre chose à foutre. Maintenant, tu viens !

Je le tire comme un minable pantin à travers le parc, d'autant plus énervé que je suis trempé, que mon caleçon me colle aux bonbons et qu'il va falloir que je patiente pour pouvoir me sécher à cause d'un gosse qui se la joue gros dur.

J'ouvre la salle multisports, laisse la porte bien ouverte et me dirige d'un pas décidé vers le sac, Damien trottinant derrière moi, titubant et restant sur ses jambes comme il le peut. Je le lâche en arrivant à destination et passe derrière le sac de frappes.

– Voilà. Tu veux frapper ? Alors frappe ! Vas-y, bousille tout le monde ! Défoule-toi !

Il reste stoïque, hébété devant moi et ne bouge pas un cil. Je grogne de fureur.

– Ne me fais pas perdre mon temps, Damien ! Tu risquerais de le regretter ! Tu veux jouer au gros dur ? Alors vas-y, épate-moi ! Cogne ! T'as peur d'un peu de cuir ou quoi ? Tu te dégonfles ?

Il ne bouge pas… Je sors le mot magique qui m'écorche les lèvres au passage :

– T'es une tapette ou quoi ?

Ses yeux tournent instantanément à la rage, ses poings se resserrent et il se rue sur moi en hurlant. J'intercale le sac entre nous et il frappe. Mal. Comme un fou. Mais il frappe. Fort.

Je l'encourage à sortir sa haine.

– Tu crois que tu vas faire mal à quelqu'un comme ça ? Pauvre fiotte, rien dans les vérins ! Frappe, bordel !

Et il continue en hurlant :

– Je ne suis pas une putain de tapette ! Je suis un mec ! Personne ne me traite de tapette ! Personne !

Il pleure, il hurle, il frappe, encore et encore. Je le laisse se libérer, pas même étonné par son coup de sang. Depuis qu'il est arrivé ici, je sens sa colère gronder en lui comme un nuage noir plane au-dessus des têtes pour annoncer un orage. Je connais trop bien ce besoin de se défouler. Sortir sa haine, sa rage, frapper le cuir comme s'il représentait l'enfer de l'âme, frapper pour exister, frapper pour faire mal. Aux autres, à soi-même, pour dire merde, pour demander pardon, pour tout dire sans prononcer un mot, pour enfin arriver à extraire la mauvaise flamme qui consume le cœur depuis souvent trop longtemps.

Ses mains deviennent rouges, ses yeux n'ont plus de larmes et ses bras faiblissent, mais il continue. Allant au bout de ses forces, évacuant tout, répétant sans cesse qu'il n'est pas une tapette, ni un pédé. Ces mots qui m'écorchent l'âme passent sur moi et déposent une partie de sa douleur dans mon propre cœur. Parce que moi aussi j'ai supporté ces insultes. Je les ai avalées, elles sont entrées en moi et y sont restées. Longtemps, très longtemps. Et même si aujourd'hui je les ai enfin digérées, il me reste ce réflexe, comme un ancien alcoolique devant une bouteille. Il est très tentant de sombrer à nouveau dans leur piège.

Mes mains se crispent sur le cuir alors que mon adversaire semble à bout de forces. Il se redresse, haletant, et pose ses yeux sur moi. Je le toise sérieusement en m'adressant à lui comme à un homme. Parce qu'il n'a pas besoin qu'on le materne. Bien au contraire.

– Tu vas mieux ?

Il hoche la tête, épuisé. Je le rejoins en dégourdissant mes poings.

– OK, assieds-toi. Et regarde. Regarde bien surtout !

Il acquiesce d'un mouvement de tête en se laissant choir à bonne distance, sur le tapis sous nos pieds. Et je frappe le sac à mon tour. Il m'a mis les nerfs. Moi aussi, j'ai besoin d'évacuer. Je frappe. Personne ne tient le sac. Il voltige dans tous les sens. J'enchaîne les droites, uppercuts, coups de pieds, et je recommence. Je me défoule pendant dix bonnes minutes, jusqu'à récupérer ma paix intérieure.

Je stoppe le sac qui se balance dans tous les sens et me tourne vers Damien qui m'observe, la bouche entrouverte, visiblement impressionné. Il lève un doigt vers moi.

– Vous… vous êtes boxeur ?

– Je l'étais, oui.

– La vache ! Je suis content que vous vous soyez défoulé sur le sac !

Je retiens un rire en inspectant mes phalanges. Et moi je ne suis pas content du massacre… J'ai horreur de frapper à mains nues. Bref. Je dégourdis mes doigts en cherchant son regard et lui réponds uniquement au moment où je suis certain qu'il captera bien tout ce qui se passe dans ma tête.

– Et d'après toi… Est-ce que je suis une tapette, Damien ?

Il secoue aussitôt la tête.

– Non ! Sûrement pas !

– Et pourtant, je suis gay.

Les mots tombent comme un couperet. Je continue, sans lâcher son regard.

– Les mots « tapette », « pédé », « tafiole » sont péjoratifs. Ce sont des insultes pour les abrutis à l'esprit étriqué. Je suis gay. Et je frappe fort. Je suis gay, et je suis arrivé plus haut que beaucoup de mecs. Là où ils n'arriveront jamais. Je suis gay, et tu ne l'avais même pas remarqué. Et tu m'as insulté, Damien. En réitérant ces mots, encore et encore. En t'offensant parce qu'on te traitait comme tel.

– Mais je ne suis pas une… enfin, je ne suis pas gay !

Je pince les lèvres en hochant la tête.

– Merci d'avoir choisi tes mots. D'accord, tu n'es pas gay. Mais, si demain on me traitait d'hétéro, je ne me mettrais pas à frapper tout le monde, tu vois ? Ce n'est pas une insulte. Elle le devient si toi tu considères que les gays sont des personnes méprisables. C'est le cas ?

Il ouvre la bouche et la referme. Puis se lance. Et s'interrompt.

– Vas-y ! Sors ce qui te ronge ! Mon short est trempé et je caille, alors ne fais pas traîner !

Mon ton ne ressemble pas à une douce invitation mais à un ordre. Il s'exécute.

– Oui ! Non… Je ne sais pas, en fait…

Il semble troublé. Il prend sa tête dans ses mains et se met à pleurer. Je m'accroupis devant lui et lui caresse les cheveux.

– Qu'est-ce qui se passe, Damien ? Quel est le problème ?

Il ne s'arrête plus de pleurer. Les larmes coulent et inondent ses fringues. Il bafouille, sanglote et me fait mal au cœur. Puis il inspire, expire et tente de se contrôler.

– C'est… c'est mon père qui est gay. Et Théo est dans mon école, sa mère est une amie de la mienne et… Il raconte partout que je suis une tapette, comme mon père… Je ne suis pas comme lui !

Oh ! Je ne m'y attendais pas à celle-là ! Il continue pendant que je m'assieds en me rapprochant de lui.

– Et Loïc, il me propose des trucs en riant avec ses potes… Je ne sais même pas ce que ça peut vouloir dire, mais il me regarde comme s'il se moquait ! Je sais que c'est un truc pour se foutre de moi et qui vise mon père gay ! J'en ai marre ! Théo, il le raconte partout depuis que je vis mon père la moitié du temps. J'ai plus de copains à l'école… Je ne veux plus de mon père ! Il m'a bousillé la vie !

Je me mords les lèvres en essayant de mettre tout ce qu'il vient de me dire dans l'ordre. Une chose est à retenir en particulier : ce gosse souffre tout seul dans son coin. J'imagine aisément que rien ne doit être simple autour de lui. Son père n'a pas l'air mauvais, loin de là. Je dirais même l'inverse. J'ai surtout senti un désarroi impressionnant en lui, simplement dans un échange de cinq minutes. Quant à sa mère… Toutes les réactions sont envisageables de son côté. La rancœur, la tristesse, la haine, le dégoût… Et si les autres gosses s'y mettent à l'école…

Je passe ma main dans mes cheveux presque secs en soupirant.

– Écoute. Demain, c'est la journée des parents. Ton père a répondu au mail de relance en indiquant qu'il venait. Il serait peut-être temps de lui parler, non ?

– Mais ce n'est pas à moi de lui parler ! Il ne me dit jamais rien, lui !

– Raison de plus pour ne pas juger sans savoir.

En réalité, je sauve les meubles. Parce qu'il a raison, l'erreur vient en partie de son père. Ce n'est pas à un gamin de dix ans d'aller trouver son père pour demander des comptes. Et ça m'énerve que ce soit le cas avec Damien. Chacun son boulot. Mais…

– En attendant, ton père a sans doute des torts. Mais toi aussi tu en as. Je ne veux plus que tu te serves de tes poings pour te faire entendre. Il y a d'autres moyens.

Il marque une pause en jouant avec ses lacets.

– Je n'arrive pas à me contrôler.

– Eh bien, il va falloir apprendre. Tu veux que je te raconte un truc ?

Il opine du chef. Je continue donc.

– Quand j'avais presque vingt ans, j'ai participé à un tournoi. Et je suis allé jusqu'en finale. Je pouvais passer pro.

Il redresse la tête, les yeux emplis d'adoration. Je passe la main dans ses cheveux pour les ébouriffer en lui souriant.

– Attends avant de me vénérer, gamin ! La fin est moins glorieuse.

– Alors là, ça m'étonnerait ! J'ai vu comment vous frappez !

– Eh bien, justement ! J'ai trop frappé. Le mec en face de moi… n'avait pas été correct. Il m'avait énervé. Un peu trop.

– Et vous lui avez mis la raclée de sa vie ?

– Oui ! Mais n'importe comment. Je me suis rué sur lui dès que le combat a débuté. Et j'ai frappé comme un malade. Des coups réglementaires, et d'autres beaucoup moins acceptables.

Il boit mes paroles comme si elles venaient d'un Dieu. C'est ce côté crédule que j'aime chez les gosses. Pour eux, un mec qui boxe, c'est le top. Qu'importe les règles et les conséquences.

– Et alors, vous avez gagné ?

– Non. Ils m'ont disqualifié. Parce que je n'arrivais pas à m'arrêter, et parce que j'ai légèrement frappé le juge arbitre aussi.

Il glousse. Moi aussi. Mais je me reprends.

– Ce n'est pas drôle ! Ce match a été le dernier match officiel auquel j'ai participé ! La haine a gâché ma vie, Damien. Tu veux que ça fasse pareil avec toi ? Si tu tabasses tout le monde, à un moment, ça tournera mal, c'est certain. Et tu ne veux pas ça !

– Mais si vous détestiez ce type, pourquoi seriez-vous le responsable ? Il devait le mériter !

Je redresse la tête en soupirant.

– Oh oui, tu peux me croire ! Il méritait même pire, si tu veux mon avis ! Mais je n'avais pas le droit de le défoncer comme je l'ai fait. Après une longue réflexion, j'ai compris qu'il aurait été beaucoup plus malin pour moi de canaliser ma force et de le foutre K.O. en trois rounds. Ça aurait été facile. Et une bien plus belle victoire. Au lieu de ça, je lui ai pété le nez, j'ai failli l'émasculer – il glousse – et il a perdu pas mal de cheveux ce soir-là. Pas très malin…

Il réfléchit un moment.

– Je ne suis pas d'accord. S'il vous avait fait du mal, il méritait ce qu'il a reçu.

– Oui, je pensais comme toi. Sauf que lui, il n'a pas été viré du ring. C'est moi. Ce que j'essaye de te faire comprendre, Damien, c'est que la force ne suffit pas. En face de toi, tu auras toujours des petits malins qui iront chercher ce qui te mets en rogne, et ils joueront avec. Si tu t'emportes, ils gagneront. Mais par contre, si tu joues leur jeu, alors c'est toi qui gagnes.

Il me dévisage, comme si je venais de lui apprendre le sens de la vie. Mais il semble sceptique, toutefois.

– Mais alors, je dois faire quoi ?

Je hausse les épaules.

– Tu as deux choix. Soit, tu pars, comme si tu n'avais pas entendu. Soit, tu lui donnes raison. Par exemple, pour Loïc, tu aurais pu répondre « oui ». Tout simplement. Et il n'aurait pas su quoi répondre. Et pour Théo, dans la chambre, réponds « si tu veux », ou « si ça t'arrange ». Et là, si tu arrives à leur faire croire que tu t'en fiches, c'est eux qui perdent, Damien. Dans les deux cas !

Il s'insurge.

– Mais c'est faux ! Je ne suis pas une tap… un gay !

Je lui souris pour lui montrer que je remarque son choix de formulation avant de répondre.

– Mais tu crois franchement qu'il ne le sait pas ? Tu crois qu'il est assez stupide pour croire que tu es gay parce que ton père l'est ?

Je lui pose une colle.

– Je ne sais pas.

– Moi, je sais. Il n'en a aucune idée. Et c'est ce qui lui fait peur, tu vois. Parce qu'il ne comprend pas. Sois plus malin. Il veut t'énerver, alors ne t'énerve pas ! Et il perdra le contrôle sur toi. Change tes réflexes.

– Bon, d'accord. Mais après, je vais avoir envie de frapper quand même !

– Je me doute. Cette rage qui te brûle les poings, tu la ranges dans un coin. Dirige-la. Et tu vas courir, ou hurler, ou nager. N'importe quoi. Mais ne frappe pas.

Je sais qu'il est un peu jeune pour comprendre. Mais je ne sais pas si quelqu'un prendra le temps un jour de lui expliquer. Alors je préfère aller droit au but. Nous n'avons que deux semaines avec les gosses. C'est court. Autant leur bourrer le crâne de tout ce qu'ils peuvent ingurgiter pour les rendre plus forts face à la vie. Mais il va quand même falloir que j'aie une petite conversation avec son père. Parce qu'il est la clé du bonheur de son fils, et qu'il ne le réalise visiblement pas du tout…

Damien me coupe dans ma réflexion.

– Marlone ?

– Oui ?

– Est-ce que… je pourrais venir frapper le sac s'ils recommencent ?

J'adore entendre ça.

– Oui ! Dans ces cas-là, viens me voir. Et je t'apprendrai quelques trucs !

Il se redresse et m'adresse son premier sourire du séjour.

– Merci ! Ça va être génial !

Il est déjà totalement emballé. J'aimerais me joindre à sa joie, mais…

– En attendant, monsieur le boxeur, tu as désobéi et tu as usé de la force alors que je te l'avais interdit. Tu vas être puni !

C'est beaucoup moins drôle, tout à coup. Il se fige, plus qu'étonné, pendant que je me relève.

– Mais, je n'ai rien fait !

Je fronce les sourcils. Inutile de m'étendre sur la question, il se reprend de lui-même.

– Non, mais je n'ai rien provoqué ! Il m'a...

– Oui, et il sera puni lui aussi. Je vais discuter avec Samuel à ce sujet. Nous adapterons les sanctions. D'ailleurs, j'aimerais assez me changer et savoir si ton adversaire a survécu à ton attaque. Bouge tes fesses, Rocky, on y va !

Il saute sur ses pieds et m'emboîte le pas.

– Alors, on commence quand ? J'adore la boxe ! Vous connaissez *La rage au ventre*[1] ? Jack Gyllenhaal est trop balaise ! Quand il prend son adversaire comme ça et qu'il lui balance une droite, comme ça... pchhh... Par terre le type ! Trop bien.

Je refoule un rire. Un gosse reste un gosse... Même en plein désarroi, une partie de son cœur est enfoui malgré tout dans l'innocence et dans les rêves. Heureusement ! Je commençais à me demander si cette partie de l'enfance existait encore chez lui. Tout espoir n'a pas disparu. Tout au plus un peu perdu au milieu du monde des adultes. On va arranger ça.

---

[1] L'auteure, qui adore la boxe, bien entendu, se permet de vous recommander ce film. Si Damien est fan pour la partie boxe, on peut largement être fan d'une autre facette du personnage de Jack G... Son physique, par exemple... Ses yeux... Son corps... Vive les shorts. Bref, ne nous égarons pas... Donc *La rage au ventre*, Réalisé par Antoine Fuqua, sorti en 2015 à New-York.

CHAPITRE 3~1

Tristan

Jeanne fait sonner l'interphone pour la trentième fois depuis ce midi. Je ne réponds plus. Je sais que je devrais être ailleurs. Je sais que Damien m'attend. Ou plutôt qu'il ne m'attend pas. Deux jours que je me demande si je dois me présenter à cette journée des parents. Jusqu'à ce matin, lorsque j'ai reçu les rapports d'une enquête financière qui plonge l'un de mes clients dans la merde jusqu'au cou. Je déteste les chiffres. Et qu'un client me mente, encore plus. Je suis à la limite de laisser tomber ce client véreux. J'aurais dû me méfier, trop parfait pour être honnête. En attendant, j'ai certainement trouvé dans cette urgence l'excuse parfaite pour me dédouaner de mon absence au centre... Mes clients ont besoin de moi.

L'interphone sonne encore. Il est 15 h 30, et j'ose espérer que ma secrétaire ne tente plus de me transférer un appel du centre. Je pense avoir été clair sur le sujet. Aucun appel. Je sais, c'est minable. Mais quelque part, ça me correspond pas mal... La seule chose que je me demande, c'est : pourquoi ai-je confirmé ma présence à cette journée « portes ouvertes » ? Je savais pertinemment que je ne m'y rendrais pas. Même si j'aime mon fils plus que tout, j'avoue que je ne sais plus quoi faire pour arranger les choses avec lui. Un an que je tente tout et n'importe quoi. Un an que je supporte son regard triste et haineux sur moi. Un an que je n'arrive plus à me regarder dans un miroir sans me sentir méprisable et en dessous de tout... Non pas que j'y arrivais avant. Mais, aujourd'hui, c'est pire...

Nouvelle sonnerie sur l'interphone. Vraiment insistant. Dans le doute, je ne réponds pas. À la question : est-ce que je me cache derrière mon boulot ? La réponse est très probablement : « oui ». À l'autre question qui en découle naturellement, à savoir : suis-je un minable ? La réponse reste inchangée, c'est « oui ».

Paradoxe énorme, je suis capable de traiter avec des clients mafieux et louches, de poursuivre en justice d'autres personnes encore plus mafieuses et louches, mais je tremble devant mon fils de dix ans. Je ne sais pas comment le prendre, j'ai toujours l'impression de faire ce qu'il ne faut pas, et surtout, je suis certain d'être un personnage nocif pour lui. Lorsque j'ai décidé de demander la garde partagée, et que je me suis lancé dans ce combat contre sa mère et sa famille, je pensais simplement que l'incompréhension qui s'était installée entre nous était due à nos rapports trop peu nombreux. Aujourd'hui, je réalise que le mal est beaucoup plus profond, et peut-être définitivement installé. Alors, à quoi bon ? Le bonheur de mon fils est la seule chose qui compte, bien avant moi ou sa mère. Ou cette foutue haine qu'elle ressent envers moi. Il est donc certainement préférable que je mette fin à cette simagrée de père célibataire et bien sous tous rapports. Je ne suis peut-être bon qu'à payer les factures, finalement…

La porte de mon bureau s'ouvre avec fracas. Je sursaute en renversant mon café sur les livres de comptes de mon client.

– Merde !

Je redresse la tête vers le nouvel entrant dans la pièce et me fige. L'éducateur du centre. Malone. Marlone. Oui, Marlone. Le mec dont les yeux m'ont poursuivi une nuit entière. Le mec qui fait mon boulot auprès de mon fils depuis le début de la semaine, pendant que je me planque ici comme un lâche.

Il semble hors de lui. Jeanne, qui l'a suivi jusqu'ici, reste sur le pas de la porte alors que mon invité surprise ne se gêne pas pour envahir mon espace en s'avançant vers mon bureau.

– Monsieur Veynes, j'ai essayé d'expliquer à ce monsieur que…

Je lui adresse un geste de la main lui signifiant de laisser tomber. Je crois qu'au fond de moi, je m'y attendais un peu. Enfin, pas vraiment. Je n'aurais jamais imaginé qu'un éducateur se déplacerait jusqu'ici, mais disons que je ne suis qu'à moitié étonné, vu l'insistance de ses appels depuis deux heures.

J'éponge le café sur mes dossiers avec un Kleenex pendant que ma secrétaire disparaît en refermant la porte. Et là, je me retrouve en tête-à-tête avec un type relativement intimidant, écumant presque de rage.

– Monsieur… Marlone…

Je m'enfonce dans mon siège, attendant la sentence que je mérite amplement. Ses yeux m'examinent un moment, puis il tente de retrouver un semblant de calme avant de prononcer le moindre mot. L'instant est long et lourd de sens. J'ai le temps de repasser dans ma tête tout ce que je n'ai pas fait avec Damien. Tout ce que lui, cet homme à qui j'ai confié les résultats de mon inefficacité sans remords doit penser. Son regard est trop pénétrant, trop vrai, pour que je puisse en douter un seul instant. Il sera peut-être trop poli pour l'énoncer à haute voix – ou pas – mais il le pensera forcément… Je suis un père effroyable et minable, un démissionnaire qui ne mérite aucun respect.

Il ouvre la bouche et je me prépare au verdict. Qui ne tarde pas à arriver.

– Au cas où vous l'auriez oublié, vous êtes attendu au centre cet après-midi. Et second point, je n'ai pas que ça à foutre, parcourir trente bornes pour aller chercher les parents récalcitrants. Je suis l'éducateur de votre gosse. Pas le vôtre !

Je plisse les yeux, sur la défensive.

– Mais, je n'ai jamais demandé que vous veniez défoncer ma porte ! Je trouve même plus que discutable cette manière de procéder, et…

Il balaye ma remarque d'un geste de la main en m'interrompant.

– Discutable ? Et promettre à son fils, qui en a terriblement besoin, de venir passer quelques heures avec lui et ne pas se montrer, ce n'est pas « discutable », par hasard ? Je n'ai effectivement pas à venir vous chercher. Et oui, c'est un manque de respect évident envers vous… Mais au niveau du respect, mon avis, c'est que vous n'en faites pas preuve envers votre fils. Donc, je suppose que nous pouvons nous passer de ce genre de choses.

Je m'insurge :

– Bien sûr que je respecte mon fils !

– Non, affirme-t-il en secouant la tête. Bien sûr que non ! Votre fils vous attend, le regard vide et les poings serrés, devant un lac. Parce que je lui ai confirmé que vous viendriez, puisque vous vous y êtes engagé… Il ne m'a pas cru ! Et bêtement, j'ai insisté pour qu'il y croie ! C'est moi qui passe pour un con, au final ! Votre fils vous attend, bordel ! Et vous vous planquez ?

Je soupire. Rien n'est moins vrai.

– Cela fait bien longtemps que Damien ne m'attend plus, figurez-vous.

Les mains sur les hanches, droit et imposant, il prend le temps de me toiser méchamment avant de répondre.

– Alors, c'est comme ça ? Votre gosse traverse une passe difficile, donc vous le laissez se démerder ? C'est bien ce que je dois comprendre ? Ou alors, vous vous imaginez que deux semaines au centre suffiront à lui remettre les idées en place et que tout roulera quand il rentrera ?

Nos yeux se croisent et s'affrontent un moment. Je suis touché par l'ardeur qu'il met dans ce combat, pour un enfant qui n'est même pas le sien et qu'il connaît depuis une petite poignée de jours à peine. Une telle ferveur impose mon respect, c'est indéniable. Cet homme n'est pas n'importe qui, c'est certain. Je l'avais déjà compris lors de notre rencontre, uniquement par sa façon d'être. Mais là, dans ce bureau, il prouve une fois de plus que j'ai affaire à quelqu'un de bien. Trop bien, peut-être. Et légèrement volcanique... dans tous les sens du terme.

– Ce n'est pas ça.

– Alors c'est quoi ?

Si je le savais... Je ne comprends rien à ce gosse, et ce n'est pas faute d'avoir essayé. Ce n'est absolument pas sa faute, c'est la mienne, j'en suis conscient, mais je n'ai trouvé aucune parade efficace au problème qui nous éloigne autant.

Je soupire en me prenant la tête dans les mains. Il ne me laisse pas m'apitoyer sur mon sort et s'appuie sur le bord de mon bureau pour se pencher vers moi.

– Écoutez, il m'a parlé de certaines choses... Je ne porte pas crédit à tout et votre vie ne me concerne pas. Néanmoins, je pense que Damien a besoin de vous. Vous êtes même la clé de son équilibre... C'est d'ailleurs la raison pour laquelle j'insiste lourdement. Si vous ne faites aucun geste vers lui, alors, je pourrais me démener pendant ce séjour, retourner la terre entière, mais rien ne guérira réellement au fond de lui... Parce que, tout ce dont il a besoin, c'est de son père. Il est fort probable que vous croyiez l'inverse. Mais si c'est le cas, vous vous trompez. Et si je me suis déplacé, c'est parce que je pense que pour ce cas précis, une vraie explication entre vous et lui est impérative. La fureur que Damien porte en lui provient de toute évidence d'un souci de communication. Et ça, je le répète, je ne peux pas le solutionner sans vous !

J'aurais envie de lui dire de se mêler de ses affaires. Je n'ai pas forcément envie qu'un inconnu vienne fourrer le nez dans mes problèmes. Cependant, d'après ses mots, il semble avoir cerné mon fils en un temps record, et il se bat pour lui. Je devrais en prendre de la graine, plutôt que le combattre. D'autant plus que je suis moi-même totalement démuni et pas du tout en position de sortir ma science sur le sujet, puisque j'ignore tout de l'éducation d'un enfant.

Je choisis donc d'entrer dans son jeu, celui de la franchise. Je n'ai finalement rien à y perdre, puisque je ne connais même pas cet homme.

Je ferme les yeux un moment et me lance.

– Damien vous a raconté des choses ?

Il hoche la tête.

– Oui. Damien s'est battu, puis je l'ai aidé à canaliser sa colère. Et une fois qu'il n'avait plus que sa voix pour s'exprimer, lorsque son corps n'en pouvait plus, alors il a parlé. Je ne l'ai pas questionné sur ce que je ne connaissais pas moi-même, parce que ce n'est pas à moi d'éluder certains aspects de ses problèmes. Cependant, il s'est ouvert. Un peu.

– Et... qu'est-ce qu'il a dit ?

J'aimerais vraiment savoir. Si quelqu'un pouvait me dire ce qui se passe dans la tête de mon fils, je donnerais tout l'or du monde pour l'écouter. Simplement, mon interlocuteur ne semble pas enclin à s'étendre sur le sujet. Il secoue la tête en croisant les bras sur son torse.

– Je ne trahirai pas Damien. C'est à vous de lui poser ces questions.

– Mais il ne m'écoute pas. Le dialogue est mort depuis des années. Il n'est pas un garçon qui s'ouvre facilement...

Cette fois, il s'emporte.

– Et alors ? C'est aussi simple que ça ? Votre fils n'est pas tout à fait comme vous l'attendiez et certains de ses défauts vous dépassent, donc tant pis, on passe à autre chose, next ?

Il soupire en serrant les poings, cette fois hors de lui. Il tend son index vers moi puis continue :

– Vous savez, les gens comme vous m'exaspèrent au plus haut point ! Pour rester poli ! Quand on a la chance d'avoir un enfant, on l'aime. Pour ce qu'il est. Pas pour ce qu'on voudrait qu'il soit ! Et c'est là qu'est le problème, justement ! Vous voudriez que votre fils vous aime, même si vous n'êtes pas le père idéal. Par contre, lui, il doit se montrer parfait, comme vous désirez le voir, pour pouvoir espérer recevoir l'attention dont il a besoin... C'est un peu facile, vous ne trouvez pas ?

Je m'emporte à mon tour.

– Je n'ai jamais demandé à Damien de faire semblant d'être un autre, d'où sortez-vous ça ?

– Bien sûr que si ! Il est compliqué, vous ne le comprenez pas. Il ne parle pas… Et ça suffit à vous décourager. Donc, vous l'oubliez en vous cachant au fond de votre bureau au lieu d'aller le rejoindre autour d'un lac pour faire un tour de pédalo ! Vous ne lui laissez aucune chance ! Vous l'avez déjà condamné. Alors, ne vous étonnez pas qu'il fasse de même en ne faisant aucun pas vers vous, lui non plus…

C'est un peu fort ! Mais pour qui se prend ce type ?

– Vous ne connaissez rien de notre vie et de nos problèmes ! Je vous interdis de me juger ! Et d'ailleurs, si je suis comme ça, c'est parce que c'est lui qui a commencé !

Il hausse un sourcil, ironiquement… Et toute l'ampleur de ma connerie me frappe en pleine tronche. Ce qu'il ne manque pas de souligner.

– « C'est lui qui a commencé » ? Et à quel âge exactement ? Quand il vous a pissé dessus lors d'un changement de couche ? Ou quand il a souri une fois de plus à sa mère plutôt qu'à vous à l'âge de trois ans… ? Vous savez, vous auriez peut-être dû vous inscrire avec lui au centre, parce que je commence à me demander s'il y a un adulte responsable aux commandes de cette histoire. J'ai plutôt l'impression de me trouver face à deux préados…

Il soupire et se gratte la tête en retrouvant un calme relatif.

– Dans tous les cas… J'ai dit ce que j'avais à dire. Mon boulot s'arrête là. Je ferai mon possible pour aider Damien, mais soyez bien conscient que quoi qu'il arrive, tant que ce problème entre vous ne trouve pas de solution, tout ce que je ferai ne servira pas à grand-chose. C'est à vous qu'il appartient de réagir. À personne d'autre… C'est vous qui voyez. Je dois y retourner. Sortie pédalo en famille proposée dans une heure. À vous de voir si vous voulez en être.

Il tourne les talons et se dirige vers la porte. Je souffle une dernière excuse à son attention.

– Ce n'est pas si simple.

Il se tourne une dernière fois en ouvrant la porte, puis hausse les épaules avant de répondre.

– Ça s'appelle « être parent ».

Il sort et referme la porte. Me laissant seul avec mon dégoût pour moi-même. Avec cette vérité qu'il vient de m'enfoncer dans le cerveau… Je suis complètement à côté de la plaque, et si j'arrêtais d'être égoïste, je me rendrais compte que mon inaptitude à être un bon père détruit mon fils. L'heure n'est pas à l'apitoiement. L'heure est à la remise en question. C'est d'une évidence incroyable. Il est temps d'arrêter de pleurer et de se battre. C'est la seule solution.

Marlone

Je récupère le cours de l'après-midi « parents » en rejoignant le groupe sur les bords du lac, l'activité randonnée venant vraisemblablement de se terminer depuis peu. Je trouve Tina en pleine préparation des pédalos, légèrement à l'écart d'une tripotée de gamins survoltés. Elle ne cache pas son soulagement en me voyant.

– J'ai cru que j'allais mourir ! Je déteste les journées de visites. J'ai l'impression que les parents sont pires que leurs gosses, en fait…

J'attrape une pile de gilets de sauvetage que j'installe sur le bord du ponton.

– Tu m'étonnes.

Elle apporte le reste des gilets en soupirant.

– Donc, tu m'en dois une… Je choisis… de voir ton cul.

J'éclate de rire.

– Mais tu le mates non-stop, mon cul !

– Pas en vrai ! Je veux voir ton cul, genre, à poil !

Je lui adresse un regard séducteur.

– Je n'ai pas de poils…

Elle écarquille les yeux pendant que sa bouche s'ouvre d'incrédulité sous la révélation extraordinaire que je viens de lui faire. J'éclate de rire en me dirigeant vers les pédalos. Elle me rejoint en sautillant.

– Sans déconner ? Genre… Putain ! Putain… La vache !

– Vocabulaire très profond !

Elle secoue la tête en grimpant sur l'un des engins pour vérifier si tout est en ordre.

– Non, mais sérieusement ! Je vais mourir, étouffée par mes fantasmes... T'es certain que tu es toujours gay ?

Je hoche la tête.

– Toujours. Par contre… Samuel nous mate… enfin, il TE mate.

Elle redresse la tête, repère le mateur à l'ombre près des arbres et lui adresse un signe de la main en lui souriant hypocritement.

– Sérieux… pourquoi est-ce que j'attire toujours les mauvais ?

Je m'apprête à répondre mais nous sommes interrompus par Damien qui accourt vers nous, accompagnés de deux filles du bâtiment B. Donc, un peu plus vieux que lui. Tina et moi nous occupons des plus jeunes.

– Marlone ! Je t'ai cherché ! T'étais où ? J'avais peur que tu ne sois pas là pour la course de pédalos ! Tu veux bien qu'on se mette ensemble ?

Je balaye rapidement les alentours du regard. Pas de M. Veynes dans les parages. Malheureusement.

– Oui, si tu veux.

Le gosse s'exclame :

– Ouais ! On va tout dégommer !

Tina retient un rire en s'éloignant et en alpaguant les deux amies de Damien.

– J'ai besoin d'un coup de main pour installer la ligne de départ !

Une fois seuls, j'envoie un clin d'œil à Damien en grimpant sur un pédalo.

– Alors ? Laquelle des deux ?

Il rougit pendant que je saute sur un autre engin de torture.

– Non, mais… ce ne sont pas mes copines, et je ne suis pas amoureux ! C'est juste qu'elles sont sympas.

– J'imagine…

Il grimpe sur le troisième pédalo pour faire comme moi, sans vraiment savoir quoi vérifier. Je le rejoins.

– En fait… La sœur de Léa…

– Qui est Léa ?

– La plus grande. Donc, sa sœur, en réalité, c'est son frère. J'ai rien compris, mais je crois que c'est encore plus bizarre que d'avoir un père gay.

Je glousse en sautant sur la rive.

– Ça, c'est clair ! Et ne me demande pas de t'expliquer un truc pareil, j'avoue que je suis dépassé, là !

Il attrape ma main et saute sur le sol.

– Ah, mais elle m'a expliqué. Son frère a voulu devenir une femme, alors il a pris des médicaments. Et maintenant, il a des seins. Heureusement, il s'appelait Morgan, alors il est resté Morgan. C'est quand même bizarre. Moi, je ne me pose qu'une question... Elle n'a pas su me dire...

Il me regarde d'un air suppliant. Me voilà bien...

– Vas-y ?

– Il, enfin elle.... fait pipi comment ? Assis ? Debout ?

Je ravale un rire.

– Alors là, je ne sais pas...

Il se gratte la tête, profondément perplexe.

– Mais, tu sais, Damien, je crois que ce genre de préoccupations n'est pas vraiment important... Ne t'embrouille pas le cerveau avec ça. Je suis par contre ravi que tu relativises par rapport à ton père, et...

Il esquisse une grimace, tout à coup, les yeux rivés sur le parking.

– Ben le voilà, justement. Mon père ! Qu'est-ce qu'il fait là ?

C'est une surprise. Je ne m'y attendais pas. Il m'a semblé très fermé derrière son bureau, sa cravate et ses lunettes.

– Il avait dit qu'il viendrait... Et ne joue pas ton mec blasé, Damien. Je sais que tu l'attendais.

– Oui, enfin... comme il n'était pas là au début, je me suis dit « comme d'hab »... Il fait toujours ça... Ne pas venir.

Je me redresse pour le regarder dévaler la pelouse, toujours habillé en avocat. Chemise noire et cravate grise, pantalon noir. Il a abandonné les lunettes. Dommage, je le trouvais sexy avec... Mais ce n'est pas le sujet. Il est d'ailleurs sexy aussi sans lunettes... Ses manches de chemise sont roulées jusqu'aux coudes et j'avoue que j'ai bien noté ses avant-bras. Mais ce n'est toujours pas le sujet.

Il nous rejoint et je lui serre la main, l'air de rien. Damien n'a pas besoin de savoir qu'il a eu besoin d'un petit coup de pouce pour venir jusqu'ici. Parce que je crois au fond de moi que ce n'est pas le manque d'envie, mais bien la peur qui l'a scotché à son bureau en début d'après-midi. On ne peut pas le sanctionner pour un petit coup de stress. Pas vrai ?

Je pousse Damien discrètement pour qu'il embrasse son père. Le gamin obéit avant d'examiner la tenue de son daron.

– T'es pas habillé pour le pédalo !

– Non, mais j'ai ce qu'il faut dans la voiture. Je me suis dit que je trouverais un endroit pour me changer. J'ai été retenu au boulot, Dami. Je suis désolé.

L'enfant n'entend pas ses excuses et se referme instantanément. Le père soupire et s'accroupit devant son fils.

– Écoute, Dami… je crois qu'il faudrait qu'on parle, et…

Je me racle la gorge bruyamment pour l'interrompre.

– Oui, mais ce n'est pas le moment. Nous avons dix minutes avant la reprise des activités. Damien, montre ta chambre à ton père, il pourra s'y changer. On vous attend.

Le père se redresse et m'adresse un regard perdu pendant que son fils remonte déjà la butte pour rejoindre notre bâtiment.

– Alors là, j'avoue que je ne comprends plus ! Je n'ai pas rêvé, vous êtes bien venu…

– Oui, oui, je suis venu. Et je maintiens ce que j'ai dit. Vous devez apprendre à communiquer, tous les deux. Simplement, échanger, apprendre à s'écouter, peut se faire de différentes manières. Et aujourd'hui, c'est relax. Profitez de votre journée avec votre gamin, éclatez-vous, montrez-lui que vous n'êtes pas qu'un père « chiant », mais que vous pouvez être cool. Il sera plus ouvert pour la discussion s'il a envie de vous découvrir… Passez un bon moment et détendez-vous. Ce sera déjà pas mal…

Il plisse les yeux un moment, puis passe la main dans ses cheveux en me détaillant des pieds à la tête, lentement. J'espère qu'il aime ce qu'il voit… Je crois que j'aime bien ce type. Il est… différent.

Il penche la tête doucement, esquissant un sourire.

– Mais vous êtes qui, en réalité ? Un ange venu pour me montrer la voie ?

Je lui offre mon plus beau sourire…

– Un ange ? Oh que non ! J'ai un diable tatoué dans le dos…

Mon sourire se fane sous ses yeux de la couleur de l'ambre, qui me couvent étrangement. Il s'apprête à rétorquer, mais Damien en a certainement assez de poireauter devant la piscine et l'appelle.

– Papa ? Tu viens ?

Son père m'adresse un signe de tête pour prendre congé et remonte la pente jusqu'à son fils d'un pas alerte. Je l'observe, enfin, j'observe son c…

– Eh, t'as besoin d'un coup de main ou ça va aller ?

Tina ! Je fais volte-face et retourne à mes pédalos pendant qu'elle ricane outrageusement.

Quelques minutes plus tard, Achille, l'éducateur en chef qui gère les enfants de grande section avec Samuel, siffle entre ses doigts pour appeler les familles au rassemblement devant le lac. Il grimpe sur deux pédalos pour faire face à tout le monde pendant que Damien revient de notre bâtiment, dévalant la butte d'herbe, suivi de près par son père. Tout à fait honnêtement, j'ai du mal à détacher mes yeux du spectacle. Ce mec a mal choisi son métier car le costard ne lui rend vraiment pas justice : bermuda beige et t-shirt blanc près du corps, peau mate contrastant avec l'éclat du tissu, lunettes de soleil sur le nez, il est bien bâti, sans un poil de graisse…

J'avais imaginé un corps rendu un peu flasque à force de rester assis derrière un bureau, un peu comme mon père et mes oncles… Bon, ben j'étais loin du compte.

Un petit sifflement retentit tout près de moi. Encore et toujours Tina. Mais cette fois, elle ne se moque pas de moi. Elle bave devant la même chose que moi.

– Bon. OK. Aujourd'hui, je te laisse tranquille. Je crois que je vais m'assurer que le père de Damien passe un bon moment en notre… compagnie…

J'éclate de rire derrière mon poing. Elle me balance un coup de coude super violent.

– Pourquoi te marres-tu, toi ? T'es jaloux !

Je nie d'un mouvement de tête.

– J'espère pour toi que tu ne joues pas souvent aux cartes, c'est tout !

– Pourquoi dis-tu ça ?

– Parce qu'encore une fois, mauvaise pioche…

Elle m'interroge du regard pendant qu'Achille réclame l'attention du public. Je me retourne en lâchant la sentence.

– Il est gay !

Elle pivote vers Achille à son tour.

– Tu déconnes ?

– Même pas !

– Bordel !

– Marlone et Tina, ça va ? On ne dérange pas trop l'atelier salon de thé ?

Achille ! Nous nous taisons pour le laisser expliquer les règles de la course de pédalos jusqu'à ce que Tina, qui réfléchit toujours au sujet de l'info que je lui ai passée, s'exclame :

– Non, sérieux ? J'en ai marre de ces mecs !

J'éclate de rire. Achille nous interpelle à nouveau :

– Donc, les éducateurs récalcitrants disputeront la course également !

Il nous adresse un sourire satisfait pendant que Tina ronchonne :

– Comme si je n'avais pas assez de raisons pour me coller une tendinite ! Il est marrant, lui ! Marlone, fais quelque chose !

– OK !

Je pousse du pied l'un des deux pédalos sur lesquels notre chef est juché. L'engin est certes attaché, mais il tangue dangereusement. Suffisamment pour qu'Achille bascule et s'affale, les fesses en premières, dans le lac, provoquant un éclat de rire général, surtout du côté des enfants. Il a pied, largement, donc il se relève promptement sans mal, en levant le bras.

– Mesdames, Messieurs, les enfants, je suis dans l'obligation de décaler le départ de la course ! Avant toute chose, j'ai un compte urgent à régler ! Je déclare ouvertes les joutes vengeresses du lac !

Puis, en me fixant avec défi et un immense sourire bienveillant :

– Marlone ! Toi, et moi, on règle ça dans dix minutes au milieu du lac ! Chacun son pédalo et ses pédaleurs, une corde, on tire. Le premier à la flotte est déclaré grand perdant !

Les enfants sautent de joie, Tina éclate de rire et Damien se rue sur moi.

– Je peux pédaler pour toi ? Dis, je peux ?

– Oui ! Parfait, j'ai besoin d'un autre équipier !

– Papa ? Tu viens avec nous ?

Le père hoche la tête… Alors c'est parti pour le grand tournoi.

Tristan

Et me voilà sur un pédalo. Mon fils pédale à ma droite et son éducateur est assis à califourchon à l'avant de l'embarcation, les pieds plongés dans l'eau, nous laissant l'emmener au milieu du lac. De là où je suis, j'ai pleine vue sur le démon souriant ironiquement tatoué au milieu de son dos, sur ses épaules larges et sa chute de reins virile et… putain, trop alléchante. Il a raison, ce mec est un démon. Il réveille des sensations que j'avais juré de ne plus côtoyer avant que Damien ne soit en âge de vraiment comprendre les choses.

Je reporte mon attention sur mon fils parce qu'il est le centre de mon monde et que je suis là pour lui, rien d'autre. Il ne sourit pas mais semble plus serein. Attentif à notre avancée sur le lac, il pédale vigoureusement pour montrer qu'il assure. Je le vois trop à sa petite frimousse concentrée dans l'effort.

Marlone lève la main en se tournant vers nous.

– Ça devrait être bon ! Vous vous rappelez ce qu'on a dit ? Quand je vous le demande, vous reculez !

– Oui !

Damien est comme un fou, heureux, enfin je crois… Ses amis sur les rives du lac crient et encouragent les équipes, du reggae sort des haut-parleurs cachés dans le parc autour de nous et le soleil brille de tous ses feux. Je plonge la main dans l'eau tiède et prends un petit instant pour profiter de ce moment de paix. J'ai l'impression d'avoir posé le pied sur une autre planète. D'avoir abandonné tous les soucis de mon petit foyer, si loin qu'ils ont disparu.

– Papaaa !

Mon fils me secoue le bras et je reviens dans le présent. Marlone me lance un regard inquiet, ses lèvres esquissant une question muette que Damien ne peut intercepter depuis sa place :

– Ça va ?

Je hoche la tête en souriant.

– Parfaitement.

Nous échangeons un regard amical, qui étrangement impose un sourire plus franc sur mes lèvres. Puis, il se retourne vers son adversaire, debout en face de lui sur un autre pédalo. Il lui lance la corde. Notre champion se relève souplement sur ses pieds, qu'il cale du mieux qu'il peut sur le rebord glissant du pédalo.

– Reculez !

Damien se met au boulot énergiquement, appliqué dans la mission. Je l'imite. Cette situation m'amuse. Surtout la tête de mon fils, pour qui l'opération semble d'une importance capitale. Marlone nous adresse un geste de la main sans se retourner.

– Ça devrait aller.

Nous stoppons. Dami se penche vers moi sans quitter son éducateur des yeux.

– Tu sais qu'il est boxeur ?

Je lève un sourcil.

– Ah ? Non.

Mon rejeton hoche vigoureusement la tête.

– Ben oui, il l'est. Et il frappe fort ! Il va m'apprendre !

Mon fils semble aux anges. Moi, tout ce que je vois, c'est qu'en quelques jours, mon fils m'apparaît beaucoup plus serein… Le véritable ange, c'est l'homme qui porte un démon dans le dos et qui crie à notre attention, les genoux pliés, la corde dans les mains…

– On recule doucement. On ne doit jamais avancer !

Damien ne tient pas en place, gesticulant nerveusement sur son siège.

– OK, champion !

Et c'est parti. Je régule mon fils qui pédale avec trop d'entrain et le guide dans la cadence à suivre pendant que les deux éducateurs, à cinq ou six mètres l'un de l'autre, tirent vigoureusement sur la corde pour faire tomber l'autre. Les muscles de Marlone se tendent devant moi. C'est un véritable régal pour les yeux. Les cuisses, le dos, les bras. Tout roule, gonfle et se tend sous sa peau bronzée luisant sous le soleil. Cette fois, pas de doute, je bande.

– Papa, on avance !

– Ah oui !

Marche arrière toute !

Marlone tente de tirer un coup sec sur la corde. Son adversaire vacille dangereusement, glissant sur le plastique humide de son embarcation. Des acclamations nous proviennent depuis la rive. Damien applaudit en riant. Et ce petit son auquel je ne suis absolument pas habitué me fait un bien fou !

– On recule !

Nous pédalons sèchement. Achille, qui a réussi à retrouver son équilibre, tire à son tour sur la corde. Notre champion chancelle en moulinant de son bras libre. J'ordonne à mon fils :

– On avance, Dami !

Mon fils me suit dans le mouvement et Marlone, sous l'impulsion, perd l'équilibre tombe à la renverse sur nous. Mais pas dans l'eau. Tout va bien. Sa peau frôle celle de mon bras, juste l'espace d'un instant. Contact chaud et doux qui me perturbe plus que de raison. Il se redresse en posant sa main sur mon épaule, concentré sur le combat.

– C'était top, merci ! On va en finir, maintenant !

Il atterrit sur ses pieds et retrouve l'avant du pédalo en enroulant son bras à la corde. Me laissant quelque peu perturbé sur mon siège. Son adversaire se prépare. Les enfants sur le bord du lac deviennent hystériques et crient des chants guerriers, encouragés par les éducateurs ! Et moi, je me reprends, et me laisse entraîner par l'engouement général, me concentrant sur le combat. C'est génial en fait.

Marlone nous donne ses ordres, concentré.

– Attention….

À moitié plié en deux, les fesses en arrière, il attend en tirant doucement et Achille répond de la même manière. Les deux laissent passer un instant sans bouger. Puis, comme un seul homme, ils crient au même moment en se mettant à tirer sur la corde vigoureusement :

– Reculez !

Les deux pédalos obéissent. Achille glisse jusqu'au rebord de son fidèle destrier en équilibre précaire, le bras tournoyant dans le vide pour retrouver l'équilibre. Damien anticipe et pousse un cri de victoire, mais Achille tire une dernière fois sur la corde. Marlone se laisse embarquer dans l'élan, ses pieds glissent sur le plastique et… Il plonge !

La fin du monde pour Damien ! Achille lève les poings au ciel en signe de victoire, mais Marlone tire sur la corde depuis le lac, et son chef effectue un magnifique vol plané en direction de l'eau ! Nos spectateurs éclatent de rire, tout comme Damien qui se lève pour inspecter la surface de l'eau d'où les deux champions saluent leurs supporters.

Puis, Achille annonce le début de la course.

– Bon, alors… Tous sur la ligne de départ !

Damien se penche vers Marlone qui nous rejoint en nageant.

– Allez-y, je vais rejoindre la ligne d'arrivée. C'est moi le juge.

Mon fils ne l'entend pas de cette oreille.

– Mais tu m'avais dit qu'on participerait à la course ensemble !

– Oui, avant que ton père n'arrive. Et de toute manière, je suis crevé, et perdant. Tu as plus de chance de gagner avec ton père.

– Mais…

Marlone me lance discrètement un regard embarrassé. Veut-il savoir si je suis blessé par la réaction de mon fils ? Oui. Si je lui en veux ? Non. Parce que c'est normal que Damien soit fan de lui, ce mec est bienveillant, drôle et cool. De plus, il est recouvert de tatouages et il boxe. Puissamment, d'après mon fils. Qui reprocherait à un enfant d'être béat d'admiration devant un type pareil ? Pas moi. Je le suis un peu moi-même, donc…

En attendant, mon fils veut gagner cette course. Alors on va la gagner. Ou tout faire pour en tout cas…

– Assieds-toi, Damien, on y va !

Mon fils se tourne vers moi, passablement surpris par mon ordre, mais s'installe en adressant un petit signe de la main à Marlone, qui part en nageant vers l'arrivée. Nous nous mettons en route vers la ligne de départ.

Le silence reprend ses droits sur notre embarcation. J'observe mon fils pédaler avec moins d'entrain, visiblement déçu de se retrouver uniquement avec moi. J'essaye de garder le petit lien qui commençait à se tisser entre nous en lui posant des questions.

– Alors, il est bien ce centre ? Tu as l'air de bien t'amuser ?

Il hausse les épaules, l'air un peu maussade.

– Ça va.

– Et… Marlone, il a l'air sympa…

– Oui…

– Il va t'apprendre la boxe ? Je ne savais pas que tu aimais ce sport.

Il me répond rêveusement.

– Si… j'aime bien.

J'ai l'impression de l'ennuyer profondément. Et je ne sais plus quoi dire. Je me maudis intérieurement d'être différent de ce père qu'il lui aurait fallu… Je pourrais être cool, moi aussi. Musclé et boxeur. Mais je suis un mec normal, avocat et gay… Pas de quoi faire réellement rêver un gosse. Jamais je ne verrai les étoiles de ses yeux briller pour moi comme elles l'ont fait il n'y a pas dix minutes devant Marlone… Alors, je n'ai qu'une chose à ajouter.

– Je suis désolé, Dami.

Il tourne la tête vers moi, surpris.

– De quoi ?

Ma gorge se noue et les mots restent bloqués. Comment admettre devant mon fils que je suis nul ? C'est tellement compliqué…

Il n'attend pas ma réponse et me demande.

– Tu sais comment les garçons qui deviennent des filles font pipi ? Marlone n'a pas su me répondre. Il m'a dit que ce n'était pas mes histoires.

Ce gamin est étonnant. Je me morfonds sur un sujet grave et il s'interroge sur les problèmes techniques que peuvent rencontrer des transsexuels… C'est quoi ce camp ? Ils leur parlent de quoi exactement ?

– Pourquoi cette question ?

– Je ne sais pas, comme ça. C'est Léa qui me parlait de ça tout à l'heure. Moi, je crois qu'ils s'asseyent.

– Euh… sans doute.

Il laisse passer un moment de silence alors que nous atteignons la ligne de départ.

– Tu sais, papa… il est gay, lui aussi.

– Qui donc ?

– Marlone. Il est boxeur. Et il est gay. Comme toi. Les gays, c'est pas des tapettes.

J'observe mon fils sans savoir quoi répondre face à toutes ces infos. Déjà…

– Bien entendu que les homosexuels ne sont pas des tapettes. C'est ce que tu croyais ? Et d'abord, c'est quoi, pour toi, une tapette ? C'est très moche comme mot.

– Oui, Marlone me l'a expliqué, ça aussi. Alors je ne le dis plus. Les tapettes c'est les hommes qui font tout comme des femmes et qui ne sont pas forts. Je croyais… enfin. Que tu étais comme ça ! C'est ce que maman raconte, parfois.

Une vague d'indignation mélangée à de la rage m'étrangle littéralement.

– Maman raconte ça ? Devant toi ?

Je viens de passer en fonction « je vais tout casser » ! Cette salope va m'entendre, dès ce soir !

– Non, pas devant moi. Mais parfois, au téléphone, elle en parle avec ses copines. Et avec les parents de Théo quand ils viennent manger. Et j'entends, des fois.

– Ta mère a tort. Tu sais, les parents n'ont pas raison sur tout. Parfois, c'est un peu compliqué.

– Ben oui. Parce que Marlone, il ne ressemble pas du tout à une tapette.

J'aurais envie de lui poser la question fatale, à savoir si moi je ressemble à cette fameuse tapette. Mais j'avoue que j'ai plus que peur de la réponse. Donc, encore une fois, je fais l'autruche. La journée est trop agréable pour que je la gâche en allant chercher des sujets pour me flinguer le moral.

Je préfère me remettre en tête la seconde information dont vient de me faire part mon fils. Marlone est gay. Je sais que c'est stupide, ce mec doit me prendre pour un pauvre type. Et en plus je ne suis pas en position de chercher un rapprochement quelconque avec qui que ce soit. D'ailleurs, la seule idée de toucher un homme me révulse presque. Cette attirance est la cause de la chute libre pathétique que subit ma vie depuis huit ans. Je me suis juré de ne pas replonger là-dedans. Et pourtant, cette nouvelle réchauffe une partie de moi, un organe vital au fond de moi laissé à l'abandon et dont j'avais presque oublié l'existence. Je laisse cette petite flamme faire naître une certaine joie en moi, parce qu'il n'y a pas de mal à penser. Juste penser. Cela n'engage que moi.

Damien m'extirpe de mes réflexions en émettant un long soupir, les yeux rivés un autre pédalo s'installant derrière la ligne de départ, juste à nos côtés. David Courtîmes et son fils Théo. Cet homme est un véritable connard. Et je pèse mes mots. Lorsque Victoire a appris mes véritables penchants sexuels, elle est allée pleurer chez sa meilleure amie, Annabelle, la femme de cet abruti. Remarque, elle n'est pas plus affûtée mentalement que son mari, ce couple est parfaitement assorti. Donc, à la suite des révélations de mon ex, ce type s'est sans doute cru chargé d'une mission divine et s'est pointé chez moi pour m'asséner une morale de deux heures. J'ai fini par le virer malproprement, mais il a continué à m'enseigner la vie depuis le paillasson, devant ma porte fermée. Jusqu'à ce qu'un voisin le dégage à son tour... Un pauvre type.

Bref, nous ne sommes pas réellement potes. Et si j'en crois les regards que nos enfants se lancent, je pense que Damien n'est pas trop ami avec Théo non plus. David me dévisage un moment, le visage fermé, puis tourne la tête alors que je lui adresse un sourire de circonstance en guise de salut.

Pauvre con !

Je me penche sur Damien qui lance des regards noirs à Théo.

– Ça te dirait de leur montrer de quoi les Veynes sont capables ?

Mon fils ouvre de grands yeux, ahuri.

– Comment ça ?

Je lui lance un clin d'œil.

– On va la gagner cette course. En tout cas, on arrivera avant eux. Je te le garantis !

C'est puéril. Stupide. Idiot. Mais, bordel, qu'est-ce que ça fait du bien de se laisser aller à la vengeance ! Aussi ridicule soit-elle. Et ce sourire démoniaque que mon fils arbore finit de m'enflammer. Je m'installe en me préparant psychologiquement à tout donner dans cette course. La femme qui gloussait pendant l'annonce des règles tout à l'heure nous explique le parcours, juchée sur le ponton. La seule difficulté est une sorte de flotteur à contourner, très technique avec ces pédalos à pédales dissociées, ensuite, ligne droite jusqu'à l'arrivée. Je me penche à nouveau vers mon fils pour lui donner mes directives.

– Quand on arrive au virage, tu arrêtes de pédaler. Sinon, on ira tout droit. Et tu refous les gaz dès que je te le dis !

Damien plisse les yeux, visant notre trajectoire.

– OK ! On va les fumer !

J'éclate de rire alors que la jeune fille sur le ponton lève son bras. Le silence se fait parmi la dizaine de pédalos sur le départ.

Et… Top départ !

Damien se met en action. J'ai cette chance avec mon fils, c'est qu'il est une force de la nature. Il joue au foot, court pas mal et adore tous les sports en général. Pour résumer, il se révèle plus énergique et musclé que les gamins de son âge, et donc, il nous procure une aisance dès le début de la course. Nous prenons la première place aussitôt. Suivis de près par la famille à deux balles que nous tentons de semer.

Ils nous collent aux fesses.

– Plus vite, Dami !

– Ouais !

Concentration au maximum. Mais ce n'est pas suffisant. Ce con de David nous dépasse et prend l'avantage.

– Papa, on met le turbo !

Les mains crispées sur le rebord de son siège, les jambes pédalant avec force, les traits concentrés, Damien joue vraiment le jeu. À tel point que son visage me soutire un rire que je contiens. Il arborait déjà ce petit pli entre les yeux quand il s'énervait, bébé... Trop mignon. J'ai envie de lui faire un bisou... Mais on verra ça après. Nous arrivons au fameux virage. Je suis en nage !

Nous rejoignons le pédalo de David et bifurquons à droite, au ras de la bouée signifiant le virage. Damien lâche les pédales au bon moment alors que nos adversaires calculent mal et continuent tout droit. Je balance toute la sauce. Nous abordons le virage parfaitement.

– C'est bon, Dami !

Il se remet en action et nous filons vers l'arrivée. Derrière nous, les Courtîmes rattrapent leur retard. Marlone, aux côtés d'Achille, debout sur la plateforme qui délimite l'arrivée, sautille comme un fou en encourageant mon fils. Les non-participants se mettent à crier eux aussi depuis la rive. Ce qui nous grise et nous fait accélérer encore, nous plaçant en tête ! Je ne sens plus mes jambes, mais pas grave ! Mon fils sourit de toutes ses dents, rien d'autre ne compte !

Nous franchissons les premiers la ligne fictive d'arrivée, validant notre victoire ! Damien lève les bras au ciel, Marlone saute de joie en hurlant comme un fou, jouant le jeu à fond, tout sourire, et mon fils gonfle le torse, fier !

– Papa, on a gagné ! On a gagné !

Je me réjouis aussi, je ne le nierai pas. Simplement pour ce sourire sur les lèvres de mon fils. Et accessoirement, quand même, pour notre petite victoire sur la famille des glandus. Je tends les bras à mon fils et je reçois mon premier câlin depuis... je n'ose même pas compter. Je le presse contre moi, véritablement heureux. Je me lève même de mon siège, maîtrisant l'équilibre instable de notre embarcation pour saluer le public dans de grands gestes grandiloquents, faisant rire mon fils aux éclats.

Je suis stoppé net par un choc violent contre notre pédalo. Je perds l'équilibre, glisse et tombe tête la première vers l'avant. Projeté contre le bord saillant du pédalo. Puis plus rien.

Je sors du brouillard, flottant sur l'eau, mes yeux s'ouvrant sur un panorama magnifique. Le ciel, les oiseaux et quelques nuages. Puis je me souviens. Je mets un moment pour comprendre. Un bras autour de moi et un corps sous moi m'encadrent. C'est à ce moment que je réalise que je glisse rapidement sur l'eau, emporté par ce bras, auquel je m'agrippe machinalement en tentant de comprendre.

– Dami ?

J'essaye de me plier en deux pour observer les alentours et m'assurer que mon fils va bien.

– Calmez-vous ! Il va bien. On arrive à la rive.

Cette voix…

– Marlone ?

– Mmm.

Il me tire à travers le lac. Je ne comprends pas tout, mais je sens rapidement son corps s'écarter du mien, puis le sable me racler le dos. Le bras qui m'a lâché laisse place à une paire de mains qui m'attrapent sous les aisselles pour me sortir de l'eau et me tirer au sec sur le sable.

– Je peux marcher !

– Pas avant que je jette un œil à l'hématome.

– Où est Dami ?

Mon sauveur se trouve quelque part derrière moi. Je lui parle mais ne le vois pas.

– Achille a pris votre place dans le pédalo. Nous avons pensé qu'il était plus simple de vous ramener sur la rive la plus proche. La plateforme était trop haute pour vous hisser dessus et le pédalo aurait pu basculer. Comment vous sentez-vous ?

– Je vais bien.

Ce qui est vrai. Ma tête me lance un peu, mais rien de grave. Je tente de me relever, mais une main se pose avec autorité sur mon torse.

– Ne bougez pas !

– Mais je vous assure que je vais bien.

– Et moi, je vous assure que vous n'avez pas intérêt à bouger.

Je relève la tête mais elle tourne pas mal.

– Voyez ! Attendez, nous sommes sur l'autre rive. Achille est parti chercher la voiture.

– Qu'est-ce qu'il s'est passé ?

– Théo et son père vous ont foncé dessus. Consciemment. Je les ai vus continuer à pédaler. Ces deux-là ne sont pas des gens bien. Arrêtez de bouger !

Ce con de David ! Il aurait pu faire du mal à mon fils ! Marlone s'agenouille à mon côté et se penche sur moi. Ses doigts passant doucement sur mon crâne. J'ai le temps d'examiner son visage pendant que lui, examine le mien. Ses yeux magnifiques concentrés sur ma bosse, ses cheveux trempés collant à son front, un peu longs, lui conférant cet air de sale gosse qui contraste tellement avec tout son être, viril et empreint de puissance. Ses doigts passent doucement sur mon front, puis descendent sur mes tempes. Mon cœur s'affole devant tant de douceur.

– Vous allez avoir une belle bosse. Mais aucune contusion. Je ne pense pas que ce soit grave. Mais ne bougez pas, quand même.

Aucune chance pour que je bouge ne serait ce qu'un seul muscle. Entre ses doigts, je me sens vraiment bien. Il baisse les yeux et surprend les miens toujours posés sur lui. Nous ne parlons plus. Ses doigts continuent leur revue de mon visage. Puis glissent le long de mon cou. Mais cette fois, son regard ne suit plus leur chemin. Il reste posé au fond du mien. Et j'admire cette flamme toujours présente au fond de ses pupilles. Il a vraiment des yeux magnifiques.

– Vous ne ressentez pas de douleur particulière ?

Mon cœur qui bat trop fort, le sang qui pulse sous mon crâne, mon corps parcouru de frissons difficiles à contenir, ma gorge qui s'assèche devant cet homme qui me déstabilise…

– Non. Tout est normal.

Il continue pourtant de m'effleurer la peau. Puis, ses mains remontent sur mon front pour écarter les mèches collées contre ma peau. Sa paume caresse ma joue. Il me semble que ses gestes n'entrent plus dans le cadre du contrôle « médical ». C'est même relativement clair, tout comme l'atmosphère qui s'alourdit entre nous alors qu'une petite brise balaye la rive. Nos regards se heurtent, sa main caresse ma joue avec légèreté… Et moi, je suis pétri de trouille et d'envie. Je ne sais plus quoi penser. Je n'arrive pas à réfréner les sensations agréables qui se faufilent en moi et engourdissent mon cœur. Depuis quand n'ai-je pas laissé un homme me toucher ? Et est-ce qu'un seul m'a autant offert d'attention ? De douceur ?

Je déglutis difficilement alors que ses yeux se posent sur ma glotte. Le bruit d'un moteur approchant brise le silence confortable qui nous portait. Il se laisse retomber sur ses talons, s'éloignant de moi de quelques centimètres.

– Vous voilà sauvé, Lydia est une très bonne infirmière.

Je me redresse mais il ne me retient pas cette fois. Nous nous observons encore un moment, tous les deux conscients que nous venons de laisser s'échapper un moment particulier. Je passe une main dans mes cheveux pour en retirer le sable. La voiture se gare à quelques mètres de nous. Je n'ai pas envie que ce tête-à-tête se termine. Mes mots trouvent le chemin tous seuls, bravant ma timidité et toutes les retenues que je m'impose depuis longtemps... C'est peut-être cette bosse se formant sur mon crâne qui traumatise ma raison et me rend partiellement irréfléchi. Je ne sais pas. En attendant, mes paroles sont claires et distinctes :

– J'aurais voulu vous parler de Damien. Il me semble que vous l'avez bien cerné et j'aurais aimé...

Je m'arrête là, réalisant que je raconte n'importe quoi. C'est stupide et dangereux. De plus je mens. Oui, je veux vraiment comprendre mon fils. Mais...

Il termine ma phrase, amusé.

– En parler ?

– Oui.

Il m'observe longuement avant de répondre, semblant peser le pour et le contre. Mon cœur s'anime sous une angoisse stupide qui m'assaille sans raison... Ou, peut-être que si, finalement, il y a bien une raison, majeure, d'être terrifié... Bordel, je viens de proposer un tête-à-tête à cet homme qui parle un peu trop à mes sens... Malin !

– Je... je suis en repos ce soir.

J'ai du mal à cacher ma déception, qui ne devrait pas être, mais qui semble bien présente quand même ! D'ailleurs, je pense que je ne cache rien du tout parce qu'il se reprend.

– Mais je n'ai rien prévu de particulier. Je pense aller simplement prendre un verre au *Lagon*.

– Le *Lagon* ?

– C'est un bar en périphérie de la ville la plus proche. Si vous voulez....

Les mots sortent tout seuls. Trop vite à mon goût.

– D'accord !

Il esquisse un sourire, amusé, et de mon côté, je rougis devant le ridicule dont je fais preuve. Bye bye bonnes résolutions… Ce soir va, sans nul doute, être plus que compliqué à gérer… Parce que si toute ma raison se réjouit de pouvoir enfin discuter de mon fils avec une personne qui semble apte à m'aider, mon corps, lui, se réjouit pour toute autre chose. Et mon corps, cela fait trop d'années que je le restreins à une existence monastique… Je ne lui fais absolument pas confiance.

Pourtant, je fonce dans le piège, en souriant, en plus ! Et lui aussi me sourit en répondant :

– Alors d'accord. J'y serai vers 21 heures.

J'ai à peine le temps de hocher la tête que l'infirmière et Achille nous rejoignent. Fin du tête-à-tête. Et ce retour à la réalité, et l'éloignement de Marlone qui se relève pour aller discuter avec son chef, m'éclaircit les idées. Qu'est-ce que je viens de faire, exactement ? Seigneur, je plonge dans tout ce dont je ne veux pas. Je ferme les yeux en essayant de me réveiller de ce cauchemar.

J'ai un rendez-vous. Bordel !

Chapitre 4~1

Sweet Summer

Marlone : J'ai un rencard. Enfin je crois...

Dorian : Je me demandais qui ouvrirait le débat sur ce groupe.

Marlone : Non, mais j'en parle là, histoire de faire vivre ce groupe.... C'est juste un rencard. Et encore... C'est le père d'un gosse. C'était histoire de parler, je suis en avance.

Valentin : Marlone, en avance à un rencard ? J'ai atterri dans la 4ème dimension ou quoi... Tu n'es pas Marlone ! Monsieur, rendez son téléphone à notre pote !

Marlone : Ah, Ah ! Je savais que j'aurais dû fermer ma tronche !

Milan : On ne se fout pas de la tronche de Marlone !

Marlone : Merci Milan.

Milan : C'est vrai, le pauvre bichon... le mec qui collectionne tous les culs de Toulouse et des environs n'est pas habitué aux rencards. C'est ton premier ? Tu vas l'embrasser ?

Valentin : Tu vas mettre la langue ?

Dorian : Lui toucher les roubignoles ?

Valentin : Non, ça c'est le 5ème RDV. Dorian, tu es un rustre !

Dorian : Pardon. Alors, il lui touche quoi ?

Milan : Rien ! Il ne lui touche rien du tout, il garde ses mains dans ses poches. Et il ne met pas la langue ! Marlone, tu ne mets pas la langue !

Valentin : Sérieux ? Même pas un peu ?

Milan : Non !

Dorian : OK, mais alors il lui chatouille l'asperge.

Milan : Ami de la poésie... Non, pas d'asperge non plus !

Dorian : À ce rythme on en a pour dix ans ! Milan tu es l'arme ultime contre le coït sodomite. Tu devrais t'inscrire dans une asso anti-gay, tes techniques de drague devraient leur rendre service !

Milan : Ben quoi ? OK. Alors Marlone, tu lui sautes dessus mais quoi qu'il arrive, tu ne le laisses pas en placer une et tu lui bouffes la glotte. Ensuite, tu lui lèches la queue et tu lui prends le cul. Et après, vous vous dites « bonjour ». C'est mieux comme ça ?

Dorian : Ah ! Oui, c'est pas mal.

Valentin : Moi, je dis qu'il devrait se faire sucer aussi avant pénétration. Y a pas de raison.

Dorian : Tu aimes les pipes, Chaton ?

Valentin : J'ai rien contre... Tiens, au fait, je me suis fait poser un barbel à la langue hier... J'ai du mal à parler. Mais c'est cool.

Dorian : Sans déconner ? Val, tu es devenu en une phrase mon symbole personnel de la sexitude !!! Tu mets le paquet pour trouver l'âme sœur !

Milan : Ce n'est pas avec un barbel qu'on trouve l'homme de sa vie, je pense... cela dit, c'est ultra sexy !

Valentin : C'était une envie, c'est tout. Rien à voir avec les pipes ! Vous connaissez mon point de vue à ce sujet.

Dorian : Ouais, OK, mais bon... Sinon Marlone, le mec, il a un barbel aussi ? C'est pour ça que tu veux qu'il te suce ?

Marlone : Mais je n'ai jamais dit que je voulais qu'il me suce ! C'est justement l'inverse ! Je ne veux pas qu'il me suce du tout.

Valentin : Ben voyons !

Dorian : Ben, tu lui précises « pas de pipe », mais c'est un peu con quand même.

Marlone : Mais je... putain, vous savez quoi ? Oubliez ! J'ai rien dit, vous n'avez rien reçu !

Milan : Alors là, c'est trop tard ! Tu lances une bombe, t'assumes les dégâts !

Marlone : Mais je n'ai rien lancé du tout ! J'ai simplement un rencard avec le père d'un gamin !

Valentin : Une réunion parent-profs version porno en quelque sorte ! Avec « observations orales ».

Marlone : N'importe quoi !

Dorian : Valentin je t'adore ! MDR !

Milan : T'as acheté des capotes ?

Marlone : Bon, OK. Je vous emmerde. La prochaine fois, vous pouvez rêver pour avoir la moindre info ! Je vous laisse, il arrive.

Valentin : OK, bonne baise !

Milan : Et n'oublie jamais, mon ami, la levrette c'est la vie !

Dorian : À vos gaules... Prêts... Tirez !!!!!!

Marlone : Bande de cons !

Marlone

Je range mon téléphone en dévorant des yeux l'homme qui se dirige vers moi. Bermuda beige, polo bleu marine, cheveux encore humides en bataille et lunettes sur le nez. J'adore son petit côté classe et sage. Il me donne envie de le dévergonder. Et en même temps, il m'intimide. Ce qui est une première, parce que d'habitude, je ne fais pas vraiment dans la dentelle. Et les mecs ont raison, je ne file pas de rencards. Ce n'est pas mon but. Les seules relations auxquelles je tiens, ce sont celles qui résultent de l'amitié. Mes trois acolytes de l'asso, Jean-Eudes et Magda, Bob mon boss. Pour le reste...

Pour le reste, je crois que le refrain seriné avec insistance par mes parents m'a quand même marqué. Il ne peut rien résulter de sérieux dans les relations homos. Je sais que ce sont des cons et je suis persuadé qu'ils ont tort, mais inconsciemment, j'agis conformément à leurs prédictions. On ne refoule pas ce qu'on nous a entré de force dans le crâne pendant l'enfance. Encore une preuve que l'importance des enseignements des parents à leurs gosses est incommensurable et lourde de conséquences sur leurs vies d'adultes. D'où mon implication dans ce job d'éducateur que je prends pour quelques semaines tous les étés. Et c'est aussi pour cette raison que j'ai accepté ce rencard.

Même si j'ai un doute sur mes motivations profondes. Et sur les siennes également. Outre le fait que cet homme est canon, entre nous, il y a... ce truc. Cette douceur qui s'installe et que je ne connais pas. Cette incertitude qui rend tout éphémère. Un regard furtif qui ne se reproduira jamais. Un agréable trouble qui passe sans s'éterniser. Un frisson fugace à la surface de sa peau... Tout est là, sans l'être vraiment. Il donne un peu puis reprend, et me déconcerte quant à ce qu'il ressent vraiment. Je ne connais pas ce terrain. D'habitude, entre les hommes et moi, tout est cash et limpide. Rapide et efficace. Mais pas avec lui. J'ai l'impression d'être un puceau à son premier rendez-vous. Un peu déstabilisé, ne sachant pas à quoi m'attendre.

Je bois une gorgée de bière en suivant des yeux son avancée à travers le bar déjà pas mal bondé. Il passe devant le zinc et jette un œil à ma table. Je désigne du menton la bouteille qui l'attend. Je ne suis pas totalement un rustre non plus. J'espère simplement ne pas m'être trompé dans son choix de boisson. Il sourit timidement puis adresse un geste au barman qui semble en attente de sa commande. Et il me rejoint.

J'ai choisi une petite table dans un coin. Il s'installe sur la banquette à ma droite, rouge comme une pivoine, les yeux perdus sur les personnes occupant ce bar. Nous sommes un peu agglutinés sur ce bout-de-table, dans ce coin relativement intime et plongé dans une semi-pénombre. C'est totalement volontaire de ma part. Déjà, comme ça, c'est clair. Il aura compris que je suis gay. Pourquoi lui demander de me rejoindre dans un bar gay, sinon ? Ensuite, il me semble perdu à ce niveau. Je n'arrive pas à le cerner. Son fils est totalement traumatisé par cette facette de son père, ce qui pourrait signifier que ce dernier assume au grand jour sa sexualité. Pourtant, au fond de son regard, j'ai vu tout un tas de sentiments contradictoires, tous regroupés autour d'un seul et unique sentiment : l'indécision. Ce qui ne peut pas marcher.

Il me coupe dans mon analyse en se penchant vers moi.

– Un bar gay ?

Je hoche la tête.

– C'est le seul que je connais dans le coin. J'habite Toulouse le reste de l'année.

Nous nous trouvons à 50 km de ma ville, c'est donc tout à fait crédible.

Il me jette un regard interloqué.

– Le *Long Beers* de l'autre côté de la rue n'est pas un bar gay !

Ah oui, merde. Je lui adresse un sourire idiot.

– Alors, on va dire que j'aime bien la musique qu'ils passent ici !

Il attrape sa bière en inspectant une nouvelle fois la faune de l'endroit puis conclut :

– Moi, je crois que je viens de plonger en plein dans un test. Suis-je vraiment gay ? Comment est-ce que je vis cette attirance ? Je suis certain que tout ça paraît étrange. Non ? Parce que je suppose que Dami a évoqué ce point... Comment ne pas parler du « père gay »... ?

Il lève sa bouteille devant nos yeux pendant que je détaille ses traits. Il m'épate clairement. Pas le genre « crétin à belle gueule ». J'aime beaucoup. Ça change de mes compagnons de soirée habituels, à l'exception de mes vrais amis, bien entendu.

– Merci pour la bière.

– De rien. Et oui, possible que je sois un peu curieux. J'ai besoin de comprendre pour répondre aux questions de Damien.

Et aux miennes également...

– Je me doute. D'autant plus que la situation est un peu particulière.

Il repose sa bière, crispant ses doigts tremblants sur la bouteille. Il ne semble pas à son aise mais s'efforce de cacher ce point. Ce qui le rend encore plus touchant.

Il intercepte mon regard posé sur ses mains. Ce qui n'arrange pas son état.

– Oui, je sais, je ne suis pas très à l'aise dans ce genre d'endroit.

– On peut traverser la route et prendre une table au *Long Beers* si vous préférez.

Inutile de le mettre dans l'embarras, ce n'est absolument pas le but.

– Non, ça va aller. Après tout, je suis censé faire partie de cette communauté, moi aussi. Alors, autant s'adapter.

Je comprends de moins en moins ce mec. Je penche la tête pour capter son regard fuyant, mais il s'intéresse à tout dans cette pièce, sauf à moi. Ce qui ne facilite pas les choses. Parce que, sans même parler d'un quelconque échange plus intime que j'aurais pu – éventuellement – envisager, échanger au sujet de son fils me semble compliqué s'il n'arrive même pas à me regarder ni même à se détendre.

Je soupire en reprenant mon portable et trouve son numéro dans la liste de mes appels du début d'après-midi. Je l'ai un peu harcelé au téléphone, il faut bien l'avouer.

Je lui envoie un petit SMS.

Moi : Si vous voulez, on fait « table à part » et on communique comme ça ?

Son téléphone vibre, il le consulte et lâche un petit rire qui a le mérite de le détendre un peu. Il se laisse aller contre le dossier de la banquette en reposant son téléphone sur la table, mais ne parle pas pour autant, ni ne reporte son attention sur moi.

Je tends la main vers lui et pose mes doigts sous son menton. Il sursaute, mais j'en fais peu de cas, et le force à tourner le visage vers moi.

– Vous savez quoi ? Je viens de comprendre le problème qui déstabilise votre fils.

– Ah ?

Il est totalement tétanisé par le contact de mes doigts. Que je maintiens volontairement. J'ai déjà remarqué que le moindre rapprochement lui faisait perdre tous ses moyens. Je trouve ça atrocement bandant, même si c'est en fait le principal point qui embrouille ses relations avec son fils.

– Comment voulez-vous que votre fils comprenne ce que vous êtes et l'accepte si vous ne vous assumez pas vous-même ?

Il s'insurge, éventuellement vexé par la théorie que j'avance.

– Mais... Damien comprend très bien que son père est gay, c'est d'ailleurs le problème.

Je lâche son menton.

– Non, Damien comprend que son père est gay sans savoir ce que ça veut dire. Et, si vous vous sentez mal à l'aise avec vos propres choix, imaginez ce que lui doit ressentir. Regardez pour mon cas. Il n'a absolument pas été déstabilisé par mon homosexualité quand je lui ai annoncé. Parce que je l'assume pleinement et que je peux répondre à ses questions. Je n'ai pas honte. Vous, si.

– Je n'ai pas honte !

Je hausse un sourcil.

– C'est bien imité.

Il laisse glisser un regard noir sur moi avant de répondre.

– J'essaye simplement de le protéger.

– Le protéger de quoi ? Du fait que vous baisiez avec des mecs ? C'est dangereux pour lui ? Ou pour vous ?

Il hausse le ton :

– JE NE BAISE PAS...

Quelques personnes se retournent vers nous. Il baisse la tête et le volume de sa voix.

– Avec des mecs.

Je ricane, consciemment insupportable. Pousser les gens à bout marche toujours très bien. C'est un peu ma spécialité.

– Eh bien, si vous voulez mon avis, vous feriez bien de baiser un peu, ça vous soulagerait !

– Je ne vous permets pas !

– J'm'en fous. Pas besoin de votre permission pour vous mettre le nez dans vos paradoxes. Damien a besoin d'un équilibre. Son père est gay, mais par contre, il ne fait rien comme un gay. Cependant, il n'est pas plus hétéro pour autant. Alors quoi ? Papa hermaphrodite ? C'est ça l'idée ?

Il rougit une nouvelle fois en reportant son regard sur sa bouteille. Je crois que j'y suis allé un peu fort. Je pose ma main sur la sienne. Il retient son souffle en se raidissant. Je laisse volontairement mon pouce caresser le sien. J'aime cette sensation car au-delà du fait que ce geste n'est censé être que de la pure provocation, il me plaît. Sa peau, son souffle erratique qu'il tente de maîtriser, le léger tremblement de ses doigts… tout me plaît. Bon, mauvais signe, je ne sais pas. C'est comme ça. Contre toute attente, mon corps réagit au sien plus qu'agréablement. Mais contrairement à lui, tout ça, mon cœur qui s'énerve, ma température corporelle qui augmente, mon sexe qui se réveille et ces petits frissons qui serpentent le long de ma colonne, je les assume totalement. Je les trouve même grisants. Et vu qu'il ne se soustrait pas à mes doigts, j'en profite pour caresser la peau fine et réceptive de l'intérieur de son poignet, me délectant des secousses infimes que cela provoque en lui… Je bande davantage en observant ce trouble l'envahir et lui faire perdre un peu plus pied… Puis j'abandonne le supplice devant son désarroi évident.

Je me penche vers lui pour parler plus doucement.

– Regardez comme une simple caresse sur une main vous bloque. Il n'y a rien de mal à ça.

Il retire sa main.

– Vous dites ça parce que vous êtes gay !

– Vous aussi.

– NON !

Je hausse un sourcil, intrigué. Il se reprend.

– Enfin, si… Mais je ne me résume pas à ça non plus. Je suis son père, j'ai un job, que je fais bien et je gagne bien ma vie. Je veux qu'il voie ça. Mes aspirations sexuelles n'ont pas à rentrer en ligne de compte.

– Alors, réglez le problème. Tant que vous ne savez pas ce que vous êtes, votre fils ne le saura pas plus. Vous voulez être un papa qui n'a pas de vie intime ? Alors oubliez-la totalement et passez à autre chose. Considérez que ce n'est plus un problème. Ceci dit, je trouve que c'est un mauvais choix. Nos attirances font partie de nous. On ne peut pas prétendre toute une vie qu'elles n'existent pas.

Il hausse les épaules.

– Facile à dire pour un homme comme vous !

Je fronce les sourcils, pas certain que ce qu'il vient de dire soit un compliment.

– Un homme comme moi ? Développez ?

– Un homme pour qui tout semble facile. Jeune, belle gueule, sans enfant… Je n'en suis pas au même point. Loin de là !

Ses paroles me sidèrent.

– Parce que vous croyez que ça a été simple, pour moi ? Je vais vous raconter un truc. Je fais partie d'une association qui aide les jeunes homos en difficulté. Et j'en ai vu passer des cas ! Eh bien, je peux vous dire que s'avouer gay, ou trans, ou autre, est loin d'être facile. Pour personne. Même mes potes, qui le vivent bien aujourd'hui, en ont bavé. Par exemple, Valentin est passé par des moments plus que durs. Il a été viré de chez lui. Jeté sur le trottoir comme un moins que rien. Dorian, qui semble un mec totalement équilibré au premier abord, s'accroche à l'asso pour se sentir « normal » au milieu de personnes qui partagent ses attirances. Et un autre de mes potes, Milan, lui, sa famille est cool, et ultra compréhensive. Pourtant, il porte cette différence en lui qui l'a déstabilisé un bon moment. Et quand son premier vrai compagnon l'a largué, il y a plus d'un an maintenant, il a perdu toute la confiance qu'il avait réussi à gagner. Alors, ne me dites pas que c'est simple pour un mec comme moi, parce que c'est loin d'être le cas. Simplement, je suis gay. Ça ne plaît pas à tout le monde, ça a foutu une bonne partie de ma vie en l'air, mais c'est pas grave ! J'emmerde prodigieusement ceux que ça dérange. Ma sexualité ne regarde que moi. Et mes partenaires. Pour le reste, qu'ils aillent proprement se faire foutre !

Il ingurgite mes paroles en m'observant, interloqué. Je porte ma bouteille à mes lèvres en ajoutant.

– Et je ne suis pas d'accord sur le reste non plus. Je vous trouve… beau.

Et hop, je passe pour un con ! C'est nul comme phrase. Je me planque derrière ma bouteille en le laissant analyser. Ce qu'il fait en rougissant proprement avant de reporter son regard au loin, dans la salle qui commence à être bien remplie.

— Arrêtez de vous moquer.

C'est incroyable que ce type soit si peu conscient de son charme. Ça m'énerve ! J'attrape une nouvelle fois son menton et le force à me regarder.

— Je n'ai absolument pas l'intention de me moquer. Vous dégagez une sorte de magnétisme... Vos yeux... Et vos lunettes... merde, je ne vais pas vous décrire toutes vos qualités physiques, mais sachez que de toutes les personnes présentes dans cette salle, il me semble évident que si je voulais repartir avec un mec ce soir, je jetterais mon dévolu sur vous.

Un frémissement le traverse. Plus qu'embarrassé, il tente de s'extraire de mes doigts mais je ne le lâche pas. Au contraire, je me penche davantage, approchant nos visages, mélangeant nos souffles. Et je me fige, forçant ses yeux à accepter la proximité des miens. Violant son intimité qu'il tente de cacher à mon examen minutieux. Mais je ne me gêne pas pour lire en lui, analyser sa peur et cette pointe de désir qui se battent rageusement au fond de lui.

Je suis un habitué du jeu de la séduction avec les inconnus... Les regards appuyés déstabilisants, les frôlements faussement anodins, le langage du corps, je maîtrise... Cependant, pour une raison que j'ignore, je perds mes moyens devant ce qu'il me propose. Ou plutôt ne me propose pas. Parce qu'il est différent. Et c'est peut-être justement là que réside le problème... D'habitude, tout est clair et partagé... Le mec en face joue avec les mêmes cartes que les miennes. Les non-dits sont très clairs et réconfortants, quelque part... Mais lui, ne connaît clairement pas ce jeu, et y répond comme il peut. Maladroitement, innocemment... Il change les règles...

Et quand je parlais de magnétisme tout à l'heure, je ne mentais pas. Il m'attire vraiment. La pulsion qui me commande de l'embrasser, là, maintenant, tout de suite, sans lui demander son avis, est tellement puissante que j'ai peur de n'avoir d'autre choix que d'y succomber. Mais ce serait l'emmener trop loin. Je préfère me contenir. Pour tromper mon envie, je me contente de faire remonter mes doigts sur sa joue, comme je l'ai fait sur la plage, parce que je suis même intéressé par la texture de sa peau.

Et je glisse une dernière question, pendant qu'il me laisse faire, retenant son souffle, ses yeux me suppliant de le laisser tranquille en quémandant en même temps d'autres attentions. Il me perd dans les messages qu'il envoie. J'essaye de m'adapter à lui, mais j'avoue que je suis totalement déboussolé.

– Que t'est-il arrivé, Tristan ?

Oui, je le tutoie. Et oui, je l'appelle par son prénom. Parce que je me sens proche de lui. Tellement que je trouve le vouvoiement hors de propos.

Il prend son temps pour me répondre. Ses yeux essayant de trouver les réponses dans les miens.

– Je ne sais pas… je croyais savoir, mais je me trompais.

– Raconte-moi.

Il soupire en secouant la tête. Je m'écarte de lui pour le laisser continuer sereinement. Mais je déplace mes jambes sous la table pour qu'elles frôlent les siennes. Il ne cherche pas à s'extraire de ce nouveau contact, mais au contraire, appuie un peu plus sa cuisse contre la mienne. Un frisson me parcourt le corps, et cette douce chaleur significative s'empare de moi, se chargeant de me faire tourner légèrement la tête de bien-être.

Putain, qu'est-ce que j'adore ce jeu de séduction ! Surtout quand je nage complètement entre les différents signes qu'il envoie, toujours plus contradictoires les uns que les autres.

Je pose mon coude sur la table, mon menton dans ma paume, et je le fixe en l'écoutant :

– Il n'y a rien de bien passionnant. J'ai rencontré Victoire au lycée. Nous étions jeunes. Et moi, particulièrement naïf. Il faut savoir que je n'ai pratiquement pas connu mes parents. Ils ont trouvé la mort dans un accident de train quand j'étais jeune. C'est ma grand-mère qui m'a élevé. Un psy dirait sans doute que c'est là que réside la clé de mes troubles. J'ai été élevé par une septuagénaire. Ce qui n'aide pas trop quand vous vous sentez attiré par les hommes. Alors, quand Victoire m'a embrassé, j'ai pensé que c'était normal et que c'était bien. Que, sans doute, le fait que mon voisin avec qui j'allais pêcher le dimanche m'attirait beaucoup plus qu'elle était un truc comme ça, auquel il ne fallait pas que je m'arrête… Sauf que…

– Sauf qu'en fait, tu préférais la pêche. C'est ça ?

Il s'esclaffe.

– Oui. Mais ma grand-mère... Enfin, voilà. Ancienne génération, adorable et tellement soucieuse pour mon avenir... Je ne voulais pas la décevoir. J'ai donc oublié ma passion pour la pêche, et j'ai tenté d'en trouver une en Victoire.

Il soupire en avalant une gorgée de bière, perdu dans ses pensées.

– Ça n'a évidemment pas fonctionné. Après quelques années, je me suis décidé à la quitter, parce que je ne me sentais pas heureux et pas vraiment attiré physiquement, ce qui me posait quelques problèmes de conscience. Mais elle est tombée enceinte. Alors j'ai décidé de rester avec elle. Je vivais chez ses parents parce qu'ils avaient les moyens, et ça me permettait de continuer mes études pendant qu'elle avait choisi de devenir mère au foyer, comme la sienne. C'était le deal. Damien est arrivé, et ça a duré un an comme ça. Tout allait paisiblement. Jusqu'au décès de ma grand-mère.

Il marque une pause pour terminer sa bière. J'adresse un signe au barman pour qu'il nous remette une tournée puis me concentre à nouveau sur lui. Il semble attristé à l'évocation de son aïeule. Je prends sa main dans la mienne, parce que je n'aime pas la tristesse. J'ai trop connu ce sentiment.

– Elle était toute ma vie, tu comprends ? La dernière Veynes. Et elle est partie. En deux mois, balayée par la maladie. Ça m'a fait un choc. Je n'arrivais pas à oublier et à retrouver le sourire. Même Damien... Je n'avais plus l'envie. Je vivais avec cette famille qui n'était pas la mienne et qui ne comprenait pas ma douleur. Et je dormais avec cette femme qui n'était pas mon choix premier. Et même mon fils, j'avais cette impression qu'on me l'avait imposé. Les parents de Vic ont tout géré pour Damien. De A à Z. C'est presque eux qui ont choisi son prénom. Et j'ai laissé faire. Mais à l'époque de mon deuil, j'ai pété les plombs. Je suis parti. Je me trouvais dans un état second, et sans doute émotionnellement instable. Alors, je ne me suis pas posé de questions. J'ai bouclé une valise, j'ai quitté Victoire et mon fils, et je suis allé vivre chez un pote de fac. Et j'ai fait n'importe quoi. J'ai bu et je me suis même drogué. Un peu. J'ai oublié les cours et j'ai fait la fête. Là, j'ai rencontré tout un tas de mecs, et cette fois, j'ai succombé. Bref, au bout d'un moment, je suis sorti du tunnel. Il fallait que je prenne des décisions, et donc, j'ai tout avoué à Victoire et ses parents, parce que je n'avais personne d'autre à qui en parler. Ils l'ont très mal pris et m'ont fait vivre la misère vis-à-vis de Damien. Je n'avais pas de boulot puisque je finissais mon droit. Et, bien entendu, j'étais une « sale tapette ». Bref, la bête à tuer. Ils m'ont refusé la garde de mon fils, et je ne pouvais pas me battre légalement contre eux. Ils avaient tout, et moi rien. J'ai décidé de me focaliser exclusivement sur ma vie professionnelle, dans le but de pouvoir le récupérer rapidement. Ça a été long et compliqué, mais c'est arrivé. Ce n'est que depuis que je suis avocat que j'ai retrouvé la garde de Damien. Une petite année.

Il marque une pause, le regard perdu sur ma main recouvrant la sienne. Il fait bouger ses doigts, je les caresse, et ma tête tourne un peu plus vite. Oui, je l'écoute et ressens sa peine, mais je suis plongé dans un nid de coton apaisant, sa cuisse contre mon genou et sa main contre ma paume. Il ne réprime pas un frisson lorsque j'emmêle mes doigts aux siens. Ses yeux remontent sur moi, effleurent mon cou, enveloppent mon visage, caressent mes yeux puis redescendent légèrement pour embrasser mes lèvres.

Il reprend d'une voix rauque.

– Et je n'ai jamais retouché un seul homme depuis que j'ai repris ma vie en main. Je me sens fautif. J'ai l'impression d'avoir piégé Victoire. Et surtout mon fils.

Tristan

J'extirpe ma main de la sienne. Même si je n'ai pas envie d'échapper à son emprise. Son regard enflamme chaque parcelle de peau sur laquelle il se pose, sa cuisse contre la mienne m'engourdit le cœur et sa main… ses doigts entre les miens… J'ai l'impression de vivre un moment hors du temps. Cet homme me touche et réveille mes sens. C'est bon. Ça fait du bien de ne pas se sentir seul. De se laisser flotter dans ce regard un peu flou qui me couve et semble vouloir panser mes blessures. Pour une fois, j'ai l'impression d'être compris, ou tout du moins de pouvoir parler sans être jugé. Et d'être apprécié en tant qu'homme. Cela fait si longtemps que je ne me suis pas aventuré sur ce terrain…

J'imagine ses lèvres pleines parcourir mon corps, ses mains suivre le même chemin, l'odeur de sa peau, le goût de ses baisers, son souffle contre le mien, le satin de sa peau sous mes doigts… Le parfum du soleil, le goût de la liberté… Voilà ce qu'il m'inspire.

Je revois son dos, son corps sur ce pédalo. L'assurance de ce qu'il est, sa virilité, l'aura protectrice qui émane indéniablement de lui… Tout m'attire. Son physique, son regard, sa manière d'être… Comme s'il était ce remède miraculeux qui pouvait panser mes blessures et me dévoiler le secret de ma vie… C'est stupide de croire ça alors que je ne le connais pas, et que nous nous sommes croisés deux fois, en tout et pour tout… Mais parfois, il y a des choses qui ne demandent aucune explication pour qu'on les comprenne comme des évidences. Mon corps a envie de réagir violemment à sa proximité…

Mais je ne peux pas. Tout paraît trop facile. Trop simple. Dans cette ambiance feutrée, bercé au son d'une musique lancinante, des ronronnements des conversations autour de nous, planqué au fond d'une ville que je connais peu, au cœur d'un bar dans lequel je n'ai pas ma place, perdu dans la pénombre calculée pour encourager les rapprochements… j'ai l'impression d'omettre tout ce pour quoi je me bats depuis des années.

Ce qu'il propose, tout aussi tentant que cela puisse paraître, reste bien au-delà de ce que je peux me permettre. Il est trop beau, trop parfait, et surtout, beaucoup trop dangereux pour mon pauvre équilibre. Plonger dans ce jeu dangereux risquerait de me perdre définitivement. Sa douceur est un leurre qui, si je la laissais m'atteindre, me plongerait dans un enfer encore plus noir que celui dans lequel je navigue.

Je récupère mon téléphone sur la table alors que le serveur dépose deux bières devant nous. Je m'empresse de lui tendre un billet.

– Gardez la monnaie.

Puis, me tournant vers Marlone.

– Je dois y aller.

Je croise son regard calme et hypnotique. Il ne semble pas surpris par ma tentative de fuite, mais ne semble pas non plus l'accepter. Il se redresse et se penche sur moi.

Je ferme mes yeux en tentant d'irriguer ma bouche trop sèche et de calmer mon cœur. Je soulève les paupières à nouveau. Son visage si près du mien, il lève une main et l'approche à quelques millimètres de ma joue.

– Pourquoi ai-je l'impression que si je te touche tu vas disparaître ?

Je déglutis en soutenant son regard, le suppliant de me laisser tranquille. De ne pas m'emmener sur son chemin qui me fera souffrir et perdre le peu de moyens qu'il me reste. Il est tellement beau que je me sens incapable de reculer. Et tellement tentateur que je suis également incapable d'avancer.

Je gémis en lui donnant ma réponse.

– Sans doute parce que c'est certainement le cas. Je… je ne peux pas… C'est… il y a mon fils. Je… je suis désolé.

Laisse-moi m'enfuir, je t'en prie.

Marlone me dévisage encore un petit instant puis recule en fouillant dans sa poche arrière de jean. Il se racle la gorge, le visage fermé. Certainement déçu par ma couardise. Qu'il se rassure, il n'est pas le seul. Je regrette déjà les frissons que sa proximité occasionnait en moi.

Il change de sujet.

– J'ai… j'ai pensé que ce serait intéressant que tu participes avec ton fils à notre sortie « Tarzan », dans quelques jours.

Il déplie un document qu'il fait glisser devant mes yeux.

– Nous partons camper en pleine nature. Nous organisons toutes sortes d'activités. Quelques parents se joignent à nous. Je pense que cela te permettrait de refaire un peu comme aujourd'hui. Tu partagerais ta tente avec Damien. Il était vraiment ravi de sa journée, au fait.

Encore un peu perturbé par l'ambiance qui plane entre nous et surtout par lui, je parcours le programme rapidement. Je connais, puisque j'y ai inscrit Damien il y a quelques semaines. Mais je n'avais pas imaginé participer à cette sortie. Il a raison, ce pourrait être une bonne chose. J'ai moi aussi passé un très bon moment avec mon fils aujourd'hui. Et c'est grâce à Marlone.

– Oui, c'est une bonne idée. Ce n'est pas trop tard pour s'y inscrire ?

– Je me suis arrangé avec Achille. Mais nous devons savoir dès demain pour prévoir le matériel.

– Merci.

Il se contente de sourire. M'hypnotisant une fois de plus avec une facilité déconcertante.

– Tu participes à cette sortie ?

Il hoche la tête.

– Oui, c'est au tour du bâtiment À cette semaine. Donc, oui.

Mon cœur se met à battre de manière totalement aléatoire. Ne sachant pas s'il doit se réjouir ou supplier la pitié. Mais je ne dois prendre en compte que le fait que Damien y sera et que je dois me montrer à la hauteur en passant ce moment avec lui.

– Tu peux me noter sur la liste. J'enverrai le règlement au centre dès demain.

Il hoche la tête, satisfait.

– C'est une bonne chose, Tristan.

J'esquisse un sourire en glissant hors du box où nous étions plus ou moins cachés du reste du bar. Il fait de même. Je n'ai pas réellement envie de mettre un terme à cette soirée si différente de ma morosité quotidienne, mais parfois il faut savoir différencier ce que l'on doit de ce que l'on veut. Et je le remercie de ne pas me forcer, mais de me laisser libre de prendre mes jambes à mon cou, avec ou sans panache. Je le précède entre les clients du bar jusqu'à la porte et nous retrouvons l'air plus frais du parking. Nous rejoignons ma voiture devant laquelle je m'arrête. Embarrassé.

Une petite pointe acérée se défoule sur mon cœur. Elle pique un peu n'importe où, selon son gré. Ce n'est pas insupportable, mais c'est très désagréable. J'ai envie de me retourner et de lui dire qu'on s'en fout et qu'il a réveillé trop de choses chez moi pour que je parte comme ça. Mais j'ai aussi envie de m'enfermer dans ma voiture et de ne plus penser à lui.

Il semble le comprendre. Il passe une main dans ses cheveux, son autre main posée sur sa hanche, puis soupire avant de me saluer d'un air froid et distant qui me fait davantage mal au cœur.

– Bon. À samedi, alors. Bon retour.

– Je…

Il est déjà parti. Il rejoint sa propre voiture alors que je reste à l'observer, écœuré de gâcher ce moment avec mes retenues et mes obligations ridicules.

Je m'installe au volant mais ne démarre pas. Je le regarde s'installer dans son propre véhicule garé non loin du mien et, comme moi, ne rien faire de plus. Une main posée sur son volant, il lève la tête dans ma direction, et nos yeux se trouvent pour ne plus se lâcher. Je le discerne à peine, mais ses yeux, si clairs, m'emprisonnent et m'empêchent de bouger. De démarrer, de m'enfuir.

J'ignore combien de temps s'écoule avant qu'il n'ouvre sa portière à nouveau et revienne sur ses pas. Mon cœur s'affole à mesure qu'il réduit la distance entre nous. Je croyais avoir réussi à m'échapper. Mais il me rattrape. D'une démarche assurée et souple, sexy et démoniaque, il rejoint ma voiture et ouvre ma portière. Sans prononcer un mot.

Je laisse une poignée de secondes s'écouler et m'extirpe à mon tour de mon siège pour lui faire face, en m'adossant à ma carrosserie. Nous nous dévisageons, quasiment l'un contre l'autre. Ses yeux me caressent, son souffle glisse sur ma peau et son parfum m'enivre. J'ai l'esprit qui s'envole, l'impression que la vie que je tente désespérément de tenir fermement entre mes mains s'effrite et s'écoule entre mes doigts, sans que je ne puisse retenir quoi que ce soit. Cette alchimie à peine croyable entre nous, ce magnétisme qui me détourne du chemin que je suis censé prendre est tellement déroutante et puissante que je ne peux pas la combattre. J'ai perdu les mots et les réflexes. Telle une boussole face à cet aimant que représente Marlone, j'ai perdu mon Nord et mon Sud, mes bases et mes certitudes. Tout. Il brouille tout. Sauf ce besoin de le garder près de moi et de le toucher, de le découvrir, de m'enfouir dans la sérénité et la puissance qu'il offre sans en avoir l'intention.

Je ferme les yeux, vaincu, et souffle entre mes lèvres.

– Qui es-tu Marlone ? Un ange ou un démon ?

Sa voix, douce et suave, arrive jusqu'à moi :

– Lequel veux-tu que je sois ?

Il a encore cette décence de me laisser le choix. De décider. C'est tellement… Je me dis que même l'enfer avec lui ne sera que bon et entêtant. Beaucoup plus tentant qu'un Paradis trop calme. Je retiens mon souffle et ouvre les yeux.

– Je crois que je préfère le démon.

Cette fois, c'est dit. La flamme qui s'était calmée au fond de ses rétines se ravive, pendant que sa main se pose sur ma nuque. Je baisse les paupières pour sentir la douceur de ses lèvres se poser sur les miennes. J'ai l'impression que le poids de ces dix années d'enfer disparaît au premier contact. Qu'il me sauve. Son baiser m'emporte dans d'autres cieux, dans un autre univers où plus rien ne freine celui que je suis. J'agrippe son t-shirt au niveau de ses épaules et m'accroche à lui, à cette promesse qu'il me fait par un baiser qui me dévore. Ses lèvres s'emparent des miennes avec autorité et sa langue se faufile avec douceur. Je ne sais plus s'il donne ou s'impose, s'il me fait du bien ou du mal, si je dois résister ou m'abandonner. Mais son second bras s'enroule à mes reins et m'attire à lui. Et j'abdique. Je m'autorise à aimer ce moment. À savourer. À laisser le plaisir s'infiltrer en moi comme un tsunami. J'enlace son cou et m'accroche à ses cheveux, me laissant porter par la puissance de ses bras, par ce baiser fantastique qu'il m'offre et suffisant pour me faire perdre pied. Je me retiens à ce corps puissant et stable, tout le contraire de moi, tout ce dont j'ai besoin, ce qui me manque depuis si longtemps.

La douceur de notre échange s'efface peu à peu pour faire place à la faim, au désir, à la passion. Mon corps réclame l'assouvissement, affamé, à la diète depuis des années, et tellement charmé par celui de Marlone.

Sa bouche abandonne la mienne pendant que sa main, qui dirige ma nuque, tire sur mes cheveux pour lui laisser libre accès à mon cou. Enfermé au creux de ses bras, toujours accroché à son cou, je laisse aller ma tête en arrière pour sentir ses lèvres picorer ma mâchoire, sa langue glisser le long de ma peau et m'irradier de désir à chaque contact. Je bande comme un fou, pour ce mec, au milieu de ce parking. Je halète déjà en gesticulant contre lui, mon corps n'en pouvant plus. Je suis en manque comme pas permis et il le sent. Son bassin pousse son érection contre la mienne qui n'en peut plus. Sa main posée sur mes reins descend au niveau de mes fesses et m'attire davantage contre lui. Mes doigts tirent sur ses cheveux alors qu'il lance un coup de hanche prometteur. Je gémis au creux de son oreille. Son souffle contre mon cou s'alourdit, et mon esprit me fait un truc bizarre. Il disparaît totalement. Je n'ai plus rien pour préserver le peu de dignité qu'il me reste. Je me crispe contre lui, le désir brûlant tout ce corps que j'ai affamé sans jamais l'apaiser. Et je me laisse aller à la luxure que Marlone me propose sur un plateau. Son bassin roule et me percute, j'en redemande en frottant mon membre contre le sien, prêt à n'importe quoi pour jouir, l'extase bouillant déjà au creux de mes reins. J'attrape ses joues et quémande un nouveau baiser, parce que je suis déjà accro à ses lèvres pulpeuses et douces. Il ne se fait pas prier et accède à ma demande, sa langue retrouvant la mienne, étouffant mes gémissements de plus en plus lourds et bruyants.

Je ne suis plus qu'une boule de plaisir prête à exploser entre ses mains, ses lèvres et contre son cœur. C'est bon, c'est brûlant, c'est renversant. Je retiens encore le plaisir autant que je le peux, le laissant prendre toute sa grandeur dans tous mes muscles, ondule contre lui encore plus vite, ne pouvant pas me retenir de gémir au milieu de son baiser et… Tout explose. Un spasme fait vibrer mon corps avec une force retentissante et perdre toute notion de l'instant pendant que mon membre se vide contre le bas de mon ventre. Je manque de m'écrouler entre ses bras qui me retiennent contre lui.

Il écarte son visage du mien, mettant fin à notre baiser. Je me sens minable. Vide. Épuisé. Une vague de honte m'assaille, presque aussi puissamment que l'orgasme qui vient de me ravager tout entier. Je viens de jouir comme un vulgaire puceau dans les bras d'un mec loin d'en être un. C'est d'un ridicule affligeant. Je me demande si un jour je trouverai ma place. Là où mes réactions seront à la hauteur de ce que l'on attend de moi. Je ne me supporte plus.

Il fronce les sourcils en remarquant le tremblement de mes lèvres. Je crois que je suis à bout. Ses mains m'obligent à enfouir mon visage dans le creux de son cou. Encore une fois, je suis ridicule. Il ne manquait plus que ça, je vais me mettre à chialer. Et le mieux, c'est que je ne sais même plus pourquoi.

Ses mains caressent mon dos et sa voix, douce et chaleureuse, me réconforte.

– Eh… tout va bien… Il n'y a aucune raison de s'affoler.

Ça dépend de quel point de vue on se place.

– Je viens d'éjaculer dans mon froc !

Il retient un rire et approche ses lèvres de mon oreille.

– J'en étais à deux doigts aussi… Tu n'imagines pas combien tu es sexy quand tu jouis. J'ai failli flinguer mon jean.

Il dépose une série de baisers dans mon cou. Prenant soin de moi. Je ne mérite pas le quart de toutes ces attentions. Mais je ne peux m'y soustraire, c'est trop bon de se sentir un peu important aux yeux de quelqu'un. Surtout aux yeux d'un mec pareil. Je n'en reviens toujours pas qu'il puisse s'intéresser à moi. Je ne sais pas si je dois. Ou pas. Je ne sais plus rien. Tout mon cerveau est embrouillé.

Je m'écarte de lui, j'ai besoin d'analyser tout ça. Loin de lui et de ses tentations.

– Je dois… partir…

Je le repousse doucement, comme je le peux. J'ai l'impression d'être ivre et de flotter au-dessus de la réalité. Il s'écarte en me dévisageant, surpris. Mais il ne contre pas ma décision. Je baragouine quelques mots, perdu dans mon désarroi :

– Je… merci… Je vais rentrer. Je… D'accord. C'est mieux.

J'ouvre ma portière et m'installe au volant, le caleçon trempé, la tête totalement noyée dans un torrent d'émotions déferlant à toute vitesse, dans tous les sens, mon corps tremblant et quasiment sans vie. J'ai besoin de me réfugier dans ce que je connais. Rapidement. Je démarre et m'enfuis cette fois, sans me retourner. Effrayé. Par lui, par moi, par ce « nous » qui pourrait bien signifier ma perte si je le laissais naître. Parce qu'une chose est sûre : ce moment entre les bras de Marlone m'a ensorcelé. La combinaison « lui + moi » risquerait de m'achever. Quelque chose entre nous ne demande qu'à prendre forme. La question est : du démon ou de l'ange, lequel mènerait le jeu si j'acceptais de jouer ?

Sweet Summer

Marlone : J'ai mis la langue.

Valentin : Déjà rentré ? Il est 22 h 30 ! Marl, tu t'encroûtes.

Milan : Tu as mis la langue où, exactement ? Un peu de précision ne serait pas superflue, te connaissant…

Marlone : T'es pas censé être en train de ramer toi ?

Milan : Non, le départ a été repoussé. Problème sur la coque. Manquerait plus qu'on coule ! Bon sinon, où, la langue ?

Valentin : Dans ton cul !

Milan : C'est une proposition Val ?

Dorian : Non, Val ne met sa langue dans le cul de personne, ça fait désordre. Bon, Marl ? La suite, SVP, je me suis préparé du popcorn, cette histoire est passionnante !

Marlone : Si tu pouvais t'étouffer avec ! Dans sa bouche, la langue, espèce de dégueulasses !

Milan : Ah ?

Valentin : Oh !

Dorian : Et ?

Marlone : Et il s'est barré.

Dorian : Sans déc ?

Valentin : Ah, Ah, Ah ! L'effet Marlone ! Tu lui as fait peur ? Avec une langue ? Mon héros !

Milan : Ben voilà ! J'avais dit, sans la langue, bordel ! Tu t'y prends si mal que ça ?

Dorian : Je suis MDR ! Pardon Marl ! Mais quand même ! Putain ! Une pelle et le type se barre…. Je ne regrette pas mon popcorn. Ce fut court, mais bon !

Marlone : Il s'est quand même pété un orgasme, si je puis me permettre d'évoquer ce détail qui me semble important !

Milan : Avec la langue ?

Valentin : Dans la bouche ?

Dorian : Il a simulé !

Marlone : Non, pas du tout…

Valentin : Et toi ?

Marlone : Et moi quoi ?

Valentin : Tes soldats sont partis en manœuvre ?

Milan : Mais non !

Dorian : Pourquoi non ? Vas-y, Marl, raconte !

Marlone : Non, moi, non. Mais bon, on s'en fout. Il s'est barré ! Et il vient en forêt 4 jours pour la sortie Tarzan... Je fais quoi, moi ?

Dorian : Tu veux faire quoi ?

Marlone : J'en sais rien. Je crois que je l'aime bien.

Valentin : Oh ! Et ce super héros s'appelle ?

Marlone : Tristan.

Milan : J'aime bien.

Valentin : Milan, c'est pas le problème. Le mec plaît à Marl et s'est barré après avoir pris son pied. Tu saisis ? On a un souci.

Dorian : Il va peut-être revenir.

Milan : Oui, je saisis. Donc, mon avis, à moi, Marl, c'est que tu prennes du recul. Respecte son choix et vois comment ça se passe pendant le truc en forêt.

Marlone : Et si son choix c'est de passer à autre chose ?

Milan : Dans ce cas, il faudra que tu l'acceptes. Il t'a donné une explication ?

Marlone : Il a pas mal de soucis avec son fils.

Valentin : Tu dois le laisser régler ses problèmes avec son morpion, Marl. Un gamin, c'est toujours prioritaire. Et si ce n'est pas le cas, c'est le père qui est con. Et donc, à fuir. Dis-toi que c'est plutôt bon signe qu'il mette un ordre à ses priorités. Tu ne voudrais pas d'un mec qui place sa vie sexuelle avant son gosse. Surtout toi.

Dorian : #teamval ! Rien à ajouter.

Milan : Idem. #teamval.

Valentin : Putain, je suis balaise !

Marlone : Ouais. Vous avez raison. Fait chier quand même.

Milan : Tout n'est pas perdu, tu es irrésistible... Montre-lui tes fossettes !

Dorian : Marl n'a pas de fossettes !

Valentin : Ben oui, Marl n'a pas de fossettes ! T'as fumé ou quoi ?

Marlone : Si, j'en ai...

Dorian : Jamais remarqué !

Valentin : Idem.

Milan : C'est parce que vous ne regardez pas au bon endroit. Elles sont en bas de ses reins !

Dorian : Comment sais-tu ça, toi ?

Marlone : Dans les vestiaires de la salle de boxe… douches communes.

Valentin : Je veux voir tes fossettes ! Je m'inscris à ton club en septembre !

Dorian : Tu feras des photos, Val ?

Valentin : T'inquiète, mon doudou.

Dorian : Tu sais que je t'aime, toi ?

Valentin : Ouiiii. Bon, je vous laisse. Au fait, je ne vous ai pas dit, mon contrat est prolongé. Et normalement, je pars en surf trip avec ma collègue dans trois semaines…

Dorian : J'en déduis donc que tu ne viens pas ici ?

Valentin : Tu prends des vacances pour m'accueillir ?

Dorian : Tu sais bien que non.

Valentin : Alors non plus. Je vais surfer et dormir dans un van ! À plus !

Milan : J'y vais aussi, ciao.

Dorian : J'attends la fin du service du soir. Je reste dispo, Marlone, si besoin. Tu veux un call ?

Marlone : Ouais, vas-y, pas fatigué.

Dorian : OK. À tout de suite.

Chapitre 5 ~1

Tristan

Quelques jours plus tard...

Depuis mercredi, une rage sourde brûle au fond de moi. Outre le moment passé avec Marlone, et bien entendu la complicité partagée avec Damien, je retiens la tronche d'enfoiré de David Courtîmes. Son arrogance, son sourire de victoire lorsque je suis revenu au camp aux côtés de l'infirmière, et son petit air prétentieux qui m'a toujours débecté. Il est largement temps que j'arrête de me laisser marcher sur les pieds en disant « Amen ».

Je profite du calme qui règne au cabinet ce samedi matin pour effectuer mes propres recherches. Je suis d'un naturel plutôt calme d'habitude, et souvent, je préfère ne pas relever certaines choses. Mais ce n'est pas pour ça que j'oublie. S'il veut jouer au con, on va être deux. Sauf que je suis diplômé en droit, moi, et que j'ai l'esprit qui note beaucoup de choses. Et une excellente mémoire. Dommage pour lui. Enfin, pour eux. Ils vont voir de quel bois se chauffe la « Tafiole ».

J'enregistre les liens concernant les chantiers opérés ces dix dernières années dans les différentes résidences de M. le Maire de Toulouse dans le dossier « Courtîmes et associés » lorsque mon téléphone vibre.

Je décroche sans vérifier le nom du correspondant.

– Tristan.

– Je me demandais s'il fallait que je me déplace une nouvelle fois.

Marlone. Mon doigt ripe sur le bouton de ma souris. Je mets un peu de temps à comprendre ce qu'il vient de dire, mon cœur battant trop fort au simple son de sa voix. Le goût de ses lèvres, que je tente désespérément d'oublier depuis trois nuits, revient sur les miennes, comme une douce chaleur entêtante et addictive.

– Hein. Euh. Tu veux me voir ?

– Pas personnellement. Enfin… je crois qu'un tête-à-tête ne serait pas exactement ce qui te conviendrait… Alors, non. Je parle simplement de venir te chercher pour le camp en forêt. Le car part dans vingt minutes et Damien t'attend.

– Oh !

Je consulte ma montre, qui m'indique effectivement que je devrais déjà être en route. Je me suis totalement laissé emporter par mes recherches. Et je n'ai pas mangé. Mais mon cabinet se trouve à une petite demi-heure de route du camp. En d'autres termes, ça risque d'être compliqué. Et j'ai encore besoin de dix minutes.

Je perds mes mots. Bordel, cet homme me fait un effet inquiétant :

– Oui, bien… dix minutes ? Enfin, non ? Hein ?

Il éclate de rire.

– Ce qui signifie ?

J'inspire un bon coup, histoire d'expulser mon angoisse. Il va bien falloir que j'assure pendant quatre jours. Parce que, même si je tente de ne pas y penser depuis que j'ai accepté de participer, il n'empêche que ce moment va bel et bien finir par arriver : je vais le revoir. Et peut-être un peu dénudé, genre le matin au réveil, avec l'engin… Non, non, non. Ce genre de chose n'arrivera pas… Il dort en combinaison de ski, c'est évident. Il fait souvent froid près des lacs, c'est bien connu. Surtout en plein été dans notre région…

Donc, Marlone en combinaison spatiale, c'est bien pour me représenter le déroulement de ces quatre jours.

– Je disais… Peux-tu m'envoyer l'adresse de l'endroit où nous allons piquer les tentes ? Il me reste une bonne demi-heure de boulot et le temps que j'arrive…

Il soupire.

– OK, mais tu me donnes ta parole que tu viens. Ce serait terrible, je pense, pour Damien, si…

– Oui, oui. Je sais. Je viens. Mais pour avoir l'esprit tranquille, je boucle justement un dossier.

– D'accord. Je t'envoie l'adresse.

– Parfait, merci.

– Donc à tout à l'heure. Et, Tristan ?

– Oui ?

– Au cas où tu te poserais des questions…

Cette fois, ma voix part dans un glapissement aigu et ridicule :

– Oui ?

– Je comprends tes priorités. On peut juste oublier. C'est cool pour moi. OK ?

Je ne sais pas si c'est « cool » en réalité. J'aurais peut-être préféré qu'il ne comprenne pas et qu'il insiste un peu… enfin, non, c'est très bien. Il m'a déjà donné énormément entre ses conseils, ses lèvres si habiles… ses bras parfaitement musclés… Merde, je bande ! Je ne suis pas du tout dans la mouise pour ces quatre prochains jours.

En attendant, je ne réponds pas et il s'inquiète.

– Tristan ?

– Hein ? Ah ! Oui, super cool ! Oublier… OK. Je… je te laisse, j'arriverai plus vite.

— *Yes* ! À tout à l'heure !

– C'est ça. Voilà !

Je raccroche. Je suis quand même content car j'ai réussi à aligner plusieurs mots de suite, sans – trop – bafouiller. Quel sang-froid, Tristan, c'est merveilleux ! Et surtout, un peu inespéré !

J'ouvre un mail à l'attention de Jeanne pour lui donner mes directives concernant le dossier Courtîmes, à traiter en extrême urgence dès lundi.

Mon téléphone bipe sur mon bureau. C'est un message de Marlone. Mon sang se met à bouillir. Je connais le contenu de ce SMS, il s'agit d'une simple adresse. Mais je n'y peux rien, je suis tout chose à la simple idée qu'il m'écrive. J'adore cette expression ! Je suis surtout vachement pathétique, mais on va dire qu'on n'est pas au courant.

Sweet Summer

Marlone : Bon, ben il vient !

Valentin : Tu t'es bien astiqué l'engin ? Il est tout propre ? Il s'agirait de ne pas faire fuir la proie deux fois de suite…

Milan : Tu devrais y faire un beau nœud, genre « paquet cadeau ». Tu sais faire les nœuds ?

Marlone : Milan, je suis le roi du nœud, tu vas me vexer si tu continues !

Dorian : J'aimerais bien voir ça… Photo ?

Valentin : MDR !

Milan : MDR ! Bon, cette fois, j'embarque demain… On reste en contact. Je vous préviens si je croise Aquaman et sa belle fourche…

Valentin : Je me laisserais bien planter par la fourche d'un triton, moi.

Milan : M'en parle pas ! J'ai le fessier qui frétille rien qu'à l'idée !

Valentin : Un truc à 3 ? Ça te branche ? Une fourche, ça a plusieurs pics, non ?

Milan : Excellent ! Genre, sodomie de groupe ? MDR ! J'aime l'idée ! Mais baiser dans la flotte, ça craint quand même…

Valentin : La plage ?

Milan : T'as déjà testé ? C'est un peu « effet gommage interne agressif ». Pas le pied. Enfin, moi, je ne suis pas fan !

Dorian : Bon, ça va aller ? Pensez à ceux qui bossent, Merde !

Valentin : Parce que tu le veux bien. Tu veux venir faire du surf ? On part dans dix jours.

Dorian : Et fumer des joints autour d'un feu de camp ? Merci, mais non.

Marlone : Sinon, ça ne vous dérange pas trop mon histoire ? Je vous signale quand même que je vais me retrouver avec un mec qui me fait bander, au milieu d'une tripotée de gosses, pendant quatre jours ! Et bander sous un short, ce n'est pas ce que j'appellerais super discret ! Surtout vu la taille de l'engin !

Valentin : MDR ! Ben on te confondra avec l'une des tentes… Fais juste attention à ce que ton Tristan ne confonde pas et ne tente pas d'aller faire une sieste à l'ombre de ton « piquet » !

Milan : MDR !

Marlone : Valentin tu m'épuises !

Dorian : Marl, ça va bien se passer. Si ton Tristan te rend nerveux, c'est bon signe. Je l'aime déjà.

Milan : Moi aussi. Est-ce qu'il a une belle fourche ?

Valentin : Bien entendu, sinon Marlone ne s'arrêterait pas à lui.

Marlone : Il n'y a pas que les fourches dans la vie les mecs ! Et pour être honnête, j'en sais rien, je n'ai pas eu l'occasion d'analyser ladite fourche. Mais, au jugé, gaule tout à fait honorable, voire +++.

Dorian : PHOTO !

Valentin : T'as un problème avec les photos, toi !

Milan : MDR ! Bon, je vous laisse. Bises.

Dorian : Val... sans commentaire. Ciao, Milan !

Valentin : Au contraire, j'aurais bien aimé que tu commentes ! Je t'en envoie une en privé. Je sors de la douche... N'hésite pas les coms !

Milan : Quoi ? Non, mais, où ? Pourquoi pas ici la photo ? Merde, vous êtes chiants ! Je suis prêt à commenter, moi !

Valentin : MDR ! J'envoie rien à personne ! PTDR !

Marlone : Bon, alors je crois que je vais me démerder. Merci les mecs ! On se sent soutenu. Je file, le car démarre et les gosses me saoulent. Ciao !

Dorian : Mais non, on est là ! Marl ! Reviens !

Valentin : OK, Marl, je t'envoie la photo à toi seulement. Boude pas !

Milan : Marl, tu feras suivre la photo ! MAAARRRRLLLLL...

Tristan

– Bon, ben je pense qu'on est pas mal, non ?

Damien et moi reculons de quelques pas. La tente est montée. J'ai quand même suggéré l'idée à Marlone qu'il existait des tentes qui se dépliaient juste en les jetant au sol, et que c'était quand même super pratique. Parce que planter les piquets, comment dire...

Mais la réponse a été claire. Le camp est en partie financé par les localités, et pour le reste, par les dons des parents et de quelques associations. Donc, les tentes sont vieilles, mais encore suffisamment en état pour qu'on ne les change pas. OK. Je pense que je vais effectuer une donation importante en rentrant. Ce camp est très chouette et Damien y retrouve un semblant de sourire. Ils méritent un petit coup de pouce.

En attendant, mon fils sourit, hyper fier de lui, les mains sur les hanches :

– C'est top ! Elle est trop belle notre tente !

Rien ne peut égaler le sourire léger et sincère qui illumine son visage. Sourire qui se fane malheureusement lorsque le gamin de David passe derrière nous :

– Mon père a apporté notre propre tente. Elle est beaucoup mieux.

Je pose une main sur l'épaule de mon fils pour lui indiquer de ne pas relever. Je plisse les paupières moi-même pour souffler en me retenant de ne pas attraper ce gosse par le col et le planter en haut d'un arbre pour le reste du séjour. Mais son père se trouve juste à quelques mètres, assis sur un tronc, à nous mater depuis un bon quart d'heure. Il est LA mauvaise surprise du jour. Le connard qu'il va falloir que je supporte.

Mais… ce que j'ai vu et appris ce matin me conforte dans le calme que je tente de garder. Tout vient à point.

Damien lève les yeux sur moi, me demandant en silence la meilleure manière de réagir. Je lui souris en m'accroupissant devant lui.

– Fais comme si tu n'entendais pas, Dami. On s'en fiche des tentes. L'important, c'est que tu t'es moqué de moi pendant toute la phase de l'installation, et que c'était sympa !

Il rit doucement en se remémorant ce grand moment :

– Ben, aussi, tu étais drôle quand la tente s'est écroulée sur toi !

– Oui, et tu ne m'as même pas aidé à en sortir…

Il se penche vers moi d'un air malicieux :

– C'est parce que je riais tellement que j'avais peur de faire pipi dans mon short !

J'éclate de rire en ébouriffant ses cheveux tandis que Marlone prend la parole, placé au centre du petit cercle que forment les tentes.

– Corvée de bois pour le feu de ce soir. J'ai besoin de muscles…

J'observe son physique d'athlète. Je ne peux pas m'en empêcher. Depuis que je les ai rejoints il y a de cela quelques heures maintenant, mes rétines me brûlent et mon esprit m'enjoint de le dévorer des yeux. Mais je tiens bon. À part quelques jeux de regards discrets partagés avec lui, rien n'a dérapé jusqu'à présent. Et c'est parfait.

Il se tourne brièvement vers moi et détourne le regard aussitôt lorsqu'il capte le mien. Un sourire discret s'esquisse sur mes lèvres. J'aime ce petit jeu, et surtout, savoir qu'il a bien conscience de ma présence me plaît. Une chaleur passagère me traverse le corps et je savoure chaque picotement qui s'attaque à mon esprit… Cette situation, certes compliquée, s'avère également plus qu'agréable, finalement. Ce qui ne règle pas tous les problèmes. Bien au contraire.

J'ai envie de participer, mais je ne désire de tenter le diable non plus. Même si le fameux diable est plus que tentant.

– Papa, on y va ?

Alors, si c'est Damien qui le demande…

– On y va !

Marlone capte notre échange, se tourne une nouvelle fois vers nous et soutient le regard que je lui tends, un petit sourire aux lèvres. Mon cœur se remet à déconner. Je crois que c'est la ménopause !

Non, je déconne. Je suis trop jeune, mais l'effet est là. (Oui, et ne vous fatiguez pas non plus, je sais que c'est plutôt un truc de nana, *no comment.*) Je lance nos sacs sous la tente et m'apprête à suivre Marlone et la petite troupe de volontaires entre les arbres bordant notre campement, lorsque la jeune éducatrice, Tina, alpague Damien.

– Eh, bonhomme, tu te souviens que tu es de corvée de vaisselle ?

Mon enfant se rebiffe.

– Quoi ? Encore ? Mais…

La voix de Marlone gronde derrière nous.

– Pas de « mais », Damien. Les règles…

–… sont les règles, je sais !

Mon fils m'adresse un regard coléreux mais résigné en se dirigeant vers Tina qui lui explique.

– Le local sanitaire est là-bas. On va aller s'occuper de tout ça.

Oui, parce que nous campons, mais pas trop loin des commodités mises à disposition par la région : sanitaires, salle de loisirs en cas de mauvais temps, local infirmier et réserve de matériel.

Mon fils rejoint sa troupe, et moi la mienne. Je reste néanmoins en retrait, observant la nature, évitant comme la peste le démon qui avance devant moi d'une démarche virile et hypnotique. J'adore les bermudas en jean, je viens de le décider.

Quel cul, bon Dieu !

Le cul en question arrête sa progression dans la forêt et laisse passer devant lui les chercheurs de bois qui nous accompagnent pour m'attendre. Je pose mes lunettes de soleil devant mes yeux, en espérant que le teint légèrement rougissant de mes joues passe un peu plus inaperçu. Il adopte mon allure dès que j'arrive à son niveau. Il semble quelque peu embarrassé lorsqu'il entame la conversation, maltraitant nerveusement une pauvre brindille qu'il plie et replie entre ses doigts.

– Ça va ?

Oh, mon Dieu, cette voix suave et faible, juste destinée à mon oreille… À quel moment ce mec va-t-il se décider à être moins sexy ?

Et son parfum… Je me demande si un seul homme peut vous rendre tachycarde… Parce que si tel est le cas, je suis malade, c'est certain. Et gravement atteint même !

J'ai un mal fou à lui répondre un mauvais :

– Oui.

Voix éraillée, montant dans les aigus. Bref, tout l'inverse de la sienne. Lui va être atteint de bradycardie dans pas longtemps, c'est à parier.

Il ne bloque pas sur ma voix, visiblement – Alléluia ! – et continue la discussion :

– Je voulais… savoir si tu allais bien. Enfin, je veux dire… Tu n'avais pas l'air trop en forme l'autre soir et… Enfin, voilà.

Seigneur ! Est-ce qu'évoquer mon ridicule cuisant de mercredi était une obligation ? Je ne sais clairement plus où me planquer. La honte grille mes joues me donnant à nouveau l'envie impressionnante de faire demi-tour et de rentrer directement chez moi, mon fils sous le bras, même en courant s'il le faut. Mais je reste digne. En tout cas, j'essaye de sauver ce qu'il reste à sauver, c'est-à-dire pas grand-chose.

– Comment dire… Tu parles du moment où mon corps s'est exprimé très clairement dans mon bermuda, ou plutôt de celui où mon esprit a décidé de battre en retraite en déclarant une grève surprise de toute forme de discussion ou d'explication ?

Il rit doucement et hausse les épaules :

– Un peu des deux, je pense…

– Alors, ne t'inquiète plus, tout s'est rétabli correctement dans les 24 heures qui ont suivi. Bermuda lavé, et esprit de retour dans le droit chemin. Tout va bien. Je suis simplement désolé et…

Il m'arrête d'un geste de la main et d'une voix incroyablement douce.

– Non, tu n'as pas à être désolé. Tout va bien. Je voulais simplement qu'on soit d'accord sur cet épisode.

– Nous le sommes.

Il me sourit franchement cette fois. J'ai dit que tout allait bien, mais en fait rien ne va. Je crois que je suis méchamment accro à Marlone. J'ai pensé à lui tous les jours, toutes les heures qui nous ont séparés. Je regrette d'y avoir goûté. Et en même temps, je regrette de n'avoir fait que le goûter. Une impression de « pas assez » reste sur mes lèvres et dans mon âme. Comme le souvenir d'un dernier shoot. Et le plus dur à supporter, ce n'est pas l'attente ou le manque. Le plus douloureux, c'est surtout cette idée qu'il n'y aura pas de redite. C'était bien, divin, mais c'était aussi la fin. Et ça… C'est très dur à envisager. Mais comme il vient de me le confirmer, et comme je viens de le faire aussi, c'est pourtant la triste réalité. Pas de nouvelle dose de Marlone de prévue. Jamais.

Pff…

Il s'écarte de moi pour donner ses directives concernant la collecte de bois. J'écoute et j'obéis. J'évite de penser. Et je ramasse du bois. C'est tout ce qu'on me demande.

Des cris perçants traversent la forêt alors que nous sommes sur le chemin du retour. Je reconnaîtrais cette voix entre mille. Mon fils ! Je lâche le fagot que je portais, tout comme Marlone, et nous nous ruons vers le campement en courant.

Nous arrivons à l'orée du bois pour constater que je ne m'étais pas trompé sur l'origine des cris. Damien est en plein combat avec un autre gosse devant notre tente. Marlone me jette un coup d'œil, le regard noir, et nous reprenons notre course pour les rejoindre. L'autre gosse, c'est le fils de Courtîmes. Théo. Tina arrive elle aussi sur le campement, en courant depuis l'autre bout du camp. Le temps que nous le traversions, les deux garnements se frappent encore violemment une fois ou deux et perdent l'équilibre, tombant abruptement sur notre tente qui ne résiste pas au traitement et se déchire sur toute sa longueur.

J'attrape Damien par le bras pour le relever et Marlone fait de même, hors de lui, avec Théo :

– Nom de Dieu, c'est quoi ce bordel ! Qu'est-ce que vous foutez là ? Regardez ce que vous avez fait !

Un petit attroupement de gosses et de parents se crée rapidement autour de nous. Je suis en furie contre mon propre fils.

– Damien ! Une explication ! Tout de suite !

Ce dernier bafouille, encore sous le coup de la rage, lançant des regards meurtriers à son adversaire visiblement beaucoup plus amoché que lui.

– Je suis revenu poser les assiettes, et il était en train de fouiller notre tente !

– C'est pas vrai ! Je la réparais, elle allait s'effondrer ! Elle était mal montée !

– MENTEUR ! Tu fouillais dans mon sac !

– NON ! Elle allait s'écrouler !

Une voix que je connais bien s'élève depuis la petite assemblée qui nous entoure.

– Forcément qu'elle était mal montée ! À quoi peut-on s'attendre d'un homme qui n'en porte que le nom ?

David ! Marlone est plus prompt que moi et se retourne vivement vers l'intervenant, le regard noir.

– Je vous demande pardon ?

David hausse les épaules d'un air posé et détaché. Mais il ne répond pas, snobant clairement l'éducateur.

Tina s'interpose, furieuse elle aussi, en s'adressant à Courtîmes.

– Et donc, vous étiez là, vous. Vous n'avez pas cherché à les séparer ?

Il la toise d'un air supérieur.

– Pour quoi faire ? La nature est bien faite. C'est le meilleur qui gagne et le plus faible la boucle. Et je n'aurais eu aucun doute sur le gagnant de ce combat, si toutefois vous aviez eu l'intelligence de les laisser régler leurs affaires entre eux. La virilité… gagne toujours.

Marlone traverse l'espace qui les sépare en trois enjambées et se place face au connard de service, l'index posé sur son torse.

– Nous n'encourageons pas la violence dans ce camp. Et si vous avez inscrit votre fils dans notre programme, nous attendons que vous appuyiez nos enseignements pendant au moins la durée du séjour.

Il marque une pause, déglutit sans le quitter des yeux, puis ajoute, d'une voix sombre.

– Quant à cette histoire de virilité… Je serais plus que ravi d'en faire la démonstration dès notre retour, sur un ring.

David ne se démonte pas, toujours aussi hautain et détestable.

– Quand vous voulez.

C'est Tina qui les sépare.

– Bon… Alors, ceci étant dit, il y a plus urgent ! Marlone ! Vérifie si la tente est toujours habitable. Moi, je vais embarquer ces deux garnements à l'infirmerie du local. Les gars, amenez-vous ! Et ensuite, vous serez punis !

Tout ce petit monde s'active et la foule se disperse autour de nous. Damien me regarde d'un air furieux, les larmes aux yeux.

– J'ai rien fait, papa ! Il fouillait dans nos affaires !

Je m'accroupis devant lui, moi-même furieux, mais tentant de garder un calme de surface.

– Je te crois, mon fils. Cependant, tu n'aurais pas dû le frapper.

Il renifle et s'essuie le nez avec son avant-bras.

– Mais il n'avait pas le droit, c'est injuste !

Je caresse ses cheveux en essayant de faire redescendre sa rage.

– Je sais. Mais…

– Pourquoi tu ne colles pas une bonne droite à son père ? T'as entendu ce qu'il a dit ? Que tu n'étais pas un vrai homme ! Pourquoi le laisses-tu dire ça, papa ?

Je soupire. Ses paroles me brisent le cœur. Bien sûr que j'ai envie d'aller foutre une raclée à ce connard. Et ça, depuis très longtemps. Bien plus depuis que je comprends que son fils est fait du même bois que lui et qu'il pourrit la vie de Damien à cause de mes choix de vie. Mais…

– La violence ne résout pas tout, Damien.

– Bien sûr que si ! J'espère que je lui ai pété le nez !

– Non ! Il y a d'autres moyens de se battre. Je n'utilise pas la force. Mais j'ai un plan. Je travaillais dessus ce matin même. Nous aurons notre victoire. Fais-moi confiance !

Il se met à hurler.

– NON ! Nous n'aurons rien, parce qu'il a raison. Tu n'es pas fort, tu es faible ! Il a raison, tu es une tapette qui ne sait pas se défendre !

– DAMIEN !

C'est Marlone, à peine à quelques mètres de nous, qui a certainement tout entendu et lui ordonne de se taire d'une voix noire. Mon fils le regarde, puis se met à courir vers le local. Je me redresse pour le rattraper, mais l'éducateur me retient par le bras.

– Laisse-lui quelques minutes. Il vient de se battre. La rage gronde encore. Il n'écoutera rien. Mieux vaut attendre qu'il se calme. Tina va le soigner, et ensuite… Il sera plus enclin à t'écouter.

Je suis sous le choc. Les paroles de mon fils sont autant de lames acérées plantées dans mon cœur. Je me penche sur la toile de tente déchirée de toutes parts pour m'extraire du monde et qu'on me laisse cuver ma peine seul. Je ne perçois plus la réalité qui m'entoure et plonge dans la tristesse infinie, alimentée constamment par cette haine que me voue mon fils. Je sais qu'il y a du travail pour qu'il me considère avec respect. Je sais que, sans doute, il ne me regardera jamais comme il admire un homme tel que Marlone. Je sais que la souffrance restera. Je ne vois pas comment l'effacer. Depuis tant d'années, sa mère, ses grands-parents et tout son entourage, lui ont, sans aucune espèce de doute possible, bourré le crâne de clichés haineux et réducteurs sur ce que je suis. Il a été formaté comme ça. Depuis huit ans.

Je sens une présence à côté de moi. Un homme qui s'accroupit et pose une main amicale sur mon épaule. Marlone. Encore et toujours Marlone qui, une fois de plus, s'adresse à moi doucement et me remémore ce que je suis. Un homme qui aime les hommes. Sans doute une tapette, une tafiole, un pédé, une pédale, un sodomite honteux, une pauvre merde qui gâche tout à cause de ses penchants pervers… Je me déteste. Et je déteste encore plus le sentiment que me procure cette simple main posée sur mon épaule.

– Ça va ?

Non. Bien sûr que non, ça ne va pas ! Comment est-ce que ça pourrait aller ? J'ai perdu mon fils et détruit l'amour qu'il aurait pu me porter. Je tire rêveusement sur le tissu éventré devant moi.

– J'arrive trop tard.

Marlone se penche pour prendre ma main et se relève.

– Viens avec moi.

Je n'ai plus de force. Aucune volonté. Pas une trace de rébellion en moi. Je n'ai plus d'avis ni d'envie. Alors, je le laisse me tirer dans les tréfonds de la forêt, loin du campement. Puis, il nous arrête derrière un arbre et, à ma grande surprise, me prend dans ses bras. J'essaye de résister, mais comme je l'ai déjà précisé, les paroles de mon fils m'ont anéanti. Depuis tant d'années, je me bats pour apercevoir le bout du tunnel. J'avance, mais l'issue recule toujours d'autant. Je crois qu'il vient de m'achever.

Alors, quand les bras de Marlone m'imposent de rester contre lui, mes doigts s'agrippent à son polo, ma tête plonge dans le creux de son cou et mes yeux ne retiennent plus les larmes qui me brûlent depuis trop longtemps. Je me laisse bercer dans son câlin, ruinant ses fringues, recevant ses caresses, tentant de m'abreuver de sa force. Et je pleure. Comme un gosse.

Je suis tellement seul dans ma vie que ce petit moment d'abandon qu'il m'offre, cette trêve qui me permet d'expulser la douleur, je l'accepte. Et j'en profite. Personne ne me prend jamais dans ses bras. Personne.

Je m'agrippe à lui comme s'il était le seul à pouvoir me sauver. Comme si je le connaissais depuis toujours et qu'il détenait la solution à tous mes problèmes.

Il dépose une série de baisers sur ma joue, récupérant mes larmes, attrapant un peu de ma douleur et allégeant mon cœur. Puis, sa main caresse mon cou tendrement.

— Ça va aller, Tristan. Il ne pensait pas ce qu'il disait.

— Je sais que si. Mon fils n'a pas confiance en moi.

Il embrasse ma tempe calmement.

— Il ne demande qu'à avoir confiance, Tristan.

— Mais je ne me bats pas avec mes poings, moi ! Je ne comprends pas cette rage ni son besoin de frapper au moindre problème.

— Il se révolte contre l'injustice. Et il a raison. Simplement, il ne sait pas qu'il existe d'autres moyens. Il faut lui apprendre.

— Je viens de lui dire…

— Mais il est jeune ! Pour lui, la force c'est le moyen ultime de se faire respecter. Parce qu'il n'a pas les mots pour exprimer sa colère. Je sais de quoi je parle, j'en suis à peu près au même point que lui, tu sais ? Quand ce type a sorti ces conneries à propos de virilité et de je ne sais plus quoi, j'étais à deux doigts de lui en coller une. Mais j'ai dix-sept ans de plus que ton fils. Alors, je me contiens. Cependant, si tu regardes bien, je ne suis pas beaucoup plus mature que Damien, finalement. Parce que franchement, j'étais sur la tangente. Autant les enfants, je sais faire preuve de beaucoup de patience avec eux, autant les connards…

Je ris doucement en remontant une de mes mains sur son cou, pour caresser sa peau. De légers frissons naissent sous mes doigts et son torse contre le mien se soulève lourdement. Une tension pesante et crépitante s'abat sur nous en une fraction de seconde. Ses doigts sur ma joue glissent jusqu'à ma nuque, réchauffant mon corps tout entier d'une douceur apaisante. Je ferme les yeux, oubliant ma tristesse, ne voyant plus que notre baiser sur le parking, la texture soyeuse de ses lèvres et l'envie de recommencer. De replonger dans ce qui tue ma vie. Il embrasse mon cou, laissant traîner sa langue sur mon épiderme, allumant un feu qui me consume douloureusement et réveillant un combat interne que je crois ne pas être en mesure de supporter maintenant.

Ses lèvres remontent au niveau de mon oreille pour me poser une seule question.

– Lequel veux-tu que je sois, Tristan ?

Mes doigts se crispent sur son t-shirt. J'ai envie du démon. Mais l'ange me paraît plus adapté à ce que je peux supporter.

– L'ange.

Il embrasse à nouveau ma peau en m'entraînant avec lui alors qu'il s'adosse au tronc derrière lui.

– D'accord. Prends ton temps. Évacue.

Et nous restons là, le temps nécessaire. Le temps de reprendre mon souffle. Le temps de me laisser bercer par le sien. Le temps de recevoir ses attentions. Le temps de m'enrouler dans sa tendresse. Le temps de me sentir soutenu et fort. Le temps de redevenir l'homme que je suis et le père que j'apprends à être. Le temps pour lui de panser mes blessures, sans un mot, juste en m'offrant tout ce qu'il est. Le temps pour moi de tomber, je crois, amoureux de cet homme que je n'ai vu que deux fois.

J'ai finalement réussi à m'arracher à ses bras, après ce qui m'a semblé des heures. Il m'a regardé me redresser, le regard flou, appuyé avec indolence contre ce tronc d'arbre et j'ai cru voir brûler l'affection au fond de ses yeux. Je lui ai tendu la main pour qu'il se redresse et il a posé ses lèvres sur mon front, longuement, en me serrant dans ses bras. Puis, il s'est écarté en murmurant :

– Merci.

Et nous avons repris le chemin vers le campement, silencieusement. Je n'ai pas compris son « merci ». Je l'ai pris, parce que j'ai senti qu'il était sincère. Et un jour, peut-être, je lui en demanderai la signification.

Mais plus tard. Lorsque nous rejoignons le groupe, Damien semble effectivement apaisé, les pieds dans l'eau, jouant avec des fillettes à couettes semblant tout sauf douces et calmes. Mais il paraît heureux, alors ça me va. Je repousse le moment de la discussion avec lui, ayant moi-même besoin d'un peu de temps pour choisir les bons mots.

Je n'en ai d'ailleurs pas le temps, car un problème de taille se pose à nous dès notre retour. Notre tente que Tina, aidée d'une poignée d'enfants et de parents ont vainement tenté de réparer, est finalement hors d'usage.

Lorsqu'elle nous annonce la nouvelle, Marlone passe une main dans ses cheveux, naturellement magnifique et tentateur, son polo se relevant sur son ventre, laissant apparaître cette ligne duveteuse partant du nombril pour descendre là où je ne devrais pas rêver d'aller.

– Bon. Alors… On devrait pouvoir loger tout le monde. Déjà, j'ai une place sous ma tente.

Tina s'empresse d'ajouter en me dévorant des yeux :

– Moi aussi !

Un troisième éducateur s'incruste.

– Non, Tina, tu n'as pas de place dans ta tente ! J'y dors aussi, je te signale !

Elle répond dans une grimace.

– Oui, mais bon. Tu peux aller dormir avec Marlone, Samuel !

– Ah, mais non ! Je dors avec toi, c'est prévu comme ça.

La petite nénette ferme les yeux, excédée.

– Est-ce qu'un jour il y aura un mec qui arrivera dans ma vie et me la facilitera ? Y en a marre de ces éducateurs ! Entre les gays et les boulets, je suis inexorablement seule et sans secours ! Alors, OK, on dort ensemble, puisque tu es et resteras mon dernier recours ! Mais on dort ! C'est tout !

Marlone ravale un rire pendant que le « boulet », si j'ai bien compris l'histoire, ne note pas l'insulte et sourit, content.

– OK, cool !

Ils repartent, me laissant seul face à Marlone. Dormir avec lui. Je vais mourir, c'est écrit. Il laisse échapper un petit rire devant mon air désespéré et jette un œil en direction de Damien.

– Bon, il reste ton fils, mais j'ai ma petite idée. Damien ?

Mon fils stoppe ce qu'il était en train de faire et se tourne vers nous, me jette un regard effrayé puis reporte son attention sur l'éducateur.

– Oui ?

Marlone prend un air sérieux en tendant l'index vers lui.

– Alors déjà, pour ta punition, tous les matins, jusqu'à la fin de la semaine, tu viendras courir avec moi ! 6 heures du matin !

Mon fils cache à peine son sourire.

– Courir ? Avec toi ? Comme un boxeur ? Oh, d'accord !

Ce gamin est incroyable. La plupart des enfants de son âge rechigneraient. Lui, il est ravi. Je soupçonne Marlone d'avoir choisi cette soi-disant punition en connaissance de cause. Histoire de donner le change sans le punir réellement. Il n'arrête pas là, toutefois.

– Et tu te chargeras de préparer le petit-déjeuner sur ce camp. Après la course. Avec Tina.

Damien opine du chef.

– Très bien.

– Parfait. Et en ce qui concerne la tente… La maman des filles devait venir, mais s'est désistée au dernier moment. Nous avions prévu la plus grande tente. Elle contient deux chambres. Tu prendras la chambre une place. Et les filles partageront celle à deux places. Voilà ! Tu dors avec des filles ! J'espère que ça te servira de leçon !

Un cri de joie émane des deux copines de mon fils. Et Damien tente de rester sérieux même si ses lèvres s'étirent dans un sourire discret.

Je prends la parole.

– Mais en attendant, tu viens avec moi !

Le sourire s'efface. Je tourne les talons sans m'y arrêter et me dirige vers un petit ponton à l'écart du groupe. Il me suit sans rechigner. Je m'assieds au bout de l'avancée en bois, les pieds dans l'eau et l'invite à faire de même. J'attends qu'il soit installé, un peu sur ses gardes, et commence mon discours en regardant au loin.

– J'ai perdu mes parents quand j'étais plus jeune que toi.

Il baisse la tête, un peu triste. Je continue.

– J'aurais donné n'importe quoi pour qu'ils reviennent, mais ça n'a pas été le cas. J'ai fait avec. Ton arrière-grand-mère m'a élevé, et j'ai essayé d'être heureux. Alors… Je n'ai jamais eu de père pour me montrer ce que ça voulait dire d'être papa. Je patauge. Je n'en sais rien. Je fais de mon mieux.

Je laisse passer un silence. Le cœur gros. Mais je dois lui dire ce qui me ronge. Je n'ai d'ailleurs plus que cette carte à jouer avec lui. Il n'est pas bête. Loin de là. Il analyse beaucoup. Simplement, je crois qu'il n'a pas toutes les informations et que ses conclusions sont forcément faussées. Donc, autant tout lui dire, ouvrir mon cœur et voir s'il accepte d'y entrer.

– Alors… je sais que ça n'est pas parfait. Je sais que je suis gay, que je ne suis pas le papa que tu aurais voulu avoir, mais simplement, je suis là. Pour toi. Tu es mon fils et je t'aime. Plus que ma propre vie. Pleure, et je souffre. Sois en colère, et mon cœur s'emballe. Ris, et je suis heureux. Fais tout ce que tu veux, et je partagerai avec toi. Mais. Respecte-moi. Je t'interdis de me traiter comme tu l'as fait tout à l'heure. Je suis peut-être gay, nul et à côté de la plaque mais, encore une fois, je suis ton père. Tu as un père, Dami. C'est déjà pas mal.

Il ne répond pas, impassible, le regard dans le vague. Je retiens mon souffle. Parce que si je ne le touche pas là, alors je ne le toucherai jamais. Je reprends.

– Et quand je te dis de ne pas te battre, que je fais le nécessaire, ce n'est pas quelque chose que tu as le droit de remettre en cause. C'est ma décision. Je peux te l'expliquer si tu veux, mais pour ça, il faudrait que tu me laisses le temps de le faire. Donc, je te le dis une nouvelle fois, je traite le dossier Courtîmes. Avec mes armes à moi. Et tu peux me croire quand je te dis que les miennes vont lui faire beaucoup plus mal que des coups. Fais-moi confiance. Est-ce que nous sommes d'accord ?

Mon enfant tourne son regard vers moi, décontenancé. Je répète une dernière chose, la plus importante. La seule chose certaine que je peux lui apprendre, sans peur de me planter :

– Je t'aime, mon fils.

Il baisse les yeux sur ses mains, sans un mot. Puis les relève, rouges et en pleurs. Sa petite bouche tremble et me brise le cœur.

– Papa ?

– Oui ?

– Je peux te faire un câlin ?

J'ouvre mes bras et il se glisse contre mon torse. Je le presse contre moi, aussi fort que je le peux, parce qu'il est l'élément le plus précieux de ma vie, le diamant qui fait briller mon soleil et qui peut aussi l'assombrir à sa guise. Ma raison de vivre quand je n'en trouve plus aucune, la tendresse qui alimente mon cœur, le petit être qui se bat quand je n'ai plus le courage de le faire.

Je murmure à son oreille, en lui caressant les cheveux, la boule au ventre.

– J'ai compris, Damien. J'ai compris que tu m'appelais quand tu ne prononçais pas un mot. Que tu m'en voulais de ne pas être là, de ne pas t'expliquer. Je vais t'expliquer. Tout ce que tu veux savoir. Je serai là. Laisse-moi une place. S'il te plaît.

Il ne répond pas mais me serre dans ses bras, plus fort. J'embrasse ses cheveux et essuie mes larmes. Je sais que tout n'est pas gagné, mais c'est déjà un bon début. Il aura ses humeurs, et j'aurai les miennes. Mais, la porte s'ouvre malgré tout, alors que je pensais qu'elle resterait close. C'est déjà un pas immense.

Nous restons un moment, puis le bruit d'une casserole qu'on frappe au loin nous rappelle à la réalité.

– À table !

Damien se redresse, j'essuie ses larmes et nous reprenons le chemin vers le campement. Sa main dans la mienne, les pieds dans l'eau. Je crois bon d'ajouter.

– Et, en ce qui concerne ta punition…

Il paraît surpris.

– Mais Marlone…

– Marlone n'a pas jugé utile de te punir réellement parce qu'il t'apprécie beaucoup. Et moi, ton père, je trouve que ce n'est pas assez. Courir avec un boxeur tous les matins n'est pas ce que j'appellerais une punition, pour toi.

Il laisse passer un petit sourire.

– Donc. Puni de PlayStation pendant un mois !

– Hein ? Mais non !

– Mais si ! À la fin du stage, tu repars chez maman. Mais tu reviens à la fin du mois. Deux semaines. Donc, sans jeux vidéo.

Il couine de découragement.

– Mais…

– Je serai en vacances. Nous irons visiter les salles de boxe, peut-être pour t'y inscrire. Ou peut-être un studio de danse, tu en penses quoi ?

Il grimace lourdement.

– De la danse ? Mais papa….

J'éclate de rire.

– Oups, pardon, c'est mon côté gay qui revient !

Il plisse les yeux, m'observe un moment avant d'éclater de rire.

– Papa, tu sais que les gays ils font de la boxe aussi ?

– Oui, je sais ! Je te fais marcher.

Oh, que oui, je sais. Et ça les rend mortellement sexy, au passage. Intensément charmeurs et addictifs…

La vie est comme ça. Elle peut vous engloutir dans un océan triste et plat. Vous noyer dans la routine sans que rien, jamais, ne vienne égayer une longue série de jours sans soleil ni pluie. Une sorte de morosité berce les jours et la solitude les nuits.

Et puis un jour, tout change. Les problèmes, les sensations. L'amour, la haine. Le temps qui passe trop vite et qu'on n'arrive pas à retenir. Depuis que Damien est revenu dans mon existence, les choses ont changé. Mais depuis qu'il est entré dans ce camp, elles se sont précipitées. Et ce soir, éclairé par la simple lumière d'un feu de camp, j'ai envie de faire un arrêt sur image. Assis à même le sol, sous les étoiles, mon fils endormi dans mes bras, j'écoute les histoires de fantômes des bois narrées par Tina et Samuel. Je bois les paroles de Marlone quand il raconte la sordide histoire vraie de la sorcière du lac.

Il fait doux, le lac scintille sous quelques rayons de lune, et la nuit apaise les réelles peurs pour attiser les angoisses surnaturelles. Une sorcière amoureuse d'un dieu qui viendrait pleurer son amour perdu sur les tentes des vacanciers. Les esprits des animaux qui ne voudraient pas être dérangés. Les filles qui poussent de petits cris pendant que les garçons tentent de sourire, ne sachant pas s'il vaut mieux fuir ou rester.

Et puis, la soirée prend fin, malgré tout. Je porte Damien dans sa chambre, celle à côté des filles, l'enroule dans son sac de couchage et les laisse à leur nuit. Et je déclare, à ce moment, que la vraie histoire méga angoissante commence. Celle où le gay un peu sous-doué doit aller s'allonger dans la même tente que le gay ultra surdoué par excellence, sur lequel il craque complètement. J'ai peur de ronfler, de péter, de bander au réveil. D'être le symbole même du tue-l'amour par excellence. Ce qui risque d'arriver, c'est tellement évident.

Donc, je fais durer le moment. Le plus longtemps possible. Après m'être brossé les dents, je retourne sur ce ponton et m'y allonge, savourant le silence à peine interrompu par le clapotis de l'eau contre les piliers. Peut-être qu'avec un peu de chance, il dormira quand je rentrerai ?

Et j'ai cette chance. J'entends sa respiration douce et régulière lorsque j'ouvre la toile de tente. Je tâtonne et trouve ses chevilles, nues. Pas dans un duvet. Merde, il dort à l'air libre ! Heureusement qu'il fait nuit, parce que sinon, je crois que je passerais chaque seconde à observer son corps, que j'imagine dénudé plus qu'à l'accoutumée…

Je m'allonge sur le côté qu'il n'occupe pas, retire mes fringues et enfile un bas de jogging coupé, en prévision du fameux réveil musculaire du matin. Puis, je m'enfonce dans mon sac de couchage, remonte la capuche sur moi et me tourne vers le bord de la tente, les bras compressés contre mon corps, pas du tout à l'aise, avec l'impression de me trouver dans une étuve au bout de trois minutes. Mais surtout, avec la quasi-certitude de ne pas avoir de mains baladeuses involontaires cette nuit. C'est déjà pas mal. Tant pis si je crève de chaud. Et ce sera sûrement le cas, car je sens déjà la chaleur naturelle de Marlone emplir l'espace. Ce mec doit être une vraie bouillotte. Et cette chaleur m'attire. J'ai l'impression que le sol est en pente et que je glisse, malgré moi, vers lui. Que toute la pesanteur de cette tente m'attire contre lui. Qu'il devient le centre du monde, en quelque sorte.

Je repense à sa peau, à ses baisers sur la mienne, à sa voix qui glisse de mon oreille jusqu'à mon âme, à ses caresses. Il a accepté d'être l'ange, mais le démon s'est quand même inséré en moi, a capturé mon esprit, ma volonté et mon corps et m'a rendu dépendant de tout ce qu'il est.

J'extirpe une de mes mains de leur carcan et la tends vers lui, dans le noir, les yeux fermés. Mes doigts atteignent son épiderme et reconnaissent son visage. Son front. Son nez. Ses lèvres. Je les autorise à effleurer ce que je ne veux pas toucher. La peau râpeuse de son menton, sa joue, ses lèvres. Douces. Chaudes. Tentatrices.

Puis ils continuent leur parcours. Son cou. Son torse. Son cœur battant calmement. Son ventre. Les vallons de ses abdominaux. Une douce chaleur remonte depuis ma main, longe mon bras et active les battements de mon cœur. Puis continue son chemin et s'éparpille dans tout mon corps. Mon esprit, mes sens, et bien entendu mon membre qui se réveille et se dresse pour l'appeler. Pour m'enjoindre de réduire la distance entre nous…

Très mauvaise idée. Je tente de récupérer ma main, mais la sienne se pose dessus et l'emprisonne contre sa peau. Maintenant un contact que je ne veux pas rompre. Il entremêle ses doigts aux miens, sans quitter ses rêves, m'empêchant de m'éloigner.

Il ne me reste plus qu'à dormir. En toute grâce et sans défaut. Bouche fermée, en silence… enfin, comme il est en train de le faire lui, maintenant.

Bref, en réalité, je sais très bien que c'est impossible. Sa présence si proche et nos doigts soudés sont trop d'éléments perturbateurs impossibles à évincer de mes pensées. Mon cœur bat trop fort, trop bruyamment.

Sans compter que j'ai peur d'être nul, même pendant mon sommeil. Et j'ai peur de parler dans mes rêves. J'ai peur de nos mains enlacées. Bref. Dormir n'est pas réellement judicieux, parfois. Même en pleine nuit, sous une tente. Alors, je fais semblant. Je ferme les yeux et j'évite de réfléchir. Surtout de réfléchir.

CHAPITRE 6 ~1

Marlone

– Marlone ! Il est 6 heures 05 !

– Hein ?

Damien chuchote derrière la barrière de tissu qui nous sépare et me réveille un peu abruptement.

– On doit aller courir !

Je marque une pause pour récupérer mes esprits. Tristan, lové entre mes bras réagit plus vite et se redresse. Merde, je n'avais pas conscience de notre position, mais maintenant qu'il s'écarte…

Je tends le bras et le ramène à moi, ce qui le surprend et ne lui laisse pas le temps de m'en empêcher. Tant mieux, il n'a pas vraiment le choix de toute manière.

– On va décaler à 6 heures 30, bonhomme.

– Ah. OK. Je me recouche.

– Parfait, je viens te chercher.

Son ombre derrière le tissu se redresse et disparaît. Tristan tente de s'écarter. Je le récupère une nouvelle fois et pose ma cuisse sur ses jambes en nichant mon nez dans son cou. Mes bras l'enlacent et je savoure sa peau, son corps brûlant sous son sac de couchage alors qu'il fait déjà au moins 30 °C dans notre cocon.

Je ronronne contre sa peau.

– Ne t'enfuis pas. Pas encore.

Il soupire mais ne dit mot. Je considère qu'il abdique. J'embrasse son épiderme, sous son oreille, parce que j'aime sa texture douce et lisse.

– Marlone…

Mon nom sonne comme un reproche et pas du tout comme un encouragement. Je grignote le bord de son oreille, décidé à ne pas être arrangeant ce matin. Je ne me réveille que très rarement auprès d'un autre homme. Et ce matin, j'apprécie particulièrement celui que j'enlace. Vraiment beaucoup.

– Oui ? C'est effectivement mon nom.

Il soupire. Mais ne bouge pas. Toujours en équilibre entre son envie et sa retenue. Et quelque part, ça me va. Parce qu'en réalité, ce que je découvre avec lui, c'est qu'il existe une autre envie, plus forte que le désir sexuel, qui peut me rendre heureux quand je l'assouvis. L'envie d'une présence. De douceur. De partage. L'envie qu'il m'apprécie pour autre chose que mon physique. L'envie de prouver à tous ceux qui ont voulu combattre mon homosexualité que non, je ne suis pas un pervers. Je ne voue pas ma vie qu'au cul et à ses dérivés. Je cherche aussi plus, et plus sérieux. Ce n'est pas parce que je n'aurai jamais d'enfant avec un homme que quelque chose de profond et sincère ne peut pas se créer.

On me l'a tellement seriné que j'ai fini par le croire. Et je n'ai jamais rien cherché d'autre. C'était d'ailleurs la raison de mon angoisse concernant le défi de J.E.

Un truc sérieux ? Mais non, tant que tu seras gay, Marlone, c'est impossible !

Je picore sa joue de baisers légers et affectueux, provoquant un petit sourire sur ses lèvres et un frisson le long de ma colonne.

Il est arrivé à ce moment. Pile quand il fallait.

Un truc sérieux ? Et pourquoi pas ? Il m'en donne l'envie.

Pourquoi lui ? Parce qu'il me repousse. Parce que je sens bien que nous sommes attirés, mais qu'il ne se laisse pas diriger par son instinct. Et que, au-delà de son regard, je discerne de l'intérêt. De la considération. Parce que quand il pose les yeux sur moi, il analyse. Il réfléchit. Il pèse les « pour » et les « contre ». Parce qu'il est sensible et craquant. Parce que, de surcroît, il est sexy et n'en a même pas conscience. Et parce qu'il pousse ce petit soupir quand il jouit, qui résonne depuis plusieurs jours dans mon crâne et suffit à me faire bander.

Parce que, peut-être, il est celui qui fera mentir ceux qui ont rejeté le « vrai Marlone ». Parce que, j'en ai le pressentiment, il pourra me voir, moi.

Il reprend ses esprits en gémissant, alors que mon corps s'est collé à lui et que mes mains tentent de passer sous la barrière de son duvet.

– Damien…

– Damien s'est recouché. Il peut attendre.

Il tente de se lever, mais je le plaque contre notre matelas.

– Prends du temps pour toi, Tristan.

Mes doigts ouvrent la fermeture éclair du sac de couchage.

– Tu as essayé de te planquer sous une armure ou quoi ?

Il soupire en retenant un rire.

– T'as tout compris.

Ma main trouve sa peau et la découvre lentement. Son flanc, son ventre…

– Marlone !

– Oui. C'est toujours moi… Oublie un peu le reste… Accorde-toi un instant. Le monde peut se passer de toi quelques minutes.

Ses muscles se relâchent alors que ma main remonte doucement sur son torse. Il abandonne la lutte et s'adosse à moi.

– Je ne peux pas me permettre, je…

– Alors, je le prends pour toi… Je me l'accorde. Du temps pour Tristan Veynes. Le temps pour te découvrir…

Mes doigts frôlent ses tétons. Il se raidit en retenant un gémissement.

– Voilà… Du temps, juste pour toi…

J'embrasse son cou, encore, parce que la tentation est trop forte. Mon érection se colle à ses fesses à travers les multiples épaisseurs qui nous séparent. Mais je n'en fais pas davantage. J'aurais envie de tout. Mais rien, c'est peut-être encore plus grisant. Parce qu'il en a envie, et parce que moi aussi. Parce que respecter, attendre et désirer, c'est déjà un peu plus aimer…

Nous restons ainsi, enlacés, savourant simplement le moment. Jusqu'à ce que Damien revienne à l'assaut.

– Marlone ? Il est 6 heures 31 !

J'étouffe un rire contre l'épaule de son père qui s'esclaffe.

– On arrive Dami.

– Ah ! Salut papa ! Tu ne cours pas avec nous, j'espère ?

J'éclate de rire. Son père bougonne.

– Pas de risque. Va faire la vaisselle en attendant !

– Mais papa ! C'est la punition de Théo, ça !

Oui, en plus du nettoyage des sanitaires tous les soirs. Je ne suis pas peu fier de l'idée, d'ailleurs. Son père a tiqué, mais pas grave, au contraire…

J'interromps l'échange.

– J'arrive Damien. Échauffe-toi.

– OK. Je vais faire des pompes !

Son père lève les yeux au ciel.

– Je ne revendique pas ce gosse. Des pompes pour patienter ! Pourquoi pas des tractions pendant qu'on y est !

Je mordille son cou en riant.

– Alors j'y vais…

– Oui, c'est un conseil. Il est fan de toi, il ne te lâchera pas, c'est certain !

Je grogne contre sa peau.

– Si seulement son père pouvait en être au même point…

Il se love davantage entre mes bras.

– Avec un réveil pareil, on approche la vénération absolue. N'en doute pas un seul instant. Même si j'avais demandé l'ange, il me semble.

Je lève les mains en signe d'innocence.

– Eh, mais je n'ai absolument rien fait !

– C'est bien ça, le problème. Même en ne faisant rien, c'est déjà trop ! J'imagine le reste…

Et moi donc… Je le délaisse et m'assieds en lui tournant le dos, m'étirant comme je le peux avant de prendre ma brosse à dents dans mon sac. Il pousse un gémissement douloureux. Je me retourne vivement vers lui. Il est allongé sur le dos, la main sur les yeux, dépité.

– Quoi ?

Il désigne le bas de mon dos du doigt.

– Là…

Je me contorsionne pour examiner ce qu'il désigne, mais…

– Ben quoi ?

Il soupire. Désespéré.

– Tu as des fossettes… Dieu me vienne en aide !

J'attrape mon téléphone et sort de la tente en riant.

– Bonne fin de nuit, Monsieur Veynes !

– Genre ! Ça va être simple, maintenant ! Pff…

Il s'enroule dans son duvet pendant que je referme la tente. Je ne sais absolument pas ce que je suis en train de faire avec lui. Mais une chose est certaine… J'adore.

Je m'étire correctement devant la tente, en savourant l'air frais du matin. Mon regard se pose sur le père de Théo, assis devant le feu de bois éteint, non loin de moi. Ses yeux me parcourent lentement, dédaigneusement, puis il grimace en marmonnant :

– Pas trop mal au cul ?

Il détourne le visage en ricanant. Je marque une pause, une énorme envie de lui foutre mon poing dans la tronche me paralysant les membres. Mais je résiste à la tentation. Parce qu'à quelques pas de là, Damien m'observe, le corps tendu dans une série de pompes. Je le salue d'un geste de la main et trottine jusqu'aux sanitaires. Autant laisser les cons là où ils sont.

Sweet Summer

Marlone : Il a vu les fossettes.

Milan : Ah !

Dorian : Et ?

Milan : Y a-t-il passé langoureusement sa langue en te massant le bas du dos, sous le lever du soleil, sur une barque au milieu de l'eau… ? Ahhh, ça fait rêver…

Dorian : Milan, je pense sérieusement que tu as besoin d'évacuer. Trouve-toi un mec en urgence…

Marlone : Il a simplement soupiré.

Milan : C'est tout ? Il a touché ? En se touchant aussi ? Ça a été du genre torride et incendiaire ? Mortellement bandant ? La sueur, la peau et le sexe ?

Dorian : J'ai dit urgence ? Je voulais dire EXTRÊME urgence. Ou va plutôt prendre une douche froide ! Marl, j'en déduis que vous êtes au point mort ?

Marlone : Non, justement. Enfin oui. Pas de pénétration ni de léchage de fossettes… MAIS, il a dormi dans mes bras. ☺

Milan : C'est quand même beau la romance... Tu as des étoiles dans les yeux ? Une gaule matinale XXXXL ? Une envie de sodomie ?

Marlone : Pourquoi toujours tout ramener au sexe ? Milan, t'as tourné taré ou quoi ?

Milan : Marl ? C'est bien toi qui viens d'écrire cette phrase ? Pourquoi tout ramener au sexe ? Euh. Parce que je crois que je suis en manque ! J'ai besoin d'un massage de prostate !!! Help !!!!

Dorian : Mon Dieu, ça y est, il a perdu la raison ! MDR !

Milan : Je précise que j'ai picolé toute la nuit avec le fils et les filles des associés de mon père, et je vais me coucher. Je crois que la téquila n'est pas mon amie ce matin. Je ne sais plus si c'est le voilier qui tangue ou moi. Ou peut-être les deux. Je tangue sur un truc qui tangue déjà. Je surtangue en fait !

Marlone : MDR !

Valentin : Euh... Nous sommes dimanche et il est 6 h 38 ! Non, 39 maintenant !

Milan : Tu te recycles en horloge parlante ?

Valentin : Je ne parle pas, j'écris ! Et je préférerais dormir ! VOS GUEULES ! Et Marlone, tes fossettes, je veux une photo, genre au réveil normal, c'est-à-dire dans quatre heures. Schuss !

Dorian : Tu fais dodo, Chaton ?

Valentin : Mouiii...

Dorian : Seul ou avec un doudou ?

Valentin : Personne dans le rôle de doudou. Tu te proposes ?

Dorian : Non. Je ne suis pas doudou. Mais je chante pas mal les berceuses.

Valentin : Intéressé. Envoie ton CV.

Milan : Euh... on dérange ?

Valentin : Bien entendu que vous dérangez ! Y en a qui pioncent, merde ! Marlone, content pour toi ! Milan, va choper un cabillaud pour dessoûler, Dorian... ne m'appelle pas pour chanter. Ciao !

Marlone : Bises Chaton. Bon, je vous laisse, je vais courir.

Milan : Courir ? My God ! Ce mec me tue ! Je vais me coucher !

Dorian : Je vais bosser. Et appeler Val. Je me sens en voix ce matin...

Valentin : Je passe sous un tunnel, je ne capte pas... mais, en vrai tu m'appelles... ?! Je ne réponds pas ! Dorian, raccroche !

Valentin : N'insiste pas.

Valentin : Bon, OK, je réponds. Mais cinq minutes !

Marlone

– Donc, c'est simple. Vous n'avez qu'à suivre le parcours bleu. C'est-à-dire, à partir du point là-bas, vous prenez le chemin de gauche. L'autre est un parcours rouge, vous n'êtes pas prêts, et pas du tout équipés. Nous nous y attellerons peut-être après-demain, selon la manière dont vous gérerez aujourd'hui.

Comme d'habitude, la moitié des visages se consternent devant moi. Ces gosses sont tous des casse-cous, même les filles. L'une des copines de Damien lève la main.

– Oui ?

– Mais… le chemin le plus rapide, c'est lequel ?

– Le rouge. Parce qu'il coupe à travers la colline. Enfin, c'est le plus court. Mais il faut escalader une paroi. Et j'interdis de le faire sans surveillance ni matériel adéquat. Nous sommes bien d'accord ?

Ils hochent tous la tête.

– Et on gagne quoi ?

– Le trophée du camp. Et votre nom inscrit sur le podium qui se trouve dans le bâtiment principal.

Un brouhaha s'élève du groupe de parents et d'élèves en face de moi. Je distribue les plans et la liste des éléments à trouver. J'aurais presque envie de me lancer dans le parcours avec Tristan qui se coltine son fils et ses deux copines. Mais non. Je dois aussi lui laisser un peu de temps avec Damien, c'est le but de la journée « chasse au trésor ». Théo, son père et ses potes déguerpissent en courant, leurs visages avides de victoire trahissant leur manque évident de profondeur et de fair-play.

Tina me rejoint en plissant le nez pendant que je récupère le reste du matériel non distribué.

– Ce mec, là, c'est un homophobe à la con.

– Oui.

– Je sais que tu meurs d'envie de lui en coller une. Mais retiens-toi. Il ne laisserait pas passer, surtout que si tu lèves la main, tu risques de défigurer ce tas de saindoux à vie !

– Arrête, tu me donnes des idées !

Elle reste pensive un moment, le regard posé sur les derniers participants qui s'enfoncent dans les bois.

– Est-ce que tu crois que…

Je me redresse et passe le sac de matériel sur mon épaule.

– Est-ce que je crois que quoi ?

– Samuel. Il n'est pas si mal… Enfin, il est drôle. Bon…. Il ronfle.

Je m'esclaffe en retournant vers le campement.

– Tu sais qu'il m'a dit la même chose te concernant ?

Elle m'emboîte le pas, intéressée.

– Quoi ? Que je suis pas mal ?

– Non. Que tu ronfles !

Elle croasse d'indignation.

– QUOI ? Tu déconnes ?

Je me contente de sourire.

– Non, sérieux ? Je ronfle ?

Je hausse les épaules. Elle frappe mon bras, agacée.

– Marlone ! Arrête de ne rien dire !

– Ben, tu sais, au bâtiment, ta chambre se trouve à côté de la mienne et… Tu en gravis des côtes, la nuit. Le moteur ronronne sec !

Elle se prend la tête entre les mains. Outrée.

– Oh, mon Dieu ! Bon, en fait, arrête de parler ! Pourquoi ne l'as-tu pas dit avant ?

– Parce que c'est drôle !

– C'est pour ça que tu me dis sans cesse que rien ne se passera jamais entre nous ? Parce que je ronfle ?

– Non. Ça, c'est parce que je suis gay !

– Ah oui. Toujours gay, rien ne change sous le soleil…

Elle soupire d'épuisement en traînant des pieds derrière moi. Je me retourne en l'attendant.

– Tu viens ?

– Non, je mate… allez, vas-y… avance, t'occupe !

Je m'esclaffe en obéissant.

– T'as quand même un putain de cul !

J'éclate de rire. Que faire d'autre ?

Tristan et sa fine équipe arrivent seconds. Ce qui n'est pas mal, si l'on considère que les premiers ont déjà participé à cette activité l'année dernière. Damien et ses copines sont contents quand même. Quant à Tristan… je crois qu'il est encore plus heureux que l'on se retrouve. Et il n'est pas le seul. C'est étonnant comme sa présence est devenue importante. Aujourd'hui, je le trouve absolument canon. Il a déjà pas mal bronzé en deux jours car ses yeux ressortent magnifiquement sur sa peau hâlée. De plus, comme il fait vraiment chaud, il a retiré son t-shirt qui pendouille accroché à sa ceinture. Et… Ce mec doit faire du sport entre deux journées de boulot, c'est impossible autrement. Son corps est plus fin que le mien, mais merveilleusement dessiné et divinement proportionné.

C'est bien simple, à partir du moment où il est apparu, j'ai abandonné toutes sortes d'activités subalternes. La principale, évidente et vitale pour moi, étant devenue le matage de torse. Passionnant. Tina semble être de mon avis, d'ailleurs.

Alors que les dernières équipes nous rejoignent au point de rassemblement, je lui balance un coup de coude dans les côtes, passablement énervé. Je n'apprécie pas du tout qu'elle se rince l'œil sur Tristan.

– Eh ! Il n'est pas pour toi ! Regarde mon cul, si tu veux, mais pas lui !

Elle me dévisage un moment, puis éclate de rire, un index en l'air.

– Non, mais… attends ! Je viens de capter… Oh, Putaaaaiiiin ! Sans déconner ?

Je lève les yeux au ciel en me baissant pour renouer mon lacet.

– Je sens que tu vas me gonfler. Ferme-la !

– Bien évidemment que non, je ne vais pas la fermer ! Tu… Oh, putain le scoop ! Toi ? Et lui ? Sérieux, ça fait bander !

– Tu ne peux pas bander, Tina. Dois-je te le rappeler ?

– Bien sûr que si ! Vu que je tombe amoureuse de tous les gays qui passent, c'est sans doute parce que je suis gay moi-même… Oh, sérieux ! Le spectacle ! Vous distribuez des billets ? La vision de vous deux…

Elle part dans ses fantasmes salaces, les yeux dans le vide, un air enchanté affiché sur le visage. Je me relève en attrapant le sac de matériel de ses mains.

– Ce n'est pas ce que tu crois !

– Non, c'est certain. Ça doit être encore mieux !

Je secoue la tête en soupirant.

– Tu me fatigues ! Bon, on rentre ?

Elle reprend ses esprits.

– Oui ! Passe devant, je t'en prie…

Elle me lance un sourire libidineux à souhait… OK, elle va mater mon cul ! Cette femme est folle !

J'appelle le groupe.

– On rentre !

Tristan jette un œil autour de lui et me rejoint.

– Je sais que je ne devrais pas dire ça, mais quand même… Courtîmes ? Il est arrivé avant nous ?

J'inspecte les personnes nous entourant.

– Non, je ne l'ai pas vu depuis le départ il y a deux heures. Tina ?

Elle me fait signe qu'elle non plus.

Putain ! Forcément !

– Je parie que ce con a voulu raccourcir le trajet. Soit ils se sont paumés, soit ils sont bloqués au bas de la falaise ! J'y vais !

Tina semble désemparée.

– Attends, il faut que je raccompagne les enfants. Je vais appeler Samuel pour qu'il prenne le relais et je viens avec toi !

– Non, ça va aller ! Je vais me faire ce connard !

Tristan jette un œil inquiet à ma collègue.

– Je t'accompagne. On y va.

Je ne dis pas non. Parce qu'en effet, je crois que si j'y vais seul, ça risque de mal finir. Que les enfants n'obéissent pas aux ordres, c'est une chose. C'est d'ailleurs pour ça que nous formons des équipes composées d'au moins un adulte. Pour éviter ce genre de problèmes. Parce que normalement, tout adulte sensé comprend que l'appellation « parcours rouge » signifie : danger, attention, pas pour vous. Mais non. Pas ce dégénéré.

J'ai le réflexe de me munir d'une corde de secours présente dans le sac de matériel, puis je guide Tristan sur le parcours rouge en sens inverse, sans manquer de lui faire part de mes réflexions inspirées à propos de la situation :

– Tête de nœud ! Pauvre homophobe de merde ! Glandu ! Couillon ! Sale putain de con !

Bon, ça défoule. Et ça fait sourire mon amant, ami, mec… je ne sais pas comment le nommer, mais j'aime l'amuser. Il me distrait un peu de ma colère et c'est top. Et vraiment, j'adore son sourire. Tellement que je me rue sur lui au bout d'un quart d'heure et l'emprisonne contre un arbre. Dans une pulsion, j'attrape ses joues et pose mes lèvres sur les siennes. J'en meurs d'envie depuis ce matin.

Ma langue trouve la sienne, et nos corps s'emboîtent. Je l'ai embrassé il y a quatre jours, et je réalise que j'étais atrocement en manque. C'est étrange comme sensation. J'ai l'impression que nous appartenons déjà l'un à l'autre, que ce baiser apporte un juste équilibre entre nous. Et j'ai en même temps le sentiment de le découvrir, que notre échange est le plus beau que je n'aie jamais connu. Ses mains s'agrippent à mon t-shirt, il m'attire contre lui, contre son torse nu, le contact de sa peau veloutée me faisant perdre le sens de la réalité.

Nos lèvres ne se quittent plus. Les yeux fermés, je l'enlace et le cale contre mon érection grandissante, sentant la sienne tout autant aux abois, imposante et appétissante. Je l'imagine, la rêve, la fantasme. Entre mes doigts, entre mes lèvres, où il veut, mais contre moi. Je marque une pause pour haleter contre ses lèvres.

– Putain, Tristan… J'ai envie de toi.

Il récupère ma bouche et approfondit notre baiser, gémissant et affamé. J'aime quand le plaisir fait résonner son corps. Il va me faire jouir dans mon froc s'il continue. Ses mains glissent dans mon dos, sur mes fesses.

Nom de Dieu !

Putain, que c'est bon ! Je me frotte contre lui sans retenue et il fait de même. Je ronronne à n'en plus pouvoir entre ses lèvres, l'esprit tourbillonnant très loin d'ici, dans un paradis où nous serions tous les deux, dans un lit, à l'aise, et surtout totalement nus.

Il s'écarte de moi, hors d'haleine, les yeux flous et brillants. Il est renversant, perdu dans le désir. Attirant comme personne. J'aime être celui qui le rend encore plus beau. C'est un putain de privilège à mes yeux.

– Courtîmes !

Je grogne.

– Ce con me fera vraiment chier jusqu'au bout !

Mais il a raison. D'autant plus que si cette équipe passe dans le coin et nous surprend dans cette position, je ne doute pas qu'il se fera un malin plaisir à foutre la merde. Je ne suis pas certain que se taper un parent soit au programme du camp.

Je capture une dernière fois les lèvres de mon amant. Parce que cette fois, je peux le dire, il n'y aura pas de retour en arrière. Il sera à moi. Il a voulu le démon, puis l'ange. Il suppliera le démon très bientôt. Et moi, je le supplierai de le faire. Je lui donnerai tout, et je prendrai tout autant.

Je m'écarte doucement de son baiser en souriant, mes yeux captant les siens.

– Ce n'est que partie remise.

Une jolie couleur pourpre s'empare de ses joues pour toute réponse. Je lui vole un nouveau baiser. J'ai l'impression d'avoir quinze ans et de vivre mon premier béguin. Après tout, c'est un peu le cas. À cet âge, je faisais semblant avec les nanas. Et donc, mes baisers aussi faisaient semblant. Rien n'était vrai ni profond. Et ensuite, quand j'ai dit « merde » à ce monde en plastique, la rage et la haine m'ont propulsé aussitôt dans les rapports virils et sans suite. Donc, ce moment dans lequel je me perds, plongé dans la douceur et les sentiments, est totalement inédit. Et monstrueusement addictif. J'en redemande.

Ma voix est rauque lorsque je me décide à rompre le charme, à contrecœur.

– Promets-moi que ce n'est qu'une interruption momentanée…

Il sourit en déposant un baiser chaste sur mon nez.

– Je ne promets rien au Diable qui m'a déjà tout pris…

Je grogne en m'éloignant de lui.

– Il en reste encore à prendre, mais ce n'est qu'une question de temps.

Un frisson le parcourt et je m'efforce de l'ignorer sous peine de me ruer sur lui à nouveau.

Nous reprenons le parcours à contresens. Jusqu'à la falaise. Celle qui confère le niveau de difficulté élevé à cet itinéraire. Et, sans réelle surprise, nous les retrouvons là. David Courtîmes était le seul adulte pour encadrer Théo, Loïc et Jonathan, un petit gars sans histoire. Ce dernier étant arrivé en haut de la falaise, c'est le premier du groupe que nous voyons.

Il accourt vers nous, le regard paniqué.

– Je voulais aller vous chercher ! Ils sont bloqués !

– Qui ?

– Théo et Loïc !

– Et merde...

Je lance un œil sur la paroi. Les deux abrutis sont effectivement bloqués sur une petite plateforme, à mi-chemin entre le départ et l'arrivée. J'ai presque envie de rire. Parce que quand je dis « falaise », je devrais plutôt dire « gros rocher ». Il n'y a pas cinq mètres à escalader. Mais ces gosses trouvent quand même le moyen de rester bloqués ! Quant au père... bref, je garde mes réflexions pour moi ! Il a l'air d'un demeuré, resté au sol à tourner en rond en attendant que ça se passe ! Encore un qui se croit plus fort que ce qu'il n'est réellement. Ironie du sort, c'est un gay qui va sauver tout le monde ! Même s'il ne connaît pas mes penchants, moi je le sais et c'est jouissif !

Courtîmes se met à m'invectiver lorsqu'il s'aperçoit que je suis là-haut.

– Ah, ben c'est pas trop tôt ! Ils auraient pu se casser le cou au moins dix fois ! Vos procédures manquent franchement de mesures de sécurité, c'est affligeant ! Vous mériteriez que l'on fasse un rapport aux autorités compétentes !

Je recule en déroulant la corde.

– Non, mais il se fout de ma gueule ? J'ai prévenu de ne pas emprunter ce chemin, bordel de merde !

Je hurle depuis ma position en cherchant un appui solide pour enrouler la corde.

– Compétent ? En matière de compétence, vous vous posez là, Monsieur Courtîmes, y a pas à dire ! Qu'est-ce que vous n'avez pas compris dans « ne pas prendre le chemin rouge » ?

Son fils rétorque, accroché comme un con à son rocher :

– Le bleu, c'est pour les neuneus !

– Parfait pour vous en quelque sorte ! On ne peut pas faire plus con !

L'autre homme au cerveau d'huître resté en bas se met à vociférer :

– Je vous demande pardon ? Je ne suis pas venu ici pour me faire insulter !

J'en ai marre de ce mec. Je suis d'ordinaire très calme dans ce job, mais là… je crois que c'est parce qu'il s'en est pris à Tristan et son fils à Damien pour des raisons qui me débectent. J'ouvre la bouche, mais Tristan pose une main sur mon bras.

– Laisse tomber. J'ai d'autres armes. Il fermera sa grande gueule. T'inquiète.

Il semble sûr de lui. Alors, je le crois. Je réponds à son sourire et passe à autre chose.

– On va tous redescendre, nous sommes presque arrivés au campement. Ce sera plus rapide.

J'attache la corde à une pierre conséquente, puis l'enroule à un mousqueton prévu à cet effet dans la falaise, au-dessus des deux nigauds statufiés sur leur rocher puis m'adresse à Jonathan.

– Est-ce que tu crois qu'en t'attachant à cette corde, tu peux redescendre ?

Il hoche la tête.

– J'ai fait pas mal de varappe avec mon père.

– Super. Et toi, Tristan ?

Il hoche la tête.

– Oui. Je ne suis pas mauvais en escalade.

– Super. Tu peux attraper un des gosses ?

Il hoche la tête à nouveau. Je m'adresse à l'autre cruche d'en bas.

– On arrive. Est-ce qu'attacher la corde à un arbre est dans vos compétences ou faut-il que je descende le faire ?

Je balance la corde accrochée à la pierre, en espérant qu'elle atterrisse sur sa tête. Dommage, il s'écarte.

– Oui, c'est bon.

– Super !

Je fais descendre le gamin qui lui, semble beaucoup plus mature que les trois autres réunis. Puis c'est au tour de Tristan, qui récupère le plus léger des deux morveux, et je termine la marche avec le grand benêt qui pleure comme un couillon.

Lorsque j'arrive et dépose mon chargement, je surprends une réflexion de Connard à l'encontre de Tristan :

– La prochaine fois, tu prends l'autre gamin. Ne touche pas à mon fils ! Sale…

Je l'interromps en lui fonçant droit dessus.

– Sale quoi ?

Le mec recule devant mon air décidé à en découdre. Mes poings se ferment et tout ce qui m'entoure devient sombre et flou. Il n'existe plus que lui, son fiel, ma rage et moi. Je l'accule contre un arbre et lève le poing, écumant de fureur.

– J'en ai trop entendu ! Des mecs comme vous sont une honte pour la race humaine. Je vais vous fracasser le crâne, espèce d'enculé arrogant !

Il se met à trembler et j'exulte.

– Alors, ça fait quoi d'être la seule et unique tafiole de l'histoire ? Tristan a sauvé ton fils, chose que tu n'as même pas réussi à faire, pauvre…

Une main agrippe mon poignet et me tire vers l'arrière. Tristan.

– Allez, ça suffit ! David, dégage ! C'est par là, c'est tout droit ! Marlone, respire.

Je plonge mes yeux irradiant de rage dans ceux du Porcinet de service. Ce dernier ne demande pas son reste, s'échappe et appelle les gamins pour faire demi-tour vers le campement. Tristan lâche mon poignet. Je hurle en abattant mon poing contre le tronc en face de moi, au bout de ma patience et de ma colère.

– Ce connard mériterait une branlée !

Je frappe le bois plusieurs fois, hors de moi. L'écorce me râpe les mains, mais c'est le dernier de mes soucis. Tristan me laisse me défouler. Un moment. Puis, il récupère mes poignets entre ses doigts et se place face à moi. Calme et posé.

– C'est bon. Je maîtrise la situation, Marlone. On va s'occuper de ce mec.

– Il mérite…

–… de récupérer ce qu'il a semé. Mais… si tu choisis la violence, tu en payeras aussi les frais. Ne rentre pas dans son jeu. J'ai des éléments suffisants pour lui faire fermer sa gueule, tu peux me croire. Et en toute légalité. Il ne pourra rien rétorquer.

Il m'oblige à porter mon regard dans le sien. Ce qui me calme. Un peu.

– Comment ?

Il inspecte mes mains en sang.

– Je vais t'expliquer. Mais d'abord, on va soigner ça.

Je hoche la tête.

– Si on coupe par-là, on rejoint le local sanitaire. Il y a une petite infirmerie à disposition.

Il ne lâche pas mes poignets et m'entraîne sur le chemin que je viens d'indiquer. Je déteste ce Courtîmes. Je sais que Tristan a raison sur toute la ligne, la violence ne résout rien. J'ai d'ailleurs moi-même une grande maîtrise de ma force en temps normal. Mais là... L'homophobie gerbante de ce mec, mélangée au fait qu'il s'en prenne à Tristan me suffit pour péter les plombs. Et je n'arrive pas à me calmer ! Merde !

Nous arrivons à destination au bout de quinze minutes de marche. Mes phalanges me brûlent mais pas autant que mon esprit qui n'arrive pas à se calmer. Même Tristan et sa sérénité ne m'apaisent pas.

Je récupère la clé du local de soins sous le pot de fleurs vide de l'entrée et nous pénétrons dans la pièce fraîche et accueillante.

Il me suffit de poser mon regard sur lui. L'homme qui me fait bouillir de désir depuis trop longtemps. Et j'explose. Ma rage se transforme presque malgré moi en folie passionnelle. Alors je la laisse jaillir et prendre possession de mon corps, de mon cerveau. Je le plaque contre le premier mur venu et m'approprie ses lèvres. Il marque une pause, une seconde pour comprendre, puis répond à mon besoin. Ses mains attrapent ma nuque et m'attirent contre lui. Je m'accroche à ses épaules nues. La soie de sa peau me porte à l'orée du délire sexuel et attise ma faim. J'avance mon bassin pour trouver le sien. Il bande sous son short, son membre cogne contre le mien et me promet l'extase. Je me frotte à lui en investissant sa bouche désespérément, plus que ravi qu'il ne me repousse pas, mais au contraire qu'il se montre aussi avide que moi.

Nous luttons contre le besoin qui ordonne nos gestes. Ses doigts tremblent lorsqu'ils soulèvent mon t-shirt. Je gémis lorsqu'il reprend le dessus dans notre baiser. Sa queue gonfle lorsque je passe une main sur son bermuda.

Mon t-shirt disparaît. Son bermuda dégringole. Le mien s'apprête à suivre le même chemin. Mes doigts meurtris écartent son caleçon et trouvent son membre lourd de désir. Je flatte sa largeur et caresse sa peau soyeuse. Mon pouce frotte son gland. Il se cambre en ronronnant contre ma bouche.

Je ferme les yeux. Putain, j'aime chacune de ses réactions. Dès que je le touche, il me fait bander. Et comme c'est déjà plus que le cas, je sens que je ne vais pas durer longtemps. S'il me touche, je…

Ses mains tirent sur mon caleçon et mon short en même temps. Tout tombe à mes pieds. Je les envoie valser d'un coup de pied. Et ses doigts s'enroulent à ma queue.

Je rejette la tête en arrière dans un frisson de plaisir, ma gorge s'enrouant dans un soupir comblé.

– Oh, putain !

Sa main libre tire sur ma nuque pour que nos lèvres se rejoignent. Je vire son caleçon puis m'occupe de ses bourses de ma main libre. Il hoquette de plaisir. Je crois que je suis totalement addict à ces petits cris qui le rendent tellement sexy. Un besoin irrépressible de le sentir contre moi me propulse contre son corps. Nos peaux moites se touchent, se caressent, pendant que nos mains attisent nos sens dans de savants va-et-vient enflammés.

Des deux mains, il attrape mon sexe et le rapproche du sien. Et il nous branle avidement, rapidement, sans se poser de questions. Ce mec, en plus d'être parfait, est un putain de coup, je le devine déjà ! Le simple fait de l'imaginer exalte ma queue. Elle s'alourdit encore alors que ses doigts experts la massent et la frottent contre sa copine, en pleine forme, épaisse et imposante. Je vais mourir pour ce mec. C'est obligé. Je m'affaisse contre lui pendant qu'il nous masturbe, qu'il m'embrasse et que son corps ondule contre le mien. Je ne remarque même pas qu'il nous fait rouler et que mon dos cogne contre le mur. Encore moins qu'il me domine et entame une descente en règle le long de mon torse.

Ses lèvres se posent partout, ses doigts n'ont pas quitté ma queue et la caressent dans tous les sens. C'est fou, bestial et torride. Je perds la raison et supplie en gémissant qu'il me suce, qu'il me prenne dans sa bouche jusqu'au fond de sa gorge, comme un putain d'affamé de la bite ! Je souffle en sentant sa langue flatter mes abdos, expire lorsqu'il presse ses doigts plus fort autour de ma hampe en surtension et geins bruyamment lorsque ses doigts malaxent mes bourses.

Et j'éructe de désespoir lorsqu'il prend son temps pour tracer son chemin jusqu'à son but. J'abandonne tout et me cache les yeux de mes avant-bras, à bout de nerfs.

– Tristan…

Ma voix se brise au moment où sa langue trouve mon méat et le titille divinement.

– Ah ! Put…

Il m'avale littéralement. J'attrape ses épaules, le souffle court, en posant les yeux sur lui, extrême tentateur à genoux devant moi, son regard cherchant le mien.

Un frisson me fait défaillir. Il est tellement magnifique comme ça ! Mes doigts se crispent sur sa peau alors que sa langue cajole ma queue dans la profondeur de sa bouche. Il m'enfonce au maximum, puis m'abandonne presque, avant de m'entourer à nouveau de la plus belle des manières. Son regard affamé. Ses mains qui savent exactement où se poser, quoi caresser. Ses lèvres en collier autour de moi, c'est…

– Je vais jouir ! Tristan, je…

Non, pas déjà, bordel de merde !

C'est tellement bon, j'en veux plus ! Mais il sourit et cette fois, le diable change de camp et apparaît en lui. Je deviens sa pauvre victime. Je déglutis en me préparant à la secousse qui me menace. Je balance ma bite plus profondément en lui, bandant mes muscles pour me contenir, attisant le brasier déjà hors de contrôle qui grille tout en moi.

Et… un doigt, que je n'ai pas vu venir, s'insère sans plus de préambule dans mon antre. C'est rude, rêche et tellement inattendu que ma retenue chancelle en laissant un orgasme me percuter. Sans attendre plus, je lâche un cri pendant que l'extase m'emporte n'importe où, dans le pays sans nom où tout n'est que plaisir indescriptible et félicité absolue. En quelques mots, je prends un pied phénoménal et m'enlise dans une extase incroyable, la bouche ouverte, ma queue se vidant brutalement sur la langue du dieu qui vient de m'emporter dans ses cieux ! Un putain de dieu ! Des putains de cieux !

– Un putain de bordel de suceur ! Nom de Dieu !

Au milieu de mon trip, je l'observe me sourire et essuyer la commissure de ses lèvres. Je tire sur ses épaules et l'embrasse avidement, mes doigts trouvant sa queue pour lui donner l'absolution. Je l'enlace de mon bras libre, retrouvant mon propre goût sur sa langue et tirant sur sa queue comme un damné.

Son corps se met à trembler, ses mains s'accrochent à mes épaules et ses dents se plantent sur sa lèvre inférieure. Je le supplie, emporté par son extase.

– Non… gémis pour moi, fais-moi entendre ton plaisir, Bébé.

Je le branle comme un fou, les yeux rivés sur ses lèvres. Il jette la tête en arrière et laisse échapper un soupir ensorcelant, grisant, sexy à en crever. Il me donne son plaisir et je lui vole sans honte, bandant à nouveau, fébrile et fasciné par la sensualité qu'il dégage. Je mordille son épaule, son corps se cambre dans un spasme puissant et dans un gémissement profond, il abandonne toute lutte, s'éparpillant dans ma main, crispé, tendu, emporté dans une jouissance éblouissante.

– Bordel de merde, Tu vas me faire jouir deux fois !

J'attrape ma queue et me tire dessus, comme un dingue. Mon esprit se lâche à nouveau, tout comme mon corps, et un putain de second orgasme ne se fait pas prier pour me vider de tout sens commun une nouvelle fois.

Mon amant s'effondre sur moi en enlaçant mes épaules. Je n'ai même plus d'énergie, et sans le mur derrière moi, je crois que nous aurions fini notre course par terre comme deux loques. Les mains poisseuses, j'embrasse sa joue sans le toucher. Puis son cou, son oreille… je recouvre tout ce que je trouve de passion et de reconnaissance.

Bordel, si on m'avait dit que le sexe mêlé aux sentiments était aussi bon, j'aurais remué ciel et terre pour trouver ce mec bien avant. Ce satané dieu du bonheur…

Il dépose un baiser dans mon cou et sourit contre ma peau.

– J'avais dit : l'ange !

Je m'esclaffe :

– C'est à moi que tu parles ? J'ose espérer que tu te fous de ma tronche ! Bordel de bordel de bordel de putain de champion de la queue ! Je veux baiser. Encore !

Je trouve ses lèvres et lui roule une pelle magistrale. Je sens que ce qui nous attend risque d'être extrêmement prometteur. Oh, que oui !

CHAPITRE 7 ~1

Tristan

Je m'autorise un sourire au creux de son cou. Comme si le bonheur pouvait être aussi simple qu'un moment dans ses bras. Comme si, à partir de maintenant, rien ne sera jamais plus comme avant, parce qu'il m'a offert cet instant et que je m'y suis senti bien. Comme si ses bras me promettaient de ne plus jamais me lâcher. Le passé m'a appris de ne pas m'attacher au bonheur. Simplement d'en profiter quand il se présente et d'en garder un bon souvenir. Alors je me reprends et attrape sa main.

– Tu t'es quand même pas mal amoché ! On va essayer de soigner ça !

C'est étrange comme une simple main posée dans la mienne peut dégager un degré d'intimité déstabilisant. Ses doigts sur les miens, ce simple contact… J'inspecte ses phalanges abîmées comme si elles m'appartenaient. Comme si j'avais un droit, ou un devoir, sur ce corps magnifique. C'est idiot, sans doute, mais ça me trouble. Et surtout, ça m'étreint le cœur et m'enveloppe d'une douce chaleur. Comme si je n'étais plus seul. Comme s'il me donnait un cadeau précieux. Sa confiance, sa présence dans ma vie, une nouveauté, une âme que je peux cajoler et recouvrir d'attentions… Je réalise que mon monde manquait cruellement de partage. Le vide absolu de ma vie intime et sentimentale m'explose en plein cœur. Avant lui, j'étais totalement seul. Et ce, depuis des années. Et après lui…

Je ferme les yeux pour refouler cette idée. Je ne le connais que depuis quelques jours. Je dois impérativement rester sur mes gardes et ne pas me laisser fondre dans le brasier qu'il a allumé. Lui semble être un mec qui ne s'embarrasse pas vraiment. Il paraît très à l'aise dans son homosexualité et pas du tout coincé par rapport aux hommes. Tout le contraire de moi.

Il est fort probable que je représente à ses yeux le petit coup sympa de la semaine, et rien de plus. Un nom à ajouter à une longue liste. Ce qui paraît normal, cet homme est canon – et encore, le mot est faible – et magnétique. Il pourrait obtenir tout ce qu'il veut, de qui il veut. Alors, pourquoi aurais-je plus d'intérêt qu'un autre à ses yeux ? N'oublions pas que je suis, en plus d'un pauvre type qui ne connaît pas grand-chose, un père célibataire avec des contraintes. Et, cerise sur le gâteau, je suis avocat. Fiscaliste de surcroît ! Rien que l'appellation donne envie de bâiller… Qui rêverait d'un avocat fiscaliste dans son lit, sérieusement ? On s'écarte un peu du standard « sexy et torride »… Même beaucoup !

Bref, rester sur mes gardes est à mon sens une excellente idée. Le problème, c'est qu'entre l'envisager et le réaliser, il y a parfois quelques écarts. Parce que… je crois qu'il me touche beaucoup trop et mes sentiments, eux, se foutent de mes craintes. Ils se livrent sans grande prudence à cette tentation, peu importe les dégâts collatéraux. Cette histoire dans laquelle je plonge ne va pas être simple, c'est une certitude !

Les mains de Marlone dans les miennes sont grandes et viriles. Nos doigts jouent ensemble, se touchent et se caressent. Je suis hypnotisé. J'adore ses mains. Elles me perturbent et troublent ma raison. Je les caresse doucement, puis décide de les soigner, puisque nous sommes venus ici pour ça, à la base.

Mais il me devance en m'entraînant vers une petite porte dans le fond du local.

– Déjà, on va se rincer, il y a une douche ici.

Il est vrai que nous sommes un peu poisseux. Je le laisse me guider, puis allumer le jet avant de m'attirer sous l'eau. Et j'en prends plein les yeux.

Marlone, les cheveux mouillés, l'eau dévalant son corps tatoué, le long de ses muscles dessinés parfaitement… Ses mains glissant sur son ventre et son torse pour les laver… C'est… J'ai l'impression d'être dans un remake d'une pub pour un gel douche.

Petite précision qui ne regarde que moi, et lui, puisqu'il assiste au spectacle, mais que je tiens à partager néanmoins : je bande !

Il attrape mes hanches et m'attire à lui, soudant sa peau à la mienne et me privant de la fin de la pub made in Marlone. Mais j'aime tout autant ce qu'il me réserve.

Sa langue lèche l'eau glissant sur mon épiderme, ses mains trouvent mes fesses pour les palper langoureusement… Mais il calme ses gestes, me caresse le dos et m'offre un câlin tendre et affectueux. Puis il décide de me laver. Doucement, sensuellement. Ses yeux ne quittent pas les miens pendant que ses doigts passent chacun de mes membres en revue. L'atmosphère dans cette douche s'épaissit, bien au-delà de la vapeur qui nous entoure, nous enveloppant dans un univers flou, aux contours mal définis. Où sommes-nous ? Que sommes-nous ? Qui sommes-nous ? Et que serons-nous dans une heure ? Ce soir ? Demain ? La semaine prochaine ?

Depuis la naissance de Damien, et même sans doute avant, ma vie n'a été que calculs et restrictions. Projets d'avenir professionnel, relations amicales conditionnées en cohérence avec mon statut de père – c'est-à-dire pratiquement aucune –, ma vie intime que j'ai oubliée depuis tant d'années… Assumer le passé, tenter de maîtriser le présent, et trembler face à l'avenir…

Tout ça, tout ce qui étouffe ma vie et celui que je suis, disparaît dans les brumes de mon cerveau, à l'instar de cette salle de bains que je ne discerne plus très bien autour de nous.

Seuls. Biens. Heureux. Plus rien d'autre n'existe. Je le laisse parcourir mon corps, je l'enlace et m'accroche à lui, à sa tendresse et à sa force. J'aime ce moment qui me plonge insidieusement dans les sentiments et engage déjà beaucoup trop mon cœur.

Puis la réalité se rappelle à nous, brutalement. Nous tombons à court d'eau chaude. Marlone pousse un cri d'effroi lorsque l'eau bienfaitrice se transforme en douche froide. Au sens propre comme au figuré. Fin de la parenthèse !

Séché, habillé et un nécessaire de premier soin devant le nez, j'inspecte les mains de Marlone, sous son regard incendiaire qui ne me quitte plus depuis… ce matin. Depuis notre réveil en douceur… J'essaye de ne pas le remarquer, parce que… voilà… Je pourrais vraiment, vraiment y croire alors que bon… Bref, j'attrape une compresse et du désinfectant pendant qu'il reste sagement assis, la main posée sur une petite table entre nous. Seules ses jambes s'agitent nerveusement.

– C'est Courtîmes le responsable de ton état de nerfs ?

Il hoche la tête pendant que je nettoie ses plaies, peu profondes.

– Il faut le laisser dire, Marlone. Ce genre d'homme se nourrit des réactions de ceux qu'il attaque.

– Je sais. Je l'ai fait pendant longtemps. Mais laisser dire n'est pas la solution non plus !

Je réalise que je ne connais rien de lui. Je lui ai conté mon histoire, enfin les grandes lignes, mais lui n'a rien révélé. Pas une phrase claire. C'est incroyable que je me sois autant laissé chambouler l'esprit par un homme dont je ne connais rien, sauf son présent. Encore une preuve qu'il me trouble beaucoup trop, parce que ce n'est absolument pas mon habitude. Remarque, niveau intime, ma vie étant ce qu'elle est, je ne peux pas sérieusement parler « d'habitude ». Bref. Je pose sa main sur la table pour attraper des pansements.

– Qui es-tu, Marlone ? Je ne connais absolument pas ton histoire.

– Parce qu'elle n'est pas importante et ne me représente pas du tout. Au contraire. J'ai joué à être un autre pendant des années. Je considère que je suis né lorsque ma première vie s'est cassé la gueule. J'ai cru que c'était un drame. C'était un soulagement.

Je lui lance un regard interrogateur qu'il accueille dans un soupir.

– C'est vieux, et ça n'a aucune espèce d'intérêt. Tu veux savoir qui je suis ? Retiens que je suis coach de boxe dans une petite salle et que l'été ou pendant certaines vacances scolaires, je me transforme en éducateur dans ce camp. Je fréquente pas mal de gens au quotidien, comme tout le monde, j'imagine, mais je n'ai qu'une poignée d'amis. Dont trois en particulier, que je connais depuis des années.

Je termine de panser sa première main sans ajouter un mot. Certains silences sont plus éloquents que les paroles. Et agaçants. Je sais que mes non-dits peuvent exaspérer le plus calme des adversaires. Et donc...

– Bon, OK ! Alors, pour faire court... Mes parents sont des cons. Sauf qu'à quinze ans je ne l'avais pas remarqué. Enfin si, comme tous les ados, je les trouvais coincés et vieux jeu. Mais leurs principes de base, je les respectais. Et de toute manière, j'avais l'esprit occupé par la boxe, alors le reste... Je boxe depuis que je suis en âge de marcher pratiquement. J'étais un peu nerveux comme gamin... Mais passons. L'important, c'est ce qui se passe ensuite...

Il observe quelques instants mes doigts sur les siens avant de reprendre.

– Je savais que j'aimais les mecs. Et j'en ai parlé à mon père dès que je l'ai compris. Nous étions très proches, il me soutenait dans mon sport, et mettait pas mal d'énergie dans le club dans lequel je boxais. Il était très impliqué.

– C'est une bonne chose.

– Oui. Si on veut. En attendant, quand je lui ai demandé si j'étais normal parce que je commençais à un peu trop m'intéresser aux mecs, il m'a simplement répondu : « Non ». Non, ce n'était pas normal à ses yeux. Non, je ne devais pas continuer dans ce sens. Non, un boxeur ne peut pas être gay. Il m'a donc, le plus sereinement du monde, demandé de me taper des filles. Pour lui, j'étais simplement malade, et ça passerait.

Attentif à ce qu'il me raconte, j'ai ralenti mes gestes et l'observe déballer sa vie, les yeux rivés au sol, comme s'il ressentait encore cette période, certainement douloureuse, au fond de lui.

– Comme je te l'ai dit, la seule chose qui comptait vraiment pour moi, c'était la boxe. Mon coach voyait un avenir prometteur pour moi, et je m'entraînais très souvent. Alors, j'ai oublié ce que je pensais ressentir et j'ai avancé. J'ai fait ce que l'on attendait de moi. J'ai boxé et j'ai fermé ma gueule.

Je pose le dernier pansement sur sa main. Il ne la récupère pas, mais attrape la mienne et la presse doucement, soudainement attiré par ce contact doux et léger.

– Parfois, quand même, je relançais le sujet. Mon père me serinait qu'un mec ne pouvait connaître que des aventures d'un soir avec un autre mec, que rien n'était sérieux dans ce genre de relations et qu'il faudrait dans tous les cas, à un moment, construire sérieusement ma vie, trouver une femme, fonder une famille et tout le bordel. J'ai testé les filles. Pas mal de filles. J'avais besoin de trouver celle qui me ferait autant bander que certains mecs. Je n'avais pas de mal à ça. Au bahut j'étais une petite star, donc… Il me suffisait de me baisser pour trouver un faire-valoir auprès de la gent féminine. Même si je m'ennuyais avec elles.

Là, je ne peux que le comprendre, ayant moi-même vécu cette situation.

– Je sais ce que ça fait.

Son pouce passe sur mes phalanges. Il ne relève pas les yeux, mais continue son histoire.

– Donc, tu sais qu'à un moment, on ne peut plus faire semblant. Tu sais qu'il a fallu que je m'affirme, et qu'au fil du temps, ce secret refoulé devenait de plus en plus lourd à porter. Coucher avec une femme, uniquement pour paraître normal, c'était… un calvaire. Mais mon père ne voulait rien entendre. Et ma carrière se précisait. J'avais besoin de rester dans ce schéma pour conserver ma stabilité et surtout mon énergie pour progresser. Toujours progresser. Au détriment de tout le reste.

– Et ta mère ?

Il ricane amèrement avant de s'assombrir et de m'expliquer.

– Ma mère était la bonne petite femme au foyer dépendante du grand patriarche. Elle acquiesçait. Pour tout te dire, je n'ai jamais connu le fond de sa pensée. À aucun moment elle n'est venue me trouver pour que nous en discutions. Mon père me gérait de A jusqu'à Z, et elle, elle faisait la bouffe, le ménage et de grands sourires lorsque nous avions de la visite.

Ses doigts se resserrent entre les miens. Il porte ma main à sa bouche et l'embrasse, rêveur.

– Bref, ma mère était peu importante dans ma vie, finalement. Elle-même n'avait pas de vie, donc… Mais c'était son choix. J'ai souvent pensé que si elle avait tenu tête à mon père de temps en temps, il se serait peut-être montré moins vindicatif. Peut-être que si elle ne lui avait pas fait croire qu'il avait toujours raison, il aurait envisagé d'avoir tort. Mais non. Elle n'a jamais rien fait de tel. Et donc, ce connard s'est comporté en tyran avec moi aussi. Pourquoi se priver ? Après tout, personne ne bronchait.

Il porte mon index à ses lèvres et l'enfonce dans sa bouche pour le lécher avidement, ses yeux posés cette fois au fond des miens. Il dégage une fragilité soudaine, suçant mes doigts comme pour me prouver qu'il n'est plus cet enfant et qu'aujourd'hui, il sait ce qu'il est. Je caresse sa joue de ma main libre.

– Je ne sais pas quoi te dire. Je ne suis pas un pro des rapports entre les parents et les enfants. N'ayant pas connu les miens, je…

Il s'empresse de m'attirer à lui, par-dessus la table qui nous sépare.

– Oh, Je te demande pardon ! Je suis là, à me plaindre de mes vieux, alors que toi, tu…

Ses lèvres, à quelques centimètres des miennes, sont trop tentantes. Je laisse les miennes les rejoindre avant de le rassurer.

– Ne t'excuse pas d'avoir des parents de merde ! Le malheur de l'un n'efface pas celui de l'autre. Tu as souffert de cette situation, et je le comprends… mais dis-moi plutôt… il y a bien un moment où tu t'es rebellé, non ?

Il frotte son nez contre ma joue, ses yeux amusés retrouvant les miens.

– Oui. Tu n'arrêteras pas tes questions avant de savoir tout, n'est-ce pas ?

– Tu as tout compris.

Je passe mes doigts dans ses cheveux. Il ferme les yeux en me laissant le découvrir, le toucher. Je ne comprends toujours pas ce qui l'attire vers moi et ce que je fais là, mais je profite de ce qu'il me donne, avant qu'il reprenne tout. Oui, j'en suis là. Pathétiquement en manque de mec, et déjà amoureux de celui-là ! Il embrasse mon nez et reprend :

– Alors, Monsieur l'Avocat, je plaide coupable. J'ai craqué sur un homme. Un vrai gros craquage bien en règle. C'était quelques mois avant un combat très important pour mon avenir. Pas mal de recruteurs devaient y assister et je bossais pour cet objectif depuis deux ans. Mon coach croyait en moi, mon père croyait en moi, et tout le bahut croyait en moi. Moi, je croyais en moi aussi. Sauf que…

Il marque une nouvelle pause pour se réinstaller dans son siège. Sans lâcher ma main.

– Sauf qu'il y a eu Samy. Il était mon adversaire pour ce fameux combat. Je le connaissais depuis longtemps, nous avions l'habitude de nous croiser sur le ring régulièrement, et je l'aimais beaucoup. Clairement et sans fausse pudeur, je dirais qu'il était moins fort que moi avec des gants de boxe. Et je pense qu'il le savait. Il a donc joué… en dehors du ring…

Je fronce les sourcils devant son air encore furieux aujourd'hui.

– C'est-à-dire ?

– Il a compris rapidement que je ne le regardais pas comme un simple « pote ». Alors, il m'a dragué. Et j'ai plongé dans cette histoire. Secrètement. J'étais raide dingue de lui. Bref, je me suis fait avoir comme un con. Et la veille du combat, il a publié une vidéo sur les réseaux.

Il marque une pause avant de reprendre, la colère au fond de la voix.

– Mon père était fou ! Et moi aussi. Il a bien évidemment mis fin à notre relation, en se foutant de moi ouvertement. J'ai pété un câble le soir du match et je l'ai roué de coups. Je n'arrivais plus à m'arrêter. Il m'avait blessé d'une force incroyable et je n'ai plus rien vu d'autre que la vengeance. J'ai même frappé l'arbitre. Et voilà la fin de l'histoire. J'ai été recalé, il a gagné, et j'ai mis fin à ma carrière.

– Pour un simple pétage de plombs ? Pardon de minimiser, mais un combat ne peut pas résumer toute une vie ? Si ?

– Non. J'aurais pu continuer. Mais ce jour-là, j'ai compris que ce n'était pas ma vie. Quand mon père est venu me hurler dessus, aussi bien pour ma prestation désastreuse que pour mon « aventure », parce qu'il s'était plus ou moins retenu avant le combat, j'ai tout envoyé balader. J'ai pris un sac de fringues et je me suis barré. Et j'ai frappé aux portes de *Sweet Home*, cette association dont je fais toujours partie. J'ai rencontré mes meilleurs potes là-bas. Et Jean-Eudes, le fondateur de S.H., m'a mis en contact avec Bob, qui tenait une petite salle de boxe. Il avait plus ou moins suivi mes combats, et lui, il se foutait de mon homosexualité. Il m'a filé un job dans sa salle, et je l'occupe toujours. Et je suis le plus heureux des hommes à présent.

— Et tes parents ?

— Mon père est revenu plusieurs fois à la charge, m'exhortant à renier mes penchants gay et à reprendre le chemin de la compétition. Il est allé proprement se faire foutre.

Il lâche ma main, se lève, puis saisit sa chaise pour venir la poser à côté de moi.

— Mais on s'en fout de tout ça. C'était une autre vie. Je préfère celle-là ! Celle où je peux, en toute quiétude, faire ça.

Il me tire vers lui pour me faire glisser sur ses genoux. Je me laisse guider et me retrouve à califourchon sur ses cuisses, nos deux sexes se retrouvant l'un contre l'autre, tendus et en demande. J'enlace son cou et l'embrasse avec tendresse avant de détailler son visage serein.

— Je crois que je préfère aussi…

Ses mains frottent mon dos un peu nerveusement. Il pince les lèvres avant d'ajouter.

— C'est pour ça que je ne peux pas blairer ce con de Courtîmes. Il ressemble à mon père dans certains de ses propos. Et, si j'ai lâché l'affaire concernant mon vieux, lui, par contre, j'aimerais vraiment lui faire bouffer ses couilles. J'en ai marre de baisser la tête et de tendre l'autre joue. Je ne supporte plus les cons.

Je pose mon front contre le sien, nos yeux toujours connectés.

— David est un ami de Victoire. La mère de Dami. Mais il n'est pas que ça. Il est aussi le fils du collaborateur du père de Victoire. Ils gèrent un cabinet d'architectes. Et… je t'ai dit que j'avais vécu pas mal de temps chez mes beaux-parents ?

Il hoche la tête. Je lui souris machiavéliquement.

— Eh bien… Pendant mon séjour là-bas, j'en ai entendu des choses.

— Quel genre ?

— Genre pots de vin et « services » peu légaux rendus à certains élus en échange d'obtention de contrats avec la Région. Je n'ai jamais rien dit à l'époque, parce qu'il s'agit de la famille de Dami. Mais… Je crois qu'il est temps de remettre les choses à leurs places une bonne fois pour toutes. Et comme Courtîmes a repris les parts de son père dans leur petite affaire, il sera touché… J'attends simplement certaines preuves. J'ai missionné Jeanne, ma secrétaire, pour effectuer les recherches. Si tout va bien, l'affaire sera réglée avant la fin de ce campement…

Il me sourit, le regard perdu sur mon visage. Il entrouvre la bouche, puis la referme, puis se lance.

– Tu sais… j'aimerais avoir autre chose que mes poings pour me défendre. J'admire ton calme face à ce mec. Et aussi, je voulais te dire, à propos de… enfin, de ce qui se passe maintenant… Je, enfin, je ne suis pas un habitué des trucs sérieux. Tu sais, tout ce que mon père m'a enfoncé dans la tête pendant tant d'années, ça a conditionné mon esprit. Les relations que j'entretiens, enfin, je dirais surtout des « non-relations », c'est…

Je me rue sur ses lèvres pour l'empêcher de prononcer une parole de plus. Je n'ai pas envie d'entendre la suite. Surtout pas. Il nous reste deux jours. Je ne demande que deux jours avant qu'il m'informe dans un moment solennel que nos routes se séparent. L'amour de vacances au soleil, on sait tous qu'il prend fin à un moment ou à un autre. La seule chose, c'est que je ne l'ai jamais vécu moi-même. Je ne partais pas en vacances quand j'étais jeune, et ensuite, il y a eu Victoire, les études et les jobs pour boucler les fins de mois, puis Damien. Ma jeunesse est restée en suspens, quelque part, tout comme la légèreté d'une relation belle et simple sans complications. Si je ne peux espérer un truc sérieux, j'aimerais au moins en profiter quelques jours.

Je le presse contre moi et ses mains passent le long de mon dos, alors qu'il gémit sous la passion de mon baiser. J'enroule mes bras autour de sa nuque tandis qu'il m'attire contre son érection. Tout est tendre et respectueux. Animé par une affection non feinte, je le sais. Nous ne sommes pas dans un plan cul. Je le sens. Ce que nous tissons est plus beau, plus profond. Pourquoi ? Je ne saurais le dire. Tout est frais, neuf et inconnu. Mais il y a ce petit truc qui rend tout différent. Alors, ce qu'il se passera lorsque nous rangerons les tentes… Je ne veux pas l'entendre. Surtout pas.

Ses doigts remontent sur ma nuque pendant que son bassin s'anime de petites secousses bienfaitrices. Mon sang commence à bouillir. Je crois que j'adore cette queue si parfaite.

Nous nous embrassons comme si rien ne comptait plus. Juste lui et moi. Et ce désir qui nous retient prisonnier l'un de l'autre. Cette envie de fondre l'un dans l'autre, réellement, ce besoin de…

La porte de l'infirmerie s'ouvre violemment derrière lui. Donc, face à moi. Et Damien, mon fils, apparaît sous mes yeux. La bouche entrouverte dans une expression de surprise, son regard détaillant la scène qu'il vient de surprendre. Il reste immobile le temps d'un instant, totalement muet.

J'ai l'impression que le temps vient de stopper sa course. Une boule amère et douloureuse s'impose dans ma gorge et dans mon cœur, mon corps se met à trembler sous le choc de ce face à face. Mon monde s'écroule sans que je ne trouve rien à y redire. Tout se fige à l'extérieur, et les mots que ne prononce pas mon fils m'atteignent par le biais de ses yeux qui eux, en disent très long. Je vois la douleur, je comprends la déception, et suppose la rage qui monte en lui.

Tout ceci en une fraction de seconde. Jusqu'à ce que Marlone réagisse et se retourne vivement pour comprendre ce qu'il se passe.

– Damien !

Mon fils secoue la tête, tourne les talons et s'enfuit entre les arbres qui entourent le local.

Je saute sur mes pieds, abandonne mon amant et cours après Damien qui s'enfonce dans la forêt. Plus rien d'autre ne compte, à part lui. Ça aurait dû déjà être le cas ! Qu'est-ce que j'ai fait ? Putain !

Sweet Summer

Marlone : Alerte, urgence !

Dorian : Quoi ?

Milan : Quoi ?

Valentin : Oui ? C'est pour ?

Marlone : Son fils nous a surpris... Dans une position un peu à la con ! Je fais quoi ? Putain, je ne sais pas si je suis prêt pour tout ça !

Marlone : Les mecs ? Y a quelqu'un ?

Valentin : Prêt pour tout ça, quoi ?

Marlone : Un mec, avec un gosse ! Je passe du tout au tout, là ! Je ne peux pas faire n'importe quoi !

Valentin : Tu sais ce que j'en pense. S'engager, ça fait chier ! Je ne peux pas t'aider là-dessus, même si j'aimerais, franchement, que tu trouves ce que tu cherches. Vraiment.

Marlone : Mais je ne cherche rien ! C'est simplement là, comme ça... Et j'aime bien ce mec. Vraiment. Mais... il a un enfant et... C'est compliqué !

Dorian : Bon... Alors déjà, Valentin, s'engager, c'est pas à chier. Ce n'est juste pas ton truc parce que tu n'as pas trouvé le bon. D'ailleurs, tu ne fais même pas l'effort de chercher.

Valentin : C'est toi qui dis ça !

Dorian : Oui puisque j'en suis au même point que toi. Bon, Marlone, toi, tu as un truc avec ce type. Alors ne t'arrête pas aux difficultés, parce qu'il y en aura, forcément. Quant à l'enfant... Je te rappelle que tu fais ça tous les étés, t'occuper de gosses. Y a quoi qui change ?

Milan : #teamDorian ! Rien à ajouter. Tu adores les gosses, alors ne te prends pas la tête... Sinon, vous avez joué au billard depuis notre dernier point de la situation ?

Valentin : Au billard ?

Milan : Oui, tu sais... des boules, des trous et des queues. Tout ça, tout ça...

Valentin : #dépité ! Marlone, ne réponds pas, ça l'encouragerait dans ses conneries.

Marlone : Disons qu'on a sorti les boules et les queues, mais qu'on n'a pas testé tous les trous !

Dorian : MDR ! Oh, Putain ! Merci Jean-Eudes pour ce défi, j'adore cette fenêtre de discussion !

Valentin : Nom de Dieu, on atteint un niveau ! Bon, OK, je suis MDR !

Milan : Merci pour cette précision, Marl. Donc, si tu n'as pas fini la partie, n'abandonne pas à l'échauffement ! Il reste tellement de trous à découvrir...

Valentin : Milan, l'air marin te monte au nez !

Milan : Possible. Je viens de me lever en fait. Je dois rejoindre les autres pour une visite je crois... Je vous en reparle tout à l'heure.

Dorian : Bon, sinon, Marlone, il est où le gosse, là ? Et ton mec ?

Marlone : Tristan est parti rattraper son fils. Et je ne sais pas si je dois m'en mêler ou pas.

Valentin : Je pense que non. Si le gosse est choqué ou je ne sais quoi, il vaut mieux que son père voit ça en tête-à-tête avec lui. Il a vu ta bite et tout ?

Marlone : Mais non, on se faisait un câlin.

Dorian : Marl ? Toi, tu faisais un câlin ? Nom de Dieu ! Comme quoi tout arrive !

Valentin : Habillés ou roupettes proéminentes ?

Marlone : Habillé !

Valentin : Cool ! OK, donc tu attends, et tu vas en parler au père quand tu en as l'occasion.

Marlone : Et s'il décide d'arrêter là, pour son gamin ?

Milan : S'il décide ça, c'est que tu auras perdu ton défi.

Marlone : Il n'est pas question de défi ! Je m'en tape de ce truc à la con !

Valentin : Donc tu as gagné...

Marlone : Sauf s'il me lourde.

Valentin : Certes.

Marlone : Je dois considérer ça comme une réponse ?

Dorian : S'il te largue, Marl, c'est que ce n'était pas le bon. Sinon, s'il prend le risque avec un gosse etc, c'est toi qui dois être sûr de toi et ne pas déconner. Parce que, mec, on sait tous qu'un enfant, c'est sacré.

Milan : Ouais

Valentin : Ouais

Marlone : Ouais. T'as raison. Je vais déjà voir ce qu'il en est. Ensuite... Je veux tenter.

Dorian : Alléluia !

Milan : Amen, mon frère !

Valentin : YOLO !

Marlone : Vous croyez que je fais une connerie ?

Milan : Mais non, putain, Marl ! Les gosses, tu maîtrises, le mec, tu le kiffes, et même si tu ne le sais pas, t'es un gros nounours en réalité. Oublie ce que ton père t'a foutu dans le crâne ! Les hommes entre eux ont autant droit à l'amour que les autres. Depuis le temps qu'on te le répète !

<u>Dorian</u> : Marlone, certains mecs sont mariés avec leur homme. Et heureux. Ne reste pas sur tes a priori bidons, c'est nul. Tu as tout plaqué pour t'affirmer et leur prouver qu'ils ont tort. Physiquement, tu as réussi à t'éloigner. Et ça n'a pas été facile. À quoi ça sert si ton esprit reste enchaîné à toutes ces conneries ? Coupe tout et tente ta chance. Tu le mérites. Vas-y, saute dans le vide, on te rattrapera au besoin.

<u>Valentin</u> : Pareil. Suis là si tu flanches mon pote. Et… tu peux atteindre un truc que je ne m'autoriserai jamais. Alors, fais-le pour moi…

<u>Marlone</u> : OK. Vous avez raison.

<u>Marlone</u> : Bon je vous laisse. Merci les mecs !

Tristan

Mon fils court vite. Mais j'arrive à le rattraper au bord du lac, sur une rive éloignée de notre campement. Il stoppe sa course lorsqu'il ne peut plus avancer et tente de retrouver son souffle, hors d'haleine, plié en deux et les mains posées sur ses genoux, face au lac. Je m'approche lentement de lui, comme je le ferais pour atteindre un animal sauvage. Car l'esprit de Damien est un peu similaire. Il se méfie de tout le monde, et de moi en particulier.

Il me laisse cependant le rejoindre sans bouger, son regard embué de larmes posé sur moi. Sa détresse me fait mal, et une fois de plus, j'en suis la cause. Je tends une main vers lui, mais il s'écarte, effarouché.

– Damien. Je suis désolé. Je ne voulais pas te confronter à…

– Pourquoi lui ?

Je me fige dans mon élan vers lui, sans comprendre.

– Comment ça ?

Il renifle lourdement.

– Marlone… c'est mon ami ! Pas le tien !

Il me déstabilise tellement que j'ai du mal à trouver mes mots.

– Je… je ne comprends pas, Damien. Je croyais que tu étais troublé parce que tu nous as surpris, enfin…

– Non ! Je sais bien que tu es gay, papa ! On me l'a assez répété ! Et maman a bien des copains, alors c'est pareil !

– Donc, tu n'es pas choqué par ce que tu viens de voir ?

– Non ! C'est cool au contraire, parce que quand maman se trouve avec son fiancé, elle me laisse tranquille et en plus elle sourit ! Alors je suppose que tu feras pareil !

Un soulagement incroyable me prend aux tripes et me provoque une envie de rire impressionnante. Je n'arrive même pas à me contrôler. J'éclate de rire bruyamment, à en pleurer jusqu'à m'écrouler sur le sable devant lui. Je m'allonge en essayant de reprendre mes esprits, vidé par cet ascenseur émotionnel, cette peur qui m'a percuté le cœur, cette course à travers les arbres et mon moment de passion avec Marlone, quelques heures avant.

Les yeux perdus dans les nuages, je remercie le destin de me faciliter la vie pour une fois.

Mais j'en oublie la rage de mon fils, qui elle, reste bien présente.

– Mais pourquoi ris-tu ? Ce n'est pas drôle !

Je tourne la tête vers lui, encore plein de cette fureur qu'il tente de contrôler. Apaisé, j'essaye de reprendre mon sérieux pour accueillir comme il se doit la gravité de l'instant, pendant qu'il vide son cœur.

– Marlone est mon seul ami garçon ! Les autres ne m'aiment pas ! Et toi, tu me le prends... Alors je n'ai plus d'ami, encore une fois !

– Et Léa ?

– Elle ne va pas dans la même école que moi ! Je suis trop différent des autres, ils ne m'aiment pas je te dis !

Je sens la souffrance de mon fils résonner au fond de moi. Je sais que ça fait mal et que ça semble injuste pour un enfant de son âge. Mais contre ça, je ne peux pas grand-chose. Je tends un bras dans sa direction.

– Viens ici, mon fils. Allonge-toi avec moi, je vais t'expliquer quelque chose.

Il hésite. Je lui lance un regard tendre, apaisé et confiant qui le convainc de me rejoindre et de s'installer près de moi, la tête dans le sable et le regard dans les nuages. Je m'empresse de le prendre dans mes bras et de le serrer très fort.

– Tu aimes bien Marlone ?

Il hoche la tête.

– Oui. Les autres, à l'école... Ils sont méchants. Mais Marlone n'est pas comme ça. Et il boxe. Et je cours avec lui.

– Je vois. Pour les copains de l'école… Je suis désolé pour toi. C'est à cause de moi ? Et du fait que je sois gay ?

Il opine de la tête une nouvelle fois. Je soupire en le serrant plus fort dans mes bras.

– Je suis désolé, Damien.

Il ne répond pas. Je soupire en me replaçant face aux nuages qui s'étirent au-dessus de nous, cachant un soleil de fin de journée encore brûlant.

– Tu sais, quand j'avais ton âge, c'est ma grand-mère qui m'habillait. Et, Dieu sait que je l'adorais, mais franchement, elle m'achetait des vêtements affreux.

Il glousse.

– Affreux comment ?

– Tu connais, les jeans ?

Il lève les yeux au ciel, dépité par ma question.

– Ben oui, papa ! Le jeans ! Qui ne connaît pas le jeans ?

– Ton arrière-grand-mère, elle, ne semblait pas connaître. Je n'en ai porté qu'à l'âge de quinze ans.

Cette fois, je crois que je lui ai annoncé une nouvelle incroyable. Il se redresse, outré.

– Quoi ? Mais t'allais à l'école en slip ?

J'éclate de rire.

– Mais non ! J'avais des bermudas. Et quand il faisait froid, elle me dégotait des pantalons atroces, marron ou gris moche.

– Des bermudas ? Des pantalons ? Meuh, non ! Papa, c'est ringard !

– Oui, je sais. Et tous les autres le savaient aussi. À cause de ça, je n'avais pas beaucoup d'amis.

Il grimace, le regard attendri.

– Parce que tu n'avais pas de jeans ?

Je hoche la tête et tends la main pour qu'il reprenne notre câlin. Et là, il ne rechigne pas pour s'allonger contre moi.

– Parce que, aussi, je n'étais pas vraiment branché. À la maison, par exemple, elle n'écoutait que de vieux morceaux de valses et des chanteurs que je ne connaissais même pas. Je n'écoutais pas la radio, et je n'avais pas de posters dans ma chambre.

Je savoure son petit corps tout chaud et blotti contre le mien, parce que ce genre de moment, je crois que nous n'en avons jamais eu.

– Ce que je veux te faire comprendre, Dami, c'est que les copains n'en sont pas vraiment. S'ils te rejettent parce que ton père est gay, ou parce que tu n'as pas de jeans, ou encore que tu écoutes des trucs démodés, alors il vaut peut-être mieux, finalement, ne pas s'arrêter à ce genre de personnes. Parce qu'elles sont ridicules. Moi, j'avais deux amis, et j'aimais ma grand-mère. Et c'était déjà une richesse en soi. Je suis certain que tu as des copains, des vrais, toi aussi. Et tu as des parents qui t'aiment.

Il me serre fort et je marque une pause pour lui rendre son affection.

– Je sais que c'est compliqué, et absolument pas drôle. Que ce serait plus simple d'avoir des parents normaux, encore en couple… Et pour ça, je suis désolé. J'aimerais pouvoir être comme tous les autres pères et te faciliter la vie plutôt que de te la compliquer. Mais… dans tous les cas, il y a toujours quelque chose qui cloche. Le père, les vêtements… J'avais un ami qui portait des lunettes qu'il cassait toujours. On l'appelait Sparadrap et beaucoup de gens se moquaient de ses lunettes rafistolées. Ce n'était pas drôle, pourtant. Et puis, ma voisine de classe, elle était un peu trop grande… son surnom à elle, c'était Tour Eiffel. Tu vois, personne n'est parfait.

– Léa, elle, c'est son frère/sœur qui fait rire ses copines de classe, elle m'a dit.

– Tu vois. C'est pareil pour tout le monde. Pourtant, l'univers est fait de différences, et c'est pour ça qu'il est si beau. Regarde les nuages là-haut. Tous différents. Regarde les arbres autour de nous… Différents. Imagine si nous n'avions que des nuages carrés à regarder et des arbres absolument identiques… Tu crois que ce serait plus joli ?

Il réfléchit un moment.

– Non, mais…

– Je sais. Parfois, tu dois te dire que ça serait plus simple sans ces maudites différences. Mais tu as une force, Dami, et s'ils ne la voient pas, ce sont eux les crétins. Pas toi. Tu es ouvert d'esprit, tu es doué avec tes poings, et pas mauvais à l'école. Alors, bosse. Reste celui que tu es, et ceux qui t'aimeront le feront parce que tu es toi. Et pas un autre.

Je marque une pause avant de reprendre.

– Et donc, frapper les autres n'est pas une bonne idée. Parce que tu agis comme eux dans ce cas. Tu n'acceptes pas leurs différences à eux. Tu rejettes leurs pensées et ce à quoi ils croient.

– Mais ils sont bêtes, papa !

– Oui, je sais. Mais si tu t'y attardes, alors tu perds ton temps. Tu veux boxer ? Nous t'inscrirons dans un club de boxe. Tu veux revoir les deux amies que tu t'es faites ici ? Alors nous prendrons leurs coordonnées et nous les inviterons. Tu veux être ami avec Marlone ? Il suffit de lui demander…

– Mais Marlone, il est ton fiancé ! Il n'aura plus envie de boxer avec moi, il le fera avec toi !

J'éclate de rire.

– Non, mais attends… Déjà, il n'est pas mon fiancé. Ensuite… Je te rappelle que je suis avocat. Courir, je veux bien. Mais boxer ! Certainement pas !

– Ben, vous faites quoi alors, tous les deux ?

Euh…

– Pas de la boxe en tout cas. Et puis, tu sais… Si Marlone… enfin, si je le vois un peu plus, alors toi aussi tu le verras.

Espoir, doux espoir… Je m'engage sur un terrain glissant et je le regrette aussitôt. Il y a fort à parier qu'après ce petit séjour au paradis, Marlone disparaîtra de nos vies. De sa propre volonté, bien entendu, parce que si ça ne tenait qu'à moi, en considérant la réaction de Dami face à ce qu'il vient de surprendre… Je pense que je serais prêt à tenter quelque chose. Mais mon avis, à moi, ne pèsera pas lourd dans la balance lorsque le beau boxeur recouvrera la raison et réalisera que je ne suis que moi, et rien d'autre… Je ne peux pas faire entrevoir à Damien une situation qui n'arrivera sans doute jamais… Nouvelle erreur que je m'empresse de rectifier alors que ses yeux s'illuminent déjà comme des soleils :

– Mais, je ne connais pas Marlone plus que ça. Alors, ne t'emballe pas non plus. Tu sais, en amour, ce n'est pas simple et…

– Oui, je sais. M'man m'a déjà expliqué. Parfois, c'est bien, mais après c'est nul et bla-bla-bla. Vous, les adultes, parfois, vous vous prenez la tête pour rien… Mais sinon, donc on va revoir Marlone, après le camp ?

Si seulement je le savais… J'aimerais lui promettre que oui car si ça ne tenait qu'à moi, nous le reverrions. Mais Marlone s'apprêtait à me dire un truc concernant ses habitudes avec les mecs, et je suis tellement pétochard que j'ai préféré ne pas le laisser finir… Une nouvelle idée de génie. Je ne peux rien avancer à Damien du coup, sans compter la multitude de questions que je vais me poser à ce sujet à présent.

– Je l'espère, Damien. Dans tous les cas, je pense que le mieux à faire, pour toi, c'est de voir ça directement avec lui. Demande-lui. Je n'ai pas à interférer dans tes relations amicales. Les surveiller, simplement, mais de loin.

– Même si c'est ton fian… amoureux ?

Je m'esclaffe en embrassant ses cheveux.

– Oui, même si c'est mon amoureux. Ça ne change rien entre lui et toi. Il peut être un ami pour certains et amoureux pour un autre… Un cœur, tu sais, ça se multiplie. Ça ne se divise pas.

Un bruit de casserole maltraitée résonne au loin.

– Il est l'heure, Monsieur le jaloux.

– Je ne suis pas jaloux. Alors, on peut inviter Léa à la maison quand je reviens pour la suite des vacances ?

– Oui, si tu veux ! Mais si tu me promets d'être sage et obéissant…

– Oui.

Je hoche la tête, un peu sur mes gardes quand même. Sa copine Léa semble être un sacré numéro, et Damien n'est pas en reste à ses heures… Et même s'il semble apaisé ici, au grand air, rien ne prouve que cela durera. Il va repartir deux semaines avec sa mère, et Dieu seul sait dans quel état je le retrouverai… même si j'ai ma petite idée sur la manière dont je pense apaiser un peu toute cette véhémence « anti-moi » que sa mère et son entourage semblent aimer entretenir.

Second feu de camp au campement. J'ai l'impression de me trouver ici depuis un temps infini. Et pourtant… Nous ne sommes que dimanche. Ce soir, c'est soirée reggae. Samuel, le « colocataire » de Tina sort une guitare de son étui, débute *Redemption song*[2] et Marlone sert du punch spécial « campeurs » aux enfants et à leurs parents. Sans alcool, bien entendu. Pendant ce temps, Tina s'occupe de notre punch, à Marlone, elle et moi en m'adressant un clin d'œil. Avec alcool, bien entendu.

---

[2] Titre de Bob Marley

Les parents, tous assez sympas si on oublie Courtîmes, chantent et animent la soirée. Je reste en retrait à discuter avec un père qui semble un peu à côté de la plaque. Au final, il s'avère très drôle. J'écoute d'une seule oreille son discours sur les tribulations de son gamin qui m'a l'air d'être un phénomène. Mes yeux, eux, n'écoutent rien du tout. Dès que je détourne mon attention de Damien qui s'amuse avec ses copines et un petit de son âge ayant rejoint leur groupe, je retrouve les yeux de Marlone qui ne me quittent pas non plus. Les quelques punchs aidant, je flotte un peu au-dessus de ces flammes qui nous séparent, au rythme des accords de Samuel et des voix des parents qui jouent le jeu, chantonnant des paroles approximatives en riant.

Je me noie dans les flammes qui animent ses rétines, dans la profondeur de son regard et dans son sourire. Puis, tandis que la nuit est tombée et que les enfants se calment un peu, certains sont même allés se coucher, plus raisonnables que leurs parents, Marlone sort son téléphone et une enceinte dont il pousse le volume pour emplir l'atmosphère de la voix, la vraie cette fois, de Bob Marley...

J'observe le spectacle de l'homme parfait physiquement, au déhanché affolant et au sourire ravageur se lever, glisser sur la musique et aller chercher une mère de famille pour l'obliger à danser sur le fameux *Is this Love* du chanteur. L'ambiance s'anime en quelques minutes. Les enfants encore en vie dansent avec leurs parents, Marlone ensorcelant les femmes en se prêtant au jeu langoureux de la danse, réchauffant les esprits et amusant les gosses en apprenant des pas aux garçons et en faisant tourner les filles... Tina et Samuel le rejoignent et reprennent le flambeau en dansant eux aussi...

Il règne une onde de joie et de légèreté dans l'air de la nuit, un parfum d'été, alors que les titres s'enchaînent et que les esprits s'amusent. Puis, Marlone, le roi de la fête, s'écarte de la meute, échange quelques mots avec Tina, l'embrasse sur le front et traverse l'espace qui le sépare de moi, discute rapidement avec d'autres parents, partage quelques pas de danse avec les derniers enfants survivants – le mien étant allé se coucher depuis longtemps –. Puis, il arrive à mon niveau, se penche sur moi et se contente de glisser un mot :

– Viens.

Il baragouine une excuse à mon voisin, qui parle de toute manière tout seul depuis une bonne heure, attrape mon bras et m'entraîne plus loin dans la nuit, le long du lac, vers le ponton. Sa main attrape la mienne dès que nous nous enfonçons au milieu de l'obscurité, hors de vue du reste de la troupe. Je suis ravi de ce petit moment à deux qui semble se profiler, même si cela me laisse perplexe :

– Mais, et le camp, tu…

Il glousse.

– Je suis de repos ce soir. C'est vu avec Tina, t'inquiète… Et j'ai bu !

Oh ! Remarque, moi aussi… Il m'entraîne jusqu'au ponton au bout duquel nous nous asseyons et plongeons nos pieds dans l'eau tiède du lac, après avoir retiré nos tennis. Il s'étire et s'allonge pour regarder le ciel en tirant sur mon bras pour que je le rejoigne au sol.

– Comme ça, nous sommes moins visibles, au cas où on nous chercherait.

Je jette un œil au campement au loin où l'ambiance bat toujours son plein.

– Si tu cherches Courtîmes, il est parti se coucher, je m'en suis assuré. Je savais qu'une soirée reggae le gonflerait, d'où le fait que je l'aie proposée à Tina tout à l'heure. Allez, viens…

Il étend son bras sur le sol à mon attention, je pose ma tête contre son épaule et nous restons ainsi un moment. La musique arrive jusqu'à nous et les étoiles constellant le néant capturent nos yeux, tout comme la lune parfaitement dessinée au milieu de son harem étoilé. Le parfum de mon amant, que je reconnaîtrais partout, est un mélange d'effluves de soleil, de peau bronzée et de lui, tellement enivrant, synonyme de tant de choses qui font écho dans mon cœur, qu'il m'engourdit la tête.

Est-ce qu'un moment peut être aussi parfait que cet instant ?

Je détends mes muscles et déconnecte une nouvelle fois mon cerveau de la réalité. Je flotte au milieu de la nuit, mon esprit touchant les étoiles et cette paix que je découvre. Tout autant que cette fascination pour lui qui commence à m'étouffer.

La voix chaude et apaisée de Marlone se faufile dans le silence.

– Alors ? Comment va Damien ?

Nous n'avons pas eu l'occasion d'échanger depuis mon départ précipité de l'infirmerie.

– Bien. Je crois. Il s'inquiétait simplement au sujet de votre amitié.

– De notre amitié ?

Il glousse.

– Ton fils est génial ! Et tu lui as dit… ?

– Qu'il devait voir ça avec toi, que je n'interférerai pas dans vos relations et, quoi qu'il se passe par la suite entre nous, que cela n'entacherait en rien vos joggings du matin et la boxe !

– Quoiqu'il se passe par la suite ?

Il semble étonné et roule sur le côté pour me dominer, son visage, que je discerne à peine, à quelques centimètres du mien.

– Et que va-t-il se passer par la suite, Monsieur Veynes ?

Sa main relève mon polo et se pose sur mon ventre. Je perds tous mes moyens. Je soulève la tête et capture ses lèvres. Il me laisse l'emporter dans un baiser furieux. Passionné. Je ne connais pas la suite, et encore une fois, le bien-être que m'offre ce moment avec lui m'empêche d'envisager l'avenir. Je veux simplement ne rien voir d'autre que cet homme contre moi, sa langue s'enroulant à la mienne et sa main qui se faufile entre mes fringues pour frôler mon épiderme et me faire bander comme un affamé.

Il se penche vers moi puis me chevauche, calant nos érections l'une contre l'autre et entrant dans une danse rythmée par la musique qui nous parvient depuis le feu de camp. *One Love...* Nous perdons nos souffles dans le désir, nos retenues au milieu de la nuit, notre raison quelque part du côté de la lune qui nous surplombe.

Son corps musclé qui me recouvre, son torse attirant mes mains curieuses et avides de n'importe quel contact, ses bras, ses cuisses... Tout me transcende. Je dévore sa bouche, enflammé, en manque de lui alors qu'il s'offre tout entier, en demande de plus et du plaisir qu'il a déjà su me donner à deux reprises. Totalement addict et dépendant.

Il écarte ses lèvres pour murmurer, le souffle court.

– J'ai une petite idée de la suite, en ce qui me concerne.

Il laisse glisser sa main sur mon ventre, ses doigts cherchant les boutons de mon bermuda et les faisant disparaître avec habilité.

– Lequel veux-tu, Tristan ?

Ses doigts trouvent mon pénis en érection et se chargent d'amplifier le phénomène. Je me cambre, incapable d'émettre un son qui ne ressemble pas à un gémissement. Il trouve sa réponse.

– Alors ce sera le diable... Et le diable a décidé...

Ses lèvres esquissent un sourire démoniaque alors qu'il abandonne ma queue et tire sur mon bermuda...

– Bain de minuit...

Je laisse échapper un hoquet de surprise alors qu'il m'a déjà délesté de la moitié de mes vêtements. Je retire mon polo de bonne grâce et lui enlève le sien en embrassant ce torse que je dénude. Mes lèvres trouvent ses tétons et ma langue joue avec en s'y enroulant. Il soupire lourdement en se retenant au sol, les mains posées au-dessus de mes épaules.

– Putain… tu viens de trouver mon point faible.

Un frisson le traverse alors qu'il s'affaisse sur ma bouche en remuant le bassin. Les petits bouts de chair se tendent et durcissent sous mes papilles, portant le moment au paroxysme de la sensualité. Ce mec est une bombe torride. Mes mains se souviennent de ce qu'elles brûlent de caresser depuis ce matin et trouvent les fossettes cachées au bas de ses reins. Il pousse un petit cri sensuel et active le mouvement de ses hanches, nos sexes s'entrechoquant, se cherchant, trouvant le rythme parfait pour transcender le plaisir de l'autre.

Il craque rapidement.

– Dans l'eau… tout de suite…

D'une série de petits gestes précis, il se déleste du reste de ses fringues et attrape ma main avant de se laisser glisser dans l'eau tiède du lac.

Nous avons pied. L'eau nous arrive aux épaules. Il me saisit les hanches aussitôt et me fait reculer jusqu'à un poteau du ponton contre lequel il m'emprisonne. Ses mains remontent sur mes joues, ses lèvres sur ma bouche et son sexe contre le mien.

– Touche-moi, Tristan…

Sa voix est une invitation à la luxure et je l'accepte sans hésitation. Mes doigts trouvent son sexe. L'une de mes mains s'occupe de sa hampe pendant que l'autre palpe ses bourses. Ses gémissements emplissent notre baiser. Ses mains quittent mes joues pour attraper mes fesses et me soulever fermement. J'enroule mes jambes à ses hanches, collant mon membre au sien. Me calant contre le poteau, il pose une main sur nos sexes et reprend ce qu'il avait interrompu sur le ponton, pendant que l'autre contourne mes hanches et glisse entre mes fesses. Ainsi pris en main, flottant contre lui, je décide de me laisser porter. Mon esprit divague et ne demande qu'à se livrer entièrement à ses attentions.

Tandis que sa langue s'applique à me rendre fou dans un baiser au summum de l'indécence, l'un de ses doigts caresse les muscles de mon orifice, attisant le feu en moi sans sembler vouloir l'éteindre. Il ne cesse de branler nos queues en même temps, s'occupant de toutes mes zones érogènes en simultané. Je perds mes moyens et me laisse ensevelir dans le plaisir.

Ma gorge s'éraille et je laisse échapper une litanie de plaintes suppliant l'absolution. Il gémit à son tour contre mes lèvres.

– Oui… Fais-moi entendre ton plaisir… Putain, j'aime ta voix quand tu prends ton pied ! Encore !

Et moi j'aime sa manière naturelle de me faire l'amour. J'aime que ma voix soit sa came et qu'il la réclame. J'aime tout ce que ses mains me font. J'aime son regard enflammé cherchant à décoder le mien. J'aime qu'il tente de me plaire en testant, en cherchant à me découvrir, à appréhender mon corps et ses sensibilités.

Le doigt entre mes fesses se presse doucement à l'entrée de mon orifice pendant que sa main accélère le mouvement sur mon phallus. Je resserre ma poigne sur le sien et le branle désespérément, cherchant à l'inciter de m'achever. Il pousse un soupir de plaisir en se tendant, rejetant la tête en arrière. Puis son doigt s'enfile dans mon orifice sans attendre ni prévenir. Je me fige, perdant la notion du présent, le contrôle et la tête. Un orgasme incroyable s'impose dans mes membres, mon ventre et mon esprit et je crois que je crie pour accompagner ma délivrance. Il pose ses lèvres sur les miennes pour étouffer mon cri, ou le sien, qu'il pousse en ronronnant de plaisir. Nous éparpillons nos plaisirs dans l'eau par de violentes secousses qui nous font vibrer l'un contre l'autre bestialement et nous dérobent toute notre énergie.

Il se laisse aller contre moi et je m'appuie contre le poteau en lâchant son membre pour l'enlacer affectueusement. Il pose alors son visage dans le creux de mon cou. Ses mains délaissent également mon intimité et me caressent le ventre, les bras, l'épaule et ma clavicule pendant qu'il embrasse mon cou amoureusement. Dans ce bien-être absolu, le temps n'a plus de prise sur moi. J'ai envie de retenir la nuit et d'oublier demain.

Il se contracte autour de moi, s'enroulant étroitement à moi. Sa voix glisse jusqu'à mon oreille :

– Tu aimes ce genre de suite ?

Je souris en hochant la tête.

– Je n'avais jamais fait… ça…

– L'amour, tu veux dire ?

Oui, je veux le dire, mais je ne veux pas y croire. Je me contente de hocher la tête à nouveau.

– Dans un lac…

Il glousse en se lovant dans mes bras.

– Moi non plus. Je dirais : à refaire !

Son corps vibre dans un spasme.

– Par contre, l'eau semble froide quand on calme le jeu…

– Tu veux rentrer ?

Il s'écarte de moi pour inspecter le camp.

– Ils ont l'air tous couchés. Je pense qu'on peut y retourner sans problème.

Effectivement, la musique est éteinte. Le silence a repris ses droits sur la nature. Je caresse son dos et embrasse son épaule, profitant encore un peu de lui.

– Alors c'est le moment.

Il m'offre un nouveau baiser.

– Je suis pressé de te retrouver sous la tente… Tu me manques déjà…

Comment résister à un mec pareil ? Aucune chance en ce qui me concerne. Je le laisse m'embrasser encore et faire ce qu'il veut de moi pendant plusieurs minutes, beaucoup trop courtes à mon goût. Puis nous sortons de notre lac, enfilons nos bermudas rapidement et retrouvons le campement. Et notre tente.

Marlone s'allonge et retire son bermuda pendant que je fais de même. Nous nous séchons mutuellement, nos mains se baladant un peu trop là où elles ne le devraient pas, au milieu des tentes des enfants. Puis, nous nous imposons la bonne conduite, nos lèvres soudées malgré tout dans des séries de baisers incendiaires. Nous ouvrons nos sacs de couchage et les étalons sur nous, pour le cas où un visiteur ne frapperait pas avant d'entrer. Et nous nous enlaçons, nous endormant en plein baiser, à bout de forces, quelques heures avant l'aube.

CHAPITRE 8 ~1

Sweet Summer

Valentin : Hellooooo… Est-ce que ça pionce là-dedans ? Il est 5 h 58 !!! L'heure de se réveiller !

Dorian : Valentin ! Va chier !

Milan : JE TE DÉTESTE ! J'espère pour toi que t'as un truc super urgent à nous dire !

Valentin : Hein ? Ah non, rien de spécial ! Mais je vous rappelle qu'hier, vous vous êtes mis à jacasser comme des bécasses à 6 h 32, alors voilà ! Ce matin, je m'ennuie ferme sur mes chiottes, j'ai envie de parler… Hop ! Au rapport ! MARLONE ! Ramène tes fesses, vu qu'il n'y a que toi qui vis un truc cet été !!!

Milan : Valentin, conseil d'ami, profite bien de tes chères glandes testiculaires tant que tu le peux, parce que dès que je te croise, je te les arrache ! Et c'est faux, moi aussi j'ai une vie passionnante ! J'ai retrouvé des vieux potes et en fait, c'est cool.

Dorian : T'es constipé, Chaton ?

Valentin : Oui, un peu ! Milan, raconte ? Emeric ? Beau gosse ou quoi ?

Dorian : J'aurais bien une solution radicale anti-constipation, mais tu ne veux pas venir en vacances chez tonton Dorian, donc j'ai envie de dire… Démerde-toi ! Milan ? Y a du nouveau ?

Milan : Emeric est jeune et je le connais depuis que je suis en âge de me le rappeler ! Tu conseilles quoi Dorian ? Va donc au bout de tes pensées, mon ami !

Valentin : Jeune comment ? Dorian, tu sais parler aux hommes, y a pas à dire… J'hésite du coup… Tu prescris un traitement de combien de temps ?

Dorian : Pour toi, mon chat, ce sera la durée que tu veux... On ne va pas laisser tes petits intestins souffrir, quand même !

Milan : Bon... voilà, voilà... je me sens de trop tout à coup !

Dorian : T'es invité aussi, Minou...

Milan : Je me trouve actuellement au large de la mer Égée. Et mes intestins se portent à merveille !

Valentin : Mais sinon, jeune comment Emeric ?

Milan : 19 ! Enfin, je crois.

Dorian : Genre ! Tu n'en as que 24, pour info ! Et depuis quand l'âge est-il un critère de choix ?

Valentin : C'est vrai, ça ! Regarde Dorian, choper un mec au service gériatrie de son club ne le dérange pas !

Milan : Dorian fait lui-même partie du service gériatrie, c'est différent !

Valentin : #teammilan ! MDR

Dorian : Je vous emmerde ! Mon âge n'intéresse personne ! Merde, @Marlone, ramène-toi, les deux trous du cul attaquent les vrais hommes, besoin d'un coup de main !

Marlone : Sérieux, les mecs, vous êtes complètement allumés ! Vous avez vu l'heure ?

Milan : Putain, ça y est, t'es vieux, tu bougonnes !

Marlone : Je ne suis pas vieux, je suis occupé ! Tout ce que je peux dire, c'est : Val, Milan, allez jouer et laissez les vrais mecs occuper leurs nuits intelligemment. Val, mange des fruits ou va baiser, ça détend l'anus. Bye !

Dorian : #teammarlone ! J'y vais aussi, salut les morpions !

Valentin : J'ai 25 ans, merde ! Et j'aime pas les fruits !

Milan : Tu sais ce qu'il te reste à faire ! MDR. Bises !

Valentin : Ouais, Schuss ! Faites chier !

Marlone : Ben voilà ! Sweet Summer, solution laxative express. Ravi de t'avoir aidé. Bye !

Marlone

Je balance mon téléphone et récupère Tristan dans mes bras. Si nous avons dormi deux heures, c'est magnifique. Cela dit, je m'en fous. J'adore ma nuit, j'adore ce week-end qui se termine, j'adore Tristan et j'adore me réveiller avec lui. Qui l'eût cru ? Pas moi. Il grogne en se lovant contre moi, recroquevillé entre mes bras.

– Je ne sais pas qui ils sont ni pourquoi ils te sonnent, mais je les déteste…

Il blottit sa tête dans le creux de mon cou. J'embrasse son épaule et ferme les yeux.

– Marlone ? Il est 6 heures 02 !

Damien ! De l'autre côté de la toile de tente ! Nous sommes cernés ! Je lève les yeux au ciel et Tristan retient difficilement un rire.

– 7 heures, Damien ! Je suis crevé.

– OK, je vais me recoucher !

Tristan se mord la lèvre inférieure, embarrassé.

– Il a peut-être raison. Je lui pique son pote.

– Je te rappelle que ce n'est pas un « jogging plaisir », mais une punition. J'ai donc le droit de la repousser.

Il m'observe un moment, sans répondre, une lueur indescriptible au fond des yeux. Je l'oblige à reprendre sa position au creux de mes bras.

– Tristan, il s'en remettra. Tu as le droit aussi à un peu de repos. Il est 6 heures !

– Tu as raison.

Je sens son corps se détendre contre le mien. Pour l'aider un peu, mes doigts naviguent le long de son dos, effleurant sa peau chaude et satinée.

– Alors, Monsieur l'Avocat… J'ai l'impression que tu ne prends pas souvent le temps de vivre. Je me trompe ?

Je mordille son épaule, parce que je la trouve belle. C'est incroyable cette attirance qui me pousse à vouloir toujours plus de lui. Je ne sais pas si c'est son visage parfait d'où émane une fragilité qu'il n'arrive pas à cacher, ou ce corps qui rassemble tout ce que j'aime chez un homme : une peau lisse, des muscles présents mais pas proéminents, une manière de bouger harmonieuse et hypnotique, des yeux clairs presque translucides... Tristan ignore totalement qu'il est beau, et qu'il dégage cette désinvolture naturelle touchante qui le rend encore plus troublant. Au *Lagon,* le premier soir, je suis loin d'être le seul à l'avoir maté. Ici, Tina bave dès qu'elle l'aperçoit. Et lui, il ne remarque rien.

Parce que pour lui, ce n'est pas ce qui compte. Tristan a plus à offrir avec sa tête bien faite qu'avec son physique. Donc si l'on considère la qualité du physique, j'imagine le reste. Il m'impressionne. Je suis ultra chanceux d'avoir cette opportunité de le serrer contre moi.

Je continue ma séance « mordillage » en direction de son cou pendant qu'il me répond :

— En réalité… Je crois que je ne sais plus ce que signifie le terme « prendre le temps de vivre ». Quand j'ai quitté Victoire, j'ai tout donné pour pouvoir mener à bien mes études. Les cours, les révisions, les petits boulots d'appoint pour payer tout ça… Et quand j'ai obtenu mes diplômes, j'ai changé de cheval de bataille. Je me suis plongé dans le cabinet et les dossiers… Je voulais tellement récupérer Damien.

— Sa mère ne voulait pas que tu le voies ?

Je goûte sa peau frissonnante en l'écoutant. Ses mains voyagent sur ma nuque et dans mes cheveux. J'ai l'impression d'avoir droit à un petit échantillon de vie de couple. J'aimerais me réveiller tous les matins comme ça, pour simplement plonger dans sa tendresse, me faire bercer par sa voix qui titille tous mes sens, m'abandonner aux soins de ses mains et me perdre dans ses bras.

— Sa mère, mais ses grands-parents également. Je suis devenu la bête à tuer, tu sais. Et comme à l'époque je n'avais ni les moyens de verser une grosse pension alimentaire, ni la possibilité d'accueillir mon fils dignement, et encore moins le temps de faire les choses bien, ils en ont profité pour l'accaparer. Je n'avais pas beaucoup de ressources. Ils le savaient et en ont joué. Ils ont d'ailleurs menacé de le faire dès que je les ai prévenus que je partais. Ils ne m'ont pas pris en traître, c'est déjà une bonne chose. Je savais que je reviendrais pour revendiquer mes droits, dès que je le pourrais. En attendant, je voyais mon fils selon leurs règles. Ce qui ne m'a pas étonné, je savais qu'ils abuseraient de leur position sociale pour me faire la misère.

— Et tu es parti quand même ?

Il hoche la tête et dirige sa main vers mon ventre, jusqu'à ce que ses doigts viennent flatter ma queue au garde à vous.

— Oui… Je te l'ai dit, je préfère les pêcheurs. Il t'arrive de pêcher de temps en temps ?

Je réprime le frisson qu'il fait naître en caressant mon sexe fermement.

– Je crois que ça vient de devenir ma nouvelle passion. Jouer de la canne à pêche… Mais je suis un peu inexpérimenté…

– Je peux t'apprendre…

Il sourit en me massant l'entrejambe savamment. Je ronronne de bonheur à son oreille avant de continuer mes questions. Nous n'avons pas eu beaucoup l'occasion de parler de nous depuis notre rencontre. De la pluie, du beau temps, du présent et du camp, oui. De nous, non. Et je veux tout savoir.

– Apprends-moi… Et dis-m'en encore. Ce que tu manges le matin, où tu habites, à quelle heure tu te couches le soir… Ta couleur préférée, celle que tu détestes… Si tu as un chat…

Il se prête au jeu, amusé, sans cesser de me branler efficacement. Je me prépare à souffrir car je ne compte pas faire passer le plaisir des sens avant celui d'apprendre à le connaître. Nous engageons un bras de fer que je compte bien gagner.

– Je ne mange pas souvent le matin. Je vais souvent courir au réveil pour m'entretenir un peu. Parce que je bosse beaucoup et donc, je ne me dépense pas vraiment. J'achète un café au retour, que je bois depuis le petit bistro qui me l'a servi jusqu'à chez moi. Normalement, ils ne font pas de café à emporter. Mais comme cela fait huit ans que je fréquente ce rade, ils ont acheté des gobelets exprès pour moi. Rosita m'adore et souvent, elle me fourre un sac de viennoiseries dans les mains avant de me laisser repartir. Donc, en gros, elle me gave comme un oisillon.

– Je note…

Il me sourit et continue.

– J'habite à deux pas de mon cabinet, je m'y rends à pied. Marcher en rentrant le soir me sert de sas de décompression. Même si souvent je ramène du boulot que je potasse devant un plat cuisiné sur le comptoir de ma cuisine. Et ensuite, je me couche. Je bossais aussi le samedi, mais depuis que j'ai récupéré Dami une semaine sur deux, j'essaye de sortir vraiment la tête du boulot dès que je franchis le pas de ma porte. J'adore le vert, en particulier celui de tes yeux, je déteste le bleu, celui des miens, et je n'ai pas de chat.

Mon Dieu, ces mains sur ma queue… Je suis à l'agonie… J'enregistre ses paroles en déglutissant.

– Et… euh… les mecs ?

Il sourit, le regard flou dirigé derrière moi.

– Je te l'ai dit. Les mecs, je ne m'en préoccupe pas. Enfin, avant… Je ne voulais pas perturber Dami avec ça. Et mes ex-beaux-parents épiant chacun de mes faits et gestes, j'ai considéré qu'il valait mieux que j'occupe autrement mes soirées. Je suis plus ou moins abstinent depuis cette période durant laquelle je pense avoir exploré énormément de choses, et d'hommes.

Il change son angle de branlette, provoquant un spasme orgasmique au creux de mes reins. J'attrape ses épaules nerveusement et lui réponds d'une voix étranglée :

– Je peux te dire que tu as vraiment… bien exploré… Putain… je vais crever !

Il glousse en embrassant ma joue, sans même calmer la cadence de son poignet. Je me crispe, enfonçant mes doigts dans ses épaules, le cerveau en pagaille.

– Et toi ? Dis-moi tout ?

– Hein ? Quoi ? Là, maintenant ?

Il m'adresse un sourire satisfait.

– Oui, pourquoi ?

Je tente de récupérer quelques neurones éparpillés un peu partout dans cette tente.

– Je boxe. Bob devient vieux, alors je m'occupe de quasiment tous les élèves. Je tapote encore sur des rings pour des manifestations non officielles, des trucs caritatifs par exemple. J'habite un studio dans la banlieue de Toulouse. Le soir, ou plus souvent le week-end, je retrouve mes potes de l'asso *Sweet Home*, celle qui m'a sauvé la mise quand je me suis barré de chez mes vieux. Le matin, je me prépare des œufs avec du bacon. Et j'adore le bleu ciel de tes yeux. Les autres couleurs je m'en fous. C'est bon ? J'ai tout bon ?

Il retient un rire en niant de la tête.

– Et les mecs ?

Son pouce passe sur mon gland !

– Bordel, c'est qui le diable ? C'est dégueulasse ce que tu me fais !

– Les mecs ?

– OK, j'ai compris que je n'y échapperai pas ! Mais sache que je note ce que tu fais et saurai m'en servir ultérieurement.

Putain, ses doigts vont avoir raison de moi. Chaque muscle que je comptabilise en moi ne sait plus où donner de la tête. Je frissonne, tremble, convulse presque face à cet orgasme qu'il attise de plus en plus et qui ne cherche qu'une chose : m'anéantir. M'ensevelir sous un plaisir monumental. M'étouffer d'extase. Me rendre fou et ivre de lui... La tentation de m'avouer vaincu est grande, mais totalement impossible à envisager. Je n'abdique jamais ! Même face à plus fort que moi. Je mords son épaule en me déhanchant contre sa main, inspire un grand coup et lui offre toutes les réponses qu'il souhaite.

– Beaucoup. Trop, si tu veux mon avis. J'ai longtemps agi comme on me l'a appris. C'est-à-dire que j'ai considéré les hommes, tous les hommes, comme des aventures qui n'avaient rien à m'offrir. Même s'ils me plaisaient, pour certains, j'ai préféré ne pas donner suite...

Un éclat de tristesse, fugace, passe dans ses yeux. J'ai à peine le temps de l'apercevoir. Non, il n'a pas compris... Il faut dire que m'exprimer clairement en ce moment même relève de l'impossible...

– Mais ça, c'était...

Sa main accélère sur ma verge. Cette fois, c'est trop ! J'ai faim de lui, tout de suite. J'ai conscience que dans cette tente, entourés comme nous le sommes, nous ne pouvons pas faire grand-chose, mais quand même, nous ne sommes pas non plus condamnés à la branlette ! J'ai une autre idée.

Je m'écarte à regret de cette main magique et plonge sous notre duvet, longeant son corps, embrassant ses tétons, léchant la peau de son ventre et trouvant sa queue, belle et tentatrice, dirigée vers moi, visiblement très contente de me voir. Je m'installe à l'envers sur le matelas et le prends en bouche immédiatement. Je ressens son souffle s'échapper lourdement de ses poumons lorsque je l'enfonce jusqu'à ma gorge, léchant sa veine principale en l'enrobant d'affection et de passion. Découvrant son sexe, enfin, autrement qu'à l'aveugle et en cachette. Et j'adore ce que je trouve. Sa peau douce, sa taille... Mon cerveau totalement sous l'emprise de cet homme ne demande qu'à vénérer ce membre. Et je le fais avec plaisir. Je le suce. Sans attendre, sans prendre mon temps, sans préliminaires ou patience. Mais avec envie, avec avidité et avec précipitation.

Il glisse sur mes papilles, ondulant sous moi en s'enfonçant plus profondément, ses mains s'accrochant à ma nuque en tirant sur mes cheveux, me dirigeant vite, plus vite, loin, plus loin, toujours plus vite. Quelques petits gémissements qu'il tente de refouler s'échappent de sa gorge et me mènent au bord de l'anéantissement total. Mais nous ne pouvons pas nous permettre le bruit. À mon plus grand dam. Il le sait aussi bien que moi et trouve la manière parfaite de s'occuper la bouche.

Il se tourne légèrement vers moi tandis que l'une de ses mains quitte mon crâne et empoigne ma queue. Et il me gobe tout entier.

Bordel de merde ! Je vais mourir dans cet orgasme qui s'est à peine calmé au creux de mes reins. Sa langue est partout, ses lèvres également, sa bouche profonde et engageante. Dépravée. Affolante. Je balance des coups de bassin, adoptant le rythme du sien qui s'affole contre ma bouche. Nous ondulons ensemble, nous unissant dans le plaisir, l'extase devenant insupportable, lourde et étouffante. J'ai besoin de jouir !

Il entoure mes fesses de ses bras pour se stabiliser et baise ma bouche fort, toujours à une vitesse envoûtante, me suçant au même rythme. Je fais de même et le suis dans sa cadence infernale, à bout de souffle, de contrôle, de tout ! Cette tente est trop petite pour contenir notre passion. J'ai besoin d'air, besoin de jouir, bientôt, presque maintenant, tout de suite !

J'explose dans sa bouche, contre lui, et dans tous mes muscles. Mon corps tremble et convulse, mes doigts s'enfoncent dans ses fesses musclées et je tente de rester vivant. Il bascule à ce moment. Tout son corps secoué de spasmes violents, son cri étouffé par mon membre encore entre ses lèvres... J'aime tellement cette vision et ce son. Ils me parlent, touchent mon âme et dévoilent la pureté de ses sensations. C'est tellement simple et beau que j'ai l'impression de jouir avec lui, de partager son plaisir...

Je caresse paresseusement ses cuisses pendant qu'il relâche ma queue en se laissant tomber sur le dos, en nage. Je le rejoins en rampant. Nous nous enlaçons et échangeons un baiser profond, mélangeant ce que nous nous sommes volé. Un petit bout de vérité et de sincérité. Quelque chose qu'on ne peut pas jouer ni maquiller. Un moment de partage réel et profond. C'était beau, sensuel et addictif. Comme lui. Ma tête trouve une place sur son torse haletant, entre ses bras, et nous sombrons de nouveau dans le sommeil.

6 heures 50. J'embrasse le torse de l'homme endormi sous moi. Ses bras se resserrent lorsque je tente de m'extirper de notre câlin. Pour me sortir de ce traquenard plus qu'alléchant, je plonge mon menton au creux de son cou et l'embrasse, prenant grand soin de laisser ma barbe de trois jours chatouiller son épiderme sensible. Il s'esclaffe en frissonnant, sans réellement sortir de son sommeil, reprend ses bras,

se retourne et se rendort, le nez plongé dans mon oreiller, qu'il enlace affectueusement. Je dépose un baiser sur sa joue, ses lèvres esquissent un sourire et je m'impose la fuite. Je serais bien capable de tout envoyer balader pour me glisser à nouveau dans ses bras. J'attrape mon téléphone, des fringues propres, mon nécessaire de toilette et je file aux sanitaires.

7 heures 02. J'intercepte Damien qui traverse le camp dans le but, sans doute, de venir chuchoter devant notre tente qu'il est l'heure d'aller courir.

7 heures 20. Petite pause en haut d'une falaise, les pieds dans le vide, l'horizon devant les yeux, la paix au fond de l'âme. J'aime le sport pour ça. Il expulse tout. Le bon comme le moins bon. Il régule le corps et l'esprit. Il apaise les colères et élude les questions qui polluent le cerveau. Quand je cours, je transpire de multiples manières. Mon corps rejette les toxines, mon esprit expulse le surplus de pensées qui le brouillent et mon âme fait le tri, retrouve le bon chemin et ne me démange plus.

Je tends ma gourde à Damien qui reste silencieux à mes côtés, les joues rouges et le souffle court. Je crois que je dois lui parler. Parce que cet enfant a besoin qu'on lui parle. Certains gosses ont besoin d'affrontements et d'autorité. Damien, lui, a passé ce cap. À présent, il veut comprendre, apprendre et assimiler. Alors je me lance.

– Tu sais Damien… Je suis ton ami. Ça n'a rien à voir avec ton père…

Il hoche la tête, les yeux vissés à l'horizon.

– Je sais, il m'a expliqué. Ça veut dire que si je te raconte des choses que je ne veux pas qu'il sache ou si je fais un truc nul, tu ne lui diras pas ?

– Tu veux dire comme de vrais potes ? Garder tes secrets et éviter qu'il te passe un savon si tu déconnes ?

Il retient un rire.

– Oui, c'est un peu ça. Même si je promets que je vais essayer de ne pas faire des trucs que je n'ai pas le droit de faire.

– Alors, dans les grandes lignes, oui, ça peut se passer comme ça.

– C'est quoi, « les grandes lignes » ?

– Les grandes lignes, ça veut dire que s'il s'agit de quelque chose vraiment important, je serai obligé d'en parler à ton père. Mais pour le reste, tu peux compter sur moi… Si tu veux discuter de boxe, de nanas, de pote, de mecs qui te gonflent, et de tout ce que tu veux, je suis ton homme. Pas besoin de mêler ton père à tout ça. Mais ce n'est pas pour ça qu'il faut le tenir écarté de toute ta vie… Je crois qu'il aimerait, au contraire, que tu partages un peu plus avec lui…

Il hoche la tête.

– Je sais. Tu sais, je crois que maman n'aime vraiment pas papa. Pourquoi les gens sont-ils méchants et racontent-ils des choses pas bien sur les autres ?

Je laisse mon regard errer sur la cime des arbres devant nous. Il est inutile de flinguer l'opinion qu'il a de sa mère, même si je n'en pense pas moins vu le peu que je sais sur son attitude. Mais Damien n'a certainement pas besoin qu'on foute le bordel dans son petit cerveau bien fait. Je préfère calmer le jeu et laisser la part belle à tout le monde.

– Parfois, les rapports entre les gens sont compliqués. J'imagine que ta maman aimait sincèrement ton papa. Et que, sans doute, ton papa a aimé ta maman aussi… Mais parfois, les gens ne sont pas faits pour être ensemble. Tristan aime les hommes, c'est comme ça. Ce n'est pas pour faire du mal à ta maman qu'il a choisi de la quitter. Mais elle l'a peut-être mal compris, et du coup elle doit être un peu fâchée…

– Oui. Sans doute. Mais papi et mamie aussi ils sont fâchés. Mais eux, ils n'étaient pas fiancés à papa !

Je passe une main autour de ses épaules en soupirant.

– Mon pauvre bonhomme… C'est compliqué. Je ne les connais pas, mais tes grands-parents aiment certainement beaucoup ta maman, c'est leur fille. Comme ton père t'aime énormément lui aussi. Et si quelqu'un te rendait triste, je pense qu'il détesterait cette personne, même sans la connaître, juste parce qu'elle t'a rendu triste… Tes grands-parents ont sans doute fait la même chose. Je pense que ce n'est pas qu'ils n'aiment pas ton père. C'est surtout qu'ils aiment ta maman. Tu comprends ?

Il réfléchit un instant…

– Oui, je vois. Mais moi, j'aime les deux. Papa et maman. Alors c'est pas facile.

– Tu n'as pas à prendre parti. Tu veux un conseil ?

Il hoche la tête.

– Je pense que tu devrais essayer de ne pas écouter tout ce que peuvent dire ta mère et tes grands-parents sur Tristan. Le mieux, c'est que tu apprennes à le découvrir par toi-même. C'est ton avis qui compte, pas celui des autres. C'est d'ailleurs vrai pour tout. Écoute, mais attends de découvrir avant de juger. Ton père t'aime énormément, Damien. Et ça, c'est une richesse inestimable. Même s'il a des défauts. On en a tous.

Il secoue la tête.

– Non, c'est pas vrai ! Toi, tu n'en as pas !

J'éclate de rire.

– Oh putain, si, j'en ai !

– Des petits alors, parce que je ne les vois pas !

– Mais tu ne vis pas avec moi, mon pote ! Je suis chiant, c'est dingue ! Et je m'énerve souvent…

– Ah ben, moi aussi !

– Et je déteste faire la vaisselle !

– Moi aussi !

– Et je ne supporte pas le gel douche à la menthe.

– Hein ? Je ne savais même pas que ça existait !

– Malheureusement, si ! On a l'impression que ça refroidit tous les muscles, c'est super désagréable. J'ai un pote qui m'en a filé à la salle de sports, je lui ai renvoyé le flacon dans la tronche. Il a eu un bleu à l'œil !

Le gamin éclate de rire.

– Il n'a pas dû être content !

– Non, pas vraiment. Mais Milan est un très bon ami, alors il n'a rien dit. Mais il m'a invité le soir au resto et a demandé à un cuisinier qu'il connaissait de mettre du piment dans mes lasagnes. J'ai dû boire trois litres d'eau dans la soirée. C'est un enfoiré !

Damien se marre tout seul.

– Ils sont cool tes potes !

– Ouais, ça le fait. Mais tu sais, ton père est cool aussi…

Il ne répond pas. J'insiste.

– Il est simplement ton père, et il a un rôle important à jouer. C'est normal que tu le trouves chiant, mais il fait ça pour ton bien… Et en plus, il apprend le rôle, puisqu'il n'a pas eu de père lui-même…

Il hoche la tête.

– Je sais. Mais un père, c'est pas toujours drôle. J'ai horreur de faire mes devoirs avec lui ! En plus, il sait toujours tout sans regarder les réponses. Et pas moi. Ça m'énerve !

Je m'esclaffe.

– C'est génial au contraire ! Si je t'aidais à faire tes devoirs, c'est toi qui m'apprendrais des trucs ! Tu sais, je n'ai jamais été un crack à l'école. Et comme je boxais, mon père ne me forçait jamais à apprendre mes leçons. Aujourd'hui, je le regrette…

Il s'anime vivement, pas d'accord avec moi visiblement.

– Mais c'est cool au contraire ! Je préfère boxer !

– Mais je ne boxe plus, Damien, je te rappelle ! Et si je n'étais pas tombé sur Bob, je serais à la rue aujourd'hui ! Je peux te dire que si j'étais ton père, je te prendrais la tête pour que tu connaisses tes cours par cœur, à la virgule près !

– Hein ?

Il paraît outré par l'info ! Je confirme :

– Évidemment ! Hors de question de te laisser faire n'importe quoi !

Il grimace puis soupire de soulagement.

– Oui, ben je te préfère en copain, et papa en papa…

– Tu vois, la vie est bien faite, finalement !

Il hoche la tête et repart dans la contemplation du ciel magnifique en face de nous. Le calme fait du bien. Parfois, certains silences scellent les paroles, et je pense que c'est le cas ici…

Il ne semble pas non plus importuné par cet ange qui passe, mais le rompt néanmoins d'une petite voix presque timide, mais affirmée tout de même.

– Tu l'aimes comment ?

Il me prend de court. Il n'attend même pas ma réponse et continue.

– Tu sais, ma mère. Elle a eu beaucoup d'amoureux. Et ils sont tous partis. À chaque fois, elle est triste. Elle ne mange plus et mamie Flore vient à la maison avec des cookies qu'elle a fait chez elle. Puis elles parlent beaucoup et maman se sent mieux.

Il s'interrompt pour observer ses pieds.

– Mon papa… il n'a plus de mère. Ni de père. Et mon arrière-grand-mère, elle est morte aussi. Si tu faisais comme les copains de maman, personne ne viendrait avec des cookies pour le faire sourire. Et moi, je ne sais faire que des burgers au micro-ondes.

Bon, clairement, il me plombe le moral à une vitesse phénoménale. Il me donne envie de courir jusqu'à la tente pour serrer Tristan dans mes bras le plus fort que je le peux, lui promettre l'éternité et tout ce qu'il voudrait pour sculpter ce sourire de manière définitive sur ses lèvres. Je me sens coupable de l'avoir laissé seul, même une heure. Il réveille un instinct de protection presque incroyable qui me tord le cœur atrocement. Mais il ne s'en rend évidemment pas compte. Parfois, les mots des enfants sont simples mais tellement criants de vérité. Il continue.

– Et papa, il sourit en ce moment. Il me fait des câlins et il m'explique des choses. J'aime bien ce papa-là. Je ne veux pas qu'il soit triste encore.

Je ne sais pas comment c'est arrivé, mais j'ai l'impression de me prendre une morale d'enfer d'un père à qui je demanderais son fils en mariage. Damien me place face aux responsabilités que je prends, sans trop le réaliser, en jouant au jeu des sentiments avec Tristan. Et en même temps, ce qu'il dit me réchauffe le cœur.

– Tu crois que c'est moi qui le rends heureux ?

Il hausse les épaules.

– J'en sais rien, moi ! Mais je veux que ça reste comme ça.

Traduisons : « Donc, Marlone, démerde-toi comme tu veux, mais fais-en sorte de garder mon père heureux et souriant ».

Ben voyons. J'aurais bien envie de lui promettre de m'y employer, mais franchement, qu'est-ce que j'y connais, moi, à ce genre de trucs ? Depuis deux jours, je me réveille aux côtés d'un homme, le même, dans ses bras, et c'est une première pour moi... Alors promettre quoi que ce soit sur le long terme... Autant promettre que la fin du monde n'est pas pour maintenant ! C'est une science au moins aussi fiable que celle qui dit que j'arriverai à rendre un homme heureux.

Cependant, il faut pourtant que je réponde à ce gamin qui me confie son père, tout autant que je dois me décider à tenter ou non ce fameux nouveau challenge qu'il me propose.

Rendre heureux son père. Est-ce impossible ? Est-ce que je crois, réellement, que deux hommes peuvent construire quelque chose de solide ensemble ? Avec un Damien au milieu de tout ça ?

Si je me plante il y aura trois malheureux. Tristan, son fils et moi, aussi. Parce que j'en ai énormément envie. Mais une défaite sur ce terrain prouverait qu'ils avaient raison et me poserait face à cette réalité que je ne veux pas croire. Il est facile de dire : « ils se trompaient », tant qu'on n'essaye pas de prouver qu'ils avaient réellement tort. C'est comme regarder un mec boxer de loin et se persuader qu'on est plus fort que lui. Mais le jour du combat, la certitude chancelle vachement et ce moment de vérité fout la trouille. Parce que, soit il nous donne raison, soit il nous donne tort et détruit tous les espoirs qui nous faisaient avancer.

J'en suis là avec Tristan. Et… je suis un compétiteur. L'idée, c'est de justement croire en ce qu'on entreprend et de ne pas envisager la chute. Parce que si elle n'existe pas, alors elle ne peut jamais arriver, n'est-ce pas ? Un genou posé à terre peut éventuellement se produire, mais c'est tout.

Je fourrage les cheveux de Damien, ce grand garçon qui prend soin de son père sans même s'en rendre compte. Cet enfant pétri de sensibilité mais qui ne sait pas la montrer. Ce cœur qui bat, qui aime, et qui s'inquiète.

– Pas de stress. On va faire les choses bien.

C'est tout ce que je peux lui promettre. Il me sourit, semblant satisfait.

– Et on pourra courir ? Tous les matins ? Papa, il court aussi, des fois.

– On verra. Pas de plan. Mais, tout de suite, on peut courir, oui. On y retourne ?

Il hoche la tête en sautant sur ses pieds.

– Et sinon, papa veut bien m'inscrire dans une salle de boxe. Ou dans un cours de danse, il m'a dit. Je crois qu'il se moquait de moi. Je ne suis pas une…

Il jette un œil vers moi. Je fronce les sourcils.

– … une fille. J'aime pas danser !

Parfait ! Terme choisi avec application. Je commence à trottiner pour rejoindre le chemin du retour.

– Moi, j'aime bien danser. Le hip-hop, c'est top ! J'aimerais bien savoir en faire.

Il grimace en adoptant mon rythme.

– Beurk !

– Tu connais le hip-hop au moins ?

– Nan ! Mais c'est de la danse ! Ça me suffit pour détester !

– Eh, bien tu as tort ! Tu demanderas à Tina, c'est une pro ! Elle assure grave !

– Ben normal, c'est une fille !

– Tu sais quoi, Damien ?

– Quoi ?

– Parfois, tu es très intelligent. Mais parfois, tu es très con ! Cours au lieu de raconter n'importe quoi !

– Pff….

Il se tait et se met à courir.

J'aimerais dire que je n'étais pas pressé de rejoindre le camp. J'aimerais avouer que lorsque j'ai réalisé qu'il dormait encore quand nous sommes arrivés devant les tentes, je n'en ai rien eu à foutre. J'aimerais affirmer que Tristan n'est qu'un homme qui passe et que ce qui se construit entre nous n'est pas important.

Oui, j'aimerais pouvoir raconter tout ça. Sauf que ce serait la plus grosse connerie du siècle. J'ai couru plus vite au retour, au grand dam de mon partenaire de footing. Et quand j'ai constaté que la tente était encore fermée et qu'il n'était pas debout, je me suis précipité vers notre cocon. Parce que oui, il est important. Oui, il fait défaillir quelque chose au fond de moi. Et ces petits picotements qui chatouillent mon cœur quand je m'apprête à le retrouver sont addictifs.

Je referme la tente derrière moi, un café piqué à Tina à la main, et me penche sur lui pour embrasser sa joue. Il n'a pas bougé depuis mon départ et semble sereinement embourbé dans un sommeil bienfaiteur.

Le contact de mes lèvres lui inspire un sourire. Il ouvre les paupières. Je réitère mon attention avant de m'asseoir à ses côtés. Il se redresse en se frottant les yeux, perdu entre le rêve et la réalité, dans ce petit moment où tout se mélange dans l'esprit.

Je lui tends son café.

– Appelle-moi Rosalie…

Il me sourit en se redressant et attrape la tasse en souriant.

– C'est Rosita. Et tu n'as pas le gobelet à emporter…

J'embrasse son front.

– Laisse-moi le temps de m'organiser.

– Aucunement. C'est déjà parfait… Il est quelle heure ?

– 8 heures 20. Prends ton temps, nous partons dans une heure et les douches sont prises d'assaut… J'ai demandé à Damien de nous prévenir quand tu pourras y aller.

Il s'étire en faisant craquer sa nuque.

– Je suis désolé de dormir comme ça. Je crois que l'air de la forêt me fait vraiment du bien.

Je me penche pour embrasser son cou pendant qu'il boit son café.

– Alors nous reviendrons… Tous les deux cette fois… Et je te servirai du café dans un gobelet, à l'heure que tu désires. Même à midi si ça te fait du bien de dormir.

Tout pour lui. J'ai une telle envie de l'entourer de tout un tas d'attentions, de lui faire du bien, de toutes les manières que ce soit…

Il se tourne vivement vers moi, l'air plus que surpris. J'ai l'impression de retomber lourdement sur terre.

– Quoi ?

Il ouvre la bouche, l'air perdu, puis porte sa tasse à ses lèvres, se décidant à ne rien dire…

Je me déplace pour m'installer derrière lui et quémander un câlin.

– Si tu préfères, on peut aussi aller ailleurs… La mer ? La montagne ? La ville ?

– Je… je ne sais pas… je… je me réveille.

Il semble troublé, ou peut-être simplement encore dans son sommeil. Je n'arrive pas à le décrypter. Le mieux est de le croire sur parole.

Je ne sais pas comment il a fait ça ni pourquoi je suis aussi réactif à lui, mais le résultat est là. Pas de doute, je suis un ado de quinze ans qui découvre les sentiments. Je l'oblige à allonger son dos contre mon torse et l'enlace pendant qu'il termine sa tasse. J'embrasse son cou, caresse ses bras, plonge mon visage dans le creux de son cou et me repais de ce qu'il m'offre.

La voix de son fils nous sort de ce petit moment volé.

– Salut papa ! C'est bon, il y a deux douches de libres !

– Merci Dami !

– De rien ! Je vais me baigner dans le lac avec Tina et Samuel ! Elle est fraîche, mais bon, Léa dit qu'elle nage mieux que moi, et on sait tous que c'est faux ! Salut !

Son ombre disparaît. Son père soupire en terminant son café.

– Bon, je suppose que je dois me bouger…

Il semble trop bien dans mes bras que je resserre pour le garder contre moi encore un petit instant.

– Si tu veux on peut retourner dans le lac ?

Il s'esclaffe.

– Je sais ce que vous faites aux hommes que vous attirez dans ce lac, Monsieur le boxeur trop sexy…

– Merde ! Démasqué !

J'embrasse son cou et sa main vient caresser ma nuque pour m'encourager à continuer. Putain, j'adore ça ! J'en banderais presque. Bon, ben en fait j'en bande, soyons clairs. Surtout quand son petit cul vient s'animer contre mon membre…. Je ronronne d'envie, prêt à un petit moment intime sympathique, mais il est la voix de la raison, malheureusement. Il se dégage doucement de mes bras.

– Je vais me doucher. Je crois qu'il est plus que temps.

– Ouais ! Je vais me rafraîchir les idées dans le lac et faire la course avec ton fils et sa pote !

Il attrape sa trousse de toilette en ricanant.

– Voilà ! Fais ça. Et tente de ne pas nous faire honte ! Damien nage très bien !

– Je vais essayer…

Il dépose un baiser sur mes lèvres.

– Bonne chance, beau mec. À tout de suite…

Je le regarde sortir de notre petit nid et prends un petit temps pour moi. J'ai cette impression d'avoir fait un truc qu'il ne fallait pas, mais je n'en suis pas certain. Je me sens un peu perdu. Dois-je m'arrêter à un feeling ou non ?

Non. On verra bien.

Sweet Summer

Marlone : Valentin, j'attends la fin de ton histoire de chiottes… T'es sorti ?

Dorian : J'espère quand même, c'était il y a 6 h ! Remarque, on n'a pas de news. Val ? T'es là ? Tout va bien ?

Valentin : Ah, Ah, Ah... Je ne répondrai pas à ce genre de questions débiles. Marlone, des news du front ? Comment ça se passe avec Papa Torride ?

Marlone : Ça se passe. Je le sens un peu distant... mais d'un autre côté, nous ne sommes pas seuls, il y a les autres parents, les enfants... et accessoirement, je bosse. On va faire du rafting, là. Pas vraiment propice à l'intimité non plus !

Dorian : OK, mais sinon ? Vu que Milan n'est pas là pour nous sortir une métaphore farfelue, j'essaye de le remplacer. Donc : la taupe a-t-elle visité la taupinière ?

Valentin : Dorian, je suis fan !

Dorian : Merci, merci !

Marlone : Pas mal ! Et non. Il est où Milan, au fait ?

Dorian : Il ne capte plus là où ils sont. Il revient bientôt. Je l'ai eu ce matin au téléphone pour le boulot. Bref. Donc, Marlone ? Non ?

Marlone : Non. Mais... je ne sais pas. Oui, j'ai trop envie... Mais ce n'est pas l'important. Est-ce que vous croyez que je suis au niveau ? Je veux dire... Et si je me plante ? Ce mec est parfait... C'est pas mon cas ! Il est avocat et je suis un boxeur raté... Il a un fils et moi... j'ai à peu près l'âge mental de Damien...

Valentin : Arrête Marl, c'est débile. Tu es loin d'être un crétin, sinon, je ne te parlerais pas. Et tu es putain de sexy ! À faire bander une nonne.

Dorian : Val, je sais que le sexe féminin n'est pas trop ton fort, mais il est quand même temps que je te révèle un truc. Une nonne ne bande pas. Un moine, un prêtre, OK. Mais les nonnes, oublie.

Valentin : Sans déconner ? Merde, tout un monde s'écroule ! Et donc, comment font-elles pour éjaculer ? Ne me dis pas qu'elles gardent tout en elles ?

Dorian : Ben si.

Valentin : Je n'ose imaginer la taille des testicules ! Putain ! THE révélation de l'année !

Marlone : T'es con ! Bon, sinon...

Dorian : Sinon, arrête avec tes questions. C'est nous qui les posons. Toi, tu kiffes et tu ne te prends pas la tête... Occupe-toi de ta taupe.

Marlone : Ou de la sienne. Ça va dans les deux sens.

Dorian : Oui, bon. Bref !

Valentin : J'adore comment vous êtes cons ! Bon, je vous laisse, je dois refaire le plein de Wax[3].

Dorian : Bizz les loulous... Val, la Wax c'est pour le surf ou c'est personnel ?

Marlone : MDR...

Valentin : J'ai envie de me beurrer la planche, conclus-en ce que tu veux ! Ciao !

Marlone

– Les règles sont simples. Quand je dis : « arrière gauche », les rameurs de gauche pagaient en arrière. Et pareil quand je dis droite, ou avant !

Assis à l'arrière du raft, je répète une énième fois les consignes aux parents et enfants assis devant moi. Je pense que tout le monde a compris, j'en suis à la quatrième redite. Même si Courtîmes ne semble pas plus écouter que les premières fois. C'est à lui que je m'adresse pourtant, mais il s'en fout, ou en tout cas, peaufine l'attitude hautaine du mec qui sait déjà tout et donc ne se sent pas concerné.

Les autres n'attendent que le moment de partir et commencent à se lasser, mais tant pis. Se lancer dans un parcours à sept nécessite une cohésion parfaite pour que l'expérience soit sympa. C'est d'ailleurs un très bon exercice pour faire comprendre aux enfants que l'unité prévaut toujours sur l'individualisme. Et c'est mon job de leur apprendre ce genre de notion. N'en déplaise à ce gros con.

Je hausse la voix à son attention.

– Monsieur Courtîmes, est-ce que tout est clair ?

Il arrête sa conversation avec son fils positionné derrière lui et me jette un regard énervé.

– Je sais ce que j'ai à faire, je dirigerai mon fils !

– Non ! Pas possible. C'est moi qui dirige l'ensemble de l'équipe.

Il hausse un sourcil, insupportable !

– Et qui dit ça ?

---

[3] Wax : Terme pour désigner la cire utilisée sur les planches de surf, entre autres.

Je jette un œil à Tristan qui me fixe en serrant les dents, visiblement excédé. Je ne perds pas mon aplomb. Des abrutis, j'en ai déjà affronté pas mal.

– Moi. Je suis guide de rivière diplômé, ce qui n'est pas votre cas, sauf erreur. J'engage ma responsabilité sur ce raft, et donc, j'attends que tout l'équipage joue le jeu. Si cela vous pose un problème, alors je vous en prie, la berge est là…

Nos regards s'affrontent un moment. Ni lui ni moi ne lâchons du lest. J'ajoute :

– Une équipe a toujours besoin d'un leader pour harmoniser le travail de chacun. Ce n'est pas un jugement de valeur. Chacun est important et doit tenir son rôle. Vous pagayez, et moi je guide.

– Ben voyons ! À nous le sale boulot pour suivre vos petits désirs comme des moutons !

Cette fois, il me saoule.

– Vous avez déjà tenté de ne pas suivre mes règles, Monsieur Courtîmes, lors de la balade en forêt d'hier, et nous avons tous admiré le résultat. J'aurais pensé que cette expérience vous aurait fait admettre que certaines règles sont bonnes à respecter !

– Si vous nous aviez fourni un matériel adéquat, rien de tout cela ne se serait produit !

– Mais vous n'étiez pas censé emprunter le chemin que vous avez choisi, je n'avais donc pas à vous fournir quoi que ce soit. Les consignes étaient simples : Le parcours « bleu »… Si vous souffrez de daltonisme, il aurait fallu le notifier sur les fiches de renseignements remplies lors de l'inscription !

– Nous avions envie de corser le niveau.

– Et vous avez donc mis en danger trois enfants. Ainsi que Monsieur Veynes et moi-même, qui avons dû vous sortir du pétrin dans lequel vous vous étiez fourrés !

Il se rebiffe, acide et de plus en plus abruti :

– Je n'avais pas besoin que Veynes vienne jouer les superhéros ! Comme s'il pouvait se révéler d'une utilité quelconque.

Un silence se pose lourdement sur l'équipe installée dans le raft. Tina, qui ne manque rien de l'altercation depuis l'autre raft, en attente à côté de nous, me lance un regard inquiet, mais je n'y prête pas attention.

Tristan dévisage l'enfoiré d'un air serein et seuls les muscles tendus de sa mâchoire trahissent son agacement. L'autre soutient son regard, presque souriant, fier de sa petite pique. Tristan se racle la gorge et déclare d'une voix très calme.

– Marlone, je crois que le daltonisme n'est pas le principal problème de David. Le cerveau est beaucoup plus atteint que ça, en réalité ! Mais nous ne pouvons pas lui en vouloir, il n'y est certainement pour rien, en définitive !

– Pauvre con !

Cette fois c'est la goutte d'eau. Je m'apprête à rétorquer lorsqu'un autre parent, membre de notre bordée, prend la parole. De mémoire, c'est lui qui discutait avec Tristan hier soir. Et qui nous a vus partir tous les deux au milieu de la soirée.

– Bon, ça va être simple ! Monsieur, jusqu'à présent, j'ai été patient ! Je suis venu ici pour passer un bon moment avec mon fils, mais depuis le début, vous vous évertuez à le gâcher avec votre attitude. Je ne tiens pas à faire cette séance de rafting dans le même raft que vous, ce serait suicidaire ! Donc, si vous n'êtes pas capable de suivre les règles, vous dégagez. C'est aussi simple que ça !

Courtîmes se tourne vers Julien, le père fatigué de son cinéma, en lui adressant un regard de tueur. Sauf que le fameux Julien ne semble pas être un enfant de chœur, et son fils, Mathias, est un « dur de chez dur » dont s'occupe Samuel. Je crois que Courtîmes est très mal tombé avec lui.

– Monsieur, vous ne savez pas de qui vous prenez le parti ! Monsieur Veynes est…

– … Tout à fait agréable et, je suppose, présent ici pour se détendre. Je n'ai aucun souci avec Tristan. Dégagez de ce raft, maintenant ou je vais vraiment commencer à m'énerver.

Je jubile, et décide d'en finir pour éviter un débordement.

– Monsieur Courtîmes, je pense que Julien a raison. Pour le bien des autres participants, je vous demanderai de quitter ce raft.

Le con pose un regard sur l'ensemble de l'équipage qui ne bronche pas, et surtout ne semble pas prendre sa défense, et se décide.

– Très bien. Mais vous allez en entendre parler. Théo, tu viens.

Le gamin couine de déception.

– Mais papa ! Il suffit de suivre les directives ! Je veux faire du rafting !

– THÉO, TU VIENS !

Le père est fou de rage et se contient difficilement. Mais son gosse n'est pas d'accord et lui tient tête. Je n'ai qu'une chose à dire à ce sujet, que je garde pour moi : élevez votre gosse dans le mauvais sens, et tout se retourne contre vous. Ce qui se passe en ce moment en est le parfait exemple. Bien fait pour sa tronche. Je n'interviens pas.

– NON ! Moi, je suis d'accord pour suivre les consignes ! J'ai le droit de rester ! Pas vrai, Marlone ?

Je hoche la tête. Toutes les personnes des deux embarcations se tournent vers le père débile. J'observe Tristan du coin de l'œil qui remercie Julien d'un signe de tête. Ce dernier lui fait comprendre que ce n'est rien d'un geste de la main.

En attendant, nous perdons du temps et les membres du club de rafting qui nous louent les bateaux s'impatientent. Je prends la décision.

– Je garde Théo. Monsieur, retrouvez-nous en bas. Un membre du club vous expliquera le chemin pédestre pour s'y rendre. Suivez la bonne couleur, pour une fois ! Les gars, on y va !

Théo jubile, tout comme Tristan et Damien, mais pas exactement pour les mêmes raisons. Un sourire aux lèvres, je me lance dans le guidage de notre raft et nous nous lançons à l'attaque des rapides de la rivière… Dans la joie et la bonne humeur !

CHAPITRE 9 ~1

Tristan

Je crois que Damien aime le rafting. Et aimer, c'est peu dire. Sur le chemin du retour, à travers la forêt, il saute partout, surexcité et heureux. Il se montre clairement insupportable avec ses copines, mais je le laisse se prendre des retours fracassants des deux filles, qui sont loin d'avoir leurs langues dans leur poche.

– On a gagné, on a gagné !

– Y avait rien à gagner, tête de flan !

– Justement, c'est là qu'on est forts, on a gagné quand même !

– Continue comme ça, Dami, et tu dors dehors !

– Ben, on verra !

– Je vais mettre des araignées dans ton duvet !

– Hein ?

Mon fils n'aime pas les araignées, il faut le savoir !

En attendant, malgré les quelques fois où j'ai tenté de calmer les ardeurs de mon fils, ils n'ont pas arrêté de se taquiner pendant tout le chemin. C'est donc avec un profond soulagement que je rejoins la tente pour récupérer mon portable et m'éloigner un peu de mon enfant, en pleine forme malgré les efforts du jour. Il n'a plus besoin de moi. Samuel a organisé une chasse au trésor sous-marine autour du ponton, réservée aux pensionnaires du camp, c'est-à-dire les fous furieux qui nous servent d'enfants.

Marlone s'engouffre dans la tente pendant que j'allume mon téléphone, rangé dans le fond de mon sac depuis le début du séjour. Il se laisse lourdement tomber sur mon dos et m'enlace, ses mains glissant entre mon ventre et le matelas jusqu'à mon membre. Ses lèvres soudées à ma nuque, il entame un déhanchement du bassin contre mes fesses, chaud bouillant, voire torride et irrésistible. J'abandonne mon téléphone pour me consacrer à cette tension qui vrille déjà mes sens.

– J'ai laissé sortir le diable… L'ange est en grève.

Je m'esclaffe pendant qu'il joue de mon corps comme un pro, faisant crépiter l'atmosphère de cette tente qui en aura vu des choses, décidément. Ce type qui m'est tombé dessus, tel un démon sur ma pauvre vie pathétique, est réellement sensuellement parfait. Je craque complètement.

Mon téléphone se met à vibrer bruyamment devant moi. Réception de plusieurs SMS. Ceux que j'attendais. Le petit épisode dans le raft avec Courtîmes tout à l'heure m'a rendu dingue. Je ne supporte plus ce type. Je suis réellement pressé d'en finir !

– Attends !

– Je sais pas…

Il mordille mon épaule par-dessus mon t-shirt en massant mon sexe. J'essaye de consulter mes messages, ce qui n'est pas simple avec Marlone qui accapare presque trop facilement toutes mes pensées.

Mais j'y arrive finalement… Jeanne m'informe que j'ai reçu toutes les confirmations que j'attendais sur ma boîte mail… Je cherche mes lunettes dans mon sac. Parce que oui, je fais le malin comme ça, mais en fait, j'en ai besoin… bref, ce n'est pas le sujet.

– Oh, putain… tes lunettes… Je t'en prie, laisse-moi te sucer pendant que tu les portes, j'en meurs d'envie… Consulte ton téléphone, si tu veux, même… Je me ferai tout petit, tu ne sentiras presque rien ! Maître, je demande la clémence du jury, j'ai été sage…

J'éclate de rire alors qu'il me retourne comme une crêpe et relève mon t-shirt sur mon torse.

– Quand je dis te sucer, je ne parle pas simplement de ton engin de torture magique… Je parle de tout…

Il pose sa bouche sur l'un de mes tétons et commence à le sucer assidûment. Je me cambre en tentant de me rappeler sur quelle icône je dois taper pour accéder à mes mails. Je ne juge pas utile de préciser que je consulte mes mails au moins dix fois par jour via ce téléphone, dans ma vraie vie… Bref… Marlone s'attaque au second téton, incitant ma gorge à émettre un gémissement traître et bruyant.

– Marl… S'il te plaît, nous sommes loin d'être seuls ici…

– Mmm…

Sa langue s'enroule à ce petit bout de chair plus que réactif. Mes dents se plantent dans ma lèvre pour contenir un nouveau soupir de plaisir. Il a raison, je ne suis pas du tout discret dans l'intimité !

Ma boîte mail s'ouvre… Et…

– Putain, merde ! Pas de 4G !

Mon amant se redresse.

– Ah ben non, t'es en forêt, pour info…

– Merde ! Je viens de recevoir les infos de ma secrétaire, sur David…

Marlone s'assied sur ses talons, le dos courbé contre le toit de la tente.

– Ah oui, merde ! Pour le coup, c'est important.

Je hoche la tête.

– Oui. De toute manière, je vais avoir besoin d'un PC pour consulter les dossiers… Je pensais pouvoir attendre mon retour quand je lui ai demandé ces recherches, mais si je pouvais lui expliquer mon point de vue avant ça… Ce serait vraiment une bonne chose. Ce mec me ressort par le cul.

Il hausse un sourcil amusé puis soulève mes fesses en se penchant.

– Montre ? Ça doit être quelque chose !

Je m'esclaffe en levant mon téléphone au-dessus de moi, à bout de bras. Réflexe stupide, je veux bien l'admettre.

– Bon, je vais retourner au cabinet, rapidement…

– Si tu veux… J'ai un PC au camp. C'est beaucoup moins loin… Et pour le moment, c'est Tina et Samuel qui gèrent les trolls… Je peux t'y accompagner. On y va ?

Il me sourit, se penche vers moi…

– Et après, on reprend… Et tu gardes tes lunettes…

Comment résister à ce mec sublime qui me réclame ? Je n'essaye même pas. J'abdique avant toute tentative. Je me redresse et l'embrasse.

– OK. Et maintenant, tu veux bien me laisser dix bonnes minutes, seul sous cette tente ?

Il semble perplexe. Je désigne mon entrejambe.

– Histoire que personne ne croit que j'ai foutu un piquet de tente dans mon caleçon !

– Ah ! OK, opération débandage… Je te laisse… On prend ta voiture du coup, puisque je suis venu en car… Je peux conduire ?

Je trouve mes clés et lui balance.

– Merci. Je préviens Tina… Et… ne débande pas trop quand même…

Il disparaît, et moi, je souris comme un niais... Je me demande vraiment où tout ceci va nous mener... Une chose est sûre, je suis amoureux. Même à moitié fou de lui... et dépendant, c'est une certitude.

Nous voilà sur ce parking, à l'endroit même où j'ai flashé sur lui, sans aucune raison valable, à part son physique ravageur. Le voir au volant de cette même voiture dans laquelle je me planquais est déstabilisant. C'était il y a à peine dix jours, et j'ai l'impression que c'était dans une autre vie. Même moi, je me sens différent. Moins terne.

Il reprend sa main qu'il avait posée sur ma cuisse et ouvre sa portière.

– Viens, ils sont tous partis en excursion. Nous avons le camp pour nous.

Je le rattrape et le laisse me guider jusqu'au premier étage du bâtiment A. Nous traversons le couloir jusqu'à sa porte qu'il déverrouille avant de me laisser entrer. Puis il me suit, nous enferme et attrape mon bras pour l'attirer à lui. Ses yeux plongent dans les miens, la flamme habituelle qui les anime transformée en brasier sauvage et menaçant.

– Avant toute chose... Je vais te faire l'amour.

Comme ça, c'est clair. Ses bras m'enveloppent et me pressent contre lui. Ses lèvres trouvent ma peau et la recouvrent d'attention, la lèchent, la mordillent et la vénèrent.

Il jette ses clés au sol, retire mon t-shirt et déboutonne mon short en une fraction de seconde. Mon cœur bat trop vite... J'ai l'impression d'être redevenu vierge et un trac de fou trouble mes gestes. Mes mains tremblent en tentant de le déshabiller, alors que les siennes prennent possession de ma peau, flattant mes flancs et chatouillant mes côtes.

Entre ses lèvres, ses doigts, ses bras et son corps, paradoxalement, je me sens perdu et tout à fait à ma place. Je ne sais plus si c'est bien ou mal de franchir ce dernier cap. Mon corps en a envie, mon cœur aussi, mais mon âme est terrorisée.

Mon amant le sent et s'interrompt quelques instants. Puis, comme pour me rassurer, pose ses paumes sur mes joues et m'embrasse avec passion et douceur. Je passe mes bras autour de ses épaules et le laisse me guider jusqu'à son lit, sur lequel il m'allonge avec précaution. Comme si j'étais la chose la plus précieuse qu'il n'ait jamais manipulée.

À partir de là, il oublie la précipitation et prend son temps. Sa bouche se déplace sur mon corps et s'évertue à l'enflammer. Ses mains accompagnent ses baisers et effleurent mon épiderme, attisant les frissons qui me parcourent. J'attrape son polo et l'en déleste. Puis je tends le bras pour m'occuper de son bermuda. Tout est tendre et attentionné. Tout s'envole dans un nouvel univers de passion maîtrisée et profonde. De respect et de sentiments. Ce n'est pas du sexe, c'est beaucoup plus.

Je le remercie intérieurement de nous avoir emportés sur ce terrain plus rassurant. Nous ne sommes plus dans la performance, mais bien dans l'échange. Son expérience étant ce qu'elle est, ça m'aide beaucoup à me sentir à ma place.

Nos deux corps nus se soudent l'un à l'autre lorsqu'il s'allonge à mes côtés. Nos mains se cherchent et se trouvent, nos sexes battent l'un contre l'autre et nos bouches ne se quittent plus. Mon souffle s'accélère, mon bassin s'anime et mes doigts profitent de ce corps parfait qui s'offre à eux. Je rejette la tête en arrière pour le laisser dévorer mon cou, ses mains attrapent les miennes, nos doigts s'emmêlent, et il s'arrange pour me faire tendre les bras afin de m'empêcher de le toucher. Il me recouvre de son corps et m'immobilise contre le matelas.

Pas un mot, juste des regards et nos peaux qui se découvrent. Et je suis en transe. Son membre longe le mien dans des mouvements langoureux et posés. Sa bouche caresse la mienne, sa langue, mes lèvres.

Allongé en croix sur le lit, privé de l'usage de mes mains, j'écarte les jambes et pousse mon bassin contre le sien, en essayant de m'extraire de son emprise. De retrouver ma liberté. J'ai soif de toucher, besoin de le faire mien, envie de me l'approprier…

Mais il ne cède sur rien. Ses doigts emprisonnent les miens, son corps garde son rythme insolent et entêtant, et ses lèvres ne m'offrent pas la perdition dont j'ai besoin. Ma queue demande plus, mon corps supplie davantage et ma gorge se serre dans une série de gémissements incontrôlables et désespérés.

Je suis en sueur, haletant, alors qu'il ne fait presque rien. Trop pour me calmer, pas assez pour m'assouvir… Tout en maîtrise, il continue encore et encore ses effleurements. Je perds la tête, je gémis, je quémande, je remue, je soupire et me tords dans tous les sens.

– Marlone…

Il ronronne contre mes lèvres…

– Tu me veux ?

– Oui…

– Alors, prends-moi…

Il relâche tout et roule sur le dos en m'emportant avec lui, me libérant de son emprise. Je fonds sur ses lèvres et mes mains trouvent nos queues impatientes. Je dévore sa bouche et son menton, picorant sa peau en prenant le chemin de son ventre sans perdre de temps. Chacune de mes mains sur l'un de nos sexes, je nous branle avidement, le faisant geindre et trembler, augmentant l'ampleur de sa gaule, emporté dans une fureur sexuelle décuplée par l'attente qu'il m'a infligée.

Je le prends entre mes lèvres et le suce avidement, mes doigts tirant au même rythme sur mon sexe proche de l'agonie. Ses mains guident ma tête en accélérant mes mouvements, ses jambes s'écartent et son bassin adopte mon rythme.

Nous dévalons la pente de la luxure et plongeons dans l'indécence de notre plaisir trop retenu. Plus rien n'a de sens, plus rien ne compte. Sauf lui, sa queue, son cul. Il s'abandonne à moi un court instant et tend le bras vers le tiroir de sa table de chevet, puis envoie devant moi une capote et un flacon de gel.

– Prépare-moi, Tristan… Vite…

Je tressaille et me redresse, surpris. Il me lance un regard flou et enjôleur…

– Je n'ai pas de préférence… pas avec toi… tu décides… Tant que tu gardes tes lunettes.

Je ris discrètement, mais en réalité, mon cœur chavire devant cette attention. Oui, j'ai envie d'être celui qui prend, en tout cas aujourd'hui. Je n'ai pas de préférence non plus. Mais pour un retour aux choses sérieuses, je me sens plus à mon aise.

J'attrape le lubrifiant et en verse une bonne dose sur mes doigts en léchant sa queue comme si ma vie en dépendait. Son corps vibre et se tend, en demande plus en tremblant et danse au rythme de la pipe que je savoure. Je balance le flacon sur la couette, plus loin, et ses cuisses s'écartent au maximum.

Le corps de Marlone semble en transe, réactif au moindre contact. Sa respiration s'emballe, ses doigts s'accrochent à la couette et sa voix, suave et traînante, vient chatouiller mes fantasmes.

– Viens... Tristan...

Je laisse courir mes doigts sur son membre, descendre le long de son périnée, sans cesser de lécher ce membre étourdissant de sensualité. Je trouve son orifice et le taquine, en dessine le tour, frôle, puis continue plus bas, avant de revenir. Jouant avec ses nerfs et son désir.

– Tristan... Baise-moi !

J'enfile un index le long de son conduit d'un seul geste. Il se cambre en ahanant. J'adore être celui qui le rend comme ça. J'adore observer le plaisir le prendre à la gorge. J'adore toucher son corps et en disposer comme je l'entends. Ce corps parfaitement bandant. J'attrape ma queue et tente de soulager cette attente qui me rend fou. Mon poignet donne tout ce qu'il a dans ces va-et-vient qui ne me soulagent même pas. Mon doigt s'anime au fond de lui et le découvre, repart et revient, tandis que mes lèvres adoptent la cadence. Je le baise sans aucune pitié, laissant ma faim guider mes gestes. J'accélère, ajoute un doigt, puis le retire pour l'entendre pousser une plainte sourde avant de lui en offrir trois.

– Putain, putain !

Je n'arrive plus à accorder mes gestes, mon esprit dérape et s'emporte, dirigeant la suite des opérations. Je me retire en lâchant sa queue et me rue derrière lui en déroulant la capote sur mon membre.

Il attrape en urgence les oreillers au-dessus de sa tête et les cale sous ses reins... Ses reins... Ses fossettes...

– Retourne-toi !

Je ne reconnais plus ma voix, devenue grave et autoritaire... mais peu importe, il se retourne d'un mouvement souple et rapide, présentant son cul magnifique devant moi. J'attrape mon membre en tremblant, à bout de désir, et m'ajuste devant son orifice, mon autre main passant sur ses maudites fossettes absolument incendiaires.

– Bordel de merde, Marlone...

Il tortille du cul devant moi pour me narguer. Je ferme les yeux pour ne pas déjà attiser mon envie de jouir, beaucoup trop forte. Et je m'enfonce en lui en poussant une plainte de plaisir.

– Putain Tristan, si tu gémis, je jouis !

Je me mords la lèvre en attrapant ses hanches.

– Prends-moi… Maintenant…

J'entends sa supplique et obéis. Doucement, je m'enfonce jusqu'à la garde en savourant un moment sa chaleur et cette sensation de le faire mien. Sa chair autour de la mienne, son postérieur se dandinant sous mes yeux, activant le plaisir accroché à mes reins et à mon esprit. Je caresse son dos, ses reins, ses fossettes, son cul et sa peau parfaite, tentant de réaliser que c'est lui, Marlone, que je tiens au bout de ma queue…

– Putain, tu es vraiment trop beau…

Je me retire et cette fois, investis son intimité dans une poussée brutale et profonde qui lui arrache un cri. Je recule et réitère. Mon sang bout en lui, mes mains se crispent sur ses hanches et mes reins entrent dans une course folle impossible à arrêter. Je soupire et gémis, en harmonie avec lui qui ne retient pas le son de son extase. Il passe sa main sur son ventre et commence à se branler furieusement. Je m'affaisse contre lui, me retenant au matelas en le forçant à s'allonger et accélère mon allure.

Je le pilonne et il encaisse, en redemandant plus. Il tremble tandis qu'il se branle, gémissant, et projette son cul contre moi, encore et encore. Je me retire rapidement et attrape ses hanches.

– Je veux te voir !

Il se retourne une nouvelle fois. Je retrouve ma place et le prends à nouveau d'assaut. Il récupère son membre entre ses doigts pendant que ses yeux plongent dans les miens. Je m'enfonce sans le quitter du regard, me brûlant à cette flamme qui me fascine depuis la toute première fois, la laissant me consumer, crépiter entre nous et provoquer mon orgasme. Tout en moi s'étire et frissonne alors qu'une onde d'extase magnifique remonte de mes reins pour percuter mon cerveau qui éclate sous le poids de l'orgasme. Je pousse un cri libérateur qui l'attire avec moi au paradis. Il rejette la tête contre le matelas en tremblant, son sexe expulsant en même temps que moi le fruit de notre orgasme.

J'en prends plein les yeux, le cœur et l'esprit…. Cet homme, cet Apollon, jouissant, mon sexe planté au fond de lui, c'est… incroyable et magnifique.

Je m'étale sans énergie sur lui. Il ne perd pas de temps, retire mes lunettes et s'enroule à moi, le souffle court. Ses lèvres cherchent n'importe quoi à embrasser et se défoulent sur mon front, mes cheveux et mes joues, ne me laissant pas une seconde, me maintenant en apesanteur au milieu du plaisir. Cette douce sensation d'être aimé et important tient mon cœur en tenailles, m'interdisant de trembler pour la suite que j'imagine déjà fracassante. Demain arrivera bien assez vite, inutile de l'inviter dans notre moment d'éternité. Je me laisse aller à sa passion, lui rendant ses baisers, caressant son dos et ses bras. Toute cette peau tatouée et envoûtante qui me fait perdre la tête. Encore un moment. Quelques minutes. Quelques heures. Que la vie m'accorde le bonheur, encore et encore. J'y suis totalement accro…

La vie ne nous a accordé qu'une heure. Il a fallu que je consulte les dossiers que Jeanne m'avait envoyés, le PC de Marlone sur les genoux, blotti au creux de ses bras. Puis, nous nous sommes douchés et avons repris le chemin des responsabilités. Les siennes, le campement et les enfants. Et les miennes, Damien et le cas Courtîmes.

Il parque la voiture sous un arbre et pose sa tête contre son siège, me lançant un regard tendre et affectueux. Je jette un coup d'œil aux alentours et constatant que nous sommes absolument seuls sur ce parking, je me penche sur lui pour lui voler un dernier baiser profond et passionné. Le bout de ses doigts caresse mes joues, puis mes tempes, rallumant le désir aussi simplement qu'un claquement de doigts. Notre baiser s'éternise, nous maintenant encore un moment dans cet univers éphémère que nous avons construit.

Je m'écarte de lui, haletant et amoureux. Il me suffit de croiser son regard flou, en adoration, pour croire en l'avenir. J'en suis tellement certain que je me lance.

– Et après ?

Il me sourit puis ses yeux se posent sur un point devant lui, au loin, derrière moi. Son visage perd son sourire et se ferme. Je me redresse et me retourne pour comprendre. Courtîmes se trouve là, devant nous, les mains sur les hanches, un sourire de victoire aux lèvres. Marlone me pousse et sort de la voiture en trombe. Je me détache et le rejoins sur le parking alors qu'une discussion plus qu'animée a éclaté entre eux. Courtîmes le menace :

– Je savais bien que vous manigandiez quelque chose, vous deux ! Vous êtes répugnants ! Dégueulasses ! Vous, l'éducateur, votre carrière est finie !

Marlone perd son sang-froid :

– Je vais te défoncer la tronche pauvre connard ! Ma vie ne regarde que moi ! T'es jaloux parce que ta rombière est incapable de te sucer correctement ! Remarque, vu ta gueule on peut la comprendre !

Je rattrape de justesse le poing de Marlone en direction de David.

– On se calme.

L'autre enfoiré tente de me rembarrer.

– Toi, tu la fermes, espèce d'avocat miteux ! Va sucer des bites !

Cette fois, Marlone se rue sur lui attrape son col, le soulève et le fait reculer jusqu'à l'arbre plus proche.

– Retire tout de suite ce que tu viens de dire ou je te jure que je te défigure !

Courtîmes ne la ramène plus du tout... Il tremble devant le poing levé et le regard emporté de Marlone qui s'impatiente.

– Dépêche-toi, c'est un conseil ! Excuse-toi !

L'autre me jette un œil assassin. Puis se concentre sur mon boxeur, hors de lui. J'essaye de le calmer, attrape son bras.

– Calme-toi, on n'a pas besoin de ça !

Marlone siffle entre ses dents.

– Toi, peut-être, mais moi, si ! J'ai besoin d'emplafonner cette pauvre merde ! EXCUSE-TOI, BORDEL !

David ouvre la bouche, tremblant comme une feuille, les yeux rivés sur le poing de plus en plus serré de son agresseur.

– Je...

– Papa ?

Nous nous figeons tous les trois et tournons les yeux vers la petite voix éplorée. Théo. Marlone relâche aussitôt sa proie pour se diriger vers l'enfant.

– Théo !

David se réajuste en diffusant son venin une nouvelle fois. (Si vous voulez mon avis, c'est une très mauvaise idée !)

– Ne touchez pas mon fils, enfoiré de pédé !

Marlone se fige sans se retourner, les poings à nouveau serrés. Je m'intercale entre eux avant la catastrophe.

– Ça suffit, maintenant !

Théo s'en mêle.

– Pourquoi traites-tu Marlone de pédé, papa ?

– Parce que c'en est un, mon fils !

Les yeux de l'enfant détaillent rapidement Marlone, puis moi, et enfin son père. Puis il se met à hurler.

– Et il est plus fort que toi, je l'ai vu ! T'es pire qu'une tafiole ! Marlone n'est pas un pédé ! C'est toi le pédé ! T'es nul ! Tu m'as fait honte sur le raft, et tu continues !

Le gamin tourne les talons et s'enfuit vers le campement. Courtîmes se dirige vers moi, furieux.

– Tout ça, c'est à cause de toi, petite tapette ! Tu me le payeras !

Marlone nous rejoint d'un pas décidé, se dirigeant droit vers lui, le regard fermé. Je l'intercepte alors que David recule en le menaçant :

– Et vous ! Je vais déposer une réclamation ! Si vous couchez avec lui, j'imagine que vous touchez aussi les enfants ! Je vais dénoncer ce camp !

Marlone tente de me dépasser mais je le retiens.

– Cette fois, c'est bon. Toi, tu te calmes. Et toi, David… Tu ne feras rien du tout !

Il ricane dans mon dos.

– Je vais me gêner ! Laisse-le me casser la gueule, ça fera un chef d'accusation de plus ! Vous allez payer pour ce que mon fils a vu !

– Non !

Marlone se détend tout à coup, comprenant sans doute que ce n'est pas la solution. Il connaît mon dossier et sait que je peux lui foutre le nez dans sa merde sans avoir recours à la violence. Il se rapproche de moi, dans mon dos, et tente de se calmer.

Je pose les mains sur mes hanches, fixant Courtîmes dans les yeux.

– C'est toi qui vas payer pour avoir pourri ma vie et celle de mon fils, à moi ! Si ton rejeton te considère comme une merde, c'est que c'est le cas. Il est simplement plus éclairé que tu ne l'es toi-même !

Il plisse les yeux, surpris de mon courage soudain. Je reprends.

– Figure-toi que j'ai un peu fourré mon nez d'avocat miteux, comme tu dis, dans les travaux engagés par certains notables de la Région.

Il garde le silence, attendant de voir où je veux en venir. Il va être servi.

– Et donc, j'ai très facilement fait le rapprochement entre des travaux effectués les week-ends et jours fériés chez eux et des contrats passés avec le Département et la Région pour d'énormes chantiers. Je suppose que tu vois de quoi je parle ?

Il reste interdit.

– Toi, ton père et mon ex-beau-père avez simplement été dénués de jugeote en en discutant devant un étudiant en droit fiscal… Je n'ai rien dit à l'époque, mais j'ai de la mémoire. Je me souviens également d'une piscine défrayant toute la nouvelle réglementation sur l'énergie et le respect des règles de construction… Tu as pourtant obtenu de la construire au fond du parc de ta baraque… Et, étrangement, la résidence du Maire a hérité d'une très belle extension de ses dépendances… Et, après études de quelques chiffres officiels, il s'avère que ce genre de travaux n'apparaît visiblement pas dans les comptes de votre cabinet…

– Tu n'as aucune preuve !

– Non, bien entendu. Mais si je saisis les autorités compétentes, je suis certain d'en trouver !

– Qu'est-ce que ça t'apporterait de fouiller une merde vieille de dix ans ?

– La paix de mon fils. Et figure-toi que je suis prêt à fouiller plus loin. J'ai même de bons dossiers. Pourrais-tu m'expliquer comment tes entrepreneurs peuvent couvrir le nombre de chantiers que vous signez par an avec si peu de personnel déclaré ? Pour en revenir à cette fameuse piscine, de mémoire, les ouvriers ne semblaient pas vraiment couverts par les normes sociales de notre pays… Je me trompe ?

J'entends Marlone couiner discrètement de plaisir derrière moi. Devant nous, par contre, l'ambiance serait plutôt au grinçage de dents. Mais il ne rétorque pas. Je conclus, donc, au bord de l'orgasme, ne minimisant pas mon plaisir car ce serait sacrilège.

– Donc, cette fois, les cartes, c'est moi qui vais les distribuer. Et on va changer la donne. Je précise aussi que les élections approchant, nous pouvons aisément supposer que tes chers « associés » élus ne se mouilleront pas outre mesure pour te sauver la mise. Ceci étant dit, et tu passeras le message également à mes chers ex-beaux-parents, et à Victoire, pendant qu'on y est… Oui, je suis gay. Oui, je me suis laissé marcher sur la tronche parce que j'étais seul contre tous. Mais retenez-en bien le goût, parce que cette période est bel et bien révolue. Aujourd'hui, je décide de me battre avec mes armes et de gagner chaque bataille. S'il le faut, je déposerai les dossiers à qui de droit. Et manque de pot pour vous, la tafiole a pas mal de très bons contacts…

En deux mots... Pourrissez-moi la vie, continuez... Je briserai la vôtre. Sans aucune forme de remords ou de regret. Bien au contraire... Je ne veux plus jamais que l'un d'entre vous évoque mon nom. En aucun cas ! Laissez Damien grandir en paix, loin de vos esprits étriqués. Ne t'approche plus de mon fils, et dis au tien de lâcher l'affaire également. Sinon... à la moindre suspicion, je balance mes dossiers.

Il me dévisage, livide. Je n'ajoute rien. Autre chose à foutre... Les mains de Marlone me caressent le dos discrètement. Courtîmes déglutit en nous observant, une grimace ancrée sur les lèvres. Et... j'ai trop envie de...

Je pivote vers Marlone, attrape son menton et écrase mes lèvres sur les siennes. Je lui roule la pelle de ma vie, indécente, profonde et sexuellement explicite. Et INTERMINABLE ! Puis, je m'écarte de mon amant qui semble avoir très bien compris le but de ce baiser. Nous jetons un œil en même temps vers Courtîmes qui semble tout simplement révulsé. J'ajoute, l'esprit plus léger que jamais :

– Et bien entendu, je te souhaite d'aller joyeusement te faire foutre... Passe le message aux vieux. Connard !

Marlone ricane en passant un bras autour de mes épaules et m'attire vers le campement.

– Je pense que tout est dit. Ciao...

Il embrasse mon cou, euphorique alors que nous nous enfonçons dans le bras de forêt qui nous sépare des tentes et des enfants qui semblent bien s'amuser, vu les cris de joie que nous entendons depuis notre position.

Notre dernière soirée est passée trop vite. La coutume du campement veut que ce soient les enfants qui préparent le dernier repas, encadrés par les éducateurs. Marlone a donc été réquisitionné dès notre retour. De mon côté, je suis allé chercher du bois avec une poignée de parents, alors que Courtîmes remballait sa tente, sous les protestations de son fils. Personne ne s'en est offusqué visiblement. Les quelques mères de famille sont allées nager dans le lac, quelques pères ont débuté une partie de tarot, et les autres, dont moi, se sont portés volontaires pour la corvée de bois. Et Julien, mon nouvel ami, m'a occupé le cerveau en me racontant ses ennuis avec son fils totalement hors de contrôle. Suite à son intervention sur le raft, il peut me raconter tout ce qu'il veut, je lui voue un respect inébranlable. Même si son fils de douze ans défèque régulièrement sur le trottoir devant leur immeuble. Je lui conseille néanmoins d'aller consulter.

Ensuite, la soirée se déroule comme la précédente. Feu de camp, punch avec ou sans alcool, guitare, musique, et petit moment sur le ponton. Marlone s'est allongé près de moi, la tête sur mon épaule et les yeux au milieu des étoiles, nos jambes enlacées, nos doigts jouant ensemble, s'enlaçant, glissant les uns contre les autres dans le silence et cette atmosphère légèrement incertaine sur l'avenir. J'ai trouvé le courage de lui demander dans la voiture, pour l'après. Mais je n'ai pas eu ma réponse. Et maintenant, alors que les minutes s'égrènent et poussent toujours un peu plus la nuit vers le jour, je n'ai plus envie. J'ai peur de gâcher le peu qu'il nous reste. Peur d'entendre que oui… mais non.

Et je ne suis pas plus courageux lorsque nous retrouvons notre tente. Je me contente de me blottir contre lui et de fermer les yeux, plongé dans son parfum et sa chaleur, bercé par son souffle calme et apaisant. J'inscris dans ma mémoire ce basculement vers le sommeil dans les bras que j'aime beaucoup trop. Ceux qui, dans tous les cas, resteront un souvenir parfait de mon premier amour de vacances. Même à trente ans, même si je suis devenu un homme depuis longtemps, la magie du soleil, de l'été et de l'éloignement de la réalité a opéré. Et c'était magique…

Chapitre 10 ~1

Tristan

C'est presque devenu une habitude. La petite voix de mon fils à travers la toile de tente :

— Marlone ? Il est 6 heures 02 !

L'homme dans mes bras grogne contre mon oreille, amusé.

— Tu n'as pas besoin de réveil avec lui !

Je m'étire en bâillant.

— Et pourtant, si ! Je t'assure qu'il n'a pas la même énergie pour se rendre à l'école ! C'est l'effet Marlone !

Il s'esclaffe.

— J'aurais préféré lui faire un autre effet… Je ne suis pas le roi des lève-tôt, surtout quand j'ai un homme comme toi dans mon lit…

Il se blottit contre moi.

— Marlone ? Il est 6 heures 03 !

Nous éclatons de rire.

— OK, OK, j'arrive !

Il embrasse ma joue.

— Donne-moi une petite heure et je suis à toi…

Je hoche la tête en le regardant attraper sa brosse à dents et sortir de la tente. Et je pars dans mes pensées, que j'autorise positives ce matin. Après tout, peut-être que c'est possible… Pourquoi cela ne le serait-il pas ? Ma petite explication avec Courtîmes et par extension avec tous ceux qui me pourrissent la vie depuis des années aurait tendance à me rendre optimiste. À me forcer à voir les choses du bon côté. Pourquoi n'aurais-je pas droit au bonheur ? Je ne suis pas pire qu'un autre, et peut-être que ce que j'ai à donner sera suffisant pour le retenir… ? Sait-on jamais !

Le téléphone de Marlone vibre au-dessus de ma tête alors que je m'embourbe à nouveau dans le sommeil.

Une fois.

Puis deux.

Puis trois.

J'attrape l'appareil pour l'éteindre, mais les messages s'enchaînent sur l'écran verrouillé et attirent mon regard. Qui ne le ferait pas ? Je sais que ce n'est pas très honnête mais…

<u>Milan</u> : Bon, alors, Vu que le séducteur de parent d'élève ne daigne pas répondre, Val, Dorian, je vous écoute… J'ai loupé quoi ?

<u>Valentin</u> : Je ne suis plus constipé.

<u>Milan</u> : Quel soulagement !

<u>Valentin</u> : T'imagines même pas !

Je ne peux m'empêcher de rire en cherchant la manière de mettre hors tension l'engin.

<u>Dorian</u> : Marlone hésite un peu… Il l'aime bien, mais… Enfin, tu vois, c'est Marlone.

Et ça veut dire quoi, exactement, « c'est Marlone » ? Maintenant, j'en ai trop lu, ou pas assez… Je n'essaye plus d'éteindre.

<u>Valentin</u> : Voilà, t'as tout résumé. Mais si tu veux savoir, t'as qu'à remonter la conversation,

<u>Milan</u> : Il est 6 h ! Pitié, y a au moins cent messages !

<u>Valentin</u> : OK, OK ! Donc, le mec est bandant… Mais il a un gosse, Il est super sérieux et Marl se demande si ce genre de situation est faite pour lui.

Mon cœur se serre.

<u>Milan</u> : Oui, je comprends. Il faut dire qu'il passe d'une vie plus que dissolue à un truc genre « mariage, famille et chaussons »

<u>Dorian</u> : On n'en sait rien ! Si Marl dit qu'il est cool, alors, il est cool !

<u>Valentin</u> : D'accord, mais bon… J.E. nous a demandé de nous caser, certes… Mais… enfin, tout ce que j'espère, c'est que le défi ne lui a pas fait perdre le sens de ce qu'il attend vraiment… C'est un papillon, Marl… Il est déjà sorti de son cocon, je ne suis pas certain qu'il puisse changer à nouveau…

Un défi ? Une rage sourde est en train de naître de la douleur que provoque au fond de moi cette conversation. Et les messages pleuvent. J'ai le cœur à l'agonie, mais mes yeux n'arrivent plus à lâcher l'écran.

Dorian : Je ne suis pas totalement d'accord.

Milan : Et ils ont enfourné le cake ?

Valentin : Tu veux dire enfoncé le clou ?

Dorian : Ramoné les tuyaux ?

Milan : Oui, enfin, taillé le crayon, quoi !

Valentin : Oui… non.

Milan : Quoi, non ?

Dorian : Non pour le taillage de crayon.

Je ne sais pas si j'apprécie vraiment de voir ma vie intime étudiée comme ça, par des personnes que je ne connais pas. J'ai vraiment l'impression d'être un sujet d'étude, une pauvre cloche dont il se serait servi pour tester son envie d'engagement. C'était trop beau ! Je suis vraiment le roi des cons d'y avoir cru ! Et le pire de tout, c'est que j'ai mêlé mon fils à tout ça…

Milan : Ah, oui, alors c'est bizarre ! Je pensais qu'il avait besoin d'un peu de temps, mais si ça s'éternise…

Valentin : Marlone baise le 1ᵉʳ soir. C'est une vérité immuable !

Dorian : Pff…. Je ne sais pas.

Milan : De toute manière, il lui reste presque deux mois… Il en trouvera un autre.

Chaque mot que je lis blesse mon cœur d'autant de désillusions. Marlone m'a bien dit que ces mecs étaient ses meilleurs amis. Ils le connaissent par cœur, et ce qu'ils disent n'est pas bon du tout…

Valentin : Oui, sans doute.

Dorian : Ou pas.

Valentin : Et toi, au fait, Milan… tu as fait quoi pendant tout ce temps ?

Je balance le téléphone et enfile un t-shirt. Je n'ai plus envie de rester dans cette tente. Plus envie de me lover sur ce matelas, sous ce duvet. J'ai envie de faire ce en quoi j'excelle. Fuir.

J'attrape ma trousse de toilette et me dépêche de rejoindre les sanitaires.

– Et donc, j'aimerais bien que papa m'inscrive dans un club où je pourrais aller m'entraîner souvent. Je pense que maman serait contente aussi...

Moulin à paroles. Pipelette. Infatigable. Même si j'adore Damien, j'avoue que retrouver le campement me soulage... C'est surtout que j'ai clairement envie de retrouver Tristan. Notre petit moment idyllique est presque terminé, et j'ai envie d'en profiter un peu... mais surtout d'organiser le futur... Il faut que je demande à Tina si elle peut me laisser ma soirée de demain... J'ai l'impression que la prochaine nuit, seul, va me paraître compliquée à gérer...

Nous arrivons au campement. Damien s'étire avec moi quelques minutes et part prendre une douche pendant que je me dirige vers notre tente.

Je tombe nez à nez avec Tristan lorsque je me penche pour entrer dans notre refuge. Lui, en sort.

– Eh ! Déjà au taquet ?

Je lui souris mais ne trouve pas écho chez lui. Son regard reste fermé et froid. Et il s'est habillé.

Il s'extirpe de la tente, son sac à la main, le regard fuyant.

– J'ai loupé un épisode ?

Il se racle la gorge en regardant le lac derrière moi.

– Euh, non... Mais je dois bosser aujourd'hui, alors... Autant ne pas prendre de retard dans mon planning. Dami est dans les parages ?

Son ton glacial me cloue sur place. Je me contente de répondre.

– Sous la douche.

– Très bien. Je vais aller lui dire au revoir. Tu as besoin d'aide pour plier la tente ?

– Mais tu peux encore rester, nous ne partons que cet après-midi. Ce matin, c'est quartiers libres dans le lac et...

– Non, je t'ai dit, je dois bosser. Bon...

Il se force à relever les yeux, sombres et furieux, pour les plonger dans les miens un court instant.

– J'y vais.

Ses lèvres esquissent un sourire, loin d'atteindre son regard.

– C'était... Sympa.

Il tente de s'échapper mais je me déplace en même temps, blessé et désarçonné, pour lui couper la route.

– Sympa ? C'était… « Sympa » ?

Il m'ôte tous les mots que j'aurais envie de lui rétorquer. Sympa ? C'est tout ce qu'il trouve à dire ? Je ne sais pas si je suis en colère, ou blessé, ou perdu… Sympa ? C'est comme ça qu'il résume notre week-end ?

– Oui… Merci pour tout…

Sa voix est blanche et ne laisse transparaître aucune émotion. Je rêve ou je suis en train de me faire joliment plaquer ? C'est une première pour moi, et… putain !

Loïc, l'un des enfants, trouve certainement le moment très opportun pour nous interrompre.

– Marlone, on peut aller se baigner tout de suite ? Il fait déjà chaud !

Tristan en profite pour échapper à notre discussion, me contournant pour prendre le chemin des sanitaires et je le laisse faire… Parce que je ne sais même pas quoi dire. Mes yeux suivent son chemin jusqu'à ce qu'il disparaisse entre les arbres.

– Marlone ?

Le gosse m'observe, en attente d'une réponse.

– Euh. Oui, bien entendu. Mais petit-déjeuner dans trente minutes et ensuite, on range les tentes.

– OK, Merci.

Il file rejoindre ses potes et je me retrouve seul devant cette tente vide. Peuplée uniquement de souvenirs d'étreintes et de chaleur… Et de beaucoup d'amertume, à présent. Clairement, je suis dégoûté. Il n'y a pas d'autres mots. J'ai envie de frapper, mais je ne sais même pas quoi. Une pointe chauffée à blanc s'amuse à me tailler le cœur dans tous les sens. Ça fait un mal de chien. J'ai l'impression qu'une chape de solitude vient de s'abattre sur moi, détruisant ma bonne humeur et mon énergie, me laissant vide et inerte en noircissant l'éclat du soleil autour de moi.

Je n'ai rien compris…

Je reste comme ça jusqu'à l'apparition de Damien sur le sentier qu'a emprunté son père quelques minutes avant. Je l'interpelle durement.

– Il est où ton père ?

– Parti. Il avait du boulot. C'est déjà bien qu'il soit venu jusqu'à aujourd'hui…

Je n'écoute pas la suite et me précipite sur le parking en bousculant Tina et deux ou trois enfants qui suivaient Damien depuis les sanitaires. Impossible qu'il se barre comme ça !

Je le rejoins alors que sa voiture s'engage lentement sur l'allée menant à la route. Je me lance dans un sprint pour le rattraper et frapper à sa fenêtre. Il freine et baisse sa vitre, le visage dur, ne prononçant pas un mot alors que je tente de reprendre mon souffle.

Je pose mes mains sur le haut de sa portière, en nage, avant de trouver les mots… Mais quels mots, et que lui dire ? Il me déboussole complètement avec ce départ et ce changement total de comportement… Cette froideur incompréhensible fait mal, vraiment, quand on connaît le Tristan doux, souriant et attentionné.

– Merde, il se passe quoi, là ? J'ai dit ou fait un truc à la con ?

Il soupire en regardant devant lui, une main posée sur son volant.

– Écoute, Marlone.

Il prend son temps, soupire… et continue.

– J'ai un enfant. C'est déjà assez compliqué. Et je suis sans doute le mec le plus chiant du monde, parce que j'ai des obligations. Je ne peux pas me permettre de me planter. Pour Damien. Et… Bref. Je ne joue pas… je ne peux pas m'offrir ce luxe, tu comprends ?

– Oui, bien entendu que je comprends ! Je ne joue pas non plus, Tristan… Merde, à quel moment as-tu cru que je ne prenais pas ce qui se passait au sérieux ?

Il laisse son regard errer sur l'horizon avant de répondre.

– Jamais. C'est bien ça le problème. C'est tellement facile de se tromper sur les gens… Bon, je dois y aller… Bonne journée.

Il relève sa vitre et ne me jette plus un regard en démarrant, sans se soucier du fait que je suis encore appuyé contre sa voiture. Il se barre, c'est tout. Sans aucune réelle explication. Et je reste là, comme un flan, me prenant la poussière émanant de sa fuite en pleine tronche, perdu au milieu du flou de mon cerveau. Je n'ai rien compris.

Sweet Summer

Marlone : Il vient de se barrer.

Valentin : Plaît-il ?

Milan : Salut Marl... Ben il devait partir de toute manière, non ?

Dorian : Aïe. Tu ne voulais pas qu'il parte ?

Marlone : Non. Je ne voulais pas qu'il parte comme ça !

Valentin : Il est parti comment ?

Milan : Mal, a priori.

Dorian : En voiture ?

Valentin : À vélo ?

Milan : En nageant ?

Dorian : En rampant ?

Marlone : Vous savez que vous êtes très drôles ? D'abord, il n'est pas parti, il s'est enfui. Je ne comprends que dalle !

Valentin : Tu y tenais beaucoup ?

Dorian : Val, si Marlone se pose des questions sur son départ, alors oui, il tenait à ce mec.

Milan : Étonnant !

Valentin : Je suis content pour toi, mec. Mais du coup, s'il s'est barré, c'est nul !

Marlone : Sans déc ? Putain, ça me saoule ! J'aurais au moins aimé une explication, merde !

Dorian : Tu lui as demandé ?

Marlone : Bien entendu ! J'ai même couru après sa voiture ! Il a baragouiné un truc incohérent et il s'est barré.

Valentin : Bon... son gosse est toujours avec toi, si j'ai bien suivi le planning ?

Marlone : Oui.

Dorian : Valentin, tu suis, c'est bluffant ! Toi qui as du mal à te rappeler à quelle heure il faut manger...

Valentin : T'as vu ? Je fais des efforts pour les potes... Au fait, il est quelle heure ? L'heure du dîner ?

Milan : 8 h... Petit-déjeuner, mon grand.

Valentin : Merde, j'ai envie d'une entrecôte...

Marlone : Bon... Est-ce que je l'appelle tout de suite, ou...

Milan : Certainement pas. Je rejoins l'idée de Val !

Valentin : Quelle idée ? Une entrecôte ?

Milan : Non, le fait que Papa Sexy soit obligé de revenir chercher son gosse à un moment... Le temps sera un peu passé, Marlone, tu y verras plus clair, et sans doute lui aussi. Laisse-le réfléchir.

Marlone : Réfléchir à quoi, putain !

Dorian : Réfléchir au fait que s'il s'engage, c'est aussi son gamin qu'il engage ! Laisse-le aussi repenser à toi et peut-être se morfondre comme une âme en peine pendant quelques jours. Bref, laisse-le baigner dans son jus...

Marlone : Et s'il m'oublie ? Et s'il ne voulait vraiment que tirer un coup en vacances et basta ?

Valentin : Si c'est vraiment ça son but, alors l'appeler aujourd'hui ou attendre 3 jours ne changera rien. Donc, autant attendre, tu gagnes quand même une chance au grattage.

Milan : Tacotac, bien sûr !

Dorian : Et c'est moi le vieux ! Ce truc n'existe plus depuis 1922 !

Valentin : Le fait que tu connaisses la date dévoile ton grand âge, mon chat.

Dorian : Val, tu sais que je t'aime ?

Valentin : Réciproque, Doudou... Bon, sinon, Marl... Prends du recul.

Milan : Ouaip ! Je vous laisse... J'ai un truc à faire.

Marlone : Quoi ?

Valentin : Vas-y, explique !

Dorian : Quel truc ?

Milan : Un truc débile... Mais ça peut être drôle... Je vous raconterai... Ciao !

Dorian : Je déteste quand il fait ça !

Valentin : M'en parle pas !

Marlone : Bon, je vais nager ! Je pense, au moins, 5 fois le tour du lac... Merde, il m'a foutu hors de moi ! Ciao !

Valentin : Bon, ben il ne reste que nous deux, baby... Dis-moi encore que tu m'aimes !

Dorian : Désolé, je dois aller bosser... Ciao Val !

Valentin : Solitude quand tu nous tiens... Vive Pornhub ! Ciao...

Marlone

Quelques jours plus tard.

Attendre qu'ils disaient…

J'aide les enfants à finaliser le nettoyage de leurs chambres en apportant leurs draps à Tina, en faction dans la lingerie. Je les laisse tomber à ses pieds.

– Les derniers…

Elle me jette un œil amusé.

– Marlone… Tu es au courant que les enfants repartent à midi et qu'il n'est que 9 heures ?

– Et donc ?

– Et donc, tu n'avais pas réellement besoin de les lever à 6 heures. Et tu n'es pas obligé non plus de les presser comme ça !

– Ce qui est fait n'est plus à faire !

C'est surtout que ça fait quatre jours que j'attends. Que je me retiens de l'appeler ou de pourrir son téléphone de SMS. Donc, autant dire que je n'ai pas dormi de la nuit et que depuis l'aube, je tente vainement de m'occuper. Midi ! Il est 9 heures.

– Coucou, Lapin Charmant…

La voix de Samuel me sort de mes pensées. C'est quoi ce plan ? Tina rougit comme une pivoine en me lançant un regard embarrassé alors que notre collègue s'aperçoit de ma présence en entrant dans la pièce.

– Ah, d'accord !

Tina récupère nerveusement les draps au sol.

– Oui, bon, ben, t'as qu'à gérer le petit-déj des marmots. Va acheter du pain, le boulanger est en rade de voiture et ne peut pas livrer…

Je les observe tous les deux… Et j'éclate de rire.

– OK, OK… Je vous laisse, alors…

Samuel retient un rire, heureux…

– Oui, voilà, t'as qu'à faire ça !

J'embrasse le front de Tina, content pour elle. Et je vais… acheter du pain au village. Je n'ai rien de mieux à faire de toute manière…

Midi. J'observe depuis le perron les voitures qui se croisent sur le parking. Certaines repartant avec leur précieux chargement, un enfant apaisé par son séjour, et j'ose espérer, un peu remis sur le droit chemin. Et d'autres, les dernières, entrant ou se garant devant moi.

Damien est encore là. Il attend. Peut-être moins que moi car je suis une véritable pile électrique. J'ai préparé mes mots, répété mes gestes... Je n'ai pas arrêté de penser à lui, et mes nuits m'ont semblé interminables, seul dans le lit sur lequel il m'a offert un moment parfait de tendresse et de sensualité. Je crois que je suis amoureux... Et comme par hasard, le seul qui a réussi à me renverser le cœur est aussi le premier à me larguer. J'ai vraiment du mal à supporter l'idée. Voire, je ne peux pas l'envisager...

Damien consulte son portable à mes côtés.

– Maman s'excuse, elle aura un peu de retard.

Je me tourne vivement vers lui, cachant mal ma surprise et ma déception.

– Ta mère ? Ce n'est pas ton père qui...

Il secoue doucement la tête en rangeant son téléphone.

– Non, il a du boulot, et comme de toute manière, il devait m'emmener chez maman après manger... Il ne t'a pas dit ?

– Non.

Il hausse les épaules et me prend dans ses bras. J'accepte le câlin en tentant de me montrer affectueux, alors que j'ai plutôt envie de sauter sur mon téléphone pour hurler mon amertume à un certain Tristan Veynes. Quel connard !

Je frotte le dos de l'enfant qui me donne une belle dose d'affection.

– On se reverra, alors ?

– Je l'espère... mais dans le doute... Je te donne mon numéro. Tiens-moi au courant pour la boxe !

Il me sourit en reprenant son téléphone en main pour noter le numéro que je lui récite. J'ai vraiment envie de suivre ce gamin, dans tous les cas. Nous avons pas mal boxé durant ces quatre derniers jours, et il s'avère réellement prometteur. Et vraiment affectueux.

Je l'ébouriffe et le regarde partir alors que sa mère stoppe sa voiture devant les escaliers face à nous. Elle ne descend pas et ne me jette ni un regard ni un signe. Une conne. Tout comme je l'imaginais.

Dès qu'elle redémarre, je tourne les talons et remonte les escaliers jusqu'à ma chambre. Je trouve mon portable et appelle Tristan. Répondeur. J'essaye, et essaye encore. Pas de réponse. Je laisse un message que j'espère assez clair :

– Cette fois, tu ne te débarrasseras pas de moi aussi facilement. Je ne comprends rien à ton silence ni à ta fuite ! J'étais sincère et j'aurais aimé plus. Mais tu t'es barré, comme ça ! Je ne comprends pas… Et… même si pour toi ce n'était rien de sérieux, la moindre des choses, c'était de me le dire en face ! Tu ne veux pas de moi, je peux l'entendre, même si ça fait mal. Mais ne gâche pas les souvenirs, au moins ! Assume tes choix !

Je raccroche et balance mon téléphone sur mon lit. Il faut également que je prépare mes sacs car l'aventure se termine pour moi aussi. D'habitude, j'ai un petit pincement au cœur de quitter cet endroit. Aujourd'hui, je m'en tape. Le pincement au cœur est bien présent, mais pas du tout pour les mêmes raisons. Je me suis fait enculer ! Y a pas d'autre mot ! Et le pire, c'est que s'il revenait, je crois que j'en redemanderais ! Bordel de merde !

Un SMS arrive sur mon téléphone. Je plonge sur mon lit pour le consulter.

Tristan : Je suis désolé de t'avoir fait perdre ton défi, mais comme l'a prédit l'un de tes amis… Tu t'en remettras vite. J'aimerais, si possible, que tu oublies mon numéro. Merci pour tout ce que tu as fait pour Damien.

Merci ? Mais je ne veux pas de son « merci »… Et je ne veux pas non plus oublier son numéro. Quant au défi… Oui, mais non… Comment peut-il être au courant de ce truc stupide que J.E. nous a collé dans les dents ?

Marlone : Je suis désolé mais je ne comprends pas un traître mot de ta réponse. Puis-je t'appeler ?

Je reste les yeux rivés sur mon téléphone qui, ô quelle surprise, ne vibre plus. En tous cas, pas assez vite. Je quitte mon lit, attrape mes sacs et me rends rapidement à la lingerie. Je surprends Tina, assise les jambes écartées autour du bassin de Samuel sur l'une des machines.

– Oh, merde ! Putain, mais enfermez-vous !

Ma collègue glousse pendant que son amant grommelle.

– Les enfants sont tous partis ! Et tu pourrais frapper !

– Ouais ! Merde !

Je retiens un rire en me cachant les yeux, pour la forme.

– OK, désolé. Je pars… Tina, je t'appelle. Bonne saison, et surtout bonne baise !

– Bise, Marlone chéri… Et, au fait ?

– Oui ?

– Tu es toujours gay ou y a moyen ?

Samuel pousse un cri de chèvre outrée (ne me demandez pas à quoi ça ressemble, c'est indescriptible.)

– Non, mais ça va, oui ?

– Oh, c'est bon, toi ! N'oublie pas que je suis amoureuse de Marlone avant tout le reste. Si ça ne te convient pas, c'est pareil ! Alors ? Marl ?

Je glousse, en tournant les talons.

– Toujours, ma belle ! Désolé !

– Oh, merde ! Samuel, montre tes fesses, tu as du poil, toi ?

– Hein ?

Je m'échappe de cette pièce où je risque de perdre des neurones et l'amitié d'un collègue puis sors de l'établissement.

Tristan

Est-il possible de tomber amoureux en un été ? D'oublier toutes les bases et les réalités, et de se plonger à corps perdu dans une histoire que l'on sait, au fond de soi, sans lendemain ? Et, comble du comble, se morfondre un temps infini quand, justement, la suite prévisible vous explose à la tronche ?

Ne cherchez plus. Oui, c'est possible quand on se nomme Tristan Veynes. Je savais depuis le début que l'attrait qu'il me portait n'était pas normal, ou tout du moins, relativement illogique. Il n'y a pas de surprise. Mais ça ne m'a pas empêché de vouloir y croire et de me voiler la face. Bien au contraire. J'ai plongé tête la première dans cette idylle de vacances, comme un ado. Pathétique.

Sauf qu'ado, je ne le suis plus depuis longtemps. J'ai maintenant des obligations et tout un tas de devoirs. Il n'est plus temps de faire n'importe quoi.

Je me laisse tomber sur mon lit, las de tourner en rond dans cet appartement, fatigué de ne penser qu'à lui et épuisé de me flageller mentalement pour ce que j'ai osé imaginer.

Ma sonnette à l'entrée me tire de ma léthargie profonde. Je n'attends personne. Je n'ai envie de voir personne.

Pourtant, « personne » insiste lourdement sur la sonnette. Alors je me lève, et je vais ouvrir.

Je reste cloué sur place lorsque je vois Marlone sur mon paillasson, le regard noir et les traits tirés.

– Que… comment tu as eu mon adresse ?

Je n'ai pas d'autres questions. Comme si ça intéressait quelqu'un…

Il pince les lèvres, passablement énervé. Je ne peux m'empêcher de penser qu'il est magnifique et les images de son diable gravé sur son dos, surplombant ses fossettes me frappent le cerveau un peu trop fort tandis qu'il se lance dans une explication.

– Damien m'a dit que tu bossais. Mais ton cabinet était fermé et un voisin là-bas m'a certifié qu'il ne t'avait pas vu depuis deux jours. Ensuite, j'ai appelé Tina pour qu'elle me file l'adresse que tu as certainement dû mentionner dans le dossier d'inscription, sauf qu'elle devait sans doute baiser avec Samuel et n'a pas répondu. J'ai donc visité tous les bars du quartier en demandant une certaine Rosalie… Qui en réalité s'appelle Rosita. Et quand je l'ai enfin trouvée, j'ai parcouru toutes les rues aux alentours pour déchiffrer tous les noms sur les sonnettes. Sauf que tu n'as pas mis ton nom sur la sonnette de ton appartement ! Heureusement que ta voiture est garée devant la porte de l'immeuble ! Et qu'au bout de vingt minutes, l'un de tes voisins est sorti de ce foutu immeuble ! Ensuite, j'ai simplement trouvé ton nom sur ta boîte à lettres. Si tu répondais à ton foutu portable, on aurait gagné deux heures !

J'ai envie de rire. Et de chialer. Pourquoi revient-il me chercher ?

– Tu tiens vraiment à me torturer ? Je croyais que c'était clair, je ne joue pas !

– Mais moi non plus, putain !

Sa voix résonne dans la cage d'escalier. Il regarde autour de lui et entre chez moi sans que je l'y aie invité, me faisant reculer jusqu'au mur derrière moi.

– Je ne joue pas, loin de là ! Par contre, toi, tu as lu des messages qui ne t'étaient pas destinés, et tu les as mal lus, de surcroît… Je me suis creusé la tête pour comprendre d'où venait cette histoire de défi, et je me suis effectivement souvenu de cette conversation que les gars avaient eue sans moi sur *Sweet Summer*.

— Sweet Summer ?

– Oui ! Cette conversation à la con qui part d'un simple délire. Jean Eudes, celui qui nous a tous remis d'aplomb après nos coming outs, a décidé de nous virer de son asso si nous ne nous casions pas... Alors nous avons créé cette conversation, oui. Au cas où il se passerait des trucs dans nos vies affectives. Et c'est arrivé ! Tu es venu, et tu m'as plu ! Alors oui, j'ai flippé, et j'ai profité de ce truc pour me confier à mes meilleurs potes, c'est tout !

Je l'observe alors qu'il est à présent presque collé à moi, haletant, hors de lui, et en même temps suppliant.... Mon cœur bat plus fort que de raison, et les mots me manquent... Ma raison a perdu le chemin jusqu'à mes neurones et tout vacille. Mon univers se met à tourner en orbite autour de lui. Ce dont il n'a pas la moindre idée apparemment, puisqu'il continue son petit speech, toujours enragé et encore plus éblouissant.

– Je ne joue pas, Tristan. Oui, j'ai longtemps pensé que rien de sérieux ne pouvait se construire entre deux mecs. Oui, j'ai butiné sans honte ni retenue pendant des années. Mais tous ces mecs n'étaient rien et je les considérais comme tels. Personne n'attendait rien de l'autre, sauf une bonne levrette et deux ou trois orgasmes....

Il reprend son souffle et reprend.

– Mais toi... toi, tu ne m'as pas sauté à la bite. Toi, tu m'as demandé l'ange, et pas le démon... Tu m'as fait du bien parce que j'ai compris en te rencontrant que je pouvais donner autre chose. Pas simplement quelques orgasmes.

– Ah oui, effectivement...

Que dire d'autre ? J'adore cette déclaration hors normes. Il passe une main dans ses cheveux...

– J'ai aimé te donner autre chose. Et adoré que tu réclames cette autre chose...

Un moment, en particulier, me passe en mémoire.

– C'est pour ça que tu m'as dit merci ? Quand je t'ai demandé l'ange, le jour où Damien m'a insulté ?

– Oui... C'est pour ça. Parce que... ce soir-là, tu m'as soulagé l'âme autant que j'ai soigné la tienne.

Comment fait-il pour constamment me faire douter... J'étais prêt à tenter de l'oublier et à me faire une raison, même si cela semblait impossible. Et le voilà. Il parle quelques minutes et mon instinct me pousse à oublier tout le reste.

Il reprend, toujours avec autant de véhémence :

— Et si tu réfléchissais deux minutes… Tu te souviendrais que ce n'est pas moi qui t'ai invité au *Lagon*, mais toi ! Toi aussi, qui m'as demandé lors de notre première rencontre sur le parking, si tu pouvais utiliser mon numéro de téléphone. Je n'ai pas fait les premiers pas… Tu en es le responsable. Et j'ajouterai que je ne t'ai jamais sauté dessus en te forçant la main. J'ai attendu. À chaque fois ! Donc, la théorie d'un quelconque plan calculé de ma part est nulle et non avenue. Eh, merde ! Je n'ai plus 15 ans, j'ai passé l'âge de parier avec mes potes sur les mecs que je drague !

Je plisse les yeux et prends une grande inspiration pour me donner du courage.

— Tu sais quoi, Marlone ?

— Non, quoi ?

— Tais-toi !

J'attrape ses joues et pose mes lèvres sur les siennes. Ras-le-bol des paroles. Ras-le-bol des doutes et des questions. J'ai envie de vivre cette histoire. Il n'est pas parfait ? Moi non plus. Il a une bonne explication à ce qui semblait être un truc glauque ? Je prends. Quand bien même il mentirait, je crois que c'est le dernier de mes soucis. Je veux croire en lui. Tout ce que je veux, c'est pouvoir l'embrasser. Me réveiller dans ses bras. Partir en camping avec lui. Lui préparer ses œufs et son bacon le matin. Lécher ses fossettes et porter mes lunettes, juste pour le voir bander. Et gémir, soupirer, puis le supplier de me faire jouir pour l'admirer jouir aussi. Parce que la vie, ma vie, je viens de décider que c'est ainsi que je voulais la vivre. Avec, dans les bras ou contre Marlone, mon ange démoniaque.

Le reste… On verra plus tard.

Il attrape ma nuque et approfondit mon baiser en me collant au mur. Nous haletons tous les deux mais refusons de nous séparer pour nous laisser respirer. Je tire sur son t-shirt, il agrippe mes fesses pour me rapprocher de lui. J'enroule mes jambes à ses hanches quand ses mains me l'ordonnent. Il s'écarte de mes lèvres pour soupirer.

— Tu as un peu de temps devant toi ?

Je hoche la tête, totalement ivre de ce baiser.

— J'ai pris des vacances.

– Parfait. Moi aussi. Je déclare que nous les passerons ensemble. Et ce n'est pas une proposition, mais un fait !

Je valide l'idée alors qu'il dévore mon cou avant de reprendre.

– Mais avant tout… Ta chambre ?

Je tends le bras vers le couloir.

– Juste là.

– OK.

Il repose ses lèvres sur les miennes, me décolle du mur et nous emporte jusqu'à mon lit… Il déboutonne mon jean, me déshabille en urgence et prend mon sexe immédiatement entre ses lèvres. Je me cambre en gémissant, ce qui provoque un ronronnement divin au fond de sa gorge…

Je m'abandonne à ses soins et ses attentions. Je m'abreuve de ce corps, de ces yeux et de cet homme, têtu et passionné… Je décide de sentir et d'éprouver. D'être moi et d'en profiter. Je décide d'exister…

Sweet Summer

Marlone : C'est bon, tout est réglé.

Valentin : C'est-à-dire ? Affaire conclue et tout, et tout ?

Milan : Trop bien. Content pour toi.

Dorian : Et d'un !

Marlone : Oui, affaire conclue et tout, et tout. C'est parfait, c'est génial. Je vous remercie de vos conseils et avis très éclairés qui ont failli me coûter Tristan, mais bon...

Valentin : Comment ça ?

Milan : De quoi parles-tu ?

Marlone : C'est une longue histoire... Bref. À partir de maintenant, et jusqu'à nouvel ordre, ma vie sexuelle restera top secrète.

Dorian : Eh, merde ! Ma journée est fichue avec une nouvelle pareille !

Valentin : Et sur quoi vais-je fantasmer moi, maintenant ?

Dorian : Val, tu me déçois, tu m'avais dit que c'était moi ton fantasme N° 1 !

Valentin : Ah oui, c'est vrai. Non, c'est bon Marlone, oublie, je préfère Dorian, puisque je n'ai toujours pas vu tes fossettes.

Milan : Et quelles fossettes !

Marlone : Hello, c'est Tristan. OK, je confirme pour les fossettes. Désolé pour ceux qui ne les ont pas vues, mais la visite n'est plus ouverte au public actuellement. (T)

Valentin : Eh, merde ! Salut Tristan... une petite photo, de loin et dans le noir n'est pas envisageable ?

Milan : Franchement... Hello, Tristan... Ce jour est à classer « catastrophe nationale ». Je vous laisse, je vais me pendre !

Dorian : Salut Tristan. Bienvenue chez toi. Et merci d'avoir eu pitié de Marl, on ne savait plus quoi en faire...

Marlone : Je pense que je vais trouver quelques idées pour l'occuper. Je vous l'emprunte six/sept bonnes heures déjà, désolé... (T)

Valentin : OK, T, mais pour la photo ?

Marlone : Je vais voir ce que je peux éventuellement concéder aux potes du proprio des fossettes. (T)

Valentin : Ah ! Tristan, je pense que nous allons bien nous entendre ! D'avance, merci.

Dorian : Évidemment, si photo il y a, nous faisons tourner !

Milan : C'est une évidence...

Valentin : Milan, toi, tu as déjà vu ! Et, t'as pas autre chose à foutre ? Il se passe quoi sur ton rafiot ? Le cabillaud, t'en es où ?

Dorian : Oui, maintenant que le dossier Marlone est clôturé, je pense raisonnable d'imaginer que le prochain sur la liste, c'est toi, vu que Val et moi bossons...

Milan : Ben voyons ! Et vu que tu comptes bosser toute la durée des vacances, je suppose qu'on peut s'asseoir sur le chapitre « la vie sexuelle époustouflante de Dorian » ! Bref... OK, je m'y colle. De toute manière, je pense qu'il va être temps que je vous mette au boulot...

Valentin : Ah ! J'ai failli m'ennuyer !

Marlone : Bon, je t'accorde 5 minutes, Tristan gère un truc de boulot.

Dorian : Nous t'écoutons mon ami...

Milan : Bon... Vous vous rappelez de mes amis d'enfance et de...

Sweet Summer

Livre 2  Milan

What a wicked game to play
To make me feel this way
What a wicked thing to do
To let me dream of you
What a wicked thing to say
You never felt this way
What a wicked thing to do
To make me dream of you

Quel jeu cruel de jouer
À me mettre dans cet état
Quelle chose cruelle à faire
De me laisser rêver de toi
Quelle chose cruelle de dire
Que tu ne t'es jamais senti ainsi
Quelle chose cruelle à faire
De me faire rêver de toi

Paroliers : Chris Isaak
Paroles de Wicked Game © Warner/Chappell Music, Inc, Broma 16

Chapitre 0 ~2

Emeric

Il y a trois ans, au large de St Barth, sur un îlot désert.

– Emeric ?

– Mmm.

– Ils sont de retour… Réveille-toi !

J'ouvre un œil et réalise que je me trouve au creux des bras de Milan. Le sommeil étant encore maître de mon esprit, je frissonne et me recroqueville encore davantage contre son torse en marmonnant.

– On aurait dû les écouter, les nuits sont fraîches sur le sable.

En réalité, je trouve que nous avons très bien fait de ne rien écouter du tout. Oui, il a fait froid. Et, oui, nous sommes deux mecs totalement inconscients, partis camper sans tente ni pull sur une plage déserte… Des plats dans des gamelles, deux matelas de gym, deux duvets légers et c'est tout. Largement pas suffisant. Mais parfait en ce qui me concerne.

– On leur dira qu'on n'a pas eu froid !

Mon corps, absolument pas d'accord avec ce mensonge, laisse un frisson le traverser. Je savoure les bras qui se resserrent autour de moi en me frictionnant doucement, pendant que mon cœur bat à tout rompre. Les mains de mon ami d'enfance caressent mes cheveux avec une tendresse qui me fait chavirer. Je laisse mes yeux se refermer en soupirant d'aise. J'ai envie de croire à ce moment presque irréel… Moi, dans les bras de Milan…

La réponse de mon ami… Il rit. Brisant ce moment qui pourrait être tendre et romantique. Blessant mon cœur d'ado totalement amoureux. Je préfère ne pas m'en formaliser et profiter de ces derniers instants.

Depuis hier midi, nous campons tous les deux, seuls au monde sur cette île. Depuis hier midi, mon cœur ne bat que pour lui. Depuis hier midi, j'ai cette confirmation qui taraude mon esprit depuis le début du voyage. Mais aussi depuis plusieurs années, plus insidieusement… Je suis amoureux de Milan Doucet. Mon ami d'enfance. Celui avec qui j'ai passé toutes mes vacances depuis que je suis né. Celui avec qui j'ai mis du poil à gratter dans les culottes d'Elsa et Chloé. Celui avec qui j'ai fait le mur plus d'une fois pour aller visiter la ville la nuit. Celui avec qui j'ai pris ma première cuite. Celui avec qui j'ai compris que j'étais gay. Sans pour autant le mettre en pratique ni le divulguer.

Mais Milan est plus âgé. Je ne suis qu'un gosse. Il a vingt et un ans, un boulot, un appart, et il vit en couple. J'en ai dix-sept, je suis encore au lycée et je vis chez mes parents. Il est beau, grand et musclé. Je suis petit, fin et moche. Tout un monde nous sépare alors qu'il y a quelques années, tout nous rapprochait… Il ne nous reste qu'une amitié, et c'est loin d'être assez. Cette amitié me fait mal. Cette amitié me tue. J'en arrive à penser que je la hais ! Je préférerais qu'il me snobe ou m'ignore, ce serait plus simple. Mais non. Ne serait-ce qu'à cet instant… Nous avons dormi à la belle étoile près d'un feu. Chacun son matelas, chacun son duvet. Et je me réveille dans ses bras, ses lèvres sur mon front, ses mains « amicales » me réveillant doucement. Amicales ! Amicales ? Putain… *Amicales !*

J'en ai marre. Je sais qu'il n'y est pour rien et je ne peux pas lui en vouloir, mais il me brise « amicalement » le cœur…

– Tu as bien dormi ?

Non ! Non, j'ai affreusement mal dormi parce que j'ai passé mon temps à refouler toutes ces idées qui me passaient par la tête, Milan. T'embrasser, te toucher, te déclarer ma flamme. Et bien entendu, je n'ai rien fait, puisque… je ne suis qu'un gosse de dix-sept ans, le super pote, puceau de surcroît, ta groupie number one, et que tu ne le vois même pas.

Je soupire et profite encore de ses bras. Quelques secondes. Juste quelques secondes.

– Oui, ça va…

– Cool. Moi aussi. J'ai la dalle ! J'espère qu'ils ramènent des trucs à manger.

Nos parents et les filles sont allés passer leur journée d'hier et leur soirée à St Barth, non loin de là. Nous, ça ne nous disait rien, alors Pierre, le père de Milan, a proposé de nous laisser ici pour une nuit d'aventure. Juste lui et moi… C'était génial, mais trop court. Ils sont déjà de retour. S'ils avaient pu nous oublier… Mais non.

Malheureusement, nous avons de bons parents. Attentionnés, et tout, et tout...

Je ne bouge toujours pas de son étreinte, le nez plongé dans son sweat, me gavant de son parfum et de son odeur de mec qui me fait fondre, littéralement...

Il resserre ses bras en me collant à lui, son torse contre mon visage, nos jambes presque entremêlées malgré les sacs de couchage plus que légers et... mon érection contre sa cuisse. Je ne suis presque pas embarrassé. Et ces duvets ultras légers et trop peu épais... Seigneur ! Je vais mourir...

Mais il ne dit rien. Ne montre aucun signe de recul. Après tout, cela peut très bien être le réflexe matinal naturel de tout homme normalement constitué... Donc, ça passe. Ce qui fait mon bonheur. Ou pas. Parce que plus haut je monterai dans la félicité, plus dure sera la chute. Ou...

Une idée passe, comme ça, au milieu de mon trouble. Et si j'avais ma chance ? Et si ce câlin cachait autre chose ? Et si... ?

À bien y réfléchir, s'il y a bien un instant durant ces vacances pendant lequel j'ai une infime opportunité de lui faire comprendre, c'est bien maintenant... Encore seuls, enlacés, détendus et heureux... L'esprit embué par les bribes de mon sommeil qui s'enfuient peu à peu... L'occasion ne se représentera pas. Je ferme les yeux, inspire un bon coup et refuse de réfléchir plus loin. Je retrouve mon courage, quelque part au fond de moi, redresse la tête et la pose dans le creux de son cou pour déposer un baiser sur sa peau. Léger, fugace et doux. Enfin, je fais tout pour. Le premier baiser que j'offre à un garçon. Mon cœur s'emballe tandis que je mets tous mes espoirs dans ce contact. Toute mon âme. Tous mes rêves.

Il se fige et je recule, mort de trac, pour observer sa réaction. Les yeux posés sur l'horizon, il entrouvre les lèvres... Mon cœur ne sait plus comment battre... Et il s'exclame :

– Putain, je crois qu'ils viennent tous ! On va rester encore un peu, je pense ! Cool !

Cœur qui se fêle, espoirs qui dégringolent, âme en berne... Je tourne les yeux dans la même direction que lui pour voir arriver la smala multifamilles en Zodiac...

Il me frotte le dos en souriant.

– Petit-déj sur la plage, au paradis... Elle n'est pas belle la vie ?

No comment ! Non, non, elle n'est pas belle la vie, non ! Ce mec va me briser le cœur… Si ce n'est pas déjà fait !

Promesse à moi-même : je ne dois plus jamais le revoir ! Je n'y survivrai pas !

Chapitre 1 ~2

Sweet Summer

De nos jours...

Milan :... Bref... OK, je m'y colle. De toute manière, je pense qu'il va être temps que je vous mette au boulot...

Valentin : Ah ! J'ai failli m'ennuyer !

Marlone : Bon, je t'accorde 5 minutes, Tristan gère un truc avec un client.

Dorian : Nous t'écoutons, mon ami...

Milan : Bon... Vous vous souvenez de mes amis d'enfance et d'Emeric, avec qui je m'entendais super bien ?

Valentin : Vaguement.

Dorian : Plaît-il ?

Milan : Putain, vous me fatiguez !

Marlone : Moi, j'ai suivi ! Alors, ce sont les gosses des associés de ton père. Et depuis que vous êtes mômes, vous passez des vacances ensemble. C'est ça ? J'ai bon ?

Milan : Oui, voilà ! Merci de suivre. Emeric, Elsa et Chloé...

Marlone : De rien. Je suis un champion...

Valentin : Lèche-boules, surtout ! T'as un truc à lui demander ?

Marlone : En fait, oui ! Si tu pouvais activer, Milan, Tristan vient de terminer son appel...

Dorian : Ouh là ! Ça va jouer aux quilles !

Milan : Bon, OK. C'est pas super grave en soi, remarquez, mais ça me laisse perplexe. Donc, autant les filles, elles sont toujours aussi débiles et quelque part, elles n'ont pas changé... Mais par contre, Emeric... Putain !

Valentin : Emeric, c'est le jeune de dix-neuf ans, c'est ça ?

Milan : Oui. En fait il a vingt ans... Je ne le vois pas grandir.

Marlone : Et ?

Milan : Et nous étions super proches. Mais cette année, il ne me calcule pas. C'est même presque de la répulsion à ce niveau... Dès que je le croise, il regarde ailleurs. Et quand je lui adresse la parole, je me demande si je ne suis pas toxique... Il se barre, parfois sans répondre. Enfin, bref, il est étrange.

Dorian : Ah... Tu te l'es tapé ?

Milan : Hein ? Mais non ! La dernière fois que nous avons passé des vacances ensemble, tout allait très bien. Enfin je crois, c'était cool... Et à cette époque j'étais en couple avec Alexandre. Même s'il n'était pas venu.

Valentin : L'un n'empêche pas l'autre, cela dit. À moins que ce soit une horreur de la nature, bien entendu.

Milan : Je suis fidèle. Jamais je n'aurais fait ça à Alex, même si bon... Et puis, la dernière fois que nous nous sommes vus, Emeric avait dix-sept ans, et moi vingt et un... Trop jeune pour qu'il me vienne à l'idée quoi que ce soit... Et pour ton info, il n'est pas laid du tout. Je le classerais plutôt dans la catégorie « beau gosse ». Déjà, à l'époque... même si cette année, il s'est vachement... sculpté...

Marlone : Et tu veux te le taper ? C'est ça le truc ?

Milan : Mais non... Disons que lors de notre dernière virée « multifamiliale », les parents nous avaient laissés tous les deux sur une île déserte pendant qu'ils allaient faire du shopping à St Barth. Nous avons passé 24 h tous les deux, et c'était excellent... Deux jours plus tard, il est reparti en avion avec ses parents. L'année d'après, il n'a pas participé aux vacances. L'année suivante, c'était moi qui n'y étais pas. Et cette année, il m'évite. C'est étrange, non ?

Valentin : Ben... oui, ou non. Peut-être que, comme toi, il ne voulait pas venir... Et sa copine l'attend en France, du coup, il est en mode chagrin d'amour... À vingt ans, ce n'est pas impossible non plus... Si ?

Dorian : Oui, possible. Mais c'est quoi le problème, Milan ? Il te plaît ce type ?

Milan : Emeric. Non, pas forcément. Enfin, je ne le vois pas comme ça. C'est un pote d'enfance, y a prescription.... Mais justement, pourquoi ces réactions ?

Marlone : Tristan suppose qu'il est amoureux. Je suis assez d'accord.

Dorian : Idem.

Valentin : Idem. Et, tu sais quoi ? Étant donné que tu es un grand garçon maintenant, vu que tu sais parler et communiquer, tu pourrais éventuellement penser à lui demander directement, non ?

Marlone : Valentin : la sagesse faite homme !

Dorian : MDR !

Milan : PTDR !

Valentin : Franchement, je ne vois pas ce qui vous fait marrer !

Dorian : Laisse tomber !

Milan : Cela dit, il n'a pas tort !

Valentin : Évidemment que j'ai raison... Je suis votre putain de gourou !

Marlone : Un gourou qui vend des chaussettes en promo !

Valentin : Non, la promo est terminée, figure-toi ! Maintenant, c'est sur les tongs de piscine !

Milan : Tu finis quand, au fait ?

Valentin : Encore deux semaines, et après... Surf, normalement !

Dorian : Je suis certain que tu frétilles déjà du gouvernail !

Valentin : Grave ! Et la promo tongs va m'achever avant la délivrance, je pense !

Marlone : Courage ! Je vais passer avec Tristan pour m'acheter ça !

Valentin : Ouiiii, je veux rencontrer ton homme !

Milan : Et moi ?

Marlone : T'es en Grèce !

Dorian : Venez au club ! Un petit week-end ?

Marlone : Pas con, je lui en parle !

Milan : ET MOI ?

Valentin : On vient de te dire que tu étais en GRÈCE !

Milan : Oui, j'avais compris ! Bon, OK, je rencontrerai Tristan après. Fait chier ! Toujours la dernière roue du carrosse !

Marlone : Ti père ! Je vais t'envoyer des photos. Promis.

Milan : Avec les fossettes ?

Dorian : Putain, c'est une obsession !

Valentin : C'est rien de le dire ! Mais je suis preneur quand même... En attendant, Milan, va régler le problème avec ton pote, ça t'occupera ! Bon, j'ai des tongs à vendre ! Schuss !

Milan : Ouais... Bises !

Dorian : Ciao.

Marlone : Bye.

Elsa

— Tu captes, toi ?

— Mmm ?

— J'aimerais comprendre pourquoi tout le monde a du réseau sur ce bateau, sauf moi... Je ne veux pas m'énerver, mais quand même, c'est un peu irritant ! Je t'emprunte ton téléphone deux minutes !

— Alors là, tu rêves, Chloé !

Je récupère vivement mon portable, qu'elle a déjà pris d'assaut, pendant qu'elle couine de déception.

— Mais pourquoi ?

— La dernière fois, tu l'as monopolisé quatre heures et tu as répondu aux messages de Samuel en te faisant passer pour moi ! Hors de question, c'est tout !

Mon bulldozer de frangine se laisse tomber lourdement dans son transat à côté du mien.

— Pff... Franchement, l'année prochaine, quand ils diront : « venez les filles, vacances sur un voilier en Grèce, bla-bla-bla », promets-moi de me couper la langue avant que j'accepte !

— Si tu continues de te plaindre constamment, je te jure qu'elle sera coupée bien avant... ta langue ! Je ne sais pas, moi... prends un livre, écoute de la musique, fais des mots fléchés...

— Super ! Tu ne veux pas non plus que j'aille mettre en route une tournée de linge ou monter des blancs en neige à la main ?

Est-ce normal d'avoir envie d'étrangler sa petite sœur – qui d'ailleurs n'est plus si petite que ça – qui agit comme une gosse de huit ans d'âge mental alors qu'elle en a presque vingt et un ?

Oui. Quand il s'agit de Chloé, je dirais oui.

Remarque, je peux bien lui concéder une chose. C'est vrai que niveau éclate, j'ai vu mieux. Pourtant... Le voilier est superbe, le ciel est bleu, le soleil brille et le paysage est exceptionnel. Les marins qui gèrent le bateau sont tous à croquer, et nous sommes en famille + famille + famille, entourés de gens que nous aimons et connaissons bien.

Mais voilà. Le voilier, même s'il est superbe, reste un voilier… et donc, par définition, navigue au milieu de nulle part sur une étendue d'eau nous coupant du reste du monde. Et parfois de réseau. Le soleil et le paysage, ça va bien cinq minutes, mais ça n'occupe pas un planning de deux semaines… Quant aux marins, oui, ils sont à croquer, mais ils parlent tous grec… Et je suis en couple avec Samuel, resté en France. Et ma sœur ne fera jamais l'effort de prononcer deux mots d'anglais pendant ses vacances. Et pour finir, en ce qui concerne la famille agrandie, oui, nous les connaissons par cœur, mais j'ai l'impression que les parents ont décidé de se lancer dans un marathon de la cuite. Emeric, éternellement dans son monde, dessine à l'autre bout du voilier, un casque vissé aux oreilles, et Milan… Milan, il bosse. Voilà… Je suis donc un peu dans le même état que ma sœur, à savoir… Plongée dans un état d'ennui profond…

Je pose ma revue sur le sol en teck du pont du voilier et me tourne vers elle.

– Et donc, tu proposes quoi ? On tire sur les mouettes avec des lance-pierres ?

Ma sœur soulève ses lunettes et lève les yeux au ciel.

– Ton idée aurait pu s'avérer exploitable… Mais en pleine mer, il n'y a pas de mouette, Elsa !

– Ah… oui. Effectivement.

Elle se rallonge sur le dos, pour la énième fois en dix minutes.

– Non, mais il faut qu'on trouve un truc sympa… Et si… Non, oublie !

– Quoi ?

– Et si on faisait genre, le bateau coule, alerte générale, et on court avec des gilets de sauvetage comme des barges ?

– N'importe quoi ! C'est un coup à ce que les parents sautent à l'eau !

– Justement !

– Non, mais, tu les as vus ? Ils sont encore à table et il est 16 heures… Ils risquent une hydrocution ou la noyade, tout simplement… Tiens, en parlant du loup…

Notre mère, Astrid, s'approche de nous d'un pas incertain. Et je précise que le tangage naturel du bateau n'a rien à voir là-dedans. Chloé attrape ma revue précipitamment et l'ouvre devant son nez.

– Eh ! Va chercher tes propres magazines !

– Chut ! Elle va encore me gonfler avec Emeric !

– Te gonfler avec…

Ma mère arrive à notre niveau et s'assied sur le bord du transat de ma sœur, l'air exténué.

– Oh ! Y a pas mal de houle aujourd'hui ! Ça tangue !

Je ravale un rire. Ma mère, comme mon père, passe l'année entière le nez dans le boulot. Donc, quand arrivent ces sacro-saintes vacances légendaires dans notre famille, ils se lâchent… Et je serais bien mal avisée de m'en plaindre, à quelque niveau que ce soit. Grâce à eux, Chloé et moi avons eu une enfance que nous pourrions qualifier de dorée. Donc, je ne ris pas quand elle se lâche un peu pour prendre le temps de vivre, au gré des flots et donc, du tangage de ce bateau.

Enfin, elle est quand même très drôle, il faut bien l'avouer.

Elle pose sa main sur la cheville de Chloé.

– Ma fille… Pourquoi ne vas-tu pas jouer avec Emeric ?

Ma sœur, beaucoup moins diplomate que moi, baisse la revue de ses yeux pour lancer un regard ébahi à notre mère.

– « Jouer » ? Tu veux que j'aille « jouer » avec Emeric ? Non, mais, maman, j'ai oublié mes billes, désolée !

Notre mère ne comprend pas l'allusion. Trop subtile pour l'heure, ma sœur.

– Comment ça ? De toute manière, on ne peut pas trop jouer aux billes sur un bateau !

Ma sœur lève les yeux au ciel.

– Maman, j'ai vingt ans. J'ai passé l'âge de jouer avec Emeric, figure-toi !

Notre génitrice la couve d'un regard nostalgique.

– Et pourtant… Qu'est-ce que vous étiez mignons à l'époque ! À vous courir après et à vous faire des bisous dans les toilettes !

– On avait cinq ans ! Et j'ai connu plus romantique depuis, figure-toi !

Ma mère insiste un peu lourdement et moi je ne prends même pas la peine de cacher mes ricanements, en exaspérant Chloé au passage.

– Oui, tu as sans doute connu plus romantique… Très certainement… Ils sont où, d'ailleurs, ces romantiques ?

Cette fois, ma sœur grogne.

– Mamaaaannn ! C'est bon ! Ce n'étaient pas les bons, c'est tout ! Tout le monde n'a pas la chance de tomber sur « Samuel, l'homme super parfait », figure-toi !

– Mouais… En attendant, le petit Emeric est très… genre très mignon… Enfin, moi ce que j'en dis… Mais quand même… Et surtout, nous connaissons les parents, c'est une valeur sûre… Ton père serait tellement ravi que sa fille épouse un Milighan !

Ma sœur tourne au rouge teinte « cette fois, c'est bon » et vocifère en tentant de rester polie :

– Bord… de Put… de Mer… MAMAN ! On peut éviter de parler de mariage, là ? C'est n'importe quoi !

Notre mère passablement éméchée éclate de rire en se relevant maladroitement et laisse ma sœur continuer à braire à mes côtés en rejoignant l'intérieur du navire…

– Non, mais sérieux ! Elle me saoule !

– C'est pourtant elle qui boit !

– Ah, ah ! Ça, pour picoler… Et c'est toujours sur moi que ça tombe !

Ce n'est pas faux. Mais il faut savoir que mon prétendant d'enfance à moi est gay et ne le cache pas. Donc, je suis tranquille. Milan a le même âge que moi, donc s'il avait été célibataire et hétéro, j'y aurais aussi eu le droit. Quand nous étions jeunes, nos parents dessinaient nos avenirs comme ça. Emeric et Chloé, Milan et moi… Mais… Pour le moment, nous sommes loin du compte. Enfin, en ce qui me concerne. Mais Emeric et Chloé restent un leitmotiv chez nos parents respectifs.

Ma sœur continue de grommeler en se tournant une nouvelle fois sur le transat.

– De toute manière, même si je le voulais, Emeric ne serait pas intéressé.

J'interromps mon exploration intensive du ciel pour lui jeter un œil.

– Pourquoi dis-tu ça ?

– Ben, c'est d'une évidence implacable, il est gay, voyons !

– Hein ? D'où sors-tu un truc pareil ? Lointain, rêveur, dans son monde oui... Mais gay ? Je n'ai jamais vu Emeric avec un autre homme.

– Ni avec une nana non plus !

– Pas faux.

– Si tu réfléchis, lors de notre soirée à Athènes, et d'ailleurs, depuis le début de la croisière... Tu l'as vu parler à Milan ?

– Oui...

Elle me lance un regard désabusé.

– Vraiment ?

– Attends que je réfléchisse... À table, ce midi...

– Super, ils se sont passé le plat de patates !

Je retiens un rire pendant qu'elle reprend :

– Non, je veux dire... avant, ils restaient souvent ensemble... La dernière fois ils ont passé une nuit tous les deux sur cette île déserte... Mais là... Ils ne se calculent pas... Et... Regarde...

Je me tourne dans la même position qu'elle pour observer ce qu'elle désigne du menton. Emeric se dirige vers l'intérieur du navire et se voit obligé de passer non loin de Milan, assis devant son PC à l'entrée. Ce dernier relève la tête et adresse quelques mots à Emeric qui rougit en se faufilant dans la cabine principale.

Ma sœur s'esclaffe.

– Tu vois !

– Euh... je suis censée voir quoi, exactement ?

– Il a rougi, Elsa ! Et il s'est enfui ! Il fait ça depuis notre départ... Il en pince pour Milan, c'est évident ! De plus, il m'a dit qu'il ne voulait pas venir, mais que Clifford et Mathilde (ses parents) l'ont menacé pour qu'il vienne avec nous ! Moi, je te dis, y a un truc.

J'observe un instant Milan, tapotant tranquillement sur son clavier.

– Tu crois qu'ils ont eu une... aventure tous les deux ? Sur l'île ? Ou à Toulouse, sans que l'on soit au courant ?

– Non, je ne crois pas... Mais... À mon avis, connaissant Em, il a les boules de parler à Milan parce qu'il le kiffe. J'en suis quasiment certaine... C'est un sensible, notre Chouchou... En général, il s'arrange mieux avec ses fusains et son papier qu'avec les gens.

– Et Milan, lui, il a toujours un train de retard et ne capte rien non plus... Alors qu'il adore Emeric !

– Ben oui ! Et notre Em est quand même vachement plus intéressant que son ex ! Quel sale con, celui-là !

– Et en plus, il était moche !

– Ouais ! Et moi je trouvais qu'il avait une odeur... tu sais...

– Naphtaline !

– Voilà...

– Mais il n'est plus là...

– Mais Em est là, lui...

Elle soupire en s'affalant sur son siège...

– Et dire que les parents me gonflent avec lui alors qu'il est gay... Si seulement il se montrait un peu moins timide, je serais tranquille !

Je m'installe sur le dos et lui pique ma revue.

– Sauf que ce n'est pas le cas. Alors, te voilà bonne pour entendre ce refrain jusqu'à ce qu'il se décide à....

Nous ne sommes pas sœurs pour rien... Nous sommes frappées par la même idée, au même moment. Je me redresse en même temps qu'elle.

– Sauf si...

– ... nous le forçons à se bouger les miches...

– ... et ouvrons un peu les yeux à Milan...

– ... comme ça, je me débarrasse des parents...

– ... et on a trouvé un truc pour nous occuper...

– OUI !

– Génial !

Ma sœur sautille d'excitation sur son transat.

– Je sais déjà ce qu'on va faire ! Ça va être excellent... Je sens qu'on va enfin se marrer sur ce rafiot !

Je mets quand même un bémol.

– Par contre... On reste dans le gentil. J'adore Milan et Emeric...

– Mais oui, on leur rend service, au contraire ! Des anges nous serons !

– Et la foi nous garderons !

– Et nous marrer nous allons !

– Et s'embrasser ils vont...

– Et leurs culs ils...

– CHLOÉ !

Elle lève les mains devant elle en signe d'innocence.

– Ils bougeront ! J'allais simplement dire « ils bougeront » !

– Ben voyons !

Nous ricanons comme deux cruches en nous penchant l'une vers l'autre pour échafauder notre plan… Les vacances commencent.

Milan

« Et je sais que j'ai merdé. Mais on ne peut pas effacer tant d'années comme ça… J'aimerais que tu me pardonnes, que tu me donnes une seconde chance, parce que j'estime que nous y avons tous droit. J'y ai droit. Notre couple y a droit aussi, parce qu'il est beau. Et toi, toi, tu mérites d'être heureux. Je te connais si bien que je saurai te rendre le plus heureux des hommes. Je voudrais que tu répondes à mes SMS. Que tu acceptes de me revoir pour que je puisse t'expliquer comment nous serions bien, comme avant, Et… »

Je rabats l'écran de mon ordinateur violemment. Ce mec n'a vraiment aucune limite. Après ce qu'il m'a fait, comment peut-il me parler de bonheur ? Évoquer le passé où tout n'était que mensonges et trahisons ? Il est taré, ou quoi ? Bien entendu que je ne répondrai à aucun SMS, ni à son mail, et encore moins à ses appels. De toute manière, il est bloqué sur mon téléphone. Ses SMS à la con, je ne les reçois même pas ! Et d'ailleurs…

J'ouvre à nouveau mon ordinateur et le signale comme spam sur ma boîte mail.

Voilà ! Comme ça, on est tranquille !

– Mon fils, mon fils… Il faudrait peut-être penser à arrêter de travailler un peu ! Regarde, il fait beau…

Ah ben non, on n'est pas tranquille… Ma mère. Visiblement autant amochée qu'Astrid. Ils commencent bien les vacances, y a pas à dire !

Je me pousse pour la laisser s'asseoir à mes côtés et pas sur mes genoux comme elle semblait vouloir le faire.

– Oui, maman. C'est pour ça que je me suis installé dehors. Parce qu'il fait beau.

Elle secoue la tête en fermant un œil. C'est dingue de se mettre dans des états pareils… Remarque, elle est drôle. Et puis… Rien ne les attend. Nous sommes loin de tout et rien n'est prévu aujourd'hui… Alors bon…

Elle caresse ma joue en me regardant tendrement… ou alors elle est au bord du coma éthylique, j'ai du mal à discerner. Je pince les lèvres pour garder mon sérieux.

– Mon fils… Mon Lapinou…

– M'man !

– Ben quoi ? Tu resteras mon Lapinou, tout aussi grand et fort que tu puisses être… Tu ne vas pas discuter avec Elsa et Chloé ? Et… Mon Dieu ? Où se trouve Emeric ? On ne l'a pas oublié lors de la dernière escale ?

Seigneur !

– Non, maman. Emeric est bien à bord. Il a mangé avec nous, je te rappelle…

Elle pose les deux mains sur la table, l'air décidé.

– Ah, oui. Je me disais aussi… bon… alors, justement. J'en parlais avec Mathilde. Elle s'inquiète pour son fils. Il semble étrangement distant depuis le départ du voilier. Tu en sais plus ?

– Euh, non. Une fille qui l'attend peut-être à Toulouse ? Je ne sais pas, il ne me parle pas beaucoup non plus. Mais tu sais… Emeric, c'est un doux rêveur… Il a besoin de son univers, parfois…

Rêveur, OK, c'est ce dont je tente de me persuader… Mais honnêtement, je le trouve plus distant que nécessaire. Certes, il a toujours été un peu lunaire, et c'est une facette de lui qui me fascine presque, mais à ce point… j'avoue que j'en suis tout autant étonné qu'elles. Mais après tout, cela fait trois ans que je ne l'ai pas côtoyé, donc je ne suis plus aussi proche de lui qu'avant. Nous nous sommes croisés aux Noëls et je n'ai pas assisté aux réveillons du Nouvel An.

Ma mère se lance dans une réflexion profonde. Un long moment. Puis s'extirpe de la banquette d'un air décidé.

– Bon, je crois que je vais aller vomir. Pas terrible ce rosé. Et, bien entendu, tu ne dis rien à ton père. Sinon, mes vacances sont fichues. Je te laisse.

Et elle repart d'où elle est venue, aussi dignement que possible. J'abandonne à mon tour mon bureau de fortune et vais trouver les matelots qui affalent la voilure pour la nuit afin de leur donner un coup de main. Parce que j'adore ça. Je suis né dans le monde des bateaux, de toutes sortes. Et c'est vraiment les voiliers que je préfère. Celui sur lequel nous naviguons est impressionnant. Douze chambres, dont huit relativement spacieuses, un espace de vie couvert et un pont immense. Il ressemble, volontairement, à un vieux gréement, avec un système de voilure complexe et trois mâts. Bref, on ne va pas rentrer dans les détails, mais c'est un beau bébé. La nouvelle ligne de la société Milighan, Faubert et Doucet. Le produit de luxe que nous sommes censés tester pendant ces vacances.

J'avoue que le navire et le personnel engagé m'impressionnent.

– Eh ! Milan ?

La petite Chloé arrive vers moi, tout sourire. Enfin, petite… Elle ne l'est plus tant que ça… J'ai l'impression de parler comme un vieux !

– Ouais ?

– *La Gironde* va amarrer pour la nuit. Enfin, je crois… Bon, OK, j'ai décrypté difficilement ce que le marin barbu m'a dit… On plonge ?

– Pourquoi pas ? Je termine de baisser la voilure et je vous rejoins.

Elle hausse les épaules.

– Non, on t'attend ! Em, Elsa, il vient avec nous ! On donne un coup de main pour les voiles.

Je l'écarte d'une main.

– Merci, mais ça va aller, Chloé.

Toute personne normalement constituée ne demande absolument aucun service à Chloé sur un bateau. C'est une catastrophe ambulante. Elle serait capable de percer la coque en descendant une voile.

Elsa et Emeric nous rejoignent pendant que j'accélère le mouvement pour affaler la voile. Sauf que le mécanisme bloque. Le personnel navigant baragouine en grec et m'écarte du mât. Mais je les repousse comme je l'ai fait pour Chloé à l'instant. J'ai une idée pour dérider Emeric. Je me tourne vers lui.

– C'est bloqué. Tout en haut… Je dirais… Quinze mètres… Partant ?

Un truc entre nous. Nous nous sommes toujours tiré la bourre à savoir qui grimpait le plus vite. Ses yeux verts me scrutent, le visage toujours aussi fermé que depuis le début du voyage. Je lui adresse un sourire narquois.

– À moins que tu ne t'avoues vaincu ?

J'arrive à lui décocher un sourire désarmant. Son nez se plisse, animant ses taches de rousseur. Ses lèvres s'étirent en découvrant une dentition parfaite, la blancheur détonnant sur sa peau déjà gorgée de soleil. D'un geste nonchalant de la tête, il repousse les mèches brunes et ondulées lui tombant sur les yeux pour me défier du regard, sans entrave.

– Tu vas encore perdre…

– J'ai gagné la dernière fois !

– Ben voyons !

Il ne m'écoute déjà plus en attrapant le cordage de son côté du mât. Nous grimpons comme à l'époque où nous passions notre temps à ça. Mais je dois avouer que j'en ai perdu là où il en a gagné. Il me devance de toute sa hauteur au bout de quelques secondes.

Merde !

Emeric

Accroché au cordage, j'attends que Milan me rejoigne en tentant de retenir mon sourire. Il arrive à mon niveau et nos yeux se rejoignent sans que nous prononcions un mot. Il est toujours aussi beau, si ce n'est plus. Depuis le départ de *La Gironde,* j'essaye de ne pas le remarquer. Je l'évite comme je le peux. Mais c'est compliqué. Parce que, aussi stupide et puéril que cela puisse paraître, Milan obsède mes jours et domine mes nuits depuis trois ans. Depuis que j'ai goûté sa peau et ses bras sans qu'il ne bronche ni réalise quoi que ce soit.

Ma mère m'a toujours dit que j'étais un mec ultra têtu et borné. Eh bien, elle peut se réjouir, car elle a totalement raison. Milan en est le parfait exemple. Il est passé sur mon cœur et s'en est emparé sans le vouloir, sans que je cherche à m'échapper, et cet état de fait perdure depuis des années. Trois ans au moins, voire plus. Et c'est compliqué. Parce que ma vie sentimentale est mise entre parenthèses depuis lors, et que je n'essaye même pas de m'extraire de cette addiction qui me tue en dominant mon existence.

Et le voilà. Là, en face de moi. Son visage trop près du mien et son corps tendu sur ce mât, juste contre mes avant-bras, si proche et en même temps si lointain…

Mon corps, lui, se met à trembler dans cette proximité à laquelle il n'est pas habitué. Quant à mon esprit… Je n'en parle même pas. Je perds tous mes moyens. Mes yeux survolent les siens, ses cheveux blonds hirsutes, son sourire frais et tentateur, ses pommettes, sa barbe de trois jours, son cou, puis cette petite bande de peau juste au-dessus de la ceinture de son bermuda, sa peau hâlée et cette cicatrice à quelques centimètres de son nombril...

Mes yeux fixent cette légère ligne plus blanche que le reste. Ma marque sur lui. Celle due à nos jeux d'enfants, quand j'avais douze ans et lui seize. Je n'avais pas fait exprès de lui enfoncer ce couteau dans le ventre. Nous limions des branches pour construire un mini radeau et ma main avait ripé... Blessure superficielle, mais marque ancrée à vie sur sa peau. Un témoin de notre passé. Moi, tatoué sur lui. La seule parcelle de lui qui m'appartient un peu.

– Bon, OK. Je m'avoue vaincu.

Il me rappelle à la réalité en attrapant la drisse emmêlée.

– Tu peux tirer, là ?

J'obéis, l'esprit définitivement envolé et les yeux fuyants. Fin du moment sympa. Je sais que je dois le sortir de ma tête, mais je n'y suis pas parvenu en trois ans passés loin de lui. Alors, autant dire qu'ici, pendant cette croisière, c'est peine perdue. Je dois me contenter de sentir sa présence et d'attendre que ça passe.

Je tire sur le cordage pendant qu'il le replace correctement dans la poulie. Nos doigts se frôlent et mon cœur dérape. Tout s'emmêle en moi. J'ai envie de prendre cette main et de la caresser. Envie de le garder là, à quinze mètres au-dessus du sol, et que lui m'emmène beaucoup plus haut. J'en crève de désir. J'en tremble d'envie. J'en perds l'esprit tellement ce besoin brouille tout le reste. Il est trop près, trop beau, trop lui.

Ma gorge s'assèche et je détourne une nouvelle fois les yeux, les portant au loin vers l'horizon pour tenter de maîtriser mes réflexes. Milan termine de dénouer la drisse et enroule son bras au mât, posant son visage juste à côté du mien, observant le panorama.

– C'est toujours aussi beau.

Oui, c'est beau. J'ai l'impression d'être au Paradis. Lui, juste de l'autre côté du gréement, son bras contre mon torse et son sourire qui réchauffe mon cœur... La mer à perte de vue, la hauteur depuis laquelle nous l'observons et le ciel pour seul témoin de ce partage qui n'a toujours appartenu qu'à nous. Grimper au plus haut sur un mât a toujours été notre truc. Les filles, aussi envahissantes qu'elles aient pu être, n'ont jamais participé à ces petits instants hors de l'univers. Ils nous appartiennent. Juste à nous.

– Non, mais qu'est-ce que vous foutez ?

La voix de mon père au pied du mât interrompt ce moment alors que je réalise que je m'y étais plongé malgré mes résolutions. C'est difficile de résister à l'attraction de tous les souvenirs et de tout ce qui nous rapproche. De tout ce qui fait qu'il est et sera toujours le mec parfait pour moi. Mon âme sœur.

– Vous voulez mourir ? Et les harnais de sécurité ? C'est fait pour les perruches ?

Pierre, le père de Milan.

– Bordel de bordel ! Décidément, toujours aussi cons ces deux-là ! Descendez tout de suite !

Et forcément, le troisième larron, Jean. Le père des filles. Le visage de Milan s'éclaire d'amusement encore davantage.

– Oups, la sécurité… Ils n'ont pas changé non plus… Toujours aussi chiants ! Vas-y, descends, je te suis.

Je lève les yeux au ciel, mi-agacé de devoir quitter ce petit instant en duo, mi-soulagé de mettre fin à ma torture. J'entame la descente sans rechigner.

Les pères me tombent dessus dès que je pose le pied sur le pont tandis que les filles ricanent comme des mouettes derrière eux.

– Et la sécurité, bordel !

– Je vous interdis de recommencer un truc pareil !

– On ne va pas vous punir comme lorsque vous étiez gamins, bordel de merde !

– Ben si, on devrait !

Les reproches pleuvent de tous les côtés. Je ne réponds pas, attendant que ça passe. Jusqu'à ce que la main de Milan se pose sur mon épaule et me pousse vers les filles, toujours en mode ricanements ridicules.

– Bon, c'est bon. On a compris. Pardon, on va se baigner.

Jean grouine – oui, je crois que c'est le mot le plus adéquat – en se relançant dans une autre série de reproches par anticipation :

– Et je me permets de vous rappeler que ce navire possède une plateforme d'accès au niveau de flottaison, pas besoin de sauter du pont !

Milan s'esclaffe en continuant de s'éloigner d'eux en m'emportant avec lui.

– Mais tu nous prends pour qui ?

Ils nous suivent. *Forcément !*

– Pour des garnements qui grimpent à un mât sans baudrier !

– T'inquiète…

Milan lâche mon épaule, me dépasse en retirant son t-shirt et ses pompes qu'il laisse derrière lui sans même faire semblant de vouloir les ranger, puis déboutonne son bermuda en arrivant à quelques pas du bord du bateau.

Il grimpe, en simple caleçon de bain, sur la rambarde en s'accrochant à un cordage qui traîne là. Je bave littéralement. Il a vraiment un corps parfait. Sa peau est déjà hâlée, comme caramélisée, son dos légèrement cambré, met en valeur un fessier parfait… Et je maudis les shorts de bain larges qui ne montrent rien. À l'instar des règles de piscines municipales, ils devraient être interdits pour tout bain de mer. Pour les mecs comme lui, au moins !

Son père vocifère à côté de moi.

– MILAN !

– Oui, c'est bon, P'pa ! Vous venez les Schtroumpfs ?

Et il plonge. Chloé attrape ma main en poussant un cri de joie :

– On arrive !

Les pères grognent et tentent d'exercer une quelconque autorité sur leur progéniture. Mais franchement, c'est totalement loupé. Je suis Chloé et Elsa qui retirent leurs robes et leurs tongs, et je fais de même. Après tout, quitte à être enfermés sur un rafiot, autant le prendre du bon côté. Je resterai avec les filles et éviterai Milan, c'est tout.

Elsa plonge comme une sirène pendant que Chloé grimpe sur la rambarde en me tendant la main.

– Viens, Em… On saute en amoureux !

Hein ? Elle m'adresse un sourire mi-sournois mi-drôle dont elle seule détient le secret. J'attrape sa main en posant les pieds à côté des siens. Elle m'adresse un regard désarmant.

– À trois ?

Je hoche la tête, sachant très bien que ce sera à :

– Un !

Elle saute et m'entraîne avec elle. Je plonge les pieds en premier dans l'eau fraîche. Je lâche la main de Chloé en me maintenant droit et tendu pour atteindre les profondeurs, avant de me laisser remonter à la surface. J'ai à peine le temps de reprendre mon souffle qu'une paire de bras m'enlace le cou et me fait pivoter vers leur propriétaire.

Une poitrine plutôt opulente à peine cachée par deux triangles ridicules se colle à mon nez.

— Ça va, Chaton ?

Mais qu'est-ce qu'elle me fait ?

Chloé enroule les jambes à mes hanches, collant son intimité à la mienne.

— On va un peu plus loin ?

Je décroche ses jambes de mes hanches, presque en état de choc.

— Euh, non !

Elle embrasse mon cou, violant carrément mon intimité.

— Allez ! Regarde, ils n'ont pas besoin de nous !

Je jette un œil à sa sœur et Milan qui nagent effectivement au loin sans se soucier une seule minute de nous.

— D'accord, mais non.

Je saisis ses bras pour les dénouer de ma nuque. Mais elle ne semble pas d'accord et ne se laisse pas faire. Telle un morceau de scotch, elle enroule à nouveau ses jambes à mon bassin.

— Allez… On est adultes maintenant. Tu te rappelles nos bisous dans les toilettes ?

Elle me sourit amoureusement. Elle a fondu un câble ?

— Comment l'oublier ? Mais on avait cinq ans, Chloé !

— Ben justement, ça commence à dater. Il faudrait sans doute…

Je retire une nouvelle fois ses jambes de mes côtes.

— Écoute, je ne crois pas que ce soit une bonne idée.

— Oh, allez ! On s'en fout, c'est les vacances… détends-toi !

Me détendre ? J'ai plutôt envie de m'enfuir ! C'est la première fois qu'on me drague aussi ouvertement. D'habitude, quand ça arrive, la méthode est plus subjective et il me suffit de faire semblant de ne pas le remarquer, mais là… Et ce n'est pas n'importe qui, c'est Chloé. Je ne veux pas la vexer… Mais d'un autre côté, après cet épisode des toilettes de nos jeunes années, nous n'avons jamais plus été attirés l'un par l'autre. Alors, qu'est-ce qu'elle fout avec ce délire subit ?

— T'as bu ?

Sourire amusé.

— Non, mais si tu veux, on peut aller boire et après je t'invite dans ma cabine ?

– Quoi ? Mais qu'est-ce qui te prend ?

Elle pose sa tête sur mon épaule, pire que du sparadrap.

– Un petit câlin, Em chouchou...

Je panique complètement. Aucune habitude de ce genre de rapprochement. Et surtout, pas du tout intéressé. Je jette un œil à *La Gironde*, et... *Oh, merde !* Les six parents nous observent. Ma mère essuie une larme sur sa joue, de bonheur, sans aucun doute, et ses deux copines semblent aux anges. *La poisse ultime !*

Je pousse Chloé loin de moi.

– Arrête tes conneries, on n'a pas besoin de ça. Ils sont déjà tous au taquet sur nous deux, tu empires les choses.

Oui, parce que ma mère est ultra paniquée depuis des mois et qu'elle commence à trouver louche le fait que je ne ramène personne au déjeuner du dimanche. Elle attend une gentille future belle-fille, avec qui elle pourra parler de moi dans tous les sens... Sauf qu'elle est loin du compte puisque je suis gay. Non pratiquant, certes, mais fervent croyant. Mais ça, vu que justement je ne pratique pas, je n'ai pas jugé utile d'en parler à ma mère pour le moment. Donc, elle se fourre dans la tête des tas de scénarios improbables avec ma voisine, une pote qui pose pour moi parfois et réciproquement, la fille de la boulangère du quartier... Et bien entendu Chloé, qui reste son choix préféré, bien loin devant toutes les autres. Donc, le cinéma de cette chère Chloé tombe plus que mal. Je m'éloigne significativement d'elle avant qu'elle n'ait le temps de jouer une nouvelle fois la sangsue, et je prends le large en nageant à l'opposé des deux autres, à cause Milan.

De mieux en mieux. Donc, maintenant, j'évite Milan ET Chloé. Vacances de merde !

Quand tout ne se passe pas comme je l'aimerais, et quand je ressens le besoin de m'extraire de la surface de la Terre, j'ai cette chance que beaucoup n'ont pas. J'ai toujours mes mains, mon carnet et un crayon à proximité. Un casque, mon téléphone, et ce soir, un paysage superbe, source d'inspiration infinie...

Mon carnet sur les genoux, Shinedown et leur dernier album reprenant *Get Up* dans les oreilles, je laisse mon esprit s'évader à l'horizon et mon crayon voyager sur le papier... Seul et en paix.

Une paire de doigts tire sur mon casque alors que le monde venait enfin de disparaître de mon esprit... Chloé, une serviette à la main.

– Attends, tu as les cheveux trempés. Laisse-moi t'essuyer.

Elle s'agenouille derrière moi et me frotte la tête vigoureusement. J'ai l'impression de passer dans une bétonneuse.

Je m'écarte vivement de ses mains.

– Mais, pourquoi fais-tu ça ?

– Les cheveux humides, ça rend malade !

– Chloé, il fait au moins 25 °C !

– Ce n'est pas le problème !

– Non, ça c'est clair que la température actuelle n'est pas le problème du jour ! C'est toi le problème ! On peut savoir pourquoi tu joues les amoureuses transies, tout à coup ?

Je connais bien Chloé. C'est une amie, une vraie. Nous avons partagé beaucoup de choses ensemble, en tant que « petits » de la troupe. Nous avons toujours été très complices alors son attitude est ridicule. Et je ne pensais pas que... enfin, que je lui plaisais ! J'étais même quasiment certain qu'elle se doutait de mon penchant gay... Mais ce n'est visiblement pas le cas. Ou alors, elle a autre chose en tête. Mais pour décoder les messages de Chloé, il faut se lever de bonne heure, donc autant dire que je ne comprends rien.

Elle se penche vers moi et me frotte le dos. Enfin, elle me gomme le dos. Sa serviette est rêche, de la paille de fer serait plus moelleuse...

– Chloé, cette fois, tu me saoules ! Va sécher ta sœur !

– Elle est déjà sèche ! Et c'est toi que j'ai envie de sécher, Chouchou ! Et moi, j'ai envie d'être humide...

Sérieusement ?

J'attrape la serviette, plus qu'excédé, et la balance par-dessus bord, sans prêter attention à son regard effaré.

– Problème résolu ! Et ne m'appelle plus Chouchou !

Je me retourne et me concentre à nouveau sur le paysage et mon bloc à dessin. Mais penser que cela suffirait pour persuader Chloé de m'oublier serait stupide.

Il faut croire que je suis stupide !

Elle passe ses bras autour de mon cou et se laisse tomber contre mon dos, la tête sur mon épaule.

– Tu fais quoi ?

– Je prépare une bouillabaisse !

Elle glousse avec raffinement, repousse une mèche de ses cheveux dans un geste de séduction grossier et embrasse ma joue.

– Chouchou… Détends-toi !

– Ne m'appelle pas Chouchou !

Ses mains caressent mes avant-bras avec sensualité.

– Tu sais que tu es devenu très séduisant ?

Je me relève vivement pour m'écarter d'elle. J'ai horreur de ça ! Je ne suis définitivement pas habitué à ce genre de contact. Surtout pas avec une femme, et encore moins avec Chloé ! Je la considère comme ma sœur !

Elle me coule un regard enamouré qui me glace le sang. Nous nous engageons sur un terrain sur lequel je ne suis vraiment pas à l'aise. Je crois que je rougis, je suis certain que je tremble et j'espère ne pas bafouiller.

– Écoute, je ne sais pas quelle mouche t'a piquée, mais oublie.

Elle penche la tête en entortillant une mèche de cheveux à son doigt.

– Mais rien… Tu me plais, c'est tout… On se connaît tellement bien… Et nos parents…

– Nos parents se mêlent clairement de ce qui ne les regarde pas ! Sache que je fais un effort surhumain pour ne pas les envoyer paître à peu près toutes les minutes, depuis que nous avons quitté Athènes ! Et d'autre part…

Je ne tiens pas à lui raconter ma vie, et encore moins mon intimité. Mais c'est Chloé, un spécimen encore plus têtu que moi. Je ne veux pas qu'il existe de malentendu entre nous.

– D'autre part, je suis gay, Chloé. Je suis désolé, mais les femmes ne m'intéressent en aucune manière.

Je suis moi-même presque choqué par les mots que je viens de prononcer à voix claire et intelligible. Comme si c'était si simple… Pourtant, une sorte de trouble me brouille l'esprit…

Je viens réellement de lui avouer que j'aimais les hommes ?

Ce n'était pas du tout prévu… Elle m'agace à me pousser si loin dans mes retranchements ! Elle m'observe un moment, ses yeux tentant de lire entre les lignes. Mais, il n'y a justement rien à lire d'autre. Je la laisse donc faire en essayant de reprendre une apparence posée et sûre de moi. Elle finit par froncer le nez, sceptique.

– Je ne te crois pas !

Je soupire en m'agenouillant devant elle. Je n'aime pas les femmes, mais d'une certaine manière, j'aime Chloé. Et je ne veux pas lui faire de mal, si effectivement elle s'est soudain sentie prise d'une envie subite de tenter un truc avec moi.

– C'est pourtant la vérité. J'aime les hommes, c'est tout.

– Alors pourquoi ta mère continue-t-elle d'essayer de nous pousser l'un vers l'autre ?

– Parce qu'elle n'est pas au courant. Donc, s'il te plaît, ne lui dis rien.

Elle ne semble pas convaincue.

– Et pourquoi ?

– Parce que… Je ne suis pas prêt à lui expliquer cette partie de ma vie. Pas encore.

– Et pourquoi ?

Celle fois, elle me saoule.

– Parce que ! C'est tout !

Je ne peux pas le dire à ma mère, parce que celui pour lequel je nourris des sentiments plus que démesurés n'est pas le bon, et que rien n'aura d'issue. C'est déjà assez compliqué à gérer, alors si ma mère apprend que je suis gay, elle voudra en savoir plus. Et, parce que c'est la mère la plus intrusive de la planète, elle réussira à tout savoir. Et je me retrouverai avec mes sentiments étalés au grand jour alors que je veux les conserver pour moi, juste en moi, les chérir et les pleurer comme bon me semble. Je veux pouvoir dessiner son corps et ne pas avoir peur qu'on découvre qui il est, sourire en repensant à son visage sans qu'on me regarde avec suspicion, rêver sans que personne ne vienne interférer dans ce que moi je considère comme beau, même si je sais que ce n'est pas le cas. Bref. C'est mon histoire. Belle ou non, heureuse ou non, elle m'appartient et j'en fais ce que j'en veux.

La voix d'Astrid se fait entendre depuis la table d'extérieur.

– À table les amoureux !

Rien que ce mot me pétrifie d'effroi. Nous nous relevons et Chloé coiffe rapidement ses cheveux en chignon en me détaillant du regard.

– Dans tous les cas, ton mensonge ne prend pas avec moi, Emeric Milighan ! Je pense tout simplement que tu es trop timide pour aller vers qui que ce soit, et je suis persuadée qu'il te faut une femme qui prenne les devants. Et, je crois, sans trop m'avancer, que je suis cette femme, justement. Allez, Chouchou. On va manger !

Elle a en partie raison. Oui, je suis timide. Oui, une main tendue ne me ferait pas de mal. Et me soulagerait aussi. Mais pas la sienne. Et pas non plus pour aller vers elle… J'en suis désolé pour elle, mais si je sais ce que je veux, je sais également ce que je ne veux pas… Et malheureusement, elle fait partie de la seconde catégorie. Ce serait pourtant plus simple. Pour tout le monde.

⚓

– Et donc, nous allons rester la nuit à terre. Nous ne reviendrons qu'au cours de la journée du lendemain. Vous garderez *La Gironde* en attendant !

– Nous vous conseillons d'aller visiter Mykonos, c'est vraiment un lieu sympa.

– Et très beau !

– Ah oui, ça, pour être très beau ! Et alors, il y a plein d'hommes très, très beaux aussi… Ici les gens sont toujours bien apprêtés, ils ne se laissent pas aller… un véritable plaisir pour les yeux ! J'adoooorrreee Mykonos !

Ça, c'est ma mère. Je repère Milan lancer un regard entendu à Elsa qui retient un rire. Et j'aurais sans doute expliqué à ma chère génitrice que Mykonos est quand même réputé pour être un lieu branché qui attire les touristes gay, et que de fait, cela explique peut-être certaines choses, mais je suis trop occupé. À ma gauche, Milan que j'essaye de ne pas trop coller, parce que dès que je le touche, je rougis. Et ce n'est pas une réaction allergique. Loin de là. J'adore son parfum et le contact avec son avant-bras me perturbe beaucoup trop. Et à ma droite… Chloé. Elle, par contre, elle me tripote sans vergogne sous la table. Et la pesanteur sur ce bateau doit être déréglée parce qu'elle glisse de plus en plus contre moi… Elle va bientôt manger dans mon assiette, si elle continue !

En équilibre sur une fesse, je manque de m'affaler sur Milan à la moindre vague qui ferait tanguer le navire. Ou à la moindre Chloé qui glisserait d'un millimètre supplémentaire dans ma direction. C'est bien simple, pour schématiser, nous sommes installés sur une banquette prévue pour quatre personnes et elle occupe au moins deux places et demie ! Milan, une place normale un peu réduite, et moi... une fesse. Ce dîner est un supplice sans nom. Je transpire, je bafouille et je dois certainement être d'une couleur pivoine assez intéressante.

La faute à cette proximité de Milan, qui me sourit en observant de temps à autre le manège de Chloé. Je ne sais pas si je dois expliquer, ou pas. J'essaye déjà d'éviter de laisser mon amie, qui a perdu le sens commun, envoyer des signes trop clairs à nos mères qui ne nous quittent pas du coin de l'œil.

Elle recommence d'ailleurs, en se penchant sur moi, toute poitrine en avant.

– Tu peux me passer le sel, Chouchou ?

Je pointe l'index derrière elle, sur la table.

– Il est là-bas.

Elle tourne la tête sans déplacer ses seins et se frotte à mon bras.

– Ah, ben oui, suis-je bête ! Quelle idiote !

– Oui, voilà !

Elle s'écarte légèrement, puis revient à la charge, cette fois, les lèvres en cul de poule, tendues vers moi.

– T'aimes bien la couleur de mon rouge à lèvres ?

Les seins, la bouche, et maintenant sa cuisse contre la mienne ! C'est indigeste ! Je me racle la gorge.

– Euh. Oui. Bof.

Elsa retient difficilement un fou rire. Au moins une qui se marre. Je tourne la tête vers Milan qui m'observe, pendant que nos pères discutent de je ne sais quoi et que nos mères semblent captivées par le spectacle que nous offrons.

Elles « chuchotent » entre elles, sans aucune discrétion.

– Ah, mais voilà, je t'avais dit, Mathilde, qu'il fallait laisser les choses se faire.

– Oui... Ils sont mignons quand même ! Je me souviens d'une fois où ils avaient voulu échanger leurs couches... Qu'est-ce que c'était adorable !

– Déjà, à l'époque, on aurait pu les marier !

Enfer ! Damnation ! Chloé, je te hais ! Je jette un regard désespéré à qui veut bien le prendre. Et c'est Milan qui s'y colle, s'écartant un peu sur sa gauche pour me laisser de la place. À cet instant précis, je suis en mode « survie ». Plus de gêne ou de retenue vis-à-vis de l'homme qui terrorise mon cœur. J'ai envie d'aller m'asseoir sur ses genoux et de me blottir dans ses bras musclés pour qu'il me protège de la « vilaine Chloé croqueuse de moi » ! Je me colle donc à lui sans vergogne pour échapper à la mante religieuse qui me sert de voisine de droite.

Elle n'a d'ailleurs sans doute pas terminé son numéro. Ce serait trop simple. Je termine mon assiette en la surveillant du coin de l'œil. Elle sourit à sa sœur, attrape le saladier et se tourne vers moi :

– Encore un peu de salade, mon cœur ?

Sa main se pose en même temps sur mon membre. Comme ça ! Sous la table. Cette fois, c'est trop ! Je sursaute en lâchant un cri de mouette !

– Ah, mais merde ! Fais chier ! Dégage !

Je balance ma serviette sur mon assiette et la pousse sans retenue, tellement rapidement qu'elle n'a pas le temps de réagir. Elle s'affale sur les fesses en bout de banquette, le plat de salade se déversant sur ses cheveux avant de rouler au sol. Elsa éclate de rire et Milan la rejoint dans l'hilarité. Je n'y prête aucune attention et glisse à mon tour avec précipitation hors de la tablée en prenant grand soin de l'éviter.

Ma mère, indignée, m'invective depuis sa place.

– Enfin Emeric, quelle est cette manière de parler et de quitter la table ? Regarde ce que tu as fait à cette pauvre Chloé ! Excuse-toi !

– Certainement pas ! Je n'ai plus faim. Je m'enferme dans ma chambre. Et le premier qui tente d'y pénétrer passe par le hublot. J'ai prévenu !

En déclarant ça, j'ai bien sûr fixé lourdement Chloé qui se réinstallait l'air penaude sur la banquette en récupérant les bouts de laitue collés à ses mèches. Je n'attends pas sa réponse et n'entends pas celle de ma mère. Je tourne les talons et me précipite vers ma chambre pour m'y enfermer à double tour. Je me laisse glisser au sol le long de la porte. Qu'est-ce que c'est que cette croisière de malades qu'ils nous ont organisée ? Si je survis à ces dix jours, je peux m'estimer heureux !

Chapitre 2 ~2

Sweet Summer

Milan : Alexandre m'a recontacté.

Dorian : Bonjour. Tu l'as envoyé chier, j'espère ?

Valentin : On est obligés de parler de ce con dès 6 h ? Salut, au fait !

Marlone : Alexandre… Alexandre… ?

Milan : J'ai viré son mail. Mais il m'a fait comprendre qu'il m'avait envoyé des SMS. Et comme je l'avais bloqué, je n'avais pas vu. Je suis allé regarder. 567 SMS ! Ça fait + d'un par jour. Oui. Hello !

Valentin : Super, j'espère qu'il s'est choppé une tendinite au pouce, ce connard !

Dorian : Milan, je n'espère pas que je comprends ce que je dois comprendre… ?

Marlone : Y a quoi à comprendre ? Alexandre… ? Laissez-moi me rappeler…

Milan : Non, mais je constate, simplement. Y a rien à comprendre.

Valentin : T'as plutôt intérêt à « simplement » constater ! Préviens-le que la prochaine fois que je le vois, je demande à mon chien de lui bouffer les noix !

Dorian : Val, dois-je te rappeler que tu n'as pas de chien ?

Valentin : C'est pour l'image. Et j'ai deux ou trois collègues ici qui pourraient faire office de pitbull, sans problème.

Marlone : Moi je vois bien Valentin avec un caniche XXL, avec des pompons aux oreilles. Blanc, bien entendu.

Milan : Noir, c'est mieux !

Dorian : Abricot ?

Valentin : Je ne rentrerai pas dans ce genre de discussion. Donc, nous disions… Alexandre…

Marlone : Alexandre… ????

<u>Milan</u> : Non, mais il n'y a rien à dire sur Alex.

<u>Valentin</u> : Ben alors, pourquoi en parles-tu ?

<u>Dorian</u> : Bon, clairement, ça pue cette histoire ! Milan, je te rappelle que ce mec t'a fait les pires trucs ! Je ne comprends même pas pourquoi on en parle !

<u>Valentin</u> : Il faut juste comprendre que ce mec est un connard absolu qui ne mérite pas de se reproduire ! Je vous laisse, je vais acheter un caniche ! On a dit quelle couleur déjà ?

<u>Milan</u> : Abricot, c'est Dorian qui choisit.

<u>Marlone</u> : Pourquoi est-ce Dorian qui choisit ? Moi, je préfère noir.

<u>Milan</u> : T'avais dit blanc !

<u>Marlone</u> : J'ai jamais dit blanc ! Attendez, Tristan préfère blanc. Alors blanc.

<u>Valentin</u> : Dans le genre : je suis en couple et je perds ma personnalité !

<u>Marlone</u> : Rien à voir, c'est juste que je me fous de la couleur de ton chien ! Moi, je préfère les chats.

<u>Milan</u> : Oui, mais les chats ça ne bouffe pas les noix des Alexandre...

<u>Marlone</u> : Alexandre... ??? Toujours pas.

<u>Dorian</u> : Marlone, tu viens de te réveiller ?

<u>Marlone</u> : Euh, non, pas exactement... Mais si la question est de savoir si je suis toujours au lit, alors la réponse est : « oui ».

<u>Milan</u> : Attends... Il est 6 h, tu es réveillé ? Pendant tes vacances ?

<u>Valentin</u> : Milan, faut te faire un dessin ? Il est avec Tristan, dans un lit, en vacances... Y a de quoi mitonner un truc.

<u>Dorian</u> : Comme quoi ? Expliquez-nous, chef Val !

<u>Valentin</u> : Je propose le menu parfait... Léchage de tablettes, pelotage de kiwis et épluchage d'endive. Le tout accompagné d'une petite volaille farcie...

<u>Marlone</u> : Menu intéressant. J'en parle à Tristan.

<u>Milan</u> : Non, mais, pitié pour les pauvres âmes errantes que nous sommes !

<u>Dorian</u> : Et toi, au fait ? Si on oublie Alexandre « Naphtaline »...

<u>Marlone</u> : MAIS OUI !!! Mister NAPHTALINE ! Il t'a relancé ce con ? Mais vire-le, putain ! Val, achète deux caniches, un pour chaque couille, il les portera en piercings !

Milan : Il ne sentait pas la naphtaline ! Et merci de te souvenir, je suis resté avec lui cinq ans, je te signale !

Valentin : Tiens... Des piercings aux couilles. Je note. Pas mal l'idée...

Marlone : Si, il sentait la naphtaline grave. Et ce mec ne ressemblait à rien. Et cinq ans de rien, ça reste rien, désolé !

Dorian : Tu as déjà percé ta langue en début de mois, Val ! Ça suffit !

Valentin : Oui, la langue. Mais pas que ! Si tu savais !

Milan : Ah oui ? On aimerait bien savoir !

Marlone : Tu t'es fait un Prince Albert ?

Valentin : Mais non !

Dorian : PHOTO !

Valentin : MDR.... Non. Je laisse tes fantasmes faire le boulot, Don Juan !

Milan : Vous êtes chiants. Et la photo des fossettes, on en est où ?

Marlone : Attends, Tristan est « dessus », justement. Je vous laisse je vais l'aider à régler son objectif... Ciao les loulous. Et Milan, Alexandre, on oublie !

Dorian : Milan, il me semble que tu erres sur un bateau au soleil avec un jeune mec très beau avec qui tu t'entends bien, non ?

Milan : Tu parles des marins grecs qui gèrent *La Gironde* ?

Valentin : QUOI ? Des marins grecs ? Tu leur toucheras le pompon pour moi, s'te plaît....

Milan : Tout se négocie : Pompon contre photo piercing...

Marlone : Non, on te parle d'Emeric. Tiens, je me souviens de son prénom à lui, c'est un signe !

Milan : Emeric a vingt ans et semble accaparé par Chloé.

Dorian : Ah merde !

Valentin : OK, oublie le pompon. Chloé, c'est laquelle ?

Milan : La jeune. Ils ont le même âge. Mais... MDR hier. Elle ne fait pas semblant. Le truc, c'est que je ne suis pas certain qu'Em kiffe les seins et les nanas qui lui foutent la main au paquet en plein repas entre la salade et le fromage.

Dorian : D'un autre côté, c'est pas non plus super glam !

Milan : Le pauvre, j'avais envie de le prendre sur mes genoux pour le « sauver » de Chloé la nympho. Il s'est d'ailleurs réfugié dans sa cabine tout le reste de la soirée.

Marlone : Les femmes, ces monstres aux plantes vénéneuses. De quoi rendre gay tout homme doté d'un cerveau qui fonctionne à peu près normalement.

Valentin : La vache ! Cette Chloé me plaît déjà ! Et oui, Marlone, je confirme.

Milan : Il faudrait que je vous les présente un jour. Je les aime tous beaucoup. Chacun a sa petite personnalité. Chloé est folle tandis qu'Elsa est intelligente et très maline.

Dorian : Et Emeric ?

Valentin : Suspense…

Marlone : Roulement de tambour…

Milan : Quoi : Emeric ?

Dorian : Ben, c'est quoi sa personnalité ?

Milan : Il a changé, alors je ne sais pas. Avant, il était comme mon frère. On faisait des tas de trucs ensemble. Très mûr pour son âge, rêveur et des étoiles dans les yeux. Enfin, ce genre de trucs…

Valentin : Des étoiles dans les yeux ? Rien que ça ! Et maintenant ?

Milan : Et maintenant, il s'est renfermé comme je vous le disais avant hier. Il dessine souvent seul et à l'écart.

Dorian : Merde !

Valentin : Comme tu dis.

Marlone : Attendez, ses vacances ne sont pas terminées.

Milan : De quoi ?

Dorian : Non, rien.

Valentin : De quoi, quoi ?

Marlone : De quoi, quoi, quoi ?…

Milan : C'est quoi votre plan ?

Dorian : Hein ? Quel plan ? Non, rien. Sinon, quelle île aujourd'hui ?

Valentin : Il fait beau ?

Marlone : T'as pas le mal de mer ?

Milan : Mykonos, grand soleil. Et non, je n'ai pas encore vomi. D'autres questions ?

<u>Marlone</u> : Emeric, il est comment physiquement ?

<u>Dorian</u> : Marl !

<u>Valentin</u> : On avait dit chut !

<u>Milan</u> : Putain, c'est QUOI votre délire ? On avait dit chut quoi ?

<u>Valentin</u> : Non, rien. Donc, Emeric ?

<u>Milan</u> : Brun, yeux verts, taches de son sur le nez et les joues. Et un corps... qui a changé... en bien. Il est très mignon. Et beau gosse. Donc, quelqu'un m'explique ?

<u>Dorian</u> : Rien, c'est pour ton anniversaire. T'occupe !

<u>Milan</u> : Mon anniversaire est dans dix mois !

<u>Dorian</u> : Justement. Nous sommes très prévoyants. Bon, je vous laisse, j'ai du boulot. Ciao.

<u>Marlone</u> : J'ai envie d'une endive, alors j'y vais aussi.

<u>Valentin</u> : J'ai des caniches à acheter. Schuss !

<u>Milan</u> : Bande de cons !

Chloé

— Tu crois qu'il mange quoi le matin ?

Ma sœur attrape une orange sur le buffet.

— Non, mais laisse-le se réveiller tranquille !

Je dépose une tranche de jambon sur une assiette et choisis deux œufs durs.

— Alors là, tu rêves ! Je suis à fond, là !

Elsa éclate de rire.

— On n'avait pas remarqué ! J'ai eu pitié de lui hier soir. Tu y vas super fort, quand même !

Et hop, une pomme sur le plateau.

— Eh bien, s'il se bougeait un peu le cul, je ne serais pas obligée de le violer en public non plus !

— Oui, mais bon ! C'est Emeric ! C'est Chouchou, quoi !

— Justement ! Chouchou a besoin de nous pour être heureux, alors je ne l'abandonnerai pas !

Ma sœur lève les yeux au ciel en se servant un verre de jus de fruits au buffet.

– D'accord, mais il y a peut-être d'autres moyens.

Je la toise sévèrement et lui prends son verre des mains pour le poser sur mon plateau.

– Non. Il n'y a pas d'autres moyens. Et d'ailleurs, ça marche déjà très bien. Il m'a avoué hier qu'il était gay.

Elle semble surprise par l'efficacité de la « méthode bourrin spéciale Chloé Faubert ».

– Sérieux !

– Ben oui ! « Sérieux ». Donc, demain il m'avoue qu'il kiffe Milan, et mon boulot sera parfaitement réalisé. Et toi ? T'en es où ?

Elle se verse un autre verre de jus.

– Je n'attendais que cette journée. Il faut qu'il reste ici. Tu crois que tu lui as fait assez peur ?

J'attrape mon plateau en lui adressant un sourire démoniaque.

– On va s'en assurer !

Elle ricane, mais je vois bien à ses yeux qu'elle n'est pas très convaincue par ma méthode. Pas grave. J'aurai bien l'occasion de faire un câlin à Chouchou pour m'excuser, APRÈS l'avoir profondément dégoûté de moi et des femmes en général ! Quand il sera heureux dans les bras de Milan…

⛵

Au diable les convenances !

Le plateau en équilibre sur une main, j'ouvre la porte de la cabine d'Emeric et m'engouffre dans la pièce sans frapper. Évidemment, j'ai bien choisi mon moment. Il sort de la salle de bains, nu comme un ver, et manque de me percuter. Bon Dieu, il est bien gaulé, même là où je n'ai pas le droit de regarder !

Je m'empresse de reprendre contenance et lui adresse un sourire de prédatrice, le regard traînant volontairement sur le bas de son ventre. Putain, c'est quand même dommage qu'il soit gay. Bref !

– Salut Chaton ? J'espère que tu aimes le jambon ?

Il se met à rougir, se cache le sexe d'une main et court jusqu'à son lit pour s'y planquer.

– Mais, bordel ! Ça t'arrive de frapper ? Dégage !

Je m'avance vers le lit pour m'y asseoir et poser le plateau devant lui.

– Ben pourquoi ? Un petit-déj au lit, c'est parfait pour commencer une vie de couple, non ? Ne fais pas ton timide, j'ai déjà vu pas mal de spaghettis, figure-toi !

Il s'enroule davantage dans sa couette, visiblement effrayé.

– Chloé, je ne veux pas que notre amitié ternisse à cause de cette situation. Je t'aime beaucoup, mais s'il te plaît… Arrête ça !

J'attrape un œuf et commence à l'écailler.

– Tu veux ton œuf avec de la mayo ? J'ai oublié d'en prendre.

Il attrape l'ovule de poule – enfin, techniquement, ce n'est pas qu'un ovule, puisque c'est le jaune, l'ovule ! Oui, je sais. Je suis relativement calée en « ovo science » (ne cherchez pas le terme, je l'ai inventé), car je suis des études de bio. Bref ce n'est pas le sujet – .

Donc, il attrape l'œuf et le pose furieusement sur l'assiette.

– Non, mais je m'en fous de tes œufs ! Dégage de ma chambre et laisse-moi tranquille ! Merde !

Je n'en fais rien et m'allonge à côté de lui en repoussant le plateau.

– Je vois qu'on n'a pas le réveil joyeux ? On a fait un vilain cauchemar ?

Son regard indique clairement qu'il me balancerait sans hésiter par la fenêtre s'il était un minimum habillé. Ce qui n'est pas le cas, je suis tranquille. Je reprends.

– Je sens que cette journée va s'avérer merveilleuse. Tous les deux, à Mykonos… Il faut que je regarde si on peut trouver une plage naturiste pas trop loin. Tu nous imagines, nous, à poil dans la flotte ? Génial !

À ce stade, il n'est plus rouge. Ni violet. Ni vert. Il est toutes les couleurs à la fois. Pauvre Chouchou, j'ai honte… Non, je déconne ! C'est pour la bonne cause.

Il recouvre sa tête de la couette.

– Tu rêves ! Vas-y toute seule ! Moi, je reste ici.

Je saute sur la bosse qu'il forme sous sa planque et tente de l'enlacer.

– Ben non ! On fait un câlin ? T'es malade ?

– Non, tout va bien. J'essaye juste d'éviter les éléments perturbateurs !

Je pose ma tête sur la sienne.

– Alors je reste avec toi.

– NON !!!!

Il se redresse vivement, m'éjectant sans réellement le vouloir à l'autre bout du lit. Je manque de basculer par terre, mais finalement, je gère pas mal.

Il pointe son index sur moi, menaçant.

– Toi, tu te barres et tu me laisses vivre ! Et surtout, tu te mets dans la tête que justement, tu l'as perdue... la tête ! Chloé, nous sommes presque frère et sœur ! Et je te l'ai dit, je suis déjà pris !

Oh, intéressant...

– Comment ça ? Tu es en couple ? Depuis hier, ça a changé ?

Il hausse les épaules, un peu triste. Pauvre Chouchou... Je n'ai pas vraiment envie de rire en fait, mais plutôt de le consoler. Mais non.

– Non, pas physiquement. C'est plus compliqué que ça. Mais mon cœur est pris, Chloé, et c'est déjà dur à vivre... alors si je dois aussi me battre contre l'une des personnes qui comptent le plus pour moi... S'il te plaît, comprends-le. Rien n'est drôle dans cette situation. Ce n'est pas un jeu.

J'ai presque envie de laisser tomber ce plan stupide. Mais je connais les deux lascars et je sais qu'ils doivent aller l'un vers l'autre, car ils s'adorent. Simplement, entre Milan qui ne voit jamais rien et qui louperait une baleine sous un gravier, et Emeric qui se déprécie tellement qu'il pense qu'il n'a rien à offrir, il faut bien que certaines personnes prennent les choses en main. Et ces personnes, c'est nous. Les filles Faubert. Notre mission divine : les réunir. Notre technique : le coup de poing. Le petit bonus de l'histoire, si on y arrive : couper court aux refrains incessants de notre chère mère concernant les trop mimis « Chloé et Emeric qui s'embrassaient dans les toilettes ». Je ne supporte plus cette anecdote ni son acharnement.

Je lui caresse la joue tendrement. Et sincèrement, pour le coup. Adorable, comme toujours, il dépose un baiser sur ma paume.

– Je suis désolé, Chloé.

Et moi donc ! Il faut que je me reprenne.

– Bon, alors je vais y aller. Je vais t'acheter des cadeaux. Je préviens le personnel de bord que nous dînerons dans ta chambre ce soir ?

Ses traits se rembrunissent.

– Non, mais je viens de te dire…

Je saute du lit sans l'écouter.

– Et moi, je t'ai dit hier que je ne te croyais pas une seule seconde. Mais… garde espoir, Chaton ! On va y arriver. Parfois, il faut du temps pour que les cœurs s'ouvrent et se comprennent…

Il soupire en se rallongeant dans son lit.

– À qui le dis-tu ? Merci pour le petit-déjeuner.

– De rien, mon cœur… Prends des forces… Ce soir, c'est le grand soir…

Il attrape un oreiller et le jette dans ma direction. Je l'évite en me précipitant sur la porte et m'enfuis, faisant fi de ses grognements et autres signes de rébellion en tous genres.

Milan sort de sa cabine au même moment et se fige, passablement étonné de me voir refermer cette porte qui n'est pas la mienne. Son regard parcourt à tour de rôle, la porte, puis moi, puis la porte, puis moi…

Merde, Merde, merde, il ne faut pas qu'il croie que…

La voix d'Emeric retentit derrière moi, étouffée par la cloison, me sortant de ce mauvais pas :

– OUBLIE-MOI !

Je hausse les épaules en souriant à Milan.

– Toujours aussi grognon le matin ! Mais un jour, il comprendra qu'il m'aime… Un jour…

En tous cas, étrangement, et ça, c'est le point positif, il ne blague pas ni ne semble trop ravi par ce qu'il vient d'intercepter. Très bonne chose.

Je reprends le chemin vers l'étage supérieur sans attendre qu'il me réponde… Laissons-le mariner un peu, lui aussi.

Milan

– Vous êtes certains que vous ne voulez pas nous accompagner ? Lapinou, ça te ferait du bien de prendre un peu l'air !

Je lève un œil sur ma mère, désabusé. Elsa se gausse d'elle à côté de moi.

– Isabelle, il prend l'air ton Lapinou ! Nous sommes dehors, je te rappelle, et sur un voilier. Question air, ça peut faire l'affaire !

– Et arrête de m'appeler Lapinou !

Elle farfouille dans son sac en grognant pour elle-même.

– Oui, et bien si tu pouvais lever les yeux de ton ordinateur quelques minutes, ça serait mieux. Nous sommes en vacances et tu as mauvaise mine... Je me demande si tu ne devrais pas revenir vivre à la maison... C'est quand même un monde, ça. Cinq chambres et mon unique fils part vivre tout seul... Alors que tu aurais tout ce qu'il te faut chez nous...

– Dieu m'en garde...

Oups, j'ai prononcé ces mots... Elsa pouffe une nouvelle fois pendant que ma mère me lance un regard assassin. J'attrape sa main et la force à se baisser vers moi pour déposer un baiser sur sa joue.

– Je termine simplement un devis pour Dorian et ensuite nous allons visiter la ville.

Parfois il faut savoir être conciliant... Je ne la vois plus beaucoup depuis que j'ai fui la maison, alors, le temps des vacances, je m'applique à être le fils parfait...

– Dorian peut bien attendre ! Il est gentil ce petit, mais c'est une mauvaise influence. Il travaille sans arrêt... Vous allez finir tout desséchés devant vos écrans, à force...

Mon père surgit derrière nous et me sort de ce mauvais pas, inconsciemment.

– Le dossier pour ton ami est terminé, Milan ? Tu veux que je le vérifie avant de l'envoyer ?

Je lui tends un sourire radieux pendant que ma mère lève les yeux au ciel.

– Non, c'est bon. Je lui applique la ristourne habituelle ?

– Comme la saison a déjà bien débuté, fais-lui 20 %. On verra l'année prochaine pour le reste.

– OK, super.

Dorian a décidé de mettre en place une activité de plaisance pour ses clients, un peu en urgence. C'est Dorian. Il veut un truc et il faut que le reste suive très rapidement. Ce qui tombe assez bien, car je suis réputé pour ma réactivité au boulot. Et juste au boulot, d'ailleurs. Paraîtrait que je suis un peu long à la détente sur tout le reste. Dixit mes chers ami(e)s...

N'importe quoi.

– Alors, c'est parfait. Isabelle, tu es prête ? Nous t'attendons.

– Oui... Donc, vous êtes certains de ne pas vouloir nous accompagner ? Ce soir, pour manger...

Elsa soupire, épuisée.

– Isa, pour la troisième fois, ce sont les matelots qui cuisinent. Et nous sommes... comment dire... adultes ?

– Oui, mais vous ne parlez pas grec !

– Toi non plus !

Ma mère réajuste son sac sur son épaule en grognant.

– Certes. Mais bon...

– Isabelle, arrête de les materner... Ils n'ont plus dix ans ! Toi et le clan des mamas, vous êtes épuisantes...

J'aime mon père !

– Quoi ? C'est quoi cette histoire de clan des mamas ?

Il hausse un sourcil, clairement amusé en attrapant sa main.

– Le clan des mamas qui tentent de marier une certaine Chloé et un dénommé Emeric, sous prétexte qu'ils jouaient à attraper des grenouilles dans une mare il y a plus de dix ans... Allez, viens, laisse-les vivre.

Ma mère se laisse tirer en argumentant.

– Tu admettras quand même qu'ils étaient mignons. Surtout quand Emeric finissait la tête la première dans la vase et que Chloé appuyait dessus pour lui faire un masque purificateur... Elle a failli l'étouffer plus d'une fois et... Il est tellement chou qu'il laissait faire.... Petit cœur... Il aurait pu la retourner comme une crêpe plus d'une fois, mais non... Gentleman, tout simplement. Salut les enfants... soyez sages...

Nous les regardons partir sans dissimuler notre soulagement.

Ainsi va la vie. La plupart des gens ont deux parents. Ici, chez nous, nous en avons six. L'histoire de trois potes qui ont un jour épousé trois copines et qui ont décidé de bosser ensemble. Et aujourd'hui, le club des génitrices rêve de renouveler la magie en réunissant leurs enfants entre eux... Je sais qu'intérieurement ma mère regrette que je sois gay. Les deux autres aussi, d'ailleurs. Non pas que le fait que j'aime les hommes les choque ou s'ancre dans une vision de la vie qu'elles dénigrent, non. Rien à voir. Elles sont très ouvertes d'esprit. Le véritable problème pour elles, c'est qu'Elsa est une femme et donc, qu'elle est incompatible avec mes goûts. C'est tout. Pas bien méchant, et même presque drôle.

Depuis mon coming-out, je suis définitivement rayé des listes « maritales » qu'elles passent leur temps à envisager. C'est un réel soulagement… Mais aussi, un peu déstabilisant… Parfois, j'ai l'impression de ne plus compter… Sur ce bateau, par exemple, on s'intéresse à Samuel, le nouveau mec d'Elsa, à Em et Chloé, mais, ma vie, à moi, n'intéresse visiblement pas… C'est certes très reposant. Mais ça laisse également un goût amer au fond de ma gorge parfois… Non pas qu'elles ne m'aiment pas, loin de là… mais j'ai parfois l'impression que mon cas n'intéresse plus… Remarque, je pense qu'Emeric me dirait que j'ai trop de chance. Et oui, c'est vrai… Elles sont tellement pot de colle, intrusives, épuisantes, dirigistes… Je devrais être ravi qu'elles m'aient oublié depuis des années… Oui, je suis content de vivre ma sexualité en totale liberté… C'est juste un peu troublant, parfois.

En attendant, elles sont parties avec nos pères, que je ne remercierai jamais assez pour leur initiative concernant cette escapade d'un peu plus de 24 heures. Parce que cette histoire d'entremetteuses entre Emeric et Chloé commence à me gonfler. Chaque fois qu'elles en parlent, j'ai envie de leur conseiller de se mêler de leur cul. Étrangement, je n'ai pas envie que ces deux-là vivent un truc. C'est un peu mon Emeric, mon pote d'enfance. Et moi aussi j'ai chassé la grenouille avec lui chez ses parents ! Et plein d'autres trucs. Chloé n'a pas été la seule à « jouer » avec lui quand nous étions jeunes. Je suis même certain que si nous décomptions chaque moment, je serais sans doute le grand gagnant…

– On y va ? Maintenant qu'ils sont partis, la fête peut commencer !

Elsa me sort de mes pensées un peu mesquines, je dois l'admettre.

– Euh… Oui. On n'attend pas Chloé et Em ?

La miss apparaît sur le pont, en robe légère et sexy, juste à ce moment.

– Emeric refuse de venir.

Je ferme mon PC et me lève.

– Je vais aller le chercher.

Elsa me retient par le bras.

– Non ! Je crois qu'il serait plus judicieux de le laisser un peu seul.

Elle jette un regard en coin vers sa sœur.

– C'est parfois fatigant de faire du tourisme en compagnie de certaines personnes !

Chloé hausse les épaules en posant ses lunettes de soleil sur son nez.

– Si tu insinues qu'il m'évite, sache, ma chère sœur, qu'il est dingue de moi. Le seul problème, c'est que le pauvre chouchou n'en a aucune idée. Pour le moment. Allez, c'est parti ! Qu'il boude s'il veut, ça lui laissera le temps de réaliser qu'il loupe quelque chose en me repoussant... Je vais lui acheter un Komboloï.

– Un quoi ?

– Un Komboloï... Tu sais, c'est un truc avec des perles... un peu comme un chapelet, mais pour faire joli. On en voit dans les films... Comme un collier que les parrains de la mafia tripotent tout le temps... Ou aussi dans *le Corniaud*[4]. Ça ira très bien à Chaton... Il a un côté mafieux qui sommeille en lui... On y va ?

Mon regard croise celui d'Elsa qui retient un rire.

– C'est quoi cette référence d'un autre siècle ?

– J'adore Jean-Paul Belmondo !

Nous éclatons de rire.

– Jean-Paul Belmondo ne joue pas dans le Corniaud, Chloé ! C'est Bourvil et De Funès !

– C'est pareil, ils sont tous morts.

Je m'insurge.

– Jean-Paul Belmondo n'est pas mort !

Elle se retourne vers moi, effarée.

– Sans déconner ? Bon, bref. En attendant, le mec, là, le méchant beau gosse à mèche... Mickey... Il joue avec un Komboloï... C'est la classe. Alors, on va ramener ça à Chouchou.

Va pour chercher un Komboloï pour Emeric... Cette fille est tarée.

Chloé se fige devant une énième devanture, alors que nous déambulons entre les murs blanchis à la chaux d'une ruelle de la ville.

– Et une casquette de marin ?

– Chloé, elle est en cuir celle-là... Ce n'est pas exactement pour les marins... Laisse tomber, tu veux ? Il n'a pas voulu venir, ce n'est pas

_____

[4] Le Corniaud : Film de Gérard Oury, 1965.

pour que tu lui ramènes tous les attrape-touristes de la ville... Oublie Emeric cinq minutes, s'il te plaît !

– Pff...

Chloé pénètre dans la boutique quand même. Elsa m'assène un coup de coude léger dans les côtes.

– Elle en a pour des heures. Je t'offre un verre ?

Elle indique d'un geste du menton une terrasse à deux pas.

– C'est moi qui offre.

– Encore mieux !

Nous nous installons en plein soleil. Cette ville est magnifique. Je ne m'attendais pas à ce genre de paysage. Je m'adosse au dossier de mon siège, mon regard se perdant sur le port en contrebas. Je repère *La Gironde*, qu'on ne peut d'ailleurs pas manquer tellement ce navire est magnifique. Et j'imagine Emeric, seul sur son pont... Il me manque. D'habitude, nous sommes quatre. Pas trois. Je sais qu'il aurait voulu dessiner toutes les ruelles, les fleurs dévalant les murs, ce paysage qui nous éblouit, ce soleil joyeux et peut-être l'un de nous assis à cette terrasse.

Je me souviens lorsqu'il s'entraînait sur les portraits. Il devait avoir treize ou quatorze ans. Je suis resté des heures à prendre la pose sur un rocher d'une plage de Sicile cette année-là. Et le lendemain, rebelote sur une bitte d'amarrage d'un port. Et le jour suivant sur un transat, regard droit devant... Je n'ai jamais eu l'occasion d'admirer les résultats de ces séances, car il était, à l'époque, bien trop peu sûr de lui pour oser me montrer ses œuvres. Je n'en ai quasiment vu aucune, d'ailleurs. Ça a toujours piqué ma curiosité, mais je n'ai jamais voulu le mettre mal à l'aise. Bref.

Je n'apprécie pas vraiment le cinéma de Chloé par rapport à lui. En faisant cela, elle le prive de tout ça, d'une journée sympa. Et elle nous prive de lui en prime.

Elsa commande deux bières au serveur puis se tourne vers moi, devinant sans doute le sujet de ma rêverie.

– Il valait mieux pour lui qu'il reste sur le bateau, Milan. Elle se montre insupportable en ce moment.

– Oui, mais bon. C'est nul. Très égoïste. Si ça continue, je pense que je vais lui expliquer mon point de vue. Nous avons cette chance de visiter les Cyclades, et il s'enferme à cause d'elle. C'est pourtant clair qu'il n'est pas intéressé. Et Chloé n'est pas le genre de fille à galérer pour trouver un mec... Pourquoi lui ?

Elsa attend que le serveur dépose nos verres devant nous et que je lui donne un billet avant de continuer.

– Je sais. Je lui en ai déjà parlé hier soir. Mais tu la connais. Elle est persuadée qu'Emeric a besoin qu'on le pousse un peu.

– Le pousser ? Mais le pousser à quoi ? Et à ce stade, ce n'est plus « pousser », c'est quasiment du viol moral !

Elle ricane en portant son verre à ses lèvres.

– Je sais. Mais pour sa défense, Emeric est vraiment très discret, il plane souvent dans son monde. Et d'après notre mère, il ne fréquente personne. Comme s'il attendait quelqu'un, tu vois ?

– Eh bien, s'il attend quelqu'un, autant le laisser attendre et c'est tout ! C'est quoi cette manie de se mêler de la vie des gens ? Qu'elle ne s'avise pas de faire ça avec moi, elle sera bien accueillie, je peux te le garantir...

– Mais Chloé n'est pas intéressée par toi, figure-toi !

– Évidemment. Heureusement, j'ai envie de dire !

J'attrape mon verre. Ce sujet m'énerve plus que je ne l'aurais imaginé. Je ne sais même pas pourquoi, mais ça m'agace.

Elsa soupire avant d'ajouter :

– En attendant, elle est persuadée que c'est elle qu'il attend.

– N'importe quoi ! Nous sommes tous comme frères et sœurs... C'est comme si toi, tu me kiffais. Ridicule !

– Comme frère et sœur, certes, mais pas de réels frères et sœurs. Et ça change tout, Milan. Nous nous connaissons, nous nous aimons depuis toujours, mais rien au fond de nous ne met de barrière à tout ça. Et pour tout te dire, quand nous étions ados, j'étais raide dingue de toi. Bon... Ça n'a duré qu'un été... jusqu'à ce que tu m'avoues que toi, tu étais en plein crush de ton prof de maths de l'époque.

J'éclate de rire.

– Monsieur Roupin ! Oh, bordel ! Mais nous avions seize ans !

– Et alors ? Nous nous entendions bien, tu étais, et tu es toujours, canon, et voilà... Pourquoi s'arrêter là si nous n'y sommes pas obligés ? Tu n'as jamais eu un petit faible pour Emeric, toi ?

Je recrache ma bière.

– Moi ? Emeric ? T'es pas malade ?

Elle reste détachée, les yeux posés sur l'horizon.

– Je ne vois pas pourquoi cette idée te paraît farfelue. Regarde… toi, ça te fait chier qu'il ne soit pas là…

Je réfléchis deux minutes. N'ai-je jamais pensé à Emeric d'une autre façon que comme un frère ? Oui, une fois. Sur cette île. Je me rappelle que quand je me suis réveillé avec son corps blotti entre mes bras, j'ai aimé ça. Et je bandais. Mais j'étais en couple, et il était jeune. Et puis…

– Non. Rien à voir. Ça m'énerve, c'est tout. Le seul élément qui m'a fait accepter cette croisière, c'était de vous retrouver tous. Et lui, il n'est pas présent. Il se planque.

– Il était déjà comme ça avant que Chloé ne décide qu'il serait le père de ses enfants.

Cette idée me révulse presque. Et je ne comprends pas réellement pourquoi, puisque ce ne sont absolument pas mes affaires. Cela dit, elle a raison sur un point.

– Oui, je te l'accorde. Il y a un truc de triste au fond de lui. Même sans Chloé dans les environs.

– Ce qui me fait dire que ma sœur ne doit pas être dans le faux à 100 %. Je pense qu'il cache quelque chose, ou qu'il se réserve pour quelqu'un.

– Qui ?

– Aucune idée. Toi non plus ?

– Je ne le côtoie pas en dehors des réunions multifamilles. J'ai tenté, au début, mais il ne répond pas vraiment aux messages. J'ai supposé qu'il avait sa vie à vivre.

Elle ne répond pas. Me laissant dans mes pensées, de mon côté. C'est vrai que je n'ai pas vraiment insisté pour le joindre. Mais j'étais en couple, et Alexandre me prenait toutes mes pensées avant de me briser le cœur de la manière la plus abjecte imaginable. Je me suis alors réfugié dans les coups de main à l'asso, dans le boulot, dans les soirées avec les gars et j'ai un peu oublié tout le reste. Dont Emeric. Mais il n'est pas non plus venu me relancer. Il est même resté très distant. Alors que nous habitons dans la même ville.

Et, encore une fois, je suis là, à me balader avec les filles. Bref, je le laisse tomber, en quelque sorte. Je devrais l'épauler. Parce que de surcroît, je suis « team Emeric » dans cette histoire. Je pose ma bière sur la table, décidé.

Chloé revient au même moment, les bras chargés d'un paquet volumineux.

– Je lui ai acheté la panoplie d'un Evzone[5] ! Il va être content !

Elsa recrache sa bière.

– Mais pourquoi ? Tu trouves qu'Emeric a une tronche de guerrier grec médiéval ?

Sa sœur hausse les épaules en lui piquant son verre.

– Ben pourquoi pas ?

Cette fois, c'est bon. Je me lève en réajustant mon t-shirt.

– Va rendre ce truc débile à la boutique, Chloé. Et lâche Emeric !

– Non ! Je fais encore ce que je veux dans mon couple !

– Ouvre les yeux ! Pour le moment, tu es en couple toute seule, ma grande ! Tu lui fais peur ! Révise ta technique de drague. Et sur quelqu'un d'autre qu'Emeric, c'est un conseil. Sur ce, on retourne à *La Gironde*. Et ce soir, on revient. Et on mangera ici, avec Emeric, parce qu'il a le droit d'en profiter lui aussi ! Et si tu le touches, ou que tu l'emmerdes comme tu sais si bien le faire, je m'arrangerai pour qu'on t'oublie ici quand le bateau repartira demain. Tu pourras te reconvertir en Evzone, comme ça ! C'est bien clair ?

Elle baisse les yeux, et tout ce qu'elle trouve à dire, c'est :

– Je vais peut-être garder le costume du coup !

Incroyable ! J'attrape le sac de souvenirs d'Elsa qui trône sur notre table.

– On y va.

Je rejoins la ruelle pour retourner au port, surprenant un regard étrange entre les deux sœurs. Je n'ai pas le temps de m'y attarder, car de toute manière, elle l'a cherché. Son attitude est insupportable.

⛵

Emeric est installé, comme prévu, sur le pont, son casque sur les oreilles et son bloc à dessin sur les genoux. Je le retrouve et retire les écouteurs de ses oreilles. Il sursaute en vociférant.

– Putain, Chloé…

Il se fige lorsqu'il s'aperçoit que ce n'est « que » moi. Il m'observe pendant que je m'installe à côté de lui, puis reprend son croquis. Je

---

[5] Soldat grec traditionnel.

me penche pour examiner son œuvre, curieux. Il écarte son bloc de ma vue en rougissant et en changeant de sujet.

— Vous êtes rentrés tôt !

J'abandonne ma tentative d'observation de son travail et me redresse.

— Oui. On va manger en ville ce soir. Et tu viens.

— Non. Elle me fatigue.

— Je sais. Elle me fatigue aussi.

Il se tourne vers moi, surpris.

— Ne me dis pas qu'elle s'en prend aussi à toi ?

Je m'esclaffe.

— Qu'elle essaye ! Non, ça me saoule qu'elle t'empêche de passer du temps avec nous. Donc, tu viens.

Il baisse les yeux.

— C'est gentil, mais je ne préfère pas.

Je soupire, dans l'incompréhension totale.

— Em ! Qu'est-ce qu'il t'arrive, mec ? Tu… merde, je ne comprends pas. Un truc te dérange ?

— Si l'on considère Chloé comme un objet, alors je dirais oui.

— Fais comme si elle n'existait pas. Laisse-la faire son truc sans t'u arrêter, elle se fatiguera avant toi.

Il retire son casque et éteint son portable.

— Je ne peux pas faire ça. Elle me touche tout le temps. C'est insupportable.

— Quand même, ce n'est pas un laideron et elle est même plutôt mignonne. Dis-toi que c'est flatteur…

— Ça le serait, si…

Il se met à rougir en relevant ses genoux devant lui, comme un enfant, en évitant soigneusement mon regard.

— Si quoi ?

— Si… Qu'est-ce que tu ressentirais, toi, si Elsa faisait la même chose avec toi ?

— C'est différent, je suis gay, moi, alors…

— Alors, c'est la même chose, justement…

Je m'interromps dans la phrase que j'avais préparée.

– Tu peux répéter ?

Ses joues prennent une couleur carmin qui me donne envie de le protéger. De le prendre dans mes bras et de lui dire que tout ira bien. Mais nous n'avons plus l'âge, il me semble. Et il se montre tellement distant depuis le début du voyage que je ne sais pas si c'est ce qu'il attend de moi. Si toutefois il attend quoi que ce soit de moi. Ce qui est également peu probable.

Alors je croise les bras autour de mes jambes relevées pour l'écouter.

– Je suis gay, Milan. Donc je n'ai pas envie qu'une nana, même Chloé, se fasse des films et me colle comme elle le fait.

Je n'en reviens pas. Mais d'un coup, je comprends mieux.

– Tu… tu es gay ? Tu as un mec ? C'est pour ça que tu restes en retrait ?

Je sais ce que c'est de vivre avec ce genre de secret au fond de soi. Moi-même, j'y suis passé. Je n'ai rien dit pendant plusieurs mois à mes parents. Ce qui était stupide, parce que mes parents sont des personnes très ouvertes et sans a priori. Et les siens sont de la même veine. Et j'ai aussi aidé pas mal de jeunes dans cette situation, à *Sweet Home*.

– Tu devrais en parler, Em… Clifford et Mathilde sont…

– Ce n'est pas si simple, Milan. Et je n'ai pas de mec, non. Ce serait d'ailleurs beaucoup plus facile si c'était le cas.

– Bon, eh bien, tu retrouveras bien quelqu'un, ce n'est qu'une question de temps, et…

Je cherche mes mots, parce que je ne m'attendais pas du tout à ce genre de révélation.

– Merde, mais pourquoi tu ne me l'as pas dit, à moi ?

Ses yeux verts me scrutent avec l'air d'être perdus dans l'infini. Je me noie dans ce regard que j'ai toujours trouvé troublant, et qui l'est encore davantage aujourd'hui. Il me sort de mon voyage au cœur de son univers en clignant plusieurs fois des paupières, reprenant le fil de la conversation.

– Parce qu'en réalité, il n'y a rien à dire. Je suis gay et… bref, je n'ai rien à raconter de sensationnel. J'aime un mec, c'est tout.

Il détourne le regard, imposant ainsi une distance volontaire entre nous, qui me chagrine. Mais je n'insiste pas. Par contre, j'ai l'expérience qu'il lui manque.

– Tu sais, tu devrais venir nous rendre visite à *Sweet Home*. Il y a pas mal de gars pas encore sortis du placard comme toi. Et d'autres qui pourraient t'expliquer comment ça s'est passé pour eux. Tu ne seras pas jugé. Juste écouté. Et tu peux m'en parler à moi aussi. Je te présenterai mes potes, tous passés par là, eux aussi. Tu verras, certains ne s'en sont pas sortis indemnes.

Cette fois, il tourne la tête vers moi.

– C'est-à-dire ?

– C'est-à-dire qu'ils sont un peu fous. Mais très sympas. Ce sont mes meilleurs amis et il n'y a pas un jour sans que nous ne nous parlions tous ensemble. Surtout en ce moment. Nous évoquons tout et rien, en général, mais quand l'un de nous rencontre un souci, nous savons tous que les autres comprendront. C'est important de bien s'entourer, de ne pas avoir peur de parler. Et tu sais qu'avec moi, tu peux tout dire, je ne te jugerai jamais, Emeric.

Je l'observe un moment. Mon regard sur lui a changé imperceptiblement avec cette annonce. Je ne saurais l'expliquer, mais j'ai la sensation de partager une nouvelle intimité avec lui. D'être moins à l'écart de cette famille, subitement. Et je réalise en même temps que si moi j'ai vieilli et que je ne suis plus l'enfant qu'il a connu, lui aussi a atterri dans le monde adulte. Même si ça date de quelque temps, je ne l'avais pas remarqué, et encore moins compris… J'ai l'impression de me trouver aux côtés d'un nouvel Emeric, qui reste pourtant également celui que je connais depuis toujours. Avec des secrets et une vie qui m'est totalement inconnue en plus.

Il baisse les yeux sur ses doigts, jouant nerveusement avec le bord des pages de son bloc-notes.

– Je sais, mais c'est difficile.

– Oui, je comprends. Mais en tout cas, tu le sais. Je suis là. Sur ce bateau, mais aussi à Toulouse. En attendant, comme nous sommes ici, nous allons sortir manger en ville et nous lancer dans une dégustation d'ouzo. Et Chloé, j'en fais mon affaire. Allez, viens. T'enfermer sur toi-même ne t'aidera pas.

Je me lève, et contre toute attente, il ne se fait pas prier. Il me suit. C'est une très bonne chose. Je suis ravi. Et peut-être aussi, content qu'il soit gay. Parce que… C'est encore une chose que nous pourrions partager. Et un terrain sur lequel je pourrais l'aider.

Emeric

– Et donc, Samuel a pris l'ascenseur de gauche. Et moi, bien entendu, celui de droite. Donc, nous nous sommes croisés au milieu. Du coup, une fois arrivé à mon étage, je suis redescendu, et lui... ben il est remonté...

Milan, en face de moi, rit de bon cœur en portant sa bière à ses lèvres. Ses yeux pétillants se posent au fond des miens. L'alcool aidant, je trouve le courage de ne pas interrompre cet échange et soutiens ce regard qui me fait fondre. Il est vraiment très beau ce soir, son teint hâlé par le soleil contrastant avec ses cheveux blonds hirsutes et sa barbe de quelques jours, la clarté de ses yeux ressortant dans la lueur du jour qui décline autour de nous.

J'ai bien fait de ne pas m'écouter et d'accepter de me joindre à eux pour le repas. Chloé fait clairement la tronche, mais ce n'est pas trop grave. Je dirais même que c'est un soulagement. Milan a tenu promesse, il l'a placée à l'autre angle de la table, à côté de lui et face à sa sœur. Et même sous la table, elle n'a aucun accès à moi, les jambes de Milan étant étendues entre nous. Plus proches des miennes, d'ailleurs.

Je ne sais plus si c'est notre dégustation de tapas et d'ouzo de l'apéritif ou la proximité de Milan, mais une chose est certaine, je flotte dans un univers tiède et agréable, à mi-chemin entre rêve et réalité.

Mais voilà, le repas se termine et je n'ai pas envie de retourner sur le bateau. Et je pense ne pas être le seul. Elsa jette un œil à sa montre.

– Ce qui est génial, c'est que nous avons encore toute la nuit devant nous. Je propose... Une boîte. Ce serait quand même dommage de ne pas aller voir un truc pareil, car elles sont très réputées.

Chloé ricane de mauvaise grâce.

– Oui, parfait. Une boîte gay, tant qu'à faire... Certaines personnes ne seront pas dépaysées, comme ça... L'occasion, peut-être, éventuellement, de prouver des homosexualités feintes... Enfin, moi, je dis ça !

Un silence plombe la discussion pendant que je lui lance un regard de tueur. Et je ne suis pas le seul. Milan la toise d'un air agacé.

– On peut savoir ce que tu insinues ?

Elsa calme le jeu.

– Rien du tout… Elle est fatiguée. Mais sinon, c'est vrai ça, Milan, tu es célibataire, tu veux peut-être aller t'amuser un peu…

Donc, il est célibataire. Cette nouvelle fait tressaillir une partie de moi, même si l'autre partie me rappelle aussitôt à la raison. Célibataire ou non, cela ne change pas grand-chose. Et c'est bien ça le problème.

– Oui, mais non. Je ne suis pas fan des boîtes de nuit. Et encore moins du côté communautaire trop marqué. Je considère que c'est nous enfermer nous-mêmes dans un carcan. Mais je ne suis pas contre aller visiter les endroits de perdition de cette belle ville. Au contraire…

Il m'adresse un sourire enjôleur.

– Qu'est-ce que tu en dis ?

Euh… Je ne sais pas si je survivrais à un truc pareil. Je rappelle que je suis en manque cruel de sexe et de sensualité depuis… toujours. D'un autre côté, ce serait peut-être sympa. Et quand il m'observe comme ça, je pourrais accepter tout et n'importe quoi.

– Ça me va. On y va ?

J'invite tout le monde en allant payer le premier. Milan me rejoint au milieu du restaurant, l'air intrigué.

– Juste pour que je sois bien au courant… Chloé sait pour ton homosexualité ?

– Oui. J'ai bêtement cru que ça la dissuaderait. Mais elle est persuadée que je lui mens pour la repousser.

– Ah, mais c'est génial ! Il te suffit de te trouver un mec en boîte, et fin de l'histoire.

Je lui adresse un regard désabusé.

– Milan… sérieusement. Tu me vois, moi, aller me faire peloter en boîte par un Grec ? Franchement ? Ces mecs sont des tueurs ! Sexy, beaux et sûrs d'eux. Je vais m'évanouir au premier contact !

Il éclate de rire.

– Mais non !

Je soutiens son regard.

– Mais si ! Je t'assure.

Devant mon sérieux, il retrouve le sien.

– Je ne comprends pas…

Allons-y gaiement pour les révélations… J'ouvre la bouche, mais devant son regard de braise, j'ai honte. Je n'arrive à prononcer aucun mot… mais il comprend quand même.

– Tu veux dire que… jamais ?

Je secoue la tête. Rouge de honte. Il se pince la lèvre inférieure en me détaillant du regard, un peu déstabilisé.

– Jamais… Il va falloir que tu m'expliques, car j'avoue que je suis un peu perdu, là… Mais c'est clair que ces mecs risquent de te dévorer tout cru… Et je crois que ça ne me plairait pas beaucoup.

Il passe un bras protecteur sur mes épaules et m'entraîne à l'extérieur. Mon cœur palpite et mes jambes flageolent. Il y a un truc que je ne contrôle plus. Avant de prendre ce bateau, j'avais décidé de ne rien dévoiler et de rester loin de lui le temps du séjour, sans tenter quoi que ce soit, parce que je ne m'en sentais pas capable. Et me voilà contre lui, son bras me retenant fermement, lui commençant à en savoir beaucoup trop et notre petite troupe s'apprêtant à passer un moment au cœur du monde gay grec…

J'ai l'impression de me faire aspirer par le tourbillon de la vie et de ne plus rien maîtriser. Mes secrets, mes réserves… Tout me file entre les doigts et je ne peux que me laisser entraîner. C'est effrayant, mais en même temps grisant d'oublier un peu ce qui m'empêche de respirer depuis des années. J'ai envie de me laisser emporter par ce courant, sans me préoccuper de ce qu'il adviendra. On peut sans doute soupçonner l'ouzo d'y être pour beaucoup, mais tant pis. La vie est trop courte pour la snober quand elle offre ce genre de présent. Je ne sais pas ce qui m'attend, mais tant pis. J'ai envie de croire que, dans ces bras qui m'ont pris en charge, il ne peut rien m'arriver.

⚓

Rien ne peut m'arriver… C'est relatif. Une grande claque pour commencer, et plein les yeux ensuite. L'ambiance de la boîte est incroyable. Déjà, l'établissement en lui-même est impressionnant. Une salle fermée, puis, quelques marches en dessous, un espace en plein air couvert. En descendant quelques niveaux, une immense terrasse nous accueille, avec un bar immense et une piscine débordante éclairée aux couleurs arc-en-ciel dans laquelle des couples se baignent et se mélangent. C'est là que nous nous arrêtons. Devant nous, encore plus bas, la plage, sur laquelle la musique s'étale également, et où les clubbeurs dansent, les pieds dans l'eau…

Partout où mes yeux se posent, ce n'est que découvertes incroyables et magnifiques. Et surtout torrides ! Des corps se frôlent ou fusionnent dans tous les coins. Certains sont dénudés, d'autres moins. Certains couples se donnent en spectacle, d'autres restent dans la retenue. La musique est sensuelle et le jeu de lumière accentue l'impression surréaliste qui règne déjà en maître autour de nous. Mais autant les gens qui nous entourent transpirent tous le sexe et le plaisir, autant une impression de paix et de respect persiste partout où nous allons. Je ne me sens pas du tout perdu malgré ce que j'avais imaginé avant d'entrer dans ces lieux.

Et Milan ne me quitte pas depuis notre arrivée. Nous sommes installés au bar, en terrasse donc, et les verres se succèdent devant nous sans que nous n'ayons rien commandé. Le barman pose un énième cocktail devant moi, amusé devant mon air surpris, en désignant un couple à l'autre bout du bar. Je leur adresse un signe de tête léger, embarrassé. Et aussi parce que si je remue trop la tête, ça risque de mal se passer.

Milan est très détendu, contrairement à moi. Adossé au comptoir dans une position nonchalante, mais néanmoins sexy, les coudes posés sur le zinc, le dos cambré en avant avec son t-shirt se relevant naturellement, découvrant cette petite zone de peau bronzée beaucoup trop alléchante et barrée par sa cicatrice, il me sourit en se penchant vers moi.

– Tu as un succès de fou… Accepte, ça ne t'engage à rien.

Il passe une de ses mains dans mes cheveux pour les écarter de mon front. Mes yeux se ferment pour permettre à mon esprit de savourer ce énième contact qu'il multiplie ce soir et qui rend cette soirée presque irréelle. Je remarque que l'alcool, enfin, je suppose que c'est la cause principale, mélangé à l'atmosphère, la musique et l'éclairage intimiste, le rend tendre et tactile. Ses yeux adoptent une lueur douce dès qu'il les pose sur moi. Ses mains ne sont jamais trop loin non plus. Un homme me bouscule, il me rattrape. Un autre me mate, il passe négligemment, sans en avoir l'air, une main dans mon dos. Un énième tente d'engager une conversation, il n'objecte pas, mais se rapproche dans une attitude protectrice, ou peut-être… possessive.

Je me sens pris en charge, peut-être un peu précieux, et c'est atrocement agréable. Addictif. J'adore être le centre de l'attention de Milan Doucet. Rien que pour ça, je reviendrais bien en boîte tous les soirs. Son parfum, la chaleur qui rayonne de son corps et simplement sa présence font de cette soirée un cadeau inestimable que m'offre la vie. J'ai presque envie de remercier Chloé qui est, malgré elle, à l'origine de tout ça. Enfin, on va attendre pour lui attribuer ce mérite, car elle m'agace toujours autant.

Le barman dépose un verre derrière Milan en désignant un mec seul un peu plus proche de nous.

— Ça va, tu t'en sors bien, toi aussi !

Il rit en attrapant le verre puis le lève en direction du généreux donateur.

— Pas mon style. De toute manière, ce soir, je suis tout à toi. À moins que tu ne trouves l'homme de tes rêves parmi toute cette foule.

Il prononce ces mots, mais son attitude, ses traits et son corps ne semblent pas du tout en accord. J'attrape le verre qui m'attend en inspectant les lieux.

— Non. Je ne pense réellement pas. Ce qui est bien dommage.

Il lève un sourcil et je désigne du menton Chloé, à deux mètres de nous, discutant avec deux couples de Français que nous avons rencontrés il y a une bonne demi-heure, mais qui ne me quitte pas des yeux.

— Elle ne va pas me lâcher.

Milan ricane.

— Elle est incroyable.

— Je suis d'accord.

Un type, plus éméché que moi, coupe court à notre conversation en m'attrapant par la taille pour m'attirer contre lui. Surpris, je ne réagis pas aussitôt et le laisse m'enlacer en me parlant dans une langue inconnue. Grec, sans doute, ou Suédois. Ou Turc. Ou Bulgare. Enfin bref, je ne comprends pas et je suis incapable de faire la différence avec le nombre de verres que j'ai ingurgités. Je vacille en tentant de comprendre ce qui se passe pendant que sa bouche se pose dans mon cou.

Mais un autre bras s'enroule à mes épaules et me tire en arrière fortement.

— Reste avec moi !

Milan lance un regard d'avertissement à l'inconnu téméraire qui n'insiste pas. L'espace d'un instant, une lueur passe dans ses yeux et mon cœur menace d'entrer en grève. Une étincelle possessive, voire de jalousie, anime ses rétines alors qu'il ne lâche pas le pauvre Suédois-Bulgare qui est déjà passé à autre chose. Et comme si ça ne suffisait pas, à ce moment précis, un autre homme s'avance vers moi pour me tendre un verre. Machinalement, habitué à me faire arroser le gosier depuis notre arrivée, je saisis le verre, mais Milan le récupère et le rend au type.

– N'accepte pas de verre si ce n'est pas le barman qui te le donne directement.

Il congédie l'homme d'un regard froid en se tournant vers moi, l'air plus qu'agacé. Ses yeux flous se posent sur moi avant qu'il ne se penche contre mon oreille en posant les mains sur mes hanches.

– Je savais qu'on allait avoir affaire à quelques mecs louches, mais ça commence à faire beaucoup.

Il écarte une nouvelle fois les mèches de mon front, les yeux rêveurs.

– Tu es beaucoup trop mignon pour ces mecs, ils bavent tous. On va remédier au problème. Si tu es d'accord.

Je… qu'est-ce qu'il a dit ? J'ai lâché après « je savais », et simplement intercepté le « tu es trop mignon ». Moi ? Je suis « mignon » ? Et c'est Milan qui dit ça ? C'est bon, ma vie est faite et elle a été merveilleuse. Je peux maintenant mourir sans regret. Et on marquera sur ma pierre tombale : « Milan a déclaré qu'il était mignon, il nous a quittés en bandant ». Parce que c'est clairement le cas. On peut trouver ça pathétique… mais moi, je trouve ça agréable et sensationnel. Je veux bien bander tous les jours, simplement pour saluer ce genre de phrase.

Mais celui qui me trouve « officiellement » mignon me regarde toujours intensément, attendant une réponse… Sauf que je n'ai absolument aucune espèce d'idée de ce qu'était la question. Je ne sais déjà plus où donner de la tête. Entre son regard, son corps, ses doigts sur mon crâne, l'alcool, la musique, la nuit… Alors… Au hasard…

– Oui ?

Il hoche la tête avant de la plonger dans mon cou et de déposer sur ma peau une série de baisers troublants. Une vague d'émotions monte de mon cœur jusqu'à ma gorge et je retiens un gémissement de surprise et de bonheur. La musique, celle qui pulse autour de nous, s'efface. Les accords de Stixx et la voix de Jared, des Metal Dolls, prennent alors toute la place dans mon cerveau avec un morceau qui m'a toujours fait penser à Milan : *Wicked Game*,[6] qui anime les plus beaux de mes fantasmes.

---

[6] Interprète original : Chris Isaak. Jared et Corey saluent tous ceux qui les auront reconnus au passage. Merci à eux de participer à cette romance…

Je ferme les yeux en essayant de m'accrocher à ce moment, sans comprendre plus que ça. Ses lèvres sont douces, chaudes, sensuelles et encore plus addictives que dans mon imagination. Comme s'ils avaient répété ce geste toute leur vie, mes bras s'enroulent au cou de mon beau rêve pendant que les siens font de même autour de ma taille. Ainsi enlacé, je m'envole au milieu d'un monde que je n'aurais jamais espéré : le sien. Son parfum, sa peau, sa langue qui chatouille mon épiderme, faisant naître une onde sournoise de frissons qu'il ne peut ignorer… Mon cerveau me semble lourd et brûlant, et mes doigts s'agrippent à son t-shirt pour me retenir dans ce moment encore un peu… Et Jared qui continue de murmurer cette phrase qui m'entête :

What a wicked game you played to make me feel this way

What a wicked thing to do to let me dream of you

(Quel jeu cruel tu as joué pour me faire me sentir comme ça
Quelle chose cruelle à faire pour me laisser rêver de toi)

Sa bouche dévore ma peau et ses doigts remontent sur ma joue, l'effleurant, la caressant, en finissant de me transcender. Je ressens son corps contre le mien, je frôle la peau de sa nuque, me laissant transporter par la douceur et tout ce qui explose en moi. Il interrompt ce doux traitement, me laissant pantois et rêveur. Ses lèvres se posent sur mon oreille :

– Tu devrais être tranquille comme ça…

Impossible qu'il arrête. Une panique m'assaille durement, me ramenant sur terre. J'ouvre un œil et croise le regard de Chloé qui me sourit machiavéliquement. Et les mots sortent tout seuls.

– Non. Ennemie en vue.

Oui. OK, j'en redemande. Et pour une raison moyennement valable puisque Chloé a vu ce qu'elle devait voir et que ça devrait suffire. Mais tant pis. Parfois, toutes les excuses sont bonnes. Milan ravale un rire.

– OK. Alors on met le paquet.

Oh oui… le paquet…

Non, mais, Emeric, reprends-toi d'urgence. Ce n'est qu'une manœuvre tactique.

La main libre de Milan remonte de mon dos à mon visage, passant sur mon ventre et mon torse, langoureusement, puis se pose sur ma joue, tandis que ses yeux, animés d'une flamme que je découvre chez lui, mais qui me fait déjà fondre, trouvent les miens.

Il dégage les boucles tombant sur mon front et mes yeux.

– Le problème chez toi, c'est ça.

Il dépose un baiser sur ma joue gauche, près de mon nez.

– Et ça.

Il embrasse mon autre joue.

– Et alors… ça…

Ses lèvres se posent sur mon nez.

– Tes taches de rousseur sont affolantes. Normal qu'ils craquent tous. Je suis fan…

Bon Dieu ! Il va me faire crever. Je tente un air détaché.

– Ah oui ?

Ma pauvre phrase se termine dans un étranglement de gorge qui me lâche au pire moment.

– Oui.

Il réitère ses baisers. Je crois que tout l'intérieur de mon corps, y compris mes neurones – et même surtout mes neurones – viennent de « s'autocarboniser ». Fini, le Emeric. Je ne suis plus qu'un organisme informe et inutile devant lui, prêt à pleurer, à jouir, à rire, ou à « m'autocombustionner » encore s'il continue son petit jeu.

Ses lèvres reviennent à mon oreille, me laissant entrevoir par-dessus son épaule les deux nanas machiavéliques qui nous servent de copines.

– Et là ? Encore des regards menaçant ta sécurité physique ?

Je plisse les yeux.

– Est-ce que ceux de Chloé, ça compte ?

– Double !

– Et Elsa ?

– Bordel ! Attends.

Il embrasse une dernière fois mon nez en souriant.

– Ça, c'est le petit bonus pour service rendu… Viens.

– Oui, où tu veux, quand tu veux, pour toujours…

Mais non ! J'ai bien prononcé cette phrase ? Réellement ?

Heureusement, il n'a pas l'air de l'avoir entendue. Il attrape ma main et m'entraîne vers les escaliers qui mènent à la plage. Il ne s'arrête pas, se faufile entre les couples qui dansent sensuellement, longe quelques instants le bord de l'eau, puis trouve un endroit un peu au calme, sur le sable, sur lequel il s'installe en m'attirant entre ses jambes. Je me laisse faire, totalement perdu dans tous ces trucs qu'il fait depuis vingt minutes. Il me tire contre son torse, mon dos s'y calant parfaitement, et m'entoure de ses bras en posant son menton sur mon épaule.

— On va être un peu tranquilles.

— Ah…

Que dire d'autre ? Étant donné que mes paroles n'en font qu'à leur tête, je préfère écourter les phrases, c'est plus sûr. Ses doigts caressent machinalement mes avant-bras. Et moi, je n'ose plus bouger.

— Je suis désolé, mais Chloé me fatigue. Et si elle ne comprend pas, alors on va lui faire comprendre. Sans parler de ces mecs qui te tournent autour… Au moins, comme ça, tu es peinard. À moins que tu ne préfères…

Il retire déjà ses mains de ma peau. Je les récupère dans un réflexe.

— Ah non, c'est parfait… on ne change rien, surtout… Enfin, si tu veux…

Seigneur, faites qu'il veuille, faites qu'il veuille !

— Non, c'est bon. Pas de problème pour moi. On va dire que c'est ma contribution à ton passage hors du placard… T'habituer à tout ça. Ça va ?

— Oui…

— C'est le premier pas qui coûte. Après, tout paraît facile.

— Ah.

Il s'esclaffe.

— Tu es certain que tu vas bien ? Tu ne parles pas beaucoup.

— Non, mais si… enfin, je parle dans ma tête.

Donc, voici la preuve que l'ouzo n'est peut-être pas tant que ça mon ami. Et je ne parle pas du défilé de cocktails qui a suivi depuis notre arrivée ici…

— En fait, j'ai un peu bu je crois.

— Moi aussi.

Mes yeux se posent sur… Chloé, qui nous a suivis et s'installe dans le sable avec Elsa à quelques mètres de nous, toujours en compagnie des couples de Français. Milan les repère aussi.

— Elle ne te laissera pas tranquille… Putain, la chieuse !

Il soupire en remontant sa main le long de mon bras pour caresser ma joue avec légèreté.

– Et donc, raconte-moi un peu ce mystère… Tu sais que tu es gay, mais tu es…

– Puceau. Oui. Je sais, c'est étrange, mais…

Ce mot que je viens de prononcer… Je le déteste. Il me rend faible et minable par rapport à lui. Il rappelle clairement que je ne vaux pas grand-chose et que je suis insignifiant pour un homme épanoui dans sa vie intime.

– Non. Enfin, c'est plus étonnant qu'étrange. Pourquoi n'avoir jamais rien tenté ?

– Parce que je n'en avais pas envie…

Continuant la petite scène intime qu'il tente d'offrir à Chloé, ses doigts passent sur mon menton puis descendent vers mon cou, en s'arrangeant pour me faire perdre tous mes moyens. Déjà que je n'en avais plus beaucoup…

– Explique ?

Ses lèvres retrouvent ma clavicule. Il est sérieux ? Il veut que je lui raconte ma vie dans ces conditions ?

– Euh…

– Détends-toi, Em… Les filles n'en loupent pas une miette…

– Ah…

Je m'autoproclame le roi des interjections inutiles à partir de cette nuit !

Sa langue dessine des petits cercles sur ma peau.

– Oh !

L'une de ses mains retrouve le chemin jusqu'à mon ventre et le caresse doucement. Par-dessus mon t-shirt, certes, mais quand même… Plus bas, un drame se prépare, gonflant et déformant mon jeans bien proprement. Alors, je ferme les yeux en priant pour qu'il ne s'aventure pas trop bas.

Sa main sur mes abdos m'ordonne de me laisser aller contre lui.

– J'ai dit « détente », Em. Raconte-moi, plutôt…

Sa voix est douce et horriblement suave. Je déglutis au moins 25 fois avant de trouver, quelque part dans mon esprit, quelques mots simples que je pourrais éventuellement utiliser pour me faire comprendre.

– Je suis carrément dingue d'un mec.

Bon, là, c'est un peu cash. Et absolument pas ce que j'avais prévu de raconter. Mais, il rebondit aussitôt entre deux baisers.

– Ah oui ? Qui ?

– Inconnu pour toi !

Merci mon Dieu, je réussis quand même à mentir un minimum.

– Et ?

– Il ne me voit pas. Jamais…

Bon, en l'occurrence, la réalité de ce soir me ferait presque mentir. Mais, je suppose très fortement que ces baisers qu'il me prodigue ne sont rien de sérieux, juste une illusion destinée à faire fuir Chloé définitivement.

– Il est fou ?

– Non, c'est moi qui suis fou de lui.

Oups. Erreur de parcours. De la retenue, Em, beaucoup plus de retenue…

Il me fait glisser contre le sable, encore plus près de lui. Mes fesses contre… Oh, putain ! Mon jeans va exploser. Parce que le sien semble bien tendu également…

– C'est dur !

Merde, qu'est-ce que je raconte ?

– À vivre ?

Il interrompt ses baisers pour se concentrer sur ma réponse et j'en profite pour calmer mon cœur, qui manque d'exploser.

– Oui, affreusement.

– Pourquoi ? Il te repousse ?

– Non, enfin, je ne sais pas, en réalité…

– Tu ne lui en as jamais parlé ?

Je m'affole tout seul à la simple idée de tout lui avouer, là maintenant, par exemple…

– Oh, mais non, surtout pas !

Il laisse échapper un petit rire.

– Mais pourquoi ? C'est stupide !

J'essaye de me dépêtrer de ce traquenard que je monte tout seul. Je vais dire une connerie, je le sens. Et il est juste là. Celui qui dirige ma vie sans le savoir. Celui pour lequel je perds la raison et parfois le sommeil. Juste là, à portée de doigts, de lèvres et de bras. Il est là, presque offert, avec la meilleure excuse du monde pour que j'en profite, et je ne fais rien. Soyons honnêtes, combien d'autres occasions aurai-je à nouveau ? Aucune, c'est certain. Alors, je tente. Je pose ma main sur sa cuisse et fais aller et venir mes paumes sur son jeans en préparant soigneusement mes mots. Je sens ses muscles se tendre sous le tissu et j'apprécie chaque sensation qui remonte de mes doigts à mon cerveau, me plongeant dans un état presque second de béatitude éveillée, mélangée à une sorte de douleur lancinante, une petite voix me répétant que tout ça n'est qu'un leurre à ne surtout pas prendre pour argent comptant.

Je recentre mes esprits sur la conversation tout en dessinant de petites arabesques, du bout des doigts, sur son jeans tendu… toujours sur sa cuisse, je précise.

– Pourquoi ne lui ai-je jamais parlé ?

– Oui.

– Une fois, j'ai tenté. Enfin, je l'ai embrassé. Dans le cou…

– Et ? Il t'a repoussé ?

– Non. Enfin, pas vraiment. Disons qu'il ne m'a pas remarqué. Il n'était pas dans le même délire que moi à ce moment-là, concentré sur autre chose. Alors je n'ai pas insisté.

Ses bras se resserrent sur moi.

– C'est nul.

– Oui. Enfin, je ne sais pas. Il a peut-être fait semblant de ne pas remarquer aussi… Enfin, tu vois, on s'entend très bien et si je lui avouais, ça détruirait pas mal de choses. Parce que je sais que lorsqu'il me dira que je divague, je le prendrai très mal.

– Tu parles comme si tu étais certain de sa réponse.

– Mais c'est parce que je le suis ! Je peux t'assurer que si je le pouvais, je l'oublierais et je passerais à autre chose. À ces mecs dans cette boîte, par exemple. Mais je ne le peux pas. Alors j'attends.

– Mais, si tu ne lui avoues rien, tu peux attendre longtemps. Tu le sais, ça ?

– Oui, mais je préfère comme ça. J'ai honte, et…

Je ne sais pas ce qui me prend. Mes paroles se déversent sur lui en étalant tout ce que je ressens sous ses yeux, lui dévoilant mon cœur sans aucune retenue en imaginant que je parle d'un autre, évoquant devant mon meilleur ami cet homme qui détient mon cœur comme s'il s'agissait d'une tierce personne, et ça me fait du bien. Parce que oui, en plus de tenir mon cœur entre ses mains, Milan est également mon ami et un confident de longue date. Et même si ces dernières années n'ont pas été riches en relations entre nous, dès que nous nous retrouvons tous les deux, la confiance incroyable qui nous lie, la connivence et la complicité reviennent et reprennent leurs droits le plus naturellement du monde.

Il s'impatiente devant mon silence.

– Emeric, regarde-moi.

Il vient de tout comprendre ! Ces quelques paroles me mettent en alerte. Je me repasse rapidement mes propos, essayant de retrouver la phrase de trop... Celle qui m'a trahi. Mais je n'ai pas le temps d'analyser quoi que ce soit que l'une de ses mains attrape mon menton et me force à lui faire face. Je me décale légèrement pour me positionner mieux, tremblant de tous mes membres en attendant la sentence.

– Oui ?

Mes yeux cherchent dans les siens quelque chose de positif, mais rien. Ni rassurant ni affolant. Rien ne brûle au fond de ses pupilles. Il observe mon visage, un demi-sourire aux lèvres, ses doigts caressant mon nez, mes joues et les endroits qu'il a embrassés précédemment. Puis il murmure, comme une confidence :

– Tu n'as à avoir honte de rien. Tu es beau, Em, et intelligent. La personne dont tu es amoureux sera fière quand tu lui en parleras. J'en suis plus que persuadé.

Je vais mourir. Mon cœur bat à tout rompre. Et encore une fois, je fonds et perds les pédales.

– Embrasse-moi !

Sa main se fige sur ma peau. Ses yeux s'assombrissent et se posent sur mes lèvres. Mais il ne bouge pas. Oh, mon Dieu, mais lui ai-je réellement demandé de m'embrasser ? Je bafouille, mes joues s'échauffant violemment, mon corps retenant des spasmes de douleur devant ce refus muet, mais implacable et mon cœur se mourant au milieu de sanglots que je me refuse à extérioriser.

– Pardon. Je suis désolé, je... Milan, pardon, c'est sorti tout...

Ses mains attrapent mes joues et ses lèvres les miennes. Elles se rejoignent dans un élan empreint d'une délicatesse incroyable. Je vacille et m'écroule contre lui, mais il me rattrape entre ses bras, me hissant à sa hauteur en remontant une main dans mon dos pour attraper ma nuque. Sa langue caresse avec précaution mes lèvres qui ne demandent qu'à la laisser passer et obéissent à son ordre muet en s'ouvrant à lui.

Le plus beau baiser de ma vie. Et le premier. Celui dont je me souviendrai éternellement. Je ferme les yeux et me donne à lui pendant qu'il m'apprend patiemment comment lui rendre ce magnifique élan qu'il m'offre, cette passion sous-jacente qui gronde à chaque mouvement, ce délice qu'il me fait découvrir d'être embrassé pour la première fois par l'homme qu'on aime. J'enlace son cou pour ne plus qu'il reparte. Il met fin à ce moment magique pour déposer de simples baisers sur mes lèvres, en détaillant mon regard et en me caressant le dos affectueusement.

Je ne suis qu'une poupée de chiffon entre ses bras, me laissant happer par cet instant, ne voyant plus rien d'autre que lui, en quémandant encore et encore sans un mot. Il me donne, encore et encore. Mes lèvres, mes joues, mon nez, m'étourdissant davantage et caressant mon cœur. Ce moment dure une éternité. Ses lèvres me recouvrent de douceur sans se lasser et j'aime ça. Bon Dieu, j'aime vraiment ça. Je ne regrette pas d'avoir attendu tant de temps. C'est simplement parfait.

Il me soulève doucement et m'installe plus confortablement contre lui. Ses doigts retrouvent mes mèches qu'ils repoussent une énième fois.

– Non… tu n'as vraiment pas à avoir honte, Emeric. Je confirme. Ce chanceux ne sait pas le temps qu'il perd…

Il replonge sur mes lèvres et s'adonne à un nouveau baiser, plus viril, plus autoritaire. Le désir longe mon dos et mon ventre, descendant vers mon sexe, tout en remontant vers mon cerveau. Je suis en nage et j'ai froid. Des frissons recouvrent ma peau et un gémissement traître s'échappe de ma gorge. Il accentue son assaut en m'enlaçant étroitement, et gémit, lui aussi, faisant vibrer notre baiser, nous basculant dans la sensualité et le désir. Une main caresse mon dos, l'autre soutient ma nuque. Mes doigts se faufilent sous son t-shirt et caressent sa peau. Ma cuisse, posée contre son entrejambe, le sent gonfler et prendre de l'ampleur, me faisant gémir une nouvelle fois et trembler jusqu'à me porter au bord de l'orgasme, sauvage, absolument pas contrôlé. Je m'écarte de lui, la tête en vrac, le repoussant doucement et à regret. Mais si je ne fais pas ça, je jouis dans les dix secondes et il en sera terminé de toute crédibilité de ma part.

Je halète en tentant de retrouver mon sang-froid.

– Attends…

Ses bras se détachent de moi. Il semble soudainement retombé sur terre, lui aussi.

– Oh… merde, Emeric, pardon ! Tu ne voulais pas.

Il s'écarte significativement de moi. Mes doigts le retiennent en agrippant son t-shirt.

– Non. Ce n'est pas ça, c'est…

– Non, tu n'as rien à dire, aucune excuse. J'ai un peu bu, et cette ambiance…. Je suis désolé…

– Non, mais c'est moi qui t'ai demandé, c'est moi qui…

– Non, tu as bu aussi… C'est stupide. Et inutile. On oublie, si tu veux bien. Je ne commettrai plus une erreur pareille, je te promets.

Mon cœur se brise, juste avec ces quelques mots.

– Une erreur ?

Je sais que c'était plus ou moins couru d'avance. Mais ça n'empêche pas la douleur quand la réalité me rattrape.

– Oui, une erreur… Je ne voulais pas… enfin, tu vois…

Je baisse la tête un moment parce que j'ai peur de me mettre à pleurer comme un demeuré.

– Oui. Je vois.

Un lourd silence s'interpose entre nous alors que la musique et la fête battent leur plein autour de nous. Mais plus rien ne m'atteint. Seule cette musique, *Wicked game*, toujours dans ma tête… Jeux sournois. C'est tellement ça ! Un simple jeu.

No body loves no one….

(Personne n'aime personne) …

Il attrape ma main et la caresse avec tendresse.

– On devrait rentrer, je crois que nous avons trop bu.

Je ne suis plus apte à rien, et surtout pas à réfléchir.

– OK.

Il m'aide à me relever et me conduit jusqu'au petit groupe dans lequel les filles semblent bien s'éclater. En quelques minutes, nous reprenons le chemin du port. Elsa et Chloé ne tarissent pas d'anecdotes sur leur merveilleuse soirée et nous, nous restons silencieux. Milan marche à quelques mètres devant moi, soucieux et sans doute dégoûté d'avoir dépassé les limites. Et moi, je reste impassible. Alors que tout en moi pleure et hurle, que mon âme se déchire et que mon cœur se révolte contre l'injustice, à l'extérieur, je garde le masque froid et détaché que j'affectionne. Celui du mec qui n'a besoin de personne et que la solitude n'effraye pas. Celui dont plus personne ne s'inquiète. Celui dont tout le monde se fout royalement.

Je m'enferme dans ma cabine dès que nous rejoignons la Gironde, sans saluer personne et en claquant la porte. « L'erreur » va se coucher.

CHAPITRE 3 ~2

Sweet Summer

<u>Milan</u> : Je l'ai embrassé !

<u>Marlone</u> : 5 h du mat... On va avancer les points quotidiens jusqu'à quelle heure exactement ?

<u>Milan</u> : Pardon. Je n'arrive pas à fermer l'œil. On en parle + tard.

<u>Marlone</u> : Non, t'inquiète. Je suis devant un combat de boxe aux USA. Pas passionnant. Donc ? Embrassé ?

<u>Milan</u> : Ouais.

<u>Valentin</u> : Déjà ?

<u>Milan</u> : Comment ça ?

<u>Valentin</u> : Euh... non, oublie. Donc ?

<u>Dorian</u> : Dance ?

<u>Milan</u> : Pardon ?

<u>Dorian</u> : Donne ?

<u>Milan</u> : Dorian, tu vas bien ?

<u>Dorian</u> : Putain d'écriture intuitive à la c** ! Excuse, le temps que mes yeux fassent le point. Je disais donc : Donc ?

<u>Valentin</u> : Dorian, bébé, tu faisais un gros dodo ? MDR.

<u>Marlone</u> : Restons concentrés. Nous parlons bien du petit Emeric, celui que jamais tu ne devais voir comme autre chose qu'un super pote et bla-bla-bla ?

<u>Milan</u> : Oui, nous parlons bien de celui-là.

<u>Dorian</u> : Viens...

<u>Valentin</u> : Oui ? Qui me parle ?

<u>Dorian</u> : Bien... Je voulais dire : Bien.

Milan : Mais non, pas bien. Il était en train de m'expliquer qu'il était raide dingue d'un mec, mais qu'il était puceau, et que du coup c'était compliqué... Et moi, je lui ai sauté dessus. Nous avions bu, nous étions entourés de mecs qui le mataient dans tous les sens, ça baisait de partout... Et je me suis jeté sur lui...

Valentin : Attends, attends... On récapitule parce que j'ai du mal à suivre. Donc, il aime un mec.

Milan : Oui.

Marlone : Donc, il est gay ?

Valentin : Donc, un homo.

Valentin : Putain, Marl, c'est moi qui parle !

Marlone : Et pourquoi ce serait toi ?

Valentin : Regarde ta boxe !

Dorian : Et vous étiez où ?

Milan : Oui, il est gay. Et nous étions en boîte. Un truc à la mode. Un vrai palais de la sodomie.

Marlone : Aaaaaaahhhh.... J'arrive.... Avec Tristan, cela va de soi.

Valentin : Beurk ! Sans moi.

Dorian : Restons concentrés, les mecs. Donc. Deux gays, qui se bécotent dans une boîte gay. Pour le moment, je ne vois pas ce qui cloche.

Milan : Ce qui cloche, comme tu dis, c'est que : 1/Il est amoureux fou d'un autre, pour lequel j'ai l'impression qu'il se réserve. Enfin, c'est même assez clair en fait. Et, 2/Je lui ai roulé une pelle en bandant comme un sauvage.

Marlone : Je ne vois toujours pas le problème.

Milan : Vous êtes bouchés ?

Valentin : OK, OK. Donc. Ce mec, celui qu'il kiffe, c'est qui ?

Milan : Je ne sais pas. Un bon pote à lui, je crois.

Dorian : Ah !

Valentin : Et ?

Milan : Ils se connaissent depuis longtemps.

Marlone : Sans déconner ?

Milan : Oui.

Valentin : Et avec ça, tu ne vois pas de qui il s'agit ?

Milan : Je ne connais pas ses potes, moi. Nous ne nous côtoyons pas dans le quotidien !

Valentin : Ah, ben oui...

Dorian : D'autres infos sur le bourreau des cœurs ?

Milan : Apparemment, il ne capte pas les signaux qu'Em lui envoie.

Valentin : Sans déc ?

Dorian : Incroyable. Des mecs comme ça existent ? Jamais croisés pour ma part.

Marlone : À vrai dire, j'en connais peut-être un... un peu long à la comprenette, comme le dirait Magda.

Valentin : MDR !

Milan : Je ne vois pas ce qu'il y a de drôle !

Dorian : Nous non plus, Milan, nous non plus !

Milan : Bon... 5 h du mat, c'est trop tôt. Je ne comprends rien à ce que vous dites. Mais pas grave. Donc. Vos avis ?

Valentin : C'est clair que tu ne captes pas grand-chose, mais passons... Et où est le problème exactement ? Je ne comprends pas. Depuis quand une pelle change-t-elle une vie ? C'est fait, c'est fait. Je pense que vous pouvez vivre avec, non ?

Marlone : Voire intensifier le sujet...

Milan : Ah ! Très drôle ! Je vous rappelle que c'est un très, très bon ami et que je tiens beaucoup à lui.

Dorian : Oui, Marlone ! Un ami qu'il connaît depuis longtemps...

Valentin : Avec un air pensif adorable...

Dorian : Et des taches de rousseur, toutes mignonnes, de mémoire...

Valentin : Oui, aussi... Mais certaines personnes ici présentes ne captent pas tout...

Marlone : Ah oui, pardon, j'avais zappé !

Milan : Voilà. Et, si, je capte très bien ! C'est vous qui êtes bouchés ce matin !

Dorian : On va dire ça !

Milan : Non, mais sérieux... Je fais quoi, moi, demain ? Parce qu'à la fin de la soirée, il faisait clairement la gueule.

<u>Marlone</u> : Ah oui ? Mais pourquoi ? Là, je ne te suis plus. C'était si atroce que ça ? Faut t'inscrire à un stage de rattrapage « roulage de galoche » ?

<u>Dorian</u> : Attends, je crois que je connais un organisme parfait... Je cherche le lien...

<u>Valentin</u> : Comment connais-tu ça, toi ? Des soucis, Dorian ? Besoin d'en parler ?

<u>Dorian</u> : Plutôt besoin de pratique si tu veux mon avis... J'en ai marre de ce bureau et de ce club...

<u>Valentin</u> : Pauvre Doudou... Je vais passer te réconforter si tu continues. J'en ai la larme à l'œil.

<u>Dorian</u> : Merci de compatir. Mais je ne suis pas Doudou, Val !

<u>Marlone</u> : Bon, mon combat se termine bientôt. Donc, si on pouvait recentrer le débat. Tu disais : Emeric boudait.

<u>Milan</u> : Oui. Je me suis pourtant excusé, je lui ai bien expliqué que c'était une erreur, mais je crois que le mal était fait... Je n'ai pas envie de perdre un ami.

<u>Valentin</u> : Tu t'es « excusé » ?

<u>Dorian</u> : « Une erreur » ? Sérieux ?

<u>Milan</u> : Oui, pourquoi ?

<u>Marlone</u> : Mais toi, Milan, tu en as pensé quoi ? Si on oublie le fait qu'il s'agit de ton ami ?

<u>Milan</u> : Je crois que j'ai adoré ça. Je ne comprenais rien, et c'est toujours le cas. Mais... c'était comme si tout était logique, et mieux que parfait... Comme je vous le disais, je le trouve mignon. Vraiment.

<u>Valentin</u> : Oui, mais mignon, ça ne fait pas tout, Milan. C'est ton ami. Est-ce que « mignon », c'est assez profond pour mettre en jeu votre amitié ?

<u>Milan</u> : Vraiment mignon.

<u>Dorian</u> : Bon, ben alors c'est tout bon, oublie tout le reste.

<u>Milan</u> : Mais nous sommes amis ! Et je ne suis clairement pas celui qui l'intéresse.

<u>Valentin</u> : Ah, ben oui, clairement !

<u>Marlone</u> : Val... PTDR !!!

<u>Dorian</u> : C'est tellement évident... Pauvre Milan... Dur...

<u>Milan</u> : Vous savez que vous me gonflez ?

Valentin : Mais nous l'espérons mon cher, nous l'espérons…

Marlone : En dehors de tout ça, Milan, je n'ai qu'un conseil, qui ne regarde que moi. Tu lui as sauté dessus ?

Milan : Oui.

Dorian : Donc, il sait que tu en as eu envie.

Milan : Il doit certainement s'en douter, oui.

Marlone : Donc, tu vas aller t'excuser et lui expliquer que la seule véritable « erreur » de cette soirée, c'est que tu aies justement prononcé ce mot : « erreur ». Parce que… Milan, si c'était son premier baiser… Que tu sois celui qu'il attend ou non… C'est atroce de finir en expliquant qu'en fait, ce n'était pas ce que tu voulais.

Milan : Hein ? Mais je n'ai jamais dit ça !

Dorian : Ah oui ? Alors, définition du mot « erreur », je te prie ?

Valentin : Attends, j'ai une appli mortelle. Larousse dit, pour ton cas : « Acte, comportement inconsidéré, regrettable, maladroit ».

Dorian : Voilà. Milan, tu notes bien le « regrettable » ?

Milan : Je ne voulais pas le dire dans ce sens !

Marlone : Ben oui… pourtant, je mettrais bien mes grelots à couper que lui l'a compris comme ça. Puisque nous, déjà…

Milan : Putain… Ouais, donc, en gros, je voulais préserver notre amitié en m'excusant, mais…

Valentin : Tu viens de la pulvériser. Bravo l'artiste !

Dorian : C'est ça…

Marlone : Voilà… Tu sais ce qu'il te reste à faire.

Valentin : Y a des excuses dans l'air…

Marlone : Et peut – être une redite, pour la réconciliation… Bisous, bisous… Je vous laisse, j'ai une équation à résoudre. D'urgence.

Dorian : C'est-à-dire ?

Marlone : Combat à chier + Tristan nu, endormi dans mon lit + gaule d'enfer = ???

Valentin : = enfoiré, garde ce genre d'algèbre pour toi, merde !

Dorian : Va baiser. Et toi, Milan, va retrouver Emeric. Et toi, Valentin…

Valentin : Ouais… Je sais… Valentin, va… Rien. Idem pour toi.

Dorian : Déprimant. Je vais me saouler. Ciao. Milan, bonne chance.

Valentin : Ouais, bonne chance, mec. Je vais courir, trop réveillé. Schuss tombeur...

Milan : Salut les mecs. Je vais tenter de dormir un peu.

Emeric

Le roulis du bateau indiquant que nous quittons le port me réveille en sursaut. Ce n'était pas prévu. Nous devions amarrer uniquement cet après-midi. À travers ma porte, j'entends les voix de Jean et d'un membre de l'équipage me confirmant que les parents sont bien à bord, contrairement à leurs plans d'origine. Rasséréné, je m'enroule dans ma couette et plante mon visage au creux de mon oreiller en bâillant.

Je n'ai pas réellement dormi. Somnolé, tout au plus. Mon esprit a vacillé entre les lèvres de Milan et les paroles qu'elles ont prononcées. Si on me demandait mon avis, je dirais que je le préfère quand il ne parle pas. Il est beaucoup plus doué pour les baisers. Ce mot, « erreur », m'a poursuivi jusqu'au lever du soleil, et même encore maintenant, alors que ce dernier est installé haut dans le ciel.

Après tant de questionnements, après m'être envolé dans ses bras pour m'écraser durement nez contre terre, je crois que je préfère l'amour en rêve. La réalité est bien trop amère et brutale pour moi. Je garderai ces quelques secondes de félicité en moi, comme un cadeau de la vie. Après tout, certaines personnes ne parviennent jamais à toucher le bonheur. Ce n'est pas mon cas. Même si, d'après mon constat, je crois que j'aurais préféré ne rien connaître, ne rien goûter. La réalité a presque perverti les rêves que je nourrissais depuis tant d'années. La réalité a sali le merveilleux. Bref, mon humeur n'est pas au rendez-vous ce matin, c'est une évidence. J'enferme donc la douceur de ses lèvres au fond de mon cœur et ce moment magique dans le secret de mon âme, puis tente de reprendre la vie là où je l'avais laissée, sur ce bateau, flottant au gré des flots.

Je tombe nez à nez avec mes parents lorsque je me décide à me lever et à prendre mon petit-déjeuner sur le pont. Je pose mon verre et mon carnet sur la table, en face d'eux et les embrasse rapidement.

– Vous ne deviez pas rentrer plus tard ? Pourquoi a-t-on déjà quitté Mykonos ?

Milan apparaît à ce moment, vêtu d'un bermuda destroy en jean uniquement, son torse bronzé offert aux rayons du soleil, ses cheveux hirsutes et les traits encore endormis… Mes yeux longent son torse trop à mon goût, le relief de son ventre, bien dessiné, mais pas dans l'excès, et cette cicatrice qui me transcende parce qu'elle est mienne. Je me dis, chaque fois que mes yeux la trouvent, qu'il se venge inconsciemment. Il marque mon cœur aussi sûrement et indéfiniment que j'ai tatoué sa peau. C'est moi, en réalité, qui ai appliqué ma marque sur lui le premier. C'est pour ça qu'il m'appartient. Parfois, je me prends à imaginer les doigts d'autres hommes la longer ou la caresser, alors que moi, je ne l'ai jamais ne serait-ce qu'effleurée, et la nausée me prend. S'il y a bien une chose qui m'appartient chez lui, c'est cette cicatrice. Le seul problème, c'est que cet acte de propriété exclusive n'existe que dans ma logique à moi, mais s'avère nul et non avenu pour le reste de l'humanité.

Une tasse de café à la main, Milan plisse les yeux lorsqu'il nous aperçoit, marque une hésitation presque indicible en m'observant, puis reprend une attitude naturelle en souriant à mes parents, se grattant le torse négligemment.

Ce matin, ma résolution était claire : le détester. Bon, voilà, elle a tenu dix minutes. Je suis de nouveau sous le charme. Et c'est encore pire parce que maintenant, je sais ce que c'est de se trouver dans ses bras. Là, c'est clair que si j'oublie tout le reste, c'était vraiment magique. Incroyablement kiffant. Génialement romantique. Atrocement addictif. Bref. C'était surtout hier. Aujourd'hui, la donne a changé.

Il embrasse mes parents et s'installe à mes côtés. Parce que, évidemment, il n'y a pas de place ailleurs…

Mon père se décide à répondre à ma question, même si la réponse ne m'intéresse que moyennement. Toute mon attention est maintenant portée sur le corps qui me frôle et la cuisse qui touche, l'air de rien, la mienne.

– Nous avons reçu un appel d'un client potentiel en Turquie, qui était justement intéressé par le prototype de *La Gironde* pour son complexe hôtelier grand luxe. Nous partons donc pour la Turquie.

Milan se gratte la tête en reposant sa tasse.

– Lekoiri ?

– C'est ça. Comment sais-tu ?

Il sourit avec fierté et boit une gorgée de café avant d'annoncer :

– Je lui ai renvoyé de la documentation supplémentaire et quelques photos avant notre départ d'Athènes.

Mon père paraît surpris.

– C'est vrai ? Et tu n'as rien dit ?

– Vous étiez en vacances. Et promouvoir la société, c'est un peu mon job, non ?

Ma mère pose sa main sur celle de Milan.

– Oui, et tu le fais très bien, Milan. Bravo. Nous sommes tous fiers de toi. Bon, alors nous voilà enfermés sur cette coque de noix pour plus de 24 heures. Qu'avez-vous envie de faire ? Chouchou ?

Chouchou, au cas où ça ne serait pas clair, c'est moi. J'essaye de revenir à un état normal alors que je me consume intérieurement, bien trop conscient de la présence de Milan à mes côtés. Sa cuisse, mais aussi l'odeur de son gel douche, sa voix suave et ses mains parfaites qui ont effleuré mes joues, mon cou, mon dos…

Un frisson glissant le long de ma colonne me trahit en secouant mon corps de haut en bas.

– Euh… Je vais dessiner. J'ai un projet à terminer pour la rentrée.

En fait, ce n'est absolument pas le cas. Je dessine sur ce carnet exclusivement pour m'évader. Non pas que je ne m'évade pas dans ma spécialité. J'étudie aux Beaux-Arts. Le dessin et ma passion pour l'harmonie visuelle me viennent de mon père. La seule différence entre nous, c'est que lui a découvert tout ce qu'il sait tout seul. Au fond de son lit, la nuit. Parce que son père, feu mon grand-père, la branche américaine de notre famille, trouvait que c'était une perte de temps de dessiner et le poussait à travailler dans son garage. Ce mélange de formations un peu original en a fait ce qu'il est, un excellent designer d'intérieur et le créateur des nombreux aménagements que la société Milighan, Faubert et Doucet propose dans ses bateaux. Je suis fier de lui, et j'essaye, avec mes petits dons, de faire honneur à ce grand génie. Même si je n'ai pas beaucoup de mérite, parce que moi, on me donne les moyens et surtout la liberté de travailler cet art. Pourtant, même avec ça, je crois que je n'arriverai jamais à son niveau.

Enfin bref, c'était le petit point nécessaire sur mes origines et le pourquoi de ma passion. Parce qu'elle fait partie de moi, que je suis né avec, et que ce sera, éternellement, le plus beau cadeau que mon père ait pu m'offrir. Dessiner, c'est fantastique. C'est voyager sans bouger, avoir le pouvoir d'embellir le monde, de le réinventer, de capturer sa beauté sur une feuille de papier, de la mettre dans sa poche et de la ressortir lorsque, parfois, le cœur faiblit. Dessiner, c'est tenir l'univers entre ses mains.

– Tu devrais poser un peu ce bloc et ce crayon.

Ma mère, qui, décidément, s'est donné comme objectif de vacances de me pourrir la vie. Je ne suis plus habitué à l'avoir constamment sur le dos. Depuis mes dix-huit ans, je bosse dans un bar le soir et réussis à gagner assez pour me payer un studio. Refuge très salutaire quand on a une mère pareille. Adorable, mais légèrement intrusive.

– Tu devrais plutôt prévoir un peu de temps pour Chloé. C'est vrai ça, avant-hier, je t'ai trouvé très froid avec elle. Tu sais bien que…

Oh, maman, ce n'est réellement pas le jour… Je sens le corps de Milan se tendre discrètement à mes côtés. Quant au mien, je ne préfère pas en parler.

Je lui coupe la parole, exaspéré.

– Je sais bien que quoi, maman ?

Ma mère écarquille les yeux, un peu étonnée que je hausse la voix en lui coupant la parole. Oui, désolé, mais j'en ai marre ! Elle ne perd pas son aplomb pour autant et poursuit son idée obsessionnelle.

– Que Chloé semble… attirée. Et je suis d'accord avec elle. Tu sais bien que je serais la plus heureuse des mères si quelque chose, enfin…

Mon père l'interrompt à son tour.

– Mathilde, je pense qu'il a bien compris le message.

Merci papa, mais c'est trop tard, elle a prononcé le mot de trop.

– Et quoi, maman ? Donc, si je comprends bien, pour te rendre heureuse, je dois choisir la mère de mes enfants en fonction de tes goûts à toi ? Et si je refuse, ça fait quoi ?

– Non, bien entendu que non… je serais derrière toi, n'importe quelle décision que tu puisses prendre, tu le sais bien. Mais je te connais aussi très bien, et je suis certaine que Chloé serait une personne avec laquelle tu serais heureux…

Milan s'étouffe avec son café et je me cache derrière mon verre de jus de fruits. C'est presque risible tellement elle est à côté de la plaque. Mais je n'ai pas envie de polémiquer. J'ai d'autres choses en tête.

– Peut-être. Mais, pour le moment, je ne me sens pas réellement en phase avec ta théorie. Je vais donc aller dessiner.

Mais, Mme Mathilde Milighan ne semble pas prête à lâcher le morceau. C'est bien ma chance, moi qui n'aspirais qu'à m'extraire de tout ça et à fuir Milan, ça ne va vraisemblablement pas être possible.

– C'est bien dommage. Vous formeriez un couple parfait.

Cette fois, c'est Milan qui la coupe en posant sa tasse brutalement sur la table.

– Je ne vois pas pourquoi tu dis ça, et pourquoi tu insistes plus que lourdement depuis des années.

Ma mère le toise, surprise.

– Mais… enfin, parce que. Ce serait logique. Chloé est jolie, ils se sont toujours bien entendus et je sais qu'ils ont beaucoup d'affection l'un pour l'autre. Et, c'est vrai que voir nos enfants réunis me ferait plus que plaisir.

– Et donc, pour ton petit plaisir, tu gâches sans aucun remords apparent la vie de ton fils. Tu le réalises ? Emeric a encore le droit de choisir la personne avec qui il souhaite partager sa vie, non ?

– Bien entendu. C'est simplement que…

– Que quoi ?

La voix de Milan devient agressive. Il est même hors de lui. Tellement, que j'oublie l'épisode d'hier soir et ce qu'il représente à mes yeux pour ne redevenir que le simple ami en posant machinalement une main sur sa cuisse pour le calmer, à l'abri des regards parentaux.

Il l'attrape aussitôt. Sa main merveilleuse emmêlant ses doigts aux miens. Tous mes sentiments pour lui me percutent de plein fouet. J'ai été stupide de croire que je pouvais les occulter. Ma température corporelle augmente immédiatement. Cette histoire de combustion interne n'est vraiment pas loin de se produire.

Le visage de ma mère se décompose devant son ton implacable. Parce qu'il ne s'arrête pas là.

– J'aimerais comprendre quelque chose. Vous avez toutes tenté de faire la même chose avec Elsa et moi à une époque, et puis il a suffi que j'avoue mon homosexualité pour qu'on nous laisse tranquilles.

– Mais ça n'a rien à voir, Milan, puisque tu es gay !

– Je trouve au contraire que ça a tout à voir ! Il ne s'agit que d'une histoire de goût. Je préférais les hommes, mais j'aurais pu également préférer les blondes ou les petites ! Et alors, vous auriez fait quoi ?

– Nous aurions respecté tes choix, bien entendu…

– Je ne crois pas, non. Et pendant qu'on y est, pourquoi ne pas avoir tenté de me caser, à cette époque, avec Emeric pendant que vous y étiez ?

– Mais enfin, Milan, qu'est-ce qu'il t'arrive ?

– Il m'arrive que j'en ai marre de vous observer depuis le départ de cette croisière. Emeric fait et choisit ce qu'il veut, comme vous m'avez permis de le faire à l'époque. Moi, je préfère les hommes. Et lui, il n'est pas attiré par Chloé. Les deux états de fait sont tout aussi respectables et clairs l'un que l'autre. Je ne vois pas où, chez moi, vous voyez un choix inéluctable et où, dans la situation d'Emeric, vous pensez pouvoir l'influencer... Il a dit non, c'est non ! Le fait qu'il y ait une possibilité pour que tes rêves se réalisent ne te donne pas le droit de lui imposer ces fameux rêves ! Emeric n'a pas envie de Chloé et il te l'a dit, relativement clairement, je trouve. Peut-être qu'il a envie de...

Je presse mes doigts entre les siens. Le priant en silence de ne pas glisser sur ce terrain ni de dévoiler des choses que je ne veux pas affronter maintenant. Il répond par une pression et par la caresse de son pouce sur mes doigts.

Ma mère baisse les yeux pendant qu'il tente de se calmer. Mon père reste silencieux, écoutant l'échange, et je le soupçonne de partager plus ou moins l'avis de Milan, car c'est rare qu'il laisse quelqu'un s'adresser à ma mère sur ce ton.

Milan tente de retrouver un semblant de calme en reprenant :

– Ce que je veux dire, c'est que tu crois que tout est simple, alors que ça ne l'est pas. Et ton insistance n'arrange rien. Se mettre en couple n'est pas simplement une histoire de préférence sexuelle. C'est un ensemble. Vous, dans cette famille bizarre, avez trouvé simplement vos moitiés. C'était une évidence. Mais arrêtez de croire que ça l'est pour nous aussi. Laisse ton fils tranquille, une bonne fois pour toutes, et oublie cette pression insupportable que tu mets sur ses épaules. Fais-lui confiance, il trouvera ce qui lui convient. Et c'est plus que probable que ce ne soit pas Chloé. La sexualité de ton fils ne te regarde pas. Je dirais même, surtout pas. Je pense qu'il est temps que quelqu'un te le rappelle ! Et je parle aussi pour Astrid. Vous êtes des mères adorables et géniales, mais votre obsession fait chier tout le monde !

Le silence plombe la table. Mon père regroupe les assiettes de leur petit-déjeuner sur leur plateau et se lève doucement.

– Bon, ceci étant dit, Mathilde, tu viens ?

Ma mère reste muette et dans ses pensées. Elle attrape la main que mon père lui tend pour se lever, mais interrompt son geste pour se tourner vers moi.

– Je… je suis désolée. Je ne pensais pas te faire du tort. Mais Milan a raison. Ce ne sont pas mes affaires.

Je valide d'un signe du menton, abasourdi. J'ai la tête qui tourne en comprenant ce que Milan vient de faire pour moi. Il a préparé le terrain et en le faisant, il a ôté un poids énorme de mon cœur. Parce qu'en réalité, l'insistance de ma mère me pesait. Je le réalise à l'instant. La voir comprendre que je suis un adulte et que mes choix m'appartiennent me fait un bien fou, que je n'aurais d'ailleurs pas soupçonné. Et encore une fois, Milan me transporte, me subjugue. J'adore qu'il prenne soin de moi.

Mes parents quittent la table en nous laissant seuls. Côte à côte. Pris d'une timidité subite, je récupère ma main et la pose sur la table.

– Merci…

– Je suis désolé, mais ça m'énerve. Je n'ai pas dormi, alors je n'ai pas beaucoup de retenue et encore moins de patience.

Je hoche la tête, cloué sur place par cette envie de me jeter à son cou et de quémander le même traitement que cette nuit. Il n'a pas la moindre idée de l'effet qu'il me fait.

Il soupire en passant une main dans ses cheveux.

– Écoute… je suis vraiment désolé.

Ma gorge se serre et l'amertume remonte en moi.

– Tu l'as déjà dit, c'est bon. Et puis, je ne suis pas non plus innocent dans cette histoire.

– Non, je sais bien. Mais, j'ai l'impression d'avoir profité de la situation. Je suis plus vieux et j'aurais dû maîtriser.

Je redresse la tête, choqué.

– Parce que tu me vois encore comme un gosse ? Pour ton information, j'ai vingt ans et je suis totalement indépendant dans tout ce que j'entreprends. Je gagne moi-même l'argent de mon loyer et je prends les décisions pour mon avenir, professionnel ET personnel. Si je t'ai demandé de m'embrasser, c'est que j'en avais envie et je savais très bien où nous allions à ce moment. Pour tout te dire, c'est maintenant que je ne comprends plus trop le chemin que prend cette discussion. Tu m'as dit clairement que c'était une erreur et je l'ai bien compris, donc inutile de s'étendre sur le sujet.

Ses yeux me fixent et son air devient affreusement sérieux avant qu'il ne réponde.

– Je voulais simplement m'excuser pour ça, justement. Ce n'était pas une erreur dans le sens où tu l'as compris. Pour moi, l'erreur réside dans le fait que, d'après ce que tu m'as expliqué, tu as un but. Un inconnu que tu attends, pour lequel tu nourris beaucoup de sentiments et de retenue. Ce n'était pas à moi de t'embrasser comme ça, mais à lui. Et, en prenant en compte notre amitié, j'ai aussi considéré que jouer avec ce genre de feu était une erreur. Parce que, en considérant l'existence de ce fameux mec dont tu ne m'as même pas donné le nom, il est clair qu'à part foutre la merde, ce genre de rapport ne nous apportera rien. Et je tiens beaucoup trop à toi pour ça. D'ailleurs, regarde. Ça n'a pas tardé. Tout a merdé en quoi ? Deux minutes ?

C'est à mon tour de l'observer. Et de réaliser que ce qui a cassé ce moment parfait, c'est lui. Pas le « lui » qu'il est, le « lui » qu'il ne sait pas qu'il est. Ce fameux mec dont je lui ai parlé. C'est presque drôle que mon mensonge détruise ce qu'il était supposé protéger. J'aurais presque envie de tout lui déballer, tout de suite. J'ouvre la bouche, puis la referme rapidement. D'accord, mon mensonge l'a freiné. Mais aussi, il vient de déclarer qu'il ne voulait pas entacher notre amitié. Et il ne m'a pas non plus déclaré sa flamme, donc… Certes, ce mec, cet inconnu que nous connaissons trop bien a cassé quelque chose, mais en même temps, il a peut-être évité de détruire ce qui nous lie depuis tant d'années.

Cette situation est réellement délirante et presque inextricable. Je ne sais plus quoi en penser. Dois-je risquer quelque chose ? Ou suis-je un lâche terrifié par ses sentiments ?

J'ai envie de mieux comprendre.

– Tu veux dire que… Toute ta retenue provient uniquement de… Antoine ?

Bon, on va nommer ce type, ce sera plus simple. Et encore une fois, le mensonge est raisonnable, puisque c'est le quatrième prénom de Milan. Milan, Jean, Clifford, Antoine Doucet. Le prénom de son grand-père. Moi aussi j'ai quatre prénoms, dont celui de son père, entre autres. Bref.

Il lève un sourcil.

– Il s'appelle Antoine ?

Je hoche la tête pour toute réponse.

– Alors, oui. C'est bien ce que je viens de dire. Je respecte ce que tu ressens pour lui, et je n'ai pas envie d'interférer dans ta vie comme ça. Je tiens vraiment trop à toi.

D'accord, mais il tient à moi comment ? C'est ça, le problème. J'ai envie de lui demander ce qu'il a ressenti, si ça lui a plu… ce que j'espère vraiment, parce que moi ça m'a totalement retourné. Alors, si ce sentiment est partagé, enfin, peut-être pas exactement au même degré, mais si déjà… il en garde un bon souvenir, je pourrais peut-être…

– Tu regrettes ?

Il plisse les yeux.

– Mais je viens de te dire que…

– Oui, j'ai bien compris ce que tu as dit… Antoine, tout ça… mais sinon ? Enfin… tu vois ?

Retour de la couleur vermillon sur mes joues. Je les sens cramer, littéralement.

– Oh… tu veux dire, si j'ai aimé ?

Je confirme d'un geste de la tête. Incapable d'en rajouter, je ne sais déjà pas comment j'ai osé poser cette question, alors la détailler, la commenter ou la reposer, ce sera sans moi. Heureusement, il comprend tout seul. Il m'adresse un regard tendre et profond. Mon cœur n'en peut plus d'attendre sa réponse.

– Oui.

Je. Vais. Mourir.

Mais pas tout de suite. En attendant, je bafouille, je crame, ma tête tourne dans tous les sens et j'ai envie de tout lui avouer. Choper la chance quand elle passe. C'est maintenant ou jamais.

– Parce qu'en fait….

Comment avouer un truc pareil ? Direct et un peu porno : « Je me branle en pensant à toi tous les soirs » ? Ou romantique : « Mon cœur n'aime que toi, depuis toujours » ? Peut-être fleur bleue guimauve : « Tu es la plus belle chose que le ciel m'ait permis de connaître et je me meurs d'amour pour toi depuis la nuit des temps ? » ou, simplement : « Je t'aime, et c'est tout » ?

J'ai beau chercher, je ne suis absolument pas préparé. Il attrape ma main, embarrassé.

– Emeric, c'est tout à fait ce que je ne voulais pas. Ne te prends pas la tête, il n'y a rien de grave et…

– Non, mais… non, ce n'est pas ça !

– Alors, c'est quoi ? J'ai du mal à suivre.

Pourquoi suis-je doué en dessin et pas en parlotte ? Ce n'est pas un don que mon père m'a refilé. En fait, c'est une calamité. À force de m'enfermer dans mes songes, je n'ai plus aucune notion de communication dans les domaines importants.

– C'est. Enfin… Voilà. Tu sais, Antoine ?

– Oui ?

Il reste patient. Il est bien gentil, parce que moi, je me foutrais des baffes.

– Eh bien Antoine…

– Ah, Milan, tu es là !

Pierre, son père, débarque sur le pont, me coupant dans mon élan imprévu de sincérité. Je ne sais pas si je dois m'en réjouir ou le détester pour ça. Dans tous les cas, je crois qu'il s'en moque. Il s'adresse à Milan en se fichant du reste. Ce dernier m'oublie quelques minutes et se concentre sur le nouveau venu.

– Clifford vient de me prévenir que tu avais envoyé des photos de *La Gironde* à Lekoiri ?

– Oui, pourquoi ?

– C'est super, beau boulot. Il a accepté de venir déjeuner dès que nous arriverons en Turquie. Soit après-demain midi. Les gars, je voudrais lui faire visiter les chambres. Donc, si vous pouviez ranger votre bordel, un minimum… C'est une visite informelle, certes, mais je ne louperai pas notre chance de choper un gros client tel que lui. Donc…

– OK.

Je confirme également.

– Super, merci. Et… au fait, Milan. Alexandre m'a contacté, hier.

Mes yeux se posent sur Milan. Je suis relativement intéressé par sa réponse et son attitude face à ce mec qui a quand même occupé une part importante de sa vie pendant des années. Mec que je ne pouvais pas voir en peinture, d'ailleurs… Il gigote sur son siège avant de répondre.

– Écoute, papa, je te demanderai de ne pas intervenir dans cette histoire.

– J'aimerais bien, figure-toi. Mais ce n'est pas l'avis de ta mère qui me disait, à juste titre, que depuis le départ d'Alexandre, tu es… seul. Je ne sais pas ce qu'il s'est passé, mais il serait sans doute intelligent d'écouter ce qu'il a à te dire, non ? Bon, après, ce ne sont pas trop mes affaires, mais…

– Ce n'est pas si simple. Pour le moment, je ne peux pas. C'est tout. Et si on pouvait éviter le sujet…

– Très bien. Mais il en est au quatrième mail depuis deux semaines. Il dit que tu ne lui réponds pas.

– Exactement. Qu'il marine un peu, ça lui fera du bien.

– Écoute, Milan, tes histoires ne me concernent pas et je préférerais ne pas avoir à jouer les intermédiaires. Règle cette histoire.

Milan soupire en s'accoudant à la table.

– Ce n'est pas si simple.

– Tu l'as déjà dit. Ce n'est pas mon problème.

– OK. Je vais le contacter.

Un élan de jalousie incommensurable m'étreint le cœur. Pourquoi est-ce si compliqué ? Leur histoire est terminée depuis plus d'un an, donc pourquoi ce mec revient-il à la charge ? Et pourquoi Milan semble-t-il troublé ?

Pourquoi ? Je crois que c'est clair. Rien n'est réellement terminé entre eux, c'est tout. Et contre cet homme, je n'ai aucune chance. Je n'ai rien, comparé à lui. Il occupe un poste de chef dans une société de communication basée à Paris. Il a 30 ans, un corps de rêve et du pognon. Aucune chance de tenir la comparaison. Et, en y réfléchissant, même si c'est bel et bien terminé entre eux, ce dont je doute, je fais quand même pâle figure face à son ex.

Je remercie intérieurement Pierre d'être intervenu avant que je commette la plus grosse connerie de ma vie en avouant mes petites préoccupations intimes à son fils. Nous n'avons, évidemment, aucun avenir ensemble. Je me suis montré absolument stupide en imaginant le contraire. Encore une preuve de mon immaturité affligeante !

Son père tourne les talons et Milan reporte son attention sur moi. J'attrape mon carnet et mon crayon.

– Je vais dessiner.

Il ne semble pas d'accord.

– Maintenant ?

– Oui. À plus tard.

Je me lève et grimpe sur le pont alors que sa voix me rappelle à lui.

– Non, mais attends, Emeric, nous étions en train de discuter.

J'accélère le pas en prenant toutefois garde à mon équilibre, car nous atteignons la haute mer, et la vitesse de *La Gironde* provoque pas mal de roulis. La mer semble plutôt agitée aujourd'hui. J'avance malgré tout et l'entends se lever pour me suivre.

– Je n'ai plus rien à dire.

– Je ne comprends rien !

Je ne réponds pas en traversant le pont avant pour retrouver ma place en bout de proue, même si les embruns fouettent déjà mon visage et que le tangage reste bien présent. Même si je sais que c'est inutile d'essayer de le fuir, puisque rien ne l'empêche de me rejoindre, je le fais quand même. Nous nous trouvons sur un bateau. Les endroits pour se cacher et s'extraire du monde sont peu nombreux et il les connaît aussi bien que moi. Il n'y a que ma cabine, à la limite.

Oui, ma chambre ! Avec une porte et une clé !

Je fais volte-face subitement, mais il est beaucoup plus près de moi que je l'imaginais. Je me heurte violemment à son torse et mon pied nu glisse. Là, je lâche mon carnet pour me retenir à ses hanches et retrouver mon équilibre.

Mais mon cahier glisse sur le sol, bombé à cet endroit de l'embarcation, se dirigeant tout droit vers l'eau.

La panique m'envahit. Ce carnet regroupe tant de choses. Je lâche Milan et plonge vers le précieux recueil qui arrive en bout de course, menaçant de basculer par-dessus bord.

J'atteins le sol, glissant à mon tour dans la même direction que lui, mais mon poignet droit accuse ma chute dans une douleur suspecte à laquelle je ne m'arrête pas pour l'instant. Je tends les bras, mais il est trop loin et va trop vite. Milan m'attrape les hanches.

– Non, Emeric !

Je me tortille pour m'échapper, mais c'est déjà trop tard. Le carnet bascule sur le bord du pont et disparaît de nos vues. Mon confident. Celui qui connaissait tous mes rêves, à qui je confiais mes douleurs et mes peines. Il regroupait toutes mes pensées, protégeait le secret de chaque trait, sur chacune des pages.

Des larmes s'échappent de mes yeux et dévalent mes joues balayées par les embruns… Je pleure comme un gosse devant cette perte qui me paraît la plus grande catastrophe de ma vie. Pour un mec comme moi, qui ne se confie pas, ce carnet représentait tellement.

Milan me récupère dans ses bras et me serre fortement contre lui.

– Emeric, tu aurais pu tomber !

Je sais que c'est ridicule. Je sais que ce ne sont que quelques feuilles noircies pendant mes errances dans mon univers personnel. Que ce n'est rien. Mais parfois, les riens sont les choses les plus importantes d'une vie. Et, la fatigue s'ajoutant à cet ascenseur émotionnel qui me bouscule beaucoup trop depuis le début de cette croisière, je craque.

J'enlace Milan, les yeux et les joues humides. Mon petit monde, que j'avais réussi à construire en secret, se volatilise de minute en minute et je me sens perdu.

Les bras qui m'entourent me rapprochent de l'homme que j'aime, mais qu'il est trop compliqué d'approcher. Ses lèvres se posent sur mes joues, ses doigts s'évertuent à dompter mes cheveux balayant mon front au gré de la brise et sa voix tente de me calmer.

– Ce n'est pas grave Emeric. Ce n'est pas grave…

Je ne réponds pas et enfouis mon visage au creux de son cou. Si, c'est grave. Pour moi, ça l'est.

Les filles accourent derrière Milan, paniquées.

– Qu'est-ce qu'il se passe ? On t'a vu plonger, Em. Tu vas bien ?

Chloé se met à genoux et tente de me prendre dans ses bras, mais Milan et moi avons le même réflexe : nous nous écartons d'elle et il la repousse gentiment.

– Tout va bien, Chloé. Pas maintenant.

Elle n'insiste pas et recule jusqu'à sa sœur. Je me blottis davantage dans les bras de Milan, cherchant sa chaleur, me sentant atrocement seul et désemparé. Et je pleure encore. Ce n'est sans doute pas uniquement la perte de ce calepin. C'est un tout. J'enlace son cou et me cache dans ses bras.

Oui, c'est un tout. Cet homme que j'aime tellement, si fort, mais qui me semble inatteignable. Lorsque je le dessinais sur ce fameux carnet, j'imaginais notre première fois. Comment elle aurait lieu, si un jour elle devait arriver. Je nous voyais timides et à l'écoute. Seuls et certains de nos gestes dans ce saut vers l'inconnu. Je voyais la paix et l'amour. Je voyais le soleil et le bonheur. Mais il m'a embrassé au milieu du chaos avant de considérer que c'était une erreur. Ma mère, qui me saoule avec les femmes, Chloé, Alexandre, ses mots, quelques secondes seulement après m'avoir embrassé... Et maintenant mon confident qui disparaît, emportant avec lui, comme un signe, tous les espoirs que j'y avais couchés.

Cette chute correspond à la fin d'un rêve. Elle signifie qu'il est temps pour moi de renoncer à mes attentes les plus profondes et à me soumettre aux lois de la vie. Il signifie une petite mort, en quelque sorte.

Alors, j'estime que j'ai le droit de le pleurer. Même si personne ne comprend. Même s'ils me prennent pour un fou. C'est le dernier de mes soucis.

En me caressant le dos, Milan attend patiemment que je me calme et que mes pleurs se tarissent. Ses lèvres se posent parfois sur mes joues pour faire disparaître quelques larmes. Il me fait du bien, et en même temps, il aggrave ma tristesse. Maso, je plonge dans ce petit bonheur en pleine conscience alors que chaque minute passée dans ses bras accentuera la douleur de l'instant où je devrai m'arracher à ce cocon.

J'essuie mes larmes d'un geste sec de la main, mais une douleur atroce traverse mon poignet. J'arrête brusquement le mouvement en grimaçant. Milan attrape ma main pour l'inspecter et provoque un cri de douleur au fond de ma gorge.

– Em, ça va ?

Je secoue la tête.

– Je… je pense que non.

– Merde. Viens, on rentre. Je crois que le capitaine du bateau est diplômé pour les premiers soins.

Milan

– Ce n'est pas grave. Deux jours et OK.

Mathilde, totalement stressée, Chloé, inquiète, Elsa, plus sereine et moi observons le capitaine de *La Gironde* bander le poignet d'Emeric, impassible, assis sur une chaise dans la cabine de vie du bateau.

Le marin se relève en reprenant son petit matériel.

– Revenez vers moi demain, nous changerons les bandages et j'appliquerai à nouveau de la crème.

Chloé semble plus intéressée que nécessaire par cette pommade miracle dont il nous a promis des merveilles. Et surtout…

– Vous parlez français ?

Le beau matelot ténébreux, moulé dans son uniforme, lui sourit en montrant une dentition blanche et parfaite, éclatante sur son visage hâlé.

– Oui, nous travaillons pour une société française, donc nous parlons français. Enfin, mon second et moi, en tout cas.

J'ai l'impression de voir une ampoule s'allumer au-dessus de la tête de Chloé. Ses yeux étincellent. Elle prend un air inspiré en lui prenant le tube de crème des mains.

– Mmm. Je suis biologiste et…

Elsa lève les yeux au ciel.

– En seconde année de fac de bio ! Ce n'est pas exactement la même chose !

Je ravale un rire en admirant le visage de Chloé passer par toutes les nuances de rouges.

– Ne sois pas tatillonne, veux-tu, Elsa ? Donc, je disais, j'aimerais beaucoup étudier la composition de cette pommade miracle.

Le capitaine ne se fait pas prier.

– C'est une recette familiale qui donne de très bons résultats. Je crois que j'ai la recette quelque part, si ça vous intéresse.

– Mais oui, évidemment… Si vous avez quelques minutes, je vous accompagne à votre cabine et…

– Chloé !

Elsa semble outrée. Mais pas le matelot guérisseur.

– Suivez-moi.

Elsa esquisse un sourire diabolique.

– Je viens avec vous ! Moi aussi je suis biologiste, après tout…

– Tu fais médecine !

– C'est toujours mieux que bio !

– N'importe quoi ! Va téléphoner à Samuel !

Elles disparaissent, précédées du beau marin qui semble ne pas remarquer la querelle fraternelle qui sévit dans son dos.

Mathilde s'accroupit devant son fils, qui semble toujours autant dépité, le regard vide. Elle lui caresse le genou pour le réconforter.

– Tu retrouveras vite l'usage de ton poignet, Chouchou.

– J'ai perdu mon carnet.

– Ce ne sont que quelques feuilles, mon fils. Pas si grave. La vie se déroule autour de toi, pas dans un carnet.

Il la toise un moment.

– La vie parfaite, celle que j'aime, était enfermée dans ces pages.

Mathilde semble embarrassée. Je m'approche d'eux et saisis Emeric par les épaules pour le mettre sur ses pieds.

– En attendant, il a pris des cachets antidouleur un peu forts, d'après le Capitaine. Et notre nuit a été courte. Je pense que le mieux serait un peu de repos. La journée a commencé trop brutalement à mon goût. Viens, je t'accompagne.

Emeric se lève en grommelant.

– Je peux y aller tout seul, je ne suis pas infirme !

– Tu peux tourner la poignée de ta chambre ?

Il regarde son poignet bandé dans tous les sens puis grimace.

– Bon, alors voilà ! Je t'accompagne.

Il pourrait facilement utiliser la main gauche, mais je ne le précise pas. Et lui non plus, d'ailleurs. Il n'insiste pas et c'est tant mieux. J'ai envie de m'occuper de lui et de me retrouver seul avec mon ami. Il est clairement fâché contre moi, mais je ne sais pas pourquoi. Et même si je le savais, les faits sont là, ça me dérange. Même beaucoup. De plus, je me sens responsable de la perte de son carnet, et je connais sa sensibilité. Sa mère a tout faux. Ce recueil était important. Majeur dans sa vie. Et je ne pense pas que minimiser son rôle soit réconfortant pour Emeric. Ce serait plutôt très agaçant, à mon sens. Bref, il est impossible que je ne sois pas là pour lui alors qu'il a besoin d'une épaule.

Mathilde se redresse et me prend dans ses bras.

– Merci Milan, de prendre soin de lui. Et merci de l'avoir retenu ! Il aurait pu suivre ce satané carnet au fond de la mer ! Je ne te remercierai jamais assez pour ça.

Je lui rends son étreinte.

– N'exagérons rien. Il aurait sans doute stoppé la glissade avant le drame. Mais si tu tiens à me remercier, essaye simplement de repenser à ce que l'on s'est dit avant. C'est beaucoup plus important que cet épisode anecdotique.

Elle hoche la tête pendant que je m'écarte d'elle et pose ma main dans le dos d'Emeric pour le guider jusqu'au pont des cabines.

Il semble anéanti lorsqu'il s'affale sur son lit, comme une loque. Mais je n'ai pas l'intention de le laisser tranquille tout de suite, loin de là. Déjà, j'ai eu vraiment peur et je n'ai pas du tout envie de m'éloigner de lui dans l'immédiat. Mon cœur a besoin de se rassurer en sentant encore un peu sa présence bien réelle sur ce bateau. Ensuite, il m'émeut à un point impressionnant dans sa détresse. De plus, la culpabilité et mes instincts me poussent à le consoler encore, même s'il ne semble plus avoir envie de mes bras. Au regard de ses traits fermés, je pense qu'il aspirerait plutôt à la solitude. Mais je ne crois pas que ce soit une bonne chose qu'il se referme une nouvelle fois. Et je n'en ai absolument pas envie.

Enfin, nous n'avons pas terminé notre discussion. Lui dira oui, que nous nous sommes tout dit, mais moi non. Et ça me tient à cœur. Vraiment.

Je m'installe sur son lit, à ses côtés, l'air détaché. Il me jette un coup d'œil froid.

– Qu'est-ce que tu fais ?

Je croise mes mains derrière ma tête sur l'oreiller et mes chevilles sur la couette blanche.

– Je continue notre conversation. Et je suis un peu crevé. Ça ne te dérange pas si je me mets à mon aise, j'espère ?

Il grimace en se glissant sous la couette.

– Si. Et je n'ai rien à dire. Laisse-moi. Le capitaine a dit que j'allais dormir et il a raison, je suis fatigué.

Je roule sur le côté, vers lui. Mon visage au bord de l'oreiller, tout près du sien.

– Je vais te chanter une berceuse, alors. Ou te raconter une histoire, c'est plus sûr pour tes tympans. Tu veux quoi ? Le Petit Chaperon Rouge ? L'histoire de l'éléphant violet qui voulait faire un régime ? Ou la souris qui en avait marre de sa queue trop longue et moche ?

Il écarquille les yeux, amusé. Un faible sourire apparaît sur ses lèvres. Dans mon élan, heureux de le voir se détendre, j'ajoute :

– Je peux aussi chanter… Mon répertoire est large. Tu préfères de la soupe pop ou un bon vieux rock ?

Il fronce son nez, faisant onduler les petites taches de rousseur qui le parsèment et me fascinent. Je réalise à ce moment que cela fait des années que j'adore son visage. La douceur de ses traits, ses cheveux toujours flous tombant en mèches ondulées et insolentes sur ses yeux, ses yeux vert clair et profonds sur lesquels on ne peut passer sans les garder en mémoire… Et ces petites taches sur sa peau… Elles lui donnent un air enfantin et tendre, ce qu'il est au fond de lui. Un éternel rêveur qui a du mal à supporter le monde tel qu'il est réellement et préfère se créer le sien, un endroit dans lequel tout serait simple et beau.

J'extirpe une de mes mains de mon oreiller, sans vraiment y réfléchir, et caresse sa peau, écartant ses mèches, passant mes doigts sur sa barbe de quelques jours qui lui confère le côté adulte qui lui manquait avant, la dernière fois que nous avons passé des vacances ensemble. Et qui le rend encore plus insondable aujourd'hui. Adulte, enfant, tout se mélange sur ce visage pour, au final, s'harmoniser parfaitement. Emeric, cette personne si lumineuse qui n'ose pas nous réchauffer de ses rayons. Emeric, ce doux rêveur dont j'envie le monde imaginaire. Emeric, celui qui commence à me poser certains problèmes existentiels que je n'aurais jamais envisagés.

Il ferme les yeux en ronronnant sous ma caresse avant de prononcer d'une voix douce.

– Je t'aurais bien demandé *Wicked Game*, mais j'aime trop cette chanson pour que tu me la gâches avec ta voix bizarre.

J'éclate de rire.

– J'ai une voix bizarre ?

Il hoche la tête, toujours les yeux fermés.

– Mmm mmm.

Je ne réponds pas et reste à l'observer. J'aime quand son visage est en paix. Il attend plusieurs minutes avant de reprendre la parole.

– Ces cachets sont efficaces. Je suis bien. Je voudrais être énervé contre toi, contre le destin et pleurer mon carnet. Mais je suis juste bien. C'est cool.

– Pourquoi contre moi ?

Il soupire en se tortillant et change de sujet.

– J'ai envie d'un câlin.

Cette demande me surprend et me ravit. J'essaye d'éviter de m'inquiéter pour ce que je ressens et me redresse dans le lit en tendant le bras vers lui.

– Viens.

Il ne se fait pas prier et pose sa tête sur mon ventre en bâillant. Mes doigts, comme aimantés, se faufilent aussitôt dans sa tignasse. Il me laisse faire puis semble se réveiller un peu.

– Raconte-moi… pour Alexandre.

Oh. J'aurais préféré un autre sujet.

– Je n'ai pas envie de parler de lui.

– Oui, mais tu m'as proposé une histoire. Alors, ce sera… Alexandre.

Bon, après tout, je ressens ce besoin d'assouvir ses attentes, et quelque chose en moi me dit que cette petite confession s'avère nécessaire. Je ne saurais l'expliquer, mais j'estime légitime cette demande. Peut-être parce que je l'ai embrassé, et que même si je sais que ce sera forcément une expérience unique, je suis également conscient que cela a ouvert quelque chose entre nous. Une nouvelle intimité et un nouveau lien qui rendent les choses différentes. Il s'est confié, un peu, sur cet Antoine, et je me sens presque obligé de lui parler de mes expériences à moi.

Alors je me lance.

– Tu veux savoir quoi ?

Il se blottit contre moi dans une position qui me donne envie de le prendre dans mes bras. De le consoler et de… le caresser. J'ai envie de toucher ce dos à peine découvert par la couette. Je ferme les yeux un moment pour recentrer mes idées. C'est n'importe quoi.

– Ce qu'il représente pour toi.

Pas le plus simple à expliquer. Mais bon. Mes doigts s'enroulent autour de quelques-unes de ses mèches et ma seconde main lui massant le cuir chevelu.

– Ce qu'il représente pour moi… Une chose est certaine, je ne l'oublierai jamais.

Il se crispe contre ma cuisse. Je m'empresse de préciser.

– Il m'a fait trop de mal. Ce mec est un connard absolu.

Je sens ses muscles se détendre.

– Alors, pourquoi ne veux-tu pas le rappeler pour en finir une bonne fois pour toutes ?

– Parce que je sais que je suis crédule. Et parfois, je ne vois pas ce qui crève les yeux. J'ai toujours tendance à croire que chacun d'entre nous recèle un peu de bon au fond de lui. Et même s'il m'a fait les pires des trucs, consciemment, qu'il m'a menti, trahi, humilié… je sais, et lui aussi le sait, que s'il trouve les bons mots, je vais revoir mon jugement et lui accorder le bénéfice du doute, chose que je ne désire absolument pas. Il serait capable de me faire culpabiliser pour ses propres décisions. C'est un beau parleur, il pourrait vendre des lunettes à un aveugle. Et d'une certaine manière, je suis aveugle. Donc, apte pour me faire avoir une fois de plus.

Je lâche ses mèches et concentre mes doigts sur le massage que j'ai déjà commencé. Il ronronne de plénitude. Ce petit gémissement chante divinement à mes oreilles, alors je continue tout en expliquant :

– Mais, en aucun cas je ne veux retomber dans cette histoire. J'ai simplement peu confiance en mon jugement, parfois.

Ses doigts caressent doucement la cicatrice qui barre mon ventre. La sienne. C'est étrange. D'habitude, j'ai horreur que quelqu'un touche à cet endroit de ma peau. Mais quand c'est lui, c'est déroutant. Peut-être est-ce parce que c'est son œuvre à lui. Un truc que l'on partage tous les deux.

– Tu l'aimes encore ?

– Non ! Jamais de la vie ! Je ne peux pas aimer un homme pareil !

– Mais vous avez partagé des choses pendant toutes ces années… Alors, j'imagine que tu as des souvenirs et…

– Il a tout sali. Il a détruit l'avenir, anéanti le présent et vomi sur le passé… Non, plus rien de bon ne peut émaner de cette histoire. Je ne le souhaite pas, de toute manière. Il m'a détruit, d'une certaine façon.

– Il s'est passé quoi ?

J'hésite. Parce que j'ai honte d'avoir été aussi con. De n'avoir rien vu. D'avoir autant cru aux bobards qu'il me racontait. Mais Emeric relève la tête et inspecte mes yeux. Je ne peux plus rien lui cacher. Face à ce regard qui me déstabilise tout à coup, je me sens petit et vulnérable. Incapable de résister à sa volonté.

– Il… il était marié. Je n'étais que son amant, mais je ne le savais pas.

Ses traits se figent dans une expression écœurée.

– Je te demande pardon ?

– Oui. Il bossait à Paris toute la semaine. Il me disait qu'il dormait à l'hôtel. Mais en fait, il vivait dans sa maison de banlieue, avec sa femme et ses gosses.

– Parce qu'en plus il était marié avec une femme ?

– Oui. C'était un homo refoulé. Marié pour les convenances. Mais il avait besoin de s'encanailler. Alors, quand nous nous sommes rencontrés, il n'a pas su avouer qu'il était marié, d'après ce qu'il m'a expliqué.

Emeric n'en revient pas.

– Mais… comment c'est possible un truc pareil ?

– Je n'y croyais pas, moi non plus. Mais c'est assez simple en fait. La semaine, chez lui, moi je croyais qu'il partait pour bosser uniquement. Et parfois, il restait le week-end aussi. Quand il venait à Toulouse, il prétextait à sa femme les besoins de la succursale de sa société. En fait, il ne bossait que quatre jours dans la semaine, mais il lui avait expliqué qu'il devait bosser le week-end pour je ne sais plus trop quelle raison, et elle y a cru. Et voilà. Deux comptes en banque, l'un avec elle, et l'autre avec moi. Deux téléphones et deux adresses, c'est tout ce dont il avait besoin.

– Et… comment l'as-tu su ?

– Un détail. Tout bête. Il s'est absenté deux semaines. Pour un séminaire, soi-disant. Mais quand il est rentré, il était bronzé. Très bronzé. Sauf… une petite marque enroulée autour de son annulaire gauche. La marque de son alliance. Je n'ai rien dit quand je l'ai remarquée, mais j'ai fouillé et j'ai trouvé un second téléphone dans sa sacoche d'ordinateur. Ce con faisait le même code sur tout. J'ai donc déverrouillé sans souci. Et bien entendu, j'ai fouillé et lu. Les SMS de sa femme et j'en passe. Bref. Voilà. Tu sais tout. Je t'épargne la suite, ça n'a aucune importance.

Il repose sa tête sur mon ventre, mais dans ma direction cette fois, le regard attristé.

– C'est dégueulasse.

Je caresse son petit nez. Je suis réellement fan. Je crois que j'ai un vrai problème avec ces petites marques.

– Tu sais, ce n'est pas aussi évident que cela pourrait laisser paraître.

Il fronce le nez.

– Mais comment peux-tu dire un truc pareil ? Il t'a mené en bateau pendant des années.

– Oui, je sais. C'est justement la raison pour laquelle je ne peux pas le revoir. Parce que… En réalité, il me fait pitié. Je pense que le premier à souffrir de tout ça, c'est lui. Je le crois sincère dans ses tentatives de me recontacter. Et je crois qu'il n'a pas réellement choisi finalement… Je suppose qu'il ressentait vraiment de belles choses pour moi.

Il secoue la tête.

– Je ne comprends pas. Comment est-ce que…

– Il est gay, Em. Il est gay au fond de lui, mais il a été élevé dans une famille obtuse et rétrograde. Là où nous, nous avons toujours appris à nous affirmer comme ce que nous sommes réellement, lui, il a appris à fermer sa gueule et à vivre caché.

– Ça n'excuse pas les mensonges, je suis désolé.

Je soupire en posant ma tête contre le mur derrière moi.

– Je sais. Mais j'ai tellement vu de jeunes en proie à ce genre de choix que je sais que c'est compliqué. Mon pote, Marlone, a vécu une situation similaire. Il a choisi de tout plaquer pour devenir ce qu'il est aujourd'hui et s'épanouir dans ses penchants. Mais lui, c'est un vrai battant. Il a une volonté de fer et un cœur énorme. Et ça n'a pas été simple non plus. Alors, bon… Je ne peux pas en vouloir totalement à Alex. On ne peut pas détester les gens parce qu'ils n'ont pas le courage de se battre. Je lui en veux pour tous les rêves, les espoirs et les projets. Pour tous les sourires brisés et les secrets. Oui, ça, pour ça, je lui en veux. Et aussi parce que moi, je me suis affirmé. Et j'ai eu ma part de complications. Je n'avais pas à subir sa part à lui. Mais finalement, moi, j'ai repris le cours de ma vie, et elle me convient, plus ou moins. Que lui, il est resté dans son enfer !

Ses doigts tracent des arabesques sur mon torse pendant qu'il réfléchit.

– Et tu penses que je suis un nul, moi aussi ? Parce que je n'avoue rien, à personne ?

Mes mains retrouvent son crâne et ses cheveux.

– Je pense que tu n'es pas encore prêt, c'est différent. Je pense que tu devrais aller voir cet Antoine et lui avouer tout ce que tu m'as dit. Ensuite, je sais que quand tu seras à l'aise avec ce côté de l'histoire, tout le reste viendra naturellement. Tu n'as rien à voir avec un Alexandre. Tu es même l'exact opposé.

Il pince les lèvres. J'ajoute avant qu'il se fasse des idées.

– Et c'est un compliment, Em. Ne va pas chercher autre chose. Juste un compliment.

Il hoche la tête et ferme les yeux.

– En tout cas, tu es trop gentil. Personne n'a le droit de jouer avec les cœurs. Aucune raison n'est valable pour ça.

Il bâille outrageusement.

– Je suis fatigué.

– Alors dors.

Il opine légèrement de la tête.

– Tu restes là ?

– Oui.

Juste le temps pour lui d'esquisser un léger sourire et il sombre dans le sommeil. Je me laisse glisser sur le matelas en faisant attention à ne pas le réveiller. Mon bras se pose sur son dos et je le suis dans les songes, bercé par le tangage réconfortant et régulier du bateau. Cette nuit et ce matin ont suffi à m'anéantir.

Chapitre 4 ~2

Sweet Summer

Marlone : J'ai la PATATE !!! DEBOUT TOUT LE MONDE !!!!!!

Valentin : Hein ? Qu'est-ce qu'il se passe ?

Dorian : Mmmm...

Milan : Plaît-il ?

Marlone : La vie est belle.

Dorian : Oui, oui. Et 4 h 45 du matin, c'est l'heure parfaite pour le faire savoir, tu as raison.

Marlone : Espèce de vieux !

Dorian : C'est ça ! Donc, le vieux t'écoute.

Valentin : Accouche, ça devient débile ces heures de débrief.

Milan : Non, moi j'aime bien ! En fait, je suis en décalage horaire. Ici, il est 5 h 45, alors ça va.

Valentin : 5 h 45 comme heure de réveil en vacances, tu trouves que ça va, toi ?! Totalement taré !

Dorian : C'est surtout louche, mais on en reparle après. Marlone ? On peut savoir ?

Marlone : Il m'a dit qu'il m'aimait.

Milan : Et ?

Marlone : Ben, et « rien », il m'aime. C'est tout !

Valentin : C'est déjà un exploit en soi, cela dit !

Marlone : Ta gueule !

Dorian : Je suis très content pour toi.

Milan : Moi aussi.

Valentin : Oui, moi aussi. J'en connais un qui va se la péter à l'asso en rentrant... Galère ! Jean-Eudes va encore plus nous prendre la tête... Lèche-cul...

Marlone : C'est vrai. J'adore l'anulungus. Comment sais-tu ?

Milan : Pitié !

Marlone : Oh, toi, ça va... Au fait, comment ça se passe sur le bateau nommé Désir[7] ?

Milan : Il est nommé *La Gironde*, mais sinon, ça va.

Dorian : De mémoire, c'était le train qui était nommé Désir.

Valentin : Non, un taxi !

Milan : C'était pas un scooter ?

Valentin : MDR un scooter !

Marlone : C'était un tramway, bordel ! *Le tramway nommé Désir*. Brando, le premier bad boy de l'histoire des bad boys, merde les mecs !

Valentin : Ah ouais ? Attends, je regarde un truc...

Marlone : Tu devrais connaître, toi, Valentin. C'est ton aïeul !

Valentin : Attends, 1951 le bordel ! T'as pas plus récent ? Et quoi ? Pourquoi mon aïeul ?

Dorian : Brando a créé le « style bad boy » dans ce film, Val.

Valentin : Et donc ? Je ne vois pas le rapport avec moi.

Milan : Et on dit que c'est moi qui ne capte jamais rien ! T'es un bad boy aussi, Val !

Valentin : Jamais de la vie, j'emmerde les bad boys à la con !

Dorian : Alors t'es quoi ?

Milan : Tatoué.

Valentin : Et donc ? Comme tout le monde.

Dorian : Percé.

Valentin : Génial, comme la moitié de tout le monde !

Marlone : Tu emmerdes le monde entier !

Valentin : Ah oui, ça c'est vrai.

Milan : Tu as le regard rebelle et sexy...

Valentin : Tu sais ce qu'il te dit mon regard ?

Dorian : Un petit cul affolant...

Valentin : Ah oui ? Tu trouves, Doudou ? Attends, je regarde. Ça fait longtemps que je n'ai pas vu mon cul... Je me lève.

---

[7] En référence au film de 1951 *Le tramway nommé Désir*

Marlone : Un peu dangereux…

Valentin : Ah oui, il est pas mal… mon cul. Bon, bref. Arrêtez votre délire, je ne suis ni bad ni boy, je suis Valentin. Et pour le reste, allez vous faire foutre. Bon, Marlone, Tristan te kiffe, mais toi ? Tu l'aimes aussi ?

Dorian : À ton avis, s'il nous réveille à 4 h 45 !

Milan : 5 h 45 pour moi !

Dorian : Toi, ne fais pas le malin, on va étudier ton cas après.

Milan : Oups. Je dois y aller, j'ai piscine !

Valentin : Milan, ne bouge pas ton cul, c'est le putain de bad boy qui te le dit !

Marlone : MDR ! Bon, bien évidemment que je l'aime. Mais je ne voulais pas le dire le premier. Et j'ai bien fait parce qu'il a fait ça comme un chef…

Milan : Ça s'est passé comment ?

Marlone : Comme ça. En fait, tout simplement. J'ai donné son 1er cours de boxe à Damien hier. Quand on est ressortis, lorsqu'on a déposé le gamin chez sa mère, il s'est tourné vers moi dans la voiture et il m'a dit que j'étais génial, que j'avais retrouvé les étoiles qui s'étaient barrées des yeux de son fils et que j'en avais créées de nouvelles dans les siens. Et donc, après, il a dit qu'il m'aimait.

Milan : Waouh !

Valentin : Et toi ? T'as fait quoi après ?

Dorian : Merde t'aurais dû prévenir, je me serais préparé des popcorns ! Et donc, t'as fait quoi ?

Marlone : J'ai bandé.

Valentin : Alors, je me croyais super nul en romantisme, mais là, je crois que tu dépasses largement mes pauvres capacités ! T'as bandé ? C'est ça, ta réponse ?

Marlone : Ben, entre autres, oui. Et après, j'ai perdu l'usage de la parole pendant tout le trajet jusqu'à chez lui. Ensuite, je me suis occupé de son cas. Jusqu'à… ben jusqu'à tout de suite.

Dorian : Ah ! Bien ! Ça, c'est de la réponse !

Milan : Je valide.

Valentin : Moi aussi. Bravo.

Marlone : Je compte tenter de lui dire bientôt aussi, mais je cherche un truc original... Une balade en canoé ? De l'escalade ?

Dorian : Fais simple... Une tente, un lac... C'est votre truc, ça...

Valentin : Oui, voilà, un feu de camp...

Milan : Des chamallows sur un bâton... N'oublie pas les santiags et le chapeau...

Dorian : MDR.... Marlone, pas besoin de préparer. Dis-lui, simplement.

Marlone : Je sais. Mais... j'ai les boules.

Milan : Alors, attends. Vu la configuration, ton mec n'a pas préparé cet aveu. C'est venu comme ça, et vu le remerciement d'une nuit que tu viens de lui faire, je pense qu'il a compris que tu étais content.

Marlone : Tu crois ?

Valentin : Non, je pense que tu devrais y retourner et remettre le couvert, pour être sûr ! Bien entendu que c'est top. Déstresse, mec !

Dorian : C'est toi qui dis ça !

Valentin : Ben oui. Même si je suis incapable d'appliquer les ¾ de mes conseils, j'aime bien conseiller.

Dorian : C'est déjà bien de le reconnaître. Bon sinon, Milan, on en est où avec ton histoire ?

Milan : Ben. Il a le poignet foulé. Et je pense... enfin, je ne sais pas. En tout cas, il ne m'en veut plus.

Valentin : Milan, on ne t'a jamais dit de lui péter les os pour qu'il te pardonne. Essaye la douceur, mec.

Marlone : Ou frappe là où ça ne laisse pas de trace. Viens à la salle, je te montrerai.

Valentin : MDR !

Milan : N'importe quoi ! Non, il a glissé. Bref, c'est compliqué. Je lui ai parlé d'Alexandre, parce qu'il me l'a demandé.

Valentin : Ah ! Et pour son mec ? Enfin, cet inconnu tellement mystérieux... Tu as des news ?

Marlone : Alexandre ?...

Valentin : Naphtaline ! Merde Marl, essaye de faire un effort !

Marlone : Ah oui, Naphtaline ! Sinon, pour en revenir à cet autre mec ultra mystérieux... Laisse-moi deviner... l'épisode du jour nous apprend qu'il est blond ?

Dorian : Ou qu'il a des potes extras ?

Milan : Hein ? Non. Il s'appelle Antoine. C'est tout ce que je sais. Et ça me suffit. Je n'aime pas qu'il me parle de ce mec, je crois.

Dorian : Oh, Oh... Jalousie ?

Valentin : Antoine ? Étrange... Là, pour le coup...

Marlone : Val, il doit y avoir un truc qu'on ne sait pas. Un truc entre eux.

Valentin : Oui, sans doute. Wait and see. Donc, oui, jaloux Milan ?

Milan : Non, pas jaloux. Mais ce mec, je ne le sens pas... Quand on a un Emeric amoureux, on ne le laisse pas sur le carreau ! Merde, il ne mérite pas ça ! Ce doit être un connard.

Dorian : Milan, mon ami, pèse tes mots... Ne sois pas trop dur avec cet homme mystère... Nous ne savons pas tout.

Valentin : Ce type est peut-être très légèrement aveugle... ? Sait-on jamais...

Marlone : Oui, restons sur la retenue pour juger cet inconnu... C'est marrant de l'appeler comme ça, j'ai presque l'impression que ce type est un pote... Étrange comme sensation, non ?

Milan : Mouais... Bon, je vous laisse. Dorian, t'as reçu les propositions ?

Dorian : Ah oui ! J'aimerais bien en parler avec toi de vive voix. Tu rentres quand ?

Milan : Mardi, je crois.

Dorian : Pourquoi ne viendrais-tu pas vendredi ? Au club ?

Marlone : Mais oui !!! On vient aussi !

Dorian : Ah ben oui, sans souci ! Au contraire.

Valentin : Et moi, et moi ? Je ne pars que samedi ou dimanche...

Dorian : Évidemment que tu viens ! Je vérifie les disponibilités des chambres.

Milan : Je me demandais... Est-ce que ça vous dirait que j'invite Emeric ? Je crois qu'il a besoin de rencontrer d'autres mecs, pour discuter de son coming-out... il est un peu paumé.

Dorian : Sans souci.

Marlone : Avec plaisir ! Très envie de rencontrer ton pote d'enfance... Je peux venir avec Tristan ?

Dorian : D'après toi, tête de nœud ! Bon, par contre, il ne me reste que deux chambres pour cette date. Donc… Marl, avec ton mec, c'est bon. Milan, tu peux partager une chambre double avec ton pote ?

Milan : Je vais lui demander, mais oui, je pense…. Cool !

Valentin : Et moi ?

Dorian : Toi ? Tu partages mon pieu. De toute manière, tu vas pleurer dans une grande chambre tout seul.

Valentin : Oui. Tu me serviras de doudou. Tu dors de quel côté du lit ?

Dorian : Au milieu. En étoile. Et je t'ai déjà dit que je ne jouais pas le rôle de doudou.

Valentin : Ben, tu vas dormir d'un côté quand je serai là. Dis-moi, parce que moi aussi je dors en Jésus. Faut que je m'entraîne.

Milan : « En Jésus »… La gueule de l'expression ! Bref, c'est cool pour l'invitation. J'en parle à Em. Bise les gars. Je me rendors.

Dorian : De rien. Bonne nuit. Pour ma part, c'est mise en place des petits-déjeuners. Le pied. Ciao les cailles.

Marlone : Bisous. Je vais encore remercier Tristan. Après réflexion, je crois que j'ai un peu lésiné sur les moyens !

Valentin : Le pauvre ! MDR. Schuss les loulous. Signé : LE véritable BAD BOY de Toulouse !

Dorian : MDR ! On dirait que tu parles d'une saucisse.

Marlone : Valentin, le bad boy Toulousain !

Milan : N'achetez pas les imitations, choisissez l'original. Le seul, l'unique. Valentin !

Valentin : Ouaip ! Merci les gars, je me sens flatté, aimé et unique, bien entendu… Schuss !

Emeric

– Tu dors encore, Emeric ?

Je relève la tête difficilement de mon oreiller pour apercevoir ma mère sur le pas de ma porte. Je panique tout à coup.

– *La Gironde* coule ?

– Non, pourquoi ?

C'est déjà une bonne chose. Je repose la tête sur mon oreiller en soupirant pendant qu'elle entre sans y être forcément invitée.

– Ben pourquoi t'es là, alors ?

Elle adopte une voix douce en s'asseyant sur le bord du lit.

– Tu dors depuis hier midi… Je m'inquiétais un peu.

La mémoire me revient instantanément, ainsi que la douleur dans mon poignet, écrasé entre ma tête et le matelas. Je me redresse une nouvelle fois en inspectant ma cabine.

– Milan ?

– Il déjeune sur le pont. Il a veillé sur toi jusqu'à 20 heures environ, puis il nous a rejoints. Il voulait revenir cette nuit, mais je lui ai dit que ce n'était pas nécessaire.

Mais de quoi je me mêle ? J'aurais préféré dormir et me réveiller avec Milan ! C'est pas croyable !

– Maman…

Je me retiens de l'envoyer sur les roses. Parce que je soupçonne une très mauvaise humeur me concernant, et je pars du principe qu'elle n'y est pour rien. Simplement, j'en ai marre de l'avoir sur le dos constamment. Je veux retrouver mon studio de 15 m² au milieu des immeubles et des pots d'échappement.

– Oui ?

Je m'assieds en me ravisant et en changeant de sujet.

– Il est quelle heure ?

– Presque 11 heures. Tu veux que je t'aide à te doucher ?

– Ben non, pourquoi ?

Elle jette un regard à mon poignet. Maudit poignet !

– Ah, oui. Ben… non quand même ! Je pense pouvoir allumer un mitigeur...

– Oui… mais pour te sécher ?

Sérieusement ?

– J'utiliserai la main gauche.

Elle prend son air de cocker désolé.

– Mais ça va être compliqué… Et ton gel douche ?

– Quoi mon gel douche ?

– Tu n'arriveras jamais à ouvrir ton gel douche avec une seule main !

Elle va quand même chercher très loin ! Oserais-je penser qu'elle me saoule ? Me fatigue ? M'horripile ? Me colle des envies de meurtre. MAIS, parce qu'il y a un, mais… c'est ma mère, elle est comme ça, et je ne la changerai pas. D'ailleurs, je n'y tiens pas réellement, parce que je l'aime comme elle est. Et je savais très bien qu'en acceptant de venir partager cette croisière avec eux, j'acceptais tacitement d'être totalement infantilisé pendant le séjour. Elle ne me voit presque plus jamais et sa jauge de papouilles est au niveau max du fait de ce manque… il faut bien qu'elle expulse.

– Bon. Alors. Si tu veux. Tu allumes l'eau, tu ouvres mon gel douche, et après…

– Je te sèche les cheveux ?

Seigneur !

– Oui, si tu veux.

– Super !

Elle est contente, c'est déjà ça. Donc, bon. Je tente de calmer mon humeur qui semble s'assombrir de minute en minute, parce que je réalise que je ne vais pas pouvoir dessiner avant quelques jours et que je risque d'être incapable de faire quoi que ce soit par la même occasion. Ces vacances s'annoncent de plus en plus merveilleuses…

Ma mère ouvre ma couette et me tend la main en souriant d'un air encourageant. Alors, c'est parti…

Je la suis dans la salle de bains lorsque la porte de la cabine s'ouvre une nouvelle fois. Chloé !

Ben voyons ! Plus on est de fous…

– On peut aider ? Tu veux que je te frotte le dos ?

Ma mère glousse et semble hésiter. Mais c'est absolument hors de question.

– Non ! Tu dégages !

Mon amoureuse de maternelle grimace lourdement.

– Franchement, t'es pas drôle, Chouchou !

– Non, c'est vrai. Et donc ? On y va, m'man ?

Ma mère me jette un regard désobligeant, mais je fais de même. Maintenant que Milan lui a expliqué pas mal de choses, à moi de garder le cap et de ne pas me laisser marcher sur les pieds. Surtout pas aujourd'hui. J'ai mal, ma tête pèse une tonne et je suis à moitié impotent. Pour le côté sympa, elles repasseront.

Ma mère semble comprendre le message et se tourne vers Chloé.

– Merci Chloé, mais ça ira. Si tu veux te rendre utile, va prévenir le matelot pour qu'il prépare le matériel afin de changer la bande d'Emeric.

Eh hop ! Chloé, comme chargée d'une mission divine, retrouve son sourire et referme la porte. Merci m'man !

Après moult opérations de lavage, de coiffage, d'habillage, de bandage et j'en passe, je me retrouve en tête-à-tête avec Milan, assis à la table extérieure, pendant que ma mère, qui a insisté lourdement, me prépare mon petit-déjeuner.

Enfin, en tête-à-tête. Entre nous, une barrière. L'écran de son PC. Comme je suis d'une humeur massacrante, je ne me gêne pas pour pousser de ma main valide ce qui nous sépare, le rabattant sur le clavier et sur ses doigts au passage. Milan me jette un regard surpris. Je me contente de répondre :

– C'est malpoli.

Nous nous toisons sans un mot. Son regard clair plongeant dans le mien. Je ne sais pas ce que j'ai ce matin, mais je n'ai pas forcément envie d'être le gentil « Chouchou » qui dit : « amen » à tout. Je serais plutôt en « mode révolte ». Je lui en veux parce que, à cause de lui, j'ai perdu mon carnet. Mais je lui suis aussi reconnaissant d'avoir passé son après-midi dans ma cabine alors que je dormais, même si je n'ai rien remarqué. C'est vraiment un point qui me rend heureux et presque… troublé. Mais je lui en veux également de ne pas être revenu, parce que j'aurais adoré me réveiller dans ses bras plutôt que d'être sorti brusquement du sommeil par la voix de crécelle de ma mère. Et je considère de plus que le défilé dans ma chambre ce matin aurait pu être supportable si toutefois il était passé, mais il ne s'est pas montré.

Bref, pour faire simple, je suis un très mauvais malade. Insupportable, irascible et casse-couilles.

Je plisse les yeux pour appuyer le fait que, oui, c'est malpoli.

Il éclate de rire.

– Quoi ? Ce n'est absolument pas drôle !

– Oui, oui… Je comprends bien… Mais vu ta tête, je constate que ta petite brigade d'infirmières et soignants t'ont réservé un réveil parfait !

C'est effectivement le cas. Mais ce n'est pas drôle du tout. C'est même très désagréable de laisser votre mère vous aider à vous sécher les cheveux en tordant votre tête dans tous les sens parce qu'elle est trop petite pour atteindre le haut du crâne… Et je passe l'épisode du réglage de la température de l'eau de la douche… un vrai sketch !

Milan se calme et tente de renouer le contact, car je suis parti dans mon univers, loin de ce poignet de malheur.

— Je suis désolé… je t'assure que j'ai essayé de retenir Mathilde, mais tu la connais… Il fallait aider Chouchou…

— Mouais… Ensuite, Chloé est arrivée avec le capitaine et les deux autres mamas sont venues jouer les curieuses. Tout ce petit monde a squatté ma cabine, ta mère a pris des photos et Chloé a fouillé dans mes caleçons pendant qu'on me remettait mon bandage. Bref, un véritable bonheur…

Il se gratte la tête, amusé.

— Eh bien, je ne saurais trop te conseiller de t'enfermer cette nuit.

— Ah oui ? Et comment ?

— Avec la main gauche ?

— Non, le loquet est super raide. Imagine, je reste bloqué ?

Il s'esclaffe.

— On va trouver un moyen, t'inquiète.

Ah ! Voilà le genre de phrase qui me plaît et me redonne un semblant de sourire. Ma mère m'apporte un plateau d'au moins douze kilos de victuailles et le dépose entre nous…

— Tiens, mon chéri. Tu n'as rien mangé hier… Le meilleur moyen de guérir, c'est de te nourrir pour reprendre des forces.

Elle tourne les talons et disparaît. Je jette un œil désabusé à Milan qui retient un rire. Il attrape une boule de raisin et la coince entre ses dents avant de la croquer et de reprendre.

— Allez, fais pas cette tête… Je vais t'aider à tout engloutir, car je n'ai pas encore mangé non plus. Et… si nous nous débrouillons bien, nous échapperons au déjeuner qui a lieu dans une petite heure…. Je suis certain qu'ils vont réitérer le repas beaucoup trop arrosé de la dernière fois. Je ne sais pas toi, mais moi, ça ne me dit rien…

— Très bonne idée !

Je choisis un donut dans l'assiette gargantuesque en prévoyant mon après-midi, mais voilà… À part dessiner…

— Fait chier !

Milan hausse un sourcil en croquant dans une tartine de feta. (Beurk !)

– Quoi, « fait chier » ?

J'agite mon poignet devant moi.

– Je ne peux pas dessiner. De toute manière, je n'ai plus de bloc à dessin. Et bien entendu, je suppose que là où nous nous trouvons, nous n'avons pas de réseau, donc ni Netflix ni YouTube... Cette croisière est vraiment idyllique, y a pas à dire. Et d'ailleurs, pourquoi deux jours pour atteindre la Turquie ? C'est débile ! *La Gironde* est équipée de moteurs tout ce qu'il y a de plus corrects. Je ne vois pas l'intérêt de dépenser du fric dans la machinerie si c'est pour se la jouer corsaire en bateau à voile d'un autre siècle... Complètement con !

Milan éclate de rire, sans raison valable.

– Quoi ?

– Sérieux, toi, quand tu te lèves du pied gauche, tu ne fais pas semblant !

Son air amusé et léger a raison de mon côté bougon. Et j'avoue, je suis d'une humeur massacrante. Je me déride pendant qu'il attrape un feuilleté au fromage qui traîne en tentant de m'expliquer.

– Alors, en ce qui concerne la machinerie, elle sera testée au retour. Mais aujourd'hui, ils mettent à l'épreuve pas mal de trucs. Donc ils visent large. Je pense que ce soir, nous serons arrivés. Quant à Netflix et YouTube... j'ai du réseau, en ce qui me concerne. Mais je trouve ça dommage de s'enfermer par ce temps. Et pour le bloc à dessin, j'ai bien quelques cahiers dans ma cabine. Ils ont des lignes, mais bon... Si tu veux, je dessine pour toi. Tu me dis et je réalise.

Il semble content de lui et mâchouille encore en me souriant d'un air de vainqueur pendant que je le dévisage.

– Genre, toi, tu vas dessiner ? Genre, l'horizon, la mer, les vagues ? Genre, travailler les volumes et les perspectives ?

Il hoche la tête.

– Genre... oui. Si ça peut t'empêcher de gueuler toute la journée, je pense que je me dois de le faire.

– Mais... tu sais dessiner ?

– Absolument pas. Tu m'aideras, c'est tout. Mais d'abord, on mange. Tu veux un *spanakopita* ?

Il se fout de moi ? Il me tend ce truc qui se résume en une espèce de friand au fromage et aux épinards. J'en ai mangé un le premier matin et j'ai failli tourner de l'œil. Je fronce le nez significativement.

– Euh, non, pas là. Mais sérieux ? Tu veux dessiner ?

Il croque dans le truc immonde en hochant la tête, sûr de lui. J'adore quand il est comme ça. Il passe outre mes humeurs et tente de me distraire… C'est vraiment craquant… Et… il semblerait bien que nous puissions passer un bon bout de temps ensemble selon ses plans. Ce qui, sans grande surprise, range définitivement mon humeur pourrie au placard… Bon, par contre…

– OK, si tu te laves les dents avant… Bonjour l'odeur de ce truc que tu manges !

Il éclate de rire et enfourne le reste de ce machin dégueu. Au moins, ça fait ça de moins comme odeur à supporter !

⛵

Donc, nous y voilà. Milan a revêtu sa panoplie de tombeur. Pour cela, il a échangé son t-shirt contre une paire de lunettes de soleil. Il se trouve donc en simple short en jean et lunettes. Oui, oui. Rien d'autre. Ni aux pieds ni ailleurs. Studieusement assis en tailleur, un cahier sur les genoux et un crayon entre les doigts, il attend sagement que je lui donne mes directives, un demi-sourire aux lèvres.

Pour être tout à fait honnête, je m'attends au pire. Milan a des qualités, mais étrangement, je n'ai jamais décelé chez lui un quelconque don spécifique pour le dessin. Poser pour moi, oui. Mais pas plus.

Il brandit son crayon d'un air inspiré.

– Alors, on fait quoi ? La mouette là-haut ? Le soleil, les nuages et les vagues ?

J'observe les éléments autour de nous. Mais sa proximité et notre isolement au bout de la proue, loin des autres qui picolent en cabine, me perturbent. J'essaye de retrouver mes esprits.

– Le voilier, là !

Il plisse les yeux et examine l'embarcation qui nous précède à quelques miles.

– OK. Laisse-moi deux minutes.

Je l'observe se concentrer et griffonner puis penche la tête pour apercevoir le niveau de l'artiste. J'éclate de rire. Le bateau est en réalité constitué de deux triangles représentant les voiles et d'un « demi-triangle » supplémentaire à l'envers pour la coque. Son sommet est coupé par quelques traits ondulés représentant certainement les vagues et il a ajouté une île imaginaire dans le fond à droite. Enfin, dans le fond… Son dessin n'a aucune perspective, donc l'île et son palmier, de la même dimension que le voilier, sont « posés » sur les vagues.

Niveau CP. Allez, CE1, pour lui faire plaisir. J'éclate de rire. Il se défend, amusé.

– Non, mais attends que je trouve des crayons de couleur… Quoi qu'un peu de pastels… ou de la gouache…

Je secoue la tête en essuyant les larmes de mes yeux.

– Non, mais franchement… Et pourquoi pas des feutres… ? Et tu colories en faisant des traits, bien entendu….

Il me pousse de l'épaule.

– Aide-moi, toi ! J'ai dit que j'allais tracer ce que tu me dirais, alors montre-moi.

Je l'examine quelques instants pour m'assurer qu'il est sérieux. Je ne veux pas lui imposer quoi que ce soit, ou qu'il se force pour me faire plaisir. Une simple confrontation affectueuse avec ses pupilles me confirme que non. Il a vraiment envie que je lui montre. Je me relève et passe derrière lui.

– D'accord. Alors, déjà, prends une nouvelle feuille. Je crois qu'on ne peut pas sauver ce bateau.

Il hausse les épaules et tourne la page.

– Dommage. Je le trouvais intéressant.

Je m'abstiens de tout commentaire et m'installe à genoux derrière lui.

– Déjà, évite les traits trop francs. Préfère des petites touches. Ça te permet d'ombrer sans démarcation.

Ma main bandée longe son avant-bras jusqu'à son poignet et mon corps se penche vers lui. Je fais attention à rester en équilibre pour ne pas le toucher outre mesure, mais déjà, la chaleur de sa peau contre la mienne m'ensorcelle. Je retiens ma respiration et place ma tête au-dessus de son épaule.

Je saisis sa main comme je le peux avec ce foutu bandage.

– Regarde. Comme ça. Par petites touches. Et n'essaye pas de transpercer le papier avec ta mine. Caresse-le.

Il laisse sa main à ma disposition et suis la mienne qui l'entraîne au-dessus du papier.

– Attends, couche un peu plus ton crayon.

La Gironde tangue un peu plus fort tout à coup. Presque rien, mais là où nous sommes, cela secoue quand même. Je pose ma main gauche sur son épaule libre pour garder l'équilibre. Je sens ses muscles se tendre sous mes doigts. Enfin, j'ai l'impression. J'ai appris à me méfier de mes « impressions », tout autant que de lui. La dernière fois que j'y ai cru, la blague m'a coûté un carnet, un poignet et des désillusions. Et tout aussi agréable qu'ait été notre petit intermède dans ma cabine, je n'oublie pas non plus les événements nous y ayant conduits.

Je me penche davantage alors qu'il suit toujours ma main qui le guide. Mais cette fois, il n'appuie pas assez fort.

– Tu es trop doux…

Il grogne.

– Depuis quand c'est un défaut ?

Je jette un regard à son visage concentré, proche du mien, et je me sens pousser des ailes. Le parfum naturel de sa peau ensoleillée m'entête et notre proximité installe une intimité plus qu'agréable entre nous.

– Ce n'en est pas un.

Je tends le visage vers le dessin pour lui montrer comment accentuer certains ombrages du bout de la coque que nous venons de dessiner.

– Regarde. Là, tu travailles le volume. Plus c'est noir, plus c'est profond.

Ses doigts entre les miens sont atrocement doux. Je prends un réel plaisir à les diriger, à les frôler un peu trop, à presque les caresser. Mais je crois que ce moment dure un peu trop longtemps pour passer inaperçu. Il redresse le visage pour m'observer et je tourne le mien vers lui, attiré par ce geste, me rappelant notre proximité d'avant-hier sur la plage. Nous sommes une nouvelle fois presque enlacés, dans un réel moment à deux où rien ne vient perturber quoi que ce soit. Je l'ai lui, pour moi, dans mon univers qui plus est, et ça me grise vraiment.

Dans un silence lourd et électrique, mes yeux se posent sur ses lèvres, tout comme les siens sur les miennes. Ma main remonte doucement le long de son poignet pour se poser sur son avant-bras. Les doigts de mon autre main, toujours posés sur son épaule, glissent doucement sur son épiderme, appréciant le satin de sa peau chauffée par le soleil. J'ai l'impression que nous passons une porte et entrons dans un nouvel univers, celui que j'ai entraperçu à Mykonos.

Si je ne savais pas déjà qu'il se rétracterait, je crois que je ferais fi des parents, certainement bien trop occupés à table pour s'inquiéter de nous, et je lui volerais un nouveau baiser. Parce que même si je tente d'en garder le souvenir, ce n'est évidemment pas assez, car cette lèvre inférieure pleine et douce m'a plus que séduit. C'était...

Il est le premier à redescendre dans la réalité et tourne la tête vers notre esquisse, qui ne se résume qu'en quelques traits inutiles au milieu d'une page. Il déglutit et se racle la gorge.

– Et donc ? Les ombres ?

Je reprends le fil à mon tour.

– Oui. Donc, repasse un peu là, en arrondi, pour bien marquer la forme.

Mes doigts continuent malgré tout d'explorer son épaule nue pendant qu'il s'exécute. Je ne les contrôle même pas, mais j'ai besoin de ce contact. Son souffle s'accélère discrètement pendant que nos mains réunies naviguent sur le papier.

– Oui, et après ?

Je m'écarte un peu pour prendre du recul.

– Alors...

Mon souffle arrive dans son cou et mes yeux surprennent une série de frémissements sur sa peau, rendant l'atmosphère encore plus intense et électrique. Je ne sais pas si je rêve, ou si j'interprète mal. Mais le résultat est pourtant là. Je m'envole et appuie mon torse contre son dos sans beaucoup de retenue, parce que l'attraction s'avère trop forte. Le contact de sa peau est encore plus doux que je ne l'imaginais. Ma main remonte vers son cou et sa bouche s'entrouvre légèrement pendant que le crayon continue d'esquisser maladroitement un truc sans forme sur le papier.

Je crois que l'atmosphère autour de nous est bien plus brûlante que l'air alentour, balayée par les rayons du soleil grec. Ni lui, ni moi ne rompons le silence, et encore moi la sensualité de l'instant. Je me prends à rêver éveillé de mes mains descendant sur son torse, de ma langue goûtant sa peau. J'imagine toutes les choses que mon inexpérience et ma retenue habituelle m'interdisent en temps normal. Mes inhibitions s'effacent et mes désirs ne demandent qu'à s'épanouir, qu'à s'évader de cet esprit qui les bride et les retient prisonniers depuis trop longtemps. Mon corps est avide, prêt à recevoir ces sensations si souvent imaginées et j'éprouve plus d'une difficulté à me contenir.

– Alors, les gars, qu'est-ce qu'on fait ?

La voix de Chloé tombe comme un couperet entre nous, disloquant ce moment de partage timide et entêtant. Milan redresse le dos et je m'écarte de lui en grommelant, retrouvant instantanément mon humeur de dogue.

– Un barbecue !

– Ah, ah ! C'est cours de dessin ? Trop bien… Je vais chercher une feuille et je ramène Elsa… C'est cool !

Cool ? Mais non, c'est tout sauf cool ! C'est pas possible ! *Vacances de merde !* Je m'assieds sur les talons en soupirant, les yeux rivés sur le dos de Milan, éperdument désemparé par cette distance subite que la sacro-sainte « multifamille » nous impose.

Cela dit, j'essaye de me persuader que c'est peut-être plus raisonnable. Il subsiste un monde, un fossé énorme entre Milan et moi. Et tellement de choses fragiles que je ne voudrais briser pour rien au monde. Ce n'est pas si simple, malheureusement.

Chloé et Elsa nous rejoignent et s'installent aux côtés de Milan, prêtes elles aussi à élaborer des merveilles dignes d'élèves de cours primaires. L'atmosphère tendue se transforme en air léger et amical, les deux sœurs riant devant leurs chefs d'œuvre naissants, et moi, me tirant les cheveux devant le manque de logique énorme dont elles font preuve sur le papier. Le seul qui ne prononce pas un mot, c'est lui. Le seul que moi, j'aimerais entendre. Mais cette fois, il est le rêveur de la bande. Les yeux rivés vers l'horizon, le visage offert aux rayons du soleil, il a laissé son esprit s'envoler quelque part, peut-être dans une réalité où j'ai ma place. Ou peut-être pas. Je donnerais cher pour le savoir, pourtant.

CHAPITRE 5 ~2

Sweet Summer

Dorian : Bon, vos chambres sont réservées. J'ai prévu deux nuits, OK pour vous ?

Valentin : Deux nuits ensemble, mon Doudou ? Avoue, t'en peux plus de moi, tu craques ?

Dorian : T'as tout compris, je brûle d'impatience de te voir dormir en Jésus.

Marlone : OK pour deux nuits. Merci, Dorian. Valentin, on repasse par Toulouse pour te prendre ?

Valentin : Pourquoi ? Tu n'es pas rentré chez toi ?

Marlone : Euh... non. L'appart de Tristan est mortel, et y a même des petits oiseaux qui gazouillent le matin à la fenêtre... J'ai prévu d'y rester encore la semaine prochaine. Je n'aurais jamais cru dire ça un jour, mais vive la campagne ! Enfin, les villes de campagne, pour être exact.

Dorian : C'est-y pas mignon... Et lesdits zoziaux t'apportent ta serviette pour couvrir tes blanches fesses quand tu te baignes dans le lac le matin ?

Marlone : Quel lac ?

Valentin : Marl, notre ami Dorian fait référence à un dessin animé de Walt Disney... La Belle et la Bête.

Dorian : Non, Cendrillon. Les souris font même de la couture dans ce truc. Je ne sais pas à quoi tournait ce cher Walt, mais c'était de la bonne, à mon avis !

Valentin : C'est clair ! T'es certain pour Cendrillon ?

Dorian : Non. Bon, Milan, tu peux prendre Valentin dans ta voiture ? Emeric fera partie du week-end ?

Marlone : Bon, oublions cette histoire d'oiseaux. Celui de T me suffit, Va falloir que je teste quand même l'oiseau porte-serviette tout à l'heure. Et oui, il faut Emeric !

Valentin : Je réclame Emeric ! Il va nous raconter des trucs sur toi, quand t'avais trois ans...

Dorian : Si Milan avait trois ans, Emeric ne devait pas encore être né, cela dit...

Valentin : Ouais, mais il a accès à des photos compromettantes à mon avis. Milan, Roudoudou, viens avec Emeric, j'ai des choses à voir avec lui...

Marlone : Je VEUX une photo de Milan suçant une tétine cul nu !

Dorian : Pas besoin de photos d'enfance pour ça ! Contacte l'un de ses ex, ça devrait suffire !

Valentin : MDR ! Milan, tu laisses dire une chose pareille ?

Marlone : MILAN !

Dorian : MILAN !

Valentin : MILLLLAAAAAANNNNNNNNNNNNNNNNNN...

Milan

« Milan », il a un réseau de merde ce matin ! Et pourtant, nous approchons des côtes turques.

J'essaye de relancer l'envoi d'une réponse à ces trous de balle, mais non, rien ne se produit. Par contre, je peux suivre la discussion la plus débile du monde en direct, mais en spectateur... Légèrement frustrant.

Emeric se faufile discrètement hors de la cabine principale pour me rejoindre sur le pont et se glisser sur la banquette en face de moi. Il scrute autour de lui d'un air soucieux.

– Qu'est-ce qu'il t'arrive ?

– Je me suis lavé tout seul, mais ma mère rôde... En fait, elle frappait à ma porte quand j'ai emprunté l'escalier secondaire pour monter ici.

Il attrape ma main, l'air désespéré.

– Milan... j'en ai marre... Sors-nous de là. Tout espoir n'est pas perdu ! Nous pouvons encore fuir... On prend le Zodiac, puis un avion et on rentre à Toulouse. J'en peux plus des femelles de ce rafiot ! C'est pas des vacances, c'est le bagne !

Je ravale un rire pendant que mes doigts ne peuvent s'empêcher de caresser les siens.

Je vais être tout à fait honnête… Le petit Emeric, le complice de mon enfance… me fait bander. Mes yeux quittent le vert des siens pour survoler son visage harmonieux et insolent, puis son cou gracieux, son torse nu, sa peau bronzée parfaitement lisse et la naissance de son ventre caché derrière la table… Depuis cette fameuse nuit sur la plage, je n'arrive plus à réfréner mes élans vers lui. Je ne peux pas expliquer comment ni pourquoi, mais de « pote de connerie », il est passé à la place de « mec absolument parfait à mes yeux ».

Est-ce normal de ressentir ça pour lui ? J'ai l'impression de lui manquer de respect ou de pervertir cet ami sincère et encore innocent. Quoiqu'à bien y réfléchir, cette fameuse innocence au niveau sexuel a un effet dévastateur sur mes fantasmes. J'ai envie de tout lui apprendre. J'imagine sa découverte lente et sensuelle du plaisir. Je vois ma langue caresser sa peau et descendre le long de ses muscles bien modelés pour trouver son ventre, puis lui arracher son short…

Je ferme les yeux pour reprendre mes esprits. Le soleil grec provoque de drôles d'insolations. Le problème, c'est que même la nuit, ça devient clairement une obsession. Et la nuit, il n'y a pas de soleil à évoquer comme excuse, nous sommes bien d'accord.

Merde, j'ai envie de lui, voilà tout ! Hier soir, lorsqu'il a pris ses antidouleurs et qu'il est allé se coucher juste après le repas, j'ai hésité à le rejoindre, juste pour… Voilà le problème, je n'ai trouvé aucune excuse valable pour m'incruster dans sa cabine. Et il a un futur mec qui l'attend quelque part. Je dois bien garder cette idée en tête… Mais entre la tête et le reste, parfois, rien n'est simple, n'est-ce pas ? Comment résister à ce magnétisme qui ne semble pas se soucier d'autre chose que du désir et du besoin qu'il m'inspire ?

Et ce n'est pas que physique. Il me demande de nous enfuir. Mais si j'en avais le pouvoir, ce n'est pas à Toulouse que je l'emmènerais, parce que ça signifierait qu'une fois de plus, je le perdrais de vue. Et je n'en ai pas du tout envie. Ce que je désire, c'est le redécouvrir. Je l'ai quitté il y a trois ans, alors qu'il commençait sa vie d'adulte. Et aujourd'hui, il est adulte. Responsable et brillant. Intéressant et mystérieux. Attractif et addictif. Et je brûle d'en savoir plus. J'ai laissé filer le Emeric de dix-sept ans. Je ne veux pas louper celui de vingt. Même si je sais qu'il se réserve à un autre. Je suis prêt à en baver pour avoir une petite partie de lui.

Voilà où j'en suis. En trois jours, tout a changé. C'est puissant, inattendu et déstabilisant.

Mon téléphone vibre une nouvelle fois sur la table entre nous, brisant l'instant. Emeric récupère vivement sa main et la cache sous la table, jetant machinalement un œil sur mon écran où les messages s'affichent les uns derrière les autres :

Valentin : MILAN !!! Ramène ton joli petit cul ici !

Dorian : Oui, très joli fessier, je confirme.

Emeric écarquille les yeux, choqué. Ou amusé... Je ne sais pas trop quoi dire... Et ça empire au fil des messages.

Marlone : Ah oui ? Il faut vraiment que je revoie ce cul. Je n'avais pas noté qu'il était bandant ! Sauf ton respect, Milan !

Dorian : On n'a pas dit bandant ! Juste joli !

Marlone : C'est quoi la nuance ?

Valentin : Mon cul de super bad boy est bandant. Celui de Milan est artistique.

Marlone : Artistique ? Va falloir m'expliquer ! MDR !

Cette fois, il éclate de rire... et je dois certainement rougir ! J'essaye de retourner mon téléphone, mais Emeric attrape ma main.

– Non ! C'est drôle !

Et les messages continuent. Si je le retourne quand même, cela signifiera que j'ai quelque chose à cacher, mais je ne veux pas qu'il croie ça. Le laisser accéder à ma vie privée me semble une bonne idée, même si je prie intérieurement pour que les mecs n'abordent pas le sujet « Emeric », justement. Mais je tente le coup quand je vois la suite, inoffensive.

Dorian : Bon, en attendant, Milan doit être hors de portée réseau. On voit ça + tard. Valentin, t'inquiète, tu viens et on s'arrange pour le transport.

Valentin : OK.

Marlone : Au pire, on fait un détour, t'inquiète.

Valentin : Je peux aussi faire du stop, prendre le train, partir maintenant et marcher toute la semaine, trouver un hélico...

Dorian : Ouais. On va venir te prendre, Chaton.

Marlone : Essaye de venir en skate, c'est super tendance !

Valentin : Mais oui ! Je viens en skate !

Dorian : 300 km ! Bon... On en reparle ! Ciao les mecs.

Valentin : Schuss !

Marlone : Bye les loulous.

Emeric lâche ma main qu'il n'avait pas lâchée en lisant les messages.

– Ils sont cool !

– Oui. D'ailleurs, ils aimeraient te rencontrer. Lors de cette réunion chez Dorian dont ils parlaient, justement. Ça te dit ?

Il semble étonné, la couleur de ses joues trahissant une gêne manifeste.

– Moi ? Ils veulent me rencontrer, moi ? Mais... enfin, je ne comprends pas...

– Ils sont gays, et membres de *Sweet Home*. Ce sont mes amis. Comme tu l'es, toi. Donc, il me semblerait sympa que, pour une fois, mes amis se rencontrent. Ce serait le week-end après notre retour. Départ le vendredi pour deux nuits. Apparemment. Je t'emmène et prends tout en charge. Il te suffit de venir chez moi vers midi, et je te ramènerai le dimanche, même heure. T'en penses quoi ?

Mon cœur se met à battre plus fort. Parce que le présenter aux gars, ce n'est pas anodin. Mais en même temps, cela permettra peut-être que, pour une fois, il ne m'échappe pas dès la fin de nos vacances. Ce fait est devenu mon nouveau but : ne pas le perdre de vue une nouvelle fois.

Il hoche la tête, perplexe.

– Oui. Ça pourrait être sympa. Je ne reprends le boulot qu'au mois d'août. Donc, je suis totalement disponible.

J'oubliais un détail, qui pourrait avoir son importance...

– Par contre, ce serait un peu « camping ». Dorian n'a pas assez de chambres, alors il faudrait que l'on partage la nôtre.

Il plisse les yeux, soudainement désarçonné. Je m'empresse de préciser :

– Chacun notre lit, bien entendu !

Comme si ce genre de chose avait une quelconque importance. Nous avons partagé notre lit plus d'une fois, et si j'avais l'esprit bien tourné, je ne verrais aucun souci à ce que nous le partagions à nouveau. Cependant, étant donné que mon esprit, que je pourrais qualifier de pervers et d'assoiffé, semble considérer que les choses ne sont plus aussi claires, je préfère préciser.

Il hausse les épaules d'un air soulagé.

– Ah… oui, c'est parfait.

Il me sourit, mais son visage se fige et son regard se perd derrière moi, dans une expression presque apeurée.

La voix de Mathilde se fait entendre derrière moi.

– Ah ! Emeric, je te cherche partout ! Il faut que tu ailles changer ton bandage ! Et pourquoi ne m'as-tu pas attendue ? Je voulais te raser.

Il hausse un sourcil en retenant son agacement alors qu'elle se plante au bout de notre table, un peu survoltée, sans doute parce que son fils n'a pas sollicité son aide matinale précieuse. Un fils qui ne semble pas vouloir se laisser faire ce matin, et je ne le comprends que trop bien…

– Comment ça, tu veux me raser ? C'est quoi, encore, cette lubie ? Je peux bien attendre quelques jours !

Elle secoue la tête, autoritaire.

– Certainement pas ! Le client que nous recevons est une personne très *select*, hors de question que mon fils passe pour un pouilleux à ses yeux ! Allez, viens, on y va !

Il me lance un regard affolé, réclamant une aide providentielle. J'interviens.

– Je pense qu'Emeric est capable de se raser, même avec une seule main.

– S'il se rasait à l'électrique, oui, mais ce n'est pas le cas. Il a la peau trop fragile. Donc, c'est à l'ancienne. Et un rasoir et une main gauche, sur un bateau qui plus est… C'est bien trop dangereux ! Il serait capable de se trancher la carotide !

Son fils se rebelle, outré.

– Maman ! Est-ce que tu pourrais arrêter de croire que…

– C'est bon, je vais le raser !

Je préfère couper court à toutes sortes d'affrontements. Certes, nous devons les supporter. Certes, c'est compliqué. Mais il ne reste que quelques jours de calvaire, autant éviter les heurts inutiles. Emeric me remercie par un sourire et sa mère par un nouveau regard agacé.

– Très bien ! Dans ce cas, il ne vous reste qu'une petite heure, nous accostons bientôt.

Nous nous contentons de hocher la tête pendant qu'elle tourne les talons. Puis il s'affaisse dans son siège, soulagé.

– Merci. Le rasoir aurait bien pu lui trancher sa propre carotide ! Je n'en peux plus !

Je ricane en me levant.

– En attendant, au boulot, moussaillon !

⛵

Ce que je n'avais pas prévu, c'est que nous nous retrouverions dans un espace plus que confiné, tous les deux, presque collés l'un à l'autre et à moitié nus. Chaque mouvement entraîne un frôlement. Chaque souffle fait frémir la peau sur laquelle il atterrit.

J'étale la mousse à raser sur la joue d'Emeric en retenant mon souffle, alors qu'il retient tout autant le sien. Ma main libre me semble impotente et inutile. Gênante. Mes réflexes me poussent à la poser sur son épaule, mais la retenue m'interdit de le toucher davantage. Simplement, ce n'est pas si évident. Alors, je la laisse ballotter contre ma hanche et ça me paraît anormal. Je suis très mal à l'aise. C'est stupide. Et ça me rend gauche. J'écrase presque mes doigts sur sa joue sous l'effet du roulis en éparpillant le savon sur sa peau. Il ne manque pas de réagir en s'esclaffant.

– Eh ! T'es pire que ma mère, en fait ! T'es pas obligé de me foutre une tarte !

– Oups, pardon ! Mais tu bouges !

– Non, c'est *La Gironde* ! Je te rappelle qu'on est en manœuvre pour accoster. T'es certain que tu ne vas pas me taillader la joue ? Un peu de douceur, merde !

Je souris et ralentis mes gestes en posant ma main inutile sur sa hanche cette fois. Il me faut une prise solide pour me stabiliser moi-même. Je recommence à étaler la mousse, doucement cette fois, sous l'inspection concentrée de ses yeux verts qui me perturbent beaucoup trop.

Je ne peux m'empêcher de plonger dans ce regard alors que mon cœur s'alarme et que mon pouls s'emporte dans une course insupportable. Mes doigts suivent machinalement l'arête de son visage, descendent le long de son cou puis reviennent sur son menton.

Une lueur indescriptible s'anime au fond de ses pupilles, alourdissant davantage la tension dans cette pièce minuscule, resserrant presque les murs autour de nous et attirant mon corps contre le sien.

J'oublie ma mission. Ma main descend le long de sa pomme d'Adam, retrouvant la peau lisse à la base de son cou. Il reste muet, figé et le souffle court, ses yeux emprisonnant toujours les miens. J'aimerais y lire ses directives. Je suis en train de plonger dans un jeu dangereux et j'attends qu'il me repousse. Un simple clignement de paupières. Un changement dans l'expression de son regard. Qu'il repousse ma main. Qu'il me rappelle à l'ordre. Qu'il s'enfuit.

J'attends cet ordre qu'il tarde à me donner. Plus les secondes passent et plus j'ai l'impression qu'il ne le donnera jamais. Alors mon cœur s'emballe et mes fantasmes éjectent littéralement la raison de mon esprit en prenant la barre du navire Milan. Ma queue se réveille, une sueur de désir perle sur mon épiderme et mon esprit se laisse flotter au gré du roulis, naviguant sans but sur l'atmosphère sensuelle qui sature cette salle de bains. Je remonte ma paume sur sa joue, mû par mes pulsions et une envie indescriptible, presque insurmontable. Mon pouce esquisse le contour de sa lèvre inférieure insolente et charnue. Douce… si douce…

Ma voix n'est même plus la mienne lorsque je l'avertis, pour la forme.

– Je te préviens, cette fois… je ne te présenterai aucune excuse.

C'est mon dernier avertissement. Il entrouvre les lèvres pour répondre et me glisse dans un souffle.

– C'est tout ce que je demande.

Il termine le travail. Plus rien ne me retient. Antoine, notre amitié, son inexpérience… tout s'évapore sous la caresse de sa voix et de son regard insupportablement tentateur.

J'attrape ses joues et fonds sur sa bouche, rapprochant nos deux corps. Mes lèvres retrouvent la douceur des siennes avec bonheur. Je les force à s'ouvrir à moi et elles ne se font pas prier. Ma langue investit sa bouche, trouve la sienne qui l'attendait et l'emporte dans une danse fiévreuse et passionnée. Ce n'est même pas assez. J'ai tellement faim de lui que je me presse contre son corps, m'agrippant à ses joues puis à sa nuque pour nous unir plus étroitement, afin qu'il se soude à moi et se donne tout entier. Qu'il assouvisse ma passion qui semble se déchaîner au fil de notre baiser qu'il me rend en gémissant, enroulant ses bras à ma nuque. La mousse à raser s'étale sur ses joues et sur les miennes. J'en emporte sous mes doigts et en parsème sur ses cheveux lorsque je les repousse en arrière, puis sur sa nuque lorsque je tente de fondre en lui en approfondissant notre baiser.

Je le pousse contre la paroi de la douche derrière lui et l'emprisonne de mon corps. Mes mains quittent son visage et attrapent ses hanches avant de glisser au bas de son dos, caressant ses reins tout en l'attirant contre mon érection palpitante sous mon short. À bout de souffle, j'abandonne ses lèvres pour embrasser ses joues, glissant sur son épiderme et trouvant son cou, léchant sa peau en passant outre cette mousse, l'étalant davantage sur sa peau mate et alléchante.

J'ondule contre son corps sans même le réaliser. Ses bras se crispent autour de mon cou, pressant son torse encore davantage contre le mien. Il rejette la tête en arrière en soupirant, m'encourageant encore davantage à profiter de ce qu'il m'offre. Cette peau vierge et pure, bronzée et aux saveurs de soleil, ces bras tendus autour de moi, ce torse cherchant son oxygène dans de lourds mouvements emportés... Putain, j'aime chacune de ses réactions. J'appuie sur ses reins, pressant ainsi son pénis contre le mien, les minces tissus de nos shorts ne cachant pas grand-chose de nos envies respectives. Je discerne aisément la dureté de son érection ainsi que son envergure imposante et tentatrice.

Je laisse mes doigts trouver ses fesses et les crispe sur les deux dômes musclés pour éviter d'aller plus loin. La mesure de la situation m'éclate en pleine conscience. Il est vierge. Doucement ! Je suis déjà allé plus loin que ce qui devrait être. Calme, Milan !

J'empoigne son fessier pour le guider contre moi alors que mes lèvres retrouvent les siennes. Il les ouvre et passe sa langue entre nous en haletant. Il prend des initiatives et ça me tue. Mon cœur crépite parce qu'il ose et en redemande. Plus qu'heureux de lui plaire, je me frotte avec obscénité contre sa queue de plus en plus dure et large entre nous, essayant de trouver la paix, l'extase et l'assouvissement de mon corps en pleine ébullition.

Il attrape mes joues et suce ma langue en se cambrant contre moi, accentuant chacun de mes mouvements tout en s'accordant à mon rythme. Je vais crever !

Ma gorge émet un son rauque, à mi-chemin entre le ronronnement et le rugissement. Le félin calme et paisible que je suis se transforme en fauve affamé entre ses bras. Son baiser devient brasier insupportable et irrésistible. Mes hanches s'emportent. Mon esprit surchauffe. Nos queues se massent outrageusement, et putain, je prends un pied de dingue à sentir ce plaisir nous enlacer, nous retenant prisonniers l'un de l'autre…

Je perds définitivement toute retenue et l'enlace, le serrant contre moi à la limite de l'étouffer. L'effet qu'il me fait est inimaginable.

Au milieu de notre baiser, il se fige. Son corps est secoué d'un spasme affolant mes sens et un long gémissement de plaisir s'échappe de ses lèvres pour résonner entre nous. Je m'écarte et admire son orgasme, ses traits tirés sous la sensation merveilleuse, ses yeux mi-clos voilés et fiévreux… Il est magnifique.

Mon cœur flotte au milieu de son plaisir, comme s'il s'agissait du mien, oubliant d'ailleurs mes propres besoins. Je l'enlace avec tendresse et le blottis contre moi, touché en plein cœur par ce qu'il vient de m'offrir.

J'embrasse son épaule doucement en lui laissant le temps nécessaire pour reprendre ses esprits. Il pose son menton sur mon épaule et murmure d'une voix rauque et tremblante.

– Je… je suis désolé.

J'interromps la nuée de baisers que j'éparpillais sur sa peau.

– De quoi ?

Il retrouve son équilibre et me repousse faiblement.

– Je… Merde… Je suis désolé.

Sa voix n'est plus qu'un sanglot. Un pincement se fait sentir sur mon cœur et tout me revient : Antoine, notre statut d'amis qu'il n'a sans doute pas envie de mettre en péril… et peut-être aussi le fait que je ne sois pas du premier choix à ses yeux.

Son visage toujours recouvert de crème à raser semble perdu, ses yeux évitant soigneusement les miens. J'entreprends de le nettoyer un peu du bout des doigts.

– Désolé de quoi ?

Il secoue la tête avant de baisser les yeux.

– Je… je suis nul et trop… sensible… enfin, tu vois…

Je retiens un rire.

– Non, je ne vois pas.

Il lève un regard désabusé vers moi.

– Allez, c'est bon. S'il te plaît, ne me demande pas d'expliquer que je suis puceau et novice. C'est bien assez embarrassant comme ça. C'est pour ça que je garde tout pour moi. Je suis ridicule.

Je soupire de soulagement. Oui. Parce que l'humidité qui gagne ses yeux n'a pas de rapport avec un quelconque regret par rapport à ce qu'il vient de se passer. Non. Il a simplement honte. Ou peur de mon jugement. Ou les deux. Mais à ce sujet, il se trompe tellement. Je retire la mousse qui a atteint son nez avant de déposer un baiser sur ses taches de rousseur.

– Tu n'es pas ridicule. Si tu savais comme tu n'es pas DU TOUT ridicule.

Il tente de me repousser, mais je ne le laisse pas faire.

Je recule simplement mon visage du sien pour trouver ses yeux afin qu'il comprenne bien mes paroles.

– Tu n'es pas ridicule ! En ce qui me concerne, tu es sexy et bandant. Et, ce que tu prends pour une faiblesse me rend dingue, si tu veux savoir.

Il m'observe sans répondre. Je me sens obligé de préciser, tout à coup beaucoup moins sûr de moi face à ce silence qui s'éternise.

– Mais… enfin, je sais que peut-être, ce n'est pas ça que tu désires… Enfin, pas avec moi… je veux dire… Simplement, je te donne mon avis personnel. Tu n'as absolument pas à te sentir minable ou je ne sais quoi. Nous sommes tous passés par là, et tes réactions sont…

Je m'arrête là, incapable de continuer plus loin sans trahir la réalité de mes sentiments à son sujet. Déraper, le rassurer, OK. Mais lui imposer un problème supplémentaire, en lui avouant des trucs qui risqueraient de peser dans son esprit, me semble superflu. Non, c'est une mauvaise idée. J'assume l'entière responsabilité de ce qui est et restera tapi au fond de moi. J'écarte quelques mèches de son front en constatant les dégâts. Toute cette mousse parsemée sur sa peau lui confère un air adorablement espiègle et aggrave mon état de surchauffe que, mine de rien, je n'ai pas du tout réussi à calmer.

– Une douche. Je crois que nous avons besoin d'une douche.

J'appuie ma proposition en prélevant un petit tas de mousse à raser sur sa tempe. Il retient un rire, sans doute rasséréné par mon air détendu, puis hoche la tête.

– OK, une douche. Je crois effectivement que…

Il baisse son regard en direction de son short, une jolie couleur rosée atteignant ses joues. Je lui épargne ce qu'il pense sans doute être une humiliation, devoir m'expliquer clairement son problème, en prenant en main la suite des opérations. Je fais coulisser la porte de la douche derrière lui et tends le bras pour allumer le jet.

– On va rincer ça sous la douche, directement. Viens.

Il me précède sans demander son reste, attrapant ma main pour m'obliger à le suivre. Ce qui me va très bien. Je n'objecte pas une demi-seconde. De plus en plus réduit notre espace vital ce matin… Une cabine de douche sur un voilier, c'est plutôt petit. Et même si *La Gironde* est un navire de luxe, elle n'en reste pas moins une embarcation dans laquelle chaque centimètre compte. Donc, douche pour minipouce à partager à deux…

Je me presse contre son dos, la queue toujours en mode « béton ». Et je jure que c'est totalement involontaire si elle frotte assez rudement sa fesse gauche ! Il se fige, je regrette aussitôt mon insistance.

– Merde, mon bandage ! Le capitaine l'a refait avant que je te rejoigne…

– Pas grave, on lui demandera de recommencer. Enlève ton short… qu'on nettoie tout ça !

Il bredouille un « oui » peu assuré. Je peux voir sa nuque rougir. C'est vraiment trop mignon. J'embrasse la naissance de ses cheveux en essayant de ne pas froisser sa pudeur.

– Tu préfères que je sorte ?

Il secoue la tête.

– Non. Mais avec mon poignet… Et ce n'est pas trop… pratique, ici.

Je pose mes mains sur ses hanches.

– On va arranger ça.

Mes doigts frôlent l'élastique de son maillot et le font glisser sur ses hanches, lentement, lui laissant le temps de se raviser. Mais il ne prononce aucun mot ni ne s'échappe de mon emprise. Seul son corps réagit, dans un frémissement grisant. Je laisse tomber le short gorgé d'eau à ses pieds. Il s'en débarrasse d'un geste rapide avant de suggérer…

– Et… le tien ?

Nouvelle couleur adorable à la naissance de sa nuque. Je m'exécute sans la moindre hésitation et me presse contre ses fesses. Il suffirait d'un rien pour que j'explose entre ces deux dômes blancs et fermes. Mes yeux sont happés par sa descente de reins bronzée et par cette tache claire contre laquelle mon érection tente de trouver une place, sagement dressée, mon gland caressant malgré lui – on tente de s'en persuader, merci – cette peau virginale.

Mes mains retrouvent ses hanches et s'aventurent à l'aveugle sur son ventre ferme, toujours aussi doux. Je me retiens de les laisser descendre plus bas, même si mon sexe, battant contre sa peau, m'incite à le faire. Sagement, elles remontent sur son torse, découvrant cette peau que je brûle de toucher et qui hante mon esprit depuis plusieurs nuits.

Un soupir s'échappe de ses lèvres en même temps qu'un nouveau murmure.

– Je croyais qu'on devait se laver…

Mes mains se figent. Je suis toujours plus ou moins en attente du mot « stop » qui, j'en suis certain, arrivera très bientôt. Il n'est pas à moi, pas pour moi.

– Tu préfères ?

Il laisse passer un instant qui me semble interminable pendant que je me fige, dans l'attente de la suite. Mon cœur menace de piquer un sprint hors de cette pièce pour éviter d'entendre la réponse, mes jambes refusent de bouger et mes doigts appellent sa peau désespérément.

Au lieu de prononcer le moindre mot, il fait glisser sa main sur ma hanche, à l'aveugle, et la dirige timidement vers mon membre. Le bout de ses doigts frôle mon gland. Sa réponse me convient plus que bien, alors j'attrape ses épaules et l'enjoins à se retourner, complètement en ébullition. Il m'obéit et je retrouve ses lèvres à la seconde où elles deviennent accessibles. Son poing se resserre sur moi, m'arrachant un ronronnement presque douloureux. Ma propre main retrouve sa queue, trop impatiente de la découvrir « en vrai ». Je m'interromps un instant, surpris, quand je la trouve une nouvelle fois tendue et prête pour un second round. Un sourire satisfait prend mes lèvres d'assaut au milieu de notre baiser. Tellement content de lui faire cet effet !

Je l'enlace alors que sa paume commence à masser mon gland un peu trop sensible. Je sens que je vais souffrir. Hors de question que je déclare forfait avant lui ! Même s'il a de l'avance et moi une énorme tension à la limite de l'insoutenable au creux du ventre. Je veux qu'il soit prioritaire. Je veux que ce moment, si important pour un homme, soit pour lui. Totalement dédié.

Ce qui ne m'empêche pas de ne prendre que moyennement mon temps. Ma main trouve un rythme soutenu très rapidement, qu'il accueille en gémissant entre mes lèvres et en accélérant ses gestes de son côté. Je vais mourir… D'extase, de passion, de bonheur… Tout me va. Je veux bien que l'orgasme qu'il attise en moi me décime. Mais rapidement, s'il vous plaît !

Je suce sa langue en agitant mon poignet et mon bassin, cherchant tout et n'importe quoi, rapprochant ma peau de la sienne en attrapant l'une de ses fesses, l'acculant le plus possible contre la paroi de la douche. En feu, en flammes, en fusion. Je grogne, il gémit. Je frissonne, il frémit. Je me retiens, au bout de mes limites, il accélère son mouvement. Alors, j'interromps notre baiser devenu obscène depuis dix bonnes minutes pour enfouir mon visage dans son cou. Ne plus voir ses yeux, ne plus sentir sa langue, me concentrer, l'attendre, me retenir, ne pas flancher, savourer cette main ferme et douce sur moi, la bénir pour le plaisir qu'elle me procure, la maudire pour la même raison, et attendre encore, retenir, contrôler encore un peu…

Mais sa peau, si douce contre mes lèvres, m'attire, ensorcelant ma langue et mon esprit. Je la suce, la lèche et la mordille. Je la hume et frotte ma joue contre elle en adorant chaque contact, me perdant dans cette douceur qui le caractérise tellement.

Putain, j'aime ça ! Emeric est un ovni. Un mec parfait. Une putain de bombe trop sexy pour que je garde le contrôle encore longtemps. J'accélère ma cadence sur sa queue, désespérément… Mais je dois y mettre tellement de ferveur que le miracle se produit, une nouvelle fois, et son corps se tend. Sa main sur moi prend alors un rythme effréné, son souffle devient court et sa voix, sexy à en mourir, me terrasse.

– Putain… Milan… Je…

Je le supplie de succomber, de me permettre l'extase qui me brûle les entrailles.

– Oui… S'il te plaît… Je t'en prie….

Son bras libre enlace ma nuque et son visage plonge contre mon épaule. Son corps se cambre contre le mien et je lâche tout lorsqu'un spasme puissant le projette contre moi. Je perds le fil. Je m'accroche à lui, le plaisir courant à une allure folle dans tous mes membres, mon ventre, mon torse, ma tête, mes mains, mes jambes… et bien entendu ma queue.

Rien. Emeric me fait jouir comme rarement. Juste avec une main. Et il ne m'épargne rien. Il me vole tout.

Je sens ma semence s'échapper de moi avec bonheur, tout autant qu'il se déverse lui-même entre mes doigts. Je m'affale sur lui, à bout de tout, et trouve quelques forces bien cachées pour embrasser cet homme qui m'a fait chavirer dans un plaisir que j'ai rarement connu. Bon Dieu ! Et dire qu'il se sent nul !

Je retrouve ses lèvres et l'embrasse tendrement, en tentant désespérément de ne pas lui offrir mon cœur qui ne demande qu'à se soumettre à lui. C'est très compliqué.

Un bruit sourd nous sort trop tôt de ce moment parfait.

– Emeric ? Pourquoi prends-tu une douche ? Le client arrive dans 30 minutes ! C'est bon, tu es rasé ?

Je ne supporte plus cette promiscuité avec les parents. Oui, je dis bien les parents. Parce qu'ils sont tous les mêmes. Là, c'est Mathilde, mais les autres seraient aussi pénibles, c'est une évidence !

La réaction d'Emeric est immédiate. Il lui répond prestement, de manière plus qu'audible.

– Maman, dégage ! Laisse-moi tranquille où je viens déjeuner à poil !

– Hein ?

– T'as très bien entendu ! Va pêcher des bigorneaux si tu ne sais pas quoi faire !

– Mais… La mer est haute, et je ne suis pas certaine que…

– MAMAN ! Dégage de ma chambre !

– Bon, OK, OK… Mais dépêche-toi ! Milan t'a rasé ?

Il me jette un œil lumineux et ensorcelant. Je lui souris, totalement sous le charme et fonds sur ses lèvres avant qu'il ne puisse répondre. Il répond à mon besoin urgent avant de me repousser en contenant son hilarité.

– Oui, oui. Salut !

– OK, parfait.

Nous attendons d'entendre la porte de la cabine se refermer puis il conclut, les joues encore rouges de timidité.

– Bon, alors… Il faut que tu me rases, je pense.

Je le prends dans mes bras en recouvrant son visage et surtout son nez de baisers.

– Oui. Il nous reste 30 minutes. Accorde-m'en encore 28 !

Il s'esclaffe, mais ne me repousse pas. N'éteint pas l'eau, ce qui aurait pu s'avérer dramatique pour les réserves de *La Gironde* si nous n'accostions pas pour plusieurs heures dans ce port. Mais franchement, drame ou pas, rien à cirer. Je l'enlace, profitant de ses lèvres et de sa peau pendant qu'il veut bien me laisser y accéder.

Je fonds totalement pour Emeric Milighan. Le fils de l'associé de mon père. Mon ami d'enfance... qui en aime un autre... Je ne sais pas du tout comment je vais gérer cette histoire...

Emeric

Je ne veux plus jamais quitter *La Gironde*. Ni ce port turc dont je ne connais pas le nom et dont je me fiche totalement. Encore moins cette table à laquelle nous sommes installés depuis plus d'une heure. Et surtout pas cette place, sur cette banquette, aux côtés de Milan. Sa cuisse contre la mienne... Et s'il n'y avait que ça...

Je découvre la sensualité depuis cette séance de rasage et son petit interlude dépassant toutes mes espérances. L'atmosphère est devenue pesante et torride sur ce rafiot, j'en ai presque du mal à trouver mon souffle. Chacun de ses gestes me fait bander. Chaque contact emballe mon cœur dans un cocon de satin, chaleureux et soyeux, doux et addictif. Chaque syllabe qu'il prononce, en remuant ses lèvres magnifiques qui embrassent mieux que dans tous mes fantasmes, crucifie mon âme au panthéon de la passion. Je vais arrêter là la description de mon état... parce que tout ce qu'il est, tout ce qu'il fait me rend électrique et en manque de lui, fou et insatiable. Il n'y a rien d'autre à comprendre et tout détailler prendrait des heures.

Donc, pour résumer, je serais presque capable de faire tomber ma serviette et de me précipiter sous la table pour lui tailler une pipe. Là, tout de suite. Même si je ne sais absolument pas m'y prendre. Même si je reste au fond de moi pétri d'angoisse quant à la suite éventuelle de nos rapports. Même si le client important des parents se trouve pile en face de nous. Même si toute la famille déjeune autour de nous. Même si Chloé se trouve juste à mes côtés et qu'elle ne manquerait certainement pas une miette du spectacle si jamais il avait lieu.

C'est n'importe quoi. Mais il faut croire que je suis fan du n'importe quoi de ce genre.

J'écoute Milan parler avec le client. Et en même temps, je n'entends rien. Chloé me parle à l'autre oreille, de ses études de l'année prochaine, ou bien du capitaine qui n'a toujours pas cédé aux appels absolument pas discrets et encore moins raffinés qu'elle lui lance depuis l'épisode de ma chute.

J'écoute, mais je m'en fiche. Mon esprit est totalement concentré sur ce contact. Sa cuisse, la mienne. Puis sur sa main. Bordel ! Sa main qu'il pose l'air de rien sur ma cuisse. Cette cuisse qui va bientôt être victime de brûlures au 20e degré s'il continue comme ça. J'attrape mon verre d'eau en recentrant mon attention sur Pierre, louant mon talent en dessin à ce Lekoiri qui me semble très sympathique et très intéressé par mon art. J'éprouverais très certainement beaucoup de plaisir à en discuter avec lui, dans d'autres circonstances. Mais pour le moment, et pour ne rien cacher, le plaisir me semble clairement plus intéressant ailleurs. Sous cette paume qui se balade tranquillement sur mon bermuda, par exemple, et qui remonte vers mon entrejambe discrètement.

Je repose mon verre et réponds machinalement à mon père qui parle pour nous deux, bien heureusement :

– Vert. Ou bleu.

Notre hôte hoche la tête, ravi de ma réponse. Tant mieux s'il y comprend quelque chose. Parce que c'est loin d'être mon cas. Mais c'est, par contre, le dernier de mes soucis. La main remonte dangereusement. Et… j'écarte les jambes… Oui, moi, Emeric Milighan, timide invétéré, surtout au niveau du sexe, je m'offre à la main de Milan, en plein repas de famille ET d'affaires ! Je sais que je vais rougir, gémir, et peut-être même m'évanouir. Mais au fond de moi, la passion s'est réveillée sous les baisers et les caresses de l'homme qui fait ce qu'il veut de mon cœur depuis des années. Et je n'ai pas du tout l'intention de passer à côté de quoi que ce soit. J'en suis même à espérer qu'il n'hésite surtout pas à me mettre à l'épreuve, au détriment de mes angoisses les plus profondes. Je me redresse pour coller mon buste à la table en me raclant la gorge, pas du tout naturellement. Milan tente de ne pas sourire, mais les flammes dans ses yeux trahissent une joie mêlée à autre chose de beaucoup moins chaste.

Ma mère nous jette un coup d'œil suspicieux. Elle et son côté « commère » m'énervent. Mais encore une fois, c'est secondaire. Cette main… Dieu, cette main ! Oui, « Dieu »… Sa caresse s'avère divine, rien de moins. Je souris hypocritement à ma mère d'un air détaché et reprends mon verre puisque nous avons terminé notre repas et qu'il faut bien que j'occupe mes mains, sous peine de les coller sur le sexe de Milan, avec beaucoup moins de discrétion que lui. Donc, je bois de l'eau. Ça passe mieux.

La main magique quitte ma cuisse pour mieux se plaquer sans aucune retenue sur ma queue aux abois. L'eau que j'avale étouffe un gémissement naissant dans ma gorge, mais m'étouffe tout court en même temps, m'obligeant à recracher avec une classe toute relative ladite boisson dans une quinte de toux bruyante. Enfin, bref. La totale. Rien de mieux pour alerter toute la tablée et porter l'attention sur moi. Sur nous. Sur cette main qui passe de mon entrejambe à mon dos pour le frotter affectueusement.

Ce pseudo étouffement fait pleurer mes yeux, tout aussi sûrement que la fin des réjouissances clandestines sous la nappe. Mon sexe se sent seul tout à coup. Je relève la tête vers Milan en lui adressant un regard de cocker suicidaire.

Repose cette main sur cette queue, steuplait, steuplait, steuplait....

Il ne comprend évidemment pas le message. Ou bien il le comprend trop bien, justement, et m'observe d'un air amusé.

– Ça va, Em ?

Je hausse les sourcils. C'est quoi cette question ? Je m'étouffe et je perds le doigt de Dieu sur mon membre à l'agonie... Comment veut-il que ça aille ?

– Tu veux la réponse officielle ou la vraie ?

Il éclate de rire. *Trop sexy !*

– OK !

Puis, en s'adressant à l'assemblée :

– Tout va bien, il est tiré d'affaire...

Mon père jette sa serviette sur la table.

– Parfait. De toute manière, je pense que nous devrions passer aux choses sérieuses. Monsieur Lekoiri, un petit café sur le pont ?

Le client hoche la tête et tout le monde se lève, même ma queue... Qui dit fin du repas, dit... peut-être... éventuellement... un petit tour en cabine... La mienne, la sienne, je m'en tape, et...

– Milan, j'aimerais que tu participes. Il me semble que tu as fait parvenir pas mal de dossiers à M. Lekoiri, ce serait plus simple.

Donc... Je me la colle sur l'oreille. Super !

Milan s'excuse d'un regard et m'abandonne, seul sur ma béquille, au fond du désespoir et en plein naufrage, au milieu d'une passion déchaînée, profonde et ingérable. La tuile...

En cas d'extrême urgence, une seule solution : le repli. Je retrouve ma chambre et la solitude plus que bienvenue. Faute de merles, on mange des grives, comme dirait je ne sais plus qui... Ma main, la gauche, pourrait éventuellement me satisfaire.

Je me laisse tomber sur mon lit et m'empresse de glisser mes doigts sous la ceinture de mon bermuda. Impossible de faire autrement. Sinon, je vais finir totalement grillé et ce n'est absolument pas le but... Mais peut-être que ça me permettrait d'être plus endurant lorsque Milan me rejoindra ? Parce que je sais qu'il le fera. Obligé.

On frappe à ma porte. Je me fige, la main sur mon phallus, imaginant déjà cet homme blond et merveilleux passer le pas de ma porte. Je garde la main dans mon froc, ou pas ? Le message serait on ne peut plus clair dans ce cas.

– Oui ?

– C'est Chloé !

Merde ! Je retire rapidement mes doigts de là où ils ne devraient pas être alors qu'elle ouvre la porte et je fronce les sourcils. Parce que franchement, si elle tente un truc, je la cogne. Rien à foutre du respect des nanas ! J'en ai marre de ses conneries !

– Chloé, je te préviens...

Elle secoue vivement les mains devant elle.

– Non, non, ne t'inquiète pas ! Je ne suis pas venue là pour te faire mon cinéma ! C'est bon. Je voulais t'expliquer, justement !

OK, mais je garde mes distances quand même.

– M'expliquer quoi ?

Elle s'installe au bord du lit avec méfiance :

– Tout ça, ma passion pour toi, les mots d'amour, mon côté envahissant... Ce n'était pas ce que tu crois.

– Ah ? Et c'était quoi ?

Que va-t-elle encore me pondre comme excuse débile ? Elle a été hypnotisée par nos mères ? Ou peut-être enlevée par des extraterrestres qui auraient contrôlé son cerveau pendant trois jours ? Ou tout simplement, probablement qu'elle est totalement folle, schizophrène et qu'elle a momentanément oublié son traitement ces derniers jours ?

Elle avance un peu sur mon lit. Je recule, pas du tout certain de sa bonne volonté.

– En fait, je... enfin nous voulions vous aider un peu...

– Aider ? Qui ? Quoi ? Comment ?

– Milan... et toi... Vous n'avanciez pas beaucoup... alors, nous nous sommes dit, avec Elsa...

Je ne m'attendais pas à un truc pareil. Comment réagir ? Je n'ai pas du tout envie d'étaler mon intimité pour le moment. Tout est tellement fragile et précieux… Mais c'est Chloé… ma confidente… Si j'exclus cet épisode fanatique du reste de nos relations, je dirais qu'elle est plus que digne de confiance. Mais bon. D'un autre côté, je ne sais même pas quoi lui dire. Et puis, son plan sent quand même l'arnaque et le « tordu » à plein nez ! Donc, dans le doute…

– Je ne vois pas de quoi tu parles.

Elle éclate de rire.

– Non, mais, attends, Chouchou… tu crois que tu parles à qui, exactement ? C'est moi, Chloé… Je te connais par cœur ! Et je sais pertinemment que tu en pinces pour Milan depuis des années…

– Je ne vois réellement pas pourquoi tu dis ça…

Je ne me sens pas du tout convaincant, surtout face à la perspicacité de cette fille, qui a vraisemblablement hérité de l'esprit de commérage affûté de nos trois mères réunies !

Elle penche la tête affectueusement.

– Em… Tu peux me l'avouer, à moi. Je vois bien les regards que tu lui adresses depuis des années. Et ce que je vois, surtout, c'est ceux que vous échangez depuis quelques jours. Et alors ce midi… Il se passait quoi sous la table, exactement ?

– Hein ? De… pardon ? Quoi ? Comment ?

Elle m'envoie un regard très clair, signifiant qu'il m'est totalement inutile de lutter et que je ne peux pas tromper Miss Détective…

Bon, OK. Crédibilité zéro, j'avoue. Je n'insiste même pas et déballe tout.

– Oui, bon, OK. Je suis fou de Milan depuis mes dix-sept ans, au moins. Avant aussi, mais j'étais moins certain.

Le sourire qu'elle affiche me fait peur tellement il déforme son visage. Elle ressemble à s'y méprendre au Joker. Remarque, ça lui va bien, elle est également aussi siphonnée que ce type ! La seule différence, c'est qu'elle est plus bronzée. Bref. Elle s'empresse de poser ses questions, forcément.

– Et maintenant ? Ça roule, ma poule ?

Très bonne question…

– Je suppose, oui… Sauf que…

Elle plisse les yeux.

– Sauf que, quoi ?

– Sauf que, il y a Antoine. Et c'est un problème.

– Qui est Antoine ?

– C'est Milan.

– Hein ? Pourquoi Milan s'appelle Antoine ? Et pourquoi est-il un problème ?

J'essaye d'être clair :

– Parce que Milan voulait savoir pourquoi j'étais distant, alors je lui ai dit que j'étais amoureux…

– De lui ?

– Mais non, d'Antoine.

– Mais c'est qui ?

Je trouve cette idée tellement stupide à présent que le seul fait de l'évoquer m'agace. Et, évidemment, elle en fait les frais. Je m'emporte :

– Ben, c'est Milan ! T'es complètement cruche, ou quoi ?

Elle m'observe, interdite, mais pas offusquée. Elle me connaît assez pour savoir que parfois, je dérape un peu au niveau de mes paroles. Comme avec cet Antoine, par exemple. Bref.

– Mais si Milan c'est Antoine, où est le problème ?

– Le problème, c'est que Milan ne sait pas qu'Antoine, c'est Milan, justement. Et avec tout ce que j'ai déballé, je me sens con. Parce que j'ai vraiment dit que j'étais dingue d'Antoine depuis des années, qu'il était mon homme parfait, et donc, si je divulgue cette information, je dévoile tout. Il comprendra qu'Antoine, c'est lui-même, et que mes sentiments totalement disproportionnés pour Antoine sont en fait tournés vers lui, Milan. Et ça me fout les boules. Sans compter que je lui ai menti, donc il risque de mal le prendre. Tu vois ?

Elle tapote rêveusement son index sur sa lèvre…

– Oui. Mais, est-ce qu'Antoine sait qu'il est Milan ?

Pardon ?

– Mais Antoine n'existe pas !

– Oui… je vois ! Et donc, il va le prendre comment ? Je veux dire que si jamais Milan découvre qu'il est Antoine, Antoine sera grillé et obligé de disparaître, donc il risque de se vexer. Tomber dans l'oubli c'est dur, même pour un être imaginaire…

Cette fois, elle m'inquiète.

– Chloé, tu es certaine que tu vas bien ?

Elle éclate de rire en s'affalant sur mon lit.

– Mais oui, je te fais marcher ! En réalité, ton problème n'en est pas un… Milan t'adore. Vous êtes faits pour être ensemble, c'est l'évidence même… Mais par contre, ne lui mens pas. Ça risque de te retomber dans les dents. C'est toujours comme ça que ça se passe, non ?

Je me laisse choir contre mes oreillers, un peu perdu.

– Oui. Je n'aime pas spécialement lui mentir. Mais je me vois très mal, alors que tout va bien et que c'est vraiment très récent, lui déballer tout ça de but en blanc… Il risque de me prendre pour un fou. D'avoir peur de mes sentiments pas du tout raisonnés et complètement exaltés. De se barrer en courant. Perso, moi, c'est ce que je ferais, si j'étais à sa place.

Elle secoue la tête en roulant sur le ventre.

– Antoine ne ferait jamais ça ! J'en suis certaine…

– Antoine, OK. Mais nous parlons de Milan ! Tu le fais exprès ?

– Justement. Antoine, c'est Milan ! Alors, c'est pareil !

– Alors, tu dis Milan. Et pas Antoine, merci ! J'aimerais un peu qu'on me lâche avec cet Antoine, qui me pourrit la vie bien comme il faut !

– Non, mais attends, avant-hier encore, tu lui vouais un amour éternel. Et maintenant, tu ne veux plus en entendre parler ? Sympa pour Milan !

Je me redresse, totalement agacé par ce dialogue de sourds.

– Mais… C'est quoi ton but exactement, là, Chloé ? Milan, je ne l'oublie pas, c'est Antoine que je veux voir dégager !

– Oui… ben la seule solution, c'est d'avouer, Em…

Un éclair de génie passe à travers mon cerveau, qu'elle a bien foutu en vrac avec ses questions sans queue ni tête. Je lève un index, l'air inspiré.

– Sauf…

Elle reste muette, pendue à mes lèvres. Je continue sur mon idée plus que géniale.

– Sauf si en rentrant à Toulouse, je lui annonce qu'il dépasse Antoine, et de loin. Et que je le préfère, lui… En plus, il sera content, car ça voudra dire qu'il est plus séduisant que l'autre, tu vois ?

La tête posée nonchalamment dans sa paume, l'air pas du tout inspirée, elle semble perplexe.

– C'est une idée. Mais… moi, ce que je dis, c'est qu'une histoire basée sur le mensonge, c'est nase.

– Ce n'est pas non plus un méga mensonge, Chloé… Essaye de dédramatiser un peu…

– OK. Alors, imaginons… Tu fais ça. Un jour ou l'autre, il rencontrera tes potes… Mais par contre, Antoine, il sera où ? Et personne ne le connaîtra, forcément. Ce meilleur ami que tu connais si bien…. Il va croire que c'était un ami imaginaire, créé de toutes pièces, et que tu es bon à enfermer. Bravo !

J'attrape un oreiller et lui balance en pleine tronche. Elle m'énerve. Je sais qu'elle a raison. Mais je n'ai pas envie de tout dire maintenant. Parce que c'est trop jeune. Parce que, peut-être, ça gâchera tout. Parce que la seule chose que je désire, maintenant que la vie semble disposée à me faire une fleur, c'est que justement cette fleur éclose et prenne de l'ampleur. Qu'elle étale ses pétales au soleil et brille de tous ses feux. Qu'elle illumine nos cœurs et nos âmes et nous donne une chance.

C'est trop tôt. Il faut que j'attende encore quelques jours.

On frappe à la porte.

– Em, c'est Milan.

Oh, putain… Je murmure à Chloé, dont les yeux brillent comme des diamants, encore plus contente que moi de cette venue.

– Je te préviens, tu ne dis rien et tu te barres.

Elle passe sa langue entre ses lèvres d'un air de chieuse professionnelle. Son air à peu près naturel, quoi.

– Bien entendu, Chouchou… Je suis une tombe.

Je ne la crois pas un seul instant. Elsa est informée des nouvelles dans deux minutes, grand max. J'ouvre les paris.

– Non, mais sérieusement…

– Mais oui… Mais, juste une chose. Pour ce qui concerne mon petit jeu de rôle…

– Oui ?

– Tu me promets que tout va bien ? C'est cool ?

Je lève les yeux au ciel.

– Si ça ne l'avait pas été, tu ne serais pas là, à nager au milieu de mes secrets honteux.

– Exact.

Elle se relève, embrasse mon front et se dirige vers la porte, qu'elle ouvre dans un grand geste théâtral sur Milan, qui semble étonné de la voir ici. Et peut-être embarrassé.

– Il est tout à toi… Lapinou… Soyez sages…

Elle pousse le nouveau venu pour sortir de la pièce et nous laisse tous les deux. Milan referme la porte derrière lui et me lance un regard qui me cloue sur place. Profond, lumineux et torride… Tout un programme.

⛵

Alors que je n'attendais que lui, une vague de timidité s'empare de moi, maintenant que nous voilà face à face. J'ai du mal à croire que ce matin a réellement existé. Mais c'est le cas. Pour mon plus grand plaisir. Cependant, l'intimité toute neuve qui a pris place entre nous change tout. Il n'est plus un simple ami. Et pour être honnête, je ne saurais nommer ce que nous sommes à présent. Amants ? C'est un peu rapide, il me semble. Petits amis ? Je ne le pense pas non plus.

Non pas que cette histoire d'appellation soit primordiale. Je m'en fous un peu, et même beaucoup pour être franc. Simplement, ce qui reste dérangeant, c'est l'attitude que je suis censé adopter. Dois-je lui sauter au cou et à la braguette ? Ou, au contraire, rester assis entre mes oreillers, calme et stoïque ? Ou bien réagir comme avant, en pote ? C'est quoi, la norme ? J'aurais dû en parler à Chloé plutôt que d'écouter ses conseils, dont je suis bien assez conscient et qui ne m'ont avancé en rien, finalement.

Y a pas à dire, je suis vraiment pitoyable.

Devant ce manque absolu de connaissances techniques, je me vois dans l'obligation de m'en remettre à lui, encore une fois. Je me contente de l'observer d'un œil incertain alors qu'il s'adosse au mur de la salle de bains. Les mains enfoncées dans les poches de son bermuda, il penche la tête en tentant de me sonder.

– Ça va ?

Sa voix est atrocement douce et protectrice, me conférant instantanément l'envie de retrouver l'espace confortable et addictif de ses bras. J'en pleurerais presque tellement j'en ai besoin. Je hoche la tête, subjugué par la pensée soudaine que cet homme en face de moi est bel et bien Milan, et que je suis arrivé à toucher mon rêve du doigt ce matin. Et de la paume, aussi. Et de la langue.

J'ai branlé mon rêve… C'est incroyable…

Je tends machinalement la main vers lui. Parce qu'il est trop loin et que j'ai encore envie de goûter à cette utopie, qui ressemble de plus en plus à la réalité. Pour m'assurer que je ne me trouve pas en plein trip provoqué par les antidouleurs grecs que le capitaine me force à avaler depuis deux jours.

Il soupire de soulagement et me rejoint. Doucement, il me prend dans ses bras, comme si j'étais plus précieux qu'un vase Baccarat, en s'installant contre mes oreillers. Je me love contre son torse, une main timide posée sur son polo, sur son cœur.

Ses lèvres trouvent mon nez et y déposent une nuée de baisers presque surréalistes. Je ferme les yeux, au comble de mon bonheur. Ai-je vraiment droit à tout ça ? Ne vais-je pas me réveiller dans quelques instants pour réaliser que rien n'était réel ?

Je ne m'attendais pas à cette douleur. Qu'est-ce qui ne va pas chez moi ? J'ai rêvé de lui, et maintenant qu'il est là, au lieu de simplement oublier l'univers tout entier pour me noyer dans l'extase absolue, je tremble presque de perdre ce que je viens à peine de découvrir. Je devrais savourer sans me poser de questions. Mais voilà, il y a cette ombre, ce mensonge stupide qui me terrorise un peu. Il est peut-être temps ? Maintenant serait sans doute le moment parfait. Avant d'aller trop loin… Je dois pouvoir assumer cette histoire. Il pourrait comprendre sans trop de problèmes…

– Les parents sont partis chez Lekoiri. Nous devons les retrouver là-bas dans un peu plus d'une heure, avec les filles.

Donc, le sujet est lancé. Dans quelques minutes, peut-être…

– Ah ? Nous y sommes obligés ?

Ses doigts s'aventurent sur mon dos, légers en envoûtants.

– Je crois que oui. Nous partirons en Jet-ski. Le mec possède une plage privée en contrebas de sa propriété…

Super… moi, tout ce que je vois, c'est…

– Une heure ? C'est tout ?

Il s'esclaffe…

– C'est déjà pas mal, non ?

Non ! C'est nul ! Je plonge mon visage contre son cou, vu que le temps nous est compté, profitant de son parfum et de sa chaleur un maximum. J'ai des batteries « spéciales Milan » à recharger, moi. Il ne se rend pas compte…

Il attrape mon menton et me force à le regarder.

– Eh ? Tu es certain que tu vas bien ?

Ses yeux clairs m'examinent, cherchant à lire en moi. Je peux comprendre son désarroi. Je ne suis pas censé être raide dingue de lui, puisque je le suis d'un autre. Je ne suis donc pas non plus censé avoir besoin de lui à ce point, ni me sentir perdu dans cette vague de sentiments qui me submerge. Normalement, selon ce qu'il croit savoir, je devrais, au pire, être ému et troublé par la nouveauté d'être avec un homme. Éventuellement un peu chamboulé parce que nous sommes amis depuis toujours. Mais en aucun cas au bord des larmes parce que je me sens nul et minable, tout en me sentant également heureux et au bord de l'extase mentale grâce à sa simple présence.

Pour résumer, je suis censé bien vivre cette aventure, avec légèreté et bonne humeur. Sauf que mes yeux me piquent, mon cœur bafouille et mes mains tremblent… De plus, ma voix s'est fait la malle et je suis incapable de prononcer quoi que ce soit. Je ne m'attendais pas du tout à une réaction pareille. C'est dingue. Totalement débile.

Il m'adresse un regard affectueux pendant que son pouce caresse ma joue.

– Eh… Détends-toi, ce n'est que moi…. Milan.

La bonne blague ! Ce n'est « QUE » lui… mais c'est bien ça le problème, justement ! Il faut que je vide mon sac. Pour lui, pour moi et pour dissiper cette tension qui gâche tout. Dès que je retrouve ma voix, je balance.

Sauf qu'il n'attend pas du tout que cela se produise. Il attrape ma main et embrasse mes doigts.

– Tu n'as pas à te stresser, Em… J'adore ce que tes doigts m'ont fait tout à l'heure… J'y pense depuis que nous sommes sortis de cette douche.

Et moi donc ! Mais…

– Je ne… J'ai du mal à réaliser… C'est bien toi ?

Ses lèvres se retroussent devant cette phrase débile à souhait… Qui transcrit pourtant la stricte vérité… Il soupire et se décide à embrasser mes lèvres, retrouvant ma langue pour jouer avec elle… Je ferme les yeux, renversé par ce baiser que je n'attendais pas.

Est-il possible que chaque baiser soit meilleur que le précédent ? Est-ce que c'est pareil pour le sexe ?

Il rompt notre baiser pour souffler entre mes lèvres…

– Oui, je crois que c'est bien moi… Je pense savoir comment rendre tout ça bien réel…

Je n'ai pas le temps de me perdre dans des questions inutiles. Il nous fait glisser sur mon lit en position allongée et s'occupe de la suite, plus que prometteuse.

Il dirige ma main sur son ventre, sous son t-shirt. Mes doigts trouvent sa peau pendant qu'il les guide sur ses abdos lisses et vallonnés. Il s'allonge sur le dos et m'invite à le surplomber d'une main sur ma nuque, sans quitter mes lèvres.

– Touche-moi, Em... Découvre-moi.

Bordel... J'hésite un moment... Je devais lui parler... Mais je bande déjà plus que de raison, et... Sa propre main trouve mon ventre sous mon polo et remonte vers ma poitrine... OK, la parlotte, on verra plus tard...

Je me redresse sur mon coude pour surplomber son visage, osant un baiser emporté, ma langue envahissant son espace, décidant du rythme et de tout le reste. En espérant que ce soit ce qu'il faut faire. Sa main se crispe dans mes cheveux. Sa respiration s'accélère, m'encourageant à continuer.

Mes doigts trouvent naturellement le petit renflement, presque imperceptible, de sa cicatrice et la longent, la caressent, encore et encore. Cette marque qui nous appartient... Qui m'appartient à moi.

Ses doigts s'accrochent à mes cheveux. Il pousse un gémissement profond au fond de ma bouche et me fait perdre ma retenue. Heureux de lui faire cet effet, j'oublie qui je suis et tout le reste pour me laisser guider par mon instinct. Je glisse une cuisse sur la sienne et presse fortement mon érection contre ses muscles. Ma main délaisse sa cicatrice pour trouver cette bosse qui déforme son bermuda. Et je fais comme pour moi. Je passe ma paume déterminée sur le renflement, appuyant aux endroits stratégiques, violant de plus en plus sa bouche, emporté par la passion et l'envie de lui, de plus en plus forte, de plus en plus bestiale et incontrôlable. Je me fous du reste. Si je me plante, il ne pourra pas dire qu'il n'était pas prévenu.

Mon bassin s'agite tout seul contre sa cuisse, me soulageant partiellement de cette envie qui fait bouillir mon sang de façon incroyable. Je crois que je vais vite devenir accro au sexe. Chaque petit instant est délectable, sensationnel, parfait.

Mes doigts palpent son membre qui ne cesse de durcir sous le tissu. Il m'appelle, c'est certain. En nage, je stoppe notre baiser, fou de passion.

– Ouvre ton bermuda !

C'est moi qui ai dit ça ?

Il m'observe un moment, surpris je pense, mais juste avant qu'un rouge carmin n'investisse une nouvelle fois mes joues, il m'offre un sourire obscène et s'exécute de bonne grâce. Il se débarrasse totalement de ses fringues en un temps record puis se rallonge devant moi.

– Fais de moi tout ce que tu veux, Em…

Cette voix rauque… *Mamma mia !* Je ne m'attarde pas et reprends mon exploration de son corps. Parce que c'est ce dont je rêve… C'est au-delà du beau. J'embrasse son cou, goûte sa peau et découvre la texture de son épiderme, laissant ma main frôler son torse et ses tétons durcis, découvrant ses réactions lorsque je m'y attarde. Il déglutit et bloque son souffle pendant que je les caresse l'un après l'autre, recouvrant son épaule de baisers urgents et gourmands.

Mon entrejambe a retrouvé sa cuisse et se masse presque tout seul dans une cadence rapide. Il tend la main vers mon bermuda, mais je m'écarte. Je veux pouvoir profiter de lui et de son corps, apprendre à le connaître sans avoir à gérer un orgasme qui va une fois de plus me faire perdre une quantité de méninges impressionnante. J'ai joui deux fois ce matin, et lui, une seule… J'ai beau être novice, j'ai envie de tenter des trucs. J'en ai tellement rêvé qu'il est plus que temps de relier songes et réalité.

Ma langue descend sur les tétons déjà malmenés et ma main valide caresse sa hanche, explorant ce creux entre la naissance de la cuisse et le bas du ventre, longeant ce sillon pour découvrir ses testicules contractés.

Il jette une main sur mon dos et attrape l'une de mes épaules subitement pour s'y accrocher, tendu et haletant.

– Je te préviens, j'ai beaucoup, beaucoup envie de toi, Em…

Je souris, fier, en pressant ses deux bijoux, son corps se cambrant sous mes doigts. Enhardi par ses réactions ultras bandantes, je saisis sa queue. Je suis déjà accro à la douceur de sa peau, à sa forme plus large que la mienne, à ce gland différent du mien… et surtout, à ce soupir sensuel qu'il laisse échapper en s'offrant à moi.

– Em… embrasse-moi.

Il quémande… Milan me quémande un baiser…. Bordel, c'est vraiment en train d'arriver ! Je me redresse et retrouve ses lèvres, affolé par tout ce qui bouillonne en moi. Il fait ça. Il dégomme mon esprit, échauffe mes sens, affole mon cœur et malmène ma raison. Il le fait… tout en ne faisant rien. Milan Doucet est un magicien merveilleux.

Il attrape mes joues, reprenant les rênes de notre baiser en m'imposant une cadence haletante et fougueuse. Mes mouvements de poignet sur son sexe s'affolent et mes doigts se resserrent au risque de lui faire mal. Je le branle avec indécence et emportement, sans aucune pitié pour son self-control, qu'il a déjà mis à rude épreuve sous la douche ce matin. Je sais très bien qu'il m'a attendu. Et ça ne le rend qu'encore plus sexy et attirant. Ça confirme ce que je savais déjà : il est parfait.

Mais cette fois, c'est moi qui l'attise. Moi qui décide. Moi qui découvre et me repais de ses réactions. Il écarte les jambes et soulève le bassin pour accélérer mes mouvements. Ses mains glissent sur ma nuque et sa langue malmène la mienne. Il souffle, soupire, frémit et se liquéfie entre mes bras, sous mes doigts, réveillant mes sens et attisant comme jamais mon envie de jouir. J'en suis d'ailleurs tout proche. Ses ondulations volontaires contre mon propre sexe agissent tout autant qu'une main emportée, je gonfle et durcis de plus en plus, un orgasme cherchant déjà à me renverser violemment.

Notre baiser devient torride, ce lit notre bûcher, notre étreinte un brasier ensorcelant. Je me laisse fondre au milieu de ses bras et perds le sens des réalités au cœur de son désir. Je le touche, suis son besoin et m'accorde à son souffle, fusionnant avec son plaisir.

La cabine tourne autour de nous, plus rien n'a de sens. Nous devenons le centre de notre propre univers et oublions tout le reste. La sueur perle dans mon dos, mes muscles se crispent autour de lui et mon cœur attend son plaisir pour s'accorder le sien.

Ses traits se tendent, ses lèvres s'immobilisent et ses doigts s'emmêlent à mes cheveux… tout se fige, sauf ma main qui accélère sur sa queue. Un rugissement étranglé monte depuis ses entrailles pour percuter mon cerveau, son corps se cambre violemment contre le mien, il rejette la tête contre l'oreiller et se laisse prendre par son orgasme, perdant toute retenue… Il est tellement magnifique que j'en oublie tout ce qui se passe en moi et jouis de plénitude au même moment, dans mon caleçon. Il est tellement magnifique…

Je m'affale contre son torse, en nage et hors d'haleine. Il m'étreint d'un geste épuisé et roule sur le flanc pour m'enlacer et me presser contre lui, me recouvrant de baisers et de caresses tendres et affectueux. J'embrasse sa peau, me gave de tout ça et commence à réaliser que même si avant je pensais l'aimer, à présent je le vénère, je l'admire, je l'adore… bref, j'en suis raide dingue, totalement fou, éperdu d'amour, transi… Dans la merde quoi ! Il faut que je parle, que j'avoue… Mais pas maintenant. S'il doit me repousser ensuite, autant que je garde quelques souvenirs merveilleux et intacts.

Quelqu'un frappe à ma porte. Je rêve ! Je déteste la promiscuité !

– Oui ? Quoi ?

– Les gars, c'est Elsa ! On va devoir y aller. Ce serait malvenu de nous faire attendre !

Milan, les yeux clos, grogne contre mon épaule en resserrant ses bras autour de moi. Il est poisseux, et je le suis aussi… Il va effectivement falloir qu'on bouge parce qu'une énième douche s'impose. Je pose ma tête sur la sienne en caressant son dos.

– OK. Laisse-nous 20 minutes ou partez avant.

– Non, on vous attend. Je fais mettre les jets à l'eau. Grouillez-vous !

– OK !

Les dents de Milan mordillent mon épaule…

– Je ne supporte plus cette croisière… Je te veux… toi… sans interférence…

Je me fige, prêt à exploser de bonheur, mais lui aussi se raidit avant de s'écarter de moi, mettant fin à notre câlin.

– Enfin… Tant que c'est possible, bien entendu… Je retourne dans ma cabine prendre une douche.

Il enfile son caleçon rapidement, récupère ses fringues et disparaît sans se retourner. Merde…

Chapitre 6 ~2

Sweet Summer

Plusieurs jours plus tard, en pleine mer Égée.

<u>Milan</u> : Hello tout le monde.

<u>Marlone</u> : Milan ? Non, je rêve ! Alléluia, il est toujours vivant ! Jouez hautbois, résonnez quéquettes !

<u>Dorian</u> : MUSETTES ! Pas quéquettes !!

<u>Marlone</u> : Ah, merde ! MDR.

<u>Dorian</u> : Espèce de fou ! MDR ! Salut Milan ! Nous en sommes à quoi ? Deux jours de stand-by ?

<u>Valentin</u> : Trois ! Ça a dû baiser sévère sur le rafiot, moi je vous le dis ! Mais 15 h 53, quel étrange horaire pour se parler... Ça fait bizarre... c'est presque comme si nous étions normaux... D'habitude, je vous parle en position allongée, sous ma couette. Et là, je suis debout au milieu du rayon bikini... Déstabilisé complet ! Vous croyez que si je m'allonge sur le banc de la cabine d'essayage, ça peut le faire ?

<u>Marlone</u> : Vas-y, tu t'en fous. De toute manière, t'as fini ta mission dans quelques jours. Envoie une photo par contre...

<u>Dorian</u> : Essaye un bikini pour la photo.

<u>Valentin</u> : Ouais... je vais rester debout. Bon, Milan, que nous vaut ce point à cette heure indue ?

<u>Milan</u> : Désolé. Je viens à peine de retrouver le réseau. Je ne pouvais pas attendre demain.

<u>Dorian</u> : Oh... On a un souci, je me trompe ?

<u>Milan</u> : Pas vraiment.

<u>Milan</u> : Enfin, non.

<u>Milan</u> : Mais si, peut-être.

<u>Valentin</u> : Mon Chaton... Raconte-nous... tu veux un câlin ?

Marlone : Merde, mec, il se passe quoi ? Attends, je sors du pieu. (Oui, moi je suis encore au lit... vacances, vacances...) Ça me manquait presque ces réveils en famille...

Milan : Bon, déjà... Je suis désolé, mais je ne captais plus. Le relais wifi de *La Gironde* est tombé en rade.

Valentin : Merde. Pas grave, on a compris, t'inquiète. Va à l'essentiel... Raconte.

Milan : Emeric... Il est... génial...

Dorian : Aaaahhh, ça veut dire qu'on est passés aux choses sérieuses ?

Marlone : Champagne !

Milan : Oui... enfin, sérieuses... disons qu'une certaine intimité s'est installée, oui.

Dorian : Mais ?

Valentin : Intimité... peux-tu préciser un peu ? Il est question de :

Bisous fiévreux et bandants ?

Jeux de mains ?

Jeux de trous ?

De bouches ?

De tout mélangé (la totale) ?

Cochez les mentions utiles, plusieurs choix possibles, merci ☺

Milan :

✓Bisous fiévreux et bandants ?

✓Jeux de mains ?

Jeux de trous ? NON

De bouches ? NON

De tout mélangé (la totale) ? NON

Marlone : Ah, OK. Donc, on n'avance pas des masses.

Milan : Non, ce n'est pas le problème. Il est vierge, je ne veux pas le presser. Et il se démerde vraiment bien, je n'ai pas à me plaindre. De toute manière, je ne compte pas aller jusqu'au bout avec lui.

Valentin : L'élève dépasse le maître ? Pourquoi pas jusqu'au bout ? Tu te ramollis ou quoi ?

Milan : JAMAIS ! MDR... Enfin, peut-être... En fait, j'adore l'initiation, et j'ai l'impression d'être ultra précieux. D'exister, quoi. Il me regarde, il me voit... enfin, bref. Je crois que je suis salement atteint. C'est justement ça, le problème.

Dorian : Pourquoi serait-ce un problème ? C'est cool, au contraire, non ?

Valentin : Même si je ne comprends toujours pas le concept de l'amour éternel qui renverse, je suppose que ça doit être mortel ? Non ?

Marlone : Tu y viendras, Val...

Valentin : Mouais. Bon, Milan ?

Milan : En fait, ça pourrait être top, effectivement. Avec lui, je me sens à ma place. Mais, le problème, c'est que je n'y suis pas. Je rappelle qu'il y a cet Antoine.

Marlone : Ah ! Antoine... Mais Antoine... je veux dire, c'est qui ce mec ? Il en a dit + ?

Valentin : J'avais bien une idée, mais j'avoue que les signaux sont assez contradictoires.

Dorian : Idem... Je ne suis plus très sûr...

Milan : Non, il n'en a pas parlé. Et je n'ai rien demandé. Peu importe qui il est. Je ne me sens pas légitime. J'ai l'impression de... je ne sais pas. C'est d'ailleurs pour ça que je ne tente rien au-delà des petits jeux tranquilles. Ce n'est pas ma place et je suppose qu'il préférerait que... enfin, que je sois un autre.

Marlone : Franchement, je crois que tu te trompes, Milan. Il est adulte et il sait prendre ses décisions. Pour ma part, je pense que le sujet « Antoine » ne doit pas te déstabiliser. C'est à lui de gérer ça, pas à toi.

Milan : Oui, et si justement, il choisissait le sujet « Antoine » comme tu dis ? Je le vivrais très mal. Je VAIS le vivre très mal, car, quand même, il m'a bien expliqué qu'il était fou de ce type. Je ne fais pas le poids.

Dorian : Je suis certain que tout n'est pas si simple, Milan. Et nous ne connaissons même pas ce type. Pourquoi ne lui demandes-tu pas plus d'infos à ce sujet ?

Milan : Parce que je ne veux pas entendre la réponse. Je suis lâche sur ce coup. Je ne veux pas que ça s'arrête… Il nous reste quelques jours. Si j'étais moins attaché à Em, j'abandonnerais sur-le-champ, mais je ne peux pas… C'est trop tentant. Et je me dis que tenir un peu, c'est mieux que rien, non ? Mais en même temps, à chaque fois, c'est pire. Il faut que j'arrête mes conneries, mais je n'y arrive pas.

Valentin : Moi, je me dis que tu as raison. Ce qui est pris est pris. Va savoir, ce que vous vivez va peut-être tout changer ? Et pour moi, cet Antoine est un faux problème. Ne lâche rien, Milan. Parfois, il faut enfoncer les portes pour avoir ce que l'on veut. Crois-moi.

Dorian : Écoute Val, je suis d'accord avec lui. Au pire, tu auras passé un bon moment. Au mieux, tu auras peut-être une bonne surprise. Et qui que soit cet Antoine – qui à mon avis n'est pas si dangereux que ça – il ne peut pas faire le poids face à toi, mon biquet. Fonce et stoppe les questions inutiles.

Valentin : YOLO, mec ! Bouffe la vie, et bouffe-lui le cul au passage !

Marlone : Han ! Je suis choqué ! Val !

Dorian : MDR !

Valentin : OK, alors bouffe-lui la queue. Ça passe mieux, Marl ?

Marlone : Ah ça, ça dépend des préférences de chacun. Perso, j'aime bien les deux… Fellation VS Anulingus, le combat des titans…

Milan : N'importe quoi ! MDR !

Dorian : Bon, je crois qu'on dérape… Je vais aller poser la question à mes clients…

Valentin : Je vais lancer un sondage Facebook !

Marlone : Ouais ! Tague-moi !

Milan : OK… Merci les gars ! Je dois y aller.

Valentin : Tu rentres quand ? C'est bon, pour vendredi ?

Milan : Oui, sans problème. Nous arrivons à Athènes demain soir, et comme nos billets d'avion sont pour un vol le surlendemain, nous restons deux nuits sur place… Donc, retour mardi. On peut se voir avant.

Marlone : Parfait. On reste en ligne, de toute manière.

Milan : Évidemment. J'ai retrouvé le réseau, c'est bon pour moi. Bizz

Marlone : Ciao. Et fonce, Milan.

Valentin : Ouais, Fonce, on s'occupera du cas Antoine après… Schuss.

Milan

Je sors de ma cabine pour rejoindre les filles et Emeric sur le pont, attablés devant un tarot. Emeric me jette un regard affectueux quand je reprends mes cartes et ma place à ses côtés. Elsa nous jette un œil par-dessus ses lunettes.

– Vous savez que vous êtes trop mignons tous les deux ? Je pense que vous devriez en parler aux parents, les mamas seraient ravies…

Oui, parce qu'il y a ça aussi. Cette situation est bancale à plus d'un titre. Antoine, les parents qui ne sont pas au courant… Nous vivons cachés. Et sur un bateau, je confirme que ce n'est pas une mince affaire. Nous passons la nuit ensemble jusqu'à 4 heures du matin, puis nous nous séparons pour ne pas alerter qui que ce soit au réveil. Nous gardons nos distances le jour… bref. Il faut vraiment que je sois mordu pour accepter tout ça… parce que, pour ma part, mon homosexualité, je l'assume depuis des années et je n'ai rien à cacher !

Mais Emeric traverse un moment compliqué de sa vie et je le comprends très bien. C'est d'autant plus compliqué que nous vivons en vase clos. Et s'il avouait maintenant, ce ne serait pas juste une histoire entre lui et ses parents, mais entre lui et six parents ! De quoi faire fuir quand on connaît la bande des mamas que nous nous coltinons… Et, ce qui n'arrange rien à l'affaire, je suis « l'autre ». Elles nous tomberaient dessus et nous étoufferaient jusqu'à la fin de la croisière. De plus, je ne suis pas son premier choix et notre histoire est vouée à une fin rapide, dès notre retour à Toulouse. Donc, est-ce vraiment utile d'affoler tout le monde pour « si peu » ?

Mon père passe à côté de notre table pour nous informer de l'avancée de notre retour.

– *La Gironde* va jeter l'ancre pour la nuit, les enfants… Nous sommes en avance sur le planning et notre arrivée à Athènes n'est prévue que demain soir. Donc, ce soir, c'est tranquille. Le capitaine m'informe que nous nous trouvons à proximité d'une petite île déserte… Les gars, ça ne vous rappelle rien ?

Emeric me lance un regard inspiré, devançant ma question muette. Je pose mon jeu.

— Yes. Un tour de jet, ça te dit, Em ?

Il jette ses cartes au milieu de la table.

– Oh, putain, oui ! J'en ai marre de l'immobilisme.

Chloé s'exclame :

– On vient avec vous !

Elsa, Em et moi lui lançons un regard assassin. Elle se ravise en bafouillant.

– Ah, ben non, c'est vrai… J'ai le mal de mer en jet-ski !

Mon père fronce les sourcils.

– Qu'est-ce que tu racontes ? Tu es toujours la première à sauter sur ces engins dès qu'on les sort…

– Oui, mais là, j'ai mes règles.

Elsa pouffe en posant ses cartes.

– Et je crois que nous avions une revanche à prendre au tarot, Pierre. La dernière fois, tu nous as plumées. Et on ne plume pas les Faubert impunément…

Mon père semble sceptique.

– C'est-à-dire que… je serais bien allé avec Cliff à terre, moi aussi…

Je sens Emeric se figer à mes côtés pendant que je réprime difficilement un gémissement de frustration. Chloé soupire en ricanant.

– Laisse tomber, Elsa ! La dernière fois, il a triché et du coup, il flippe !

– Quoi ? Ma petite, sache que je n'ai pas besoin de tricher, je suis bon naturellement !

– Ben voyons ! Bonne ballade, Pierre… La plage et les cocotiers sont plus sûrs pour ton ego. T'inquiète, on comprend.

– OK. Les gars, barrez-vous de cette banquette, on va voir si j'ai triché hier ! CLIFF ! JEAN ! Y a défi !

De peur qu'ils se ravisent, nous nous extirpons rapidement de cette banquette alors que le gang des pères nous rejoint plus vite que l'éclair. Elsa m'adresse un clin d'œil en récupérant les cartes jetées sur la table… J'adore cette femme.

Sentir les embruns fouetter mon visage et le vent balayer mes cheveux. Survoler la surface de l'eau à chaque vague. Sentir la puissance du jet entre mes mains. Me faire quelques frayeurs lorsque je surestime un peu trop les capacités de l'engin qui manque parfois de chavirer. Me régaler des bras et du torse d'Emeric, collé à mon dos parce qu'à cause de son poignet, il n'a pas pu piloter son propre engin. Le soleil, la mer, l'île paradisiaque que nous contournons pour échapper aux jumelles éventuellement utilisées par certains occupants de *La Gironde*… La perspective d'un petit moment juste pour nous deux. Les vacances, l'amour, la liberté...

Un sourire étire mes lèvres depuis le début de notre petite escapade, me faisant presque mal aux zygomatiques et effaçant toutes mes interrogations pour profiter simplement de l'instant. YOLO[8], comme dirait Val !

Je trouve une petite crique présentant un petit bout de sable, abrité par de la végétation, encadré de falaises relativement hautes et accidentées, mais accessible apparemment, uniquement par la mer… Je bifurque. C'est ici que nous devons être.

J'arrête le moteur du jet une fois posé sur le sable. Emeric me lâche la taille en sautant au bord de l'eau, les yeux brillants et les lèvres étirées dans un sourire enchanté.

– C'est trop beau ! Viens !

Je sécurise la position de notre engin pour éviter qu'il ne reparte en mer sans nous et le rejoins alors qu'il atteint le milieu du bras de sable, sous les feuilles d'arbres exotiques immenses.

– C'est vrai que c'est…

Je ne termine pas ma phrase. La passion d'Em a raison de tout le reste. Il abandonne la retenue qui nous étouffe sur *La Gironde* en se jetant sur mes lèvres, affamé. Ses mains sur mes joues m'ordonnent de me tourner vers lui et de l'embrasser. Je ne me fais pas prier, moi-même pétri de désir et de frustration.

Je l'enlace et le fais reculer sans quitter ses lèvres, remontant son t-shirt sur son torse pour lui retirer brusquement avant de le jeter à quelques mètres de nous. Mes doigts caressent ce corps qu'ils commencent à connaître jusqu'à s'arrêter à l'endroit exact qui le rend fou, ses tétons hyper réactifs avec lesquels j'adore jouer plus que de raison. Il réprime un frisson sensuel contre mes lèvres, puis ronronne alors que je ne lâche ni sa bouche ni sa poitrine. Il enroule ses bras autour de mes épaules et se laisse porter, totalement chaviré par la passion. J'adore qu'il soit aussi réceptif, autant en demande et tellement bandant dans ses gestes empressés.

Je passe une main dans son dos et le dirige en position allongée sur le sable, derrière un petit bosquet, à l'abri des regards indiscrets éventuels. Je me souviens des conseils des gars. Faire en sorte que

---

[8] YOLO: You only live once : On ne vit qu'une fois.

des deux, ce soit Antoine le perdant. Et pour ça... Autant lui donner de bons souvenirs. De merveilleux souvenirs...

Je l'étale sur le sable chaud et pose mes lèvres sur ses tétons, les léchant avidement, puis les mordant doucement, ne lâchant à aucun moment mon but : le faire mourir d'extase. Il halète déjà, les mains posées sur mes épaules, ses jambes s'écartant pour me laisser la place.

– Milan...

Mes mains effleurent sa peau, flattant sa musculature fine et parfaite, ses côtes, son ventre, ses abdos et, enfin, l'orée de son short de bain. Je l'attrape et le fais glisser de ses hanches à ses cuisses, ne tardant pas pour le retirer complètement, car nous sommes malgré tout sur une plage publique. Mes lèvres tracent un chemin sensuel depuis sa poitrine jusqu'à son nombril. Mes mains trouvent sa queue tendue. Je commence à bien la connaître, elle aussi. Sa peau soyeuse est devenue ma came, sa taille celle parfaite pour moi... et ce petit sursaut qu'elle fait à chaque fois que je glisse ma langue sur ses tétons... Jouissif...

Je remonte d'ailleurs chatouiller une nouvelle fois sa poitrine pour la sentir vibrer contre ma paume. Puis, j'abandonne ce point érogène pour descendre vers l'autre, celui que je n'ai pas encore goûté et que je me refusais de tenter pour rester à ma place. Mais ma place, je dois aussi la prendre. Pas juste accepter les restes. Et de toute manière, j'en meurs d'envie. Je ne vois pas pourquoi je me retiendrais. Surtout qu'il n'a pas l'air de s'en plaindre...

Ma bouche atteint son gland. Je marque une pause pour l'observer et demander une permission muette. Il redresse la tête, le regard voilé et magnifique, ses traits tirés de désir. J'ai ma réponse. Je pose ma langue sur son méat pour goûter le liquide qui s'en échappe. Il attrape mes épaules en gémissant lourdement, la tête en arrière.

– Putain ! Milan !

Je lèche son gland calmement, mes doigts pétrissant ses bourses tandis que les autres massent la base de cette queue magnifique, qui prend encore de l'ampleur sous le traitement. Je fais courir mes papilles sur sa longueur, m'enroulant à ce pieu qui me fait rêver et que je brûle d'enfoncer le plus loin possible au fond de ma bouche, au plus vite.

Mais avant, je prends mon temps. Je veux le voir défaillir. Je m'applique à des caresses légères, que je sais insupportables, car trop ou pas assez appuyées, promettant beaucoup sans jamais le donner, faisant monter trop lentement un plaisir qui ne demande qu'à exploser. Ses doigts labourent mes épaules et son bassin se soulève de plus en plus nerveusement, ses talons se plantant dans le sable pour accentuer ses gestes.

Je ne le laisse pas assouvir son besoin et continue ma torture langoureuse. J'aime qu'il gémisse, qu'il perde la tête. Et je sais quand ça se produit. Je continue mon petit jeu en réprimant ma propre envie de le dévorer, jusqu'à ce qu'il récupère l'une de ses mains pour la poser sur ses yeux en se mordant la lèvre. C'est son signal inconscient. Il est à bout.

J'enfonce sa queue au fond de ma bouche, le caressant de ma langue et le plongeant dans la moiteur humide qu'il ne connaît pas. Il pousse un cri d'extase qui résonne dans ma propre queue. Je déboutonne mon bermuda d'une main en creusant mes joues pour le pomper parfaitement. Mes doigts s'accrochent à mon sexe et j'adopte le même rythme sur les deux engins.

Ma victime se tend, soupire et ronronne, son avant-bras toujours posé sur ses yeux. J'aime cette vision, son ventre qui durcit, sa poitrine se soulevant difficilement, ses lèvres pincées, mordues, le plaisir déformant ses traits. Je pourrais éjaculer juste en le matant, en proie au plaisir. Emeric est torride, perdu dans son désir. Ma main, toujours sur sa queue, masse sa base pendant que j'aspire son gland. Je le lèche, titille son méat, l'enfonce et le ressors, le branlant vivement entre deux assauts buccaux. Il se tord d'extase en grognant, remue le bassin et tente de pénétrer davantage ma bouche, poussant de petits cris en secouant la tête. Bref, je crois qu'il la perd carrément.

Mes yeux n'arrivent plus à le lâcher, ce mec magnifique que je vais bientôt perdre.

Je redouble d'attentions, le suçant désespérément, le dévorant en ne lui laissant plus de répit. Tout comme à ma queue, sur laquelle je tire comme un forcené, lui assignant un traitement dur et brutal, tout en essayant de contenir cet orgasme qui me brûle les reins.

Ultra réceptif, Emeric est déjà au bord du gouffre lui aussi. Sa queue se tend et sursaute sous chaque attaque, son dos se cambre et ses abdos se tendent. J'accélère mes traitements en le poussant sans pitié au fond de ma gorge. J'enroule ma langue autour de lui, puis le lèche, le suce, l'aspire et le fais vibrer, encore et encore, dans un rythme furieux, lui imposant le plaisir ultime, celui que je serai le seul à lui donner pour toujours, parce que je l'aime et que je le connais parfaitement. Ma pipe a un goût de désespoir, je l'avoue, mais aussi de passion et de folie. Les limites sautent. Je le malmène tendrement et lui soutire de petits cris sensuels, lui occasionnant des séries de tremblements que ne semblent plus vouloir s'arrêter.

Tel un arc tendu, il soulève les fesses au-dessus du sable, pousse un cri de détresse et me supplie.

– Oui ! Oh putain ! Milan, je…

Je l'enfonce une dernière fois au fond de ma gorge en accélérant mes doigts le long de sa base. Il explose dans un rugissement qui m'achève et me fait abdiquer moi-même… Il se vide sur ma langue pendant que je me répands sur le sable. Il vibre contre moi pendant que je suis terrassé par une secousse puissante. Il s'abandonne, pantelant sur le sol pendant que je m'affaisse sur son ventre et ses cuisses. Il tend immédiatement les bras vers moi et je remonte à son niveau, le laissant m'enlacer, me serrer étroitement contre lui, contre sa poitrine tout aussi haletante que la mienne. J'enlace son cou et il embrasse mon front.

Nous restons ainsi alanguis le temps de retrouver quelques forces. Ses baisers, le ciel, la nature, le silence, la mer, sa peau, ses mains, ses bras… Lui, lui et encore lui. Je veux rester sur cette plage et oublier le temps qui nous éloignera très bientôt, les autres qui feront de même, tout ce qui pourrait nous séparer, et le retenir pour lui interdire de devenir un souvenir… Je ferme les yeux en enfouissant mon visage au creux de son cou. Mes mains agrippent sa hanche et mon cœur apprend le rythme du sien pour toujours le garder au fond de lui, emprisonner son essence et ne plus vivre que pour lui…

Sa main glisse timidement le long de mon ventre… Je la retiens.

– Non. Tout va bien…

Il réalise que je me suis déjà occupé de moi en riant.

– Oh ! Pardon, j'étais trop occupé pour le remarquer.

J'embrasse son cou. Même son rire, je l'adore.

– Aucune importance. Si tu y tiens, on retentera l'expérience… Et je t'obligerai à regarder… Pour le souvenir…

Il caresse mon dos en laissant passer un silence. Je sais que je ne devrais pas évoquer la fin, mais cette idée commence à m'étouffer. Chaque minute qui passe pèse de plus en plus sur mon âme.

Il soupire et embrasse ma tempe.

– Il faut que je te parle d'Antoine, Milan.

Je me crispe autour de lui sans oser le regarder.

– Non.

Non, je ne vois pas l'intérêt d'en apprendre plus sur ce mec dont je n'ai rien à foutre. Tout ce que je sais me suffit. Et peut-être même que c'est déjà trop.

– Non, quoi ?

– Pas maintenant, Em… Ce moment… tous les deux… que nous avons volé à *La Gironde*… Il n'appartient qu'à nous. Ne le donne pas à l'autre…

– Mais… Milan !

– Chut, Em, s'il te plaît ! Je ne veux rien entendre.

– Mais je t'assure que c'est…

Je m'extirpe de ses bras et me relève vivement.

– Et moi, je t'assure que non ! Tais-toi, OK ! Si tu ouvres encore la bouche pour me parler de ce con, je me barre et tu rentres à la nage, c'est clair ?

Je ne sais pas ce qu'il me prend, mais je pète clairement un câble. Me parler de lui… alors que je viens de mettre toute mon âme dans un acte que je considère comme plus que sincère. J'ai voulu qu'il l'oublie, et il n'attend pas cinq minutes pour en parler !

– Rhabille-toi, on rentre.

– Quoi ? Déjà ?

– Oui, déjà ! Je ne vois pas à quoi ça sert, tout ça, finalement.

– J'ai peut-être mon mot à dire, non ? Ce n'est pas parce que tu conduis que…

– Non. Pour le coup, tu n'as rien à dire. Et je ne te conseille pas de le faire ! J'estime que je respecte ta volonté de garder certaines choses secrètes, vis-à-vis de tes parents, par exemple. Alors, respecte à ton tour mon besoin de ne pas en entendre davantage. Ton mec, j'en connais les grandes lignes et je les ai très bien assimilées, t'inquiète pas pour ça ! Le reste, je n'en ai rien à foutre !

Je lui tourne le dos et ne l'écoute même plus en me dirigeant vers la mer pour me rincer. Merde ! Fait chier !

CHAPITRE 7 ~2

Sweet Summer

Valentin : Bonjour, vous avez demandé un réveil à l'aube. Il est 5 h 59, le temps est clair, la température extérieure est actuellement de 18 °C, les oiseaux chantent et les rues sont encore désertes… Votre ami Valentin, le bad boy toulousain, vous offre la douce mélodie chantante et enjouée suivante : DEBOUT BANDE DE FEIGNASSES !!!! 💀♪🍖♪💩♫ 💀♫🍖♪💩♫

Dorian : Val, nous sommes dimanche… Moi, je bosse. Mais pas toi…

Valentin : Je sais ! En fait, je rentre d'une soirée.

Marlone : Super ! Et c'était bien ?

Valentin : J'sais pas… Je viens de me réveiller sur un banc, pour tout vous dire.

Dorian : Tu as bu ?

Valentin : Dorian, j'étais en soirée. Alors oui, j'ai bu.

Dorian : T'as pris des trucs ?

Valentin : J'me rappelle plus, mais t'inquiète, ça va bien…

Dorian : Merde, Val ! C'est pas sérieux ! T'étais où ? Personne ne t'a touché ?

Valentin : Ouais, P'pa, c'est bon. Et je ne sais pas où c'était. J'ai croisé un vieux pote au kebab… J'avais rien à foutre, alors je l'ai suivi. Et voilà, je me réveille, frais comme un gardon, et je me balade dans les rues vides et silencieuses. Seul.

Marlone : Tu veux que je vienne ? Tu veux passer la journée avec nous ?

Valentin : Quoi, j'ai l'air aux abois ?

Dorian : Non, mais tu sais très bien faire semblant !

Marlone : Je passe te prendre.

Valentin : C'est bon, Marl, je rentre chez moi.

Marlone : Ta sieste, tu la feras en forêt. On part en rando. Il y a un lac et des oiseaux, tu nous attendras au bord de l'eau.

Valentin : Nan.

Marlone : T'as pas compris, c'est pas une question.

Dorian : Val, on sait comment ça finit tes conneries. Tu vas passer ta journée avec Marl ! Point barre !

Valentin : Ça y est, le gang des vieux en pleine action. MILAN ! T'es où ? Ils m'embêtent !

Milan : J'arrive, Val... Enfin, virtuellement. Va avec Marl et son mec, tu nous raconteras...

Marlone : Et je porterai mon bermuda très bas, tu pourras voir mes fossettes !

Valentin : OK, ça marche ! Tu passes à quelle heure ?

Marlone : Rentre chez toi, j'arrive dans 2 h.

Dorian : Val, ta mission : prendre ces foutues fossettes en photos.

Milan : Moi, je les ai vues !

Dorian : Ouais, c'est bon ! T'en es où toi au fait ?

Milan : J'arrive bientôt au port. Tout le monde dégage, les rêves et les espoirs d'abord... Retour à Toulouse.

Marlone : Oh là... Ça pue, ça.

Milan : Non, ça ne pue pas. C'est comme ça, c'est tout.

Valentin : Putain, mais va lui dire que tu le kiffes, que tu ne veux pas le lâcher, que c'est comme ça et qu'il n'a pas le choix ! Merde, Milan ! Ne passe pas à côté de la vie, toi qui as la chance d'en avoir une ! Fais-le pour moi, mec. Respire pour ne pas que je m'étouffe.

Dorian : Bon, Valentin... Marlone, tu passes le prendre quand, tu as dit ?

Marlone : Je prends un café et j'arrive.

Valentin : N'importe quoi ! Il est 6 h du mat !

Milan : Rentre chez toi, Val ! Je te promets que je respire si tu fais pareil.

Valentin : Certaines personnes naissent sans poumons, c'est comme ça. Ce n'est pas simplement l'histoire de vouloir, mais de pouvoir. Bon, je n'ai plus de batterie. Ciao !

Dorian : Valentin !

<u>Marlone</u> : Je viens te chercher !

<u>Milan</u> : Laissez tomber, il est parti... Merde.

<u>Dorian</u> : Marlone, tu veux que je passe ?

<u>Marlone</u> : Non. Je suis déjà dans la caisse. Je connais ses planques. Je vous bipe dès que je le choppe.

<u>Milan</u> : OK. Désolé de ne pas être là.

<u>Dorian</u> : Tu n'y es pour rien. Et toi, ça va ?

<u>Milan</u> : Je crois que je perds les pédales. Mais je peux gérer. Marl, tu nous tiens au courant !

<u>Marlone</u> : Yep. Je vous laisse.

Emeric

Je le trouve sur le pont, en bout de proue. Assis, les genoux repliés contre son torse et le regard perdu au loin. J'approche sans bruit et m'assieds derrière lui. Là, je pose mon menton sur son épaule en l'entourant de mes bras. Il sursaute en jetant un regard derrière nous.

– Tout le monde dort. Avec la cuite qu'ils se sont collée, on est tranquilles jusqu'à midi. Qu'est-ce que tu fais là ?

Il replonge son regard vers l'horizon.

– Et toi ? Il n'est pas 7 heures.

J'embrasse son cou. Son mal-être est palpable et me fait souffrir. Il faut que je lui dise qu'il est celui que j'attends. Je ne peux pas laisser la situation se détériorer pour des non-dits stupides. Je resserre mes bras autour de lui.

– Tu sais que tu es une chanson ?

Il pose sa tête contre la mienne avant de répondre d'une voix atone.

– Ah oui ?

Je caresse sa joue.

– Oui. *Wicked game*. Quand tu m'as embrassé la première fois, et toutes les suivantes, il y avait ces paroles dans mon esprit... « The world was on fire and no one could save me but you. It's strange what desire will make foolish people do[9] ».

---

[9] Traduction : Le monde était en feu et personne ne pouvait me sauver sauf toi. C'est étrange ce que le désir fait faire aux gens stupides.

Je laisse passer un moment, mais il ne réagit pas.

– Ça veut dire…

– Je sais ce que ça veut dire, Em… Mais tu sais… Oui, le monde est en feu. Et parfois, on ne peut pas sauver les gens… Certains n'ont pas cette chance.

Je recule.

– Comment ça ?

Il soupire en passant une main dans ses cheveux.

– Mon ami. Val. Il est tellement cassé. Sa vie est en feu, oui. Et souvent, nous oublions ce brasier qui ne s'éteint jamais. Mais il est bien présent. En ce moment même, Val est sans doute à moitié stone. Il a dormi sur un banc dans la ville. Personne ne sait où il est, il ne répond plus. Marl est parti le chercher, mais pour le moment, pas de nouvelles.

Je le force à s'appuyer contre mon torse et le berce doucement en ravalant mes mots, remettant à plus tard mes explications qui me semblent désuètes, tout à coup. Je caresse son front en embrassant sa joue.

– C'est un bon ami ?

Il opine plusieurs fois.

– Ils le sont tous. Dorian est notre pilier. Il a un moral d'acier. Il a élevé tous ses frères et sœurs, car sa mère n'est pas très stable. Marlone, c'est le feu, le boxeur au grand cœur. Et Val… Val, c'est notre petit cœur. Il est brisé de tellement de manières, que même s'il est plus vieux que moi, j'ai toujours envie de lui faire un câlin pour lui dire que tout ira bien… Mais qu'est-ce que je connais de ses souffrances ? J'ai toujours eu une vie normale. Je n'ai manqué de rien, là où il a manqué de tout. Je crois que je ne suis même pas en mesure de déceler le quart de ses douleurs. Mais j'aimerais tellement l'aider. C'est lui qui le mérite le plus. Il n'a pas de famille, peu d'amis, un passé inracontable, un boulot précaire… pourtant, il se bat. Tous les jours, il sourit et tente de trouver un but à tout ça. Et ça me touche. Tu n'imagines même pas à quel point. Alors, quand il nous dit qu'il a dormi sur un banc, seul, et qu'il s'en fout, ça me fait mal. Ça NOUS fait mal. Je m'inquiète, c'est tout.

– Je ne sais pas quoi te dire.

– Il n'y a rien à dire. C'est comme ça. Les cartes ne sont pas toujours bien distribuées.

Il pose sa tête au creux de mon cou, nostalgique. Je resserre mon étreinte. Il l'accepte et s'y blottit en frissonnant.

– Ça fait longtemps que tu es là ?

– Une heure, peut-être… Depuis qu'on a levé l'ancre. Je les ai aidés à remonter la voilure.

Il me désigne les voiles gonflées par le vent derrière nous.

– Tu devrais retourner au lit. On s'est couchés tard.

Même si cette nuit, il n'est pas venu dans ma chambre. Même s'il ne m'a pas proposé de le rejoindre. J'ai attendu, je suis sorti, puis je me suis planté devant sa porte au moins cinq fois sans jamais oser frapper. Et lorsque j'ai trouvé le courage, il n'y était plus. Il était là. C'était il y a dix minutes.

Il secoue la tête.

– Tant que Marlone ne nous a pas confirmé qu'il va bien, je ne dormirai pas. Je ne peux pas me vautrer dans un lit quand je sais que l'un de mes meilleurs potes erre seul au milieu de la ville.

Je caresse ses cheveux. C'est un des côtés de Milan que je vénère. Son grand cœur. Il ne laisse personne derrière. Ses amis, ses ex, même ceux qui lui font du mal. Il a une telle confiance en l'humain qu'il respecte plus que tout et prend le malheur des autres sur ses épaules. Je ne suis pas étonné qu'il fasse partie d'une association, et je suis certain qu'il en a aidé plus d'un à sortir la tête de l'eau. Il suffit de voir la manière dont il protège mon secret. Alors que toute cette situation lui pèse, c'est évident… Idem en ce qui concerne cet Antoine ridicule qui nous complique la vie. Depuis le début, il ne commente pas, et j'avoue qu'il m'a surpris hier sur la plage. Je ne pensais sincèrement pas qu'il en était autant touché. Ce qui prouve, indirectement, qu'il tient vraiment à moi.

Ce secret me ronge. Mais je ne trouve jamais le bon moment. Car plus le temps avance, plus une intimité s'installe entre nous et plus c'est compliqué. Je voulais lui en parler maintenant, mais ce n'est pas le bon moment. Il a la tête avec son ami, et je respecte ça. Je n'ai pas envie de me montrer égoïste en mettant son urgence de côté pour lui parler de mes petits mensonges minables. Je n'ai envie que d'une chose : le prendre dans mes bras et chasser sa peine. Le serrer contre moi, sentir son corps, essuyer les larmes de son âme et être présent. Juste présent, pour rien d'autre que lui.

J'embrasse son crâne.

– Viens… On va se recoucher.

Il secoue la tête.

– Non. Je suis bien là.

– Tu seras mieux sous une couette. Viens, je t'invite...

– Si les parents s'en aperçoivent, ils vont nous saouler pendant trois jours, Em... Je n'ai pas envie de ça.

– On leur dira que ton ami se sentait mal, que tu te faisais du souci et que tu es tout simplement venu m'en parler.

Il évalue ma solution quelques minutes et accepte ma main tendue. C'est déjà ça. Je l'emporte jusqu'à ma cabine.

Il retire son sweat et son bermuda puis se glisse sous ma couette. Je fais de même et le prends contre moi. Il pose sa tête sur mon bras, se love dans ma chaleur et pose son téléphone au-dessus de nous, sur l'oreiller. Je lui caresse le dos, les bras, la nuque et la naissance de ses cheveux, sans un mot, respectant son silence.

Nous restons ainsi un long moment, jusqu'à ce que son téléphone vibre. Il tend la main immédiatement pour le récupérer et soupire de soulagement en lisant sur son écran. Puis, il pianote quelques mots en m'expliquant :

– Il va bien. Il l'a retrouvé devant la porte de son immeuble. Ce con n'a pas réussi à sortir ses clés de sa poche, alors il s'est rendormi sur un banc. Marl l'emmène en forêt. Il va s'en occuper. Val retrouvera vite la force de se relever. Problème écarté. Pour cette fois.

Il lance son téléphone au pied du lit et se tourne vers moi pour m'enlacer. Il glisse son visage entre mon oreiller et mon cou en murmurant :

– Merci, Em. Maintenant, on peut dormir.

Il recule le visage pour atteindre mon nez, qu'il embrasse, comme d'habitude. Une fois à gauche, une fois à droite, et le dernier en plein centre. Je ne sais pas ce qu'il a avec mes taches de son, mais j'adore qu'il les adore. Dire que je ne pouvais pas les voir en peinture avant...

– Tout pour toi, Milan. Je suis ton ami, moi aussi.

J'embrasse sa joue alors qu'il se laisse retomber sur l'oreiller en fermant les yeux.

– Je sais.

Merde... Était-ce la meilleure chose à dire ? Comment l'a-t-il pris ? Il dort déjà. Je ne juge pas utile de le réveiller pour ça. Je le recouvre de baisers, puis remonte la couette et le fais glisser davantage contre moi avant de m'endormir à mon tour.

Milan

J'ai l'impression d'avoir dormi un siècle. Ma tête est lourde et engourdie. J'embrasse le cou d'Em encore plongé en plein sommeil et m'extirpe sans bruit de son lit, puis de sa chambre. Je manque de percuter Elsa qui passe dans la coursive.

– Eh ! Vous n'êtes pas décédés tous les deux ? On commençait à se poser des questions !

– Pourquoi ? Il est quelle heure ?

– Plus de 16 heures. Ne t'inquiète pas, Chloé a baragouiné un truc aux parents, comme quoi vous étiez plus ivres qu'eux hier et que tu n'as pas réussi à rejoindre ta chambre… C'est passé tout seul.

– Cool, merci. Je vais prendre une douche. J'ai la dalle.

– OK. Je vais te préparer un café, car je crois que les cuisines sont fermées. Nous sommes arrivés à Athènes, au fait.

– Merci. J'arrive dans dix minutes.

Je l'embrasse une nouvelle fois et rejoins ma douche, l'esprit embué et un peu abasourdi par cette sieste incroyable. Athènes. La fin du voyage.

Je repousse l'idée pour le moment. Quant à la sieste, c'est logique en fait. Cela fait bien quatre nuits que je ne dors que quelques heures, trop occupé par Emeric le reste du temps.

⛵

Elsa a tenu parole puisqu'un café et quelques viennoiseries m'attendent sur le pont. J'en ai besoin, car mon esprit n'arrive pas à émerger malgré ma douche. Il me faut un peu de calme pour mettre tout au clair : Val, Em et moi… Je consulte *Sweet Summer*, où Marlone nous informe que Val pionce sur un ponton au-dessus d'un lac et Val l'enjoint à aller se faire foutre parce qu'il ne pionce pas, il médite. Donc, tout va bien. Les affaires reprennent. Je réponds un truc bateau pendant que mon père, visiblement préoccupé, me rejoint à table.

Il ne prend pas le temps de s'asseoir ni de me saluer, mais va droit au but :

– Tu as de la visite, Milan.

Je repose ma tasse.

– Je te demande pardon ?

Mon père se gratte la barbe, de plus en plus embarrassé.

– Oui. Enfin, il faut que tu comprennes que je n'y suis pour rien…
mais j'ai dû lâcher l'info sans m'en rendre compte… Et puis, je
t'avais dit de solutionner le problème, ce qui n'a pas été le cas. Merde,
ces histoires de couple et tout le bordel m'épuisent !

– Euh, papa, c'est quoi le problème ? De quoi parles-tu ?

– Alexandre. Il est là.

J'avale mon bout de croissant de travers.

– Je te demande pardon ?

– Oui… soi-disant que je lui aurais dit de voir ça avec toi à ton
retour, en lui précisant que nous serions à Athènes aujourd'hui… Je
suis désolé, Milan.

Je prends mon temps pour comprendre.

– Alexandre. MON Alexandre ? Enfin, mon ex ?

Il hoche la tête.

– Je n'en connais pas d'autres. Écoute, il serait intéressant que tu
fasses ce qu'il faut. Le voir m'a fait un choc. Ce n'est pas bien ce que
tu fais, Milan.

– Attends… Ce que JE fais ? C'est une blague ? Il t'a raconté quoi
exactement ?

Mon père n'est pas au courant des détails de notre rupture. Tout ce
qu'il sait, c'est qu'au bout de 5 ans, nous nous sommes séparés et que
je ne voulais plus en entendre parler. Évidemment, il connaissait
Alex, puisque nous avons vécu 5 années en couple. Il s'y est attaché
j'imagine, même si ce n'était pas le grand amour entre eux.

Il se défend face mon emportement :

– Oui, enfin, je ne sais pas. Va le voir, expliquez-vous, et chacun
reprend sa vie. Va lui payer un verre en ville ou quelque chose. Cette
histoire ne nous regarde pas. Je n'ai pas envie de voir *La Gironde*
réduite en champ de bataille. Il t'attend sur le quai.

– OK.

Je n'ai pas à m'énerver contre mon père, car après tout, comme il
l'a précisé, ce sont mes histoires. Ma lâcheté, encore une fois, qui
donne ce résultat. Je m'essuie les mains, termine mon café, attrape
mon téléphone et vais chercher mon portefeuille dans ma cabine. Il

est temps de clôturer le sujet une bonne fois pour toutes. Comme si je n'avais pas assez de merdes à gérer...

Lorsque je remonte sur le pont, je marque une pause pour jeter un regard sur le quai. Effectivement, Alex se trouve là, attendant nerveusement, une clope à la main. Son allure me percute de plein fouet. Mon père avait raison. Il n'est plus que l'ombre de lui-même. Décharné, les yeux ombrés de cernes noirs et les traits tirés, j'ai l'impression qu'il a pris dix ans depuis notre dernière entrevue qui date de plusieurs mois. Une rencontre inattendue et malvenue dans un restaurant.

Il redresse la tête et nos yeux se croisent. La douleur profonde qui l'habite me désarçonne brutalement. Je perds un peu mes moyens, car je ne m'attendais pas à ça. Ni à sa présence, ni à son aspect et encore moins à sa tristesse tellement palpable. Je le connais si bien que je sais que ce n'est pas feint. Tel qu'il se présente là, il ne se cache derrière aucune armure ou faux semblant. Il est simplement là, seul, désarmé et en souffrance.

Comment ne pas mettre un genou à terre face à cet homme que j'ai aimé sans retenue pendant tant d'années ?

Une main se pose sur mon épaule. Emeric. Il plisse les yeux en l'observant, ne cachant pas sa hargne.

– Qu'est-ce qu'il fout là, lui ?

Merde, il ne manquait plus que ça !

– Je ne sais pas. Il veut me parler, d'après mon père.

Il renifle de dédain.

– Eh bien, il peut aller se faire foutre !

Je le détrompe rapidement.

– Je vais aller lui parler. Il n'a pas l'air bien.

Mon amant tourne ses yeux vers moi, ahuri.

– C'est une blague ?

– Pas du tout.

Il s'énerve immédiatement.

– Non, mais attends, Milan ! Ce mec t'a fait du mal ! Il était avec toi alors qu'il en voyait une autre !

Je ne supporte pas qu'on me dise ce que j'ai à faire. De plus, je pense qu'il est très mal placé pour la ramener :

– Ah oui ? T'as raison, c'est nul. Faut croire que je suis voué à ça… Me mettre avec des mecs qui en aiment d'autres. T'inquiète, c'est juste une question d'habitude, on s'y fait bien !

Je le pousse et m'engage sur la passerelle. Il attrape mon bras et me force à lui faire face. Son regard affolé cherche le mien.

– Je t'en prie, Milan, n'y va pas ! Il faut qu'on parle d'Antoine, avant ! C'est urgent !

– Urgent ? Je ne pense pas, non. Et je t'ai déjà dit que je ne veux pas parler de ce type ! D'autre part, j'ai ma dose de trucs chiants pour la semaine. Tu m'excuseras.

Ma mère arrive derrière nous, coupant notre conversation. Elle pose les mains sur les épaules d'Emeric.

– Ne t'inquiète pas pour ton ami, Chouchou. Milan doit parler à Alexandre. Il faut mettre un terme à cette histoire.

Em se débat.

– Non, mais ce n'est pas ça ! Milan, je te préviens, je…

Il me menace ? Sans déconner ? Je veux bien être compréhensif et mettre de côté certains éléments pourtant importants afin d'arrondir les angles, mais que personne ne s'avise de me dicter ou de m'imposer mes actes ! Je plonge alors un regard de défi dans le sien.

– Tu me « préviens » ? Je ne pense pas que tu sois en mesure de me prévenir de quoi que ce soit, Em. Moi aussi, j'ai une vie. Et pour ce que j'en sais, je n'ai besoin de personne pour me dire quoi en faire. Surtout pas toi. Pas dans la situation actuelle. Salut !

Je ne cherche pas à interpréter le regard de supplique qu'il m'envoie, tourne les talons et le laisse aux bons soins de ma mère. Une chose à la fois. D'abord, Alex.

Il m'attire dans ses bras dès que je pose le pied sur le quai. Devant Em, ma mère, et toute la petite famille qui, je le sais, n'en perd pas une miette. Putain, ce n'est pas simple. Je lui rends une accolade amicale, mais froide et retenue avant de prendre une certaine distance.

Je l'examine et son allure me tord le ventre. Lui qui a toujours pris soin de sa personne, comment a-t-il pu en arriver à un état pareil ? Machinalement, je passe une main sur sa joue pour m'assurer qu'il est bien réel.

– Qu'est-ce que tu fais là ?

– Milan, tu ne veux pas me lire… Il fallait que je te parle. Alors, quand ton père m'a dit que vous étiez à Athènes pour ces deux jours…

– Tu sais aussi que j'habite à Toulouse ?

– Oui, mais j'en avais marre d'attendre. Et ici... Je pensais que peut-être ce serait plus simple. Un endroit neutre.

Il me glisse un regard suppliant. Je soupire dans un signe de reddition.

– Viens, je te paye un verre.

Il hoche la tête et me suis alors que j'entame la remontée du quai, sentant le regard lourd d'Emeric dans mon dos. Je n'ai pas du tout envie de me donner en spectacle devant lui ni devant les autres d'ailleurs. Alexandre, c'est mon problème. Pendant un temps, il a été toute ma vie. Pas la leur.

Il ne se fait pas prier pour me déballer tout ce qui lui tient à cœur, dès que nos fesses se posent sur la terrasse du premier bar venu.

– Milan... Merci, merci de bien vouloir parler un peu...

Il attrape ma main, mais je lui refuse.

– Je veux simplement en finir, Alexandre. Va droit au but.

Il se mord la lèvre et demande deux pressions à la serveuse qui s'enquiert de notre commande.

– Toujours de la blanche ?

Je hoche la tête, bêtement déstabilisé par le fait qu'il sache toujours ce que je bois dans les bars. Il n'a aucun mérite, car j'ai bu de la bière blanche dans les bars en sa compagnie pendant cinq ans. Je sais moi aussi qu'en ce qui le concerne, il va au plus simple, parce qu'il préfère le rhum en Ti-punch d'habitude. Bref.

Il pose ses coudes sur la table et me fixe sérieusement avant de se lancer.

– Je voulais te dire que j'ai quitté Margot. Nous sommes en pleine procédure de divorce.

Je hoche la tête. Perdu. Je ne m'attendais pas à ça. Je ne sais absolument pas quoi en penser.

Devant mon silence, il se gratte la tête en ajoutant :

– Je sais que c'est stupide de croire que ça peut changer quelque chose, mais il fallait que je te le dise. Je... tu ne peux pas me reprocher d'essayer, n'est-ce pas ?

Il tente un sourire en cherchant ma main sur la table, que je récupère et cache entre mes cuisses. Je sais que je ne devrais que nourrir une haine profonde à son endroit, mais une part de moi ne s'y résout pas.

Il semble tellement perdu. Et je sais qu'il n'est pas mauvais, dans le fond.

Je cherche le bon ton pour lui répondre. Je n'ai pas envie de cette discussion. Elle me semble hors de propos et sortie d'un autre monde, auquel je n'appartiens plus du tout.

Mais il a fait cet effort de venir jusqu'à Athènes. Il semble réellement au bout de sa vie, et j'ai cette tendresse qui m'étouffe, cette envie de le soulager un peu... mais aussi de vider mon sac, de lui faire comprendre. Tout revient en moi, me submerge comme avant, sans que je ne comprenne réellement pourquoi je me montre encore sensible à cette histoire dont je croyais m'être sorti depuis des mois. L'amertume se mélange à la compassion. Plus rien n'est clair.

– Non, je ne peux pas te le reprocher. Mais... enfin, Alex... j'ai tellement d'autres faits à te lancer au visage... Ce que tu as fait, pendant cinq années, sans jamais ciller lorsque tu me regardais... Comment veux-tu que j'accueille ton retour forcé ici, face à moi ?

Ses yeux, noirs et brûlants, me scrutent longuement. Il assimile une nouvelle fois, semblant se rendre à l'évidence de ce qu'il savait déjà...

– Je sais, Milan. Tout est de ma faute... Mais j'étais sincère.

– Je sais. Et c'est bien pour cette raison que je ne t'ai pas laissé sur le quai tout à l'heure. Simplement, sincérité ou non, il n'en reste pas moins que tu as joué avec deux personnes. Je ne connais pas ta femme...

– Mon ex...

– Ta femme ! Elle l'est toujours, puisque le divorce n'est pas prononcé. Mais peu importe. Je ne la connais pas et je ne souhaite absolument pas la rencontrer, mais je suppose que tu lui as brisé le cœur, et sans doute la vie, sa confiance en elle, et j'en passe... Tout ça parce que tu ne t'assumais pas toi-même. J'aurais compris, si cela avait duré... allez, je ne sais pas... quelques mois ? Le temps pour toi de réaliser certaines choses et de mettre ta vie en place. Mais cinq ans, Alex ! Cinq putains d'années à mentir à tout le monde !

– Je n'ai pas menti sur tout ! Je t'aime Milan, c'est la vérité ! Étant donné que tu représentais ce que je désirais réellement : un mec qui aime les mecs. Avec toi, je trouvais mon équilibre, j'étais moi-même.

Je secoue la tête.

– C'est là que tu te trompes, Alex. Oui, tu te sentais bien, mais parce que tu pouvais assouvir cette partie de toi qui te brûlait l'esprit. Tu prenais sans doute ton pied au lit et tu te sentais libre. Mais celui que tu es vraiment, je pense que tu ne le connais même pas toi-même. Tu n'as pas besoin de moi. Tu as besoin de te concentrer sur toi, de définir tes attentes et tes envies. Tout seul. Et ensuite... tu pourras te reconstruire.

Il reste silencieux, alors je m'engouffre dans la brèche.

– Tu n'as pas à le faire seul. Il existe des associations, des médecins et des psychologues qui peuvent te guider. Mais moi, je ne le peux pas. Et je ne le désire pas non plus.

Je marque une pause pour peser mes mots, sans pour autant les alléger. Il faut qu'il comprenne.

– En ce qui me concerne, Alex, notre histoire est morte. Il y a trop de passif, trop de douleur. Je ne t'aime plus depuis le jour où j'ai découvert celui que tu étais vraiment. Je pensais que tu étais un mec droit et digne de confiance, mais ça n'a pas été le cas. Mes sentiments ont été brisés, mon cœur pulvérisé et moi-même, je me suis trouvé détruit. Il a fallu que je passe à autre chose et que je me reconstruise. Et ça s'est passé exactement comme ça. Je ne suis plus le même. Je ne compte pas redevenir le mec naïf auprès duquel tu as trouvé refuge. Tu vois, je n'utilise même pas le mot « trahison ». Je me considère comme celui qui t'a offert un refuge. Même si, à cette époque, je n'en étais absolument pas conscient.

Ses épaules s'affaissent.

– Mais... Je peux encore...

– Non, tu ne peux plus. Tu as détruit la confiance. Et elle ne reviendra jamais. Et même si tu me promets de tout faire pour la restaurer, que tu t'y tiens, moi je n'ai pas envie de vivre avec un homme qui se sent coupable, qui porte tous ses efforts dans des gestes et des preuves censées me rassurer. Ce n'est plus possible, Alex, c'est tout. Parfois, il faut savoir tourner la page.

Je remercie d'un geste de la tête la serveuse qui nous sert nos boissons avant de reprendre.

– Et si tu essayes de te montrer honnête avec toi-même, tu comprendras que si tu as pu me mentir aussi facilement, et pendant si longtemps, c'est que tu ne m'aimais pas assez. Parce qu'on ne trahit pas quelqu'un qu'on aime. C'est impossible.

Il ouvre la bouche pour rétorquer, mais je le coupe.

– Peut-être que tu le pensais. Je crois que je n'en doute même pas un instant... Mais tu le pensais, simplement. Ce n'était qu'un leurre.

Tu aimais surtout pouvoir assouvir tes besoins et ta nature profonde. Rien de plus.

Il ne répond rien et se contente de porter son verre à ses lèvres. Je reprends, plus doucement.

– Tu te raccroches à moi, ou à nos souvenirs, parce que c'est ce qui se rapproche le plus de la vie dont tu rêves. Mais, ce n'est pas encore ça. Et… je ne pense pas que tu sois prêt à fonder un foyer avec qui que ce soit.

Je fouille dans mon portefeuille et en sors une carte de *Sweet Home* que je pose devant lui.

– Commence déjà par là.

Il saisit la carte.

– C'est l'association dont tu faisais partie ?

– J'y suis toujours. Mais je ne suis pas celui que tu auras en interlocuteur, si tu appelles. Ce sera sans doute Jean-Eudes ou Magdalena. Ils savent écouter et ils ont pas mal d'expérience. Appelle-les.

Il réfléchit un moment, affichant un air accablé. Je reprends.

– Ce n'est pas une punition, Alex. C'est le début de ta vie. Si vraiment tu veux assumer cette part de toi, alors fais ce pas vers eux. C'est le plus compliqué. Après, tout s'enclenchera naturellement.

– Je t'y verrai ?

Je hoche la tête.

– Oui. Mais n'y va pas pour moi, tu perdrais ton temps. Je demanderai à ne pas être inscrit sur les mêmes plannings que toi pour les activités. Et je m'occupe le plus souvent des jeunes. Donc, aucune chance. J'y veillerai, compte sur moi.

Je marque une pause, puis reprends, parce qu'un élément vient de se figer dans mon esprit. Une autre preuve que notre couple n'était pas si uni qu'il le prétend :

– Tu sais quoi ? Comment est-ce possible que tu ne connaisses pas Jean-Eudes et Magda ? Que tu ne saches même pas que je m'occupe des ados dans l'asso ? Pendant toutes les années où nous étions ensemble, tu n'es jamais venu une fois aux portes ouvertes par exemple. Tu n'as même presque jamais rencontré mes amis. Une fois ou deux, par hasard, mais c'est tout… Et je réalise que maintenant que tu es parti, je les vois plus souvent, et que nos liens sont plus forts que jamais… Pareil pour l'association… Elle me tient à cœur, et tu n'es jamais venu…

Il tente de se défendre :

– Tu sais bien, je n'étais pas disponible je…

Je le coupe d'un geste de la main :

– Peu importe, Alex… Le résultat est là… En réalité, tu ne me connais même pas. Ma vie, mes amis, même mes parents… Tu ne sais presque rien… Notre couple était une illusion… Et c'est mieux que cette poudre aux yeux n'existe plus… Je suis plus heureux aujourd'hui. Plus moi-même… Jamais je ne repartirai en arrière.

Il repose la carte pour m'observer un moment.

– C'est vraiment fini alors…

– Oui. Mais si ça peut te rassurer, il y en a aussi de moi, tu n'es pas l'unique responsable.

Alex hausse un sourcil, intrigué.

– C'est-à-dire ?

– Je me suis rendu compte que même si entre nous c'était très bien, je n'étais pas le plus heureux possible. Je crois que mon cœur n'appartient qu'à une seule personne.

Il ne cache pas une grimace éloquente.

– Je t'en prie, ne dis pas ça.

Si. Je crois que j'ai besoin de nommer les choses, de les prononcer. Les écrire sur Sweet Summer, c'est une chose. Les penser et les ruminer sans cesse, c'en est une autre. Mais les prononcer, entendre les mots, les matérialiser… C'est encore différent. Et j'en ai besoin pour réaliser que tout est réel. Pour arrêter de me mentir à moi-même. Et tant pis si je brise le cœur de mon ex. Il ne s'est pas embarrassé de tout ça, lui, à l'époque. Alors, disons que je m'en fous si ça lui fait mal. Au moins, ça aura le mérite d'être clair et de lui signifier parfaitement les choses, au cas où il ne les aurait pas encore comprises.

– Si, je le dis. J'ai rencontré quelqu'un.

– Quand ?

– Il y a plus de vingt ans.

Il blêmit, puis fronce les sourcils.

– Tu me trompais ?

– Non ! Jamais ! Je n'étais simplement pas conscient de certaines choses. Aujourd'hui, je le sais. J'aime Emeric.

Il porte son verre à ses lèvres pour dissimuler son trouble avant de reprendre :

– Le fils de l'associé de ton père ?

Un peu étonné qu'il s'en souvienne, je cligne des yeux pour confirmer avant de continuer.

– Oui. En fait, je crois que tout nous lie, depuis longtemps. Il est sans doute le seul auprès de qui je me sens vraiment bien, sans jouer de rôle.

C'est tellement vrai… Contrairement à Alexandre à l'époque, Aujourd'hui, j'ai envie de présenter Emeric aux gars. Si je le pouvais, je le présenterais à tout le monde de ma connaissance, l'emmènerais partout, ne le laisserais certainement pas s'éloigner de moi tout le temps, et en serais malade s'il venait à partir, ne serait-ce que quelques jours… Et je VAIS en être malade dans très peu de temps, d'ailleurs… Cette idée me détruit le moral d'une force inimaginable… Il faut pourtant bien que je m'y fasse. Les heures tournent.

Il se gratte la barbe en m'examinant, sans parler, l'air profondément concentré. Je sirote une gorgée de bière en attendant qu'il se décide à répondre. Ce qu'il fait, au bout d'un court moment qui me paraît interminable.

– Mais… je ne t'ai jamais demandé d'être un autre que ce que tu étais, Milan. Ne me remets pas un truc pareil sur le dos !

– Non, bien sûr que non. Mais je l'ai fait, pourtant. Parce que je voulais être mieux, pour toi. Tu as six ans de plus que moi, j'avais peur de ne pas être à la hauteur. Pour te dire… j'adore faire du voilier. Et grimper aux mâts. Je suis un fan des courses de jet-skis. Je regarde des mangas sur Netflix. Et j'ai des potes extras que j'aime plus que tout…

– Tu ne m'en as jamais parlé !

– Effectivement. Parce que je trouvais ça enfantin de faire ce genre de choses. Parce que ce n'était pas ton truc et que je voulais te plaire, assurer malgré mon jeune âge.

– Mais, je n'ai jamais été contre rencontrer tes amis non plus, Milan. Je les ai d'ailleurs vus quelques fois.

– Je sais, mais je préférais que cela ne se produise pas. Ce n'est pas que j'avais honte, mais pour moi, le mélange de ces deux mondes n'avait aucun lieu d'être. Je sais que je me mettais mes propres barrières, et ça ne me dérangeait pas tant que ça. Ce n'était que quelques concessions… Surtout que je pouvais les fréquenter pendant la semaine. Donc…

Il pose son coude sur la table et son menton dans sa paume pour continuer à m'examiner, les yeux brillants, un demi-sourire retroussant ses lèvres.

– Quelques concessions, certes, mais qui faisaient de toi une autre personne.

– Voilà. Donc, pour en revenir à l'essentiel… Prends soin de toi. Règle tes problèmes. Mais ne me demande pas de revenir. Et ne t'acharne pas non plus. C'est tout sauf une bonne idée.

Il termine sa bière et passe sa langue sur sa lèvre supérieure, machinalement. Un tic chez lui qui me rendait dingue, à l'époque. Mais qui aujourd'hui n'a plus d'effet sur moi, à part me rappeler de bons moments. Cela confirme, définitivement, que j'ai bel et bien tourné la page.

Il sort un billet de sa poche et je tente de l'en empêcher, mais il insiste.

– Laisse. Je crois que c'est un moindre coût à payer pour comprendre pas mal de choses. Tu sais… je crois que, malgré ce que tu penses, je suis toujours amoureux de toi, Milan. Et même si auparavant ce n'était pas le cas, notre petite discussion de ce soir et la gentillesse dont tu fais preuve, alors que tu aurais été en droit de me cracher au visage, font de toi un être d'exception dont je viens de retomber amoureux.

Il sourit en tendant son billet à notre serveuse qui passe à côté de la table, puis reprend.

– Tu mérites tellement mieux que ce que j'ai pu te donner. Je viens de le comprendre. Donc, je ne peux que te laisser dans ta nouvelle vie. Tu mérites d'être le seul et unique amour d'un mec. Tu mérites quelqu'un qui ne vit que pour toi. Rien de moins.

Je termine ma bière en baissant les yeux. Oui, peut-être que je le mérite. Pourtant, ce n'est pas le cas. Je ne suis, encore une fois, que le bon second. Et comme ce que je lui ai révélé à propos de mes sentiments pour Emeric est véridique, je réalise que cette fois, je vais réellement morfler. Bien plus qu'avec Alex. Cette fois, je pourrais perdre Emeric l'ami et Emeric l'amant. Détruire cette unité familiale qui, même si elle m'insupporte, contribue également grandement à mon équilibre.

Alex me tire de mes pensées en relisant la carte de l'association.

– Et donc, ce sont eux les petits magiciens ? Tu ne m'as jamais raconté ce qu'ils avaient fait pour toi...

Je hausse les épaules.

– Dans les grandes lignes, pas grand-chose, en réalité. C'était simplement le fait de ne pas se sentir seul, et d'avoir une adresse au cas où, qui me faisait du bien. Mais moi, je suis un cas « gentil ». Il y a beaucoup plus grave et important...

Il semble plus qu'intéressé.

– Ah oui ? Raconte un peu ?

Je l'observe quelques minutes. Quelque chose dans son regard a changé. Il semble... serein. Comme s'il avait laissé tomber l'un des poids qui écrasaient son cœur. Il ne me semble plus dangereux. Et, pour être franc, parler un peu avec lui me semble une bonne idée. Je n'ai pas envie de rentrer sur *La Gironde*. Je n'ai pas envie de me poser la question, une nouvelle fois, à propos de l'endroit où je vais passer la nuit. Parce que ma raison me dictera de retrouver mon lit. Et ma passion, mon cœur et mon âme me dirigeront vers sa cabine à lui. Alors, j'oublierai tout, en un instant. Et j'aggraverai mon cas.

Il me semble qu'Alex m'offre également un moment pour respirer, hors de cet espace confiné qu'est le bateau. Une bouffée d'air et un moment pour faire le point. Et ça me paraît une excellente idée.

Je lève un bras pour appeler la serveuse.

– Je paye ma tournée ?

Il me sourit et hoche la tête. Alors c'est parti.

Emeric

Six heures du mat. Il n'est toujours pas rentré. Je me suis couché, puis relevé, puis recouché, puis relevé à nouveau. Enfin bref, je n'ai fait que ça, toute la nuit, pour finir par m'allonger sur la banquette du pont extérieur à me les cailler menu. Dans tous les cas, je n'aurais pas réussi à fermer l'œil. Ma fierté m'a empêché de lui envoyer des messages et je n'ai pas aimé la façon dont il s'est adressé à moi. Il m'a blessé, car jamais nous ne nous sommes parlé de cette manière auparavant. Puis, j'ai réfléchi, et j'ai compris que le plus blessé des deux, ce n'était pas moi. Je me maudis d'avoir menti et d'avoir monté un plan stupide avec cet Antoine, qui nous pourrit définitivement la vie. Il le vit mal. À juste titre. Et maintenant, ce petit mensonge que je pensais anodin l'a poussé dans les bras de son ex...

Je me sens tellement minable que j'en ai la nausée. Si jamais j'ai tué toute chance entre nous, je crois que j'en mourrai C'est d'ailleurs déjà le cas, car je sens mon cœur qui fatigue et mon âme qui se ternit. Je n'étais pas grand-chose avant lui et je ne serai plus rien après lui. C'est un fait plus que clair. Les minutes qui passent sans qu'il rentre débutent déjà le travail. Cette attente m'anéantit par petits bouts. J'ai l'impression de voir notre amour se disloquer et s'éparpiller dans l'eau grise de la mer Égée.

Des pas retentissent sur la passerelle accédant à *La Gironde*. Je me redresse vivement en l'apercevant à quelques mètres et saute sur mes pieds pour le rejoindre. Mais il ne m'entend pas approcher et sursaute quand j'attrape son bras, alors qu'il a déjà atteint la cabine de vie.

– Milan ! Tu étais où ?

Il se tourne vers moi, les cheveux en vrac, les traits tirés et les yeux injectés de sang. Il se dégage doucement de mon étreinte en soupirant.

– Em… tu devrais dormir.

Je secoue la tête.

– Non, pas quand tu es avec ton ex. Pas quand tu m'as rejeté juste avant de partir le rejoindre.

Les larmes me montent aux yeux. Maintenant que je suis bien réveillé, en face de lui, je réalise qu'il était effectivement avec l'autre et qu'il y a passé la fin de l'après-midi. Ainsi que toute la nuit. Je le sens me glisser entre les doigts. J'ai l'impression de naviguer en plein cauchemar, que le sol me brûle les pieds et que le plafond de cette cabine me tombe dessus. Plus rien n'est assez grand ni assez paisible pour me permettre de respirer. J'ai simplement envie de lui dire que je l'aime et que le reste ne compte pas. Mais je ne peux pas. Je n'y arrive pas. Les mots se bousculent au fond de ma gorge et restent bloqués sans jamais sortir. Je n'ai jamais dit ça.

Il soupire et tend la main vers ma joue. Sa paume réchauffe ma peau en la caressant. Mes yeux se ferment sous ce contact apaisant et familier. Les larmes coulent entre mes cils sans que j'arrive à les retenir. Parce que ce n'est pas un baiser fougueux. Ce ne sont pas des paroles réconfortantes. C'est un geste de regret, une douceur au goût d'au revoir, une chaleur qui tiédit déjà. Ma gorge se gonfle de sanglots et sans ouvrir mes paupières, je le supplie.

– Milan… il faut que je te parle d'Antoine… Il fallait que je t'en parle. Je… C'est…

– Emeric… Je ne veux pas que tu me parles d'Antoine. Je ne veux pas entendre qu'encore une fois, je suis le second choix. Ne vois-tu pas que ça me détruirait ? J'ai déjà supporté cet affront une fois. Je ne me sens pas capable de recommencer. Pas avec toi. Ne me demande pas ça.

J'ouvre les yeux pour apercevoir sa peine. Celle que je lui fais.

– Mais justement, il n'y a pas de raison et…

– Ah, ben te voilà enfin !

Isabelle, la mère de Milan, surgit dans la pièce par la porte des escaliers menant aux cabines, nous coupant encore une fois dans notre intimité. Je prends sur moi, très difficilement. J'en ai plus que marre de cette situation et de ces intrusions intempestives dans notre intimité.

Elle est suivie de près par ma mère et Astrid, qui se figent derrière elle, nous surprenant dans une position particulière. Mon visage en larmes, la main de Milan sur ma joue et mes doigts enserrant son poignet.

Ma mère pousse tout le monde pour nous approcher.

– Non, mais… Qu'est-ce…

Ses yeux passent de lui à moi, puis de moi à lui, sans que nous bougions, surpris et un peu perturbés. Milan pose son regard dans le mien pour tenter de discerner mes réactions… mais je n'en ai aucune. J'abandonne le combat. Tout est trop compliqué.

Ma mère reprend, alors que Milan se décide à laisser tomber sa main contre ses hanches :

– Que se passe-t-il ici, bon Dieu ?

Isabelle nous rejoint en deux pas.

– Milan, une explication ?

Ma mère ajoute :

– Et où étais-tu ?

Milan se tourne vers elle, les yeux lançant des poignards à toute la horde de mamas.

– Quoi ? Quelle explication ? Qu'est-ce que je dois vous dire, exactement ? Depuis quand dois-je rendre des comptes sur mes sorties ?

Sa mère pose les mains sur ses hanches, prête à l'attaque.

– Que fais-tu avec Emeric, Milan ? Je ne suis pas certaine que ce soit très correct de le toucher comme ça ! Emeric est ton frère ! Que nous cachez-vous ?

Astrid s'en mêle également.

– Cela fait plusieurs jours que j'observe votre manège à tous les deux… Les allers-retours la nuit, les tête-à-tête sur la proue, loin de nous… Il est temps d'avouer, jeunes hommes !

Milan me jette un regard agacé. Il n'ose pas répondre. Alors, c'est clairement à moi de parler. Et, en fait, je m'en fous. Il y a plus grave. J'ai juste envie qu'elles nous lâchent la grappe et retournent se coucher pour que je puisse terminer ma conversation avec lui.

– Oui. Bon, ben si vous avez compris, c'est parfait. Je suis gay ! Voilà ! Je suis gay. Mais pas de panique, je n'ai jamais rien fait, avec personne. Je ne t'ai rien caché, m'man ! Des questions ?

Je les toise avec le plus d'aplomb dont je suis capable. Parce que l'énoncer aussi clairement me décontenance et me perturbe. Mais je ne veux pas leur montrer cette faiblesse.

Ma mère ouvre les lèvres en O. Astrid porte les mains à sa bouche et Mathilde se tourne vers Milan, franchement choquée.

– Et toi, tu ne trouves rien de mieux à faire que de fricoter avec ton meilleur ami ? Mais qu'est-ce que c'est que ce bordel, Milan !? Emeric est plus jeune que toi ! Il est encore tout fragile et timide ! Et toi, tu en profites ? Tu me fais honte, mon fils !

– Tu as profité de son trouble ! Tu ne pouvais pas te trouver un Grec, comme tout le monde ?

Milan s'insurge en haussant le ton.

– Quoi ? Moi, je fais ça ? Mais Emeric n'est pas une oie blanche, je vous ferais remarquer ! Et je… Merde ! Je n'ai rien à dire sur ma vie privée ! Nous sommes deux adultes consentants…

Elles se mettent toutes contre lui, leurs regards perçants et pleins de reproches. Je m'en veux parce que je suis le réel instigateur de tout ça. Mais encore une fois, je reste muet, perdu parmi mes mots que je ne trouve pas assez vite ou que je n'assume peut-être pas encore. Tout se brouille dans mon esprit, et je deviens spectateur de mon propre coming-out, comme si je n'avais pas droit au chapitre. La situation me dépasse complètement… Je suis faible et je me déteste pour ça, alors que Milan assume sans ciller, le dos droit, la tête haute, le regard incisif et froid face à l'attaque virulente de nos mères.

– Des adultes ? Mais comment peux-tu découcher, alors que… enfin, visiblement vous avez partagé quelque chose tous les deux ! Sinon, Emeric ne serait pas en pleurs au milieu de la salle à manger !

Et tu étais avec Alexandre toute cette nuit ? À quoi joues-tu, Milan Doucet ?

– Milan, toi qui as déjà souffert, comment peux-tu faire souffrir mon fils ?

– C'est absolument honteux ! Et indigne de toi, Milan !

Ma mère s'approche de moi pour me prendre dans ses bras, mais je la repousse, trouvant enfin la force de vociférer à leur attention :

– Arrêtez ! Milan n'a rien fait, vous perdez la tête ou quoi ? Et arrêtez aussi de me prendre pour un gosse fragile ! Merde !

Ma mère rétorque en pointant mes joues de son index.

– Ah oui ? Adulte ? Quel adulte pleure comme ça, Emeric ! Je ne cautionne pas du tout cette histoire ! Milan, tu me déçois !

Milan ferme les yeux et les poings, essayant de contenir sa colère. Mais pas moi.

– Ne te mêle pas de ce qui ne te regarde pas, maman ! Et vous non plus, bande de commères ! Isa, ne parle pas à ton fils comme ça, car je suis autant responsable que lui, et ce ne sont pas vos affaires, putain !

– Surveille ton langage, Emeric ! Nous ne sommes pas vos copines, mais vos mères ! Et je ne vois pas pourquoi tu le défends alors qu'il vient très visiblement de passer la nuit dehors avec…

Je fulmine :

– Mais ce ne sont pas vos histoires ! Je ne le défends pas, c'est notre intimité que je défends ! Tout ceci ne vous regarde pas !

Isabelle s'emporte une nouvelle fois, sans écouter un traître mot de ce que je viens de dire :

– C'est n'importe quoi ! Qu'avons-nous fait pour que ça tourne aussi mal, Milan ? Où étais-tu, toute cette nuit ? N'as-tu pas pensé à Emeric ?

Il se frotte le visage, à bout de patience.

– Putain, M'man !

Il les regarde à tour de rôle.

– Vous savez quoi ? Allez toutes…

– Ne termine pas ta phrase, Milan Doucet, c'est un conseil !

Il dévisage ma mère.

– Un conseil ? Mais je me fous de vos conseils ! Comme je ne supporte plus d'être épié, ou d'être jugé. Tout autant que vous êtes, vous m'avez mis de côté le jour où vous avez appris mon homosexualité. Vous étiez où avec vos beaux conseils lorsque je me trouvais seul avec mes questions ?

Sa mère s'offusque.

– Nous ne t'avons jamais rejeté pour ton homosexualité, Milan ! Comment peux-tu sous-entendre une chose pareille ?

Il ne se laisse pas impressionner par la voix forte et autoritaire de sa mère et l'affronte sans ciller.

– Parfois, l'indifférence peut être pire que le rejet, maman ! Du jour où vous avez compris que je ne pourrais pas vous donner un petit-fils né de l'union de vos enfants, je n'avais plus d'intérêt à vos yeux ! Vous êtes tellement obnubilées par vos projets de belles familles soudées que vous faites chier tout le monde et en oubliez tout le reste ! Vous avez joué les marieuses avec tous vos enfants, mais comme je n'ai pas été dans votre sens, vous ne vous êtes plus intéressées à mes propres soucis... Même mon histoire avec Alex, vous l'avez survolée. Et même maintenant... Est-ce que l'une d'entre vous s'est demandé comment ça s'était passé ce soir avec lui ? Non ! Je ne compte plus pour vous, parce que je ne rentre pas dans vos plans débiles ! Comme si j'étais spécial, ou je ne sais pas quoi. Et maintenant, je dois écouter vos conseils ? Mais c'était il y a dix ans qu'il fallait les donner, vos putains de conseils ! J'ai dû aller les chercher auprès d'inconnus, dans une association, ces saloperies de conseils ! Maintenant, c'est trop tard ! Je me barre !

Il n'attend pas une seconde supplémentaire pour se diriger vers le pont inférieur en poussant nos mères de son chemin. Je me lance à sa suite, mais ma mère retient mon bras.

– Emeric, nous devons en parler.

Je m'extirpe sans douceur de sa poigne.

– Parler ? Mais vous venez de le faire ! Et c'était nul ! Honte sur vous ! Le seul qui a vraiment été là pour parler avec moi, c'est Milan ! Pas vous !

Je les pousse à mon tour et me précipite dans l'escalier. Milan a déjà atteint sa chambre, mais n'a pas fermé sa porte. Je le rejoins pendant qu'il sort son sac déjà plein du placard.

– Milan, écoute... ne fais pas attention, nous savons très bien qu'elles racontent n'importe quoi !

Il me jette un regard noir avant d'entrer dans sa salle de bains en me répondant.

– Non, Emeric. Elles ont raison. Je savais que tu en aimais un autre. Mais ça ne m'a pas empêché de te sauter dessus. Plusieurs fois. Quelque part, j'ai pris ce que je ne devais pas prendre.

Il lance ses produits de toilette dans sa trousse, ressort du cabinet et continue sans me laisser en placer une. Je pourrais lui couper la parole et lui lancer, enfin, la vérité en plein visage, mais je le trouve tellement sur les nerfs, qu'une fois de plus, je me dégonfle. Je lui ai menti, il aurait de quoi m'en vouloir. Et si je lui annonce maintenant, je risque de me faire jeter proprement. Putain de situation !

– Je suis désolé pour ça. J'aurais dû te conseiller, t'écouter et m'arrêter là. Maintenant, j'ai sali quelque chose. Ton rêve, c'était Antoine. Pas moi !

Bordel, il faut pourtant bien que je le retienne, que je le soulage et qu'il arrête enfin de penser à ce mec fictif qui n'est autre que lui ! J'attrape sa trousse avant qu'il ne la jette dans son sac.

– Mais, putain, est-ce qu'on pourrait arrêter de parler d'Antoine deux minutes ? Merde ! L'important c'est nous, pas lui ! Et de toute manière…

Il arrache sa trousse de mes doigts sans m'écouter.

– NON ! On n'arrête pas d'en parler, Em ! J'ai vu les étoiles dans tes yeux ! J'ai entendu ce que tu m'as dit sur lui ! Et je n'ai pas écouté ni retenu quoi que ce soit ! Et non, il n'y a pas de nous, car je ne suis pas le second choix ! Parce que même si c'était génial entre nous et que peut-être tu te trouves dans l'euphorie du moment, tu vas le revoir en rentrant à Toulouse. Et tout reprendra son cours normal. C'est une évidence. Je suis désolé, mais je ne tiens pas du tout à être le maillon faible de l'histoire, ou le mec de trop. Une fois m'a suffi !

Il referme son sac puis se tourne vers moi, plus calme, et attrape mes joues. Mes yeux pleurent à nouveau parce que j'ai envie de lui hurler ce qu'il en est, véritablement, mais je n'y arrive pas, car j'ai peur d'aggraver la situation. Et dans tous les cas, il ne m'en laisse pas l'occasion.

– Écoute, Em…

– Non. Toi, tu vas m'écouter, Milan, s'il te plaît… Je t'aime et…

Je n'y arrive pas ! Ces putains de mots ont peur de sortir. C'est encore plus dur que d'avouer aux mères que je suis gay… Milan est tellement important pour moi !

Il pose ses lèvres sur les miennes puis les reprend.

– Non, Em. Tu te trompes. Tu ne m'aimes pas. Pas comme tu le crois. J'aurais adoré, mais non.

Ses doigts essuient mes larmes sur ma joue. J'ouvre la bouche, mais il me devance. Encore !

– Tu vas rentrer à Toulouse et dire ces mots à celui qui les attend sans doute. Et parler avec ta mère, aussi. Tu viens de lui avouer ce que tu es vraiment. Là, elles sont en crise, mais les choses devront être dites entre vous. Moi, je prends le prochain avion. Je n'en peux plus de tout ça. J'ai assez parlé et assez réfléchi pour une bonne année. Au moins. Je suis fatigué, je n'ai pas dormi et j'ai un peu bu… Je risquerais de leur envoyer des horreurs au visage si elles tentaient de revenir à la charge. Et de toute manière, les vacances sont terminées. J'ai besoin de calme. Il faut que je parte. N'essaye pas de me retenir…

Un flash passe dans mon esprit. Quelque chose que j'ai failli oublier, alors que c'est primordial.

– Tu… tu as couché avec lui ?

Il embrasse à nouveau mes lèvres. Légèrement. Chastement. Comme un adieu. Ses yeux cherchant les miens.

– Non. Je ne fais pas ce genre de choses. Jongler avec les mecs. Jamais. Alex est simplement perdu. Comme tu l'es toi. Je l'ai convaincu de contacter *Sweet Home*, puis j'ai marché dans les rues et sur la plage. J'avais besoin de réfléchir. Il faut que je parte, Em. Tout de suite. Ce bateau… ça complique tout.

Un immense soulagement me submerge, me troublant totalement parce que j'étais certain qu'il avait renoué avec son ex, vu la manière dont il est parti hier soir. Sous l'émotion, mes mots se meurent une nouvelle fois et j'ai du mal à me concentrer pour la suite.

– Mais…

– Qu'est-ce qui se passe là-dedans ? Pourquoi criez-vous tous ?

Chloé surgit dans la cabine, les cheveux en vrac, en nuisette. Putain, mais, est-ce que l'intimité existe sur ce voilier ? Famille de barges ! Milan en profite pour s'écarter de moi et prendre son sac.

– Je me barre, Chloé. Occupe-toi de lui. Et des folles à l'étage. C'est trop pour moi ! Soit je pars, soit je tue tout le monde.

Il l'enlace rapidement, me jette un regard désolé, puis quitte la cabine. Je m'élance à sa suite, mais Chloé me retient.

– Non, Em, ce n'est pas une bonne idée. Pas maintenant.

– Mais enfin, Chloé !

Elle secoue la tête.

– Attends… Ce n'est pas comme s'il partait pour une adresse inconnue. Ce matin, ça gueule de partout là-dedans. Et il a l'air épuisé. Laissez-vous le temps. Choisis ton moment.

– Mais je dois lui dire, pour Antoine !

Cette fois, elle s'énerve.

– Espèce d'égoïste ! Il n'a pas dû dormir de la nuit, vu sa tête. Et il rentre d'une entrevue avec son ex ! Si tu voulais lui avouer tes mensonges, Em, il fallait le faire avant ! Tout de suite n'est pas le bon moment. D'autant plus que je ne sais pas ce qu'il se passe là-haut, mais les pies semblent en pleine forme ! Donc, vous ne serez pas tranquilles !

Je tends une oreille pour écouter les mamas discuter presque en hurlant, sans doute avec Milan qui a dû passer devant elles pour partir. Oui. Non. Ce n'est sans doute pas le bon moment.

Chloé plisse le nez.

– Mais au fait, pourquoi gueulent-elles comme ça ?

– Pff…. C'est une longue histoire. Si tu savais…

Elle me sourit avec espièglerie.

– Mais figure-toi que j'ai tout mon temps…

Elle m'entraîne sur le lit de Milan et s'y allonge en tapotant l'oreiller à côté d'elle.

– Va fermer la porte à clé avant qu'elles arrivent, et viens faire un câlin. Mais surtout, raconte-moi...

Oui, fermer la porte. Je sais que ma mère va bientôt avoir besoin de me parler. Mais je ne suis pas prêt. Et je n'en ai pas envie. Pour le moment, je lui en veux. Je préfère largement m'enfermer avec Chloé et me faire dorloter. L'heure viendra, c'est obligatoire. Mais pas maintenant. Quant à Milan… Je connais effectivement sa destination. Je pense qu'il vaut mieux attendre de semer la famille insupportable pour y voir plus clair, et surtout calmer les esprits. Ça me tue, vraiment. Mais je sais l'essentiel. Il m'aime et il n'a pas couché avec Alex. Il me l'a dit, et je le crois. Je connais assez Milan pour savoir qu'il se montre toujours franc et qu'il ne trompe jamais son monde. Contrairement à moi, qui ai menti à ma mère, à mon père et à presque tout le monde sur mes préférences sexuelles. Et à lui, sur MA préférence tout court.

J'ai besoin de Chloé, mon amie, pour m'épancher honteusement sur son épaule avant d'affronter tout le reste. Ce qui ne sera d'ailleurs pas une mince affaire…

Sweet Summer

Milan : Hello. Pour info, c'est le bordel. Je suis dans un taxi et je rentre à Toulouse.

Dorian : Rien de grave ?

Valentin : Oh, oh…

Marlone : On passe te prendre à l'aéroport ?

Milan : C'est gentil, mais ça va aller. Je dois changer mon billet et je ne connais pas les horaires des vols.

Dorian : Départ en catastrophe ? Raconte. Ça va ?

Milan : Oui, oui. Ça va, ne vous inquiétez pas. J'ai simplement envie de hurler. Et de calme. Je crois que ces vacances en famille ne sont définitivement plus pour moi. En fait, Alex m'attendait à Athènes.

Marlone : Alex ?

Valentin : Marl, Naphtaline !

Marlone : Ah, oui ! Qu'est-ce qu'il foutait là-bas le représentant d'antimite ?

Dorian : MDR, j'adore le surnom !

Milan : MDR ! Arrêtez avec ça, vous êtes cons ! Il ne sentait pas la naphtaline. Il ne sentait rien, en fait. Sûrement parce qu'il devait se méfier des odeurs… Pour sa femme. Et d'ailleurs, il l'a quittée. Et hier soir, il portait du parfum. Bref, ce n'est pas le sujet. Il est venu, nous avons parlé et ce moment m'a rappelé combien j'ai souffert d'être le second… Je ne veux plus de ça.

Valentin : Oh… Ça ne sent pas bon pour la suite, ça. On parle d'Emeric, c'est ça ? Ne me dis pas que tu l'as quitté ?!

Milan : Qu'est-ce que tu voulais que je fasse d'autre ? Je ne suis, encore une fois, qu'une roue de secours…

Marlone : Putain, Milan, j'ai envie de te faire un câlin, là… Donne-moi ton heure d'atterrissage dès que tu as pris ton billet et je viendrai te chercher. Pour moi, tu seras toujours mon premier choix.

Valentin : Oui, je viendrai aussi. Je ne travaille pas aujourd'hui.

Dorian : Milan, si j'ai bien compris ton histoire avec Alex, tu n'étais pas le second choix puisqu'il était gay ! Et il est venu te voir en Grèce ! C'est pas rien ! Donc, arrête de croire que tu vaux moins que les autres. Tout ça, c'est dans ta tête !

Milan : Merci les gars, mais je sais ce que je dis. Bon, la chose positive, c'est qu'Em est sorti du placard. Les mères nous ont plus ou moins topé la main dans le sac... Si j'ai au moins pu lui servir à ça, c'est bien.

Valentin : Tu ne lui as pas « servi » à quoi que ce soit, mec. Vous avez passé un super moment. Ne réduis pas le bon à du passable.

Milan : Je n'ai pas envie d'y penser autrement. Écoutez, je crois que j'ai réellement besoin de calme et de silence. Ne m'en veuillez pas, ce n'est pas contre vous. Je crois même que je vais prendre un avion pour Ajaccio et pas Toulouse. J'ai besoin de changer d'air.

Valentin : Ben merde, Roudoudou. Certain ?

Milan : Oui. J'aime la Corse. Je connais un coin sympa à Île Rousse.

Dorian : Tu seras là pour ce week-end ou on annule ?

Milan : Pas de changement. J'ai besoin de quelques jours, c'est tout. Val, le RENDEZ-VOUS ne change pas. Midi chez moi, vendredi.

Valentin : OK, mec, prends soin de toi...

Marlone : Ça marche. N'hésite pas à appeler, si besoin...

Dorian : On est là, Milan, si tu veux parler...

Milan : Je crois que j'ai trop parlé. Mais je vous adore et je ne suis pas suicidaire, pas de panique. J'ai juste besoin d'air. Bizz les mecs, à vendredi. Et merci d'être vous. ❤ ❤ ❤ (un pour chacun, pas de jaloux !)

Marlone : Ciao ❤

Valentin : Schuss ❤

Dorian : Bye ❤

Chapitre 8 ~2

Milan

Vendredi matin, Toulouse.

– Oui, maman, je vais bien.

– Je suis tellement désolée mon fils... Je ne pensais pas que tu attendais autre chose de moi. C'est vrai que je me suis montrée aveugle. Bien entendu que tu avais besoin de soutien, et je ne l'ai pas compris. Tu avais dix-sept ans et... même si tu étais jeune, tu avais déjà cette apparence d'homme qui sait ce qu'il veut... J'ai loupé le coche. Je suis tellement désolée...

J'écoute ma mère, en larmes, se répandre en excuses depuis au moins vingt bonnes minutes tandis que je vide mon sac, le téléphone calé dans ma poche et un écouteur coincé dans l'oreille.

– Maman, arrête. C'est bon. J'étais énervé, mes mots ont dépassé mes pensées. Je vais bien, je suis totalement équilibré et heureux. Tu n'as rien loupé.

Je ne l'ai appelée que ce matin en posant le pied à Toulouse, à l'aube. J'ai vraiment coupé les ponts pendant quatre jours. Avec tout le monde.

– Je sais. Enfin non, je ne sais plus. Quand pouvons-nous nous voir, Lapinou ? J'ai besoin de discuter avec toi !

– Je pars en week-end chez Dorian, m'man. La semaine prochaine, peut-être.

– Je reprends le travail lundi. Mais, tu pourrais venir dîner un soir ? Ton père aimerait aussi te voir, tu ne lui as même pas dit au revoir en partant, et... il...

J'attrape une pile de fringues dans mon armoire en m'esclaffant.

– Laisse-moi deviner. Il t'a engueulée ?

– Oui. Il dit que cela devait arriver, parce qu'avec Mathilde et Astrid, il pense que nous allons trop loin, parfois. Je ne suis pas loin d'être d'accord, pour le coup...

Je fourre mes affaires dans mon sac.

– Bon, d'accord pour un repas la semaine prochaine. Mais… cool, maman. Je te promets que ça va.

Enfin… si on omet le fait que je n'arrive pas à m'extraire Emeric de la tête, que je me trouve nul et incapable de retenir un homme et que je me sens particulièrement seul… Mais je garde espoir, ce week-end avec les gars ne pourra me faire que du bien.

– Bon, alors, je vais me contenter de te croire sur parole en attendant de pouvoir te voir. Tu pars quand ?

– Dans une petite heure. Val me rejoint à l'appart et on y va. Je rentre dimanche. Mais ce n'est pas une raison pour me harceler d'invitations dès dimanche, d'accord ?

Elle marque une petite pause. J'emporte mon sac jusqu'à la porte d'entrée.

– Maman ? On est bien d'accord ?

– Oui, oui. Attends, j'étais simplement sur une conversation, là… Messenger ? On fait comment les bonshommes qui sourient ?

Mon Dieu, ma mère qui se met à Messenger. On est mal barrés !

– Tu as une touche en bas à gauche pour les émojis. Mais si je te dérange, dis-le et je raccroche !

– Mais non, mais non ! Simplement un truc urgent. Bref. Donc, je te laisse. Embrasse bien tes amis, et profite bien. Et ne m'appelle pas si tu es trop occupé, je comprendrais. Bises Lapinou…

Elle raccroche. J'ai loupé un épisode là ? Elle ne m'a pas proposé quinze fois de venir arroser mes fleurs, que je n'ai pas, ni recommandé d'être prudent sur la route ou avec d'éventuelles rencontres… Rien. Pourtant, elle n'avait pas du tout l'air de faire la tronche. Au contraire, elle semblait soulagée que je l'appelle.

Je retire mon écouteur alors que la sonnette de l'interphone m'appelle. Valentin. Je déverrouille la porte de l'immeuble sans répondre et ouvre celle de mon appartement avant de filer sous la douche. Je déteste les voyages en avion pour ça… On se sent toujours un peu crade en rentrant.

Je m'enferme dans ma cabine de douche lorsque la porte de la salle de bains s'ouvre timidement.

– Milan ? T'es là ? Tu organijes une copulation improvijée sous la douche ? Je me déjhabille et te rejoins ou…

Il reste à la porte de la pièce, derrière la paroi et je ne vois que son ombre, immobile. Mais sa voix… Je retiens un rire en me lavant les cheveux.

— Hello, Val ! Non, j'avais simplement besoin d'une douche. Désolé pour l'accueil ! Attends… parle, un peu ?

– Tu veux que je te dije quoi ?

– Oh putain, mais tu zozotes !

– Hein ? Jamais je ne jojote !

J'éclate de rire.

– Mais si ! Parle encore ! Dis « zozote » !

Il s'emporte, amusé.

– C'est bon ! C'est mon piercing sur la langue ! Il est presque cicatrijé, mais il est lourd, alors j'ai encore un peu de mal avec certains sons ! Tu t'y feras ! Bon, t'as de l'eau au frais ?

– Oui. Je crois que je n'ai que ça, d'ailleurs. Ou quelques bières, mais elles ne sont pas au frais. J'espère que tu n'as pas faim, car je viens de rentrer et je n'ai pas fait le plein de courses.

– Non, ça va. Je te mets une bière dans le freejeur dix minutes ?

J'éclate de rire, et ça l'énerve.

– Tu vas te marrer dès que je prononce une phraje ?

– Non, juste les Z ! Excellent. Dis « zorro », « zéro », « zizi », « zouzou »…

– Ta gueule ! Je te mets une bière au frais !

Il claque la porte et me laisse à ma douche, seul et mort de rire. J'avais raison, il me fait du bien.

♥🐷😇✴🗎 *Sweet Mamas* ♥🐷😇✴🗎

<u>Emeric</u> : Hein ? C'est quoi ce groupe ?

<u>Isa, ta mère</u> ♥ : Mon fils, sur Messenger on peut discuter à plusieurs. On peut aussi mettre des dessins rigolos, changer de nom, de titre…

<u>Emeric</u> : Merci m'man, je sais. Ma question était : pourquoi créer un groupe ?

<u>Astrid pas ta mère, mais presque</u> 🗎 : Nous aimerions t'aider.

Emeric : Pourquoi ? Vous ne trouvez pas que vous en avez assez fait ?

Mathilde, ta future belle-mère 🐩 : Justement, nous voudrions réparer nos erreurs !

Emeric : Dieu me vienne en aide !

Isa, ta mère 🖤 : Emeric, un peu de respect ! Aie confiance !

Chloé : Hein ? Mais c'est quoi, ce bordel ? Mathilde, pourquoi un caniche sur ton pseudo ? Et le père Noël et la citrouille dans le titre, on en parle ?

Astrid, pas ta mère, mais presque 🐕 : Chloé ? Qu'est-ce que tu fais là ? Et non, on n'en parle pas, c'est notre groupe. Tu n'étais même pas invitée !

🖤 **Chouchou** 🖤 : C'est moi qui viens de l'inviter.

🖤 **Chouchou** 🖤 : Hein ? Mais c'est quoi ce pseudo ?

Mathilde, ta future belle-mère 🐩 : C'est moi qui viens de le changer. T'aime pas ? Attends, j'ai mieux. Et j'aime bien les caniches.

🐈‍⬛ **Chaton** 🐈‍⬛ : Non, c'est bon !

🐈‍⬛ **Chaton** 🐈‍⬛ : Mais non !

⚔️ **Sauveuse de Chouchou en péril** 💣⚔️ : Oh, mon Dieu...

🐈‍⬛ **Chaton** 🐈‍⬛ : C'est quoi ton pseudo ?

⚔️ **Sauveuse de Chouchou en péril** 💣⚔️ : Ah, ça ? Je me le suis mis moi-même avant qu'elles trouvent un truc débile.

🐈‍⬛ **Chaton** 🐈‍⬛ : J'aime beaucoup la bombe et le couteau. C'est tout toi !

⚔️ **Sauveuse de Chouchou en péril** 💣⚔️ : Merci. Bon, alors, c'est quoi le plan ? Y en a qui ont une vie, accessoirement !

Isa, ta mère 🖤 : Donc, mon fils, tu sais que nous vous aimons tous les deux. Et après cette longue discussion sur *La Gironde*, j'ai compris que nous étions allées trop loin. Alors, nous voudrions que tu ailles avec Milan à ce week-end chez ses amis.

🐈‍⬛ **Chaton** 🐈‍⬛ : Maman, est-ce que je peux encore faire comme je l'entends ? Je pensais que tu avais compris !

<u>Mathilde, ta future belle-mère</u> 🐩 : Isa nous a expliqué que tu voulais t'y rendre, mais que tu avais peur de te faire refouler par Milan, s'il était encore en colère. Je viens de l'appeler, ce n'est plus le cas. Et, j'ai une info. Il part dans une petite heure avec Valentin. Tu n'as plus qu'à les rejoindre. Il sera content, je pense.

🐱 <u>Chaton</u> 🐱 : C'est sympa Mathilde, mais c'est trop tôt. Je ne me vois pas m'incruster dans son week-end pour lui dire que je lui ai menti. Il va me haïr et il aura raison.

😘✏ <u>Sauveuse de Chouchou en péril</u>🐞😘 : Alors, je me permets de m'inscrire en faux ! Je suis d'accord avec elles. Chouchou, il faut que tu y ailles, maintenant ! Je suis certaine que tu te morfonds depuis notre retour, dans ton studio, comme un manant, les yeux bouffis, la goutte au nez et le caleçon à l'odeur douteuse ! Allez, hop ! Bouge-toi le cul !

🐱 <u>Chaton</u> 🐱 : T'es de quel côté ? Lâcheuse ! Et mon caleçon sent très bon !

😘✏ <u>Sauveuse de Chouchou en péril</u>🐞😘 : Du tien, Chouchou, du tien. Et c'est justement pour ça. Pour une fois qu'elles ont une bonne idée !! Lève ton cul et va nous rouler une pelle porno à Lapinou ! Ou lui toucher les grelots ! Enfin un truc, quoi !

🐱 <u>Chaton</u> 🐱 : Charmant !

<u>Astrid pas ta mère, mais presque</u> 🐌 : Bon, si tu pouvais nous épargner les détails... De toute manière, Chouchou, tu comptais attendre combien de temps ?

<u>Mathilde, ta future belle-mère</u> 🐩 : Nous ne voulons pas interférer, mais simplement te pousser un peu. Et peut-être te donner le courage de foncer.

😘✏ <u>Sauveuse de Chouchou en péril</u>🐞😘 : Je plussoie, les meufs !

<u>Astrid pas ta mère, mais presque</u> 🐌 : Chloé, surveille ton langage !

😘✏ <u>Sauveuse de Chouchou en péril</u>🐞😘 : De qui parlez-vous, madame ? Je suis une super héroïne en bikini, vous devez faire erreur...

<u>Astrid pas ta mère, mais presque</u> 🐌 : Eh bien, la super héroïne va se détendre le fameux bikini, parce que sa super mère en super ménopause ne va pas se laisser faire et va te bannir de ce groupe ! On est OK, Wonder Chloé ?

😘✏ <u>Sauveuse de Chouchou en péril</u>🐞😘 : Ouais, m'man !

🐈 Chaton 🐈 : Bon... Vous avez peut-être raison. Mais s'il me vire ?

Mathilde, ta future belle-mère 🐩 : Mon fils est trop poli pour te virer, déjà. Ensuite, il n'est pas seul, car Valentin doit le rejoindre. Et ce petit est un gars bien, il aidera.

🐈 Chaton 🐈 : Comment peux-tu en être certaine ?

Mathilde, ta future belle-mère 🐩 : J'ai... un peu... contacté ses amis. Mais un tout petit peu, vois-tu... Presque rien...

💀✏ Sauveuse de Chouchou en péril💣💀 : Dans la famille « Je me mêle de tout », je demande la belle-mère ! MDR ! PTDR ! XPTDR ! La vache, on est cernés !

Astrid pas ta mère, mais presque 🦅 : Ma fille ! Stoppe tes insultes déguisées ! Et je trouve que Mathilde a bien fait !

💀✏ Sauveuse de Chouchou en péril💣💀 : Ah voilà, toujours dans la famille « Je me mêle de tout », je demande la presque mère ménopausée !

🐈 Chaton 🐈 : PTDR Chloé !

Isa, ta mère 🖤 : J'aimerais comprendre ces abréviations. Sont-ce des insultes ? Les enfants ?

Astrid pas ta mère, mais presque 🦅 : Très certainement !

🐈 Chaton 🐈 : klo, di ril. L kpte pa ![10]

💀✏ Sauveuse de Chouchou en péril💣💀 : Yo bro ! Vas-y je les OQP ac des msg Dbiles. Assure ![11]

🐈 Chaton 🐈 : Tkt ! Thx ![12]

💀✏ Sauveuse de Chouchou en péril💣💀 : 🖤🖤

Mathilde, ta future belle-mère 🐩 : Non, mais c'est pas un peu fini ? Chloé, traduction, SVP ?

Astrid pas ta mère, mais presque 🦅 : Alors... PTDR, je propose « Pour Te Détendre ». C'est ça ?

Isa, ta mère 🖤 : Et le R, alors ?

Mathilde, ta future belle-mère 🐩 : Pour te détendre les rides ?

---

[10] Traduction : Chloé, ne dis rien, elles ne captent pas !

[11] Traduction : Oui, frangin, vas y je les occupe avec des messages débiles, Assure !

[12] Traduction : T'inquiète ! Merci !

Isa, ta mère ♥ : Donc, c'est une insulte !

Astrid pas ta mère, mais presque ↖ : CHLOE ! J'exige des excuses !

Isa, ta mère ♥ : et MDR ?

♀✐ Sauveuse de Chouchou en péril ♥♀ : Mon Doigt dans ton Rectum ! Oups !

Astrid pas ta mère, mais presque ↖ : Oh, seigneur !

Astrid pas ta mère, mais presque ↖ : CHLOE !

♀✐ Sauveuse de Chouchou en péril ♥♀ : Et vous voulez la signification de XPTDR aussi ?

Isa, ta mère ♥ : C'est porno ?

♀✐ Sauveuse de Chouchou en péril ♥♀ : Bien sûr !

Astrid pas ta mère, mais presque ↖ : Les jeunes sont des pervers ! Je suis outrée !

Mathilde, ta future belle-mère 🐩 : En attendant, où est Chouchou ?

Astrid pas ta mère, mais presque ↖ : Emeric ?

Isa, ta mère ♥ : Non, le pape ! Ben oui, Emeric ! EMERIC ?

♀✐ Sauveuse de Chouchou en péril ♥♀ : Isa, ça ne sert à rien tes majuscules, son téléphone ne va pas vibrer plus fort ! Il est parti faire ce qu'il a à faire. Donc, on reprend les meufs. XPTDR, des propositions ?

Valentin

– Y a comme qui dirait un problème !

– Je ne te le fais pas dire ! Mais tu ne pouvais pas prévenir que tu embarquais ta planche ? Sérieux ?

Milan, dans ses bons jours ! Ça me touche. Je m'adapte :

– Et toi, tu ne pouvais pas acheter un van plutôt que ton SUV 4X4 de compét ? Méline vient me chercher directement chez Dorian, je ne repasse pas chez moi. Donc…

Mon pote me toise d'un air dépité.

– Val, un SUV c'est un 4X4, alors pas besoin de dire les deux appellations à suivre.

– Ben, 4X4 ou SUV, le problème est le même ! Va falloir l'accrocher sur le toit !

– Ben voyons !

J'ouvre mon sac à dos.

– Mais… TADAM ! J'ai tout prévu, j'ai pensé aux tendeurs !

Il soupire en attrapant les liens.

– Très bien. C'est déjà ça !

Et donc, en dix minutes, ma planche est attachée. Pas de quoi se prendre la tête. J'ouvre le coffre pour y jeter mon sac lorsque mon téléphone vibre. La mère de Milan. Je lui réponds rapidement, puis trouve un subterfuge.

– Euh… J'aurais bien envie d'une bouteille d'eau grenadine. Ou de fraije si tu préfères. T'as ça, chez toi ?

Mon pote se marre à cause de mon zozotement avant de me lancer un regard assassin. Qu'est-ce qu'il ne faut pas faire ! Je tente un sourire.

– S'il te plaît ? C'est parce que j'ai bejoin de sucre.

Il lève les yeux au ciel.

– Bon, ça sera citron. Fraise, j'ai pas, et t'as liquidé la grenadine la dernière fois que tu es venu !

– Nul !

Il lève les yeux au ciel, me balance les clés de son tank et se dirige vers son immeuble.

– Installe-toi, j'arrive ! Besoin de rien d'autre ?

– Nan !

En tout cas, j'espère ! Ça ne dépend pas de moi en réalité. Je m'adosse à la caisse en allumant une clope. Un petit gars s'approche sur le trottoir. Je l'inspecte derrière mes lunettes de soleil pendant qu'il me jette quelques regards intrigués en passant au ralenti devant moi. Il a l'air perdu, ses cheveux bruns bouclés masquant partiellement des yeux vert clair et… des taches de rousseur sur le nez. Banco !

Je retire mes Ray ban (mon seul luxe) et tente un :

– Emeric ?

Il se fige et hoche la tête.

– Valentin ?

– Ouaip.

Je me redresse et le rejoins en deux pas. Et je vais droit au but.

– Alors, écoute. On n'a pas beaucoup de temps, mais je vais quand même le prendre. J'ai suivi l'histoire, je sais qui tu es et ce que vous avez fait sur votre rafiot.

Il ouvre de grands yeux, visiblement choqué. Je précise :

– Enfin, dans les grandes lignes. Je ne sais pas qui a monté qui, t'inquiète !

– Ah !

Il ne semble pas vraiment rassuré, mais tant pis. L'heure n'est pas aux ronds de jambe. Je continue.

– Donc, Mathilde m'a certifié que tu ne venais pas pour casser les couilles de mon pote. C'est bien le cas ?

Il hoche la tête timidement. La vache, il est mignon, lui ! Canon et tout doux ! Le mec parfait pour Milan, c'est une évidence. Mais ce n'est pas le sujet.

– Bien. Donc, si tu me confirmes bien que tu n'es pas venu pour faire chier, je te file un coup de main. Sinon, tu vas mourir maintenant. Ça évitera de perdre du temps, ou que tu te retrouves à faire du stop sur une autoroute parce que je t'aurai viré de la caisse, sans même qu'il ralentisse la voiture. On est bien d'accord ?

– Oui.

Je lui adresse mon premier sourire.

– Alors, c'est cool. Et… juste une petite précijion… Antoine, c'est…

Il fronce les sourcils et prend son temps pour répondre :

– Son quatrième prénom.

Je lève les yeux au ciel.

– Mais oui ! Oh, putain, je le savais ! Je le savais, je le savais, je le savais. Quand les mecs vont savoir ça ! Trop bien, on est balaijes !

Il n'a pas remarqué mon problème d'élocution, visiblement, et tant mieux. Par contre, il plisse les yeux en plongeant les mains dans ses poches, l'air agacé. Encore plus mignon… Ouille, Ouille, ouille, on a affaire à du lourd ! Parfait ! Je pose une main sur son épaule et le dirige vers le 4X4 SUV de mes couilles en lui expliquant :

– Bon alors, ce que tu dois savoir, c'est que j'ai un peu agacé Milan il n'y a pas dix minutes pour traîner et t'attendre. Donc… On va y aller tranquille. Et d'autre part, je ne veux pas participer à votre discussion ou un autre bordel. Enfin, je ne sais pas ce que tu as prévu... T'as prévu quoi ?

Il hausse les épaules.

– Très honnêtement, rien ! Mathilde m'a prévenu il n'y a pas une heure. J'ai juste eu le temps de trouver le courage de me pointer.

J'ouvre la portière arrière.

– Et tu as bien fait. Je vais contacter Dorian pour confirmer le grand lit dans votre chambre. Et je m'occupe de l'animation dans la caisse. Ça te laisse deux bonnes heures pour trouver un truc. En attendant, grimpe. Je vais à l'avant, ça sera plus simple.

Il semble hésiter, ses yeux clairs en détresse derrière ses mèches en bordel. De plus en plus mignon. Si Milan lui réserve un mauvais accueil, je l'embarque dans mon road trip, c'est certain !

J'attrape son sac à dos et le jette au fond de la banquette arrière.

– Allez, ça va aller... Milan te kiffe, mec. Il l'a simplement mauvaije par rapport à ce mec, Antoine. Va falloir que tu m'expliques ce qu'il t'est passé par la tête pour nous pondre un truc aussi débile. Mais on verra après. Installe-toi. Comme ça, au moins, il ne pourra pas te demander de discuter ou un truc du genre. Fais-moi confiance. Je le connais bien. Il va rougir, bafouiller et froncer les sourcils, puis admettre sans le dire à haute voix qu'il est content. Et oui, je jojotte. J'ai la langue percée, et je le vis bien ! Marre-toi une bonne fois et on passe à autre choje !

Il sourit poliment et monte dans la voiture. Je claque la porte derrière lui, juste à temps. Milan revient, une bouteille d'eau à la main. Il me la lance dans la tronche.

– Tiens. Pour tes petites envies de femme en cloque !

Je lui souris avant de m'installer dans la voiture.

– Merci !

Il fait le tour et s'installe sur le siège du conducteur, puis se fige, les yeux rivés sur le rétroviseur.

– Qu'est-ce que...

Il se tourne brusquement.

– Em, mais...

– Salut, Milan...

Le petit mec ne semble plus si petit que ça, tout à coup. Ses yeux s'illuminent et son corps se redresse, imposant sa présence derrière nous. Waouh ! J'ai le droit d'être fan du futur ex-mec de mon pote ? C'est pas interdit, j'espère ?

Le regard de Milan s'illumine lui aussi. C'est comme si on venait de brancher ces deux mecs ensemble et que maintenant, ils devenaient fonctionnels, réellement vivants, uniquement parce qu'ils sont réunis. C'est chouette. Ils me feraient peut-être croire en l'amour ces cons !

— Emeric, pourquoi es-tu là ?

Le petit mec hausse les épaules.

— Tu m'avais invité, et ton ami aussi. J'avais dit oui, alors me voilà…

Milan semble perturbé.

— Mais… enfin. Et… je ne capte pas…

Ils se dévorent des yeux sans aucune retenue. À un point tel que je me sens de trop dans cette voiture… J'ai presque envie de revenir à mon idée initiale, à savoir y aller en skate. Mais la planche de surf, c'est un peu gênant sur un skate. Je reprends donc le fil du plan.

— Bon, OK ! Il est là, tu es là, nous sommes là…

— Ils sont là ?

En plus, il a de l'humour ? Milan, ce chanceux !

— Ouais ! Donc, Milan, tu attaches ta ceinture et tu conduis. Emeric, tu attaches aussi ta ceinture et tu fais… Ce que tu veux, mais tu fais un truc. Et moi, comme je dois m'entraîner à parler sans jojoter, je vais vous raconter mes plus beaux spots de surf… Ensuite, à mi-chemin, je vous octroierai une pauje musicale de quinje minutes. Du RAP alternatif underground, de la street, et puis…

Milan démarre en fronçant les sourcils.

— Je n'aime pas le rap alternatif, bordel !

— Moi non plus. Mais justement, comme ça, vous me supplierez de reprendre mes histoires incroyables de surf… Des questions ?

Emeric se penche entre les fauteuils.

— Tu comptes nous raconter des trucs de surf pendant 300 km ?

— Ouaip ! Moins quinje minutes de pause mujicale, je viens de le dire !

Milan éclate de rire.

Son pote hoche la tête, résigné. Ben oui, bonhomme, vous m'avez pris un peu au dépourvu, alors j'ai oublié les popcorns… En attendant, personne ne bronche et Milan prend la direction de la mer, de la plage et des cocotiers… Je pose mes pieds sur la plage avant et ouvre ma bouteille d'eau aromatisée…

– Alors… J'avais seize ans quand j'ai découvert le surf, par hasard. Des mecs rencontrés comme ça… Au début…

Emeric

Avant, j'aimais le surf. Mais ça c'était avant. À présent, je déteste le surf. Mais je crois que j'aime Valentin. Il n'a pas fait dans la demi-mesure pour meubler le silence et pour occuper tous les passagers de la voiture. C'était très sympa de sa part, et très drôle, mais également absolument barbant.

Maintenant, nous sommes arrivés. J'ai rencontré Dorian qui était occupé à la réception et nous a simplement confié les clés de notre bungalow, avant de nous donner rendez-vous dans une heure sur la terrasse du complexe immense et magnifique qu'il dirige. Valentin est parti de son côté, et nous du nôtre.

Et nous voilà, à sillonner les allées arborées et parfaitement entretenues dans le silence le plus total, à la recherche de notre location que nous trouvons d'ailleurs rapidement. Mon cœur bat à tout rompre. Je n'ai rien préparé. J'avais deux heures, certes, mais la présence de Milan dans cette voiture m'a une nouvelle fois mis hors d'état de penser. Je me suis contenté d'écouter Valentin, les yeux plongés sur la nuque de l'homme qui conduisait, le cœur en souffrance et l'âme en berne. Quand il est là, je ne suis plus le même. Je ne comprends même pas ce phénomène. Il va pourtant bien falloir que je trouve mes mots… Parce que là, le compte à rebours est terminé. Nous arrivons au bout du voyage et je n'ai pas envie de faire traîner davantage. J'ai chaud, j'ai froid, mes mains sont moites et ma gorge sèche, mais je n'ai plus le choix.

Milan déverrouille la porte et me laisse entrer le premier avant de nous enfermer dans cette chambre magnifique, bordée d'une multitude de baies entrouvertes, donnant directement sur un petit jardin privatif, comprenant une terrasse, un bassin multi jets et surplombant une plage paradisiaque.

Je reste sans voix devant le paysage alors que Milan pose son sac au sol brutalement, me rappelant à la réalité.

– Bon. Dorian ne nous a pas refilé une chambre double. Il n'y a qu'un grand lit. Je vais l'appeler. Mais d'abord… j'aimerais savoir ce que tu fais là, Emeric. Je ne crois pas un seul instant à ton histoire d'invitation que tu pensais devoir honorer.

Alors, c'est parti. Je prends une grande inspiration et me retourne pour lui faire face.

– J'ai simplement suivi ton conseil.

Il penche la tête en fronçant les sourcils, dans l'incompréhension la plus totale. Je pose mon sac, et me lance.

– Tu m'as dit de garder mes mots pour celui qui devait les attendre à Toulouse. Mais il n'y a pas d'Antoine, pas de troisième personne. C'était un mensonge ridicule et j'en suis désolé. Je ne pensais pas que ça prendrait une telle ampleur. Alors, voilà… Je t'aime. Toi. Il y a juste toi, et c'est toi. Toi que j'aime.

Le reste n'a pas d'importance à mes yeux. La seule et unique chose que je voulais qu'il sache, c'est que c'est lui que j'aime. Mon cœur menace de surchauffer à force de battre dans tous les sens. Et je tremble de tout mon corps en attendant qu'il veuille bien prononcer un mot ou faire un geste quelconque. Mais au lieu de ça, il reste immobile, le regard vissé au mien.

Je me sens obligé de briser ce silence qui rend l'atmosphère étouffante et angoissante.

– Antoine, c'est toi. Je ne voulais pas te mentir, je te le promets. Mais tu me posais des questions, et j'avais honte de n'être que ce que je suis. Je ne voulais pas briser notre amitié et je ne voulais pas non plus ne pas te répondre. Parce qu'en plus d'être celui qui me hantait, tu étais aussi mon meilleur ami, le seul à pouvoir me comprendre et m'écouter… Et ensuite…

Il m'observe toujours, en silence, et je ne sais plus quoi dire… Enfin si, je brode. Mais je commence à douter, ma voix baisse de volume, ma vision devient floue et mes mains s'agrippent à un fauteuil devant moi pour m'éviter de m'écrouler. Je tremble trop, j'ai trop chaud et mon esprit s'enfonce dans du coton, m'empêchant de discerner la réalité qui m'entoure.

– Ensuite, tout est allé très vite. Et j'avais tellement peur de tout gâcher… Milan… Je t'aime tellement… Je ne savais pas quoi faire… Dis quelque chose…

Des sanglots chatouillent ma gorge, mais je les repousse. J'ai l'impression que ma vie se joue à ce moment précis. Il se décide à prononcer quelques mots :

– Je suis Antoine ?

Je hoche la tête.

– Oui… c'est ton quatrième prénom, alors ce n'est presque pas un mensonge…

Excuse magnifiquement débile ! J'ai l'impression d'avoir trois ans et d'essayer de me faire pardonner une énorme connerie.

Il s'esclaffe.

– Mon quatrième prénom. Tu connais même mon quatrième prénom…

– Ça fait de moi un fou ? D'en être arrivé à connaître ce genre de détail par cœur ?

Il se mord la joue, rêveur, puis secoue la tête.

– Non, Emeric, Pierre, Jean, Milan Milighan… J'en suis au même point que toi, apparemment…

Oui, parce que mes parents m'ont donné le nom du fils de leurs meilleurs amis ! Normal… Je porte son nom. Je suis marqué à vie, depuis ma naissance. Je n'avais pas précisé ?

Je lui souris timidement. Il poursuit, tentant visiblement de remettre les pièces du puzzle dans le bon ordre.

– Donc. Cet Antoine pour lequel tu te réservais… C'est moi ?

Je hoche la tête. Mes doigts sont à la limite de massacrer ce fauteuil sur lequel ils se plantent avec acharnement. Milan soupire et sort enfin de sa torpeur qui devenait intenable.

– Putain, Em, mais ne me fais plus jamais un truc pareil !

Il se précipite vers moi, pousse le fauteuil derrière lequel je me cachais à moitié et attrape mes joues. Son regard plonge dans le mien et les quelques mots qu'il prononce me percutent en plein cœur.

– Je t'aime, Emeric Milighan. Même si j'ai envie de t'égorger !

Ses lèvres prennent les miennes d'assaut avec fureur. Je m'enroule à son corps, fébrile de le retrouver enfin, secoué par cette passion qui déferle sur nous et nous fait perdre la raison. Notre baiser est urgent et affamé. Nos mains parcourent nos corps, puis passent sous les tissus qui nous empêchent de nous retrouver, nos peaux avides l'une de l'autre. Mon esprit chancelle dans ce désir puissant qui prend le contrôle de nos gestes et de nos pulsions.

Enlacés, nous dérivons vers l'immense lit qui n'était pas là par hasard, malgré ce qu'il a cru. J'attrape le col de son t-shirt et l'attire à moi en me laissant tomber en arrière. J'ai envie de lui comme jamais. Même nos petits jeux sur *La Gironde* ne m'ont pas attisé autant. J'ai eu peur de le perdre et de ne jamais vivre ce moment. Maintenant qu'il est là, que tout est bien réel, je l'accueille avec les honneurs qu'il mérite. Je bande, je halète, je me colle à lui, je le touche, je le sens et je le caresse, encore et encore.

Ses doigts sont partout sur moi et ses lèvres ne m'accordent que de très rares respirations, mais c'est encore de trop. Je veux m'asphyxier de lui. Vivre en apnée dans son sillage. Ne respirer que son désir.

En quelques secondes, nous nous retrouvons nus au milieu du lit. Son corps recouvrant le mien, nos lèvres toujours soudées et nos sexes l'un contre l'autre. Mes doigts glissent sur son dos vers ses reins tandis que mon bassin se soulève pour me rapprocher de lui, mes cuisses s'écartant pour lui offrir tout et bien plus. Il remonte ses lèvres sur mon nez, son regard me transperçant d'une lueur vive et éclatante, fiévreuse et passionnée.

– Em, tu m'as tellement manqué… Ne me fais plus jamais ça...

Je hoche la tête. Il ondule sur moi et plonge la main entre nous, attrapant nos deux sexes pour les masser avec virulence. Je me cambre contre lui en gémissant, emporté par mon plaisir et déjà au bord de l'orgasme. Ses paroles, plus que tout le reste, me touchent et me font chavirer, provoquant un tremblement incontrôlable en moi. J'enroule mes bras à ses épaules en me serrant contre lui, agitant mon bassin selon sa cadence folle, haletant, ensorcelé et fébrile.

– Milan… je vais… Attends… Mon sac…

Il s'arrête net, comprenant où je veux en venir.

– Tu… tu es certain ?

Je m'esclaffe en me cachant le visage dans son cou.

– Mais je suis certain depuis au moins trois ans, Milan !

Il abandonne nos queues, pourtant en demande, et m'enlace tendrement.

– Pardon d'avoir du mal à discerner les évidences.

J'opine brièvement de la tête avant de répéter.

– Mon sac. Poche avant.

Il me lâche difficilement et se tourne dans l'autre sens du lit pour tendre la main vers le fameux sac. Il fouille un moment pour en sortir le lubrifiant et les capotes que j'ai achetés en catastrophe avant de les rejoindre chez lui. Au cas où !

Il jette négligemment l'ensemble à mes côtés et plonge sur moi pour reprendre sa position, embrassant mon cou, puis dévorant mon épaule. Il glisse doucement sans me laisser de répit, atteignant rapidement ma poitrine pour s'attaquer à mes tétons. Je réprime un petit cri en me mordant la lèvre, une onde de bonheur se diffusant depuis ses lèvres jusqu'à toutes mes extrémités en même temps.

Je devrais avoir un peu peur, mais j'ai passé cette étape un million de fois depuis notre rencontre intime. J'ai eu peur de sa main dans la mienne. Peur de son bras autour de mes épaules. Peur de son premier baiser. Peur d'éjaculer pendant ledit baiser. Peur de le toucher et d'embrasser sa peau. Peur de le perdre des tonnes de fois. Peur de son jugement et enfin, peur de lui avouer mes mensonges ridicules. Alors, j'ai épuisé le stock. Je n'ai plus aucune crainte. Que des certitudes et des désirs. Des fantasmes à réaliser. Des sensations à découvrir. Son corps à apprivoiser et à accueillir.

Il continue sa longue descente jusqu'à mon pénis et l'attrape entre ses lèvres sans me faire attendre. Sa langue s'empare de mon gland et s'enroule à lui. Ses mains me massent partout à la fois, et ses yeux… ses yeux me percutent encore et encore, jusqu'à ce que je ne voie plus que l'amour qui les habite. Mon corps est à deux doigts d'abdiquer. Ce n'est que la seconde fois qu'il me suce et… je pense qu'il est vraiment doué… Mais je ne veux pas mettre fin, déjà, à ce moment magique. Seuls, tous les deux, dans un lit, sans plus aucun mensonge ou interruption possibles entre nous, loin de tout parasite éventuel… Cet instant est le nôtre et je compte bien le faire durer, autant que j'en ai les capacités.

Je me redresse en réprimant mon envie de jouir et attrape ses épaules pour l'écarter de moi. Je rejoins ses lèvres et insère ma langue dans sa bouche dans un baiser passionné et enragé, le poussant jusqu'à l'allonger dos au matelas, puis m'installant sur lui sans lui demander son envie. Mes mains caressent sa peau, son ventre et son sexe palpitant, épais, et satiné. Comme il l'a fait pour moi, j'entame une descente le long de son torse, mon cœur tambourinant d'impatience et d'anxiété. Je veux tellement bien faire…

Ma langue trouve sa verge appuyée contre le bas de son ventre, ensorcelante, hypnotique. Il me retient d'une voix rauque et sensuelle.

– Em… Ce n'est pas une obligation.

Je ne me donne même pas la peine de répondre. Je ferme les yeux et pars à la découverte de ce membre qui m'obsède. Mes papilles trouvent aussitôt son méat, goûtent le liquide pré- séminal qui s'en échappe, enivrant mon esprit, effaçant mes doutes et mes dernières craintes. Ma main attrape ce pénis pour l'enserrer avec autorité et je l'enfonce dans ma bouche, faisant voyager ma langue sur sa longueur, essayant de l'y enrouler, avant de le ressortir pour mieux le goûter à nouveau. Je m'emporte dans mes gestes, passionné par cette découverte qui me plaît de plus en plus à chaque aller-retour. Je suce, je lape, je branle, je joue, je titille et aspire, sans pause, ni ralenti, en tentant les choses, en savourant ce que je provoque en lui et en adorant ce membre comme un véritable Dieu, l'honorant de toutes mes attentions et de tout mon cœur.

Jusqu'à ce que le corps de mon amant ondule brutalement sous mes lèvres.

– Putain, Em, tu vas m'achever !

Milan, les yeux perdus, les cheveux en vrac, m'attire sur lui en urgence et retrouve ma langue pour l'enlacer à la sienne, ses bras et ses jambes s'enroulant à mon corps, m'ensevelissant dans son amour et sa bestialité. Tout en lui est crispé, au bord de l'abdication. Sa main retrouve mon sexe qui ne demande que la pitié, ensorcelé par la sensualité de l'instant. Je réprime un frisson lorsque sa paume en prend possession et le caresse avidement.

Un orgasme imprévu remonte dangereusement le long de ma colonne. J'attrape son bras pour l'immobiliser.

– Non… Prépare-moi, s'il te plaît, Milan.

Je ne sais pas d'où me viennent toutes ces initiatives que je prends depuis notre arrivée dans cette chambre, mais j'imagine qu'elles coulent de source pour moi. Et, c'est Milan. Je le connais, j'ai déjà touché son corps et je sais la douceur dont il fait preuve dans l'intimité. Je ne pourrais rêver meilleur homme pour me guider dans la luxure et le plaisir.

Son sourire se fige pendant qu'il tente de lire en moi.

– Tu es certain que…

Je hoche la tête.

– Je le suis depuis…

– Trois ans. Oui, j'ai compris. Alors, OK. Mais à la moindre hésitation, je veux que tu me le dises. Je peux, enfin… je n'ai pas de rôle attitré, tu vois ? Le principal, c'est le partage, et…

J'accapare ses lèvres avant qu'il ne continue en y déposant un baiser.

– Je sais, je sais. Mais, si ça ne te dérange pas, si on pouvait remettre ta thèse sur les rôles et places de chacun à plus tard…

Il s'esclaffe en tendant le bras vers le matériel posé sur lit.

– Oui, si tu veux, mais tu n'y échapperas pas. Allonge-toi, roi de la pipe !

Il me pousse sur le dos, attrape un oreiller qu'il place sous mes fesses puis se penche pour retrouver mes lèvres en s'installant entre mes jambes. Une nouvelle fois, il recouvre mon corps de baisers fiévreux avant de se redresser à genoux entre mes cuisses écartées. J'admire son corps plus massif que le mien, hâlé et sculpté parfaitement. Sa main se pose sur mon torse et descend tranquillement, flattant mes muscles et ma peau devenue ultrasensible, provoquant frissons et frémissements sur son passage.

Il attrape mon pénis et se penche pour le reprendre en bouche, me massant les testicules tendrement, en prenant son temps. Puis, il abandonne mon membre et descend plus bas en se laissant glisser à genoux au pied du lit. Ses doigts s'insinuent dans ma fente en même temps que sa langue, pour lui ouvrir le passage. Ses avant-bras poussent légèrement sur mes cuisses que j'écarte en comprenant la demande. Une main remonte s'occuper de mon sexe pendant que sa langue trouve mon orifice, en esquisse le contour, menace de s'y enfoncer puis repart, avant de revenir. Il suffit de cette sensation toute nouvelle et troublante pour me faire défaillir. Je pousse un cri bestial et désespéré, totalement enivré par ce qu'il me fait ressentir. Je soulève le bassin, lui suppliant plus, ce qu'il me donne avec fièvre. Sa langue semble partout à la fois. Elle pénètre, caresse, lèche, contourne et me fait chavirer.

– Milan…

Mes doigts s'accrochent où ils peuvent alors que je le supplie. Je l'appelle, sans savoir ce que je lui demande au juste. J'ai simplement besoin de prononcer son prénom.

– Milan…

Je suis dans un tel état que je sens à peine un doigt humide s'inviter à la danse, puis un second, s'insérant tout à coup en moi. Je me tends, étourdi par la surprise et la sensation. La douleur, mais aussi, et surtout, l'impression d'être comblé, de le recevoir en moi, de me donner à lui.

– Milan…

Il va et vient en moi en observant mes réactions, les lèvres entrouvertes, haletant au même rythme que moi en s'abreuvant de mon plaisir et de la tension qu'il installe partout dans mon corps. Je jette mon avant-bras sur mes yeux en ronronnant, incapable de l'observer davantage. Sa main sur ma queue accélère, ses doigts en moi me fouillent, sa langue me titille le périnée et je sombre dans un plaisir destructeur et indomptable.

C'est ce moment qu'il choisit pour m'abandonner quelques secondes, me laissant vide et en manque. Mais il ne fait pas durer cette agonie, enfile un préservatif, grimpe sur le lit et se positionne entre mes cuisses. Je retire le bras qui me cache les yeux pour trouver les siens, concentrés et sérieux.

– Surtout, tu me dis…

Il pose son gland contre mon entrée et inspire lourdement.

– Putain, je crois que je suis plus stressé que toi ! Tu me dis, hein ?

Je hoche la tête en riant.

– Oui, je te dis.

Il opine de la tête et pousse doucement contre mon orifice. La douleur est plus intense que pour ses doigts. Mais ses yeux… Ils me fixent, se voilent, emportés, brûlants et m'hypnotisent totalement. Il s'enfonce en moi dans une douleur sourde, forçant sur mes muscles anesthésiés par tous les mots que ses rétines me susurrent en silence. J'écarte davantage les cuisses pour l'accueillir, sentant une douce chaleur s'emparer de moi. Et cette sensation, de ne faire qu'un avec lui, de m'offrir et de le prendre tout autant, le tout plongé dans l'univers de ses yeux, efface la douleur qu'il fait naître. Il se fige lorsque son ventre se presse contre mon périnée. Au fond de moi. Il m'offre un baiser qui conclut cette union si parfaite. J'enroule mes bras autour de lui en remontant mes cuisses le long de ses hanches. Il s'enfonce encore davantage puis rompt notre baiser pour me demander :

– Ça va ?

Il est à bout de souffle et sa voix est tendue, tout autant que son corps sur moi. Je hoche la tête puis soulève légèrement le bassin. L'inconfort est quand même présent, malgré tout, et j'ai besoin qu'il bouge. Il recule doucement le bassin, puis replonge en moi. Puis encore. Et encore. Son allure accélérant un peu plus à chaque mouvement, ma douleur s'allège et sans doute que mes muscles s'habituent également.

Chaque aller-retour enflamme mon désir. Il allume un besoin de jouir implacable au creux de mes reins, une vague d'extase inassouvie insupportable, une faim d'absolu et de plaisir qui me dépasse.

– Putain !

Les yeux perdus sur moi, le front perlant de sueur, ses muscles tendus sur mon corps, Milan semble au même point que moi.

– Emeric... Oh, putain...

Ses lèvres, qui prononcent mon nom dans une voix tellement emportée... C'est presque trop pour moi. J'attrape ma queue et tire dessus en urgence, repoussant la tête en arrière, cherchant l'oxygène, la libération et le bonheur que je sens proche, tout proche, mais trop long à venir, me torturant délicieusement.

Un cri émane de ma gorge :

– Milan !

– Oui. Vas-y. Vas-y.

Sa voix est une supplique, son bassin s'active avec fureur, me déchirant un peu, mais m'achevant en quelques mouvements. Le plaisir me fracasse, mon sexe se vide sur mon ventre, mon corps se soumet et semble se disloquer, tout comme mon esprit et mon âme. Je ne suis plus qu'un cœur qui bat entre ses bras.

Il pousse un grognement en agitant ses hanches frénétiquement puis se fige au fond de moi, attrape ma bouche, trouve ma langue pour l'embarquer dans un ballet furieux, relançant l'orgasme qui s'apaisait à peine en moi. Je l'enlace et le serre le plus fort que je le peux, à bout de forces... J'embrasse son front, ses joues, son menton, son nez et ses lèvres, alors qu'il se retire, gère la capote et s'allonge sur le côté pour ne pas m'écraser, en respirant difficilement.

– Je t'aime, Milan Doucet.

Il me sourit et caresse mes taches de rousseur.

– Je t'aime, Emeric Milighan. Et je n'ai plus envie de t'étrangler.

– Tu as dit m'égorger, tout à l'heure.

Il m'embrasse.

– Tu le mérites un peu quand même.

Je hoche la tête et me love dans ses bras.

– J'adore cette chambre.

– Et moi donc !

Milan

Le temps perd ses aiguilles au milieu du bonheur et je perds mon âme au milieu de ses yeux pendant que les minutes passent trop vite et que nos corps ne se lassent pas de se retrouver.

J'embrasse, je caresse et je vénère cet homme, perdu entre les draps, sous ses doigts qui esquissent de nouveaux dessins sur mon corps. J'aime être le papier sur lequel il trace notre nouvel univers.

Il glisse son visage au creux de mon cou en enlaçant ses jambes aux miennes d'un geste las. Nous avons dormi, je crois. Et c'est certain, car il fait nuit. Mais un téléphone vibre par terre, au pied du lit. Emeric grogne contre ma peau.

— Croire qu'elles abandonneraient l'affaire était stupide.

— De qui parles-tu ?

— Si tu peux tendre le bras jusqu'à mon jeans…

Je secoue la tête.

— Non. Je ne peux pas.

— Tant pis.

— C'est important ? C'est qui ?

— Les mamas. Elles ont créé un groupe Messenger pour suivre notre réconciliation.

— Tu déconnes ?

Il secoue la tête.

— Oh, que non ! Enfin, pour le coup, c'est grâce à ça que j'ai su l'heure à laquelle tu partais.

— Oh ! Pour une fois qu'elles font un truc intelligent !

— C'est ça ! Il est quelle heure ?

— Aucune idée.

Sa main glisse le long de mon ventre, trouvant mon phallus en attente. Je caresse sa joue sans m'extraire de ses doigts de plus en plus experts. Il me sourit en enfonçant sa tête dans l'oreiller.

— Et maintenant ? Quelle est la suite ? Quelle version doit-on leur raconter ?

Je hausse les épaules.

— Eh bien… Je verrais bien une petite semaine tous les deux. Tu m'invites chez toi, tu me montres ta vie, ton boulot, tes potes… Et ensuite, on fait pareil chez moi ? Non ?

Il hoche la tête.

– Parfait. Mais c'est petit chez moi, tu sais ?

– Tu as un lit deux places ?

– Oui, et c'est à peu près tout. Je suis étudiant.

– Mmm… Pas besoin de plus.

Il se love dans mes bras.

– Et ensuite ?

Je passe une main dans ses cheveux pour les repousser en arrière.

– Ensuite, on fera un peu chez toi, un peu chez moi… Et si on a besoin, un peu chacun chez soi. Mais je propose qu'on avise au moment venu. Pas de plan.

– Oui. C'est parfait.

Oui. Parfait. Mais une chose est certaine, je ne suis pas prêt à demander du « chacun chez soi ». J'ai l'impression d'avoir tout un tas d'années à rattraper avec lui. Toutes celles que j'ai traversées sans rien voir. Ni ses sentiments ni les miens. J'ai envie de me coller des baffes. Maintenant qu'il est dans mes bras, c'est tellement évident. C'était lui, forcément que c'était lui. J'ai envie de tout avec lui, et tout n'est pas encore assez. J'ai envie de l'infini. Rien que ça.

En parlant d'infini… J'en connais qui vont faire la gueule ! Je me redresse vivement pour attraper mon jeans.

– Merde ! *Sweet Summer* ! Ils vont me tuer !

Sweet Summer

Milan : Hello, Hello…

Marlone : Sans déconner ! Ils sont toujours vivants ! Ça va ? La vie est cool ou quoi ?

Valentin : Chut, n'écrivez pas trop fort, mon Doudou dort !

Milan : MDR ! Vous dormez déjà ?

Marlone : Moi non, mais il est quand même 3 h du mat ! Dis-moi, vous comptez faire une apparition demain ? Ou c'est week-end « 100 % marathon » de la baise ? Combien d'éjaculations doit-on comptabiliser ?

Milan : Marl, t'es d'un romantisme à toute épreuve !

Valentin : Alors ? Raconte ? Mais pas trop fort !

Milan : Tout va bien, c'est tout ce que je peux raconter. Le reste, vous n'avez qu'à l'imaginer. Vous savez si l'hôtel propose le room-service toute la nuit ? On a la dalle.

Marlone : J'sais pas. Val, demande à Dorian !

Valentin : Non ! Il dort ! Chut !

Dorian : Oui, on fait room-service, Milan, allez-y, faites-vous plaisir !

Valentin : Ben, t'es réveillé Doudou ?

Dorian : OUI ! Je suis réveillé ! Et ne m'appelle pas Doudou ! C'est nul !

Valentin : Mais non, t'aime bien ! Par contre, si tu pouvais me rendre mon oreiller ? Tu l'enlaces comme ton nounours. J'ai pas osé le reprendre. T'es mignon quand tu dors. Doudou !

Dorian : Bon, Valentin, tu peux sortir de sous la couette, je ne suis plus endormi, au cas où tu ne l'aurais pas remarqué. Et, accessoirement, je suis juste à dix centimètres de toi !

Marlone : Oh là, ça va finir en partie de jambon, tout ça !

Valentin : Ça risque pas, il avait le choix entre un câlin avec moi ou mon oreiller. Il n'a pas hésité une minute, il m'a poussé, j'ai failli m'étaler par terre et il a chopé son truc en plume !

Dorian : N'importe quoi !

Valentin : Je te jure que la prochaine fois, je filme ! Sinon, t'as bien dormi ? Je t'ai pas trop dérangé ?

Dorian : Bon, Valentin, on est juste dans la même pièce, je te signale ! On peut se parler en direct. Mais sors de sous cette couette, t'es ridicule !

Milan : MDR !

Valentin : Oh, putain, il vient de virer la couette ! Je suis MDR ! Doudou, rends-moi cette couette !

Dorian : Arrête avec ces messages, trou de balle !

Marlone : Waouh ! Ça s'éclate bien chez Doudou !

Dorian : Valentin, je vais te tuer à cause de ce surnom !

Valentin : Bon, ben je suis juste en face de toi, alors tu peux me parler directement. Pas besoin de Sweet Summer ! T'es débile ou quoi ?

Marlone : J'adore ! Bon, autre chose ?

Milan : Oui ! Valentin, Em te remercie et te demande de ne plus jamais lui parler de surf ! Et je valide, c'était atroce !

Dorian : T'as fait quoi encore ?

Valentin : Hein ? Rien ! Tu peux me filer la bouteille d'eau que tu as prise de ton côté, Doudou ? J'ai soif. Et j'attends toujours la couette ! Les nuits sont fraîches, j'ai les tétons qui pointent, regarde !

Dorian : Ah oui. Les gars, il a les tétons qui pointent ! C'est n'importe quoi cette conversation.

Milan : Non, c'est très instructif !

Dorian : Tiens, ta flotte, Val !

Valentin : Merci. Mais t'étais pas obligé de me l'envoyer à la tronche ! Le bouchon n'était pas vissé !

Dorian : Même en voulant le faire, je ne l'aurais pas fait aussi bien ! Val est trempé ! MDR ! T'es réveillé Chaton maintenant !

Valentin : Mais le drap aussi ! PUTAIN ! Je dors de ton côté !

Dorian : Ben voyons ! Tu rêves !

Valentin : Bonjour l'hospitalité ! Si tu ne me laisses pas ta place, je te colle une note de merde sur Trip Advisor, t'es prévenu. Je me crée 15 comptes et je te colle 15 notes de merde, d'ailleurs !

Dorian : Et je dors où, moi ?

Valentin : Où tu veux, je ne suis pas regardant. Soit avec moi, soit par terre, ou dans la baignoire.

Marlone : Roulement de tambour... Que va-t-il choisir ?

Milan : Suspense à son comble !

Dorian : Bon, ça suffit les conneries ! Milan, le room-service t'attend. Marlone, va baiser. Valentin... Mais non, Valentin, tu ne dors pas là ! C'est ma place. Arrête tes conneries, je vais me casser la gueule ! Arrête de pousser !

Marlone : J'ai envie de dire, si ! Vas-y, Val, pousse. Continue. Encore !

Milan : Oh, oui, putain, c'est bon ! Pousse encore !

Marlone : Oui, comme ça ! Vas-y, c'est trempé !

Milan : Je crois que je bande ! Je vous laisse ! Salut les mecs !

Dorian : Bande de cons ! Valentin, dégage, c'est la dernière fois que je le dis !

Valentin : Allez, câlin, Doudou...

<u>Marlone</u> : Salut les lovers… Que la lune vous inspire et rende votre nuit torride et profonde…

<u>Milan</u> : Ami du soir….

<u>Valentin</u> : Bonsoir.

<u>Dorian</u> : Bonne nuit les mecs. Val, dégage !

Sweet Summer

Livre 3  Valentin

I'm not in love

So don't forget it

It's just a silly phase I'm going through

And just because I call you up

Don't get me wrong, don't think you've got it made

I'm not in love

Je ne suis pas amoureux

Donc, n'oublie pas

C'est simplement une drôle de phase que je traverse.

Et simplement parce que je t'appelle,

Ne le comprends pas de travers, ne crois pas que tu as réussi

Je ne suis pas amoureux

Paroliers : Eric Stewart/Graham Gouldman

Paroles de I'm Not In Love © Sony/ATV Music Publishing LLC, Schubert Music Publishing Inc.

Chapitre 0 ~3

Valentin

Méline est arrivée une journée en retard. Enfin, c'est moi qui ai décalé le départ, parce que ce week-end entre potes a été allongé d'une nuit, à la demande de tous. C'est donc ce lundi matin qu'elle s'est pointée, toutes dreadlocks dehors et fringues improbables en avant.

Elle balance mon sac entre nos planches, à l'arrière du combi, puis referme les portières d'un air décidé, joyeux et plus qu'engageant.

– Bon, cette fois, c'est bon. On y va, BB ?

BB, c'est pour Bad Boy. J'ai commis l'erreur monumentale de lui faire part des réflexions stupides des gars concernant cette histoire de bad boy toulousain. Je sens que je vais trimballer longtemps cette histoire. *Bien joué !*

Je me retourne vers la petite troupe, alignée sur le bord du trottoir. Nous étions quatre, nous voilà six... Une part de moi s'en réjouit, parce que Marlone semble kiffer grave son mec, tout autant que Milan ressemble au Bisounours « Grobisou » avec son Emeric... Mais une petite voix me rappelle que s'ils se mettent tous en couple, je vais certainement devoir oublier nos soirées à la con de célibataires buveurs de bière, de grenadine et j'en passe. Une sorte d'angoisse me titille le cerveau depuis ce week-end. Tous célibataires, ça le fait, et ça m'a toujours conforté dans ma « différence ». Mais s'il ne reste que moi, alors...

Bon, pour le moment, il en subsiste un autre, qui résiste encore et toujours à l'envahisseur... Un autre, au même stade que moi, c'est-à-dire célibataire endurci. Et comme il bosse tout l'été, à l'automne et aussi l'hiver, sans oublier le printemps, j'imagine que je ne serai jamais le dernier cœur solitaire du groupe. Nous serons deux à être seuls. Étrange comme phrase, mais je me comprends... Bref !

J'enlace Marlone, qui m'assène une claque fraternelle dans le dos, puis serre la main à Tristan, un mec sympa, parfait pour mon pote.

Milan m'attire à lui pour m'étreindre brièvement, puis je checke le poing de son mec, Emeric, un petit gars tout mignon. Le week-end l'a confirmé.

Puis… Dorian. L'unique rescapé du défi *Sweet Summer*. Celui qui, comme moi, ne remplira pas les exigences de J.E. à la fin de l'été. Mon ami le plus ancien, par l'âge et par notre date de rencontre, trifouille mes cheveux en m'adressant un sourire bienveillant.

— Prends soin de toi, Chaton. Tente de respirer un peu !

Je lui claque une bise sur la joue.

— Et toi, n'en profite pas pour dormir en Jésjsus. C'est pas parce que je me barre que…

Oui j'essaye de ne plus zozoter, c'est insupportable ! Dorian retient un rire avant de plonger ses yeux au fond des miens en me répondant :

— J'vais me gêner ! Allez, file !

Je recule en leur adressant un signe de la main. J'ai l'impression de partir au combat en les voyant tous là, en rang d'oignons, tels une famille sur le quai d'une gare. Il ne manque plus que les mouchoirs, quelques larmes et on y est…

— Tranquilles les mecs, je vais juste surfer ! On se revoit très vite ! Restez cool !

Marlone lève les yeux au ciel :

— On essaye simplement d'être polis ! Dégage, on a envie de profiter de la plage avant de rentrer !

— Ouais, c'est ça ! Va surfer !

Je grimpe dans le van en leur adressant un doigt d'honneur magnifique pendant que Méline démarre notre carrosse.

— On est partis ?

— Ouais ! On va où, déjà ?

Ma chauffeuse, ex-collègue et amie, lève les yeux au ciel en secouant la tête, faisant danser ses locks autour de son visage.

— *Camping Des Pins*. Je te l'ai dit, j'ai pas envie de conduire pendant dix jours.

Ah oui, c'est vrai. Nous ne partons pas si loin. Je ne conduis pas, non pas que je ne sache pas, mais je n'ai jamais voulu passer le permis. Et elle ne veut pas que je risque un truc en prenant le volant – entre nous elle n'a pas vraiment tort – et elle, elle est crevée. Peu m'importe où nous allons en réalité. Tout ce qui m'inspire, c'est la mer, la plage et le surf. Le reste… je m'en tape. Je pose mes pieds sur la plage avant en dégainant ma gourde de grenadine – merci de ne pas se moquer, cadeau de Dorian il y a dix minutes – et m'avachis sur mon siège en posant mes lunettes sur mon nez.

– On est partis ! Vire-moi ces mecs de ma vue, et rapidement !

Elle s'esclaffe, leur adresse un signe de la main, tandis que j'esquisse un vague salut également, et notre véhicule s'engage vers la sortie... À nous les vacances !

CHAPITRE 1 ~3

Valentin

– ZzzzzanZzzzzzzibar !

Je lève les yeux au ciel.

– C'est bon, Méline !

Elle secoue la tête en riant.

– Nan ! Répète, BB... ZAN. ZI. BAR.

– OK. SanJZibar... Merde, tu fais chier !

Elle éclate de rire.

– Non, mais qu'est-ce qu'il t'est passé par la tête de te percer la langue ?

– J'aime bien. C'est tout. Et je m'emmerdais, le salon avait une place de libre... bref, c'est bon !

En réalité, la raison de ce piercing, je ne la connais même pas réellement moi-même. Et non, je n'aime pas forcément avoir un truc en métal dans la bouche. Au début, je bavais et je ne pouvais manger que de la soupe à la tomate... parce que je n'aime pas les autres soupes et potages à la con... Cependant, sur le moment, j'en avais besoin. Alors je l'ai fait et c'est tout.

Trois semaines qu'elle me gonfle avec ce machin. Heureusement que je ne lui ai pas parlé de mes deux dydoes,[13] installés en début d'année... Une autre boulette ces trucs, car j'ai à peine fini de cicatriser et nous sommes en juillet ! Je peux enfin pisser et m'occuper de mon engin tranquillement depuis un petit mois. Avant, c'était galère. Bref. Pour en revenir à nos moutons, un jour viendra où je parlerai normalement. J'y suis presque.

Je termine ma grenadine pendant qu'elle se lance dans un nouvel exercice passionnant :

---

[13] Dydoe : Piercing pelvien

– Le ZiZi de ZiZou baiSe ZaZa la ZouZou.

– Hein ?

– Je répète ! Le Zi…

– STOP ! C'est bon ! Arrête-toi là, faut que j'aille pisser !

– Hein ? Mais non, on arrive dans un quart d'heure !

– On arrive à ton camping dans un quart d'heure, certes, mais après, il faudra faire la queue pour signer des trucs et obtenir l'emplacement, puis le trouver. De plus, il aura probablement une appellation à la mords moi le Jobe… le ZZZobe, genre « Pétunia 8 F », impossible à déchiffrer, et encore pire à trouver. Ensuite, on devra s'y garer, puis trouver les chiottes publiques et…

Elle fait voler ses tresses dans tous les sens d'un mouvement de tête agacé et ne manque pas de soupirer outrageusement avant d'abdiquer.

– OK, OK, c'est bon, j'ai compris ! Je te jure que pour le retour, je te prive de grenadine ! C'est le second arrêt pipi en moins de deux heures ! Pire qu'un gosse.

– Tu touches à ma grenadine, je te raje… raZzze les locks !

Aucunement apeurée par ma menace ultime, ma pote se gare sur le bas-côté de la route.

– Tu as deux minutes, après je repars, avec ou sans toi !

Je saute du combi et m'enfonce au pas de course dans le petit bois longeant la route pour me soulager. Le problème de la grenadine. On ne le dit pas assez, mais c'est pire que la bière…

Un bruit se faufile entre les arbres qui m'entourent, jusqu'au creux de mon oreille, alors que, soulagé, je remonte ma braguette. Comme une sorte de plainte sourde, infime, presque imperceptible. Je m'immobilise pour écouter le silence qui règne dans ce petit bois. Et j'entends à nouveau ce petit gémissement. Je contourne l'arbre que je viens d'honorer et m'enfonce davantage dans les sous-bois en suivant le bruit, jusqu'à ce qu'il devienne bien distinct et que je constate qu'il provient d'une boîte en carton de bonne taille, fermée, cachée entre deux troncs.

Un nouveau petit cri se fait entendre, me prouvant que ce qui me guide depuis tout à l'heure provient bien de cette caisse.

Je m'agenouille devant la boîte et l'ouvre précipitamment pendant que les gémissements se transforment en aboiements.

Une espèce de boule de poils noire tachetée de brun se jette sur la paroi opposée de sa prison, apeurée, dès que je repousse les pans du carton qui la recouvraient.

Il s'agit définitivement d'un chiot, enfermé dans ce carton, cloué au sol par une grosse pierre en son centre et recouvert de quelques excréments...

– Qu'est-ce que tu fais là, toi ?

Mon cœur se retourne face à cette pauvre bête, qui d'un seul coup d'œil et de quelques gémissements, s'arrange pour me faire chavirer. Ce petit animal tremblant, perdu et abandonné, trop jeune et sans défense, parle directement à tout ce qui fait de moi ce que je suis. Mon cœur se fend, tout en se gonflant de colère envers les responsables d'un tel acte... Ce machin est tellement mignon que le voir abandonné ici me révulse... Les hommes sont des bêtes, pires que des animaux... Je le savais déjà, ce n'est qu'une nouvelle preuve de leur côté abject... Ce chien est tellement petit qu'il tient dans une seule de mes mains lorsque je l'attrape pour le libérer de cet enfer. Comment peut-on ne serait-ce qu'imaginer lui faire du mal ?

Heureusement, il semble aller bien. Un examen rapide de sa corpulence semble indiquer qu'il n'est pas retenu dans ce piège depuis trop longtemps. Il me paraît un peu faible, mais n'est pas rachitique.

La voix de Méline, qui s'impatiente depuis le bord de la route, me sort de mon tête-à-tête avec l'animal. Je me redresse pour examiner les alentours de la boîte, au cas où quelques pistes, voire des indices, auraient pu être laissés, mais rien. Je cale le petit être dans le creux de mon bras en caressant sa tête toute mignonne tandis qu'il se roule en boule en tremblant.

– Pas de panique, p'tit machin... On va s'occuper de toi. J'arrive, Mél !

Ma pote nous accueille avec les yeux écarquillés.

– C'est quoi ce truc, BB ?

Je lui passe devant pour rejoindre le van.

– D'après toi ? C'est un chien, à première vue. Je dirais même un chiot.

Elle contourne notre véhicule pour s'installer sur son siège pendant que je fais de même, puis elle se penche en inspectant l'animal, toujours blotti contre moi et presque transi de peur, émettant quelques gémissements timides contre l'intérieur de mon coude.

– Non, mais regardez-moi ce petit chouchou ! Tu l'as trouvé où ? Pourquoi était-il là ? Ils sont où ses proprios ? C'est quoi ce délire ? Il s'appelle comment ? Et qu'est…

– STOP, Méline ! Il était enfermé dans un carton, je pense depuis au moins un jour, il pue l'urine… C'est tout ce que je sais.

Elle gazouille en chatouillant la tête du chiot.

– Il est trop mignon ce petit truc…

Le « petit truc » sort la tête de sa cachette et pose son museau sur mon avant-bras en la toisant nonchalamment. Ce qui encourage Méline à continuer ses papouilles.

– Comment peut-on abandonner un chiot, comme ça ? C'est écœurant… Qu'est-ce qu'on va en faire ?

Quelle question ! Pour moi, il n'y a qu'une solution possible.

– Je le garde. T'as pas un peu d'eau ? Il doit avoir faim aussi. Ça mange quoi, un chiot ?

Mon amie se redresse et trouve une bouteille d'eau coincée dans sa portière.

– J'en ai aucune idée.

Elle verse un peu d'eau dans sa paume et l'approche du chiot, qui s'empresse de laper sa peau, puis encore.

– Doucement mon mignon, j'ai lu quelque part qu'en cas de grande soif, il fallait se réhydrater lentement…

J'attrape la bouteille d'eau dans sa main et en répands un peu sur le pelage du chiot, pour le rafraîchir. Je le trouve très mignon, certes, mais personnellement, le premier sentiment qui me vient, c'est plutôt la rage. Comment peut-on sceller le destin d'un petit être sans défense, comme ça ? Il fait au moins 30 °C en pleine journée à cette époque de l'année ! Et, enfermé comme il l'était, il n'avait aucune chance de s'échapper pour trouver à boire ou à manger. Quitte à ne pas avoir de cœur, autant le liquider tout de suite. Au moins, ça aurait évité une souffrance inutile. Certaines personnes sont des monstres.

Le chiot envoie un coup de langue sur le pouce de Méline, sans doute pour la remercier, puis se blottit à nouveau entre mon torse et mon avant-bras. Je ne peux m'empêcher de me dire que celui-ci a eu de la chance, finalement, parce que quoi qu'il arrive à présent, il sera entre de bonnes mains. Sans doute beaucoup mieux que dans celles qui ont précédé et qui n'ont pas eu de remords à l'abandonner au milieu de nulle part.

Méline nous observe un moment en jouant machinalement avec l'une de ses locks.

– Et on fait quoi, maintenant ?

– On arrive dans combien de temps ?

– Un petit quart d'heure.

J'attrape mon téléphone.

– Il y a bien une ville ou quelque chose à proximité ?

– Bien entendu. À quelques kilomètres.

– Alors on passe par la ville, je vais trouver un véto. J'y connais rien, moi, en chiots. Il doit avoir besoin de soins, de vaccins, de bouffe…

Notre chauffeuse démarre le van.

– Ouaip. On va faire ça. T'es certain que tu veux le garder ?

Je hausse un sourcil.

– Et pourquoi pas ?

– Parce que t'as déjà parfois du mal à te souvenir des heures de repas pour toi, alors… Et, comme tu viens de le dire, tu n'y connais rien… Il y a peut-être une SPA dans le coin…

– Un foyer d'accueil ? Merci, mais c'est simplement hors de question. Je vais apprendre, c'est tout.

JAMAIS je ne mettrais qui que ce soit dans un foyer d'accueil, SPA ou autre ! Impossible. Je soulève la mini crotte poilue et la positionne d'une main devant mon visage. Elle se met à lécher mes doigts avidement en dandinant son arrière-train, pendu dans le vide, en agitant ses petites pattes.

– Hein qu'on va gérer, petit truc ? On va t'acheter une belle laisse, une niche et plein de jouets… et des croquettes aussi…

Méline laisse échapper un petit rire en secouant la tête, décidément amusée, puis se décide à démarrer.

– Alors, c'est parti pour une visite chez un véto !

– Attends, je te trouve une adresse.

J'allume mon téléphone, et après quelques instants de recherche, je lui installe devant les yeux en mode GPS.

– On ne peut pas se tromper, il n'y en a qu'un. En avant, chauffeur !

– À vos ordres, BB…

Eliés

– Emmanuelle ! C'est ridicule !

Ma petite amie, ou presque fiancée, ou ex – apparemment, c'est la nouvelle appellation officielle – me toise avec froideur et dédain.

– La seule chose ridicule dans l'histoire, Eli, c'est moi !

– Mais, arrête ! C'est bon... Il n'y a personne de ridicule ! Enfin, pour le moment... Nous nous trouvons dans la salle d'attente, là, et tu te donnes en spectacle ! Viens !

Emmanuelle jette un œil à Madame Belœil, assise aux premières loges, qui caresse son chat posé sur ses genoux et qui ne loupe rien de la scène.

– Et donc ? Ça fera des potins pour au moins six mois, dans ce patelin de merde où il ne se passe jamais rien !

Puis, se tournant vers la cliente.

– Ça vous suffit ? Vous avez votre histoire à raconter aux copines ou il faut que je développe ?

– MANU !

Ma nana, enfin ex-nana, se redresse en rejetant ses cheveux derrière son épaule.

– Quoi, « Manu » ? Tu sais quoi ? Manu, elle se barre ! Je préfère te le dire parce que j'ai l'impression qu'entre le surf, la moto, les chiens, les chats, les souris, les hamsters et le zoo, tu risques de ne même pas t'en rendre compte ! Et je préfère ne pas évoquer Joséphine, Paula et les autres !

De mieux en mieux ! Complètement grillée du fusible !

– Quoi, Joséphine, Paula et les autres ?

Ma secrétaire – Joséphine – baisse la tête en rougissant. Je crois que cette femme – mon ex-future femme – est complètement folle. Quelque part, son départ est un soulagement. Mais bon, au bout de deux ans de vie de couple et un projet de mariage, je ne peux décemment pas la laisser partir sans objecter un minimum... Il y a quelques règles impondérables dans une rupture. Un équilibre à trouver entre le « je suis triste à me jeter sous un train » et le « je m'en fous royalement ». Hausser la voix une bonne trentaine de minutes est, je pense, une bonne idée pour clôturer l'affaire. Cependant, elle commence à me saouler prodigieusement... Parce que, plus elle parle – enfin, hurler serait un terme plus approprié – plus la réalité éclate dans mon esprit. Une conne ! Ça fait des années que je supporte une conne ! Le constat est affligeant ! Combien de temps de perdu ? Rien de mieux pour me faire sortir de mes gonds…

Cependant, j'essaye de garder mon calme en attrapant son bras.

– Manu, viens, on va discuter calmement là-haut !

Elle s'écarte brusquement de moi.

– Ah, mais non ! Je me tire ! Si tu crois que je vais me laisser berner une nouvelle fois par tes belles paroles passionnées…

Elle me crucifie instantanément du regard, attendant sans doute une réponse ou, au minimum, une réaction de ma part… Mais je n'ai finalement rien à dire.

Elle a raison, elle le sait et en profite pour soulever le problème majeur chez moi… Oui, je suis un passionné. Oui, je me laisse emporter par les instants présents. Et oui, je lui ai promis le monde et bien plus il y a quelques années. En dépit de mes rêves, de mes projets et d'autres engagements que je m'apprêtais à prendre à l'époque…

Pour elle, j'ai tout mis de côté. Pour elle, j'ai réorganisé ma vie, sans qu'elle ne demande quoi que ce soit, il faut bien l'admettre. Parce que je suis comme ça. Lorsque la passion et le désir frappent à ma porte, je suis incapable de me brider… J'ai toujours vécu de cette manière, m'en remettant aux choix du destin et en plongeant tête baissée à chaque fois.

À l'époque, lorsque l'amour du monde animal m'a frappé de plein fouet, j'avais à peine quinze ans. J'ai laissé tomber mes potes, j'ai fait le mur, et j'en passe, pour aller squatter dans le zoo le plus proche de chez moi et m'engager comme promeneur de chiens à la SPA de la ville, en oubliant le collège et les examens au passage.

Puis, idem lorsque j'ai découvert l'humanitaire… Plus rien d'autre ne comptait. J'ai mis en pause mes études, j'ai menti sur mon âge et j'ai même songé, la première fois, à payer une fortune pour de faux papiers afin d'avoir l'âge « légalement acceptable » pour pouvoir m'engager. Même chose pour les diplômes nécessaires que je n'avais pas encore pour partir à l'aventure avec toutes sortes d'organisations vénérables…

Manu, elle aussi, a subi mon ardeur déraisonnée pour les « grandes causes » qui ont toujours guidé ma vie… Je me suis emballé dans cette relation, y voyant la combinaison parfaite de tous mes idéaux : la femme sympa, intelligente et très jolie, libre et joyeuse, qui ne me briderait pas, mais qui me ferait découvrir de nouvelles choses, plus sérieuses et abouties, contrastant tellement avec les aventures sans lendemain que j'avais connues jusqu'alors…

Le seul problème, c'est qu'en fonçant tête baissée, en laissant les émotions et les sensations guider une vie, parfois, on se plante. Et finalement, on passe à côté de notre essentiel…

Manu, aussi belle et adorable qu'elle ait toujours été, en a malheureusement fait les frais… Elle n'était pas la femme parfaite pour moi. C'est aujourd'hui une évidence, mais je ne l'ai compris que trop tard. Et elle est en train de le comprendre à son tour… Et oui, ça fait mal. Enfin, surtout à elle. Moi, je dirais, sans faire preuve d'aucune méchanceté, que ça me soulage…

Je baisse les yeux sur mes chaussures, tout à coup beaucoup trop conscient des erreurs que j'ai commises bien trop souvent à son sujet et qui, aujourd'hui, nous amènent à cette situation douloureuse pour elle.

– Je suis désolé, Manu… Vraiment, je sais que tu as toutes les raisons de m'en vouloir.

Elle me scrute sans un mot pendant quelques minutes, puis ses lèvres se pincent dans une grimace de douleur.

– Tu peux être désolé, Eliés. Parce que… Merde, le pire c'est que je le savais ! Je savais que notre relation n'était qu'un fétu de paille. Mais tu étais tellement partant, tellement passionné…. Mes parents m'avaient prévenue ! Et j'ai foncé, moi aussi… Pour l'amour du ciel, Eliés, j'y croyais !

Elle marque une pause pour me dévisager, puis reprend.

– Et tu sais ce qui m'énerve le plus ?

– Non ?

Je m'attends au pire…

– C'est que c'est justement ce côté fou furieux et passionné chez toi qui m'a plu… Le sort aime l'ironie, n'est-ce pas ? Ce qui m'a séduite hier me rend dingue aujourd'hui ! Je ne supporte plus cette passion, que tu voues à tout sauf à moi ! Je pensais que ça te passerait… mais non. C'est exactement toujours le même schéma… Un truc arrive ou tu rencontres quelqu'un. Et même parfois, il te suffit de lire le journal… Et hop, un nouveau cheval de bataille se joint à tous les autres dans ton emploi du temps… Et je ne parle pas de ton cerveau qui change de priorités. Et j'en passe…

Que puis-je ajouter à ça ? Oui, effectivement, je suis coupable de tout ce qu'elle énumère. Et non, je ne cherche pas à me changer. Parce que j'aime être cet homme. J'aime ma vie comme ça. J'aime tout donner, découvrir, être utile et ressentir…

Elle pointe son index sur mon torse, emportée dans son discours :

– Je suis jalouse d'une girafe qui n'a pas une semaine ! Tu imagines ? Jalouse d'un morceau de ferraille monté sur deux roues ou d'une planche en polystyrène, aussi… Et je ne parle pas des femmes… Je ne supporte plus de vivre comme ça… Alors, clairement, allez vous faire foutre, toi et tes engouements irraisonnés pour tout et n'importe quoi ! Tu n'as pas besoin de moi dans ta vie ! Définitivement !

– Manu…

J'essaye de la calmer, tout en sachant qu'il vaudrait mieux, pour son propre bonheur, qu'elle parte. Je n'y mets donc pas d'entrain et elle n'y porte aucune attention. Au moins, là-dessus, nous sommes d'accord. Parce que oui, je vis ma vie à 100 %. J'aime ça et je ne changerai pas. Une existence sans passion ne mérite pas d'être vécue.

Elle attrape la poignée de la valise qu'elle avait posée à ses pieds.

La porte de la salle d'attente s'ouvre sur deux personnes, inconnues, et mon ex-nana en profite pour prendre la tangente sans manquer de les bousculer proprement. Je n'ai même pas le temps d'accueillir les nouveaux venus que Joséphine s'affale sur son guichet en pleurant… Mme Belœil me toise sévèrement et son chat se met à cracher en direction du chiot qui vient de faire son apparition, dans les bras de l'une des personnes entrant dans la pièce.

Bien, bien, bien… Voilà, voilà… J'adore ma journée !

Je me tourne vers ma secrétaire en larmes.

– Bon, Joséphine, un peu de tenue. Accompagne Mme Belœil et Satan dans la salle de soins, pendant que je…

… Pendant que je hurle que mon ex est une conne, que je casse tout dans ce cabinet et que je me barre loin, très loin de cette journée de merde !

–… que je vois avec ces messieurs-dames ce qui les amène parmi nous…

Sourire affable envers ma secrétaire, qui sèche ses yeux, et ma cliente, qui semble valider ma décision d'un geste sec de son menton… poilu. Bref.

J'attends qu'elles disparaissent pour me retourner vers les nouveaux venus. Et je scotche. Littéralement. Je ne comprends pas pourquoi, mais ce n'est qu'un détail dont mon cerveau se fiche éperdument. Je bugge, c'est tout.

Je fais face à un homme, une femme et un chien… la routine, normalement… Sauf que non, absolument rien à voir avec la routine ! Le spectacle est à tomber… Je crois n'avoir jamais vu quelqu'un d'aussi… beau… Et je ne parle pas de la femme. Ni du chien. Non. L'élément troublant, celui qui sans le vouloir fait que ma voix se barre et que mon esprit stoppe net toute activité, c'est un homme. Un homme dont le premier abord me frappe en pleine tête, avec pas moins de force qu'une lame de fond en pleine tempête. Je perds mon Nord, mon Sud, le bas, le haut et tout le reste aussi, juste en restant face à lui. Mes yeux n'ont de cesse de l'examiner, sans que je ne puisse arrêter ce massacre. Totalement dirigé par je ne sais quel instinct, je n'ai d'autre choix que de l'observer, encore et encore, comme si plus rien d'autre n'existait. Manu qui se barre, Joséphine qui chiale, Satan qui m'attend avec Démonia dans mon bureau, les chiens, les chats, ce cabinet et toute la planète… Rien n'a plus d'importance en cet instant précis. Donc je me soumets, avec délectation, à cet examen minutieux du responsable de mon grillage de fusible intempestif.

De ma taille, sans doute de mon âge, il est fin, légèrement tatoué et habillé en vrac. Il dégage quelque chose de… impossible de décrire ce qui me froisse autant le cerveau. Ses yeux vert sombre me détaillent. Ses lèvres étirées m'envoient un rictus narquois et un peu moqueur. Un piercing au nez et d'autres sur l'oreille attirent mon œil, et ses cheveux absolument pas coiffés appellent mes mains d'urgence, pour aller les emmêler encore davantage. Et les fossettes sur ses joues… Je…

– Bonjour… nous sommes désolés d'arriver au beau milieu de…

Je reprends pied avec la situation aussitôt en abandonnant mon examen de l'homme pour me tourner vers la femme, toute souriante, qui s'approche de moi d'un air très sympathique. Ça change des clientes habituelles. Les autres ont une moyenne d'âge de soixante ans et minaudent hypocritement dès qu'elles passent cette porte, en flirtant sans honte avec moi…

J'attrape la main de la charmante demoiselle, sans pour autant lui porter une quelconque attention. Obnubilés, hypnotisés, mes yeux repartent étudier l'homme à ses côtés.

Merde, c'est quoi mon problème ? Aucun doute que je dois passer, au minimum, pour un con au milieu de cette salle d'attente, incapable de prononcer deux mots, à détailler dans tous les sens un mec que je rencontre pour la première fois…

Bien, bien, bien…

Joséphine me sauve la mise en sortant de mon bureau derrière moi.

– Eliés, Satan est prêt pour son injection, et je dirais même impatient… Il m'a griffé, le petit ange…

Je me tourne vers elle, l'esprit embrumé. Je n'ai rien compris.

– Hein ?

Ma charmante et jeune secrétaire retient un rire en désignant mon espace de travail d'un geste de la main.

– Satan ! Son injection… Mme Belœil… Dans ton bureau…

– Ah, oui, oui… D'accord. OK. Alors… Ben, j'y vais…

– Oui, voilà. Et moi, je m'occupe de ces messieurs-dames.

– Oui. Très bien… Juste… Joséphine… Viens avec moi deux minutes…

Je dois en avoir le cœur net, parce qu'un truc m'interpelle. Quelque chose de pas normal du tout, qui commence à devenir récurrent. Plus ça va, plus c'est perturbant. Ça fait beaucoup trop pour que j'en reste là… Je salue rapidement les inconnus plantés au milieu de la salle d'attente. Je préfère oublier l'accueil déplorable que je viens de leur offrir et l'opinion sans nul doute désastreuse qu'ils doivent certainement avoir sur moi et sur la clinique par la même occasion. Et surtout, occulter le physique de cet homme, en me réfugiant, lâchement – c'est déjà bien de le reconnaître – dans le sas de préparation, emportant Joséphine avec moi.

Cette dernière se défend aussitôt.

– Eliés, je suis désolée pour mes larmes, mais ta femme a été dure… Supposer que toi et moi… enfin…

Elle me surprend, parce qu'aussi étrange que cela puisse paraître, j'avais presque oublié cet épisode de la journée… Je pense, en tout état de cause, que je devrais en avoir honte, d'ailleurs, mais j'ai plus urgent à gérer.

– Oui, non… enfin, ce n'est pas ma femme. Et heureusement, d'ailleurs. Mais ce n'est pas important.

Ma secrétaire ouvre de grands yeux :

– Ah non ?

– Non. Enfin, si… mais non !

– D'accord.

Elle est sympa cette secrétaire. Elle ne me contredit absolument jamais. Bref. Je lui expose mon souci, car il faut que j'expulse.

– Joséphine… Dis-moi un peu… Est-ce que… c'est normal, si je trouve ce mec là-bas… beau ?

Elle plisse les yeux. Puis se penche pour observer la salle d'attente depuis la baie qui les sépare de nous.

– Ah, ben oui, il est effectivement très beau… mais toi aussi Eliés, tu sais…

– Oui, mais bon… Enfin, ce n'est pas la question… Non.

Je la regarde, elle me regarde… Silence. Putain, il faut que j'explique, en plus…

– Non, mais… vois-tu, je ne suis pas gay, Joséphine.

– Ah ! Oui… Mais tu as le droit de le trouver beau quand même… Regarde, moi je trouve les chats persans très beaux et je ne suis pas zoophile pour autant…

– Ah, ben oui. Très bonne analyse.

Je soupire… Oui, enfin, je suis moyennement convaincu. Moi aussi, j'adore les labradors. Mais ce n'est pas pour autant que je reste scotché cinq minutes à en admirer un dès que je le vois. Et, autre élément important, je ne bande pas quand je mate un labrador. Tandis que là…. Bref, je crois que je n'obtiendrai rien d'autre de sa part. Je dois être fatigué, et mon esprit échauffé par le départ de Manu. C'est quand même un choc de se faire larguer, non ? J'ai sans doute le droit à un joker. Enfin, je suppose. Je vais donc terminer ma journée plus rapidement que prévu. Un tour en bécane m'aérera certainement l'esprit.

– Cependant, Joséphine, si ces gens viennent ici pour consulter, je crois que je suis incapable de gérer leur cas aujourd'hui. Occupe-toi d'eux et propose-leur un rendez-vous demain, je serai dans de meilleures dispositions.

Elle hoche la tête. Et c'est là que nous nous séparons. Puis, nous nous dirigeons chacun vers nos tâches respectives. Elle vers lui, l'ange de la salle d'attente, et moi vers Satan, le démon de ma salle de soins. La vie est injuste. Ou pas.

Valentin

– T'as remarqué que tu ne zozotes plus ?

J'ignore cette remarque. Je n'ai jamais vraiment zozoté. Au pire, ma langue traînait un peu… Bref, changeons de sujet.

– J'ai l'impression qu'il kiffe les croquettes…

Je caresse le chiot qui se bâfre littéralement sous mes yeux, le nez plongé dans les croquettes hypoallergéniques avec digestion facile spéciales chiots, sans graisse ni sucres ajoutés. Trente balles les cinq cents grammes. Ce chiot mange des plats dignes d'un étoilé Michelin pendant que nous, nous allons nous taper des raviolis et des kebâbs pendant dix jours. Tout va bien. Au moins, il ne fait pas le délicat et termine sa gamelle en trois minutes, top-chrono. Puis, il me lance un regard éperdu pour, sans doute, bénéficier d'une seconde tournée. La nana du cabinet a dit non. Et Méline dirait sans doute non. Alors, j'attends qu'elle tourne les talons pour aller chercher sa tente dans son van et j'attrape une poignée de croquettes de luxe dans le sac pour les refiler en douce à Truc, qui se jette dessus sans attendre son reste.

– On va l'appeler comment au fait ?

Méline se redresse en s'esclaffant.

– Comment ça, « on » va l'appeler ? Mais attends… ce n'est absolument pas mon chien, donc absolument pas mon problème !

– T'es pas cool !

Elle s'esclaffe une nouvelle fois en extirpant la tente du combi.

– Ce qui n'est pas cool, jeune homme, c'est de me laisser déballer tous les machins, là…

Je me lève pour lui porter main forte.

– Oui, mais aussi, pourquoi tiens-tu à dormir dans une tente, alors que ton combi est équipé d'un matelas largement assez grand pour nous deux ? Je te rappelle que je suis gay, je ne risque pas de te sauter dessus !

Elle attrape un sac au fond du van et le tire vers elle en soufflant lourdement.

– Mais, c'est justement ça, le problème ! Tu es gay, BB… Donc, pas intéressant pour moi. Et si tu crois que je vais passer mes vacances à papoter sagement dans un lit, avec un mec qui ne bavera ni sur mes seins, ni sur mon cul et encore moins sur d'autres parties de mon corps tout aussi stratégiques, c'est que t'as rien compris… Moi, je veux me faire peloter, me faire lécher, me faire…

J'attrape vivement le sac qui pèse effectivement une tonne et l'emporte loin d'elle, en direction de l'emplacement où elle a décidé d'élire résidence.

– OK, OK, c'est bon, j'ai compris… inutile de détailler.

Mais elle me rattrape et lâche lourdement sa tente devant mes pieds.

– Et d'ailleurs, ça va commencer dès demain…

– Ah oui ? Tu planifies ?

– Ben oui… Demain, on retourne chez le véto… Et je sens qu'on va l'inviter à un petit barbecue… En réalité, ce chien est un cadeau du destin, un véritable aimant à mecs… Bien joué, BB !

Elle me sourit d'un air espiègle, mais je ne suis que moyennement convaincu.

– Ah, ben oui… Si tu veux… Amuse-toi bien… mais je te rappelle qu'il semble marié… Tu risques de ramer un peu.

Elle secoue la tête avant de se laisser tomber sur ses genoux pour déballer sa tente.

– Il semble surtout séparé, si tu veux mon avis. Et vu la manière dont il t'a maté… Je pense qu'il acceptera sans problème une petite invitation. Tu vas le remporter ton défi, mon grand !

– Ahhhh… Mais non ! Il s'est simplement disputé avec sa nana… Je suis certain qu'ils sont déjà rabibochés, d'une part.

Je m'agenouille à mon tour pour l'aider avec un lien qui semble difficile à dénouer pour ses petits doigts.

– Et d'autre part ?

Elle tente de lire en moi, avec ses yeux bleu azur absolument agaçants.

Je tire sur le fichu nœud d'un coup sec.

– D'autre part, la réponse est dans la question… Il s'est engueulé avec sa NANA, donc une femme, vraisemblablement. Donc, ton cher véto est du genre hétéro ! Pauvre homme !

Et de toute manière, ce dernier point, tout comme le premier, n'a aucune importance. Je suis gay, certes, mais les mecs et moi… Bref, pas de doute que même s'il était homo et célibataire, ça ne changerait strictement rien… Et pourquoi lui ai-je parlé de *Sweet Summer* et du défi de J.E., déjà ? Je suis vraiment le dernier des crétins de confier les secrets de ma petite vie à une nana pareille ! Et le pire, c'est que chaque fois, je replonge. Et vas-y que je te raconte ma vie non sexuelle… et allons-y pour les détails de mes préférences – parce que j'en ai, quand même ! – concernant les mecs. Ou voilà encore que j'explique que les barbels sur la langue, c'est top pour les fellations… Dernier point presque risible en vérité, puisque jamais, ô grand jamais, je ne me remettrai à genoux devant un type. Heureusement quand même que j'ai eu la bonne idée de lui dissimuler le désert relationnel affligeant de mon intimité, sinon elle me serinerait jusqu'à ce que je lui explique les pourquoi et les comment. Chose qu'il est hors de question que je fasse, évidemment. Pour Méline, j'ai une vie sexuelle épanouie, point barre. Le reste...

Elle récupère le sac de la tente de mes mains.

– Ah, ah, prends-moi pour une cruche. Tu crois que je n'ai pas vu la manière dont il te matait ? Et ne me dis pas que j'affabule, s'il te plaît. J'ai remarqué, ton chiot l'a remarqué et même la vieille avec son chat miteux l'a remarqué !

– Erreur, la vieille n'a rien vu du tout puisqu'elle était partie quand il NOUS a regardés.

Ma pote, légèrement bornée, secoue ses dreads avec insistance en signe de déni.

– Non, non, non, non, non... Il ne m'a même pas calculée lorsque j'ai voulu lui serrer la main. Bordel, Val, mais avoue un peu ! Ça ne change rien, de toute manière, et ça t'engage encore moins, si c'est ça qui te fait flipper !

Je me redresse en lui extirpant la tente des mains, puis la jette devant nous. Comme dans la pub de démonstration, le baisodrome de mon ex-collègue se déplie et s'étale, totalement montée sur le coin d'herbe devant nous.

– Mais que j'avoue quoi ? Qu'il m'a observé comme un mort de faim ? Qu'on l'a vu baver devant le spectacle ? Et quand bien même ce serait le cas, ça change quoi ? Il me kiffe ? Génial ! Et donc ?

Elle hausse les épaules en accrochant un côté de sa nouvelle résidence au sol.

– Et donc, ça veut dire que tu as une sacrée'ouverture avec un dieu vivant, c'est génial !

Je grimace en analysant ses paroles.

– Ouais, super, une attirance physique. Le pied ! Je vais te dire un truc, Méline... Les mecs, les nanas... ouais, OK, ils me matent. C'est comme ça depuis longtemps, et je n'y peux rien. Mais si tu crois que c'est une chance, alors tu te plantes. Qu'ils matent s'ils veulent, mais moi, ça me fait chier !

Elle redresse un visage ahuri vers moi.

– Non, mais t'as pété un câble, ou quoi ? C'est génial, tu...

– Méline, stop !

Je préfère arrêter là la discussion. Je ne suis définitivement pas venu ici pour analyser quoi que ce soit de ma vie et de ma vision des choses.

Il y a trop à en dire et trop à réparer, j'en suis conscient. Mais ce que je sais aussi pertinemment, c'est que pas mal de ces choses ne sont pas réparables. Fin de l'histoire. Je pivote doucement pour signifier la fin du sujet.

– On a autre chose à faire : je dois laver Truc qui pue et…

Je pose mon regard sur la gamelle vide du chiot, mais ne trouve pas mon nouveau pote autour.

– Tu l'as vu ?

Méline se relève et me rejoint.

– Quoi ?

Sentant l'angoisse approcher, je l'agresse légèrement devant son manque de réactivité.

– Ben, Truc… enfin, le chien quoi !

Comme moi, elle balaye les alentours des yeux.

– Merde, non ! Mais tu n'avais pas attaché sa laisse ?

Mon cœur accélère sa course sous l'effet de la panique. C'est un peu fou de m'être déjà attaché à ce sac à puces aussi rapidement, mais c'est quelque chose que je ne contrôle pas. Un proverbe dit : Quand tu sauves quelqu'un, tu en deviens responsable. Dorian me le rappelle parfois quand je me confonds en remerciements envers lui pour tout et n'importe quoi. Je comprends maintenant, avec cette petite boule de poils. Je ne l'ai pas sauvé de son carton pour le perdre dans un camping. Et s'il se fait écraser ? J'ai vu des Asiatiques installés quelques allées plus loin… Et s'ils le laquaient comme un canard et qu'ils en faisaient un barbecue ?

Bon, c'est n'importe quoi… Bonjour les clichés stupides….

En attendant, le chiot n'est définitivement plus sur notre parcelle… Mais pourquoi n'ai-je pas pensé à l'attacher ? Je suis un abruti fini !

Et comme je suis également de très mauvaise foi, je décharge mon énervement qui ne cesse d'augmenter sur Méline, totalement injustement, en lui hurlant dessus :

– Ben non, une laisse, c'est pour se promener ! Et là, on ne se promenait pas ! Bon, je vais chercher par là…

Calme et cool comme à son habitude, ma chère et tendre amie ne relève pas mon ton agressif et prend l'affaire au sérieux, pour mon plus grand soulagement, en s'engageant sur l'allée derrière moi.

– Et moi par là…

Nous nous apprêtons à commencer les investigations lorsqu'un jeune type se met à crier dans l'allée :

– J'ai trouvé un chiot !

Je fais demi-tour et me rue sur le gamin, parce qu'il s'agit bien d'un gosse, qui tient effectivement Truc dans ses mains.

– Oh, putain ! Merci...

J'attrape ma boule de poils et le presse contre moi. L'animal me reconnaît déjà et se blottit en me léchant le bras, pendant que je lui caresse le dos.

– Merci, vraiment... Je commençais à paniquer...

Le garçon un peu dégingandé, les cheveux trop longs et la peau trop pâle, m'observe un moment avant de me lancer un sourire, qu'il voudrait sans doute désarmant.

– Mais de rien... Je m'appelle Driss... Vous venez d'arriver ?

Il me tend la main, que je serre en tentant de lui rendre son sourire, même si, encore une fois, je lis très clairement dans son regard appréciateur... Voilà mon problème. Les gens qui ne me connaissent pas sont attirés par moi. Souvent. Ils se montrent sympas avec moi pendant que leurs yeux se permettent de toucher à tout ce qu'ils veulent de mon visage et de mon corps. D'aucuns diront qu'il n'y a rien de mal à regarder. Je répondrais que si. Regarder, c'est voler l'âme. Chaque fois, malgré mes fringues et mes tatouages, j'ai l'impression d'être mis à nu. J'ai sans cesse cette envie presque primitive d'aller me planquer loin de ces rétines qui capturent mon image sans que je l'aie autorisé... Bref, pas besoin d'aller plus loin, je sais pertinemment que je suis fou et totalement à côté de la plaque. Et ce gamin, en l'occurrence, vient de me rendre service. Je n'ai donc pas à lui en vouloir de quoi que ce soit.

Méline nous rejoint et entame la conversation. J'en profite pour m'éclipser en attrapant Truc d'une main pour le lever à hauteur d'yeux et lui faire la morale.

– Et toi, ne refais jamais plus une chose pareille ! On dirait moi quand j'avais ton âge ! Enfin, avec quelques années de plus quand même !

Le chien penche la tête en essayant de comprendre, les pattes et l'arrière-train ballottant dans le vide pendant que je continue.

– Sauf que, moi, j'avais des raisons de fuir tous ces cons. Pas toi ! Donc, tu vas me faire le plaisir de rester avec nous ! En attendant, on va aller te doucher, et ensuite tu vas venir surfer avec moi ! On est bien d'accord ?

Le chien gémit puis bâille. On va dire que c'est un oui.

J'attrape le shampoing « spécial chiot » que la nana du véto a réussi à me refourguer et je pars à la recherche des sanitaires en laissant Méline se débrouiller avec le jeune freluquet, qui m'apparaît un peu « pot de colle » selon les bribes de conversation que je capte en m'échappant.

La plage, enfin ! Méline pose sa planche devant moi et me jette un coup d'œil désabusé.

– Quoi ?

Elle attache sa touffe de tresses d'un geste machinal en scrutant l'horizon, la mer et les multiples baigneurs ou surfeurs qui s'y trouvent.

– Je me demandais comment tu allais faire pour surfer avec ton nouveau pote…

Je plante ma planche dans le sable, sûr de moi.

– Il va venir avec moi !

Elle me dévisage d'un air effaré.

– Je te demande pardon ?

– Il va venir avec moi. De toute manière, je suis rouillé, ça fait presque un an que je n'ai pas glissé… On va se dégourdir les jambes et je vais acclimater Truc par la même occasion…

Le petit chiot, toujours blotti dans le creux de mon coude, émet un petit piaillement d'approbation, gesticulant nerveusement pour s'extraire de mes bras. Il va vraiment falloir que je lui colle une laisse, parce que depuis ce midi, ce chiot n'a pratiquement pas touché terre. Sauf pour manger et pour s'enfuir. Le reste du temps, il a squatté mon bras ou mon épaule. Absolument pas bon, je pense. Nouvel objectif, lui apprendre à me suivre comme mon ombre. J'ai autre chose à faire que de passer mon temps à chercher un chien.

Méline s'esclaffe.

– Et donc, tu nous as sorti ta plus belle combi, alors qu'il fait 30 °C, pour patauger au bord de l'eau avec ton chien ? Tu ne trouves pas que tu vas un peu loin dans le côté extrême, là ?

Je hausse un sourcil. Ce qu'il faut savoir, c'est que je ne me mets jamais torse nu ou en maillot en public. C'est un fait. Mon corps m'appartient. Donc, personne ne le mate sans que je l'aie décidé. Alors oui, par tous les temps, je surfe en combi. Et quand j'ai terminé de surfer, je ne farniente pas sur la plage. Je rentre, je me douche et je me rhabille. C'est tout. N'en déplaise à Madame. Et qu'elle ne se plaigne pas, car je porte une combi d'été, en deux parties, avec bras et jambes nues. J'aurais pu facilement ressortir celle d'hiver.

– J'ai la peau aussi délicate qu'un bébé... Le soleil est trop fort...

Elle lève les yeux au ciel en attrapant sa planche.

– Mais bien sûr.... Bon, donc, quand tu auras noyé ton chien, tu sauras où me rejoindre...

Je la regarde partir avec une certaine envie, puis reporte mon attention sur l'animal dans mes bras et oublie mon besoin de surfer... Prendre soin de ce chien, ça, c'est important... Le reste n'est que pur égoïsme... Je trouverai bien un moyen de profiter du spot à un moment... Pour l'heure, c'est l'instant Truc et la mer...

J'attrape ma planche et l'installe sur le bord de l'eau avant de déposer l'animal les pattes dans la mer. La bestiole glapit, inspecte les vagues en remuant la queue et se met à aboyer contre une algue flottant devant lui. Je m'assieds sur ma planche et le regarde évoluer, prêt à lui courir après si toutefois l'idée lui prenait de s'enfuir à l'autre bout de la plage. Mais il ne le fait pas. Il reste devant moi à aller et venir dans l'eau, pendant au moins vingt minutes.

Puis, quand il a fait le tour de son nouveau jeu, il s'aventure plus loin, jusqu'à moi, là où il n'a pas pied... Téméraire, le petit machin... J'adore. Il atteint mon mollet comme un chef, et passe ainsi le test ultime... Ce chien sait nager, nous pouvons donc passer à l'étape suivante. Je l'attrape et le pose sur ma planche en m'asseyant à califourchon dessus pour la stabiliser. Et je le laisse vivre sa vie et découvrir son nouvel espace. Il ne lui faut pas trente secondes pour se révéler trop audacieux. Il glisse et se rétame dans la flotte. Mais il a le réflexe de nager pour me rejoindre et demande à remonter sur la planche.

Je le savais ! Ce chien est fait pour moi. Je recommence donc l'opération, encore et encore, jusqu'à ce qu'il semble à l'aise et stable sur mon surf.

Parfait, parfait.

Méline nous rejoint alors que je n'ai absolument pas vu le temps passer.

– Eh, mais c'est de la graine de surfer ce machin ! Top ! Tu comptes prendre un spot avec lui aujourd'hui ?

– Non ! Je crois qu'il existe des gilets de sauvetage pour les chiens… Je vais voir avec le véto demain.

Parce que savoir nager, c'est une chose, mais nous sommes au bord de l'eau, pas sous une déferlante… Mieux vaut prévoir. En attendant, ce délire « toutou » va me coûter une blinde. C'est en train de devenir une évidence. Il va falloir que je fasse gaffe quand même !

Ma pote s'allonge lascivement sur sa planche en gémissant…

– Mmm… Le véto… Oui, oui, oui… Je savais !

Je la dévisage un instant et la recadre rapidement.

– Range-moi ce sourire salace, Mél… Le véto reste un véto, rien de plus.

Elle se redresse sur sa planche et se laisse glisser vers la rive.

– Oui, oui… On verra…

Puis, ses yeux se figent derrière moi dans une expression horrifiée. Je me retourne vivement pour entrevoir un mec sur le pic d'une vague foncer vers un autre surfeur, en dépit de toutes les priorités, puis s'étaler lourdement dans un saut de l'ange majestueux sous la déferlante. Du grand art !

– Mais il est malade ce type !

– Grave !

Nous observons un moment le fameux surfeur se faire reprendre de volée par le mec auquel il a grillé une priorité, puis Mél s'exclame :

– Ah ! Non, mais attends… On dirait Driss !

– Qui ça ?

— Driss ! Le gamin qui a retrouvé ton Truc !

Je force mes yeux à y voir clair à travers les vagues alors que le gosse revient vers la berge, allongé sur sa planche, cette fois. Sage décision.

– Ah, mais oui, tu as raison ! C'est pas possible ! Je sens le boulet à des kilomètres !

Méline éclate de rire, pendant que Truc semble en avoir marre de notre cours d'équilibre sur une planche et vient chercher sa cachette habituelle entre mes bras. Je l'attrape machinalement, les yeux rivés sur Driss qui nous rejoint.

Genre, ça y est, nous sommes potes ? Génial !

– Eh, les gars, ça le fait ou quoi ?

Il affiche un sourire réjoui, semblant avoir déjà oublié le savon qu'il vient de se prendre. L'univers du surf est cool, sauf quand tu ne respectes pas certaines règles, il faut le savoir. Méline grimace en se laissant flotter sur les vaguelettes qui nous rapprochent du bord.

– Mieux que toi, on dirait… Tu sais surfer, au moins ?

Le gamin hausse les épaules, son sourire se figeant instantanément sur ses lèvres.

– Euh… pas vraiment ! C'est même pas ma planche… C'est celle de mon oncle. Le proprio du camping. Ça fait quinze jours que je m'entraîne, mais faut croire que ce n'est pas assez…

– Ouais, ou alors tu t'entraînes mal !

Il me toise méchamment, puis se ravise et m'adresse un sourire qu'il tente charmeur.

– Je veux bien que tu m'apprennes…

Je désigne aussitôt Truc dans mes bras.

– Désolé, j'ai déjà un élève.

Il adopte une mine attristée à outrance, s'attaquant directement à l'une de mes faiblesses. Je ne sais pas dire non quand on me prend par les sentiments… Méline se rapproche de moi et attrape le chiot qui se laisse faire.

– Je fais une pause… Allez vous éclater ! Val, tu as le droit de te faire plaisir… Je gère Machin !

Je récupère Truc vivement, me faisant fureur pour ne pas céder aux yeux de merlan frit qui me supplient. Ce mec est trop malin, il m'a capté tout de suite ! Merde, je n'ai absolument pas envie de transformer mes vacances en cours de surf pour sous-doué !

– Truc ! Et non ! Ce n'était pas le plan initial ! Les cours de surf, ça se trouve, je ne suis pas qualifié pour ça… Et si je dois surfer avec quelqu'un, c'est avec toi, Mél !

Le gamin s'engouffre dans la brèche.

– Allez… Une petite heure, et après, je te garde ton chien pendant que tu surfes avec elle…

Bon Dieu ! C'est pas possible ! Grand moment de solitude face à ces deux têtes de mules qui me lancent des suppliques insupportables. Et depuis quand ma pote se range-t-elle du côté du mec chiant ?

Peut-être depuis que je suis encore plus chiant que l'ennemi, remarque… Je soupire en tendant Truc à Mél.

– OK… Mais pas plus d'une heure. Ensuite, tu gardes Truc. Si tu ne tiens pas ta promesse…

Il hausse les épaules en faisant déjà demi-tour, vers le terrain de jeu…

– T'inquiète, je n'ai qu'une parole, mec ! On y va ?

J'esquisse un sourire machiavélique à Mél pendant qu'elle récupère mon chiot.

– Euh, non, on n'y va pas… On reste au bord et tu vas me travailler ton équilibre !

– Hein ? Mais je sais, ça !

– Super ! Alors ça ne sera qu'une formalité… Rapide, et tout ça…

Il grimace, peu sûr de lui. C'est bien ce que je pensais… Encore un qui veut se lancer sans aucune base… Il a bien fait de me forcer la main, il ne va pas être déçu !

– Allez, hop, ramène tes fesses ici !

Il fait demi-tour à nouveau.

– OK, OK…

Chapitre 2 ~3

Sweet Summer

<u>Milan</u> : Hello, hello tout le monde... Comment ça va bien ?

<u>Marlone</u> : Nickel. Et toi ? J'ai juste une question... On est réellement obligés de garder 6 h du mat' comme heure de débrief ? Parce que bon...

<u>Dorian</u> : Je ne vois pas le problème.

<u>Valentin</u> : Ben, t'es bien le seul !

<u>Dorian</u> : Ben mon chaton, t'as mal dormi ? Je t'ai manqué ? Pas cool un lit vide, pas vrai ?

<u>Valentin</u> : Toi, tu es en manque de moi, c'est évident... Je sais, je fais cet effet-là... Mais désolé, pour ton info, mon lit n'a pas été vide à proprement parler... Je dirais même qu'il a été bien animé jusqu'à... 5 h...

<u>Marlone</u> : Sans déc ? Pour un mec qui jurait ne pas vouloir de cul, t'es un peu hors sujet, non ?

<u>Dorian</u> : Sérieux ?

<u>Milan</u> : Il s'appelle comment ?

<u>Valentin</u> : C'est ça, le problème, il n'a pas de nom. Pour le moment, je l'appelle Truc.

<u>Dorian</u> : TRUC ? Tu pourrais quand même avoir un minimum de respect pour les mecs que tu fous dans ton lit ! Et c'est qui, ce mec ? C'est rapide, non ? Hier matin, tu ne le connaissais même pas... Ou c'est un ex.

<u>Valentin</u> : MDR Dorian ! T'es jaloux ? Si c'était un ex, je ne l'appellerais pas Truc, au passage !

<u>Dorian</u> : Pas jaloux. Je fais gaffe, c'est tout !

<u>Valentin</u> : Oh, mon Chaton, t'es adorable... Mais t'inquiète, pas de risque. Celui-là est déjà super fidèle... Limite collant. Et chiant au lit, c'est une certitude...

Dorian : OK. Très bien. Je me passerai des détails. Je vous laisse, j'ai du taf.

Marlone : Moi, je dis que c'est cool. C'était bien, au moins ? T'as joui combien de fois ? Mon record personnel, c'était samedi… Cinq je crois… Six ? Attends, je demande à Tristan.

Milan : Samedi ? Alors qu'on était dans les environs ? Mais c'est dégueu ! Tu pourrais avoir un minimum de respect, merde ! Dorian, dis quelque chose ! Sinon Val, content pour toi. Enfin, je trouve la description un peu courte… Tu ne vas pas nous la jouer prude, j'espère ?

Marlone : Genre, Monsieur Milan est choqué… Tu me rappelles qui est resté toute une journée, puis toute une nuit en mode « bunker » dans sa chambre avec un demi-dieu tout mimi ce week-end ?

Valentin : Toi aussi tu le trouves archi mimi le pote d'enfance qui aime Antoine ? Milan, on doit t'appeler comment au fait. Milan ? Antoine ? L'aveugle de service ?

Milan : Mouais… Change pas de sujet, veux-tu ? Et oui, Emeric est… Parfait ! Bon, alors ?

Marlone : Dorian ? T'es encore là ?

Valentin : Doudou ? Tu boudes ?

Milan : Tu nous en veux pour la journée passée enfermés dans la chambre ?

Marlone : On a défoncé le lit ? Merde, j'ai pas senti…

Valentin : Dorian ? Bon… Bref. J'avoue les mecs, Truc, c'est un chiot. Je l'ai trouvé dans un bois en allant pisser sur la route. Il était abandonné, alors… Il est… Putain, je le kiffe. Il a déjà fait du surf avec moi, et il se démerde pas mal… La seule chose, c'est qu'il pisse partout. Je l'ai sorti toutes les demi-heures cette nuit pour ne pas qu'il se lâche dans le van… Et le reste du temps, il a dormi dans mes bras… Je kiffe.

Milan : Val, c'est bien tout ça, mais… J.E. a bien évoqué des êtres humains dans le défi, si je n'm'abuse !

Marlone : Oui, il me semble….

Valentin : Vous êtes cons. Sérieux, les mecs qui abandonnent les animaux comme ça me sidèrent. J'ai eu des envies de meurtre ! Et maintenant, j'ai envie de pisser, et Truc aussi… Et… merde, y a quelqu'un qui tape à l'extérieur ! C'est quoi ce bordel ? Je vous laisse. Dorian ? T'es où, bordel ? Je t'appelle ! Schuss, les mecs !

Marlone : OK, va pisser ! Ciao !

Valentin

J'attrape Truc, qui gratte en grognant contre la porte du van. La faute à je ne sais qui, qui fabrique je ne sais quoi, je ne sais où. Je lui enfile son harnais et lui ouvre en le suivant mollement dehors. Il se précipite contre un arbre pendant que j'avise le fauteur de trouble... Driss, qui enfonce un poteau sur le bord de notre parcelle. Et ce n'est pas le premier, il en est à son troisième !

Je remets à plus tard mon appel à Dorian pour m'intéresser au cinéma de ce jeune mec super glue qui ne nous a que difficilement oubliés à 22 heures hier soir. Il a gardé Truc sur la plage, puis est remonté au camping avec nous, nous a proposé de nous offrir des pizzas, les a mangées avec nous – bon, ça, c'est un peu logique –, et je me suis arrêté là. J'ai coupé court et suis parti me coucher. Il est gentil et je crois que Méline l'aime bien. Mais on en est à deux chiens perdus sans colliers collés à nos basques en moins de 24 heures. À ce tarif-là, on va monter une crèche avant la fin de la semaine et revendre le combi pour investir dans un bus.

La laisse de Truc enroulée au poignet, je m'assieds sur le bord du van et allume une clope, tout en observant Driss s'évertuer à planter son bout de bois le plus profondément possible. Tellement concentré qu'il ne me remarque même pas. Une chose est certaine, il y met de la bonne volonté. Ce gamin est sympa quand même. Et je ne peux pas lui en vouloir de nous coller aux basques.

Déjà, beaucoup de gens le font. Je ne sais pas ce que j'ai, mais j'attire toujours pas mal de monde malgré moi. Pour des raisons diverses. Me sauver, me sauter, ou simplement solliciter une aide qu'ils me croient capable de donner. On pourrait croire que je me vante, mais pas du tout. C'est tout le contraire. Ce magnétisme que les gens semblent ressentir envers moi me casse purement et simplement les couilles. Certains aiment mes yeux et les fixent indéfiniment. D'autres pensent que je suis trop silencieux et soupçonnent une soi-disant fragilité qu'ils se missionnent de trouver. Et enfin, d'autres encore pensent que je peux les aider.

Il y a aussi les fans de tatouages et de piercings, ou des deux mélangés, et tous ceux qui veulent tirer un coup rapide. Bref, j'attire beaucoup trop alors que je ne fais rien pour. Les tatouages, à la base, c'était pour me cacher. C'est encore pire. Idem pour les piercings.

Bref, le monde, les gens, les inconnus me font chier et me pourrissent une bonne partie de l'existence. Et le pire, c'est que je ne comprends pas pourquoi je suis leur cible à tous. Pourquoi justement moi ? Des cons, c'est une certitude, qui ne voient que l'enveloppe et ne cherchent pas forcément plus loin. Pour la plupart.

Mais je ne mettrais pas Driss dans le même panier, quand bien même il se révèle un peu étouffant. Non, lui, c'est différent. Il semble un peu déphasé… Il me fait penser à moi, à son âge. Il semble vouloir bien faire, mais en même temps, ne sait absolument pas comment s'y prendre. Comme si on ne lui avait jamais dit que c'était bien. Comme si sa propre confiance en lui s'était envolée. J'ai assez combattu ce phénomène chez moi pour ne pas le reconnaître quand je le vois à l'œuvre chez d'autres âmes égarées. Le souci, c'est que chaque fois, cela réveille en moi un instinct de protection. J'ai l'impression d'avoir une longueur d'avance sur ceux qui se battent encore.

Non pas que je sois sorti de ce cercle inexorable qui maintient toute ma vie dans un sérail parfois lâche ou parfois trop étroit. Mais j'arrive à m'en accommoder à présent. Je connais bien les lieux et suis totalement conscient de mes faiblesses. Mon rapport avec les hommes, par exemple, devient de plus en plus compliqué. Mais je m'en arrange. Ou en tout cas, j'évite le sujet autant que je le peux. C'est une méthode certes discutable, mais qui me convient pour le moment. Et qui, surtout, me permet de kiffer la vie. Chose que je ne pouvais pas me permettre avant. J'avance. Petit à petit.

Perdu dans le fil de mes pensées, je ne me préoccupe plus de Truc qui se balade allègrement sur la parcelle et tire sur sa laisse pour atteindre Driss, qui nous tourne le dos, accroupi. Je remarque à peine qu'il lève la patte et se décharge sur le postérieur du planteur de bâtons. Je tire sur la laisse prestement, mais trop tard. Driss se relève en vociférant d'une voix forte et coléreuse.

– Non, mais ça va pas ? Truc !

Je ravale un rire à la vision de la traînée d'urine partant de ses fesses et dégoulinant sur sa cuisse… Par correction, je tire sur la laisse de mon chiot pour le rappeler à moi. Ce dernier obtempère en sautillant pour me rejoindre. Je le prends dans mes bras avant de remettre le « hurleur » du matin en place.

– Eh, oh ! S'il ne l'avait pas fait, je m'en serais chargé moi-même ! Qu'est-ce qu'il te prend de bricoler à 6 heures du mat ? Et d'abord, tu fais quoi ?

Il se gratte la tête en rougissant.

– Oh, salut ! Pardon, je ne voulais réveiller personne, mais j'ai eu une idée cette nuit, alors je mets en application.

Je ne sais pas si c'est rassurant. J'ai remarqué chez ce gamin une propension assez impressionnante à faire des conneries. Je penche la tête pour mieux le sonder. Comme d'habitude, il semble pétri de bonnes intentions, mais absolument pas certain d'arriver au bout de son projet, et encore moins de son utilité.

Il prend mon observation silencieuse pour une invitation à terminer son explication et continue.

– Je me suis dit que clôturer cet emplacement serait mieux pour Truc. Et facile à faire, puisque les trois autres côtés de la place sont entourés de verdure. Et derrière, il y a déjà des palissades... Il ne reste donc que le côté de l'allée à fermer. Tu pourras alors laisser le chiot se balader, sans le garder tout le temps en laisse. Et comme dans le local espaces verts de mon oncle, il y avait largement ce qu'il faut...

Le zip de la tente de Méline se fait entendre au même moment, puis sa voix endormie et rauque coupe l'explication de Driss, pourtant judicieuse.

– Et est-ce que, par hasard, tu as pensé au café ? Parce qu'un réveil à cette heure, ça se paye cher, Loulou !

Le pauvre gamin se met à bégayer.

– Oh ! Non... Mais... je peux aller en chercher, genre maintenant, et...

Méline s'extirpe de son antre et s'étire magnifiquement en bâillant, les tresses en vrac, vêtue d'un short improbable et d'un débardeur encore plus étonnant vu le peu de tissu qu'il comporte.

– Et d'ailleurs, comment fait-on pour sortir le combi de ton parc, après ? Hein ? T'y as pensé à ça ?

Le pauvre mec rougit furieusement, certainement déçu ou vexé, et tente de s'expliquer. Mais je crois qu'il n'y a tout simplement pas pensé. Je n'aime pas le voir comme ça, parce que son geste part d'une bonne volonté, et que Méline – je commence à la connaître – a juste besoin de trois cafés avant de redevenir la nana à peu près douce qu'elle se révèle être le reste de la journée. Cela n'a rien de personnel contre lui. C'est comme ça, c'est tout. J'interviens donc en écrasant ma clope.

– Mél, ta gueule, déjà !

– Ouais, salut à toi aussi, BB !

Je lui envoie un baiser qu'elle attrape virtuellement en boudant avant de reprendre mon explication.

– Pour le van, il suffit d'accrocher le grillage de manière à ce que l'on puisse le replier assez pour passer. C'est tout. Et puisque tu parles de café, le mien sera double et sucré. Merci Méline…

Petite demande agrémentée du plus beau de mes sourires, ce à quoi elle répond d'un ton de bûcheron :

– Alors là, tu rêves ! C'est ton tour.

– Impossible, je vais aider Driss à terminer sa clôture. Toi, par contre, tu n'as rien à faire, il me semble…

Elle lève les yeux au ciel pendant que je trouve mon portefeuille et lui tends un billet. Elle l'attrape en enfilant ses tongs d'un air mou.

– OK. Mais ensuite, on se prépare. Je te rappelle qu'on a rendez-vous chez le véto à 8 heures.

Elle esquisse un petit sourire entendu, que je m'efforce de ne pas remarquer. Elle va me gonfler avec ce mec, je le sens. Ce qui ne facilite pas les choses. Mais Méline n'est pas une amie de longue date, alors je me contente de ne pas lui révéler grand-chose. Ma vie actuelle et les conneries des gars, mais ça s'arrête à peu près là. Le reste, le passé et mon esprit débile, elle n'a pas besoin de les connaître.

J'attends qu'elle parte et allume mon portable.

– J'arrive, Driss. Un coup de fil à passer.

Il hoche la tête et frappe brutalement sur le nouveau pieu qu'il tente d'enfoncer dans le sol sec et dur comme de la pierre.

Je m'écarte un peu et appelle Dorian, qui se fait désirer en attendant la dernière sonnerie avant de répondre.

– Ouais ? Tout va bien ?

Dorian et son esprit protecteur omniprésent. J'ai toujours l'impression d'être une petite chose précieuse… C'est certainement dû au fait qu'il m'a un jour sauvé la vie. Encore cette histoire de responsabilité vis-à-vis de celui qu'on sauve une première fois. Et aussi son âge, qui lui confère le rôle qui lui va si bien de grand frère. Lui, il a tous les droits de me surprotéger. C'est notre manière de fonctionner depuis huit ans, et ça ne risque pas de changer.

– Oui. Tout va bien, Doudou ? Tu boudes ? Tu t'es claqué une couille en préparant le petit-déj et ça t'a rendu con ?

– T'as tout compris... Mais non, je ne boude pas. J'ai... juste du boulot. Ce week-end avec vous m'a foutu dedans, j'ai du retard sur la facturation client. Bref. Alors comme ça, un chien ? Rien que ça ?

– Ah, t'as quand même lu *Sweet Summer* ?

– Évidemment que j'ai lu ! Valentin qui ramène un mec dans son lit, c'est pas le genre de truc qu'on loupe !

– Sauf qu'il s'agit d'un chien...

– Oui... T'es certain que c'est bien un chien ? Pas un raton laveur ou une tortue ?

Je m'esclaffe en observant le toutou en question se faire les dents sur une des baskets de Méline, qui traîne sur le terrain. Cette nana est une bordélique née. Comme moi. Nous sommes faits pour nous entendre.

– Oui. C'est bien un chien, j'ai vérifié sur Google ! Il a quatre pattes et il fait « ouaf » quand il parle...

– Ça y ressemble, effectivement...

– Oui, j'ai grand espoir de ne pas m'être planté ! Pour le moment, je l'ai appelé Truc. Dans le doute. Mais on va voir un véto ce matin pour avoir la confirmation que ce n'est pas un alligator mutant ou un truc comme ça.

– C'est quoi comme chien ?

Je regarde la bête tenter vainement de remonter dans le combi en sautant, mais manquer la marche d'au moins trente bons centimètres. Mission impossible ! Malgré tout, il continue à s'acharner.

– J'sais pas. Un couillon... Un petit bâtard dont personne ne voulait.

Il laisse passer un blanc avant de répondre.

– Je vois. Si tu y trouves ton bonheur, alors ça fait le mien.

– Oui.

Il hésite un moment puis ajoute.

– Mais tu sais, Val... Tu n'es plus comme ce chien. Des gens veulent de toi.

Il me réchauffe le cœur. Comme d'habitude, quand c'est lui qui le dit, j'y crois. Contrairement à tous les autres. Avec Dorian, les mots touchent directement leur cible. Pas besoin de parler trois heures. Le message passe toujours très clairement. Je pense que c'est ça, la vraie amitié. Il comprend et je comprends.

– Bon, je te laisse, Val. J'ai vraiment du boulot et le siège m'envoie un nouvel adjoint pour m'aider à mettre quelques points au propre ici. La nouvelle organisation a fait des dégâts. Je le reçois dans trente minutes, je n'ai même pas eu le temps de consulter son CV et rien n'est prêt. Bonne journée.

Dorian a repris la direction du club-vacances où il travaillait l'année dernière et a décidé de tout changer pour donner un coup de neuf aux bâtiments et aux habitudes du personnel. Il me l'a expliqué ce week-end, parce que je ne comprenais pas pourquoi il ne s'arrêtait jamais de bosser. Je suis plus que ravi qu'un mec vienne lui donner un coup de main, car il a réellement besoin de vacances. Quoi que je sache au fond de moi que quand il aura terminé ce projet, il en trouvera un autre pour occuper son temps… C'est Dorian. Je ne cherche même plus à discuter avec lui sur ce point.

– Ouais, merci, à toi aussi. Bon courage. Bises, Doudou.

Il retient un ricanement.

– Je ne suis pas un doudou, Val ! Ciao !

Je raccroche alors que Méline revient en annonçant d'une voix forte et enjouée :

– Café ! Un noir pour toi !

Elle me tend un gobelet tandis que je grimace ouvertement.

– J'avais demandé du sucre !

– Oui, je sais… Je voulais juste te faire crier ! Allez, bois, et après, on gère la petite clôture avec Driss. Et ensuite… Véto, véto… DRISS ! Pause !

Je me penche vers elle pour chuchoter.

– T'es au courant que nous sommes dans un camping, qu'il n'est pas 7 heures et que tu hurles comme une marchande de poisson ? On va se faire jeter si tu continues tes conneries !

Elle hausse les épaules en trempant les lèvres dans son café.

– Non… On connaît le neveu du patron. On est tranquilles !

Mouais… C'est quand même un peu limite, mais bon. Tant que personne ne crie plus fort qu'elle, je pense qu'on peut rester là-dessus.

– Alors, tu es certain ? Parce que si c'est le cas, il faut que je te trouve un remplaçant à la clinique pour septembre. Et c'est dans moins de deux mois…

Réfléchissons deux minutes… Est-ce que je suis certain ? Me suis-je engagé dans la voie vétérinaire pour couper des griffes de chiens enragés toute ma vie ? Non. Suis-je un grand fan des chats à leurs mémères ? Non. Ai-je besoin d'air ? Putain, oui ! Le départ de Manu, justement à ce moment, n'est-il pas une occasion à ne pas louper pour enfin me lancer dans ce que je désire vraiment ? Bien sûr que si !

– Je valide.

Coralie laisse passer un silence.

– Très bien. Donc, je t'inscris.

Je retiens mon souffle. C'est vraiment en train d'arriver…

– Génial !

– Attends, avant de te réjouir ! Le dossier n'est pas encore accepté, je te stipule simplement que je valide ton inscription.

– Oui, oui, j'ai bien compris.

– Parfait, alors. Je te souhaite une bonne journée, Eliés. Et je croise les doigts pour qu'ils acceptent. Je te tiens informé. Mets à jour tes vaccins et ton passeport en attendant, ça peut aller très vite.

– Merci Coralie. Oui, je vais faire ça.

Je raccroche alors que mes premiers clients passent la porte de la clinique, m'obligeant à remettre à plus tard le cri de bonheur que je comptais pousser… J'aurais envie de les maudire pour me couper dans cet élan de bonheur, mais je me reprends et oublie rapidement cette idée.

Le mec d'hier se trouve en face de moi, et, exactement de la même manière qu'il y a 24 heures, dérobe par sa simple présence tout l'air respirable de la pièce. Je remarque à peine sa copine et le chiot qu'il tient dans les bras pour m'adonner à un examen minutieux du spécimen sous mes yeux. Il porte un bermuda en jean noir, ou plutôt gris délavé, et un t-shirt noir moulant dont les manches ont été coupées, ou plutôt arrachées, ajoutant un air de bad boy à son allure qui n'en a pourtant pas du tout besoin. Les piercings au nez, sur le cartilage de son oreille droite, ses tatouages, ses bracelets en cuir ainsi que sa barbe de quelques jours et sa coiffure manifestement négligée suffisaient déjà, amplement, à lui conférer un look de mec qui se fout totalement de la planète entière. Parce qu'il est clair que ce n'est absolument pas travaillé. Il n'a réellement rien à foutre de son apparence. Ce n'est pas voulu, c'est ce qui donne probablement l'authenticité de l'ensemble.

Je connais un tas de type dans ce style. Il n'a rien inventé, loin de là. Mais, sur lui, entre ses yeux, ses fossettes, sa stature et tout le reste, une alchimie se crée. Ça me fait penser à ces trucs que font les chimistes dans des éprouvettes. Ils mélangent deux solutions à première vue stables, mais le mélange des deux provoque une réaction exothermique violente. L'ensemble se met à gonfler et à déborder de l'éprouvette en moussant.

Vous voyez le genre ? Je pourrais vous donner des exemples de mélanges pour obtenir ce résultat, ce serait plus parlant, au moins pour les scientifiques. Sauf que la chimie n'a jamais été mon cheval de bataille et que j'ai triché à l'exam sur cette matière. Donc, ne comptez pas sur moi pour développer. Tout ce qu'il y a retenir, c'est que ce mec est… Chimiquement intéressant. Son charme déborde de l'éprouvette. Et j'imagine que je déborderais aussi facilement de mon éprouvette si… *C'est quoi ces idées ?* Bon, bref. L'image est plus claire, comme ça ?

En réalité, on s'en fout des expériences de chimie… Sauf que ça a une répercussion directe sur moi. J'en oublie ma conversation, pourtant primordiale pour mon avenir, avec Coralie, et je me retrouve en nage derrière mon comptoir, alors que je sors de la douche et que la température est loin d'être à son maximum ce matin.

Sa femme prend la parole, toujours comme hier, parce qu'une nouvelle fois, je me trouve en bug total.

– Bonjour, nous avions rendez-vous.

– Ah, oui… Le chiot.

Je trouve je ne sais où le courage de sortir de ma planque derrière le comptoir pour m'avancer vers eux. Je tends les mains vers l'animal lové dans les bras du beau mec. Et « beau », au risque de me répéter, le mot est faible.

Je dois faire un effort manifeste pour chasser tout un tas d'idées étranges de mon cerveau et me concentrer sur la raison de leur venue : ce chiot qui m'observe d'un air neutre. Son propriétaire me le tend nonchalamment en posant pour la première ses yeux au fond des miens.

Bordel de merde ! Ces yeux ! Vert profond et constellés d'étoiles brunes… On s'y perdrait…

Eliés, ça ne va pas du tout, reprends-toi d'urgence…

Je reporte toute mon attention sur le petit animal qui atterrit dans mes mains. Je le lève à hauteur de regard.

— Alors, pépère, qu'est-ce qu'il t'arrive ?

La femme m'explique.

— Valentin l'a trouvé dans la forêt à quelques kilomètres de là. Il semble avoir été abandonné. Nous ne savons pas s'il est vacciné, s'il va bien, enfin, un check-up complet serait sans doute nécessaire… Enfin, vous voyez…

Ce que je vois, surtout, c'est que le mec ne prononce pas un mot, ne me jette pas un regard et reste à distance. Je note également qu'il se nomme Valentin. Enfin, je suppose qu'il est celui qui a trouvé le chiot. Je ne sais toujours pas pourquoi ce genre de détails, au même titre que ses fringues et ses piercings, m'importe autant, mais cette fois, je compte bien essayer de comprendre. Contrairement à ces derniers mois, aujourd'hui, Emmanuelle s'est barrée. Je suis donc célibataire et je n'ai aucune intention de la rappeler, d'accepter la moindre excuse ou une quelconque explication si toutefois elle tentait de revenir. Bref, c'est un autre débat, qui n'a pas à prendre place dans une clinique vétérinaire.

Je confirme en inspectant la gueule du petit chien qui semble en pleine forme.

— Peut-être un peu amaigri, mais rien de méchant… On va voir tout ça. Suivez-moi.

Je les invite à me suivre, pénètre dans mon bureau et pose le chien sur ma table d'auscultation. Et encore une fois, je tente de rester concentré sur mon boulot.

— Donc… Je suppose que vous aimeriez connaître son âge et sa race ?

En fait, je parle à la femme, parce que c'est plus simple et que lui reste légèrement en retrait, semblant vouloir disparaître de l'atmosphère. Ce qui attise davantage ma curiosité… C'est terrible cet effet qu'il a sur moi, alors que je ne le connais pas du tout et que je devrais m'en foutre royalement. Des mecs beaux, on en trouve partout. Alors… pourquoi ?

Je ne sais même pas si je suis soulagé qu'il reste si discret. Ce qui, vu mon état, devrait être le cas. Ou bien je suis extrêmement frustré qu'il ne cherche en aucune façon à lier ne serait-ce qu'un simple contact.

Pour la énième fois, je recentre mes préoccupations et examine le chien, qui semble vouloir jouer plus que tout le reste. J'attrape quelques friandises sur ma paillasse et lui dépose devant le nez pour le calmer. Et, forcément, la technique fonctionne. Il mange et ne cherche plus à gesticuler dans tous les sens. C'est tellement reposant un esprit animal. Simple et binaire. Pas besoin d'études de psy pour les comprendre et s'en arranger. J'ai horreur des prises de têtes et des nœuds au cerveau.

– Donc… Je dirais qu'il doit avoir quatre mois. Et, même si ce n'est pas une valeur sûre puisque rien ne le prouve, je pencherais pour un mélange de Jack Russel et de Pinscher nain. Vous voyez ces taches brunes au-dessus de l'œil ? Et la forme de son museau également ? C'est très caractéristique du Pinscher. Quant à son allure générale, pas de doute, c'est du Jack Russel. Et vu sa petite taille, je dirais également que nous avons du « nain » quelque part… Comment l'avez-vous appelé ?

La jeune femme hausse les épaules en jetant un œil embarrassé à son mec.

– Euh… On ne l'a pas vraiment « appelé ».

Je fais rouler le chiot sur le dos, lequel agrippe mes doigts et commence à les mordiller pendant que je débute mon discours, passablement engagé, mais malheureusement trop souvent récité.

– Vous désirez le garder ? Sinon, il y a une SPA dans la ville voisine. C'est pas mal, mais cela reste dommage pour ce chiot… Un animal a besoin de se sentir aimé comme tout être humain. Et même si mes confrères de cet organisme donnent tout ce qui est en leur pouvoir pour les traiter au mieux, ils n'ont malheureusement pas le temps, ni les moyens de…

– On le garde !

La voix de Valentin me stoppe net et me statufie.

Même sa voix, un peu éraillée, chaude et profonde, est simplement parfaite… J'ai l'impression que je suis légèrement dans la merde, parce que plus ça va, moins je comprends. Ou alors je comprends sans doute un peu trop bien. Tout ce qu'il y a réellement à comprendre, c'est qu'il va être réellement temps que je me pose les bonnes questions. Ça fait trop longtemps que je me complais avec ces œillères. Manu partie, je n'ai plus de raison de refuser certaines évidences.

Le couple m'observe, pendant que je pars une nouvelle fois dans mes pensées.

Merde, la matinée va être compliquée, je pense.

– Donc, c'est une très bonne nouvelle si ce petit animal trouve un foyer. Et rassurez-vous, il semble vraiment en pleine forme.

La cliente valide d'un signe de tête.

– Oui, Valentin s'est pris d'affection pour lui, je crois. Et j'avoue que moi aussi. Simplement, nous n'y connaissons rien. Et à part une laisse et son harnais, une gamelle et des croquettes, nous n'avons rien et…

– J'ai des kits d'accueil offerts par mes fournisseurs, je vais déjà vous en donner un. Ils comprennent quelques jouets pour ses dents, pas mal d'échantillons de produits « *spécial chiots* » et tout un tas de pubs souvent inutiles, bien entendu, mais aussi, et surtout, des fascicules explicatifs très bien faits et absolument pas rasoirs. Ou alors, je peux vous conseiller l'encyclopédie du chiot, en 25 tomes, rédigée en caractères 8 et sans photo…

La femme retient un petit rire.

– Nous prendrons le kit offert, même avec la pub.

Je lui adresse un sourire entendu.

– Je me doutais bien… En ce qui concerne les soins, je vais devoir établir plusieurs vaccins. Et pour ne pas affaiblir le chiot, je dois les effectuer à au moins 24 heures d'intervalle. Je dois également le pucer, car pour le moment, légalement parlant, ce petit être n'existe pas. Or, c'est une obligation. Il aura son passeport, un nom, qu'il va falloir lui trouver, un calendrier de vaccination et j'en passe. Vous pouvez également opter pour une mutuelle, parce que je dois vous prévenir qu'en cas d'accident, d'opération ou autre, tout est relativement onéreux. Et pensez à une assurance aussi. Un chien, ça fait des dégâts parfois…

Il se mordille la lèvre nerveusement avant de soupirer en balayant l'air de la main.

– On va commencer par les vaccins indispensables. Faites le nécessaire. Pour le reste, je suppose que nous avons le temps d'y penser.

Sa copine se tourne vers lui et déclare en murmurant juste pour lui, mais un peu trop fort :

– BB, je vais régler pour aujourd'hui, t'inquiète pas.

Il secoue la tête, surprenant mon regard, puis déclare d'un air embarrassé.

– Mél, c'est bon. C'est ma décision, mon chien. C'est gentil, mais je peux gérer.

– Tu es certain ?

Son mec confirme d'un geste du menton, puis reporte son attention sur moi afin de lui faire comprendre que la décision est prise. Je suppose donc qu'il n'a pas forcément les moyens et sa tenue confirme qu'il vit simplement, sans chichi. J'aime particulièrement cette catégorie de personnes, prête à donner pour un animal alors que la vie est déjà dure. Cela indique clairement que c'est leur cœur qui parle, et que le nouveau venu sera donc traité comme un roi. Un point de plus pour l'homme parfait et bandant en face de moi. Comme s'il avait besoin de ça…

Bref, revenons à ce qui nous intéresse.

– D'accord. Donc, deux vaccins aujourd'hui et si vous pouvez revenir demain, à la même heure… Je ne vous facturerai qu'une seule visite, ça allégera la note. Ma secrétaire n'arrivant qu'à 9 heures, ça restera entre nous.

Il m'offre son premier sourire, timide et embarrassé, puis jette un regard furieux à sa copine. Je me demande s'ils sont en couple ou autre. Ils restent relativement distants l'un de l'autre, mais semblent proches également. Ils vont très bien ensemble, car elle est également tatouée et percée et arbore un look cool et détendu… Ils forment un beau couple et semblent sympas. C'est quand même un point qui me chagrine. Et pas pour les raisons qui pourraient sembler évidentes. La nana, toute aussi mignonne qu'elle soit, ne m'intéresse en aucune façon.

La réalité s'avère abominablement inquiétante, parfois.

Je reporte mon attention sur le chiot sans nom, qui s'acharne à présent sur mon poignet, enroulé à ma main.

– Parfait, alors on va commencer. Vous pouvez le tenir quelques minutes ? Le temps que je prépare les injections ?

L'homme confirme d'un geste et attrape le chien, passant sa main sous la mienne. Son contact chaud et rugueux me perturbe beaucoup plus que nécessaire et brouille mon esprit. J'apprécie à sa juste valeur cet effleurement et laisse ses doigts glisser sur les miens pendant qu'il récupère son animal… Bordel… Il faut que ce rendez-vous se termine rapidement. J'ai besoin d'air...

Je m'écarte rapidement de la table pour me retourner et en profiter pour reprendre mes esprits.

– Je voulais savoir, également : j'aimerais l'emmener surfer avec moi, car il semble kiffer la planche. Est-ce qu'à son âge, c'est possible ? Est-ce qu'il existe des gilets de sauvetage pour chien ?

Je fais volte-face.

– Vous surfez ?

Il me confirme cette information d'un regard sérieux et d'un hochement de tête. Sa copine ajoute :

– Oui, nous sommes au *Camping Des Pins*, à quelques kilomètres. Pourquoi ? Vous aussi ?

– Euh… Oui. Je connais bien ce camping. Il y a quelques bons spots dans le coin. Mais pour débuter avec un chien, je conseille la Crique de l'Aube…

Elle hausse un sourcil.

– La Crique de l'Aube ?

Je termine de préparer la première injection, puis les rejoins devant la table.

– Vous pouvez le poser et tenter de le garder immobile ?

Il s'exécute et nos mains se croisent à nouveau sur le pelage du chiot. Cette fois, c'est moi qui touche. Je ne réprime pas mes gestes et laisse mes doigts glisser sur les siens. Professionnellement. Même si un frisson plus qu'agréable traverse mon échine, pour remonter vers mon cerveau et s'emparer de certains neurones, plus que chamboulés par ce simple geste.

– Oui, la Crique de l'Aube. On l'appelle comme ça parce que le lever de soleil vu depuis cet endroit est superbe. C'est relativement réputé. Pour les lève-tôt. Mais je vous rassure, on peut s'y rendre à n'importe quel moment de la journée. La mer y est plus calme, mais parfois, elle propose de beaux pics quand même. Parfait pour lancer ce chiot dans la folie de la glisse…

Elle s'esclaffe pendant que je pique leur chiot.

– Oh, super ! On va y aller ! Et BB, tu pourras y emmener Driss aussi… Ça sera plus simple.

– Ah, mais non… Driss, j'ai donné hier, ça suffit. Bon, alors, pour les gilets de sauvetage ?

Je termine l'injection sur le chiot.

– J'en vends, effectivement. Mais c'est hors de prix pour être honnête. Et comme il va grandir, dans peu de temps, il faudra en acheter un autre. En revanche, je crois qu'il me reste quelques exemplaires publicitaires de l'année dernière. Nous avions organisé un concours… Je vais aller regarder.

Il s'insurge vivement, manifestement offensé.

– Non, mais je peux payer ! Je demande simplement si vous en vendez !

Son regard devient plus sombre encore. Et cette fois, il n'hésite pas à assiéger le mien. Mais pas pour les bonnes raisons. Je l'ai vexé, visiblement. Je soutiens ce regard incendiaire en rétorquant :

– Oui, j'ai bien compris. Mais si vous désirez acheter quelque chose, je vous conseille simplement de privilégier la cage de transport pour la voiture, le panier, les jouets, ou bien évidemment, les croquettes et les gamelles. Donc, je vous offrirai en guise de cadeau de bienvenue dans notre enseigne un gilet de sauvetage pour chiot, siglé aux couleurs de notre clinique. Alors, inutile d'en acheter un second.

Je lui adresse un sourire victorieux qui lui provoque un sourire d'acceptation. Comme s'il réalisait que je n'étais pas mal attentionné, bien au contraire.

– Oui, alors dans ce cas… D'accord. Merci.

– De rien. J'avoue que je n'ai jamais vu de chien sur un surf… Je n'y ai même jamais pensé. Sans doute parce que je n'ai pas de chien.

Sa copine revient dans la conversation.

– Parce que vous surfez ?

Je récupère la seconde seringue derrière moi.

– Oui.

– Ah, mais c'est super, ça ! Vous surferiez cet après-midi, avec nous ?

Elle me prend au dépourvu. Mais mon cerveau, lui, comprend à une vitesse hallucinante et répond sans attendre.

– OK.

Euh…

Elle me sourit, manifestement ravie. Il plisse les yeux, manifestement pas trop heureux. Je reprends mon vaccin, manifestement déboussolé.

– C'est marqué Eliés je ne sais plus quoi sur la porte de la clinique. Donc il s'appelle Eliés. C'est très joli, Eliés.

– Mmm...

Je la regarde avec le plus bel air bovin dont je suis capable en mâchant un bout de pain. Elle ne s'en formalise pas.

– Et puis, un véto... C'est sans doute intelligent un véto. Et puis pour Truc, c'est encore mieux...

– Mmm...

Je pianote sur mon téléphone pour trouver une photo de bite à envoyer aux gars. Que je trouve, d'ailleurs. Un truc interminable et surgonflé. Affreux.

– Tu m'écoutes ?

– Mmm...

Je termine mon pain en ajoutant un message en plus de la photo que j'envoie sur *Sweet Summer*. « Dur les vacances, Méline cuisine comme un pied, j'ai déjà maigri ».

Et j'envoie en me marrant comme un gosse, jouant avec ma paille dans ma grenadine, oubliant presque que Méline tente de communiquer.

– T'as vu ses mains ? Et ses avant-bras ? Moi, je suis fan des cous. Il ne faut pas qu'ils soient trop larges, mais bien rasés. Ou pas trop. Enfin, ça dépend. En attendant, le cou d'Eliés est parfait. Ce mec est nickel... Et drôle en plus, il a l'air vraiment cool !

Je reporte mon attention sur elle.

– Sérieux ? Tu vas tout me détailler comme ça ? J'y étais, je te signale !

– Oui, ben j'ai l'impression que non, justement. Celui qui m'accompagnait était une espèce de blob informe et gluant... Merde, BB, ce mec bave devant toi en plus ! Et regarde, il a l'air gentil. Truc l'aime déjà beaucoup !

Je jette ma serviette en papier à la tronche de ma pote, assise en face de moi, et termine ma grenadine.

– Est-ce qu'on pourrait parler d'autre chose, pendant au moins quelques minutes ?

Elle termine sa bière, puis vérifie qu'elle est effectivement vide en louchant par le goulot, avant de la poser sur la table entre nous.

– Bien sûr que non ! Arrête un peu de nous jouer les vierges effarouchées. Ce mec est méga super canon !

Certes. Je n'ai effectivement pas loupé les yeux marron extrêmement clair, la carrure imposante, mais toutefois naturelle sans gonflette, le fessier parfait ainsi que les mains puissantes et hypnotiques. Pas plus que l'allure cool et séduisante du véto dans son ensemble. Mais ça ne change absolument rien. Même si j'y suis sensible, l'enveloppe du plus beau des mecs ne me fera pas tomber en pâmoison. Je ne supporte déjà pas ceux qui le font avec moi, sans me connaître, alors ce n'est pas pour me rendre coupable du même crime.

– Et donc ?

Elle lève les yeux au ciel dans une moue amusante.

– Et donc ? Non, mais… « et donc », qu'il dit ! Je vais vraiment finir par te priver de grenadine, ça te fait dérailler… T'as remarqué la bosse ?

J'éclate de rire.

– La bosse ?

– Oui, la bosse. En haut de ses deux cuisses et en bas du ventre. Tu sais, la zone classée XXXXX. La bosse, quoi ! Je suis certaine qu'il bandait. Franchement. Et j'imagine très bien l'engin. Certainement très correct. Je dirais… 8/10. Mais c'est parce que je ne l'ai pas vu en vrai. On, enfin, TU vas sans doute pouvoir creuser la question très prochainement. Allez, BB, c'est pour la science.

De mieux en mieux. Je suis effaré par sa manière de parler des mecs. Et dire que certaines prudes appellent à dénoncer les méchants goujats qui osent poser un œil légèrement indiscret sur elles dans la rue… Quand on entend ça, on se demande qui, des hommes ou des femmes, sont les plus irrespectueux. Cependant, ce n'est pas le débat.

– Seigneur… Et non, je n'ai pas remarqué la bosse, puisque je m'en tape !

Elle secoue la tête, dépitée.

– Ben tu me feras le plaisir de la remarquer tout à l'heure, quand il arrivera. Dix billets qu'il bande sur la déferlante. Et tu me mets un short de bain, pas ta combi ! Et puis tu enquêtes, s'il te plaît. C'est pour mes statistiques.

– Alors là, tu rêves ! Et puis d'abord, pourquoi l'as-tu invité ? T'es complètement barge ! Invite les voisins pendant qu'on y est !

– Ah oui, tiens, pas con !

Elle se lève prestement et saute par-dessus la mini clôture, installée ce matin, pour se rendre sur la parcelle voisine.

– Non, Mél, je déconnais !

Elle ne m'écoute plus et interpelle un voisin. *Incroyable !* Méline la sociable… J'avise Driss au bout de l'allée, qui semble se diriger vers nous, son surf à la main.

Non ! Putain ! Help !

Je jette un coup d'œil à Truc, qui lui se moque pas mal de l'attroupement que nous aurons bientôt sur ce terrain, et préfère dévorer une paire de chaussettes immondes roulées en boule, que Méline lui a donnée en rentrant de chez ce véto. Et parmi une tonne de jouets débiles conçus scientifiquement pour l'amuser et le satisfaire, devinez ce qu'il préfère ? Des chaussettes violettes et vertes… Presque pas agaçant. Bref.

Driss passe la clôture en affichant un sourire angélique.

– On surfe, aujourd'hui ?

Il pose sa planche contre l'un des deux arbres qui jonchent notre parcelle, pendant que je tente de soutirer quelques gouttes de grenadine de mon verre déjà vide pour éviter de l'envoyer chier. Depuis 18 mois, je me coltine des clients, je bosse presque tous les jours quand je le peux, de 10 heures à 19 heures, je souris, je répète les choses et je supporte les cons. Bref, je bosse dans le commerce. Et dès que je termine ce cinéma, dès que mon contrat prend fin, je ne trouve rien de mieux à faire que de suivre Méline dans ses escapades, pour me retrouver dans la même situation. Des gens, des gens, et encore des gens. Certes, il fait beau et je surfe. Mais putain, j'aimerais un jour off. Juste un jour de glande totale à ne strictement rien faire et sans voir personne, ni rien devoir à qui que ce soit. Genre glande au soleil ou sous un arbre, à lire ou à mater Netflix. C'est possible ?

Non, apparemment pas. Donc, je bois de la grenadine. Sauf que mon verre est vide et que j'ai la flemme de me lever pour atteindre la glacière.

– Tu veux une grenadine ? Je peux aller t'en chercher une au bar. Je connais le barman, il est cool !

Ce gamin est trop serviable. Je ne peux pas l'envoyer chier, ce serait dégueulasse. Je repose mon verre en soupirant.

Putain de vie de merde !

– Merci Driss, c'est bon, j'ai tout ce qu'il faut ici. T'as mangé ?

– Oui.

– Bon, je propose. On se barre maintenant. Méline est en train de rameuter tout le camping pour aller surfer, et ça me gonfle. On dégage. J'enfile ma combi et je reviens.

– C'est vrai ? On va surfer tous les deux ?

J'ai l'impression que je viens de lui offrir la lune. Ses rétines scintillent et son sourire s'étire prodigieusement. Ce qui fait naître le mien.

– Oui. Enfin, avec Truc. Je reviens.

Je saute dans mon combi pour virer mes fringues et enfiler ma tenue en quatrième vitesse, puis je le rejoins quelques instants plus tard. Mon but étant de partir en laissant Mél gérer ses invités. Je sais qu'elle n'aura pas de mal à me retrouver, mais ça fera au moins quelques minutes de gagnées dans la tranquillité. Et tant pis si je me coltine Driss, c'est un moindre mal.

– On y va ?

J'attrape Truc, auquel Driss a déjà attaché la laisse, le gilet de sauvetage et ma planche, et nous nous enfuyons, littéralement.

Eliès

Me pointer chez des clients que je ne connais pas, je n'ai pas pu m'y résoudre. Sans compter que je n'ai pas eu l'impression de faire l'unanimité lorsque l'invitation a été lancée. Mais ne pas venir du tout m'était tout autant impossible. Parce que… Parce que ce mec a réellement quelque chose d'attirant, et que ce n'est pas mon style de refuser une opportunité quand elle se présente. Quand bien même cette opportunité s'avère possiblement dangereuse et déroutante.

Je me retrouve donc à surfer sur la plage en face de leur camping. J'ai supposé qu'ils utilisaient celle-là. Si tel n'est pas le cas, nous dirons que le destin en a décidé autrement. Je reste au large un bon moment, tentant de ne pas trop inspecter les surfeurs qui m'entourent. J'en connais quelques-uns, j'échange deux ou trois banalités, puis je surfe un petit moment avant de me résoudre à rentrer, en pensant m'être trompé de plage, et en rage contre le destin qui n'a pas donné la bonne réponse à mon petit test.

C'est donc avec une certaine surprise que je le retrouve au bord de l'eau, entouré de son chiot et d'un ado – à première vue – qui s'entraîne à trouver l'équilibre sur une planche. Valentin, quant à lui, me tourne le dos, assis sur son surf et plié vers son chien, qui va et vient sur la planche, engoncé dans une combinaison moulant son corps et qui me donne envie de tirer sur ce lien qui pend de la fermeture éclair dans son dos... Plus ça va, plus il me donne faim ce type... Je bande aussitôt.

Je me suis longtemps demandé si j'avais réellement un penchant homo. Depuis une bonne année, à peu près. Depuis mes excursions avec Mark, pour les besoins de l'enseigne qui m'emploie. Au début, je refusais de le réaliser. Puis, peu à peu, sans que je l'y invite, l'idée a fait son chemin dans mon cerveau, et mes petites missions vétérinaires avec le responsable de l'équipe sont devenues de plus en plus troublantes. Au point qu'en rentrant, je repoussais plus ou moins malgré moi Emmanuelle. Elle m'a reproché le zoo, le cabinet, et mes loisirs. Mais elle n'avait pas réellement tort... parce que, oui, je me suis réfugié derrière toutes ces raisons pour éviter de la regarder en face.

Non pas parce que je l'ai trompée physiquement, loin de là. Ce n'est pas mon style. Même si c'est ce qu'elle a cru. Je ne pouvais plus lui faire face, parce qu'indirectement, sa proximité me rappelait le trouble et la réalité que je n'arrivais pas à accepter. Mais, force est de constater que d'une manière ou d'une autre, les faits sont là. Je me suis arrangé pour qu'elle disparaisse, presque inconsciemment. Et au moment même où elle passait le pas de la porte, j'ai été frappé de plein fouet par le charme d'un homme. Le destin m'a donc clairement envoyé un signe à cet instant précis, confirmant par la même que je prenais le bon chemin, même s'il m'effrayait.

Dire adieu aux femmes pour tourner autour de certains hommes... Merde, c'est un sacré changement de cap ! Je ne comprends même pas pourquoi c'est arrivé et quand, exactement. Enfin, si... C'est arrivé avec Mark, qui n'est pas gay lui-même. Il est juste un mec avec qui j'ai partagé beaucoup de choses au fil des missions humanitaires : une chambre, une tente, une passion, de bons moments et d'autres plus compliqués... Une cause à défendre et de longues soirées de parlotte. Et ça a apparemment suffi.

Tout en tentant de faire un petit constat sur ma vie actuelle, j'avance vers Valentin, les yeux immanquablement rivés sur ce satané lien qui me nargue. Quelle idée de se couvrir par ce temps... ?! C'est atroce et sadique !

J'entre dans leur espace en laissant flotter ma planche derrière moi. En me voyant, le gamin, qui semblait tenir son équilibre, glisse, fait chavirer sa planche et se retrouve dans l'eau. Valentin déporte son attention vers lui, puis vers moi. Nos regards se croisent, ma queue se dresse, mais je n'en fais rien – évidemment ! –, lui adresse un geste de la tête pour le saluer et il me répond par un sourire crispé.

– Salut. Je croyais que tu surfais ? Ta femme n'est pas là ?

Non pas que son absence me dérange. Ça pourrait même être l'inverse, puisque ça l'oblige, lui, à me parler. Je cherche simplement une petite confirmation.

– Méline ? Ma femme ? Certainement pas ! J'ai l'air aussi tordu que ça ?

Je m'esclaffe, satisfait de cette réponse.

– Oui, non… effectivement, peut-être pas…

Il reprend son sérieux, son regard me quittant pour se poser en direction de la plage.

– Je crois qu'ils ne vont pas tarder. Elle a décidé d'inviter tout le camping pour surfer. J'ai préféré fuir.

– Je comprends.

Le chiot, qui vient de me reconnaître, saute dans l'eau pour me rejoindre, son gilet de sauvetage le saucissonnant totalement.

– Eh ! Mais il se débrouille super bien ! Tu lui as trouvé un prénom ?

Oui, je tutoie. Quand je suis arrivé, j'étais même prêt à lui claquer la bise et à lui asséner une bonne vieille claque fraternelle dans le dos. Bref, youpi, c'est la fête !

– Il s'appelle Truc.

C'est le gamin qui me répond, en me toisant étrangement. Comme si je marchais sur ses plates-bandes.

D'accord.

Je lui rends son regard froid.

– Et, tu es ?

— Driss. Et toi ?

Valentin répond, sans cacher un certain agacement.

– Eliés. C'est le véto de Truc. Et d'ailleurs, Truc, c'est un nom provisoire. Toujours pas trouvé. Bon, Driss, une heure, c'est pas mal comme entraînement, non ?

Valentin se lève de sa planche, me prend Truc des mains et lui confie.

– Maintenant, je vais surfer.

Il n'attend rien ni personne, s'allonge sur sa planche et se barre d'où je viens. Nous échangeons un regard avec le gamin, puis je lui souris machiavéliquement en m'allongeant sur mon surf.

– Bon, alors, à plus, gamin.

– Ouais, c'est ça… À plus.

Je ne relève pas son ton peu avenant et suis Valentin. Mais je viens de me taper plus d'une heure de glisse alors que lui semble frais comme un gardon. Je m'avoue vaincu en constatant qu'il a déjà mis une bonne distance entre nous. Je préfère m'arrêter avant le *line up* et m'asseoir sur ma planche pour l'observer sur la vague. Il a déjà rejoint un pic isolé des autres surfeurs. Il se lève prestement sur la lèvre d'une vague de bonne taille, enchaîne plusieurs *off the lip*, dominant la *barrel* qui s'annonce, majestueux sur son *board*, puis se laisse glisser en bas de vague et entre dans le *tube* conséquent après un *bottom turn* parfaitement maîtrisé…. Il disparaît sous la déferlante, ne laissant que sa silhouette à travers le rideau de mer comme indication de sa position, puis réapparaît enfin à plusieurs mètres à droite pour un *re-entry* et un nouveau *off the lip* et re-*tube*…[14] En quelques mots, il s'éclate. Et moi, je m'éclate à travers lui. Parce qu'il semble totalement emporté dans son élan, en osmose avec sa vague et sa planche. Et sa passion transparaît dans chacun de ses gestes. Il n'en est que plus magnifique.

J'attends qu'il termine sa vague et pars le rejoindre… parce qu'il donne réellement envie de partager ce moment avec lui. Cela me paraît comme une évidence, ma place est à ses côtés. Je veux en être…

Valentin

Il surfe bien. Et oui, il est beau mec. Le véto glissant sur la déferlante représente forcément un spectacle que j'ai remarqué, à plus d'un titre. Et alors qu'il est resté pour grignoter un truc avec nous ce soir, comme à peu près la moitié du camping, invité par Méline, je ne sais pas quoi penser. Ce mec me mate avec un regard de prédateur,

---

[14] Alors, pour résumer : Eliès reste à un endroit loin de la ligne de surf, bien en avant. Valentin quant à lui se positionne sur la vague, puis glisse un peu au-dessus de la vague, avant de descendre et de se positionner pour entrer dans le tube formé par cette vague. Il le longe, en ressort puis remonte sur le haut de la vague avant de continuer son petit bordel. Oui, je sais, expliqué comme ça, c'est plus simple. Les surfers et leur vocabulaire, c'est tout un truc !

clairement. Normalement, ce point est éliminatoire chez moi. Je ne supporte pas qu'on s'approprie ainsi mon corps. D'un regard ou par des gestes, ça ne change rien. Je ne suis pas à lui, et il n'a pas à se permettre de violer mon image.

Je sais que ça peut paraître un peu radical, mais c'est comme ça. Quand j'entends les propos de Méline, pour ne parler que d'elle, concernant les mecs, je ne veux pas imaginer que certains pensent la même chose de moi. Que des regards s'attardent sur ma bite ou autre... C'est affreux de se sentir autant à nu devant le regard des inconnus, comme de la viande sur un étalage de marché.

Le truc, c'est que ce soir, de tous ceux qui nous entourent, Eliés est peut-être l'un de ceux qui me rassurent le plus. Nos voisins directs sont en fait des voisines, et elles ne se privent pas pour me déshabiller du regard en me lançant des sourires qui en disent long sur leurs intentions. Elles tombent super mal, inutile de le dire. Quant aux autres convives, ils sont bruyants, à moitié bourrés et lourdauds. Enfin, c'est l'impression que j'en ai. Ils sont surtout trop nombreux pour que j'aie envie d'aller me mélanger. Je reste donc en retrait avec ma grenadine et mon chien, Driss sur les talons et Eliés assis en face de moi.

Pendant qu'il m'explique un truc à propos de l'éducation de Truc, puisque c'est le sujet, j'abandonne le fil de la conversation et me perds dans l'examen de ses traits. Parce que, oui, il y a quelque chose à examiner. Ses yeux marron glacé, clairs et lumineux. Son teint mat, qui les rend encore plus clairs et percutants. Sa barbe de quelques jours, qui mange ses joues constellées de taches de soleil. Ses cheveux longs, retenus par un bun haut sur le crâne. Ses lèvres charnues et sensuelles. Ses mains. Le tatouage qu'il arbore à l'intérieur de l'un de ses poignets. Les quelques chevalières et bagues qui ornent ses doigts... Et je ne parle pas de son physique ravageur, que j'ai largement eu le temps de remarquer, bien malgré moi, cet après-midi.

Oui, ce mec est tout à fait mon genre. Il a le look que j'adore et qui m'attire. Celui, typique, des hommes sans limite ni barrière, prêts à parcourir le monde sur un coup de tête, juchés sur une moto, en criant : « merde ! » au monde et à ses convenances. C'est quelque chose que je respecte, parce que je pense que si j'en avais eu l'occasion, c'est ainsi que j'aurais imaginé ma vie. Conduisant une moto, avec mon surf, pas d'attache, pas de comptes à rendre, libre et heureux. C'est même étonnant qu'un mec pareil soit enfermé dans une petite clinique d'une petite ville... Il transpire l'aventure et les grands espaces. Les chevauchées sauvages et les sports extrêmes.

Mais encore une fois, ce qu'il est réellement, je n'en ai aucune idée. Étrangement, et contrairement à beaucoup, lui, il m'attire. Même si je ne le connais pas, il a quelque chose de magnétique qui donne envie de plus. C'est pour ça que je le laisse venir, malgré son regard sur moi qui ne laisse pas vraiment de place au mystère quant à ses intentions. C'est d'ailleurs assez troublant, parce que je n'ai pas rêvé, c'est bien une femme qui l'a largué comme une merde au milieu de sa salle d'attente hier. Pas un mec. Une femme. Et… je pense qu'il est assez clair que moi, je suis un mec. Enfin, j'espère quand même qu'il l'a remarqué. Ça fait longtemps que je n'ai pas pris le temps de m'examiner dans un miroir, mais je ne pense pas avoir changé à ce point-là…

Alors… Je ne sais pas quoi penser de cette histoire. Est-ce que je me méprends sur ce qui lui trotte dans la tête, même si je suis quasi certain que non ? Est-ce que j'ai raison de croire que LUI est différent ? Est-ce une bonne chose que je lui laisse une porte ouverte en ce moment même, en souriant et en blaguant avec lui ? Je me sens un peu troublé par le personnage, j'avoue…

Eliès

Le coude posé sur la table entre nous, le menton dans sa paume et le bout de ses doigts entre ses dents, Valentin fait courir son regard sur moi depuis un petit bout de temps. Je sais pertinemment qu'il ne m'écoute pas une demi-seconde, mais qu'il analyse, se demande sans doute qui je suis et pourquoi je me trouve là, à boire une bière au milieu d'une vingtaine de vacanciers, alors que je n'en suis pas un, que j'ai un appart et un boulot qui m'attend demain.

Quelque part, je ne peux pas lui en vouloir de se poser la question. Parce que, moi-même, je réalise peu à peu que, même si rien ne me dérange, je ne suis pas vraiment à ma place ici. Enfin, je ne connais personne. Je suis simplement venu pour lui et suis resté pour la même raison. Parce qu'il est hypnotique. Parce qu'il parle directement à mon être sans prononcer un seul son. Parce qu'il me fait vibrer alors qu'il garde ses distances. Et aussi, parce que je préfère l'avoir en face de moi que dans mes souvenirs.

De plus, j'aime être l'objet de son examen minutieux. Je bande, réellement, de le voir inspecter mon visage, rêveusement, mais sans détour. Et je sais qu'il n'est pas en train de cuver ou autre, parce qu'il n'a pas bu une goutte d'alcool de la soirée. Ce qui est étonnant, mais rassurant. J'aime les gens sains. Au moins, lorsque l'alcool n'entre pas en jeu, chaque action est sensée et voulue. Pas de trucs glauques et non assumés. Donc, s'il me mate en ce moment, c'est qu'il en a envie. Pas de doute à ce sujet. J'espère juste qu'il aime ce qu'il voit...

En attendant, je déblatère je ne sais quoi à propos de son chien, n'écoutant pas moi-même mon super discours. Je préfère faire comme lui, m'abreuver de son image, de son visage, de ses yeux qui s'emparent de moi sans demander la permission et qui réveillent tout un tas de choses que je ne pensais pas ressentir un jour pour un homme.

Il me couve sans le vouloir d'une chaleur agréable et sensuelle, attise quelques picotements sur ma peau et le long de ma nuque, embrouille mon esprit, embrume mes yeux et attise ce besoin qui grandit en moi de goûter à cette masculinité, qui m'interpelle de plus en plus depuis que j'ai réalisé que je n'y étais pas insensible.

Je me suis toujours montré entreprenant avec les femmes. Je suis conscient d'avoir un certain charme. Alors, souvent, je me contente de quelques sourires et d'une ou deux allusions pour conquérir les cœurs. Qu'en est-il pour les hommes ? Je n'en sais rien. Suis-je prêt à me lancer dans ce genre de choses ? J'en ai envie, certes, surtout en ce moment, face à la tentation faite homme qu'il s'avère être. Mais après ? Ai-je une chance ? Est-il gay ? Je n'en sais foutre rien, il ne laisse absolument rien paraître et semble totalement neutre à ce sujet. Il ne laisse traîner aucun indice, puisque cette foutue réserve ne le lâche pas une seule seconde. Et le fait qu'il observe le moindre de mes traits n'est qu'un point un peu léger sur lequel je ne peux m'appuyer.

Son pote Driss, par contre, est clairement gay, et tout aussi clairement attiré par lui. Certainement à mon instar, il le dévore des yeux comme s'il était la huitième merveille du monde. Et comme il le fait avec moi, Valentin semble ne pas y prêter attention. Ce type est la personne la plus insaisissable qu'il m'ait été donné de rencontrer.

Et il faut forcément que je m'arrête à CE mec ! Plus simple, ce n'était pas possible ?

La troupe des invités, qui circulait plus ou moins entre les différents emplacements de l'allée, décide de se rejoindre autour de notre table. Des étrangers s'installent à nos côtés, une femme tente carrément de s'installer sur les genoux de Valentin et sa copine fait de même avec moi.

Il nous suffit d'un coup d'œil pour nous comprendre. Il repousse gentiment la nana un peu saoule, un peu collante et un peu chiante, puis se lève en appelant Truc, qui s'acharne sur une chaussure près de la tente, installée dans l'angle du terrain.

– Truc, on va faire un tour.

Je me lève également.

– Je n'ai pas eu l'occasion de te montrer la Crique de l'Aube, au fait...

Il se penche pour enfiler le harnais à son chien.

– Ouaip. On peut y aller maintenant.

– Avec plaisir.

Oh que oui ! Je brûle de l'avoir pour moi seul un petit moment. Ce mec est constamment entouré, même s'il donne l'impression de ne pas forcément le vouloir. Nous avons déjà partagé un instant, seuls sur le spot, mais ça me paraît loin. Depuis, il y a toujours quelqu'un... Et c'est presque vital. J'ai besoin de ça...

C'est la première fois qu'une personne, quelle qu'elle soit, me frappe en pleine âme de cette manière... Il parle à tous mes sens en même temps, sans que ni lui, ni moi n'y puissions quelque chose... Comme si ce maudit destin n'en faisait qu'à sa guise, jouant de moi comme d'une simple marionnette, enflammant mon être et annihilant toute pensée cohérente en moi...

Un simple pantin aux mains de je ne sais quelle force plus puissante et implacable. Voilà ce que je suis.

Valentin

J'allume une clope et le suis en silence sur la plage déserte. Il me jette un regard réprobateur qui m'arrache un sourire.

– Ne me dis pas que tu es ce genre de mec, à me faire la morale parce que je tire sur une clope. Je te préviens, j'ai horreur qu'on essaye de me dicter ma conduite.

Il ricane sans répondre et lance un galet dans la mer. Truc comprend que c'est un jeu et tire comme un zouave sur sa laisse pour courir vers la rive. Surpris, je n'appréhende pas, me laisse entraîner et percute Eliés devant moi. Il me rattrape pour m'empêcher de trébucher et sans que je le comprenne, je me retrouve pressé contre son torse, son visage trop proche du mien et ses bras me retenant fermement contre lui.

Nos yeux se trouvent et s'aimantent, nos souffles s'interrompent brièvement et nos cœurs s'emballent. Je peux sentir le sien battre contre ma poitrine tandis que le mien bat à un rythme identique, même si je doute que ce soit pour les mêmes raisons. J'ai l'impression que l'air entre nous vient à manquer et qu'il crépite lourdement à mes oreilles, me faisant perdre le fil de mes idées.

Je ne dirais pas que je déteste ce contact involontaire. Mes doigts sur ses biceps apprécient la texture de sa peau, mon torse se laisse charmer par la chaleur qui irradie du sien et la puissance avec laquelle il me maintient sur mes pieds est attirante. Mais mon dos, mon cœur et mon esprit repoussent de toutes leurs forces cette emprise qu'il maintient autour de moi, sans que je l'aie demandée. Je prends sur moi, car cette situation n'est pas volontaire, et pousse légèrement sur ses bras pour m'en extraire, pendant que ses yeux parcourent mon visage tendrement.

Il me laisse m'enfuir sans prononcer un mot, mais l'atmosphère ne s'allège pas pour autant. Je suis le premier à me détourner pour rappeler Truc à moi en tirant sur sa longe. Le véto reprend tout de suite mon geste en posant sa main sur mon avant-bras.

– Appelle-le en tirant et demande-lui de venir… Qu'il comprenne bien l'ordre et qu'il l'assimile.

J'opine du chef sans répondre, troublé. Je ne comprends pas ce qui se passe au fond de moi. Cet homme me touche. Physiquement, je veux dire. Et je ne suis pas un mec qui se laisse toucher. Bien au contraire. Dans la majorité des cas, quand je laisse faire, comme maintenant, je déteste ça. Le contact des autres ne me donne envie que d'une seule chose : me laver dès que possible. Mais celui d'Eliés ne se borne pas à une simple gêne. Il attise quelque chose qui me fait peur, tout en m'intriguant par la même occasion. Une attirance répulsive ou une répulsion attirante, je ne sais pas trop quelle sensation prédomine. Tout ce que je sais, c'est que je ne bronche pas lorsque sa main s'attarde sur ma peau et que je ne suis pas non plus mécontent lorsqu'il la retire enfin.

Je soupire alors qu'il reprend notre marche le long de la plage, et le rejoins dans son silence qui me semble soudainement inconfortable. J'ai besoin de le connaître et de comprendre certaines choses. Absolument.

– Et donc… ta femme n'est pas rentrée ?

Il tourne la tête pour me dévisager d'un air surpris, puis se remémore sans doute l'épisode auquel nous avons assisté lors de notre arrivée dans sa clinique.

– Manu ? Elle ne reviendra pas.

– Ah ? Et… ça faisait longtemps que vous étiez ensemble ? Elle semblait un peu… furax ?

Il me répond en retenant un rire.

– Le mot est faible. Et tu n'as pas vu l'appartement à son départ… Un cyclone, elle a tout foutu en l'air.

Il laisse passer un silence avant de reprendre.

– Mais je ne lui en veux pas vraiment. Je n'ai pas été un mec parfait avec elle.

Je ne peux m'empêcher de froncer les sourcils. Il s'en aperçoit d'un coup d'œil rapide et s'explique.

– J'ai… enfin, lorsque je l'ai connue, je menais une vie géniale… Je partais en voyage dès que je le pouvais. D'abord entre deux exams pendant mes études, ensuite, j'acceptais toutes sortes de missions à l'étranger au sein de l'enseigne pour laquelle je travaille encore actuellement. En réalité, ils m'ont embauché dès l'obtention de mon diplôme pour me destiner aux missions humanitaires. Une de leurs branches vient en aide à *Véto Overwild*, tu connais ?

Je secoue la tête.

– Je ne suis pas trop au fait de tout ça. Truc est le premier animal que j'approche. Je n'ai jamais mis les pieds dans un zoo et je ne m'y intéresse pas plus que ça.

– Tu n'aimes pas les animaux ?

– Si ! Ce que je ne supporte pas, ce sont les personnes qui leur font du mal. Parce qu'ils sont souvent innocents et qu'ils ne demandent rien à personne. Mais à part ça, la vie ne m'a pas réellement donné l'occasion de m'y intéresser.

Je m'arrête là. C'est tout ce qu'il aura de moi. La vérité, c'est qu'aujourd'hui, je peux me permettre de m'inquiéter d'un chien. Mais pendant longtemps, mes préoccupations étaient bien plus primaires. Manger, trouver un toit, réussir à survivre... Dans ces conditions, les chiens, les zoos et la condition des koalas en Asie paraissent vraiment secondaires, voire, appartiennent à une autre planète. Bien que ce soit des causes qui peuvent légitimement toucher, je le reconnais sans problème. Mais parfois, on ne peut pas se montrer plus royaliste que le roi, comme le dirait J. E.

Il hausse les épaules.

– Je comprends. J'ai toujours grandi au contact d'animaux. Ma grand-mère possédait un chalet en forêt et je passais mes vacances à traquer les bestioles, entouré de ses chiens et ses chats. Elle gardait des oiseaux dans une volière aussi… Enfin bref, ce n'est pas le sujet. Donc, je voyageais beaucoup et Manu l'acceptait, au début. Elle était étudiante en architecture, très occupée dans ses révisions et projets. Mais un jour, elle a obtenu ses diplômes, et elle a décidé qu'il était temps pour nous de nous installer. J'avais 28 ans à l'époque, et j'ai supposé qu'elle avait raison. Mais tu sais, je suis un mec qui agit par passion… Sur le moment, j'étais sincèrement emballé par l'idée. J'ai pensé que c'était la suite logique des choses, que c'était bien et nécessaire. J'ai plongé dans notre histoire, des rêves et de la passion pleins les yeux, comme à chaque fois que quelque chose me tient à cœur… Je n'ai rien lâché, et j'ai tout fait pour que ce qui me tenait à cœur soit possible… Quand les plans sont enfin devenus réalité, j'étais le plus heureux des mecs… J'étais sincère, vraiment. Mais j'ai vite déchanté. Contrairement aux autres passions que j'ai laissées m'envahir, celle-ci n'était pas si profonde et forte… Rapidement, ma vie d'avant m'a manqué. J'avais besoin de bouger, de surfer, de partir en week-end sans plan précis, de sauter d'un avion… Enfin, bref. Je n'envisage pas la vie autrement. Je me suis planté, voilà tout. La passion n'est pas forcément bonne conseillère, je l'ai appris aux dépens de notre couple.

Je bloque sur…

– Sauter d'un avion ?

Il confirme d'un geste de la tête.

– Oui ! C'est génial ! Tu n'as pas fait ?

Je ricane sans m'en rendre compte… C'est tellement loin de mon univers, tout ça. Certes, ce sont des choses que j'adorerais tenter. Mais malheureusement, je suis loin de pouvoir tout me permettre. J'ai tellement d'envies que je ne sais pas par où commencer. Ma vie, celle que je commence à maîtriser et à aimer, a débuté il y trois ou quatre ans. Avant, je me contentais de rêver et de ne pas y croire. Alors, des projets, des envies, des espoirs, j'en ai. C'est le temps et l'argent qui me manquent.

Mais, pour répondre à ses interrogations, je ne le connais pas assez pour lui donner une réponse qui amènerait forcément d'autres questions, alors je me contente d'une réponse simple.

– Non. Jamais monté dans un avion. Mais j'aimerais, un jour, peut-être…

– Je l'espère pour toi. C'est sensationnel. Manu n'était pas trop de mon avis, cela dit… En fait, elle était de mon avis sur quasiment rien. Donc, j'avoue qu'au bout d'une bonne année, j'ai un peu lâché l'affaire… J'ai rencontré des gens, j'ai repris mes déplacements, je me suis racheté une moto et j'ai accepté un complément de boulot dans le zoo de la région.

– Et tu t'es trouvé une autre nana ?

J'essaye de comprendre le personnage. Quand il dit qu'il n'a pas été parfaitement correct avec elle, je me demande ce qu'il entend exactement.

Il paraît outré par ma question.

– Non ! Bien entendu que non. S'il avait été sérieusement question d'une autre personne, je lui en aurais parlé et je l'aurais quittée. Mais ce n'est pas si simple.

Truc, qui semble passionné par une carcasse de crabe échouée sur le sable, refuse d'avancer malgré mon insistance à tirer sur sa laisse. Eliés reprend mon poignet, comme la première fois.

– Appelle-le d'une voix sèche et tire dessus de la même manière. Tu ne lui demandes pas, tu lui ordonnes. C'est toi le maître.

– OK. Truc, ici !

Le petit machin redresse la tête et accourt sans poser de problème. Je lève les yeux vers le véto fier de lui.

– OK, c'est top ! Merci… Et donc ? Rien n'est simple, tu disais ?

Oui, je sais, je ne dis rien et demande tout… mais il répond s'il veut ! Je tente de le découvrir, tout simplement, à lui de voir ce qu'il veut me donner ou non.

– Ah… Oui, effectivement, ce n'est pas simple. Parfois, on croit se connaître, savoir ce que l'on veut et ce qui nous convient. Mais la réalité se fout de notre tronche, prend les cartes qu'on garde dans son jeu depuis des années, et mélange tout… C'est ce qui se passe depuis une bonne année pour moi. Je croyais avoir trouvé un équilibre. Après tout, je suis véto, je tiens une clinique, et je batifole dans un zoo avec des pingouins et des dauphins la moitié du temps… Jusqu'à hier, j'étais fiancé à une architecte parfaite sous tout rapport… Et pourtant… J'ai l'impression que tout ça n'est qu'une illusion. Ce n'est pas moi. J'ai envie de voyager à nouveau, de découvrir certains univers auxquels je ne pensais pas il y a quelques années. De nouvelles personnes m'attirent... je ne comprends pas tout, mais je ne suis pas le genre de mec à repousser ce qui me semble évident... Enfin, bref... on va dire que ça fait longtemps que Manu n'était plus une évidence. Et même si je ne voulais pas le réaliser, j'ai tout fait pour nous éloigner l'un de l'autre... donc, si elle est partie, c'est en partie ma faute... Elle n'y est pour rien.

Je hoche la tête pour toute réponse. Je ne suis pas fan de la technique « laisser pourrir pour en finir », mais bon. Chacun ses méthodes. Et ce n'est pas mes expériences de vie de couple qui pourraient m'aider à juger, puisque je n'en ai aucune.

– Et toi ? Pas de nana ? Méline ?

Ah... on va parler de moi ? Je me prépare à rester le plus vague possible. Pas de problème, c'est un sujet que je maîtrise.

Eliès

Il lève les yeux vers moi, surpris.

– Méline ? Non ! Comme je te l'ai déjà dit, je ne suis pas maso. Elle est totalement barge ! Tu as bien vu la manière dont elle a invité... quoi... cinquante personnes à manger sur une parcelle de 20 m² ? J'imagine la vie de couple !

Je m'esclaffe avant de désigner un petit sentier partant de la plage sur notre droite.

– Tu vois, là ? Ce chemin mène tout droit en ville, juste derrière la clinique... Si un jour tu as envie de venir me rendre visite à pied... c'est à quelques centaines de mètres. Beaucoup plus rapide que par la route.

Il confirme d'un geste de la tête en me fixant. Valentin est un homme qui analyse beaucoup, sans en avoir l'air. Je me prête au jeu, parce que je n'ai rien à cacher et parce que ça me plaît toujours autant de me faire déstabiliser par ces yeux magnifiques. Même si la pénombre commence à s'immiscer entre nous et que je ne fais plus qu'imaginer ce regard, je sais qu'il est là, bien présent, lourd de questions et de désarroi. J'ai l'impression de le troubler, presque autant qu'il me perturbe.

Je tends le bras vers un autre chemin un peu plus loin.

– Et par ici, tu rejoins la Crique de l'Aube. Viens.

Je m'engage dans le sentier en pente raide, Truc à mes pieds et son maître me suivant de près, jusqu'au bout, où nous surplombons le petit bras de mer qui s'engouffre entre deux falaises naturelles. Valentin se poste à mes côtés pour admirer la vue des vagues léchant le sable un peu plus bas, la mer s'étalant jusqu'à l'horizon, endormie, se perdant dans l'obscurité qui tombe sur nous.

– C'est trop beau...

Truc ne semble pas trop sensible à ce panorama et s'engage sur le chemin menant à la plage. Valentin se laisse emporter et je lui emboîte le pas.

La petite plage est entourée de falaises, le seul moyen d'en sortir étant la mer ou le chemin d'où nous venons. Valentin le remarque et en profite pour lâcher son chien sur le sable avant de s'installer sur un grand rocher plat. Je m'installe à ses côtés en le frôlant, le siège de fortune n'étant pas très large, pour mon plus grand plaisir. Nos bras se touchent, s'effleurent et finissent collés l'un à l'autre. Un frisson traître traverse son corps à ce contact. Je ne montre pas que je l'ai ressenti pour ne pas le mettre mal à l'aise. Mais mes yeux se perdent une nouvelle fois sur son visage, puis son cou, et je constate malheureusement que tout me mène jusqu'à lui. Mon corps réagit furieusement à sa peau contre la mienne. Mon esprit se laisse embrumer dans son odeur, fraîche et masculine. Ma bouche s'assèche pendant que mon sexe gonfle et se démène pour trouver sa place dans mon bermuda. J'ai oublié d'emporter un caleçon lorsque je suis venu surfer, et même cet état de fait m'inspire. J'adore sentir le jeans comme seul rempart entre mon intimité et le reste du monde. C'est mon truc. Surtout quand le monde en question se nomme Valentin. Et que ladite intimité n'en fait qu'à sa tête, en bandant, alors que le contexte n'est pas censé provoquer ça.

Je reprends la conversation d'une voix rauque et je la dirige sur l'essentiel. Parce qu'à partir de ce moment, les détails futiles de la vie ne m'intéressent plus. La peur, la découverte, l'envie, la faim, lui – si proche –, la nuit, le crépitement des vagues sur le sable... Tout se mélange dans mon esprit et je me contrefous du reste. Une idée me vient alors, comme une révélation : possible qu'il en soit au même point que moi. J'ai senti cette tension lorsqu'il est tombé sur moi. Elle ne venait pas que de moi, mais bien de nous. Il est peut-être dans le même état d'incertitude que le mien ? Possible qu'il ne sache pas quoi faire de cette attirance, de ce truc qui se passe entre nous. Possible qu'il ne comprenne pas cette attirance pour un homme. Possible que forcer un peu la main soit une bonne idée.

Ou non.

Je ne veux même pas essayer de comprendre. J'ai la simple envie de ressentir ce moment qui me transporte plus qu'agréablement. Vivre et profiter.

– Et donc ? Si c'est non, pour Méline… Il y en a une autre ?

Il quitte son chien des yeux et se tourne vers moi. Si proche. Ses lèvres s'étalent devant mes yeux, parfaites. Charnues, prometteuses de douceur et de passion, elles parlent directement à mes sens alors que je prie pour qu'elles prononcent la bonne réponse. J'ai l'impression que ce mec est en train de me rendre fou, en dépit de tout mon univers. C'est dingue. Il ne lui a fallu que 24 heures pour me faire accepter ce que je redoutais, pour saisir l'homme que je suis entre ses mains et me faire baver à sa guise sur tout ce qu'il est. J'adore le peu que je connais, j'aime ce qu'il m'apprend et brûle de découvrir tout le reste…

– Non. Pas d'autre femme. Pas de couple ni de liaison. Rien.

Ses yeux se posent sur moi dans la pénombre, la lune reflétant dans ses pupilles… Putain, qu'est-ce qu'il est beau ! Ça devrait être interdit. Je me racle la gorge et tente une réponse faisant glisser la conversation dangereusement.

– Totalement libre, donc…

Il met un temps infini pour se décider à répondre. Un temps pendant lequel je tente de contrôler mon envie de lui sauter dessus. Ce mec est un maudit ensorceleur. Jamais je n'ai ressenti une attirance pareille, c'est incompréhensible, mais tellement bon de laisser son esprit flotter sur cette tension lourde et sensuelle… Mes oreilles bourdonnent, ma queue durcit divinement et ma peau se recouvre d'une sueur moite, engourdissant mon corps de chaleur et de bien-être… Les premières fois… Cette appréhension, cet espoir qui dirige le cœur et le malmène avec tendresse…

– C'est ça… totalement libre…

Sa voix n'est qu'un murmure. Un souffle. Celui qui attise le brasier que je ne demande qu'à devenir. J'attrape ses joues et pose mes lèvres sur les siennes. Emporté par la folie qu'il m'inspire. Elles sont encore plus divines que dans mon imagination. Douces, tendres et satinées. Et ce piercing qui se cache sur cette langue, mais que je n'avais pas manqué d'observer depuis le début… Un pur appel à la luxure.

Ma main passe dans sa nuque pendant que ma langue force la barrière qui l'empêche d'accéder au Graal… Je veux ce mec, c'est presque vital…

Mais il attrape fermement mes poignets et les écarte de lui en reculant son buste.

– Qu'est-ce que tu fous ?

Douche froide. Merde ! Il a raison, qu'est-ce que je fous ?

Il se lève prestement et appelle son chien d'une voix forte et sèche.

– Truc, ici, tout de suite.

Son ton est tellement sec que l'animal aboie de sa petite voix aiguë et traverse la plage pour le retrouver, sans chercher à comprendre. Et moi, je réalise que je lui ai clairement sauté dessus comme un désespéré. Je quitte notre rocher pour le rejoindre.

– Merde, je te demande pardon, Valentin. Je ne sais pas ce…

Il se baisse pour accrocher la laisse au harnais de son chien.

– Pas besoin d'explication. Ce qui vient de se passer me suffit !

– Non ! C'est…

Il se redresse vivement, hors de lui :

– C'est quoi ? Qu'est-ce qui a bien pu te faire penser que tu pouvais te servir sans demander la permission ? Tu crois quoi ? Que tu peux te permettre de me rouler une pelle juste parce que tu me trouves à ton goût ? C'est toute la considération dont tu es capable ? Tu es comme tous les autres, finalement… Je vous connais trop, tous autant que vous êtes… Vous réfléchissez tous de la même manière. Ce mec est beau, j'en ai envie, alors je prends. Parce qu'on a échangé trois phrases, alors forcément, c'est bon, l'affaire est dans le sac ! Ben non ! Elle n'est pas dans le sac, l'affaire ! Loin de là !

J'essaye de le retenir alors qu'il tourne les talons vers le chemin.

– Mais attends, j'ai mal compris, c'est tout… je ne suis pas… enfin, je ne voulais pas te foutre en rogne et encore moins te vexer et…

– Je te conseille de virer immédiatement cette main de mon bras !

Je reprends ma main, le ton du « conseil » s'avérant clairement sans appel. Il ne me laisse pas en placer une.

– Ne t'avise plus jamais de me toucher sans y être invité. Ce qui, je te l'annonce tout de suite, ne risque pas d'arriver. Je ne laisserai plus jamais personne croire qu'il a un droit sur moi…

L'intonation déterminée de sa voix fait trembler mon cœur et une seule question me brouille l'esprit : qu'est-ce qui a bien pu arriver à cet homme pour qu'il se trouve autant perturbé par un simple contact ? Je ne m'attendais pas à ça, j'avoue. D'habitude, les gens cachent des petites blessures, quelques accrocs à leur vie dont ils arrivent à s'accommoder. Mais lui, c'est autre chose. C'est profond, encore sensible et, j'imagine, vu sa réaction, atroce.

De quoi m'inquiéter plus pour lui que pour ce qui vient de se passer.

– Merde, Valentin… Ce n'est pas ce que je voulais… Attends, on peut en parler…

Il s'engage déjà dans le chemin, totalement hermétique à toute explication.

– Non, on ne peut pas. Et je suis hétéro, mec… Comme toi, j'avais cru comprendre… Oublie-moi !

Je le laisse partir et m'assieds sur le rocher plat, les yeux perdus dans la mer sombre et menaçante devant moi… Et je me demande… ce qu'il m'a pris. S'il a effectivement raison et si je suis réellement l'un de ces mecs qui prennent sans demander, sûrs d'eux et peut-être un peu connards… Mais ce que je ne comprends pas, c'est pourquoi il m'a dit un truc pareil. Parce que je vois mal Valentin se faire dominer par une nana, ou plusieurs, puisqu'il avait l'air de sous-entendre que c'est arrivé plusieurs fois… Merde… Et merde aussi parce que je l'ai fait fuir. Je suis une brute épaisse complètement nulle. Avec les nanas, j'ai toujours assuré et j'ai même pas mal de succès. C'est la première fois que je me fais remballer. Mais c'est aussi la première fois que je tente de me faire un mec… Dois-je prendre cet incident pour un signe du destin ?

Il faut que je fasse le point. J'ai l'impression que tout se barre en couille depuis quelques jours. Mon univers vient de faire un saut périlleux double flip, enchaîné salto arrière, sans que je ne cherche à contrôler quoi que ce soit. Il est temps, je pense, de prendre les soucis dans l'ordre et de ranger les dossiers.

Chapitre 3 ~3

Sweet Summer

<u>Valentin</u> : Hello.

<u>Milan</u> : Oh… Qu'est-ce qu'il se passe ?

<u>Valentin</u> : Rien. Justement. Il ne se passe rien…

<u>Valentin</u> : Enfin, si…

<u>Valentin</u> : Non, en fait…

<u>Marlone</u> : Hello… Val, il se passe quoi ? Quand tu dis : « rien », ça veut dire : « tout »… Et ne nous force pas à venir te tirer les vers du nez, il est 5 h 45.

<u>Milan</u> : Ouais, pitié… Raconte.

<u>Valentin</u> : OK. Il y a ce mec… Eliés.

<u>Marlone</u> : Oui ?

<u>Valentin</u> : C'est le véto de Truc.

<u>Milan</u> : Truc, c'est ton chien, c'est ça ?

<u>Valentin</u> : Oui.

<u>Marlone</u> : Et donc ?

<u>Valentin</u> : Et donc… Pour la petite histoire, quand nous sommes arrivés dans sa clinique, la première fois, sa femme le quittait… C'est original comme entrée en matière. Bref.

<u>Marlone</u> : Un hétéro ?

<u>Valentin</u> : Oui, et non. Enfin, je ne crois pas. Ce mec me mate, il faut voir comment ! Depuis la première seconde. Je n'y ai pas prêté attention, au début. Puis, nous y sommes retournés, et Méline lui a dit de venir surfer. Et Alors, il est venu !

<u>Milan</u> : Un surfeur ? Cool ! Il est BCBG ?

<u>Marlone</u> : BCBG ?

Valentin : Beau Cul, Belle Gueule... Marl, suit un peu, bordel. Et oui, mais je m'en fous ! Je ne regarde pas ça, tu sais bien, Milan !

Milan : Val, les autres ne se gênent pas pour le faire, alors tu y as droit aussi. Rince-toi l'œil, merde !

Valentin : Pas intéressé.

Marlone : Bon, OK. Moi, je comprends ta réticence. Passons. Donc, il a fait quoi, ce mec ?

Valentin : Il a... Je ne sais pas comment dire. Il a été sympa, on a parlé. Et... merde, j'ai bien aimé.

Milan : Valentin, c'est génial ! Rends-toi compte... Si je ne me trompe pas, c'est le premier mec avec lequel tu parles avant de baiser.

Valentin : Ouais, ben j'aurais préféré ne pas le faire. Avec les autres, au moins, il n'y avait pas de faux-semblants. Quelques verres, une ruelle et basta.

Marlone : Oui, OK. Mais je te rappelle que ça ne t'aidait pas du tout de rester dans ce schéma qui te gardait dans... dans « l'avant Sweet Home ». On en a longuement parlé, Val.

Valentin : Oui, aussi... Mais putain ! À quoi ça sert de faire semblant de se connaître si c'est pour me sauter dessus et prendre quand même, sans me demander mon avis ? Au moins, les mecs des bars, je les choisissais quand je me sentais prêt ! Alors que là...

Milan : Il a fait quoi ?

Dorian : File-moi l'adresse de ce connard ! J'arrive !

Marlone : Tiens, salut Dorian. T'es en retard. Réveil difficile ?

Dorian : Oui salut. Non, un peu occupé.

Milan : Occupé à cette heure ? Bon, on en reparle après.

Valentin : Non, Dorian, c'est pas ça...

Dorian : Alors c'est quoi ? Personne ne te touche, bordel de merde !

Marlone : Dorian... Calme-toi. Val, explique tout, car là, c'est pas clair. Il t'a sauté dessus ou pas ?

Valentin : On a parlé, puis on a promené Truc, parce que Méline a invité la région entière à un barbecue participatif et que des nanas me saoulaient... Il a été sympa, il a parlé de lui... Et... Je ne sais pas, j'étais pas mal avec lui. Enfin, quand il m'a touché, ça allait.

Dorian : Putain !!!!! Il t'a touché !

Valentin : Oui, enfin… non, c'était plus des réflexes tu vois. Pour me montrer comment gérer Truc. Il m'a rattrapé quand Truc m'a fait trébucher.

Milan : Au passage, ce nom est ridicule, je valide totalement ! Bref, et donc ?

Valentin : C'est un nom provisoire. Et donc, il m'a embrassé.

Dorian : Sale connard ! Il est véto, tu dis ? Dans quel bled ?

Marlone : Dorian, détends-toi. Il ne l'a pas violé non plus… Et Val, juste pour situer, tu as dit que tu étais pas mal… développe ?

Valentin : Eh bien… C'était pas dégueulasse d'avoir ses mains sur moi… D'une certaine façon, j'ai bien aimé. Mais pas assez pour accepter quoi que ce soit. Nous avons juste surfé ensemble et parlé un peu. J'ai besoin de temps.

Milan : Bon. Donc, est-ce qu'il a pu croire que tu étais open ?

Dorian : Mais même ! Si Val ne dit pas qu'il est OK, clairement, alors le mec il garde ses mains et il attend !

Milan : Oui, je sais, Dorian, je ne minimise pas. Simplement, j'essaye de situer.

Valentin : Je ne nie pas que je l'ai laissé s'approcher, très près, et qu'à ce moment… j'étais troublé. OK. Alors c'est moi ? J'ai fait croire ? Putain, c'est moi le responsable dans ce cas ? Ça marche vraiment comme ça ?

Dorian : Non, Val, ça ne marche pas du tout comme ça ! Tu peux discuter, sourire et même flirter, ça n'engage jamais ton libre arbitre. Milan, t'es con ou quoi ?

Milan : Je voulais JUSTE situer. Et Val, je suis d'accord avec Dorian. Alors, tu as fait quoi ?

Valentin : Je l'ai viré et je lui ai dit de ne plus jamais me toucher. D'ailleurs, j'ai failli lui foutre une patate. Mais, en même temps, il n'a pas été violent. Et j'ai plus l'impression qu'il a cru que, peut-être, j'étais d'accord. Enfin, il s'est excusé après, et il avait l'air réellement désolé.

Dorian : Tu vas voir comment il va avoir l'air désolé quand je vais aller lui expliquer ma manière de penser !

Valentin : Non, Dorian, c'est bon ! Il s'est excusé. C'est un mec bien. Et puis, c'est un hétéro.

Marlone : Sans dec ? Hétéro ? Mais Val, ne lui trouve pas d'excuse non plus !

Milan : Val, si tu as envie de croire qu'il n'était pas mal attentionné, alors fais-le. Mais par contre, ne pense pas que c'est de ta faute s'il a pris sans demander. OK ?

Dorian : Bien sûr que ce n'est pas ta faute ! Tu le kiffes ce mec ? Honnête, Val.

Valentin : Je t'ai dit que je ne savais pas ! Et je crois que non. Enfin… Je ne sais même pas ce que ça veut dire, bordel !

Dorian : Val, Chaton. Prends ton temps. Respire. Tu as dormi ?

Valentin : Non. Truc ne dort pas beaucoup. J'attendais de pouvoir vous biper.

Milan : Tu as bien fait. Essaye de voir ce que tu ressens. Parce que, au risque de paraître con, je ne me rappelle pas non plus t'avoir déjà entendu dire que tu avais allumé un mec.

Valentin : Je n'ai allumé personne !

Marlone : Tu as dit que tu as, éventuellement, pu paraître « open ». C'est donc que pour une fois, tu ne t'es pas barré en courant. Que tu as « envisagé » quelque chose. Non ?

Dorian : Laissez-le tranquille. Il ne sait pas et c'est normal. Val, oublie ce con.

Valentin : Non, Dorian. Ils ont raison. C'était différent. Mais j'ai flippé, je crois.

Dorian : Il t'a sauté dessus, non ?

Valentin : Oui, mais il était désolé. Et je crois que j'aurais peut-être préféré qu'il ne le soit pas. Ça m'aurait évité de me poser des questions. Merde, je lui ai même dit que j'étais hétéro, pour qu'il ne revienne pas à la charge. Tu vois ? Qu'il me largue et passe à autre chose sans que je sois obligé de le faire. Je crois qu'une partie de moi n'avait pas envie de devoir lui résister. C'est con, non ?

Milan : MDR ! Pardon, mais toi, hétéro ? C'est trop drôle ! Sinon, non, ce n'est pas con. Tu sais, parfois, il faut aussi écouter cette fameuse partie qui lâche l'affaire et se laisser aller.

Marlone : Valentin, Valentin… Moi, tout ce que je vois, c'est que tu n'es pas totalement dégoûté par le mec. Après, il a peut-être été maladroit…

Dorian : Non, je ne suis pas d'accord. Mais bordel, les mecs... Vous êtes en train de dire que ce mec est bon pour Val, alors qu'il a foutu ses sales paluches sur lui sans le consulter ! Je rêve ! Putain, vous m'énervez ! Je me barre ! Désolé, Val, mais si maintenant, c'est la porte ouverte à n'importe quoi, je ne suis pas d'accord ! Salut !

Milan : Dorian, on essaye de le conseiller... On ne peut pas oublier que Val dit que ce mec a l'air bien quand même. Et il est hétéro, peut être le stress ? Enfin, je sais pas...

Marlone : Dorian... Je crois que c'est à Val de se faire sa propre opinion.

Dorian : Il l'a faite, son opinion, il l'a viré !

Milan : Oui, mais il a dit aussi qu'il a peut-être un peu flippé !

Dorian : Normal de flipper quand on te saute dessus ! Ça s'appelle un viol, bordel !

Valentin : Il ne m'a pas baisé non plus sans mon consentement, Dorian. Il a simplement tenté de m'embrasser !

Dorian : Ah ? Ah ben oui, OK, alors ça change tout, effectivement ! Pardon, mais j'avais compris qu'il avait essayé d'obtenir de toi un truc que tu ne voulais pas lui donner... Désolé d'être con !

Valentin : Ne le prends pas comme ça, Dorian !

Dorian : Val... Tout ce que je vois, c'est que ce mec, tu ne le connais pas et qu'il te saute dessus. C'est, excuse-moi de rester terre à terre, tout ce que tu ne peux pas supporter d'habitude. Et en plus, il agit comme si tu lui appartenais vu qu'il ne te demande pas ton avis. Y a rien d'autre à dire. Après, non, ce n'est pas toi qui as merdé, c'est lui, et seulement lui. Bon, excuse, mais je me barre. Salut. Prends soin de toi, Chaton. Ciao les gars.

Milan : Putain. Ciao... Val, autre chose à dire ?

Valentin : Non. Je vais appeler Dorian, ça sera plus simple.

Marlone : Ouais, fais ça. Ne lui en veux pas. Il tient à toi, comme nous.

Valentin : Je sais. Schuss les mecs.

Valentin

J'ouvre la porte du combi à Truc, qui se précipite à l'extérieur et m'allonge à nouveau pour appeler Dorian. Qui ne répond pas à mon appel. Je réitère aussitôt, car je suppose qu'il fait la gueule ou qu'il est vexé. Je le connais par cœur et je sais qu'il ne veut que mon bien. Mais il prend tellement sa « mission » envers moi au sérieux, qu'il en souffre lorsque je suis moi-même perdu. Et je ne veux pas qu'il endure des affres inutiles. Parce que s'il le vit mal, alors je le vis mal aussi. Bref, nous sommes relativement dépendants l'un de l'autre sur ce point-là.

C'est au troisième appel qu'il décroche enfin.

– Eh, Doudou… Arrête de bouder !

– Je vous demande pardon ?

Ce n'est pas la voix de Dorian. Je vérifie que j'ai bien appelé son numéro, c'est effectivement le cas, puis réponds au type à la voix rauque.

– Dorian ?

Évidemment que ce n'est pas lui. Mais je ne sais pas quoi dire d'autre.

– Il est parti sous la douche. Je peux prendre un message ?

– Euh… vous êtes qui ?

Récapitulons. Il n'est pas 6 heures du matin, Dorian est sous la douche et un mec répond à son portable… Je ne suis pas détective, mais là, je pense que la situation est relativement claire. Tous mes propres soucis disparaissent en un instant de mon esprit, laissant place à un gouffre immense, comme un trou noir qui emporte tout mon être sur son passage… Je réalise à peine que l'homme me répond.

– Lucas. Je peux prendre un message ? Tu es… le téléphone indique Chaton ? Pardon, mais je suppose que ce n'est pas ton prénom… Je lui dis de rappeler qui ?

Qu'est-ce qu'il raconte ? Chaton ? Dorian m'a inscrit sous « Chaton » sur son téléphone ? Mais qu'est-ce que ça peut bien lui foutre à lui, qui je suis ? Et qu'est-ce qu'il fout avec le téléphone de Dorian ?

– Vous êtes qui ?

– Je vous l'ai déjà dit. Je m'appelle Lucas.

Son ton n'est plus aussi aimable qu'au début. Je lui réponds de la même manière.

– OK, mais sinon ? Qu'est-ce qui vous donne le droit de répondre à son portable ? Il vous y a autorisé ?

– Vous avez appelé trois fois, j'ai supposé que c'était important. Et comme il n'est pas joignable…

– Passez-le-moi !

– Je viens de dire que…

– Je me fous royalement de ce que vous venez de me dire, passez-le-moi ! Parce que oui, maintenant, c'est urgent !

Je réalise en finissant ma phrase que je suis en train de hurler sur mon téléphone. Paniqué, perdu, accroché au reste de ma stabilité qui se barre totalement en couille depuis hier soir… Je peux bien tout affronter, mais pas ça… Dorian, à 5 heures 45 avec un mec… Non !

Le mec, ce Lucas, ne me répond pas, mais je l'entends marcher, puis ouvrir une porte, avant de s'adresser à quelqu'un :

– Bébé ? « Chaton » au téléphone.

« Bébé » ?! Il s'appelle Dorian, merde !

La voix de Dorian retentit enfin à mes oreilles :

– Val ? Ça va ?

Je n'ai plus de voix. Ma gorge est sèche et mon esprit perdu au cœur de nuages sombres et menaçants qui envahissent mon cerveau. Je dois faire un effort pour lui répondre.

– C'est qui ?

Il soupire. Je l'entends fermer une porte et sa voix résonne lorsqu'il reprend. Je suppose qu'il s'est isolé.

– Écoute Val… Je voulais en parler ce matin, mais il y avait plus important…

J'explose d'une rage que je ne comprends même pas…

– Plus important ? Ben oui, tu as sans doute trouvé plus important de me dissuader à tenter quelque chose avec Eliés, alors que tu étais toi-même, certainement, à poil dans un lit et collé à un autre mec ? C'est ça l'idée ? Donc, quand je dis que je suis troublé par un mec, tu hurles tout ce que tu peux pour m'ordonner de fuir, pendant que toi, tu baises à couilles rabattues ?

Les mots sortent tout seuls. Mon cœur est tellement serré, pressé de tristesse, que je déblatère sans réfléchir. Je lui crache un venin inconsidéré aux oreilles comme un malade mental… Ce vide, ce tourbillon de néant, tourne toujours autour de moi et le soleil qui se lève au loin n'arrive pas à chasser les nuages qui m'embrument… Des larmes amères arrivent à mes yeux, toujours autant incompréhensibles.

– Tu… Tu m'abandonnes, Dorian… Je… merde…

Il laisse passer un blanc et je l'entends soupirer avant de prendre la parole, d'une voix douce et tendre.

– Valentin…. Chaton… Je… je ne sais pas quoi te dire. Lucas… C'est un ex. Je n'ai rien calculé, je ne savais même pas que c'était lui, mon nouveau bras droit… Mais ça ne change rien entre nous, je serai toujours là pour toi, Val. Sa présence ne change rien entre nous…

Il répète les mots censés me rassurer… comme si ça changeait quelque chose. Je ne réponds pas, affairé à essuyer l'eau qui s'échappe de mes yeux et brûle la peau de mes joues. Il reprend, hésitant.

– Est-ce que… est-ce que le fait qu'il soit là change quelque chose ? Val… Dis-moi…

Je secoue la tête en essayant de reprendre mes esprits. De comprendre pourquoi je me mets dans un état pareil.

– Val… Respire.

– Oui.

– Prends ton temps, et dis-moi… Est-ce que ça change quelque chose ?

Sa voix est douce, comme d'habitude. Je sais que cette voix m'est réservée. Il ne parle jamais de cette manière aux autres. Juste à moi. Alors, j'imagine que non… La présence de ce Lucas dans son lit ce matin ne change pas Dorian. Il reste le même. Mais…

– Si toi aussi tu trouves un mec…

Il s'esclaffe.

– C'est ça qui te dérange ?

Je ne sais pas. Truc, qui a enfin compris l'intérêt de la petite marche que j'ai installée pour lui devant la porte du van, remonte dans notre petit nid au même moment pour se couler sous mon duvet et se blottir contre moi. Ma main libre plonge dans son pelage aussitôt et le caresse nerveusement pendant que j'essaye de comprendre ce que je ressens, tout en l'expliquant sans filtre à mon meilleur ami, grand-frère et mentor.

– Oui, peut-être… Je ne sais pas…

Je suis le dernier des derniers. Incapable de trouver une relation normale. À prendre peur lorsqu'un mec tente de m'embrasser, simplement parce que je ne peux pas m'empêcher d'être terrifié par l'intérêt que certains peuvent me porter. Jusqu'à présent, Dorian ne faisant jamais état de ses relations, alors j'imaginais que, comme moi, il avait des failles et des démons qui le rendaient aussi seul que moi au niveau intime. Mais peut-être que je me trompais ? Peut-être qu'il vivait des choses, mais qu'il les gardait pour lui, tout simplement... Ce Lucas. Un ex. Il ne m'en a jamais parlé... Ça aussi, ça me perturbe. Pourquoi ne suis-je pas informé de cet aspect de sa vie ?

– C'est ton ex ?

– Oui... enfin, c'est aussi un ex-collègue... Ça date de très longtemps. C'était quand j'ai commencé à bosser pour ma boîte. Il y a dix ans, je crois... Et puis, il a été muté... nous nous étions perdus de vue. C'est ça qui te dérange ? Dis-moi, Val, parce que je ne comprends pas. Enfin... Je ne voudrais pas me tromper dans ce que je dois comprendre. Si tu veux que je t'aide, dis-moi.

– Je ne sais pas... Tu l'aimes ?

Il s'esclaffe.

– Valentin... Je l'ai connu il y a dix ans, certes, mais c'est vieux... Il était seul et moi aussi. Et on s'entend bien, c'est tout. Je ne compte pas le demander en mariage demain, si c'est ça qui te perturbe.

– Mais c'est sérieux ?

– Je ne sais pas. Tu sais, Val, je me suis peut-être emporté tout à l'heure. Je n'ai vu que le côté « attaque » de ce mec, mais la douche m'a ouvert un peu l'esprit... C'est normal de tâtonner, au début. On ne sait pas trop où on va. Mais quelque chose nous pousse à essayer quand même. Parfois, il faut tenter. Ce qui importe, c'est de mettre les choses au clair. Et ensuite, d'attendre de voir ce que ça donne. Ce mec... Eliés. Tu l'aimes bien ? Vraiment ?

Je secoue la tête en attirant Truc, qui ronfle comme un bienheureux, contre mon cou pour embrasser son pelage.

– Je ne sais pas. Je ne veux pas qu'on me force, Dorian.

– Je sais, ça. C'est à toi de voir si tu veux donner une chance ou pas. Simplement, si c'est le cas, sois vigilant. Si tu lui expliques et qu'il ne change pas sa façon d'être, alors oublie. Ne te force pas à accepter quelque chose qui te dérange. Si par contre il prend en compte tes remarques, alors, c'est peut-être qu'on peut lui faire confiance. Mais si tu choisis cette option, préviens-le bien qu'au moindre écart, il aura un mec qui s'appelle Dorian qui mettra un contrat sur sa tête. Et j'ai de belles économies. Je prendrai les meilleurs chasseurs de têtes...

Il arrive à me faire sourire. Comme d'habitude. Je me sens un peu ridicule pour ma crise de tout à l'heure.

– Dorian ?

– Oui Chaton.

– Je suis désolé.

– C'est moi. J'aurais dû te prévenir… Mais si ça te pose un souci, j'arrête. Tu n'as qu'à demander. Lucas te pose un souci ?

Je ferme les yeux alors que Truc se missionne de sécher les dernières larmes accrochées à mes joues, à grand renfort de coups de langue.

Ai-je le droit de priver Dorian de sa propre vie juste parce que je suis tout simplement incapable de m'en créer une ? Non. Bien entendu que non. S'il se dévoue totalement à mon bonheur, je veux aussi tout mettre en œuvre pour qu'il trouve le sien. Je ne veux pas adopter le rôle de tyran en lui interdisant ce que je n'arrive pas à m'autoriser. Je ne dois pas l'obliger à rester dans l'immobilisme, même si ça me perturbe beaucoup, mais plutôt suivre son exemple et tenter d'avancer. Le retenir dans la solitude pour ne pas me sentir tout seul, c'est nul et égoïste. Il mérite tellement mieux.

Je repousse Truc, qui continue frénétiquement à me nettoyer comme si j'étais un chiot moi-même. Ce que je suis peut-être, finalement…

– Ce mec me posera un souci si jamais il agit en connard avec toi, Doudou…

– Je ne suis pas un doudou, Val !

Je m'esclaffe.

– Tu seras toujours le mien ! N'en déplaise à ton Lucas.

Oui, je pense être un peu jaloux. Parce que Dorian est un mec super. Et lui, ce Lucas, je ne le connais pas. Et hop, d'un coup de sa baguette magique, il se retrouve à partager ce lit, sans autre raison qu'être son ex. Je peux déjà promettre que lui, il va ramer sévère pour devenir mon pote. Je me contenterai du strict nécessaire en termes de sympathie, en attendant d'être certain qu'il fasse l'affaire. Et qu'il ne s'avise pas de mettre son nez dans mes relations avec Dorian.

– Je pense que ça ne regarde absolument pas Lucas. Toi et moi, c'est juste toi et moi…

Alors, ça me va. Encore une fois, si Truc a séché les larmes sur ma peau, Dorian vient d'essuyer celles qui embuaient mon esprit.

– Je suis désolé, Dorian.

– De rien du tout…

– Bon, alors… Nuit torride ou bien ?

– Classé confidentiel.

– T'es chiant. Tu es heureux au moins ?

– Heureux ? C'est un grand mot. Disons que je suis bien…

– Alors moi aussi…

– Merci. Je vais devoir te laisser, je suis à la bourre et je dois montrer les préparations petits-déjeuners à Lucas et… bref, je dois raccrocher. Mais je reste dispo au besoin. Et pour ton mec…

– Ce n'est pas mon mec. Je n'ai même pas réellement envie de le voir. Je vais envoyer Méline pour les vaccins de Truc ce matin, je crois.

– Fais comme tu le sens. Mais essaye de dormir, Val. Ça sert aussi à ça, les vacances.

– Oui. Je suis nase.

– OK. Et pour ton mec, qui n'est pas ton mec… Si j'ai un conseil à te donner… Tu as posé les bases et ta vision des choses. Tiens-toi à ça et ne laisse personne t'imposer quoi que ce soit. Maintenant, c'est lui qui a les cartes en main… À lui de prouver qu'il vaut le coup. Toi, nous le savons déjà, tu vaux grave le détour. Et il le sait aussi, puisqu'il n'a pas pu résister… C'est à lui de jouer, mais selon tes règles à toi. On est d'accord ?

Je souris, comme s'il était en face de moi, en gratouillant le cou de Truc, qui s'étale telle une diva, allongé sur le dos en gémissant de bonheur.

– Oui. Très bonne idée. On va le laisser venir. S'il revient.

– Il reviendra. Maintenant, dors. Je vais bosser. Ciao…

– Ciao… Eh, Dorian ?

– Oui ?

– Je suis heureux pour toi… Et encore désolé.

– Merci. Et je ne veux pas de tes excuses, elles n'ont pas lieu d'être.

– OK. Mais je le dis quand même… Désolé !

– Va te faire foutre !

Et il raccroche. Je balance mon téléphone puis m'enroule autour de Truc qui gesticule dans tous les sens, ayant certainement envie de jouer. Je grogne en le maintenant contre moi et me souviens des conseils d'Eliés.

– PAS BOUGER !

Je maintiens ma prise sur lui et il se calme.

Le sommeil me rattrape, mais c'était sans compter sur Méline, qui sort de sa tente pour s'incruster dans mon antre, dont j'ai laissé la porte ouverte. Elle s'allonge près de moi, vêtue d'un nouveau short totalement usé et d'un débardeur rose à pois jaunes qui agresse les yeux.

– Il se passe quoi ? T'as dû réveiller tout le camping à gueuler comme ça !

Trop épuisé pour me lancer dans une explication, je marmonne une réponse expéditive :

– Dorian. Il a un mec. Et moi, j'en ai pas.

– Ah ouais ? Et hier soir, avec Eliés ?

J'ai pris mon temps pour rentrer, cette nuit, ne voulant pas croiser les squatteurs. Le calme était revenu lorsque j'ai rejoint la parcelle et elle dormait déjà. Je lui dois donc une explication.

– Il… ne fait pas l'affaire.

Pour ne pas avouer que c'est moi, le maillon faible. Moi qui me colle des barrières là où d'autres se permettent et osent. Moi, le mec nul qui n'arrive pas à fermer cette porte sur le passé et vis toujours sous son influence néfaste et destructrice. Moi qui en ai vécu trop et qui me plais à me persuader que tout va bien, alors que ce n'est pas forcément le cas. Moi qui en ai marre de me battre contre des moulins. Moi qui déconne sérieusement.

Je soupire en resserrant mon étreinte contre Truc pour le presser contre mon cœur. Peut-être que lui, s'il pouvait parler, me dirait qu'il comprend ce qu'est l'abandon et qu'il m'expliquerait que tout va bien… Parce que, au rythme où tout change autour de moi, et même s'il me dit que ça ne changera rien, je ne dois pas oublier de laisser vivre Dorian. Et que dorénavant, je devrai me contenir avant de l'appeler pour tout et n'importe quoi. Je dois le laisser respirer et vivre sa vie. Et tenter de trouver la mienne. Seul comme un grand. C'est ça. Je dois grandir et couper le cordon.

Méline, qui commence à bien me connaître, roule sur le côté pour me faire face.

– Oh, mon cœur… Si ce n'est pas lui, ce sera un autre. Il t'a fait quoi pour que tu gueules dès le matin ?

Je secoue la tête. Je ne veux plus en parler et passer à autre chose. Et non, ce ne sera pas un autre. Je ne suis pas prêt. Elle lève un bras et le dirige vers moi en prenant une tonne de précautions. Elle sait que j'ai du mal avec les contacts. Je ne lui ai pas dit, mais je bosse avec elle depuis des mois, voire des années. C'est elle qui m'a appris mon boulot, elle qui m'a permis de cumuler deux contrats d'intérims longue durée dans le magasin de sport où elle occupe une place de manager des ventes. Elle n'a pas l'air comme ça, mais elle assure grave la miss Méline.

Son bras reste suspendu au-dessus de moi pendant qu'elle m'adresse un regard incertain. J'avise ce bras, prêt à me tomber dessus. Elle s'explique.

– BB, est-ce que tu acceptes mon câlin ?

Une question, le respect, qui me conforte et me détend. Je lui souris sincèrement.

– Oui.

Elle se précipite sur moi et m'enlace alors que je roule sur le dos et qu'elle pose sa tête sur ma poitrine, à côté de Truc, que j'installe sur mes abdos. Et c'est bon, un câlin. Je n'y suis pas habitué, mais je pourrais bien m'y faire.

Elle marmonne en chatouillant Truc qui se laisse faire.

– Alors, s'il n'est pas correct ce véto, tu n'as pas à le revoir. Je vais aller m'occuper du vaccin de Machin ce matin… Toi, tu restes là, et tu te détends. Driss m'a dit qu'il voulait venir avec nous. Il va m'emmener. Garde le combi et dors un peu, t'as une sale gueule.

Je hoche la tête sans chercher à objecter. Et je m'endors profondément.

Une ombre passe sur mon visage, me privant de la chaleur du soleil qui me berçait au milieu de mes rêves. J'ouvre difficilement mes yeux en me remémorant l'endroit où je me trouve, c'est-à-dire sur un matelas hyper confortable dans un combi, enroulé et crevant de chaud dans une couette d'hiver trop douillette, les pieds dépassant à l'extérieur, sur un emplacement de camping gorgé de soleil et de chants d'oiseaux. Pour résumer, je me trouve au Paradis.

Les yeux anesthésiés par le sommeil lourd que je viens de quitter, j'analyse la fameuse ombre et surtout la silhouette qui se dresse au milieu de l'ouverture de mon van. Eliés.

Le Paradis n'est plus.

Dans un réflexe poli, je me redresse en remontant mon duvet sur mes épaules – puisque je dors torse nu –, sans le quitter des yeux. Le coude posé nonchalamment sur le haut du combi, le front posé sur son avant-bras, il m'observe, un sourire timide aux lèvres. Je dois bien admettre que ce type est vraiment beau. Et malgré mon aversion pour ce genre de jugement hâtif et réducteur, je ne peux m'empêcher de lui accorder plus d'attention que je ne le devrais. Un physique ne fait pas tout. Je le sais. Je ferme les yeux en déglutissant et en remontant mon duvet jusque sous mon cou, comme une armure « anti-lui » qui me protégerait de quelques oublis concernant son attitude d'hier soir. Je me prépare surtout à l'envoyer paître proprement, comme il le mérite, parce qu'il me semble lui avoir bien signifié que je ne voulais pas le revoir ici. Mais il me devance :

– Je suis désolé.

Sa voix douce et profonde résonne à mon oreille, pleine de sincérité. À part hocher la tête en signe d'acceptation, je ne sais clairement pas quoi répondre. Il se charge d'occuper le silence en continuant.

– J'aurais dû… Merde, je ne sais pas ce que j'aurais dû… Je ne suis pas non plus un habitué de ce genre de situation. J'imagine que j'ai un peu perdu les pédales. Encore une fois, je suis désolé.

Que dire ? Que ses excuses me font plaisir ? Oui, c'est effectivement le cas. Mais n'est-ce pas trop simple ? OK, il s'excuse et semble sincère. Mais cela ne solutionne pas tout. Suis-je partant pour oublier ce faux départ et lui redonner le peu de confiance que j'avais réussi à lui porter ? Ou est-ce le moment parfait pour le virer de ma vie, pendant qu'il n'y est pas encore entré et que rien n'est joué ?

La voix de Dorian me revient en tête. Ses conseils : le laisser venir, distribuer les cartes et voir comment il les place… Serait-ce risqué que de tenter d'ouvrir un peu la porte ?

Puis la voix ensommeillée de l'autre apparaît elle aussi à mon esprit. Lucas. Dorian, en couple, et moi, seul. Il est peut-être temps, après tout. Qu'est-ce que je risque, réellement ? Je l'ai repoussé, et il a respecté la distance que je lui ai imposée. Je ne le pense pas dangereux ni méchant. Au pire, il ne sera pas pour moi, et puis voilà.

Mon cœur se met à trembler en prévision de ce choix qui m'effraye et que je me force à prendre. Je dois tenter, parce que Dorian. Parce que Milan, ou Marlone. Parce que Lucas, Emeric et Tristan. Et parce que J.E. et Magda. Et aussi, quelque part, parce que moi. Parce que je veux devenir normal, vivre ma vie au lieu de la supporter. La dompter. Je veux peut-être avoir quelqu'un qui m'attend ou qui répond au téléphone lorsque je suis sous ma douche. Et même pouvoir, peut-être, parler d'un ex. Enfin bref, j'ai tellement envie d'être un homme parmi tant d'autres.

Je me gratte la tête dans un effort énorme pour paraître détaché.

– Il est quelle heure ?

– Presque midi.

Je jette un regard derrière lui.

– Méline ? Truc ?

– Elle est passée ce matin avec votre ami... Driss. J'ai cru comprendre qu'il voulait lui faire visiter la région et faire des courses. Je ne les ai pas vus en arrivant.

– Ah.

D'une main, l'autre restant fermement agrippée à ma couette pour ne rien dévoiler de moi, je consulte mon téléphone, et, effectivement, Méline m'a envoyé plusieurs messages, m'informant qu'ils partaient à l'aventure avec Driss et Truc. De ne pas les attendre.

Eliés interrompt ma lecture en se raclant la gorge :

– Je me demandais si tu serais intéressé par un petit tour... J'ai quelque chose à te montrer.

Je plisse les yeux, suspicieux. Il ne me laisse pas le temps de rétorquer.

– C'est juste une proposition.

– Tu veux me montrer quoi ?

Il hausse les épaules en souriant mystérieusement.

– Tu m'autorises une surprise ?

Je ne réponds pas tout de suite. Mon Dieu, que c'est dur de lâcher la bride ! Il prend mon silence pour un refus et se défend nerveusement :

– Écoute, Valentin, j'ai bien compris. Tu es hétéro, je ne t'intéresse pas, OK.

Ah, oui, c'est vrai que j'ai dit ça aussi. Très bien.

– Mais je ne supporte pas l'image que tu dois avoir de moi. Je ne suis pas un connard ou un salaud. Et j'ai assez d'estime de moi-même pour ne pas te laisser penser des choses fausses à mon sujet. Je te demande juste une journée. J'aimerais me faire pardonner. Mais pour ça, il faudrait simplement que tu m'y autorises. S'il te plaît.

Je soupire… Il insiste lourdement. Ce qui me saoule, honnêtement. Mais qui me flatte, aussi. Parce qu'il est revenu, qu'il met clairement un genou à terre pour moi, et ça, je n'y suis pas habitué. Ça me touche.

– Bon. OK. Mais je te préviens… Je ne supporte pas qu'on m'impose quoi que ce soit. Si tu veux quelque chose, il suffit de demander.

– J'ai très bien noté ce point.

– OK. Donc, je présume que je ne dois pas imaginer qu'en fait, tu retiens Méline et Driss séquestrés dans ta cave, ni que tu m'as toi-même envoyé ces SMS pour me tendre un piège, et que donc, je peux te faire confiance ?

– Tu présumes bien. Je n'ai pas de cave. Juste une réserve… Mais elle est trop petite pour deux personnes et un chien.

– Tu aurais pu les découper pour les caler sur une étagère…

– Merde, j'y ai pas pensé à celle-là !

Je m'esclaffe.

– Bon, très bien. Je vais te croire. Mais je dois me doucher avant…

Il s'écarte du van.

– Et je suppose que tu as faim ?

J'interroge mon estomac. La notion de repas est très aléatoire chez moi. Je mange quand j'ai faim. Parfois cinq fois par jour, parfois une. Les vieilles habitudes ont la vie dure. Et tout de suite, mon estomac ne semble pas souffrir.

– Il est l'heure de manger ? Tu as faim ?

Il hoche la tête une nouvelle fois.

– J'ai vu un fast-food à l'entrée du camping. Je vais acheter deux burgers le temps que tu prennes ta douche ?

– Ah, ben oui. Merci.

– OK.

Il disparaît et me laisse seul. J'attrape un vieux t-shirt et l'enfile en ne me disant qu'une chose : je suis en plein saut dans le vide. Le soleil brille, les oiseaux gazouillent, le ciel est bleu et la vie continue autour de moi. Je saute, et rien ne change. C'est peut-être aussi simple que ça, après tout…

Eliès

Je crois que j'avais tout faux. Bêtement, j'avais oublié l'essentiel. Le fait qu'il soit un homme a sans doute fait valser, à tort, toutes mes bases. J'ai cru que les rapports étaient plus simples. Peut-être plus bruts… Mais un homme reste avant tout un être humain. Biologiquement parlant, un cerveau, avec une âme et un cœur. Femme ou homme, tout le monde fonctionne de la même manière.

Donc, j'ai décidé de faire ce à quoi j'aurais dû penser dès le départ… Je vais le draguer. Sortir le grand jeu. Parler à son cœur. Le traiter comme j'ai envie de le faire. Je n'ai jamais réellement eu besoin de me mettre à genoux et de faire preuve de beaucoup d'égards envers les femmes par le passé, mais Valentin, lui, en a besoin. Et je me réjouis de voir ce sourire qu'il arbore en ce moment même encore et encore.

En face de moi, sur la table de leur emplacement, à l'ombre d'un pin immense, il mange tranquillement ses frites et boit sa grenadine, le regard tranquille et l'air détendu. Toutefois un peu nerveux, je pense, ou excité de partir à un endroit qu'il ignore totalement.

– Et donc, tu m'emmènes réellement en moto ?

Je confirme en m'essuyant la bouche.

– C'est quoi comme moto ?

Il désigne ma Triumph du menton.

– Quoi ? Tu veux qu'on parle cylindrées et gros cubes ?

Il éclate de rire.

– Euh… non ! Pas vraiment. C'était pour être poli. Elle est sympa !

– Merci ! C'est le principal. Le reste, on s'en fout.

Il termine son burger puis se lèche les doigts, ce qui fait simplement bander mon membre sous mon jean. Toujours pas de caleçon, pour info.

– Et donc, on va où ?

Je termine ma bière en lui lançant un regard désabusé.

– Vingt-cinquième fois, en quoi ? Une heure ?

Il hausse les épaules en souriant. Il sourit pas mal aujourd'hui, et c'est un véritable plaisir.

– Attends-toi à trente, ou quarante si tu t'obstines à ne pas répondre…

– Têtu ?

– Borné… Casse-couilles… et un peu insistant aussi...

Je lève les yeux au ciel…

– Vaste programme !

Il pose ses avant-bras sur la table en esquissant un sourire espiègle.

– T'as tout compris ! Bienvenue chez moi !

En fait, j'adore tout chez lui. Pourquoi ? Aucune idée. Parce que franchement, il n'a rien d'une nana, mais alors… Il en est aux antipodes ! Le type qui se trouve en face de moi ne s'est pas rasé depuis son arrivée ici, c'est évident. Ses cheveux relativement courts ne sont pas coiffés et les manches roulées de son t-shirt dévoilent des épaules larges et imposantes, des biceps puissants ornés de tatouages agressifs. Le t-shirt lui-même n'a pas de forme et presque plus de couleur définie. Je dirais vert foncé à la base, peut-être comme ses yeux, mais aujourd'hui, il pencherait plutôt vers un vert passé. Pourtant, le contraste avec sa peau hâlée est charmant, faisant encore plus ressortir ses yeux. Et, cerise sur le gâteau, ce spécimen qui m'attire de plus en plus sans le vouloir réellement passe son temps à faire courir son foutu piercing entre ses dents.

Je suis totalement hypnotisé par ce truc qui passe et repasse devant mes yeux. Et fasciné par cet aplomb qu'il garde, même en buvant sa grenadine avec une paille. J'aurais pu lui prendre une bière, comme pour moi, mais je me suis rappelé qu'hier soir, il n'avait pas touché une goutte d'alcool. Je me demande si c'est un ancien alcoolique, parce qu'un type avec son allure… Enfin, je crois que les apparences sont trompeuses et en particulier en ce qui concerne Valentin. Il est extrêmement difficile à cerner. Depuis que nous sommes attablés, j'essaye de le faire parler de lui, mais s'il reste très ouvert et relativement loquace à propos de sujets secondaires, il ne laisse rien filtrer sur sa propre existence.

Mais j'essaye encore, parce que deux choses sont à savoir :

1/Je ne crois pas une seule seconde à son histoire d'hétéro, et j'aimerais en être certain en lui faisant avouer, de manière détournée, qu'il m'a raconté des cracks.

2/Je suis moi aussi assez têtu, et surtout quand j'ai une idée dans la tête, elle reste ancrée jusqu'à l'assouvissement. Donc, mon but étant de le découvrir, je pose des questions. Inlassablement.

– Tu peux m'expliquer… la grenadine ?

Il regarde son verre et lâche sa paille pour me répondre, sans manquer un petit aller-retour de cette boule en titane entre ses dents…

– C'est ce que je buvais quand j'étais gosse.

– Comme tout le monde, je pense.

Il pose son regard au fond du mien un instant, juste assez longtemps pour que je puisse déceler une douleur profonde et puissante déchirant la douceur qui le caractérise d'habitude.

– Ouais. Simplement, quand j'ai arrêté d'en boire, et que je suis passé à l'alcool, ma vie est devenue une belle merde. Alors, maintenant, je reste à la grenadine. Et depuis, les merdes se font plus rares. Peut-être que c'est ça le secret. La grenadine.

Je crois que j'ai l'air d'un con à rester immobile, à analyser sa réponse tout en le dévisageant. Il me sourit brièvement, puis se lève en s'étirant, laissant apparaître une petite bande de peau entre son t-shirt improbable et son bermuda en jean. Je continue de le mater, mais cette fois pour une tout autre raison. Un mec pareil, qui embarque mon cœur dans la tristesse avant de me faire bander avec un simple bout de peau dévoilé, existe-t-il réellement ? Je commence à me demander si je ne suis pas en plein rêve, et que je ne vais pas me réveiller d'un instant à l'autre aux côtés de Manu pour aller prendre mon boulot dans l'heure à la clinique… Ces trois derniers jours sont totalement fous.

Valentin s'extirpe du banc d'un air nonchalant.

– Donc, tu m'as dit que pour la moto, c'était jeans obligatoire ?

Je termine mes frites à mon tour.

– C'est ça.

– OK. Je reviens.

– D'acc.

– On va où au fait ?

– Dans ton cul !

Merde, je n'aurais peut-être pas dû tenter ce genre de…

– Ah ! OK ! Cool, jamais visité pour ma part… J'amène mon appareil photo.

Et il s'enferme dans son van.

Valentin

Avançant à vive allure, juché sur une moto, Dregen et son *Flat Tire On A Muddy Road* qui résonne dans mon casque – oui, haut-parleurs intégrés au casque en Bluetooth, avec playlist qui déchire – je resserre mes bras autour de lui, ferme les yeux et me laisse aller.

Pour un mec qui ne veut toucher personne, je suis assez ridicule, collé au dos large et accueillant d'Eliés. Il m'a bien dit de m'accrocher aux poignées derrière moi si je préférais, mais... Je préfère le faire chier et me coller à lui... Déjà parce que je commence à me détendre en sa compagnie. Il s'est excusé, il m'a payé à manger et il a pensé à ma grenadine. Il parle de tout et de rien sans essayer de m'impressionner, sincère et simple, et de surcroît, il me mate avec des yeux couleur marron glacé super troublants... Je crois donc que dans tous les cas, il fait définitivement partie de la catégorie « mec bien qui gagne à être connu ». Donc, je deviens ce Val que peu connaissent. Le casse-couilles. C'est plus fort que moi, dès qu'on me plaît, je fais chier.

Ensuite, j'aime son dos. J'aime ses yeux, comme je l'ai dit, et surtout, j'aime la sensation de fendre l'air, de slalomer entre les voitures, cette impression d'être libre et sans souci, d'aller si vite que tous mes démons n'arrivent plus à nous suivre, de planer au-dessus de la vie... D'être en vacances. Vraiment... Bref, je suis bien. Tout va bien. Dorian m'a juré fidélité, Milan et Marl me soutiennent inconditionnellement eux aussi, Méline m'a fait un câlin, Driss passe sans doute une bonne journée avec elle, et Truc est arrivé dans ma vie, mon nouveau compagnon fidèle et collant... Et je roule vers un endroit inconnu, accroché à un presque inconnu, auquel je porte une confiance qui m'impressionne moi-même.

Je suis presque déçu lorsqu'Eliés ralentit pour bifurquer sur une route plus étroite traversant une forêt de pins, et totalement frustré lorsqu'il s'arrête carrément sur un parking. J'aurais bien demandé du rab de chevauchée sauvage. Mais l'enseigne qui se dresse en face de moi me fait oublier le reste. J'éclate de rire. Ou plutôt de joie. C'est tout con. Il a écouté et retenu notre conversation. Et il m'emmène au zoo.

Franchement, je reste bête, la bouche entrouverte, mes yeux parcourant l'enseigne surplombant l'entrée. Ce n'est pas le fait d'aller au zoo, car ça n'a jamais été un rêve, ou peut-être quand j'étais gosse, mais il y a prescription. Non, ce qui me touche réellement, c'est l'attention. De mémoire, à part mes potes, peu de gens se sont donné la peine de chercher à me faire plaisir.

Je retire mon casque alors qu'il me rejoint sur l'allée menant à l'entrée.

– Tu m'emmènes au zoo !

Il retient un rire en me faisant signe d'avancer.

– En fait, je travaille ici à mi-temps. La clinique est ouverte le matin, et l'après-midi, je suis de service. Enfin, un jour sur deux, et de garde un week-end sur deux, en alternance avec un autre véto. Du coup, j'ai imaginé que ça pourrait t'intéresser de m'accompagner pendant ma tournée. J'espère que j'ai vu juste ?

Il pose un regard inquiet sur moi. Je m'empresse de le rassurer d'un geste de la tête.

– Oui, c'est génial… Et original.

– Oui… Pour l'originalité, ça dépend de quel point de vue on se place. C'est super banal pour moi.

– Pas pour moi !

J'ai l'impression d'avoir huit ans… Allez… neuf. Non, sept… Surtout quand je remarque une immense girafe se balader dans un enclos devant moi… Je surprends Eliés en train de m'observer, alors que je dois avoir l'allure de mon état mental du moment. Yeux écarquillés, bouche entrouverte, ne sachant plus où donner de la tête.

Je baisse les yeux, un peu honteux. Qui, à 25 ans, sautille de joie devant une girafe, sérieusement ? Je suis ridicule.

– Désolé. Je vais essayer d'avoir l'air au moins majeur… Je suppose que tu connais du monde, ici… On va essayer de ne pas avoir l'air trop cons !

Il éclate de rire en posant sa main sur mon épaule, dans un geste naturel.

– Surtout pas ! J'adore voir que ça te fait plaisir… Je me dis que je suis peut-être en bonne voie vers le pardon !

Je me force à grimacer en sortant mes Ray-Ban de mon blouson pour les chausser.

– Ne va pas trop vite en besogne. Je ne suis pas un mec facile !

Il pose ses lunettes de soleil sur son nez, lui aussi.

– Ça, j'avais remarqué ! Mais de toute manière, je n'aime pas trop le « facile »… Bon, je prends ma garde dans une heure. En attendant, un tour en voiturette de golf, ça te dit ?

– Parce qu'en plus, on peut se promener en voiture ?

– Seulement les membres du personnel. Et ça tombe bien que j'en fasse partie, non ?

Grave ! Mais je ne lui dis pas. Ça va aller les compliments… Il est toujours en période de probation. *Val, il s'agirait de se calmer un peu.* On ne peut décemment pas passer du super fermé au super ouvert, ça risque de faire louche. Même si je me sens réellement BIEN ! Bordel de merde ! J'attrape mon portable pour prendre une photo de la girafe et l'envoie aux gars avec la légende :

<u>Valentin</u> : Devant le désert affectif désastreux de ma vie, je deviens zoophile ET hétéro (je ne sais pas ce qui est le pire !). Je vous présente Gertrude ! Dorian, prévois un grand lit, on passe chez toi le week-end prochain !

Simple message pour leur donner des nouvelles et qu'ils ne s'inquiètent pas. Le truc avec le fait d'avoir trois mousquetaires toujours prêts à vous sauver, de tout un tas de merdes dans lesquelles vous tombez inexorablement et à intervalles réguliers, c'est de toujours penser à les rassurer dès qu'il y a eu malaise. Et même quand tout va bien, d'ailleurs. Toujours ménager leurs petits cœurs de doudous…

Une fois que c'est fait, je peux m'adonner sans remords à la visite qu'Eliés semble m'avoir réservée.

Eliés

J'attrape le girafon que mon collègue tient fermement et lui bande les yeux. Nous avons souvent besoin d'être plus que deux, car les girafes sont quand même des animaux de bonne taille et relativement nerveux, mais ça semble aller pour cette fois. Depuis l'autre côté du grillage, Valentin ne nous quitte pas de ses yeux ébahis. Je prends les mesures nécessaires pour le suivi du nouveau-né, puis explique à Valentin en dirigeant l'animal vers lui :

– Je t'aurais bien fait entrer dans l'enclos, mais même si cette petite chipie n'a que cinq jours, elle peut te briser la colonne d'un seul coup de patte.

Il grimace.

– On va éviter ! Elle a cinq jours, tu dis ?

Je hoche la tête en la mesurant.

– Oui, et elle est déjà haute de deux mètres. Un beau bébé. Elle pèse près de 100 kilos.

– La vache !

– Non, c'est une girafe !

Il retient un rire en admirant la bête.

– Tu veux la toucher ?

– Non, enfin… Je ne veux pas…

Je fais signe à mon collègue de m'aider à approcher l'animal qui se débat vers Valentin, tendant déjà le bras.

J'adore ce mec. Vraiment. Il découvre tout avec une joie tellement naturelle et contagieuse que je suis heureux de l'avoir amené ici avec moi. Et fier d'avoir accroché ce sourire sur ses lèvres. Après une visite rapide du parc, je l'ai traîné dans tous mes soins. D'abord les singes, puis les iguanes, ensuite nous sommes passés au vivarium également, mais étrangement, il n'a pas tenu à caresser les boas. Et, coup de chance, pas besoin de passer voir les fauves !

Par contre, assister à l'examen d'un girafon de moins d'une semaine, ça, ça le botte !

Ses doigts caressent le museau de l'animal, qui commence à montrer quelques signes d'agacement.

– Et donc, c'est toi qui l'as mise au monde ?

– Non ! Malheureusement. C'est mon collègue, celui avec lequel je suis en binôme. Elle a décidé de se pointer à l'aube, et je travaille le soir… J'ai eu un peu envie de pleurer… Mais j'en ai déjà aidé à mettre bas pas mal de fois au Kenya, c'est une expérience magique.

– C'est vrai ? Ton boulot est vraiment génial. Sauf peut-être pour le côté reptile…

Je retiens un rire en retirant le bandeau de l'animal pour lui permettre de retrouver la vue. Il se cambre vivement alors que nous le lâchons et se précipite vers sa mère, qui l'attend de l'autre côté du grillage avec lequel nous l'avons isolé. Je laisse le gardien de l'enclos gérer le reste et en sors pour retrouver Valentin.

Il semble un peu déçu alors que je le guide dans les sanitaires pour me laver les mains.

– Et du coup, c'est terminé ?

Yes ! Il est déçu. Oui, mais parce que c'est fini. Pas du tout parce qu'il s'ennuie. Et ça, c'est génial. Surtout que je lui réserve une petite surprise.

– Non, il me reste un passage à effectuer. Mais cette fois, tu pourras venir avec moi. Pas besoin de rester derrière le grillage.

– C'est vrai ?

Ce sourire… Bon Dieu, ce sourire… Et ces lèvres ! Bordel de merde, ces lèvres… Et je ne regarde pas ses yeux. Surtout pas ses yeux…. Bordel, j'ai regardé ! Je suis mort…

Je jette l'essuie-tout dans une poubelle en essayant de me concentrer sur autre chose. Une petite pensée pour Manu me traverse l'esprit. J'ai l'impression que ça fait un siècle que je vivais cette vie avec elle. J'ai même l'impression de ne plus être le même. Un sentiment d'être libre et moi-même m'embrume le cerveau depuis ce midi. Une sorte d'euphorie nouvelle et indescriptible, comme si je réalisais enfin un rêve que je pensais impossible. C'est étrange. Mais c'est plus qu'agréable.

Je désigne la porte à Valentin.

– On y va ?

Il me suit, sans rechigner.

– Sans déconner ?

Bon, clairement, là, je crois que j'ai tapé fort. Je suis trop content.

– Sans déconner. Enfile ça ! Enfin, si tu veux bien.

– Plutôt deux fois qu'une !

Il disparaît dans un vestiaire pendant que je m'enferme dans le second.

Nous nous retrouvons sur le ponton du bassin quelques minutes plus tard. Je lui explique.

– En fait, j'ai terminé mes soins. Mais je pensais que plonger avec les dauphins te plairait… Mais si tu ne veux pas, rien ne t'y oblige.

J'ai bien compris le message d'hier. On n'impose pas. On demande. Alors je mets en pratique, et ça fonctionne effectivement très bien.

Vêtu d'une combinaison de plongée courte, il attire mon regard, beaucoup plus que les dauphins. J'avais presque déjà oublié combien son corps était parfait. Donc, il semblerait que j'aime les corps d'homme, puisque je découvre mes préférences.

Il fronce les sourcils.

– Le bassin est super grand !

Je l'entraîne vers les quelques marches servant à entrer dans l'eau.

– Oui, mais pas encore assez, malheureusement. Pour tout te dire, je ne suis pas réellement à l'aise dans les zoos. Je préfère largement voir tous ces animaux dans des réserves ou totalement libres. Mais ils sont là, alors j'ai choisi d'aider à les soigner plutôt que de fermer les yeux. Si je peux améliorer leurs existences, c'est déjà un avantage. D'autant plus que dans ce zoo, les dirigeants écoutent les conseils des vétos. Autant en profiter pour améliorer les conditions d'hébergement.

Nous entrons dans l'eau et je lui donne quelques consignes.

– Ces dauphins sont habitués au public et aux spectacles. Ils viendront vers nous. Inutile de les appeler ou de leur nager après. Le mieux, c'est d'attendre qu'ils approchent, calmement. Tu sais, comme tu le fais un peu avec moi…

Il tourne vivement la tête pour me dévisager d'un air surpris. Je lui adresse un clin d'œil en me lançant dans l'eau. Qu'il ne croit pas, quand même, que je n'ai pas compris son petit jeu. Non pas qu'il me dérange, loin de là. Mais il est clair qu'il reste immobile et que c'est à moi de m'approcher. Ce que je fais avec plaisir, mais à son rythme.

Nous évoluons dans l'eau paisible, vide de tout animal. Je fais un signe aux responsables des animaux, installés dans le local de surveillance, avant d'expliquer à Valentin :

– Ces animaux communiquent aux sons. Pas aux gestes. Si tu veux les attirer, claque ta langue contre ton palais. Ils sont habitués.

Nous arrêtons notre nage et il n'attend pas pour jouer de sa langue et de ce foutu piercing, appelant les mammifères qui ne tardent pas à venir. Je ne les appelle pas moi-même, je préfère qu'ils aillent vers lui. C'est d'ailleurs ce qui se passe. Je m'écarte pour lui laisser tout l'espace nécessaire. Un premier dauphin se rapproche pour lui tourner autour. Puis un second. Et enfin, le troisième les rejoint. Je vois ses yeux briller, son sourire resplendir, les dauphins l'adopter et commencer à jouer. Ces bêtes sont conditionnées pour ça. Théo, le plus vieux, pousse son dos à l'aide de son rostre[15], pendant que Joy, la femelle, passe devant lui pour le frôler.

Je lui crie :

– Attrape sa nageoire dorsale !

Valentin me jette un coup d'œil incertain puis s'exécute. Joy prend alors de la vitesse, Théo les rejoint, puis Victor se positionne en tête de peloton. Et ils partent pour un tour de bassin, ondulant à la surface, entourant Valentin qui ne se gêne pas pour extérioriser sa joie en poussant des cris survoltés. Au milieu de l'eau, je me contente de les regarder évoluer, un sourire aux lèvres, vraiment heureux pour lui.

Il s'accroche à sa prise en souriant, heureux. Je ne me lasse pas du spectacle. Jusqu'à ce qu'au bout d'un tour complet de bassin, les dauphins continuent leur jeu si bien orchestré et plongent plus profond. On arrive à la phase défi. Le but étant de savoir jusqu'où l'humain peut prétendre égaler les mammifères. Ils plongent, puis remontent, accélèrent la cadence, n'épargnant rien à leur jouet humain. Lequel lâche prise au bout d'un moment et se laisse distancer par ses nouveaux amis.

Il revient vers moi en nageant.

– Sérieusement, Eliés, je crois que c'est le plus beau jour de ma vie ! C'était magnifique ! Vraiment magnifique… Je ne trouve même pas les mots ! Magnifique, quoi !

C'est lui qui est magnifique. Transformé. Son regard a perdu sa noirceur, il ressemble à un gosse à Noël. Mais plus il s'approche de moi, plus je remarque qu'il tremble.

J'attrape ses mains pour vérifier, même s'il n'est pas fan.

– Tu vas bien ?

Il confirme en riant.

– Oui, ça va !

– Tu trembles.

– Mais oui, je tremble ! Je viens de nager avec des dauphins, bordel ! Sûr que je tremble comme une putain de feuille sur un arbre ! Tu n'imagines pas ce que ça représente pour moi, Eliés ! C'était…

– Magnifique ?

Il ravale un rire.

– Oui, voilà ! Je cherchais le mot. Merci, vraiment, merci !

---

[15] Rostre : Nez du dauphin

Nos yeux se trouvent et cette fois s'enlacent. Je crois que je viens de passer le test... Enfin, je l'espère tellement... J'adore ses mèches tombant sur son front. Ses lèvres entrouvertes, sa respiration saccadée par l'effort, ses joues rosies par la fraîcheur de l'eau, et cette joie qui illumine tout son visage... Et ses yeux... Ses yeux qui me tiennent à leur merci, sans faillir une seconde... Mon cœur s'emballe et mon corps réagit presque trop vivement à cet homme qui m'ensorcelle de plus en plus chaque minute. Si je m'écoutais, je l'embrasserais là, tout de suite, au risque de couler comme une pierre, enlacé à lui, jusqu'au fond de ce bassin.

Mais j'ai déjà testé ce genre d'approche, et... Nous connaissons le résultat. Inutile de récidiver. Je suggère plutôt la solution sage et raisonnée qui ne me correspond pas du tout, mais qui semble la seule suite envisageable dans cette situation :

– On va sortir...

Il valide l'idée et nous nageons jusqu'aux escaliers, puis nous échouons sur le ponton sur lequel il s'allonge, haletant et riant en même temps. Je m'assieds à ses côtés, les coudes posés sur mes genoux relevés, le regard perdu sur le bassin dans lequel les dauphins refont leur apparition, et je l'écoute se perdre dans ses ressentis qu'il ne manque pas de partager.

– Bon Deu, je viens de nager avec des dauphins, c'est fou ! Je ne sais même pas comment te remercier.

J'ai bien une idée... Mais non. Étrangement, je n'ai pas fait tout ça pour l'amadouer. J'ai simplement voulu le rendre heureux. J'ai entendu ce qu'il m'a dit hier soir. Pas seulement au sujet de mon baiser, mais surtout au sujet de ce qui lui fait peur. De ce qu'il ne veut pas. Et je reste persuadé que cet homme a vécu une vie qui ne l'a pas épargné. Je voulais simplement lui offrir un moment ailleurs, loin de ses angoisses, et peut-être lui faire découvrir mon propre univers.

Tout simplement, je suis heureux qu'il se soit amusé, et ça me suffit. Je considère que c'est une bonne chose.

Il rompt mes pensées en se redressant pour s'installer à mes côtés.

– Tu sais... Je crois qu'il faut que je t'avoue quelque chose...

– Mmm ?

– Je crois que je t'ai un peu menti...

Je tourne la tête vers lui, surpris.

– À quel sujet ?

Il passe nerveusement son piercing entre ses dents. La boule de titane accroche mon regard en balayant l'émail de gauche à droite, puis de droite à gauche... C'est ça, son truc pour m'hypnotiser. Son satané barbel magique. Heureusement, il se résout à parler, et donc à mettre fin à ce sort qu'il jette sur moi chaque fois.

– En réalité... Je ne suis pas tout à fait hétéro.

J'ai envie de rire.

– « Pas tout à fait » ? C'est-à-dire ?

Enfin, on y vient. Je tente de rester stoïque, mais mon cœur s'emballe une nouvelle fois. À présent, c'est moi qui suis pris de tremblements forts et presque douloureux, tout en étant pendu à ses lèvres. Il passe nerveusement ses mains sur ses jambes, comme pour se réchauffer.

– C'est-à-dire que je serais plutôt tout à fait homo.

– Ah ?

– Mais, tu m'as... enfin, tu ne m'as pas demandé. Je sais que ça peut paraître idiot, ou peut-être incompréhensible, mais c'est comme ça. Je ne peux pas agir autrement.

Il part dans ses pensées, les yeux perdus à l'horizon, ses lèvres serrées l'une contre l'autre, comme s'il revivait un moment désagréable. Quelque chose qui l'a fait souffrir.

– Tu veux en parler ?

Il secoue la tête en baissant les yeux.

– Non. Je ne pense pas que ce soit utile.

Je me mords une fois la lèvre inférieure. Puis une seconde fois. Bordel, je ne peux pas m'en empêcher. Je me déteste quand je suis aussi con. Mais c'est plus fort que moi.

– Et... si je t'avais demandé ? Ça aurait changé quelque chose ?

Je n'ose même pas tourner mon regard vers lui, de peur d'essuyer ce refus que je sens approcher.

– Hier soir ? Non.

Bon, voilà, c'est on ne peut plus clair.

– Mais aujourd'hui...

Je tressaute et me tourne vers lui. Vers ce merveilleux visage qui me fait face. Vers ces yeux pétillants de sensualité. Vers ces lèvres que des dents mordillent nerveusement. Vers ce sourire timide qu'il me tend. Vers cet homme pétri d'appréhension, presque plus que moi.

Vers celui qui me fait ressentir tellement de choses et qui me malmène les sens sans même s'en apercevoir un instant. Mon cerveau bout, mon cœur bat douloureusement et ma voix n'est plus qu'un son quasiment inaudible quand mes lèvres se décident à poser cette question... Cette fameuse question qui me fout la trouille.

– Est-ce que... est-ce que tu me laisserais t'embrasser Valentin ? Me donnerais-tu l'autorisation ? Parce que j'en meurs d'envie... je...

– Oui.

Il lâche ce mot magique, puis détourne son visage vers le bassin dans un mouvement évident de panique. Mais il a dit oui. Ses joues rosissent à nouveau, son corps s'agite d'un tremblement discret, mais impossible à rater, et ses dents triturent nerveusement sa lèvre. Et ce que je comprends, c'est qu'il veut, mais qu'il en est incapable. Qu'il désire, mais qu'il n'ose pas. Tiraillé entre une pléiade d'émotions contradictoires. Ce que je comprends, c'est qu'il me demande, à moi, de choisir. Et c'est tout vu en ce qui me concerne...

Je me penche vers lui alors qu'il refuse toujours de me regarder. La chaleur de son corps m'attire comme un aimant, activant ma tension, mon cœur et tous mes sens. Je hume son odeur, laisse mon souffle provoquer une nuée de frissons sur son épiderme et embrasse sa joue.

– Valentin ?

Ma voix n'est qu'un murmure. Il se retourne enfin pour me faire face. Nos nez se touchent. Je pose doucement mes paumes sur le visage de ce petit animal transi de trac. Bon Dieu, qu'est-ce qu'il lui est arrivé ? Comment un mec pareil peut-il être tellement tremblant face à un autre homme ?

Son attitude me fait douter. Je prends plus que jamais conscience de cette fragilité qui l'habite. Je comprends qu'un homme, encore une fois, peut-être meurtri de multiples façons. Qu'il peut avoir peur et souffrir, refléter une image et s'avérer totalement différent au fond de lui. Je comprends qu'un homme, que CET homme, n'est que douceur et n'a besoin que de tendresse. Je réalise que j'avais réellement tout faux. Et je me rends compte que ça me plaît encore plus.

Je réitère ma question pendant que mes pouces tracent le tour de sa lèvre inférieure, tellement sensuelle.

– Est-ce que tu m'autorises ? Vraiment ?

Il déglutit en posant une main sur l'un de mes poignets pendant que je m'imagine déjà mourir en entendant son refus.

– Oui.

Je ferme les yeux en soupirant.

– Merci Seigneur.

Et cette fois, je n'attends plus. Je pose doucement mes lèvres sur les siennes, qui s'entrouvrent aussitôt. C'est sa langue qui vient trouver la mienne. Et il prend le rôle qui est le sien. Il m'initie. Il m'offre mon premier baiser masculin. Ses doigts se posent sur mes joues, avant de glisser jusqu'à ma nuque pour m'attirer contre lui. Et je me laisse envahir par ce désir que je retenais difficilement en moi.

Notre baiser, d'abord timide, s'emporte dans un tourbillon passionné, nous rendant dépendants de la bouche de l'autre, incapables de nous séparer. Comme un éclair au milieu du ciel, quelque chose éclate entre nous, nous propulse l'un vers l'autre et déchaîne nos pulsions. Son piercing vient titiller mes papilles et s'évertue à me rendre totalement barge, me rendant esclave de ce contact que je ne connais pas. J'en demande plus, recherche cette langue, traquant cette petite boule pour ne plus la lâcher, la caresser et la malmener, encore et encore.

Je le pousse légèrement, il se laisse tomber contre le sol et m'attire à nouveau à lui pour ne pas briser le contact de nos lèvres, qui s'acharnent à se dévorer, se découvrir et se mélanger. Ce baiser est de loin le plus torride qu'on ne m'ait jamais offert. Parce que, même ça, il le fait parfaitement. Il embrasse merveilleusement.

Nos souffles se brisent et je me vois dans l'obligation de m'écarter de lui. Très peu, mais suffisamment pour ne pas périr asphyxié par son baiser. J'en profite pour admirer son visage magnifique malgré le désir flou qui assiège mes rétines.

Alangui sur le sol, ses mèches tombant sur le côté de son visage, il semble serein et calme. Ses yeux voilés ne me quittent pas. Son souffle haché s'échappe difficilement de ses lèvres entrouvertes, gonflées et rouges de passion. Elles me manquent déjà. Je caresse ses tempes, esquisse l'ovale de son visage du bout des doigts, puis caresse sa barbe et passe sur ses lèvres. Divinement tentateur, il me surprend en attrapant mon majeur entre ses dents pour y frotter le titane qui m'obsède, affichant un sourire aguicheur.

– Bordel de merde, Valentin… Je veux…

Je me reprends au dernier moment.

– Accorde-moi en un autre.

Il ne quitte pas son rictus insupportablement bandant en hochant la tête.

– S'il te plaît, oui….

Je m'esclaffe en plongeant sur lui sans attendre et récupère ma place dans sa bouche, puis lui dans la mienne.

Ce qui est presque incroyable, c'est que ce baiser, mon premier baiser à un homme, me percute d'une force inouïe… Je me demande pourquoi je n'ai rien compris avant. Pourquoi n'ai-je pas su ouvrir les yeux ? Pourquoi suis-je passé à côté pendant toutes ces années ? Peut-être est-ce Valentin, cet être à part, que j'attendais… Peut-être est-il arrivé au bon moment, tel un cadeau du destin, pour m'ensorceler de ses lèvres, de son regard et de son être tout entier, pour m'encourager à ne pas résister, à apprendre, à désirer… Peut-être que c'est lui qui devait me guider…

Mon corps, grisé par cette sensualité nouvelle et tellement parfaite, est à l'agonie dans ce nouveau baiser, dans lequel Valentin se perd cette fois en gémissant, ses doigts emmêlés dans mes cheveux, tirant sur mon bun, ou me poussant davantage contre lui. Je ne sais pas quoi faire de mes mains, puis me décide à garder cette retenue, si importante pour lui, en posant mes avant-bras sur le sol autour de sa tête pour ne me préoccuper que de sa bouche, ses lèvres et son visage. J'embrasse ses joues, son nez, son menton… Je le recouvre de tout ce qu'il m'inspire, comme un fou, incapable de m'arrêter pendant qu'il se laisse faire en me caressant le dos. Et cette simple caresse me donne envie de jouir, fort, parce que je n'en peux plus. L'idée qu'il se donne, un jour peut-être, à moi, est presque trop fantastique pour que je puisse y résister.

Je m'écarte de son visage, haletant.

– J'ai besoin de t'embrasser, encore.

Il retient un rire léger et joyeux.

– Je t'ai dit oui ! C'est bon ! Ne t'arrête pas…

Je ne le fais pas répéter. Je quémande un nouveau baiser, puis un autre, et encore un, assoiffé de lui, totalement conquis, mordu, addict, déjà dépendant et atrocement accro…

À bout de souffle, j'impose cependant une pause.

– Est-ce que tu m'autorises à ne plus jamais quitter tes lèvres, et à les embrasser, à tel point qu'elles ne sauront même plus à qui elles appartiennent ?

Il me lance un regard amusé, pétillant et aguicheur.

– Tu veux me voler mes lèvres ?

– Je veux voler tout ce que tu voudras bien me laisser prendre, Valentin.

L'éclat de ses yeux devient sérieux et s'anime d'une flamme nouvelle, d'un désir que je ne peux pas ignorer.

– Commence par les lèvres. Embrasse-moi. N'arrête pas…

Je hoche la tête, stimulé par cette invitation tellement… sexy… Et je mets ma promesse en application. Je déclare officiellement que ces lèvres sont à moi. Et je lui fais clairement comprendre.

Je crois qu'il comprend très bien.

Valentin

Tout a une fin dans ce monde… Et c'est au tour de notre journée de se terminer. Eliés m'a emmené manger devant la mer. Eliés m'a embrassé comme un Dieu pendant une éternité, sans jamais oser plus, en me respectant et en me traitant comme un prince. Eliés a compris. Eliés a accepté. Eliés est un homme troublant et merveilleux…

Maintenant, malheureusement, je crois que je déteste Eliés. Enroulé à son corps, pressé contre son dos, je le laisse me reconduire au camping, parce que c'est ce que j'ai demandé et qu'il n'a pas objecté. Mais je le déteste quand même de me conduire là où nous allons nous séparer. Je ne sais pas si j'ai bien fait. Je serais bien resté plus. Encore plus avec lui. Mais je ne me sens pas capable d'aller plus loin. J'ai peur, une nouvelle fois, de la suite. Et je sais très bien que si nous partageons un lit, les choses vont dégénérer. Il est impossible que nous nous contentions de baisers si nous pouvons baiser…

Jeu de mots magnifique, je sais, merci.

Je redoute vraiment ce moment. Plus que dans un simple échange de baisers, c'est au lit que mes démons se cachent quasiment tous. J'ai besoin de le connaître mieux pour empêcher certains réflexes de réapparaître, malgré moi. Parce que ce serait horrible, tout simplement. En vérité, je n'ai rien contre le sexe, mais tout dépend duquel. Et je suis assez tordu pour transformer quelque chose de bien en un truc glauque et destructeur. Je n'oublie pas qu'il est novice. Et ça aussi, c'est un domaine que je connais. Bref, ce soir n'est pas le moment idéal pour penser à ça.

Ce soir, j'ai ouvert les portes et j'ai reçu beaucoup. Énormément. Ce soir, je suis heureux. Et ça n'a pas de prix.

Alors, lorsqu'il me dépose devant le camping et qu'il retire son casque, c'est moi qui me colle à lui pour réclamer un autre de ses baisers incendiaires. Et lorsqu'il tente de partir, c'est moi qui le retiens, encore et encore. Et lorsqu'une fois qu'il est parti, je retrouve mon combi avec un mot de Méline m'informant que Truc dort avec elle, je ne demande pas mon reste et m'y enferme pour attraper ma queue, qui ne demande qu'à exploser. Putain, cette journée était parfaite.

Chapitre 4 ~3

Sweet Summer

Valentin : Hello, hello.

Marlone : Hello. Donc, 3 h 52... De mieux en mieux, y a pas à dire... Il se passe quoi ? Le double « hello » me semble plutôt prometteur... De bonnes nouvelles ?

Milan : 3 h 53. Ça passe grave. J'adore. Alors ? Tout va bien, Val ? Toujours en pleine passion avec Gertrude ? Ton coming « in » se passe bien ? Enfin, je ne sais pas comment on dit quand on oublie les bites pour des vagins animaliers...

Valentin : MDR. Pardon, j'ai pas vu l'heure. Mais je sors de la douche, et du coup, ça m'a réveillé.

Marlone : Ils acceptent ça dans ton camping ? T'as dû faire chier les voisins !

Valentin : Je m'en tape un peu à vrai dire. S'ils ont un problème, on peut en parler... De toute manière, il fallait que je me lave.

Milan : Attends, attends... Toi, hier, au zoo. Une envie urgente de te laver... Il s'est passé quoi ? T'as vraiment baisé Gertrude la girafe ?

Marlone : Oh putain !

Dorian : Nom de Dieu, Val... On a dit : « pas les girafes », merde ! Enfin, je pense qu'on l'a dit. On l'a dit ?

Marlone : Non, on ne l'a pas dit !

Milan : Oups ; la boulette ! Val, on a oublié de te dire : « pas les girafes » !

Valentin : Ah merde, faites chier d'ajouter des règles à la dernière minute ! Salut, Dorian. Mais en fait, Eliés est revenu me chercher.

Milan : Oh !

Marlone: Yes !

Dorian : Et ?

Valentin : Et… Merde, j'ai touché un girafon d'une semaine. J'ai nagé avec des dauphins… C'était exceptionnel !

Milan : Sérieux ?

Marlone : Sans déc ? Bordel, je veux ça, moi aussi ! Attendez, je vais réveiller Tristan pour l'engueuler ! Pourquoi il n'est pas véto ? Il fait chier ! Il va me proposer d'aller nager avec un juge, à tous les coups. Mais franchement, c'est pas tout à fait le même rendu !

Valentin : MDR Marl ! C'était génial, vraiment.

Marlone : Tu m'étonnes !

Dorian : C'est bien. Et lui ? Il a été correct ?

Valentin : Oui. Déjà, il m'a fait passer une journée géniale, et… il m'a demandé la permission…

Marlone : Et ?

Milan : Suspens ! Dorian, sors les popcorns !

Dorian : Euh, pas vraiment. Et t'as dit quoi ?

Marlone : Il vient de prendre une douche ! Il me semble que ça en dit long !

Valentin : J'ai dit oui. Bien entendu que j'ai dit oui. Personne ne m'a jamais fait ça… J'ai nagé avec des dauphins, bordel ! Mais tranquille. Pas de « touche pipi », ni d'asperge dans la mayonnaise.

Dorian : Alors pourquoi cette douche ?

Valentin : Parce que. Je n'ai pas pu faire autrement, je n'arrivais pas à dormir sinon…

Dorian : OK.

Valentin : Et j'avais besoin de récupérer Truc qui dormait avec Méline. Je voulais être propre.

Milan : La douche est un détail, Val. Si tu es heureux. Il n'a donc pas dépassé les limites.

Valentin : Non, il s'est montré parfait. Vraiment. Il m'a même offert une grenadine. Sans que je demande. Il avait noté.

Dorian : Superman existe donc, réellement. C'est top, Valentin.

Valentin : Merci les gars. Et toi, Doudou ? Il me semble que tu n'as pas tout dit à Marl et Milan…

Marlone : Comment ça ?

Milan : Plaît-il ?

Valentin : Dorian, si tu dis rien, je balance.

Dorian : Val... C'est pas important.

Valentin : Bien sûr que si.

Milan : Raconte.

Marlone : Pas mieux #j'enbandedimpatience !

Dorian : OK. Donc, mon nouvel adjoint est en fait un ex avec lequel j'avais fricoté il y a dix ans. Lucas. Nous avons... comme qui dirait, remis le couvert.

Marlone : Oh, putain ! Ne me dites pas qu'en fait, notre mission Sweet Summer est terminée ? On peut appeler J.E. et prendre RENDEZ-VOUS pour sabrer le champagne ?

Milan : Qui l'eût cru ? Trop content pour toi, Dorian !

Marlone : Oui ! Les mecs, pour tout vous dire, je n'avais pas de doute pour Milan, mais pour vous deux et moi, c'était pas gagné... Nous sommes des de Warriors.

Milan : Les derniers des Mohicans !

Marlone : Les Highlanders de Toulouse !

Milan : Desperate Housewifes !

Valentin : MDR, Dorian, tu fais Bree Van der Machin ! Tu sais, celle que Magda adore... Je te vois bien avec un tablier rose devant les fourneaux.

Marlone : On va te teindre en roux !

Milan : Tu dédicaces tes livres de cuisine ?

Dorian : N'importe quoi ! MDR ! Bon, n'allons pas trop loin non plus... On en est à deux jours.

Marlone : Peut-être, mais ça sent bon !

Valentin : Normal, Bree Machin est aux fourneaux ! MDR. Oui, non. C'est un bon début, je dirais, mais c'est tout. On en reparle. Mais j'avoue que je l'aime beaucoup. Il m'a emmené sur sa moto aussi... Et, quant à la douche... Je suppose qu'on ne peut pas tout oublier en quelques heures non plus. Et si je dois continuer à me laver, je suis prêt à le faire.

Dorian : Oui... Je ne suis pas trop convaincu par ce point, mais bon. Tu as l'air heureux, alors je le suis aussi.

Valentin : Merci Doudou.

Dorian : Je ne suis pas un doudou, Val !

Valentin : Oui, oui, on est bien d'accord. Bref... Je vous laisse, vous m'avez épuisé. Et Truc pionce trop bien, il m'endort avec ses ronflements. Ce machin est une vraie bouillotte. Schuss les mecs.

Milan : Bises

Marlone : Bye.

Dorian : Ciao !

Valentin

Espérer dormir avec Truc... Un doux rêve... totalement irréalisable. C'est donc à 7 heures que je sors du combi, mû par une envie naturelle qui s'est réveillée en même temps que mon chien. Oui. « Mon chien ». J'ai un chien. Merveilleux.

Truc s'évade de mes bras pour aller uriner devant la tente de Méline. Pas le temps de l'en empêcher, c'est déjà trop tard. Je nettoierai plus tard. Parce que nous avons un invité surprise. Driss. Assis à notre table, il lève les yeux de son téléphone en m'entendant sortir et m'adresse un salut de la main. Auquel je réponds avant de me précipiter vers les sanitaires en regrettant de ne pas avoir le cran de faire comme Truc, et me soulager devant la tente de Mél, pour ensuite accuser ce pauvre chiot sans éducation... À noter pour demain.

Driss n'a évidemment pas bougé quand je reviens, et je n'ai pas d'autre choix que de m'asseoir avec lui. Je l'aime bien, ce n'est pas le problème. Mais dès 7 heures... C'est un peu tôt pour la parlotte. Cependant, il est cool.

J'ai toutefois envie de lui demander ce qu'il fout là, et surtout de lui conseiller d'aller vivre sa vie chez lui, un peu. Mais il a apporté le petit-déjeuner, donc... Je me contente de m'installer en face de lui en attrapant un café et ma grenadine. Décidément, tout le monde adore me payer des grenadines. Excellent.

– Salut Driss.

– Salut.

J'observe le gamin quelques instants. Fin, voire maigre, le teint pâle et des cernes marqués, sous des yeux bleu ciel doux et tristes. Cheveux trop longs, tics nerveux constants... Il me rappelle tellement un certain Valentin, à l'âge de 18 ans...

– T'as quel âge, Driss ?

– Tu me donnes quel âge ?

Il semble content de sa petite devinette. Pas moi.

— Driss. Ma nuit a été courte.

– OK. J'ai pris 18 ans il y a deux mois.

J'attrape un croissant pour occuper mes mains. Je ne sais pas pourquoi, je me sens nerveux depuis cette nuit. Je crois que trop de changements jouent sur mes nerfs. J'essaye d'alimenter la conversation pour me détendre. Ne pas penser à Eliés et à mon envie de le voir. Me concentrer sur autre chose. C'est désagréable ce truc... Avoir mortellement besoin de se retrouver avec un mec, au point d'avoir du mal à se concentrer sur le présent. Qu'est-ce qu'il m'a fait... !?

– Et donc, t'es en vacances chez ton oncle ?

Le gamin secoue la tête avant de rougir et de baisser les yeux.

– Pas exactement.

– C'est-à-dire ?

Il marque une pause, en déchiquetant nerveusement un pain aux raisins. Ça sent le coming-out à plein nez, ça. Ou la grosse connerie. En tous cas, ce môme n'est pas bien dans sa tête, c'est évident.

Je pose une main sur les siennes pour le calmer.

– Driss, je ne vais pas te faire la morale ni te juger. Tu peux me parler.

Il semble se faire violence lorsqu'il ouvre à nouveau la bouche.

– C'est-à-dire que je me suis barré de chez moi.

Je m'en doutais ! Il me fait de plus en plus penser à moi.

– Pourquoi ?

– Ils n'ont pas accepté... Tu es gay, n'est-ce pas, Val ?

J'enfourne la fin de mon croissant dans ma bouche et prends le temps pour lui répondre.

– Ouais. Ça se voit tant que ça ?

– Non. Enfin, je sais pas. Moi je l'ai vu, mais j'ai passé mes quatre dernières années à tenter de discerner les homos des autres. Pour savoir si justement, ça se voyait... genre, comme un signe d'appartenance. Il faut croire que j'ai un bon radar, je me trompe rarement.

– J'ai le même. Tu es gay, toi aussi, n'est-ce pas ?

Il se contente de confirmer d'un signe de tête. Je continue.

– Et tes vieux n'acceptent pas l'idée ?

– C'est ça.

– Et donc, tu as fugué ? Tes parents savent que tu es ici ?

– Pas au début. Je n'avais pas l'intention de finir dans ce camping en partant de chez eux, mais ils m'ont retrouvé. Et comme je comptais me barrer encore, ils ont proposé que je vienne ici pendant les vacances. Mon oncle est cool. Même si je me fais un peu chier, faut être honnête !

Je retiens un rire.

– Je te rassure, ça ne se voit presque pas !

Il se marre en terminant son jus de fruits. Je reprends, toutefois, parce qu'il y a des choses à dire.

– Tu sais… Fuguer n'est pas une solution.

– Je sais, mais ils pensent que je suis… malade, tu vois ? Mais moi, je sais ce que je suis depuis quatre ans. J'ai eu des flirts, avec des filles et quelques mecs. Et je confirme, j'aime les hommes… Je ne veux pas changer.

J'attrape une chouquette en réfléchissant. C'est là que mon « job » de l'asso entre en jeu.

– Tu sais… Il existe des organisations, des associations pour t'aider sur ce plan… Pour t'aider sur tous les plans, en fait.

Ses lèvres esquissent une grimace.

– Mes parents seraient fous si je venais à en parler autour de moi. Tu comprends, que diraient les voisins ? Il faut dire que je suis un enfant non désiré, du coup, mes vieux sont genre… vraiment vieux, tu vois ?

– C'est-à-dire ?

– C'est-à-dire que mon père est à la retraite et que ma mère n'en est pas loin. Niveau ouverture d'esprit, on repassera !

Qu'est-ce que ce genre de personne me tape sur le système ! C'est incroyable.

– Peut-être… mais leur avis, on s'en tape, puisqu'eux s'en tapent du tien. Venir passer des vacances ici, c'est top. Mais au bout du compte, ça ne résout pas le problème.

Il tente de se défendre.

– Je sais, mais tu veux faire quoi ? À la rentrée, je leur parlerai. Et s'ils ne m'écoutent pas, alors je me barrerai encore. Ils sont butés, t'imagine pas…

– C'est pour ça qu'il faut que tu sois accompagné par des personnes qui pourront leur faire comprendre. Tes parents te voient sans doute encore comme un enfant. Ils sont certainement très mal informés sur l'homosexualité aussi. Il existe des personnes formées pour arranger les choses.

Il secoue la tête vigoureusement, peu enclin à m'écouter. Je passe au plan B.

– Écoute, Driss. Si tu fugues, tu vas être obligé d'arrêter l'école. Où vas-tu vivre ? Comment vas-tu manger ?

– J'ai des potes qui m'hébergeront. Laurent a un petit studio au-dessus de son garage, ses parents n'y vont jamais. Quant à Enzo, il m'a proposé de me filer les cours pour que je suive. Et…

– C'est n'importe quoi, Driss ! Tes potes peuvent t'héberger deux jours, peut-être un mois, mais c'est bancal ! Et si tu tombes malade ? Aussi, comment feras-tu pour manger, laver tes fringues, passer le permis, et j'en passe ?

Des exemples, je peux lui en donner des milliers, mais ce n'est pas l'idée.

– Ce sont de faux problèmes !

Cette fois, il me fait sortir de mes gonds.

– Des faux problèmes ? Mais tu espères quoi, Driss, dans la vie ? Tu comptes vivre dans le grenier de ton pote toute ta vie ?

– Non, dès que j'aurai un diplôme, je prendrai un appart !

– Mais sans adresse, mon grand, tu ne recevras même pas les convocations à tes examens ! Réfléchis deux minutes !

Il s'énerve à son tour.

– J'y ai pensé ! Je les ferai suivre ici. Je suis certain que mon oncle m'aidera.

– C'est n'importe quoi !

Je réalise une nouvelle fois que quand on est jeune, on est superbement con ! Donc, puisqu'il faut expliquer les choses…

– Je vais te raconter un truc, trou du cul ! J'ai pensé comme toi. Je me suis barré de ma famille d'accueil lorsqu'ils ont appris que j'étais gay. Ce n'est même pas moi qui leur ai dit. Ils m'ont surpris avec un mec derrière la maison. Ils ont commencé à me faire chier, proprement, mais comme c'étaient des cons et qu'en plus ils n'étaient pas mes parents, je me suis barré.

– Ils étaient où tes parents ?

– Ma mère s'est barrée quand j'avais six ans, et mon père a fini en prison. Je ne m'entendais pas du tout avec mes grands-parents qui devaient prendre le relais le temps que mon connard de daron sorte de taule. Mais comme il en avait pris pour quinze ans… Bref. C'est pas le sujet. Je me suis fait virer de plusieurs foyers, et à presque seize ans, le couple qui était censé s'occuper de moi m'a foutu la misère parce que j'avais emballé un mec. Ils voulaient, eux aussi, me virer de chez eux. Mais comme j'en avais ras le bol de leurs conneries d'aides sociales et tout le bordel, j'ai préféré m'occuper tout seul de ma vie.

Je déblatère cette histoire comme si je racontais un film. Parfois, j'ai l'impression que tout ce bordel s'est déroulé dans une autre vie, parce que même s'il me reste des traces, pour la globalité, je pense être un survivant. J'ai fait plus d'une fois les mauvais choix, certes, mais j'en ai aussi fait de très bons. Et par miracle, entre l'Enfer et le Paradis, tout s'est à peu près équilibré. Enfin, je commence à vouloir vivre, au lieu d'en avoir marre de survivre.

Je préférerais enterrer une bonne fois pour toutes ces conneries. Cependant, je pense que mes « péripéties », si elles ont failli me détruire, peuvent aussi servir d'exemple et en sauver d'autres. Une sorte de manière pour moi de transformer l'horreur en un truc un peu plus reluisant. L'expérience pour l'exemple. Bref, ça m'aide aussi à exorciser quand j'ai le blues. Ce qui arrive encore souvent.

Driss m'écoute attentivement. J'en profite.

– Sauf que… Une fois dans la rue, c'est un peu plus compliqué qu'on ne le pense. Heureusement, je me suis barré durant l'été. J'habitais Paris à l'époque. Je suis resté deux mois à glander, en logeant chez des potes, à gauche, à droite. Parfois, je dormais vraiment dans la rue, parce que je passais pour un super héros auprès d'eux… J'étais celui qui avait des couilles, tu vois ?

Il approuve d'un geste de la main.

– Oui, je vois bien. Djalil me l'a dit l'autre jour.

– Ouais, ben permets-moi de te dire que Djalil est nul !

Il retient un rire.

– Oui, je trouve aussi. Ce mec est bidon. Mais, il a un piercing juste là… C'est argghhhh…

Il désigne le côté droit de sa lèvre. C'est à mon tour de m'empêcher de rire.

– Ouais, OK. Mais même avec un piercing, un con reste un con…

– Possible… Mais, donc t'as fait quoi, après ?

Je me lève pour aller chercher de la flotte dans la glacière et mon sirop de…

– Sans dec ! De la mûre ? Mais c'est quoi, ce bordel ?

Cette fois il baisse les yeux.

– On a fait les courses avec Méline hier, et il n'y avait plus de grenadine.

– Bordel !

Pas grave, mais si quand même. Bref. Je me prépare mon mélange et me rassieds.

– Donc, ce que j'ai fait après. L'école a repris, mais je n'y suis pas allé, forcément. Je me doutais que les services sociaux allaient me tomber dessus.

– Normal.

– Ouais. Mais tu sais, glander dans la rue toute la journée, c'est pas si cool. Parce que tu n'as rien à faire. Vraiment rien. Tu te fais chier, et si tu traînes dans des quartiers glauques, tu te fais dépouiller.

– Ça t'est arrivé ?

– Ouaip. On m'a piqué mon sac avec mes fringues la première fois. Je devais déménager de chez un pote pour aller chez un autre le soir même, quand il serait rentré des cours. Et puis, il n'y avait pas que ça.

Il est plongé dans mon histoire et attend calmement que je goûte ma mûre à l'eau avant de reprendre.

– C'est bon cette connerie !

Il sourit, fier.

– C'est moi qui ai conseillé Méline. J'adore la mûre.

– Bien joué. Donc, l'autre truc, c'est que je puais. Que je ne suivais plus les cours. Au bout d'un moment, ma vie est devenue chiante pour mes potes. Alors, peu à peu, ils ont arrêté de me fréquenter. En deux mois, je me suis retrouvé seul et sans toit.

– Putain !

– Comme tu dis. Alors, j'ai eu l'idée du siècle. Descendre dans le sud parce que j'avais entendu dire qu'il y faisait plus chaud. J'ai fait du stop et je suis arrivé à Bordeaux. J'ai déjà eu de la chance de tomber sur un mec sympa. Je n'avais que quinze ans. C'était totalement irréfléchi.

Il se contente d'opiner du chef. J'espère que toute cette histoire va vraiment l'aider à prendre les bonnes décisions.

— Et la suite n'est pas mieux. Elle est même carrément pire. Parce que dans cette nouvelle ville, je ne connaissais personne. Mais une personne m'a repéré. Malheureusement.

— Pourquoi ?

Je fronce les sourcils en concentrant mon regard sur mon verre.

— Parce que c'était un mac. Un mec qui faisait son blé en prostituant des gosses. Il s'appelait Ramone. Enfin, c'est comme ça qu'on l'appelait chez lui. Je n'ai jamais su son véritable nom. Et ce n'est pas plus mal. En attendant, au début, je le trouvais génial. Il m'a offert des fringues, de la bouffe et un toit. Puis, de l'alcool et de la drogue. Du shit, principalement. Puis de l'héro, mais je n'en ai jamais pris. J'avais trop peur des d'aiguilles. Heureusement pour moi.

— Putain !

— Comme tu dis. Et après deux mois de gentillesses, il m'a demandé des comptes. Je lui devais du fric. J'ai commencé à voler des trucs pour lui. Ensuite, il m'a présenté un mec. Puis deux. Et c'était parti…

Il fronce les sourcils.

— Quoi ? Qui était parti ?

Bordel, il faut réellement que j'aille dans les détails ? Il faut croire que oui.

— J'ai baisé avec ces mecs pour rembourser Ramone. Ils le payaient directement. Il m'avait également chargé d'initier ses jeunes recrues, pour leur filer le même job que moi ensuite… Mais comme par hasard, et malgré toutes ces « activités », ma dette ne se remboursait jamais. Parce qu'il continuait à me nourrir, à me loger…

Il ouvre la bouche, puis la referme.

— Sans déconner ?

— Sans déconner. Tu me feras le plaisir de garder cette histoire pour toi. Méline ne la connaît pas et je te la confie uniquement pour qu'elle t'aide. Pas pour t'expliquer que je suis une pute, tu vois ?

Je le fixe d'un regard sérieux et noir. Pour qu'il comprenne bien. Et je sens que c'est le cas. Il adopte une nouvelle expression, adulte, pour me répondre.

– Tu n'es pas une pute, Valentin. Si je suis venu vers toi, c'est parce que tu semblais bien vivre avec ton homosexualité, dont j'étais certain, d'ailleurs.

– Ouais, parce que j'ai eu du pot ! J'ai rencontré les bonnes personnes, au bon moment… Mais ça aurait pu finir d'une tout autre façon.

– Il s'est passé quoi ?

– Ce n'est pas réellement important. Tout ce que je peux te dire, c'est qu'une bonne personne, un mec que je vénérerai toute ma vie pour ce qu'il a fait m'a conduit dans une association. Et que là-bas, j'ai été pris en main. Aujourd'hui, après huit ans de lutte pour oublier, apprendre et repartir à zéro, j'en suis encore à avoir du mal avec certaines choses. Tu vois, au bout du compte, ma période dans la rue n'a duré qu'un peu plus d'un an, mais elle a transformé ma vie. Et pas en bien, tu peux le croire. À part ma rencontre avec Dorian et plusieurs membres de *Sweet Home*, je n'ai rien à garder de mes seize ans. Ni de mes dix-sept, d'ailleurs… Parce que même si j'étais pris en charge, j'ai dû me désintoxiquer, me battre contre moi-même, me tailler les veines, me scarifier et me battre avec n'importe qui… J'ai pleuré, eu envie de mourir des centaines de fois, et j'ai souvent envisagé d'arrêter de me faire chier pour repartir dans la rue… Bref, tu ne veux pas vivre ça. Ni rien d'autre, d'ailleurs. Reste chez tes parents, et essaye d'arranger les choses.

Il reste silencieux un moment pendant que je termine ma mûre à l'eau. C'est quand même moins le kif que la grenadine, mais bon. C'est le temps des changements, apparemment. J'avance, même au niveau de la grenadine. Dingue.

Méline ouvre sa tente à ce moment, émergeant de son sommeil dans une robe déchirée à tous niveaux, sauf aux endroits primordiaux. Mon ancienne responsable fait quand même preuve d'un look très original.

– Salut. T'es encore là, Loulou ? T'en as pas marre de nos tronches de vieux croulants ?

Elle se laisse tomber sur le banc à côté de moi, les cheveux en vrac et le maquillage incrusté sous les yeux, fraîche comme un poisson mort d'un arrêt cardiaque depuis quinze jours. Elle attrape mon verre et le termine.

– C'est bon ce truc. On oublie la grenadine jusqu'à la fin du séjour.

– Mais non !

Elle me jette un regard de tueuse.

– Ben si ! T'étais où, hier, au fait ?

– Je t'ai envoyé un SMS, pour rappel.

– Ouais… Qui disait, en substance : « Salut, occupé, m'attends pas ». Super… Sois plus précis la prochaine fois. Donc, t'étais où ? Avec qui ? T'as baisé ?

Driss s'esclaffe. Je soupire.

– Eliés.

Autant lui dire, elle devrait le découvrir très rapidement dans tous les cas. Même si j'avoue que ça me semble étrange d'annoncer comme ça que je suis possiblement « en couple ». Je ne sais pas si c'est bien ou mal.

Driss me dévisage. Je lui retourne le même regard.

– Quoi ?

– Non, rien…

Méline nous coupe.

– Ça c'est cool, BB. Il est trop beau ce mec. Un danger pour l'étanchéité des culottes, moi je te le dis. Quant à toi, Driss, tire pas une gueule pareille. Val a presque dix ans de plus que toi, c'est bon !

J'examine Driss qui pique un joli fard.

– Comment ça ?

Il se lève d'un air embarrassé.

– Méline, tu fais chier…

Il enjambe maladroitement le banc sur lequel il était assis et se dirige précipitamment vers l'allée.

– J'y vais. On se voit plus tard.

Je me tourne vers Méline qui n'en semble pas dérangée et se contente de bâiller en tortillant ses dreads.

– T'es conne ou quoi ?

Elle hausse un sourcil.

– Quoi ?

– Pourquoi l'as-tu embarrassé, comme ça ? T'as foutu un froid, là !

– Arrête, il fait super beau.

J'écarquille les yeux.

– Sérieusement ? Va te recoucher, t'es pas nette ce matin.

Elle éclate de rire.

– Allez, ça va… Je lui ai répété toute la journée d'hier d'oublier son idée de te draguer, mais il n'a rien voulu entendre. Et on le retrouve à… 8 heures, sur notre parcelle, avec les croissants. Faut bien lui faire comprendre. Parce que quand il va te voir avec Eliés, t'imagines ce qu'il va se prendre dans la tronche ? Non, je prépare simplement le terrain.

– En l'humiliant ?

Je me mets à la place du gamin. Elle aurait pu m'en parler en privé, je serais allé le voir. Enfin, je ne sais pas…

– Ça ou autre chose... Écoute, BB, on se connaît depuis quoi… presque trois ans, maintenant. Et je ne t'ai jamais vu avec un mec. Hier, tu te réveilles en stress, parce que ça craignait. Ce matin, t'as le smile. Donc, c'est simple. Une chose à la fois. Toi, tu vis ton histoire avec Véto Sexy. Et moi, je gère le môme. Je n'interfère pas dans tes histoires, et tu fais de même. Mél gère, Bichon.

Truc se rappelle à mon souvenir. Il doit certainement avoir faim, j'ai un peu zappé.

– Et qui s'occupe de Truc ?

– Toi. Comme ça, vous pouvez jouer aux papas sans la maman… Bref. Donc, pour parler de ce qui nous intéresse… Il est comment, Mister Sexy ?

– Je vais nourrir mon fils. C'est bien ça le concept de ton jeu des super papas ?

Je me lève et la fuis, littéralement.

– Non, non, non… Dans l'idée, l'un des deux papas raconte sa vie dans tous les sens à sa super pote à dreadlocks… Alors ? Sur une échelle de 1 à 10… Taille du pénis ?

Je m'esclaffe, mais ne réponds pas, affairé à nourrir mon fauve, qui saute autour de moi en frétillant de la queue. Mais Méline n'est pas le genre à abandonner. Elle me rejoint et s'adosse au combi.

– OK, alors, seconde question : Est-il agile de ses doigts ? Ai-je raison de m'imaginer que la furie qui s'est barrée de la clinique l'autre jour est une folle monumentale, doublée d'une saloperie de chanceuse parce que « bonjour les orgasmes avec ce type » ?

J'éclate de rire en secouant la tête. J'ai presque honte de ne pas pouvoir en parler, parce que je n'en sais rien. Pour la majorité des gens, une soirée et hop, on sort les engins. Et c'est aussi l'image que j'entretiens, un peu consciemment, en règle générale. Pour éviter d'être le mec bizarre de l'entourage.

Elle s'accroupit pour continuer.

– Et sa langue ? Elle est comment sa langue…

Alors là, je peux en parler. J'essaye, mais elle n'a pas terminé sa phrase…

– Il te l'a foutue dans le cul ?

Je tressaille en rougissant fortement. La moitié du sac de croquettes dégringole dans la gamelle de Truc et je m'insurge :

– Méline !

Elle éclate de rire.

– Waouh ! Mais t'es trop chou quand tu rougis !

– Je ne rougis pas, j'ai chaud.

J'évite de la regarder, trop occupé à rattraper les croquettes dans la gamelle, avant que mon chien ne les engloutisse…

– Ouais, OK, tu as super chaud, je note… Tu m'étonnes, il est torride, ton *Nicolas Hulot* à gros membre ! Je suis certaine qu'il s'entend bien avec les éléphants ! Dans le genre pachyderme à grande trompe…

Cette nana a un truc qui disjoncte là-haut, c'est certain. En attendant, elle m'éclate. Elle me pousse gentiment du coude.

– Allez, je te laisse tranquille, BB. Tu le vois aujourd'hui ?

Euh…

– Je ne sais pas… Je suppose…

– Comment ça, tu « supposes » ? Vous ne vous êtes pas filé de rencard ?

– Non. En fait, non. Je n'y ai pas pensé.

– Ah, ben, appelle-le !

– Je n'ai pas son numéro non plus.

C'est vrai, ça. Je n'ai pas pensé une minute à ce genre de détails hier. Je suis vraiment bidon. Et… vu que des deux, c'est quand même moi le plus chiant avec mes règles à deux balles, il aurait été sympa que je le contacte moi-même. Avec tous les efforts qu'il a décuplés hier… C'est un peu nul de ma part…

Sauf que je ne me sens pas de l'appeler non plus. Parce qu'il y a toujours l'option de l'appeler sur le numéro de la clinique, mais…

Je referme mon sac de croquettes et caresse Truc qui dévore sans se poser de questions.

– Je vais attendre un peu. Il doit être occupé.

Ma pote plisse les yeux en m'observant.

– Tu sais, BB… Ce n'est pas « mal » d'appeler les gens.

Méline est une femme maline comme je l'ai déjà mentionné. Elle ne connaît pas tout de moi, et ne me harcèle pas non plus pour que je déballe ma vie. Ce qui me va bien, parce que si un jour ça arrive, elle ne se contentera pas du couplet presque habituel que j'ai servi à Driss tout à l'heure. Elle posera des questions, demandera des détails et m'obligera à repartir dans les ombres un peu trop noires que j'essaye d'oublier. Expliquer ma vie en la résumant par sans-abri et prostitution, c'est une chose. Décrire le mal en détail, c'en est une autre. De plus, j'ai peur de la décevoir. Méline est l'une de mes seules amies qui ne connaissent pas le « Valentin détruit ». Je préfère qu'elle ne voie que le Valentin guéri. C'est bon, aussi, d'avoir une personne en face de soi qui ne vous considère que comme ce que vous êtes, et pas comme ce que vous avez été.

De ce fait, elle doit supposer des tas de choses. Déduire pas mal d'hypothèses concernant mes côtés « différents ». Dans tous les cas, elle prend soin de moi et tente de m'aider. Comme maintenant.

– Je sais, Mél, que c'est bien d'appeler. Mais je ne sais pas quoi dire.

– Eh bien… dis-lui que tu vas surfer ?

Je relève la tête, surpris. Parce que oui, je peux dire ça. C'est bien, ça…

Eliés

– Clinique vétérinaire, bonjour…

– Bonjour Eliés, c'est Coralie.

– Salut. Attends quelques instants.

J'adresse un signe de tête à M. Bonneuil alors qu'il s'installe avec son caniche dans la salle d'attente, puis vais m'enfermer dans mon bureau, le cœur battant la chamade.

– Alors ? Du nouveau ?

– Oui. Mais malheureusement, le retour du comité des Vétérinaires Overwild n'est pas ce que tu espérais. Pour le moment, ils t'ont mis sur liste d'attente. C'est ce que je pensais. Ta demande arrive un peu tard pour cette année et les équipes sont déjà prévues. Je suis désolée.

Il reste cependant un espoir de désistement, et dans tous les cas, au vu de ton parcours, ils te classent prioritaire pour l'année prochaine.

Mouais. Pas du tout ce que j'avais prévu. Un double appel interrompt ma conversation.

– Attends, Coralie.

Je bascule sur l'autre appel.

– Clinique vétérinaire bonjour, veuillez patienter.

Re basculement d'appel.

– Coralie ?

– Oui ?

– Je dois te laisser. Peux-tu tout de même contacter Mark Steele, de la filiale US et lui faire part de ma demande ?

– Tu crois que Mark pourrait, éventuellement, résoudre le problème ?

– Il m'a dit un jour que si je me décidais, je serais prioritaire.

– Tu ne veux pas lui demander toi-même ?

Très bonne question… Non, je crois que non. Parce que c'est Mark et parce que c'est flou. Et si je lui demande moi-même, j'ai l'impression que cela m'engage personnellement dans quelque chose que je ne suis plus certain… Enfin, avant oui, j'aurais appelé. Mais aujourd'hui, il y a Valentin. Enfin, peut-être… Merde, ce n'est pas simple. Peut-être que je devrais abandonner et tenter de rester en France une année de plus… Mais je ne connais Valentin que depuis deux jours, et j'ai déjà connu ce genre de plan…

Coralie s'impatiente.

– Eliés ?

– Oui, non… Enfin, fais comme tu veux. Je dois te laisser, j'ai un autre appel.

– OK, Bonne journée.

– Merci, à toi aussi.

Elle raccroche et je bascule sur mon appel en attente.

– Eliés, bonjour.

— Hello…

Valentin… Mon cœur fait un bond… J'adore sa voix et j'adore qu'il m'appelle, je ne m'y attendais pas…. Et il n'est que 9 heures, c'est tôt… Plutôt bon signe.

J'attrape un stylo et mes doigts s'acharnent aussitôt sur le bouton de sortie de mine… Entrée. Sortie. Entrée. Sortie… Cet objet est le pire du monde pour les gens stressés. Bref. Je crois qu'il attend une réponse.

– Tu vas bien ? Déjà levé ?

– Je partage mon lit avec Truc… Alors oui, déjà levé. Depuis longtemps.

– Il va bien ?

– Oui… merci. Ce matin je compte lui apprendre à me suivre sans laisse… Comme tu me l'as expliqué hier…

– Bien. Je suis certain que ça sera un jeu d'enfant…

– Oui, sans doute…. Sinon, je… Merde, je suis désolé, je n'ai jamais fait ça.

C'est normal si je craque juste avec cette phrase ? Personne ne m'a jamais fait ressentir ce genre de choses. Je suis comme un idiot content qu'il fasse un truc qu'il n'a jamais fait pour moi. Je crois que je me transforme en guimauve… Et le plus étonnant, voire amusant, c'est que c'est un homme qui me fait cet effet-là. Jamais une femme n'a pu me toucher à ce point.

Je m'installe confortablement sur mon fauteuil pour apprécier au mieux la suite.

– Tu n'as jamais fait quoi ?

– Ben… Ça… appeler un mec… genre pour un second rencard… Merde, non, ce n'est pas un rencard que je veux te proposer… enfin, je sais pas…

Un sourire niais s'installe sur mon visage. Je remercie la magie du téléphone qui ne divulgue rien de l'aspect visuel du correspondant. Même si, à bien y réfléchir, j'aimerais beaucoup le voir, et pas uniquement entendre sa voix.

– OK. Donc, je me demandais… enfin, je vais surfer cet après-midi. Je voulais juste te dire que si tu me cherchais, je suis sur une vague.

– Oh…

– Mais tu n'es pas obligé de me chercher non plus… Enfin… Bordel de chiotte, je suis pathétique.

– Valentin ?

Son désarroi me fait presque mal pour lui. Enfin, c'est trop mignon, et super touchant.

– Oui ?

– Je comptais venir te chercher après mon boulot. En début d'après-midi…

– Ah ! Bon. Donc, dans ce cas, je pense que tu me trouveras dans la flotte. Sur un surf, possiblement.

– Génial. Tu veux bien que nous surfions ensemble ?

Je préfère demander, j'ai bien compris la leçon. Et vu le moment qu'il m'a offert hier, je ne suis pas prêt à tout foutre en l'air une seconde fois. Hors de question que je me prive de lui. Je suis déjà énormément accro. Tellement que je me demande si je n'ai pas chopé un virus exotique…

– Bien entendu… Bon. Je te laisse, tu dois avoir du boulot ?

Merde, oui, Monsieur Bonneuil !

– Oui, effectivement. Tu fais bien de me le rappeler, j'allais le zapper !

Il laisse fuser un petit rire charmant…

– OK, alors, amuse-toi bien. À plus.

– Oui… À tout à l'heure.

Il raccroche simplement, et j'ai envie de le rappeler. Parce que, à cet instant précis, je bande déjà, rien qu'à l'idée de le revoir sur une vague, et que j'adore sa voix. Mais non. Je me contente de noter son numéro de téléphone sur mon portable et pars m'occuper de ce caniche même pas LOF, saucissonné dans un manteau rouge vif, très, très moche, alors qu'il fait déjà au moins 25 °C à l'extérieur. Pauvre bête.

Cette matinée au cabinet s'est révélée être une purge. Des chiens débiles, des clients pas vraiment plus éclairés, et cette mauvaise nouvelle que Coralie m'a annoncée, tournant sans cesse dans ma tête. Le seul point positif, et non négligeable, reste ce non-rendez-vous avec Valentin.

C'est donc passablement excité que je gare ma moto devant la plage, et encore plus impatient que je dévale les quelques marches qui mènent à la plage. Je n'ai aucun mal à repérer Méline qui sèche sur une serviette, les yeux cachés derrière des lunettes de soleil, à côté de Truc qui semble passionné par un coquillage. Je comprends qu'elle m'a repéré à son sourire naissant et à son petit geste de la main pour me saluer.

Je plante ma planche dans le sable et retire mon t-shirt en observant le large pour trouver Valentin. Elle m'épargne une recherche fastidieuse.

– Je pense qu'il est vers la droite, là-bas.

– Tu ne l'accompagnes pas ?

– Non, j'en viens… Et je garde le chien. J'adore ce cabot ! Mais va le rejoindre, je t'en prie…

Je jette mon bermuda à ses pieds.

– OK.

– Mais… Je voulais te prévenir…

Elle se redresse et retire ses lunettes pour me fixer dans les yeux, d'un air on ne peut plus sérieux.

– Je t'écoute ?

– Ça va être court et rapide. Hier, quand je t'ai vu à la clinique, je n'ai rien dit, pour ne pas interférer dans vos histoires. Mais quand je le vois comme ça, même si je suis contente pour lui, je ne peux m'empêcher de trembler.

– Pourquoi ? Il est comment ?

– Heureux, souriant, et à nu. Si tu lui fais du mal, Eliés, je te promets que tu te souviendras de l'épisode. Valentin, ce n'est pas n'importe qui.

– Ça, je l'avais remarqué !

– OK, alors remarque aussi que je suis folle et que les bites, parfois je les suce, mais je sais aussi les écraser, les déchiqueter ou les réduire en pièces infimes et méconnaissables. C'est assez clair ?

Nous nous lançons dans un combat de regards, puis je baisse les yeux, pour lui faire comprendre que je suis parfaitement en accord avec elle.

– Je n'ai pas d'autre but que son bonheur. Rassure-toi.

– Je ne crois que ce que je vois.

Elle repose ses lunettes sur son nez et se rallonge.

– En attendant, éclatez-vous bien.

— Yes.

Que dire d'autre, à part que je suis prévenu ? Entre Valentin, qui expose clairement les limites de ce qu'il peut accepter, Méline, qui veille comme une chienne de garde sur son pote, et le jeune, Driss, qui me mate comme s'il voulait m'arracher les couilles, je crois que le message est on ne peut plus clair. D'un autre côté, Valentin est tellement… tout, que je me menacerais bien moi-même de ne pas essayer de déconner. Parce que je suis moi aussi novice sur beaucoup de points. Et pas qu'au niveau sexuel avec les mecs. Je ne suis pas romantique et j'ai quelques tendances égocentriques, voire un peu bourrins quand je suis affamé. Or, je suis extrêmement affamé dans le cas présent…

Je traverse la plage rapidement et me lance dans l'eau en tentant de retrouver mon Graal parmi les nombreux surfeurs étalés devant moi, sur une mer relativement houleuse. Je ne cherche pas longtemps. Il me suffit de repérer une silhouette qui s'élance sur une crête, se mouvant avec volupté, pour le reconnaître aussitôt. J'observe un moment cet ange venu de je ne sais où, maîtrisant la nature, domptant la rage de l'océan, chevauchant la vague avec aisance et agilité. Et pour la seconde fois, il me subjugue. Il m'attire comme un aimant.

Je me mets à ramer pour le rejoindre au bout de son spot, pressé de le savoir proche de moi. Mon corps a besoin de la chaleur du sien pour se sentir bien. C'est tellement troublant.

Cependant, lorsque j'arrive enfin à son niveau, il n'est plus seul. Trois autres surfeurs l'entourent et discutent avec lui sur la vague et les techniques. Je ne sais pas ce qui se passe à ce moment, mais tout en moi se fige. Oui, j'ai envie de ses lèvres sur les miennes. Oui, un furieux besoin de le toucher me picote les doigts. Oui, il a abandonné sa combi pour un short long moulant et un t-shirt de surf qui lui colle à la peau découvrant le bas de son dos lorsqu'il se penche sur sa planche.

Mais non, je suis incapable de donner libre cours à mes pulsions, qui s'évanouissent comme neige au soleil. Il y a du monde. Trop de monde. Et… plus rien ne me vient. Ça n'écorche même pas ce que je ressens pour lui. C'est simplement que… merde, c'est un mec. Je mesure à l'instant ce pas immense que je dois faire et je me débine. J'ai besoin de temps pour accepter cette idée de former un couple avec un homme. J'aimerais, vraiment, m'en foutre et lui sauter dessus. Mais je ne peux pas. Tout simplement pas.

Il se retourne et s'aperçoit de ma présence. Il m'accueille avec un sourire séducteur et sincère, mais je ne suis capable que de lui rendre un pauvre rictus coincé, dont il ne prend apparemment pas ombrage.

– Eh ! Déjà là ?

C'est vrai que je n'ai même pas mangé. Je me suis précipité dès que mon dernier client a tourné les talons. Il m'attendait sans doute plus tard. Je me contente d'un signe de tête. Il salue les autres et se dirige vers moi, collant sa planche à la mienne, toujours aussi magnifique avec ses cheveux humides collés sur son front, son sourire désarmant et son corps que je brûle de toucher…

Mais rien n'y fait. Trop de monde, trop de vagues, trop de tout… Je perds un peu pied. Il est si proche de moi que je sais qu'il attend un baiser. J'ai conscience que c'est ce que je devrais faire, et j'ai envie de sa bouche comme jamais. Mais.

Voilà : « Mais ».

Je baisse les yeux pour ne pas me brûler à son regard incendiaire. Il pose sa main sur ma cuisse, constatant mon désarroi, ce qui me perturbe encore plus, parce que je ne veux pas qu'il croie… Surtout pas qu'il pense que…

– Eh, Véto Sexy, pas de stress.

Ses doigts caressent ma cuisse doucement pendant que je redresse les yeux vers lui.

– Ça te dit d'aller tester le spot de la Crique de l'Aube avec Truc ? Tu m'as bien dit que personne n'y allait en journée, c'est bien ça ?

Il me lance un clin d'œil, que j'attrape et agrippe comme une bouée de sauvetage.

– Tu n'imagines pas à quel point !

Ses lèvres s'étirent dans un sourire pendant qu'il me dévisage de ses yeux ensorcelants.

– Alors on y va…

– Merde, nous avons oublié Truc !

Arrivés dans la crique déserte, nous avançons sur le sable chaud, sous la brise légère et marine qui se lève depuis l'océan, lorsqu'il repense à son chien. Je dois avouer que je n'y ai pas pensé non plus. J'abandonne ma planche sur le sable en riant.

– Tu devrais penser à lui trouver un nom, je dois toujours établir son passeport.

Il plante sa planche dans le sable, rêveur.

– Je crois que Truc, c'est bien, en fin de compte. J'y suis habitué.

– Très bien. Donc, si tu veux je…

Il ne me laisse pas terminer et se jette sur moi, attrape mes joues, et ses yeux dans les miens, dépose un baiser sur mes lèvres.

– Je n'ai pas envie de parler de Truc.

J'attrape ses poignets pour qu'il ne s'écarte pas.

– Moi non plus.

La passion reprend le dessus sur moi. Les baisers de Valentin sont plus qu'addictifs. Ils ont ce pouvoir sur moi, celui de faire s'envoler le reste de la planète, comme si plus rien n'avait d'importance. J'aime le goût de ses lèvres, leur satin qui me caresse, la douceur dont elles m'enveloppent. J'aime tout autant sa langue qui emporte la mienne dans une déferlante de sensations qui balayent ma raison et ma retenue, mais que je dois pourtant absolument garder, pour lui.

Il soupire dans notre baiser et frémit lorsque je l'enlace, avant de m'entraîner vers le sol. Nous nous retrouvons allongés entre nos planches, lui en fusion, moi en demande de plus, sans savoir l'exprimer. La retenue, c'est mon principal ennemi face à cet homme parfait qui ne distribue les plaisirs qu'avec parcimonie, alors qu'il enflamme tout ce qui me compose. Ses mains passent dans mon dos et m'attirent contre lui. Ses lèvres cajolent les miennes, sa peau, son odeur, son souffle chaotique... Je dévore son visage, adore ses joues rugueuses, caresse son cou, murmure la passion à son oreille... Je mordille sa peau, ondulant contre lui, au bord de l'asphyxie dans ce désir qui me dévaste beaucoup trop.

– Valentin... Tu vas me faire crever ! Autorise-moi...

C'est compliqué de lui faire savoir ce qui me tiraille les tripes, de faire les premiers gestes alors que je ne les connais pas, mais mon corps est dans un tel état que je passe outre... Tant pis si je me montre gauche. J'imagine que le désir, pour un homme comme pour une femme, suffit à guider les gestes et qu'il ne peut en résulter que du bon. Je passe une main sur la bosse significative entre ses jambes.

– Tu en as envie...

Et moi donc... Ce renflement sous mes doigts me fait des effets déments, déconnecte le peu de sagesse qui s'agrippait encore à mon esprit pour m'enjoindre à donner libre cours à mes pulsions.

Il gémit douloureusement en se cambrant contre ma main. Je reprends ses lèvres pour attiser ce besoin en lui, pour enflammer son esprit et calciner ses dernières réticences. Nos jambes s'emmêlent, nous roulons sur le sable à son initiative, et je me retrouve sur le dos, lui me surplombant. Sa main glisse sur mon ventre nu, alors je tire sur son t-shirt, mais sa main libre attrape mon poignet fermement.

– Non !

Ce n'est qu'un soupir, qu'il glisse entre ses lèvres contre les miennes, mais il est suffisant. Je remonte mes doigts sur sa nuque, pendant qu'il descend les siens sous l'élastique de mon short.

– Valentin, tu n'es pas…

Il m'empêche de lui jurer que je n'en ai pas besoin en m'embrassant. Et quelque part, il a raison, parce que je brûle d'envie de plus. Il empaume mon membre gorgé d'envie d'un geste ferme et puissant, provoquant une complainte de bonheur au fond de ma gorge. Sa poigne est virile, et tellement différente de ce que je connais que je perds le souffle, pris aussitôt à la gorge par un plaisir différent, plus rude et implacable. Plus fort et absolument décapant.

Mes dents se plantent dans sa lèvre inférieure alors qu'il resserre ses doigts sans ménagement autour de ma verge. Je m'accroche à sa nuque, me crispant sous son corps brûlant, incapable de continuer ce baiser pourtant torride. Mon souffle se raréfie, mes muscles durcissent et mon esprit ne trouve plus aucune pensée cohérente sur le moment présent. Quoi faire, quoi dire ? Rien ne m'apparaît, à part m'abandonner à la virilité qui me prend d'assaut et m'enflamme. Sa main adopte un rythme soutenu et totalement décapant. Ses lèvres s'écartent de ma bouche pour embrasser mon visage, mon cou, le haut de mon torse et mes épaules, pendant que je me cambre, tentant de l'enlacer, de le rapprocher de moi et de le rappeler à moi.

Blotti au creux de ses bras, je reçois tout ce qu'il m'offre. Je m'y perds, abandonnant le combat pour lui donner, moi aussi, toute l'expression de ce qu'il m'inspire, et je le laisse me recouvrir de tellement d'attentions que j'ai l'impression de flotter au cœur du Paradis. Mon sang bout littéralement, mon esprit se noie, et l'orgasme déferle sur moi à une vitesse vertigineuse.

Déjà ?

– Val !

Je souffle, transpire et halète en le cherchant désespérément. Il revient sur mes lèvres et m'emporte dans un baiser passionné, presque brutal, presque trop pour moi. Un râle puissant me fait décrocher, s'échappant de moi en même temps que l'orgasme m'emporte dans un tsunami incontrôlable et renversant.

Mes muscles se figent, je lâche ses lèvres et jette ma tête en arrière en expulsant ce plaisir qui s'étale en chaudes giclées sur la peau de mon ventre, dispersant ce bonheur intense hors de moi. Je m'envole sous son regard vide, un peu assombri, que je ne manque pas de remarquer. Et je me sens aussitôt fautif d'être le seul à adorer le moment, alors que je voudrais que ce soit lui... Lui, lui, lui qui s'abandonne.

J'enroule mes bras autour de lui et nous fais rouler une nouvelle fois pour le surplomber, m'acharnant à le remercier de toute mon âme en le recouvrant de baisers, de caresses par-dessus son t-shirt, le cajolant autant qu'il m'est possible, de plus en plus dingue de ce type tombé dans ma vie comme un satané Messie, magnifique et parfait.

Valentin

Eliés me vole mon souffle en m'embrassant encore et encore, comme pour me remercier de ce que je viens de lui donner. Et grâce à toutes les émotions qu'il arrive à faire passer jusqu'à mon cœur, j'oublie ce qui vient de passer au fond de moi. Je l'ai refait. Comme un robot, comme chaque fois depuis que je tente à nouveau de partager quelque chose avec des hommes, je lui ai donné ce qu'il attendait, mécaniquement. Les brouillards du passé sont venus planer sur mon esprit, voilant ma vue, guidant mes gestes, les rendant durs et implacables, destinés à un seul et unique but, la délivrance de celui dont je m'occupe pour passer à autre chose. J'ai revu comme dans une réalité parallèle les murs de cette chambre qui m'était attribuée, les visages de ces hommes que je pensais avoir oubliés. La jeunesse de leurs traits, leur premier orgasme « gay » et la terreur dans les yeux de certains.

Je croyais que ça allait passer. Que cette maudite année allait disparaître, et que mon passé se résumerait à mon âge moins un an, dès que j'ouvrirais ma boîte à souvenirs là-haut. Ce n'est pas le cas. Les bribes du passé affreux et dégradant, l'humiliation, reviennent, encore et encore. Dès que je touche un pénis, le présent s'évanouit et me plonge dans ce que je tente désespérément d'oublier. Je ne bande même plus. Mais, contrairement à l'habituel dégoût qui me tord le bide, je ressens une douce chaleur emporter mon cœur au milieu de ses baisers. Il y a tellement de tendresse, d'innocence en lui, malgré son physique de tombeur et son assurance naturelle. Il découvre et je fais ça comme il faut, a priori. Et je suis plus que ravi que, pour une fois, le résultat efface largement toutes mes craintes. Il arrive à chasser les nuages, à laisser les rayons du bonheur caresser timidement mon visage, et c'est la plus belle des récompenses pour moi.

J'agrippe ses joues et l'embrasse, le remerciant de rendre ce moment agréable et supportable. Ses yeux me couvent avec adoration et tendresse. Et ça, j'y suis plus que réceptif.

Puis, il se redresse, constatant les « dégâts » sur lui, mais surtout sur moi, vu qu'il vient littéralement de s'essuyer sur mon t-shirt.

– Oups ! Merde !

J'éclate de rire devant son air bête. Il reporte ses yeux sur moi en souriant, ses mains caressant mes cheveux.

– Tu es tellement beau quand tu ris…

Je m'interromps en réalisant qu'effectivement, je ris. Je suis heureux. Beaucoup plus que je ne l'aurais imaginé en plongeant ma main dans son short.

Il embrasse mon front puis se dresse au-dessus de moi, d'un air décidé.

– Alors, il faut que tu m'autorises à ne pas demander la permission !

– Quoi ?

Je ne comprends rien. Il saute sur ses pieds d'un geste souple et se place sur ma droite.

– Je prends ça pour un oui !

Il se penche sur moi, passe ses bras sous mon dos et mes genoux, puis sans que je ne comprenne rien, me soulève et me cale contre son torse.

– Mais tu fais quoi ?

– La vache, t'es lourd !

Il se met à courir vers la mer comme il peut et je n'ai d'autre choix que de m'accrocher à son cou en riant.

– T'es complètement barge !

– La faute à qui ?

Il pénètre dans l'eau et avance de plusieurs mètres avant de me jeter au plus loin dont il soit capable. Je m'affale dans l'eau comme une merde, il faut bien l'avouer, submergé par une vague traîtresse qui me surprend. La fraîcheur de la mer me saisit et je bois la tasse. De l'eau salée me rentre dans le nez parce que je suis tout simplement mort de rire. J'arrive toutefois à me redresser pour lui faire face.

– T'es barge ?

– Faut bien se rincer !

Il m'observe, les mains sur les hanches, affichant un petit rictus moqueur devant mon air ahuri. Je secoue la tête pour expulser l'eau stagnant dans mes oreilles, puis me précipite vers lui pour lui sauter dessus. Il bascule, tombe à la renverse, m'attrape les hanches et m'entraîne avec lui, m'envoyant par le fond. Mais dès qu'il se relève, j'attrape ses jambes et le pousse en avant...

Je finis dans ses bras, au milieu de l'eau, mes lèvres sur les siennes, mes mains dans ses cheveux défaits et la tête dans les nuages, tout près du ciel...

Les meilleurs moments sont toujours trop courts, celui-ci n'a pas fait exception. Mais nous repartons de cette crique magique avec un but : se retrouver chez lui dans une petite heure. Le temps pour lui d'aller chercher de quoi manger et pour moi de me laver. Ma peau me picote et mon esprit réclame un nettoyage en règle. Je ne lui ai évidemment pas révélé ce point, l'eau salée ayant largement suffi à expliquer mon besoin.

Truc me saute dessus quand nous arrivons. Je m'agenouille dans le sable pour l'accueillir, me sentant un peu honteux de l'avoir abandonné plusieurs heures, pendant que Méline et Driss en profitent pour s'échapper et aller surfer. Enfin, Méline va surfer et Driss va patauger, comme d'hab.

Eliés récupère ses affaires et consulte son téléphone avant de laisser échapper une série de jurons dignes de ce nom :

– Bordel de merde ! J'ai oublié que j'étais de garde ! Fait chier !

Il se gratte la tête en réfléchissant.

– Qu'est-ce qu'il se passe ?

– Je suis désolé, Raymonde a un souci, je dois aller d'urgence au zoo... Je ne sais absolument pas combien de temps ça va prendre.

J'écarte Truc de mon visage, qu'il tente de lécher avidement.

– C'est qui, Raymonde ?

– Le girafon.

– Oh, mais c'est pas grave, je comprends... Priorité à Raymonde, même si elle porte un nom assez spécial...

– Franchement, désolé.

– Ce n'est pas dramatique... Et Méline sera contente, je suppose...

– Bien. On remet ça à demain soir ? Repas, soirée tranquille, etc. ?

– Oui, parfait.

Il enfile ses fringues rapidement et récupère sa planche.

– Bon. Alors… Je bosse demain toute la journée, c'est toi qui viens ? Après 18 heures ?

— Yes.

– Super. Alors… bonne soirée. À demain ?

Il semble un peu perdu, et j'avoue que moi aussi. C'est un peu rude comme au revoir. Il s'en contente pourtant. Il me salue d'un geste du menton et d'un sourire, puis il se dirige en direction du parking, emportant avec lui la petite joie qui chatouillait mon cœur… Les nuages sombres reviennent au-dessus de ma tête et un frisson parcourt ma colonne. Truc pousse un petit gémissement et se roule en boule dans mes bras, me rappelant sa présence. Non, je ne suis pas seul.

Je récupère mes esprits en attrapant son gilet de sauvetage, posé sur la serviette de Méline. Ma douche attendra, Truc d'abord. Ça me permettra de m'occuper l'esprit.

CHAPITRE 5 ~3

Sweet Summer

Milan : Hello, hello.

Marlone : 6 h 2, on progresse. Bien le bonjour. Comment va ?

Valentin : Salut.

Dorian : Bien belle journée, ma foi…

Milan : C'est rien de le dire… Figurez-vous qu'il nous arrive un truc de dingue.

Valentin : Vas-y ?

Marlone : Mais encore ?

Milan : Alors, cette nuit, nous étions chez Emeric, et… Il a eu une fuite.

Dorian : Par « il a eu une fuite », tu entends quoi exactement ?

Valentin : Emeric n'est plus hermétique ? C'est crade !

Marlone : Oh, putain, je vais me pisser dessus ! MDR ! C'est quoi ce scoop ? Milan ?

Milan : Vous êtes cons, c'est pas croyable ! C'est son plafond qui fuit ! Pas lui !

Valentin : Oui, bon ben, explique mieux la prochaine fois ! J'étais déjà en train de vomir !

Dorian : Tu as l'estomac fragile, Chaton ?

Valentin : Ben oui, quoi ! Merde, c'est dégueu… Bref. Et donc, Milan, je ne vois pas en quoi c'est génial…

Marlone : C'est même un peu sadique de souhaiter son malheur, pauvre bézot !

Milan : Em n'est pas un bézot…

Dorian : Non, bien évidemment. Mais il est choupinou.

Valentin : Grave qu'il est choupinou... C'est quand il veut. Tu me files son 06 ?

Dorian : J'ai demandé le premier...

Valentin : T'as Lucas.

Dorian : On parle d'Eliés ?

Valentin : C'est pas pareil. Toi, t'es trop vieux pour Em... Moi, je suis parfait...

Marlone : Bon, on va y passer la journée. Milan, alors ?

Milan : Em n'a pas de téléphone. Ni de mail. Pas de Messenger. Ni d'adresse postale. Rien. Oubliez.

Valentin : En fait, tu le retiens prisonnier loin de toute civilisation, c'est ça ?

Milan : Non, loin de vous tous, bande de dégénérés lubriques. Personne ne touche à Em. J'ai fait de la boxe, je préviens !

Marlone : Milan, te balader deux fois par semaine dans une salle de boxe, et surtout dans les douches, ne signifie pas que tu as à proprement parler « fait de la boxe » !

Valentin : Et vlan ! Oh, oh !, Marl en pleine forme !

Milan : Je ne sais pas si vous êtes profondément cons, ou profondément super cons. J'hésite.

Dorian : Sérieux, ce débrief du matin est un pur bonheur... Je suis PTDR. Bon, plus sérieusement, Milan, tu voulais dire ?

Milan : Donc, ce n'est pas une petite fuite, car il semblerait que le voisin du dessus a laissé un robinet couler. La moitié du plafond de la cuisine s'est effondré. Donc, il emménage chez moi, le temps de contacter le proprio et qu'il ordonne les travaux ! Je suis happy, happy, happy !!

Valentin : C'est vraiment cool, Milan !

Marlone : Grave !

Dorian : L'excuse qu'il fallait pour tester le truc... Et lui, il est content ?

Milan : Ben, disons que je n'ai pas eu besoin de répéter ma proposition. Le plafond est tombé il y a deux heures, et nous sommes déjà chez moi, avec deux valises à lui...

Valentin : Trop bien !!!

Milan : Merci ! Mais peut-être que bientôt, vous aussi ? Ça se passe comment ?

Dorian : Tranquillement. Il n'a pas vraiment changé, et c'est un bosseur, comme moi. Donc ça le fait.

Marlone : Waouh, ça respire la passion !

Dorian : Je ne suis pas un passionné, Marl.

Valentin : Non, t'es un doudou.

Dorian : Non plus ! Et toi, Val, ça va ?

Valentin : Joker.

Dorian : C'est-à-dire ?

Marlone : Merde, ça pue !

Valentin : Non, c'est juste que je ne sais pas trop analyser. Ça part un peu dans tous les sens... Il y a de gros ++++... et quelques petits – ... Je pense que ce n'est pas lui le problème, mais moi.

Dorian : Il te l'a dit ?

Valentin : Quoi ?

Dorian : Que c'était toi ?

Valentin : Mais non ! Je ne lui en ai pas parlé. C'est juste que... Bref.

Dorian : Tu veux qu'on s'appelle ?

Valentin : Non, c'est bon, merci Doudou.

Dorian : OK, Chaton.

Valentin : Je vous laisse. Truc à envie de sortir.

Dorian : Ça marche. Ciao.

Marlone : Bye.

Milan : Bise.

Valentin

Entre Truc, surf et glande, la journée est passée lentement... Très lentement... Mais elle est passée quand même.

Je sors de la douche vers 18 heures pour retrouver Driss, assis à notre table pour changer, en pleine tentative d'apprentissage avec Truc. Le lancer de bâton. Mais le chiot a plus envie d'aller fouiner dans le feuillage qui entoure notre emplacement que de rapporter ledit bâton. Ce qui n'empêche pas Driss de répéter inlassablement le geste, pour lui inculquer, selon lui, les bases essentielles d'une bonne éducation... Pourquoi pas.

Je pose mes affaires dans le combi, puis le ferme lorsqu'il vient me retrouver, l'air penaud.

– Dis-moi, Valentin...

– Oui ?

– Ton association, elle saurait m'aider ? Je veux dire... pour mes parents ?

– Je pense, oui. En tout cas, elle ne pourra te faire que du bien.

Il me réjouit vraiment. Je me faisais un peu de souci pour lui, parce qu'une fois rentré à Toulouse, je n'aurais plus aucune nouvelle de lui... Et, comme je l'ai déjà dit, j'aime bien ce gosse. Je ne perds pas un instant pour retrouver une carte de *Sweet Home* dans mon portefeuille et lui tends.

– Appelle-les et précise-leur que tu viens de ma part. Je n'ai pas le droit d'y retourner avant septembre. Il y a une journée de rentrée, je ne sais plus trop quand. J'espère t'y voir. Vraiment.

Il semble heureux d'apprendre que s'il entre dans l'asso, il me verra.

– C'est vrai ? C'est cool ! On se reverra alors ?

– Il faut croire. Mais déjà, là, on se voit, non ? On a passé la journée ensemble.

– Oui, mais justement... Je ne te remercierai jamais assez pour les cours de surf.

– Et moi, pour les petits-déjeuners, et pour la garde de Truc.

– C'est rien...

Il inspecte mes fringues et fronce les sourcils.

– Tu sors, ce soir ?

– Oui, dès que Méline sort de la douche. Mais je pense que tu peux rester là, si tu veux. Je crois qu'elle a invité des voisins.

Il se gratte la tête, embarrassé.

– C'est-à-dire que...

Je lève un sourcil.

– Oui ?

– Ben, l'un des mecs qu'on a croisé sur la plage, tu sais ?

– Le petit groupe installé à côté de nous ?

Il hoche la tête en rougissant.

– Qu'est-ce que tu en as pensé ?

Je réfléchis quelques secondes.

– Ils avaient l'air sympas. Pourquoi ?

– Parce que… L'un d'entre eux… Romaric… Il m'a invité en ville.

– Oh ! C'est cool !

Il semble de plus en plus gêné.

– Qu'est-ce qu'il t'arrive, Driss ? Tu veux me demander quelque chose ?

– Ben, en fait… Je t'ai un peu menti… Je n'ai jamais embrassé de mec… Je me sens con, il est plus vieux et…

– Ah… Ce n'est pas très grave, tu sais ? C'est le genre de chose qu'on apprend sur le tas, ça.

– Les autres, oui, mais pas moi. Je veux dire, toutes mes premières fois ont été des catas. Regarde en surf, j'ai failli provoquer un accident. Et c'est pareil pour tout… Je vais être ridicule.

Je soupire et reprenant mon portefeuille et lui tends une capote.

– Tiens, déjà, prends ça. Je suppose que tu n'en as pas ?

Il secoue la tête. Je trouve également un étui de lubrifiant. On ne sait jamais.

– Et prends ça, aussi.

Il secoue la tête, apeuré cette fois.

– Non, mais…

– Écoute, Driss. Je refuse que tu ailles à ce rendez-vous sans le minimum vital.

– Mais je ne sais même pas…

Je lui fourre le lubrifiant dans les mains et attrape ses joues pour lui rouler une pelle. Sa bouche est fraîche, tremblante et innocente. Je ne fais que le strict minimum, mais je le fais quand même. Parce que je sais qu'il est perdu et qu'il mérite un petit coup de pouce. Si ce mec, Romaric, est un benêt, il aura une mauvaise image des baisers. Alors que, pour ma part, c'est ce que je préfère.

Sa main se pose sur mon poignet pour s'y agripper pendant qu'il garde les yeux fermés, faisant durer le moment autant qu'il le peut. J'avoue que ce n'est pas désagréable. Même si je considère ça comme un baiser fraternel plus qu'autre chose. J'ai embrassé des tas de mecs sans en avoir envie. Là, ce n'est pas le cas. Ce gamin m'émeut par sa tendresse et son inexpérience. Et je sais qu'il n'attend que ça. Et puis, je veux aussi, pour lui, qu'il sache ce qu'est un baiser respectueux. Je ne sais pas… Si je l'avais su avant, ça m'aurait peut-être donné à réfléchir au bon moment. Et surtout, ça m'aurait sans doute évité de tout confondre. Au moins, comme ça, il a une base de comparaison.

Je recule doucement et me sépare de lui, embrassant son nez alors que ses yeux voilés de bien-être se posent sur moi.

– Voilà, maintenant, tu es prêt…

– Mmm…

Il semble aux anges, voletant dans ses nuages personnels.

– Driss, tu vas bien ?

– Mmm… C'est surtout que maintenant, il va devoir s'accrocher, le mec, pour rivaliser… Un baiser de Valentin… Je crois que je ne vais pas vouloir qu'il m'embrasse… Je sais déjà que ça va être nul !

J'éclate de rire en récupérant Truc, qui couine à mes pieds. En attendant, il a compris l'essentiel. L'exigence. Pas le premier venu.

– Arrête de dire n'importe quoi ! Et surtout, pense à prendre avec toi la capote et le lubrifiant.

– OK, OK… Mais sinon, je me disais…

– Oui, quoi ?

– Je crois que j'ai loupé un morceau de l'explication… Paraît que je suis dyslexique. On ne pourrait pas revoir la leçon… La fin surtout ? Ou peut-être l'ensemble, remarque, pour être sûr ?

Je feins l'agacement en me dirigeant vers les croquettes de Truc.

– Ce qui est sûr, c'est que tu me saoules ! Allez, va rejoindre ton mec !

– OK, OK ! J'aurais essayé ! Bonne soirée, Valentin ! En fait, je déteste Eliés ! Trop chanceux le mec… Ciao !

Je m'esclaffe en m'occupant de Truc pendant qu'il déguerpit.

Eliés

Quand je l'observe évoluer chez moi, j'ai ce petit pincement au cœur. Cet homme magnifique et hypnotique, au milieu de mon appartement, comme si sa place était là et nulle part ailleurs, c'est franchement grisant. C'est pourtant l'appartement dans lequel vivait Manu il n'y a pas une semaine, mais malgré tout...

Déjà, j'ai enfermé dans un carton toute trace d'elle, y compris nos draps. J'en ai racheté d'autres. Et j'ai été surpris de constater que toute sa vie ici, enfin, nos deux ans de vie commune ne se résumaient qu'en un seul carton, sans compter ce qu'elle a emporté dans ses valises le jour de son départ. Ranger le soir même de son départ le bordel qu'elle avait mis en réunissant ses affaires a été relativement simple et m'a permis de retirer tout vestige de sa présence ici. Ça ne me manque pas. C'est même une délivrance. J'ai l'impression d'enfin respirer, de reprendre ma véritable vie.

Et surtout, ça me permet d'accueillir Valentin dans un lieu que je considère comme mien, et uniquement mien. Adossé au plan de travail de ma cuisine, une bière à la main, une fois n'est pas coutume, il semble relativement à l'aise et redouble de questions, auxquelles je réponds en toute honnêteté, tout en éminçant du poulet.

— Et alors, qu'est-ce qui fait que tu as atterri ici ?

— Manu a terminé ses études il y a deux ans. Et moi, je rentrais du Kenya sans savoir trop quoi faire. Puis, ma société m'a proposé un peu de repos. Et comme notre histoire commençait, j'ai décidé d'accepter ce poste. L'appartement est de fonction, déjà meublé, donc parfait pour commencer. Manu a trouvé un boulot sympa rapidement, et voilà. Mais, étrangement, j'ai toujours considéré cette étape comme temporaire. Je devais chercher un appartement, ou une maison, depuis le début. En tout cas, c'est ce qu'elle voulait, elle. Et avec nos salaires, nous pouvions nous le permettre.

Je plonge le poulet dans un mélange de farine et d'épices.

— Mais ?

Il pose sa bouteille vide sur le plan de travail. Je suis étonné de le voir boire autre chose que son sirop habituel. J'en ai acheté pour l'occasion, mais après tout, je suppose qu'il se sent bien.

— Une autre ?

Il plisse les yeux en réfléchissant, puis hoche la tête. Je le sers avant de revenir au sujet.

— Mais je n'avais pas envie de faire ce pas. Acheter une maison, ça veut dire adieu à la liberté. Je veux dire... me lier, oui, pourquoi pas ? Mais avec Manu... Je ne sais pas. Quelque chose clochait... Elle était trop... Comme ses plans. Rectiligne. Droite. Sans surprise. Je l'ai connue à la fac, et je ne la voyais pas tant que ça finalement. J'étais souvent parti, et elle bossait beaucoup. Je crois que nous nous sommes mis ensemble pour de mauvaises raisons.

– C'est-à-dire ?

– Elle voyait en moi le mec un peu fou, elle qui manquait cruellement de folie. Et moi, je voyais en elle la nana qui, justement, me permettrait de garder les pieds sur terre. Sauf que mes pieds, je les voulais partout. Sauf sur terre, je crois. Enfin, non, je suis certain. J'aime planer. Dans tout ce que je fais.

Il ravale un rire avant de boire une gorgée de bière.

– Et donc, aucun regret ?

Je souris en étalant un à un mes bouts de poulet sur un essuie-tout. Sa manière de me sonder est adorable. Et surtout, elle prouve qu'il est réellement intéressé par moi, ma vie, et sans doute mes projets d'avenir.

– Pas de regret. Aucun. C'est une fille sympa, mais entre la côtoyer et vivre avec elle, il y a un monde. Je dirais qu'il vaut mieux la côtoyer.

Il s'esclaffe en attrapant une chaise pour s'installer derrière moi.

– Et donc ? Que nous vaut ce changement subit de préférence sexuelle ? Tu t'es levé un matin en te disant que tu avais envie d'une bite ? Non pas que je te juge, je ne comprends que trop. C'est tellement magnifique, une bite !

Donc, nous pénétrons au cœur du sujet. Sans me retourner, je me livre à l'exercice de lui expliquer ce qui se trame au fond de moi, sans réserve. C'est comme ça que débutent les histoires, non ?

– En réalité, ce fameux matin où je me suis réveillé en me disant que j'étais fan des bites n'a jamais eu lieu.

– Non ?

– Non. C'est plus insidieux. J'ai rencontré un homme pendant mes dernières missions pour Véto Overwild. Mark. Nous travaillions souvent en binôme pendant nos expéditions. Il n'est pas gay, et moi non plus, je ne l'étais pas. Mais au fil du temps…

Je pose la sauteuse sur la grille du fourneau et marque une pause, mais il m'encourage à reprendre, à aller au fond des choses.

– Mais au fil du temps ?

– À quel moment réalises-tu que tes nuits ne sont plus occupées par la même personne ? À quel moment oses-tu comprendre que quelque chose s'est produit ? Je ne sais pas. Je pense que c'est une sensation qui prend ses aises lentement, tellement doucement que tu ne vois rien venir. Mais un jour, les départs qui te chagrinent ne sont plus ceux qui t'emportent loin de ta moitié, mais ceux qui te ramènent au port, justement. Ça faisait plus d'un an que c'était le cas. Je préférais partir plutôt que revenir.

Je reste dans mes pensées, tentant de me souvenir de mes ressentiments lors de mes retours en France. Et étrangement, je ne les ressens plus de la même façon. Mark, oui... Mais Valentin... Notre rencontre change vraiment tout.

– Je vois...

Sa voix derrière moi est plus sombre tout à coup. Détachée. Froide. J'éteins le gaz sous la sauteuse et le rejoins en deux pas. Pour lui faire comprendre.

– Non, non, tu ne vois pas, Valentin...

Comment lui dire sans l'effrayer ? Comment passer le message, alors qu'il me terrifie moi-même ? J'en suis même arrivé à penser que le destin a bien fait les choses en me plaçant sur la liste d'attente pour une mission internationale.

Je m'accroupis devant lui et tourne sa chaise pour qu'il se retrouve en face de moi.

– Non, tu ne vois rien. Mark a sans doute été le déclencheur. Mais celui qui m'a donné envie, celui qui a allumé la mèche, c'est définitivement toi.

Je caresse sa joue alors qu'il ferme les yeux, peut-être un peu troublé par cette révélation qui arrive beaucoup trop vite. J'en suis conscient. Mais notre rencontre a eu l'effet d'un coup de poing sur mon cœur. Aujourd'hui, c'est comme s'il battait plus vite, mieux, et enfin normalement. Je ne peux pas l'expliquer plus, c'est sans doute incompréhensible, surtout pour moi qui suis rarement fleur bleue. Pourtant, c'est bel et bien l'unique vérité. Valentin parle à mon cœur, tellement bien que je serais prêt à presque tout pour lui. Même à souffrir.

Il ouvre à nouveau les yeux et entrouvre les lèvres pour me répondre. Mais la panique m'assaille, mon âme redoutant sa réponse que je suppose plus pondérée que ce que j'aimerais. Dans ce cas de figure, je préfère ne rien entendre. Je me redresse pour attraper ses lèvres, tellement tentantes, et lui offre un baiser profond, que j'espère aussi parlant que tout ce que j'ai envie de lui révéler. Il réagit aussitôt en attrapant ma nuque pour m'attirer contre lui, plongeant sa langue au fond de ma bouche, affamé et empressé.

Sans m'en rendre compte, j'atterris sur ses genoux, enlacé à son cou, fébrile sous ses doigts qui remontent mon polo, caressant ma peau en s'arrêtant sur ma poitrine, pendant que son piercing chatouille ma langue de manière obscène... Il n'a pas le goût de l'innocence ce soir. La grenadine a cédé la place à la bière, signe pour moi que nous entrons dans quelque chose de plus adulte, de plus dangereux et assumé. Ce n'est plus un jeu.

Valentin

La bière fait son effet. Elle m'aide, je le sens, à effacer certaines angoisses, et surtout, certains nuages. Je ressens les mains d'Eliés sur moi, son cœur battre sous mes doigts, la ferveur de ses baisers, l'intensité de sa déclaration. Et j'oublie. Enfin, j'essaye. Il est troublant et mérite que je mette tout en œuvre pour passer ce cap.

Mes doigts jouent nerveusement avec ses tétons durcis. Mon corps commence à ressentir cette douce chaleur montant le long de ma colonne et au creux de mon ventre. Le plaisir s'étale sur mes sens comme la mer lèche le sable sur le bord d'une plage. Je pince la peau de cet homme si parfait, qui gémit en rejetant sa tête en arrière, me permettant de prendre son cou d'assaut. Je dévore cet épiderme dont j'adore l'odeur et la saveur, vierge de toute attention masculine...

Ses mains se posent sur ma nuque, m'encourageant à plus, et j'essaye de ne pas les ressentir. Elles n'existent pas. Mes doigts continuent leur parcours sur sa peau, suivant le schéma habituel. Je m'interromps, ferme les yeux et recentre la réalité dans mon esprit. Liberté, Eliés, envie... tout va bien. La bière a ce double effet sur moi. Elle atténue certains points, mais en accentue d'autres. Il me suffit de diriger convenablement ces pensées pour rétablir le moment où il doit être. Dans le bon. Le très bon.

Je laisse ses mains récupérer mon visage et le pencher pour accéder à mes lèvres. Son baiser est torride et obscène, mais aussi passionné et animé de vrais sentiments. Il allume en moi tout ce qu'il faut pour m'extirper de ces nuages qui rôdent un peu trop près de ma raison. Je laisse Eliés m'emporter dans son paradis et le désir s'emparer de moi.

Mes mains reprennent leur route, mais cette fois avec l'empressement de retrouver ce membre dur et épais qui se cache sous son jeans... Mes doigts s'occupent des boutons qui entravent leur avancée, plongeant dans l'intimité de son froc dès qu'ils en ont l'occasion, pour trouver directement ce qu'ils recherchent sans la barrière habituelle d'un caleçon.

Ce détail m'emporte… Bordel de merde, il arrive à me surprendre dans le bon sens… J'empoigne sa verge en savourant sa douceur et sa force, ce qui m'attire tellement dans le sexe. Le paradoxe masculin. Virilité et tendresse. Cette fois, j'ai envie de lui. J'ai envie d'essayer.

Sachant très bien qu'il ne fera rien sans que je le lui demande, parce qu'il reste novice et parce qu'il a très bien compris que je suis un mec entravé par de multiples interdits, j'interromps notre baiser pour murmurer entre ses lèvres.

– Touche-moi la queue, Eliés…

Oui, putain… Rien que de prononcer ces mots fait naître ce désir si paradoxal… L'envie et le dégoût, le tout agissant sur moi comme une satanée drogue. Je sais ce que je risque, mais j'en ai envie. Et avec lui, tout me laisse à penser que ce sera différent.

Il tressaille à ma demande, puis ronronne contre mes lèvres, laissant glisser ses paumes sur mon t-shirt pendant que je m'active sur son sexe, dur comme de la pierre.

Ses doigts remontent mon t-shirt, alors je m'empresse de rectifier le tir.

– Juste ma queue !

Il ne marque aucune pause, redescend religieusement le tissu sur mon ventre et ouvre mon froc à deux mains pour plonger sans hésitation sous mon caleçon. Il empaume mon sexe d'une main, caressant mon gland de l'autre, doucement, en prenant le temps de me découvrir. Ses doigts s'arrêtent sur mes piercings, les contournent et m'enflamment. Il est le premier à les toucher après moi, et l'effet est quasiment immédiat. Un gémissement s'échappe de ma gorge et mes hanches ondulent vers lui, trahissant mon envie de plus. Le diable en moi se réveille et attise mes gestes. J'accélère ma main sur lui en resserrant mes doigts, flattant son gland humide et attrapant sa nuque de ma main libre, pour coller ses lèvres aux miennes en lui offrant l'indécence dans un baiser.

Nous ne sommes plus que deux êtres gémissants et soupirants, brûlants d'un feu démoniaque et ensorcelé.

Le plaisir me submerge. Ses grognements, ses mains, son corps, son odeur… Sa langue, ses lèvres, ses yeux… Sa queue, son souffle, son impatience… Puis, cette crispation qui bande chacun de ses muscles. Ce regard qui part dans le vide… Ce soupir lourd de bonheur… L'extase qui le percute et le rend encore plus beau. Ce liquide qui s'échappe de lui pour recouvrir mes mains.

Mes doigts pétrissent sa nuque et j'autorise l'abandon à mon esprit, me laissant ensevelir par l'extase, me perdre dans l'orgasme salvateur, à bout de souffle.

Dans un brouillard, je sens ses lèvres sur les miennes et je réponds à son baiser, le laissant cajoler mon corps, me presser contre lui, me caresser les cheveux et m'embrasser, encore et encore, m'emportant dans un pays merveilleux où je deviens ce mec sans passé et sans trouble. Ce mec qui se sent aimé. J'agrippe son t-shirt pour garder mon équilibre dans cet univers que je ne connais pas. Et je savoure l'instant.

Dix minutes. Une heure. Toute la nuit. Cette pause dans ma vie n'est plus quantifiable… Mais tellement appréciable… Toutefois, elle disparaît peu à peu, s'échappant en volutes épaisses qui s'éloignent trop vite de mon esprit…

Puis la panique. La noirceur… Ce besoin urgent… Implacable.

– Je peux utiliser ta douche ?

J'essaye de garder un ton léger alors que l'urgence de ce besoin me grille les nerfs. Il s'écarte en constatant les dégâts sur nos fringues, puis caresse ma joue, un regard amoureux posé sur moi.

– Bien sûr… Fais comme chez toi. Tu as besoin de moi ?

Je tressaille face à cette demande.

– Non ! Enfin… non, ça devrait aller…

Mon amant se lève prestement et retire son polo pour s'essuyer.

– OK. Je passe vite fait dans la salle de bains, avant, puis je termine la bouffe. Tu veux un t-shirt propre ?

Je jette un œil au massacre sur mon ventre… Ce qui me donne encore plus envie de tout retirer et de plonger sous un jet brûlant. Mais je garde mon calme. Je suis bon à enfermer…

– Oui… Je veux bien.

Je tente un sourire, maîtrisant difficilement la panique qui me dévore, pendant qu'il se penche pour déposer un baiser sur mes lèvres.

– Merci, Valentin… Je… J'aime tout ça. J'aime être avec toi. Vraiment.

Mon cœur se serre et mon âme se remplit de larmes face à ses yeux débordant de sincérité, ses mots si touchants. Mes doigts plongent dans ses cheveux, tirent sur son bun et le maintiennent contre moi pour me permettre de lui donner tout ce que je peux dans un simple baiser. J'ai tellement envie d'être capable, un jour, lui offrir autant, juste en quelques mots… Mais pour le moment, je ne peux pas. Pas quand mon corps est sale et mon âme souillée. J'aimerais tellement…

Et la magie disparaît. Tout comme la noirceur autour de mon esprit. Tout s'évanouit dans l'eau bouillante qui s'abat sur mon corps. Dans cette éponge que j'ai trouvée sur le bord de sa baignoire et que je frotte, encore et encore, sur chaque centimètre de peau qui me recouvre. Mes larmes brûlent, le grattoir irrite, l'eau attise le tout et la vapeur m'entoure. Je rêve de m'évaporer, de la même manière qu'elle le fait. Ne plus avoir à supporter ce corps, ne plus souffrir, ne plus voir ces cicatrices, ne plus sentir leurs boursouflures sous mes doigts ni dans mon âme… Je rêve de pouvoir aimer sans nuages, de pouvoir rire sans retenue, de pouvoir respirer l'air pur d'un bonheur sans faille… Mais tout n'est que douleur et utopie. Et tout reste tel quel, sans fausse note.

Je me contente de me rhabiller, de passer le t-shirt qu'on m'a prêté et de retrouver cet air détaché qui plaît tant. Et je me rassieds, reprenant la vie normale en posant des questions, en m'intéressant, en oubliant… En cherchant chez Eliés cette paix qu'il sait si bien me donner. En profitant de ses regards, de ses caresses et de ses attentions.

Puis, à la fin de la soirée, je traverse un chemin au milieu de la nuit, je retrouve mon van, mon lit, mon chien, et je m'allonge en attendant le soleil.

Chapitre 6 ~3

Sweet Summer

Marlone : Hello, hello... Il est 6 heures, les oiseaux gazouillent, nous sommes samedi et c'est la fête...

Valentin : Idem. Youpi !

Milan : Pitié... Samedi, quoi !

Dorian : Oui, c'est la fête... Marlone, peux-tu nous dire ce qu'il se passe ? Match de boxe cette nuit ?

Marlone : Non... Nous avons le fils de Tristan avec nous ce week-end. Pour deux semaines. Nous nous demandions si un petit séjour sur la côte serait envisageable. Avec vous, bien entendu...

Dorian : Attends, je regarde... Pas de place pour dormir ici, mais vu que Lucas a bien pris ses marques, je peux passer... une journée avec vous, sans bosser.

Milan : Genre, sans bosser du tout ?

Valentin : Genre sans portable qui bipe tout le temps, ni client, ni rien, ni rien ?

Marlone : Alléluia ! Je bénis ce Lucas, annonciateur de la Bonne Parole, libérateur du Dorian opprimé, réjouissant ses potes et nous apportant l'allégresse !

Valentin : Cette fois, c'est certain, il a bu... Marlone, passe-nous Tristan, t'es pas net ! Par contre, Doudou, c'est une méga nouvelle. Mais du coup, j'y pensais, s'il bosse pour que tu puisses te reposer, vous vous voyez quand ?

Milan : Faut te faire un dessin ? Ils ne se voient pas, il baisent. Et voilà... Bon, j'ai demandé à Em s'il était partant, mais comme il dort, la réponse a été : « mrfmrrmfmfm ». Je considère que c'est un oui. On se retrouve où ?

Valentin : Ici ?

Dorian : Ici, où ?

Valentin : Ici, mais pas là. Nouveau concept… Ben là, devant mon van, au camping Machin…

Milan : Camping Machin, je note… Ça se trouve ?

Marlone : Derrière la ville Bidule, au centre du canton Chose.

Milan : Remarque, avec un chien qui s'appelle Truc…

Valentin : Ouais, c'est bon, je ne sais plus le nom de la ville.

Dorian : Moi, je sais, mais c'est un peu excentré, du coup… Tu te trouves à deux heures de chez moi, mais à quatre heures de Toulouse.

Valentin : Ben oui, mais je n'ai pas de voiture. Pas grave, ce sera sans moi pour cette fois.

Dorian : Certainement pas, Chaton, tu en es.

Valentin : Je te manque ?

Dorian : Oui. Je veux surtout voir si tu vas bien.

Valentin : Je vais bien.

Dorian : Ce que tu dis est une chose. Ce que tu vis en est une autre.

Milan : Oui, viens, Val… Ton mec a une moto, ça sera cool.

Valentin : Ah… oui, mais non. Ce serait sans Eliés.

Marlone : Comment ça ? Ça se passe mal ?

Valentin : Pas exactement. C'est simplement qu'il n'est pas super à l'aise avec moi en public encore… Je pense que ça ne serait pas le pied pour lui.

Dorian : Nous ne sommes pas du « public », mais tes potes, Val.

Valentin : Je sais, mais… non.

Dorian : Putain, ça m'énerve !

Milan : Quoi ?

Dorian : Val est simplement en train de dire qu'après tout ce qu'il a vécu, après avoir réappris à ne pas avoir honte de ce qu'il est, il doit se cacher pour être avec son mec. Je ne supporte pas, désolé. Val, merde !

Marlone : Attends, attends… Eliés est hétéro.

Valentin : « Était », merci.

Marlone : OK, était.

Dorian : Oui, et bien, emballer un mec n'a jamais fait de toi un homo non plus. S'il n'assume pas, tant pis pour lui. Mais qu'il ne te le fasse pas payer ! Tu t'es assez battu, tu as droit de vivre normalement.

Milan : Oh… Dorian, Eliés vient à peine de se découvrir. Il lui faut un temps pour s'adapter.

Dorian : Il peut bien prendre tout le temps qu'il veut, je m'en branle. Mais en attendant, qui met un frein à sa vie, etc. ? Val. Val, qui a besoin de bonheur. Et rien d'autre. Je suis désolé pour lui, mais Val n'est pas une expérience scientifique.

Valentin : Mais Doudou… C'est gentil, mais je le vis bien. Et Milan a raison, il lui faut un peu de temps…

Dorian : Ah oui ? Et combien ? Une semaine ? Un mois ? Dix ans ?

Valentin : Tu ne le connais pas, Dorian. Eliés n'est pas le genre de mec à laisser traîner les choses.

Dorian : Ça fait quatre jours que tu le connais, comment peux-tu savoir ? Et sa copine, tu me rappelles la raison de son départ, au fait ? Je crois qu'on n'en a pas discuté.

Valentin : Je ne vois pas le rapport.

Dorian : C'est bien dommage.

Marlone : Dorian… Tu dramatises peut-être un peu, là…

Dorian : Ben voyons. Peut-être, effectivement, que je m'en fais de trop pour Val. Mais je n'y peux rien, c'est comme ça. Ce mec me paraît louche depuis le début.

Valentin : Comment peux-tu te permettre de juger ce que je vis, Dorian ? Est-ce que je parle de ta pseudo aventure avec Machin, moi ? Boulot, grelots, dodo, tu parles d'une histoire profonde et passionnée ! Chacun ses choix. Je respecte les tiens, alors fais pareil !

Dorian : Je ne juge pas, j'essaye de te protéger ! Quant à Lucas (merci pour le « machin », mais ce n'est pas un chien, alors évite les surnoms à la con), je suis désolé de ne pas faire rêver comme Milan et Marlone, mais j'ai mes raisons. D'accord ? En attendant, je peux me trimballer en ville avec lui. Et pas chacun sur son trottoir, si tu vois ce que je veux dire !

Valentin : Non, justement, je ne vois pas ! À quoi ça sert de pouvoir marcher avec MACHIN dans la rue, si ce mec ne te fait pas bander ? Tu parles de moi, mais toi aussi tu as besoin de bonheur… Et si tu n'aimes pas Eliés, j'en ai autant au sujet de BIDULE ! J'aime pas sa voix ! Et il t'appelle bébé, c'est juste pas toi ! Ce mec est une erreur !

Marlone : Oh là ! On se détend. Vous devriez aller vous recoucher tous les deux, et reprendre cette conversation au calme.

Milan : Yep... Ne vous engueulez pas pour des mecs, vous êtes au-dessus de ça, les gars.

Dorian : Vous savez quoi ? Je vais mettre en sourdine cette conversation quelques jours. Parce que je n'y arrive tout simplement pas. Et j'ai du boulot, accessoirement. Milan, Marl, rien de personnel. Val, grandis un peu. Ciao.

Valentin : Grandis un peu ? Non, mais tu te fous de moi ? De vous tous, je suis celui qui a le plus de maturité ! C'est pas parce que je bois de la grenadine que je suis un gosse. C'est justement le contraire ! Toi, grandis, et arrête de t'amuser à « touche pipi » avec des blaireaux, histoire de te donner bonne conscience ! Et surtout, ne juge pas ma vie ni mes choix ! Va chier, Dorian !

Marlone : Val, calme-toi. Il est parti.

Valentin : Non, il a lu ce message. Mais je sais qu'il ne répondra pas. C'est tellement facile de fuir... Et il se dit mon ami, toujours là pour moi... Mon cul !

Milan : Val... Vous vous adorez... Tu es simplement énervé. Et lui aussi.

Valentin : Oui... Mais non.

Marlone : Bon. Dans tout ça, on fait quoi ce week-end ?

Valentin : Je pense que je ne serais pas d'une très bonne compagnie. Faites un truc tous les deux, et on remettra ça à plus tard pour moi ?

Milan : T'es certain ?

Marlone : Val, on peut aussi écouter si tu as besoin de parler.

Valentin : C'est sympa, mais là, j'ai plutôt envie de hurler et de courir, surfer ou boxer. Va falloir que je m'inscrive à ta salle, Marl...

Marlone : Quand tu veux. En attendant, Milan ? Un tour au lac ?

Milan : Ouais... Mais du coup, vers midi ? Em pionce comme un loir, je table sur un réveil pas avant 11 heures.

Valentin : Et sa fuite, alors ?

Milan : Le proprio a l'air d'un sacré con. Il considère que ce n'est pas de son ressort, ne veut rien savoir et lui a dit d'appeler l'assurance. Mais moi, je crois que c'est pas à nous de gérer, mais plutôt au voisin ou au proprio. Mais je suis nul à ça, et l'avocat de la boîte des parents est en vacances.

Marlone : Et c'est là que je sors la carte « Super Tristan ». On peut lui en parler ce midi ?

Milan : Oui, nickel. Donc, Val, certain ?

Valentin : Oui, certain les mecs. Amusez-vous bien. Et désolé pour le bordel.

Marlone : On est là pour ça. Bye, Bad Boy !

Milan : Bise, mon Loulou... Et appelle, si tu as besoin. Dorian, si tu passes par là... Bise, mec.

Valentin : Schuss, les gars...

Valentin

Bordel de merde !

Je balance mon téléphone et ouvre à Truc avant de me rallonger pour faire le point.

Qu'est-ce que Dorian a dans la tête pour juger Eliés si durement ? Je ne comprends pas. Et je ne supporte pas de m'engueuler avec lui. Mais je considère qu'il dépasse les bornes. En même temps... Il a deviné qu'il y avait quelque chose qui n'allait pas. Je le sais, je le sens. C'est comme si nous étions liés par un cloud, tous les deux... Un truc où nous entreposons nos pensées et dans lequel chacun peut farfouiller les dossiers de l'autre... Je sais pertinemment que ce mec, Lucas, n'est rien pour lui. Comme il sait qu'aussi génial que puisse être Eliés, il y a un hic quelque part.

Le seul souci, c'est que le hic ne se trouve pas là où il pense. Ce n'est pas Eliés. Ce mec est parfait et il me fait du bien. Le problème vient de moi, et uniquement de moi. J'en suis même arrivé à boire pour trouver la solution. Pour pouvoir apprécier le moment qui était parfait. Mais c'était clairement une mauvaise idée. Ce passé à la con me fait chier !

Truc me sort de mes pensées en bondissant dans le combi, puis en remontant jusqu'à mon visage en m'écrasant généreusement les parties... Je déteste ce cabot !

Il se glisse sous notre couette pour se blottir contre mon flanc. Je l'attrape et le pose sur mon ventre sans qu'il ne trouve quoi que ce soir à redire, mâchouillant mes doigts et griffant mes poignets avec ses pattes joueuses.

Un bruit de moto traverse le silence et s'arrête devant notre parcelle. Je n'ai pas besoin de sortir du van pour savoir de qui il s'agit. Hier soir, j'ai été distant. Je le sais pertinemment et lui aussi. Après notre petite branlette partagée, une partie des nuages est restée au-dessus de ma tête. J'ai surpris plus d'une fois les soupirs et les yeux froncés d'Eliés quand je tardais à répondre aux questions ou quand j'en évitais d'autres. Je l'ai laissé prendre soin de moi, et il n'a pas lésiné en attentions, mais je n'en ai pas donné beaucoup. J'en étais incapable. Et même si j'avais été en état, je ne connais pas ce genre de pratiques. C'est nouveau pour moi.

Nous formons définitivement un drôle de couple. Je sais ce qu'il ignore et n'ai aucune idée des sujets que lui semble maîtriser. L'adage « les contraires s'attirent » n'a jamais été aussi vrai.

Truc s'arrête au milieu de son grignotage de doigts et s'immobilise sur mon ventre, à l'affût, lorsque des pas se font entendre sur l'herbe. Je le caresse doucement en attendant de voir apparaître la silhouette que j'attends. Mon cœur se met à battre. Et il se montre. Toujours aussi époustouflant, beau comme un Dieu. Oui, maintenant, je juge son physique, parce qu'il fait partie de l'ensemble. Je connais l'intérieur, qui attise encore plus l'attraction que son physique m'inspire.

Comme la dernière fois, il pose son avant-bras au-dessus de la porte et y presse son front.

Je lui adresse un sourire endormi.

— Hello…

Il répond à mon sourire en soupirant de soulagement.

— Hello. Je préfère te voir sourire.

Je sais de quoi il parle, inutile de demander des précisions. Je tends la main vers lui.

– Viens…

Il se débarrasse de son cuir et glisse sur le matelas jusqu'à moi, pressant son corps contre le mien, m'enveloppant de toute sa tendresse. Ses lèvres parcourent mon cou en guise de bonjour, ses bras m'enlacent… Et Truc couine parce que je l'éjecte de mon ventre en me retournant pour m'encastrer contre le corps de mon amant. Amant qui éclate de rire en entendant la plainte sous le duvet.

– Il est là, lui ?

– Mmm… Et il n'est pas content, pour info !

Il plonge son nez contre mon cou en resserrant son emprise autour de moi.

– M'en fous, moi je suis trop content. Ça équilibre. Un réveil avec toi doit être une expérience magnifique.

Comment fait-il pour toujours créer ces petits pincements qui agressent mon cœur dès qu'il parle comme ça ? J'adore sa voix, j'adore ses lèvres… et à ce moment précis, oui, j'adore mon réveil dans ses bras.

Il embrasse ma clavicule, chatouillant ma peau de sa barbe, et je glousse comme un gosse.

– Arrête !

– Chatouilleux ?

Il continue. Je me tortille comme un gamin pour échapper à ses bras, mais sans résultat. Je ne force pas beaucoup non plus.

– Je crois, oui… Je ne le savais même pas.

Il grogne de plaisir.

– Tu n'aurais jamais dû me révéler un truc pareil…

Il recommence sa torture quelques instants puis embrasse la zone qu'il a malmenée avant de poser sa tête derrière moi.

– J'aime te voir rire, Valentin.

Rire qui s'éclipse à ses paroles.

– Merci…

Il soupire une nouvelle fois en se blottissant davantage contre mon dos. Je remercie ma couette d'être relevée si haut parce que je suis, comme tous les matins, torse nu. Mais il ne doit pas avoir vu grand-chose. Au pire, mes épaules, et ça, ce n'est pas dramatique.

– De rien… Je n'ai pas aimé notre fin de soirée, je dois être honnête.

Je ne réponds pas, portant mon attention sur Truc qui émerge de sa cachette. Ce qui ne l'empêche pas de continuer de son côté.

– Je… je ne comprends pas, Valentin. Je voudrais tout faire pour conserver ce sourire sur tes lèvres, mais… Tu le reprends souvent, et après plus rien n'est possible. Explique-moi.

J'ouvre la bouche, puis la referme, caressant nerveusement mon chien. Je ne peux pas.

– Donne-moi un indice, alors. Quelque chose que je peux comprendre, afin d'éviter de le commettre une seconde fois, si toutefois ce quelque chose vient de moi…

Comment lui expliquer ? Si je commence, je suis obligé de tout lui dévoiler. Mais comment dire à un homme qu'il se tape une pute ? C'est impossible. Et même si officiellement je ne le suis plus, techniquement, je le suis encore. J'agis par automatismes. Au niveau des gens, du sexe et au quotidien. J'ai deux personnalités. Celle pour les étrangers et celle pour les amis. Je ne peux pas toucher une bite sans me dire qu'il faut que ça soit rapide, pour me débarrasser de la corvée. Je différencie les baisers du reste, offrant mon corps d'un côté, ne donnant que des baisers pour montrer combien j'aime de l'autre. Je déteste mon corps et suis incapable de le dévoiler à qui que ce soit. Mon âme est noircie par les multiples dons de moi auxquels je me suis prêté. J'ai sucé pour manger. Me suis fait sodomiser pour me droguer. Baiser pour survivre. Je ne mange pas si on ne me rappelle pas de le faire. Idem pour boire. J'ai même des problèmes avec l'alcool, en tant qu'ancien drogué. Je ne conduis pas parce que je m'en fous. Je ne range rien parce que je n'ai jamais pris l'habitude de posséder des choses. Et mon chien est ma seule famille officielle depuis quatre jours. Et même pas encore, parce que je n'ai pas été foutu de demander à Eliés de finaliser les papiers officiels d'adoption.

Que puis-je avouer dans tout ça à l'homme qui me regarde constamment comme si j'étais un demi-dieu ? Que la pomme est pourrie ? Que l'armure ne reflète pas du tout l'intérieur ? Jamais... Assumer mon passé, oui. Le révéler, non.

J'abandonne Truc et me retourne vers Eliés, qui attend toujours une réponse. Mes doigts trouvent ses joues, son nez et sa barbe, s'aventurant sur ce beau visage alors que ses yeux m'envoient une nouvelle fois tant de choses que mon cœur se serre d'un je ne sais quoi, douloureux, mais addictif.

– Tu es parfait, Eliés. Tu ne peux rien y faire. Hier, la douche m'a tué, je pense. J'aurais dû la prendre froide.

Il plisse le nez, peu convaincu.

– Et sur la plage ? J'ai vu ton regard changer... Dis-moi, Valentin, je t'en prie...

– Tout va bien, je t'assure. Je me suis simplement engueulé avec mon meilleur pote. Je suppose que ça me pèse sans que je le réalise.

Un petit mensonge, ce n'est pas non plus la mort. Si ça peut éviter de rentrer dans les détails.

– Tu veux en parler ?

Je secoue la tête. Non. Ce que je risquerais de dire serait sans doute un peu immonde et injuste, vu qu'il m'a énervé. Et, à part face à Dorian lui-même, jamais je ne proférerais quoi que ce soit l'insultant ou ternissant son image. Jamais. Dorian est un mec parfait, je l'aime plus que n'importe qui et je le respecte plus que ma propre vie. Donc :

– Non. Nous sommes en désaccord, c'est tout. Et nos caractères… enfin, tu vois. Parfois, ça clashe un peu.

Il sourit en jouant avec mes mèches.

– Très bien. Alors, je propose, pour te changer les idées : un petit-déjeuner monstrueux. Puis, je t'embarque pour la journée. Qu'en penses-tu ?

Il me décroche un sourire.

– Oui ! Mais je n'ai que des biscuits et du café en dosettes, et…

– J'ai rapporté des viennoiseries et j'ai croisé Driss à l'entrée. Il rapporte le café et la grenadine.

Je ne peux m'empêcher de le serrer dans mes bras. J'adore ses attentions, toujours tellement tendres et adorables.

– Merci ! Surtout pour la grenadine… Ils m'ont acheté du sirop de mûre l'autre jour. C'est atroce. Ma vie est un enfer.

– Ah, ben voilà le problème de fond… Pas de grenadine, ça te stresse ! Alors, tu t'engueules avec ton pote et tu te laisses submerger par la tristesse le soir… Fais gaffe, le sevrage de grenadine, ça fait des dégâts !

– M'en parle pas ! Et après ? Tu m'emmènes où ?

Il joue de ses sourcils d'un air mystérieux.

– Accorde-moi le droit de ne pas te le dire… Tu me fais confiance ?

– Mmm, Mmm…

– Alors ça suffit…

Des pas se font entendre et Driss fait son apparition au loin, du côté de notre table. Au même moment, Méline émerge de sa tente, en vrac, un seul œil ouvert et les tresses en l'air, comme d'hab.

– Ça fait quinze minutes que je sens l'odeur de viennoiseries… C'est dégueulasse de m'appâter comme ça… Elles sont où ? Que je règle le problème !

Driss éclate de rire en lui tendant son café. Eliés embrasse mon cou précipitamment puis se redresse, comme pressé tout à coup.

– Je te laisse passer un t-shirt…

Il siffle Truc et repart en fermant les portes derrière lui. Je pense vraisemblablement qu'il a eu peur du regard de mes amis. Je ne sais pas. Ou il a très faim, même si ça me paraît peu probable. J'ai une pensée rapide pour ce qu'a dit Dorian. Oui, en un certain sens, il a raison. Ne pas se montrer gâche quelque chose. Mais il y a tellement de bon à côté. Je peux faire cette concession.

Ces questions et ces flous disparaissent, tout comme Dorian et son caractère de merde, lorsqu'après un déjeuner animé avec Méline et Driss, particulièrement en forme, j'enfourche la Triumph de « mon homme » – ça fait drôle de l'appeler comme ça ! J'ai un homme à moi ! –. De peur de trop « le coller », je me suis accroché aux poignées arrière, mais il a récupéré mes mains et les a collées d'office sur son ventre… Et il m'a emporté sur les routes ensoleillées, entre les pins, le long de la côte, *Hurt* d'Eclipses en fond musical dans nos casques, et j'ai fermé les yeux, m'envolant dans le bien-être, contre cet homme qui me fait découvrir une multitude de joies que je n'aurais pas imaginé connaître un jour.

Notre chevauchée ensoleillée se termine au bord d'une plage touristique vers midi. Je lui offre à manger à une terrasse de buvette au bord de la plage, puis il me mène jusqu'au but de notre journée. Du parachutisme ascensionnel.

Bon Dieu !

Je me fige, à quelques mètres du mec qui semble gérer les clients.

– Tu déconnes ?

Il éclate de rire.

– T'as déjà dit ça pour les dauphins !

– Ouais… Mais les dauphins ça ne vole pas à je ne sais pas combien de mètres au-dessus de la plage…

– De l'eau. On va survoler la mer.

– Ah… C'est censé me rassurer ?

– Ben oui… Non ?

– Euh… Attends, laisse-moi dix minutes… Je m'évanouis et je reviens.

Il penche la tête, amusé, ses yeux me détaillant avec ferveur et désir… Ce qui m'agace proprement.

– Non, mais arrête avec ce regard de… De « je sais pas quoi » ! Tu ne m'auras pas, je ne suis pas candidat au suicide, je te signale.

Il s'esclaffe en attrapant mon bras.

– Ne dis pas n'importe quoi ! Je suis là, je te protégerai…

Il m'adresse un clin d'œil charmeur et espiègle, comme si ça changeait quelque chose.

– Ah oui ? En cas de chute vertigineuse, t'as des ailes qui te poussent dans le dos, ou un truc dans le genre ? Parce que désolé, je ne vois pas trop comment tu pourrais nous sauver d'une mort certaine… Sauf ton respect.

– Merde, moi qui croyais que tu me prenais pour un superhéros ! Je ne suis donc qu'un mec normal à tes yeux ?

Il est fort. Il m'énerve.

– Non. Enfin, si, mais non. Niveau ailes, t'es un peu limité, désolé de te l'apprendre.

Le préposé censé accueillir les candidats à cette torture s'avance vers nous, souriant et chaleureux.

Je t'en foutrais, moi, des sourires et de la chaleur !

– Alors, messieurs, partants ?

Eliés me jette un regard suppliant. L'autre, Belzébuth de son petit nom, un rictus de défi… Et tout ce petit monde attend mon verdict.

Ai-je le choix, franchement ? Oui, bien sûr, certains petits malins qui aiment prophétiser à l'aide de grandes phrases pseudo philosophiques diront un truc du genre : « tu es maître de ton destin, tu as toujours le choix ». OK, je suis d'accord. Dans la sécurité d'un appartement, sur la terre ferme ou autre, oui, nous avons le choix de continuer des études ou de trouver du boulot. De boire une bière ou de la grenadine. Mais là… Le choix réel se résume à : « Suis-je prêt à passer pour une couille molle ou non ? » Pardon pour le terme, mais je n'en vois pas d'autres. – Je suis un peu « pipi-caca » quand je flippe –. Bref, donc, le choix, il est vite fait et totalement dicté par mon *ego* de mâle dominant.

– Ouais. C'est cool.

Eliés, qui a compris mon manège lorsque je fixe Satan en personne de manière hautaine, ravale difficilement un rire. Je tente de le crucifier du regard, mais il s'en fout. Génial.

Donc, en moins de temps qu'il ne faut pour le dire, je suis harnaché à un parachute, le dos collé au torse d'Eliés qui gérera la direction de notre « voile ». Il m'a proposé, mais je me suis montré grand prince… Enfin, c'est surtout que l'idée s'avérait quand même loufoque. Moi ? Diriger un truc dans le ciel ? Je n'ai pas le permis, j'ai conduit une dizaine de fois et j'ai même réussi à exploser un scooter contre le seul arbre d'un terrain vague quand je squattais encore à Paris. Certes, j'avais quinze ans, mais je ne suis pas certain d'avoir affiné ma technique de conduite. À part en surf. Mais là, c'est différent, parce que techniquement, quand je surfe, j'ai quand même peu de risque de me taper un arbre. Remarque, bien motivé…

Bon, c'est bon, je panique et je raconte n'importe quoi, désolé.

En attendant, les deux mecs autour de moi font évoluer la situation :

Alastor (notez : « le bourreau infernal », le grand méchant que tout le monde déteste, soit le mec qui me prenait pour un con il n'y a pas 20 minutes) discute dans un talkie pour dire que nous sommes « OK ». Ce qui est totalement faux, je ne suis pas « OK » du tout.

Et Eliés, lui, confirme nonchalamment qu'il a bien compris les règles et que nous sommes contents… MON CUL ! Je déteste ce mec !

Et « HOP », pour reprendre les mots que mon cher et tendre me glisse à l'oreille quand nos pieds décollent du sol. Nous nous envolons. Je ferme les yeux en tentant de rester correct et pondéré :

– Bordel de merde ! Je vais vomir ou mourir, Truc va se retrouver orphelin ! J'ai pas rédigé mon testament ! Je te déteste, Eliés ! Dès qu'on touche le sol, je t'étrangle, je t'étripe, je t'étouffe, et tous les putains de trucs qui commencent par « ET » ! Bordel !

Eliés se contente de rire avant de m'enlacer d'un bras.

– Eliés, tiens les trucs du parachute, sinon on va se crasher !

– Mais non !

– Mais si ! L'autre, là, le mec glauque, il l'a bien dit, j'ai entendu…

– Tu n'as rien entendu, tu as passé ton temps à marmonner pendant l'explication. Maintenant, détends-toi et regarde… Regarde, Valentin…

Il pose sa tête sur mon épaule, me serrant autant que possible contre lui, et j'ose enfin ouvrir les yeux. Et là, le paysage me coupe toute envie de tuer tout le monde. Nous volons. Vraiment. Au-dessous de nous, la mer, le bateau qui nous traîne. Autour de nous, l'immensité bleue du ciel, les mouettes, et rien d'autre. Alors la réalité, sa platitude, sa noirceur, les ennuis et les questions, s'évanouissent en de minuscules éléments, si petits qu'ils en deviennent insignifiants.

J'attrape la main d'Eliés.

– Putain…

– Tu vois… Parfois il faut combattre ses peurs… La récompense peut valoir le coup…

Nous restons silencieux, les yeux perdus dans l'infini, en équilibre entre le rêve et la réalité… Le vent caresse mon visage, son bras enserre ma taille, mes pieds ne touchent plus le sol et mon âme virevolte joyeusement, libre et heureuse… C'est incroyable… Mes chaînes sont restées en bas…

– C'est merveilleux, Eliés…

Il embrasse ma joue et resserre encore son bras. Je pose ma tête contre son corps derrière moi… Je n'ai plus besoin de quoi que ce soit…

– Je remercie cette passion dont tu parlais… tu sais, celle qui te fait aller là où tu veux sans te poser de question….

– Mmm… J'avoue que ça procure quelques très bons moments… Je suis vraiment heureux que tu valides, parce que…

– Parce que ?

Il laisse passer un instant, embrassant ma joue une nouvelle fois…

– Parce que, ma nouvelle passion, c'est toi, Valentin… Je me sens prêt à tout et n'importe quoi… Et, contrairement à ce qui se passait avec Manu, tout est décuplé lorsque je me trouve avec toi… C'est incroyablement bon… Tout. Chaque instant fait vibrer mon corps, mais surtout mon cœur…

Je n'ajoute rien… Des mots aussi gentils, aussi profonds, j'en entends que rarement. Seuls mes amis, et en particulier Dorian, savent toucher mon cœur… Et lui, maintenant. C'est troublant.

Il s'éclaircit la gorge, et reprend timidement.

– Je crois que je suis en train de tomber amoureux, Valentin. Dois-je te demander la permission pour ça aussi ?

Ma réaction est subite…

– Hein ?

Super réponse, y a pas à dire. Heureusement qu'il sait que je suis du genre bizarre. Il ne se formalise pas, mais réitère d'une voix amusée.

– Je disais…

– Oui, j'ai entendu… C'est juste que… Tu es certain que c'est à moi que tu parles ?

– Ah merde, non, pardon ! Je pensais m'adresser au mec d'en bas, sur le bateau !

– Ah, ah ! Petit marrant ! Mais ce n'est pas drôle, Eliés !

Il laisse fuser un petit rire avant d'embrasser ma joue. Mais moi, je n'ai pas réellement envie de me marrer. Je ne sais pas quoi répondre. Parce que… Je suppose que ce genre de chose, si j'accepte de l'entendre, je dois le partager. Donner aussi…

– Je ne rigole, pas, Valentin. Sache que quand je ressens les choses, je préfère les exprimer. Alors je répète… J'aimerais beaucoup que tu me laisses tomber amoureux de toi…

Je serre sa main entre mes doigts. Je ne peux tout simplement pas lui répondre quoi que ce soit. C'est impossible, je crois que je ne sais même pas ce que ça veut dire… Il continue.

– Je ne te connais que depuis une semaine, mais c'est magique pour moi, Valentin… Je voulais simplement que tu le saches. Ça n'engage à rien d'autre.

Genre, « ça n'engage à rien d'autre… » Ben voyons… Panique, panique…

– Il… il me faut…

–… Du temps, oui, je sais. Mais nous en avons. Plein de temps. Tout va bien. Maintenant, profite…

Je hoche la tête en posant mes yeux sur l'horizon, l'air marin frappant mon visage avec douceur, me conférant presque le sentiment d'être un autre homme… Ce moment est magique. Et c'est encore une fois grâce à lui. Ça, je peux lui dire. Ce qu'il m'inspire à ce moment précis. Parce que c'est tout simplement la vérité.

– Je suis peut-être un peu incertain, cependant, sache quand même que si nous étions sur la terre ferme, je t'embrasserais à t'en dévisser la tête, Véto Sexy ! Tu ne perds rien pour attendre.

Il rit une nouvelle fois.

– Alors tu me montreras ça ce soir, chez moi ?

– Impossible, ce soir nous sommes invités chez nos voisins de tentes. Méline m'a fait promettre. Je suis venu ici avec elle, tu sais, et nous n'avons pas passé beaucoup de temps ensemble. Mais si j'y vais, par extension, tu viens aussi…

– OK. Tout ce que tu veux. Alors demain.

– Pas moyen que j'attende demain. Alors tu vas gentiment t'arrêter sur la route, à l'endroit de ton choix, et je vais accaparer ta bouche dans toutes les règles de l'art.

– Ça me paraît parfait.

– Voilà… Oh, putain, le bateau ralentit… On descend ! Putain, ils n'ont pas fait le plein du rafiot, ces cons ! On va se casser la gueule au large de… Merde, je ne sais même pas où nous nous trouvons, je vais mourir dans un endroit inconnu ! La loose internationale !

– Mais non, ils vont nous faire longer la surface de l'eau avant de nous remonter. Ça fait partie du spectacle.

– Super…

Mes pieds ont frôlé la mer, puis nous avons effectivement remonté en altitude quelques instants plus tard. Ensuite, j'ai réfréné mon envie de lui rouler une pelle lorsque nous avons retrouvé la terre ferme, parce que… Waouh, quelle expérience extraordinaire ! Et quels mots glissés à mon oreille ! Encore une fois, il me surpasse et de loin sur l'expression des sentiments. Et peut-être sur le ressenti des choses.

Assis à une table chez les voisins, ma mûre à l'eau dans les mains, – j'ai décidé que la bière n'était toujours pas mon amie – je l'observe, en face de moi malheureusement, discuter gros cubes avec le beauf qui nous sert de voisin. Et la question que je me pose, c'est… Est-ce que je l'aime ? Il serait le parfait candidat, logiquement. Et mon cœur n'y est pas insensible, loin de là. J'aime tout ce qu'il me fait découvrir. J'aime la manière dont il me regarde, dont il me parle et dont il me traite, car il me donne l'impression d'être un prince. Alors que je n'ai rien à offrir, il semble y trouver son compte. Niveau physique, oui, il me plaît aussi. Il est parfait. Il est un cadeau du ciel, je ne vois que ça… Donc, oui, je dois l'aimer. C'est simplement que je ne sais pas le dire. Ni le ressentir. Après tout, personne ne m'a jamais dit qu'il m'aimait et personne ne m'a jamais demandé non plus de l'aimer en retour. Même si Eliés a eu la délicatesse de ne pas signifier qu'il attendait quoi que ce soit. Il me semble quand même que… Bref.

Je bâille à m'en tordre la mâchoire quand arrive minuit. La nuit quasi blanche de la veille, la moto, le parachute, les émotions… Les questions. Dorian… Enfoiré de Dorian ! Je me demande dans quel état il se trouve ce soir. J'aurais bien envie de l'appeler pour crever l'abcès. Parce que je trouve cette prise de tête inutile et sans fondement. Il suffirait qu'il rencontre Eliés pour le comprendre. Parce que, forcément, il va falloir que ça arrive. Je ne pourrais pas rester ami avec Dorian et amant avec Eliés si ce premier ne voulait pas accepter ce dernier. Et je ne veux pas choisir. Je me sens déjà mal d'être en froid avec lui, alors que le silence radio n'a même pas atteint les 24 heures. Donc, j'imagine que si cela devenait plus long, voir définitivement terminé, ce serait une catastrophe.

Mais pour le moment, j'essaye de me persuader qu'il devait avoir ses règles, ou autre, et qu'il aura retrouvé ses esprits demain matin sur *Sweet Summer*.

Mon homme surprend mon énième bâillement. Il faut dire que je ne suis pas du tout discret. D'un geste du menton, nous nous décidons à quitter la petite assemblée, l'air de rien, et nous nous retrouvons devant mon espace de nuit, seuls au monde. Pour le mettre plus à l'aise, j'ouvre le van et l'attire à l'intérieur. Nous nous affalons sur le matelas, nous nous enlaçons et laissons libre court à notre passion dans des baisers plus torrides que jamais. Comment fait-il pour toujours me pousser au bord de la luxure, alors que j'en ai une frousse terrible et m'arrange souvent pour ne pas m'y laisser prendre ? Aucune idée. Eliés et sa foutue passion bousculent tout sur leur passage. J'attends avec impatience le moment où il bousculera également les vraies barrières. Avec du temps – comme il l'a dit lui-même, nous en avons plein devant nous – je suis certain qu'il m'emportera là où je ne suis jamais allé. Le bonheur de la sensualité et du sexe avec sentiments…

Son corps contre le mien me fait bander. Il en est au même point. Mais Truc, habitué à me rejoindre sur ce même matelas, couine derrière la porte. Eliés s'interrompt, ses lèvres s'écartant des miennes de quelques millimètres seulement.

– Je crois qu'il serait plus sage de le faire entrer.

Il dépose un baiser sur mon nez, mais je ne suis pas d'accord. Et surtout, apeuré de me retrouver seul s'il décide de partir.

– Tu restes ?

Il m'interroge du regard, passablement surpris.

– Tu veux ?

J'opine du chef.

– J'ai aimé le réveil de ce matin. Reste.

Il soupire en ouvrant la porte à Truc, qui s'installe à sa place, contre mon flanc, sans s'inquiéter du fait qu'il me gonfle à cet instant précis.

– Je reste. Mais je préférerais que nous restions sages… Je ne veux pas revoir ce regard… Pas ce soir.

Je baisse les yeux, me sentant fautif pour mon comportement d'hier que je n'ai pas pu contrôler, même si j'ai tout fait pour limiter les dégâts.

Il s'installe à mes côtés et m'attire dans ses bras.

– Allez, Monsieur Mystère. Fais-moi tomber dans tes filets encore davantage en me donnant l'une de tes nuits… Je ne suis plus à ça près !

Je le laisse m'installer dans la position qui l'arrange et qui, ô miracle, me convient très bien. Ma tête sur son épaule, mon bras enroulé à ses hanches et une jambe sur les siennes. Il embrasse mes cheveux en attrapant le duvet pour m'en recouvrir.

– Et j'ai cru comprendre que tu dormais emmitouflé comme dans le Grand Nord alors qu'il fait au moins 20 °C dehors et 45 °C dans ce van. Encore un mystère à éclaircir, un jour.

La réponse glisse toute seule entre mes lèvres.

– J'ai eu trop souvent froid la nuit.

Il s'enroule à moi en ronronnant.

– Nous sommes définitivement faits pour nous entendre. Je suis une vraie bouillotte, il paraît.

Mes yeux se ferment déjà tout seuls, mon corps baissant sa garde, enveloppé dans ce cocon beaucoup trop confortable pour ne pas y sombrer.

– C'est merveilleux alors…

Je crois que je voulais en dire plus, mais mes mots se perdent au milieu de mon sommeil.

Chapitre 7 ~3

Sweet Summer

Valentin : Bonjour, bonjour...

Marlone : 4 h 35... Quelqu'un vous a-t-il expliqué un jour que la nuit, les gens normaux aiment dormir ?

Milan : Les gens normaux ?

Valentin : Donc, tout va bien puisque tu es relativement anormal.

Marlone : Précise ta pensée, jeune inconscient ?

Valentin : Euh, peux pas, j'ai piscine !

Milan : Donc, que nous vaut ce réveil un tant soit peu matinal ?

Marlone : Carrément nocturne, ouais ! Val, quand tu reviens à Toulouse, prépare-toi à souffrir. Fort. Longtemps. Sans intermittence. Bon, en attendant, nous t'écoutons, mon jeune ami...

Valentin : Déjà, j'adore quand ton côté BDSM ressort, mon Lapin. Ensuite... Je voulais lancer un appel... @Dorian !!! Arrête de bouder ! Dorian !

Milan : Je dis peut-être une connerie, mais il est possible qu'il dorme, non ?

Valentin : Dorian, Dorian, Dorian, Dorian, Dorian, Dorian, Dorian.

Marlone : Milan, Je ne vois pas où tu vas chercher des idées pareilles. Franchement. T'es vraiment loufoque comme mec. Et Val, je préfère ne pas évoquer ton cas !

Valentin : Dorian, Dorian, Dorian, Dorian, Dorian, Dorian, Dorian.

Milan : Oui, je sais, pardon. @Dorian ?

Valentin : Dorian, Dorian, Dorian, Dorian, Dorian, Dorian, Dorian.

Marlone : @Dorian ????

Valentin : Bon, OK. Donc, sinon, je voulais simplement vous informer que je viens de passer ma nuit avec Eliés.

Marlone : Oh, oh ! Alors, ça y est ? Le couple de l'année s'est enfin vautré dans la luxure, à grand renfort d'éjaculations et de saloperies en tous genres ?

Milan : Marlone... Un peu de poésie, bordel !

Valentin : Non, on a juste dormi.

Marlone : Quand tu dis : « dormir », tu veux dire ?

Milan : Note pour moi-même : offrir un dico à Marlone pour son anniv !

Valentin : Vous êtes cons. Oui, dormir.

Milan : C'est déjà beaucoup.

Valentin : DORIAN, ramène ton cul de tête de con ici !

Marlone : Connaissant l'animal, il ne répondra pas, Val.

Milan : Appelle-le, je pense que ce sera plus simple.

Valentin : Non ! Je ne vais pas me foutre à genoux alors que je considère que je n'ai pas tort... Là, je reviens pour oublier cette histoire, mais s'il fait la gueule, alors moi aussi. Merde ! Tu parles d'un ami qui te jure fidélité un jour et se barre sans donner suite le lendemain ! Dégoûté, c'est tout. Je n'ai donc pas le droit d'être heureux. Dorian, si tu me lis, va chier !

Milan : Val ! Tu sais très bien que Dorian a ce côté protecteur. Et pour le coup, je ne peux pas lui jeter la pierre. C'est comme ça qu'il a toujours été obligé de fonctionner avec sa famille sur les bras. Tu ne pourras pas le changer. Le mieux, c'est de l'accepter, parce qu'il est comme ça, c'est tout. Et c'est une marque d'affection à prendre comme telle.

Valentin : Ne me compare pas à sa famille. Moi, je l'aime pour ce qu'il est, sans rien lui demander de plus.

Marlone : Calme-toi. Nous faisons partie de la famille de Dorian, tu le sais très bien. Ça fait partie du jeu. Mais ça va s'arranger avec le temps, je pense.

Milan : Et je te rappelle, Val, que tu as eu exactement la même réaction que lui en ce qui concerne Lucas. Tu ne t'es pas montré tellement plus tendre dans tes propos à son sujet.

Marlone : Ni au sujet de son couple, d'ailleurs.

Valentin : Oui, eh bien, je maintiens. Dorian mérite mieux qu'une vie plan-plan avec un mec cucul...

Marlone : Et tous les deux, vous êtes vraiment con-con quand vous vous y mettez… T'as d'autres choses à te préoccuper de toute manière, Eliés doit attendre.

Valentin : Non, il est parti. Urgence au zoo. Je ne vais pas me rendormir de toute façon. Fait chier, sérieux.

Marlone : Vis ta vie, et Dorian se calmera. Laisse-lui le temps.

Valentin : C'est ce que je comptais faire, mais sans Dorian, c'est pas pareil. Vraiment, merde ! Pour une fois que je suis heureux, il n'est pas là et gâche beaucoup. Je ne comprends pas…

Milan : Il va revenir.

Valentin : Quand ?

Dorian : Salut les gars. Valentin, si tu es heureux, alors c'est parfait. Je ne veux justement pas te gâcher ton bonheur avec mes ressentis sans doute faux et hors de propos. Et je ne peux pas me forcer à te mentir sur ce point. Autorise-moi à rester en dehors de ça. Profite, et c'est tout. Je vais bien.

Valentin : Dorian ! Merci de revenir. Mais je veux que tu le rencontres, s'il te plaît… C'est impossible, autrement… Il te plaira, tu verras.

Dorian : Ne me demande pas ça, Val. Je ne peux pas, c'est tout.

Valentin : Mais pourquoi ? Je ne comprends pas.

Dorian : Bon sang, je savais que je n'aurais pas dû répondre ! Laisse tomber, Valentin. S'il te plaît.

Valentin : Non ! J'ai besoin de toi.

Dorian : Non. Plus maintenant. Tu dois vivre ta vie et moi aussi, c'est tout. C'est comme ça que se déroule une vie. Les amis d'un côté, les amours de l'autre. Mon opinion importe peu. Ce n'est pas mon choix, mais le tien.

Milan : Il a raison, Val !

Marlone : Si tu kiffes ce type, Val, fonce !

Valentin : Pas sans Dorian. Je veux savoir ce qui ne va pas.

Dorian : Tout va bien. Tu restes Chaton, et je ne suis toujours pas ton Doudou. J'ai besoin d'un peu d'air, c'est tout. Et je ne veux pas influencer ton jugement sur ton mec. Bonne journée.

Valentin : Dorian ?

Marlone : Bon, voilà. Je crois que c'est mieux, dans le fond.

Valentin : Mieux de rien du tout. Dorian ?

Milan : Val... Retourne dormir.

Valentin : Non. @DORIAN !

Dorian : Mais enfin, merde... qu'est-ce que tu veux, Val, à la fin ? Que je te dise que ce mec est le bon ? Alors OK, très bien. C'est le bon. Je vois déjà le mariage et l'appartement commun, les étoiles dans les yeux et tout le reste. C'est bon ?

Valentin : NON, c'est pas bon ! Bordel, mais c'est quoi ton problème ?

Dorian : Mon problème, c'est que tu ne sais pas ce que tu veux. Quand je te donne mon avis, tu gueules. Quand je te donne l'avis que tu veux entendre, ça ne va pas. Alors quoi ? Je fais quoi, moi, avec ça ? Et puis d'abord, je n'ai pas à te répondre plus que ça. Comme je te l'ai dit, c'est ta vie, ton cœur, et ton cul ! Tu ne veux pas que je vienne te gratter le dos sous la douche pendant qu'on y est ?

Valentin : Je veux mon ami, c'est tout ! Ne m'abandonne pas, Dorian !

Dorian : Je ne t'abandonne pas, Val ! Tu veux ton ami ? Alors respecte l'avis de cet ami, justement ! Et n'essaye pas de le changer, sous prétexte qu'il te dérange. Tu m'as donné ton avis sur Lucas et je ne te demande pas de le modifier, je l'accepte. Alors, fais pareil et c'est tout !

Valentin : Non ! Je ne peux pas envisager de construire quelque chose avec un mec que tu n'aimes pas.

Dorian : Alors, tu vas avoir un problème. C'est tout ce que j'ai à dire ! Salut.

Valentin : Dorian !

Milan : Laisse, Val. Va dormir.

Valentin : Non.

Marlone : Alors, va surfer.

Valentin : Il fait nuit.

Marlone : Alors, lance-toi dans le tricot.

Valentin : Pardon les mecs de vous inclure à tout ça. Je vous laisse. Je vais me taper une grenadine et 25 clopes.

Marlone : Oui pour la grenadine, mais je pose mon véto pour les clopes. Relax, mec. Bipe si t'as besoin. Bye.

Milan : Idem. Essaye de prendre le bon, Val. Bise.

Valentin

Il ne me faut pas deux secondes pour sauter sur Eliés quand il ouvre sa porte. J'ai attendu ce moment toute la journée. J'ai surfé, j'ai bu de la grenadine et j'ai fumé des clopes. J'ai parlé avec Méline, entraîné Driss et Truc sur les déferlantes, mais rien n'y a fait. J'ai besoin de plus. Besoin de Dorian, besoin d'Eliés, besoin qu'on efface ce sentiment d'abandon qui m'a broyé le cœur dans tous les sens depuis ce matin.

Mon bel amant répond à mes attentes avec ferveur, laissant tomber son téléphone, qu'il tenait à la main quand il m'a ouvert, et me plaquant contre un mur pour me dévorer, toucher mon corps par-dessus mes fringues, coller sa bite contre la mienne, tirer sur mes cheveux et me démontrer tout son appétit en me faisant perdre la tête.

Je passe la main dans son froc et attrape sa queue.

– Baise-moi, Eliés !

Il se fige, interroge mon regard puis recule, me laissant seul et désemparé contre son mur.

– Non.

Ses yeux m'expliquent très clairement que sa réponse est irrévocable. Il tourne les talons et repart dans sa cuisine.

– Tu aimes le japonais ? J'ai eu la flemme de cuisiner.

Je me redresse et le rejoins.

– C'est quoi le problème, Eliés ?

Je ne suis vraiment pas d'humeur. Je me sens seul et abandonné. Je lui en veux d'être parti ce matin, même si je comprends ses obligations. Je lui en veux aussi, bien qu'il n'y soit pour rien, du rejet de Dorian. Et j'ai besoin de lui parce que sans Dorian, je n'ai plus personne. Bien sûr, j'ai Milan, Marlone, Méline, J.E et Magda. Ils sont là, bien présents, c'est un fait. Mais je n'ai pas l'essentiel. Dorian, c'est… Dorian. Nous pouvons passer plusieurs jours sans nous appeler, des semaines sans nous voir, mais je sais qu'il est là, et ça me suffit. Aujourd'hui, il vient de me faire comprendre que je ne peux pas appuyer toute ma vie sur lui, et ça me pèse. Ça change tout.

Quant à Eliés… Eliés récupère tous les morceaux de moi, parce qu'il est là, lui, et qu'il semble ne pas vouloir partir. Alors je lui donne. À lui de savoir ce qu'il veut en faire.

Il se tourne vers moi d'un air effaré.

– Quoi ? C'est à moi que tu demandes ce qu'est le problème ? Depuis le début, tu refuses que je te touche. Tu fais la gueule dès que ça va trop loin. Je ne juge pas parce que je me doute qu'il y a quelque chose derrière ton comportement qui justifie très bien les choses. Mais ne me demande pas à moi où se trouve le problème. Parce que moi, je t'ai tout dit. Mon histoire avec Manu. Mon sentiment étrange avec Mark. Ce que tu m'inspires aussi. Ma vie, mon boulot, mes passions. Mais toi… Qu'est-ce que tu m'as dit ? Rien. Et tu arrives en me demandant de te baiser. Excuse-moi, mais je ne marche pas comme ça. Et je te demande pardon une nouvelle fois, mais je te rappelle que ce serait une double première fois pour moi. Avec toi, et avec un mec en général. Je n'ai pas forcément envie de « baiser » pour ce genre d'occasion. Faire l'amour me tente mieux. Pardon pour le romantisme à la con.

Il n'a pas haussé le ton. Il ne m'a pas crié dessus. Il est resté calme et a maintenu une voix douce, mais ferme pendant tout son réquisitoire. Et encore une fois, il m'a pris à contre-pied et a calmé mes ardeurs massacrantes.

Nous nous toisons un moment. Oui, je sais qu'il a raison. Je devrais m'ouvrir plus. Parler de moi, faire en sorte qu'il me connaisse mieux. Mais je ne peux pas. C'est tout. Je ne peux pas lui révéler celui que je suis. Sauf peut-être une partie, qui suffira peut-être à donner le change. Je m'installe sur une chaise en soupirant.

– OK. Je peux te raconter un truc ou deux, si tu veux.

Il attrape une bière dans le frigo et m'interroge du regard.

– Grenadine, s'il te plaît.

Un sourire s'étirant sur son visage m'indique qu'il préfère, lui aussi. La bière n'est vraiment pas mon amie, je crois que nous sommes d'accord. Il prépare mon verre et désigne son salon du menton.

– Nous serons mieux par-là pour discuter.

C'est donc affalé sur son canapé que je débute ce que je déteste plus que tout : parler de moi. J'ai prévu néanmoins de la faire rapide. C'est préférable. Pour tout le monde.

– Ma mère était une conne.

Il marque une pause alors qu'il portait sa bière à ses lèvres, puis fronce les sourcils.

– C'est-à-dire ?

– Elle s'est barrée, c'est tout. Mais avant ça, la vraie erreur de sa vie a été de faire un gosse avec un connard d'alcoolo…

Comme à mon habitude, je passe en mode automatique. Je débite, sans pause, sans penser aux paroles, les laissant sortir en les oubliant aussitôt.

– Donc, il l'a battue pendant longtemps, je crois. Alors elle s'est barrée. Sauf qu'elle a oublié de prendre son fils avec elle, cette salope.

Eliés soupire, mais je n'en prends pas note. Je continue.

– Mais ce n'était pas trop grave parce que ma cohabitation avec lui n'a duré que deux ans. Ensuite, il a provoqué un accident sur la route. Il était complètement bourré, bien entendu. On ne pouvait pas s'attendre à mieux de la part de ce mec. Résultat : deux morts et plein de blessés. Il est allé en taule, fin de l'histoire.

Je crois qu'on ne peut pas faire plus court. Enfin, si… le détail du pourquoi de la taule est déjà superflu. Bref.

– Et toi ? Tu es allé où ?

– Chez mes grands-parents. Ses parents à lui, ma mère n'avait plus de famille. Mais tu sais, les chiens ne font pas des chats. Ses parents étaient aussi cons que lui. Ils m'ont viré de chez eux après quoi… Un an ? Peut-être un peu plus. Les services sociaux m'ont pris en charge et j'ai trouvé un foyer peuplé d'illustres inconnus, puis un autre, et encore un autre par la suite…. Viré de chacun d'entre eux. Peu importe le nombre, en réalité… Chaque famille était interchangeable. J'y ai passé, tu te l'imagines sans doute, des moments fabuleux pendant toute mon adolescence.

Il prend un air désolé et pose une main sur ma cuisse. J'en arrive à ce qui me fait vraiment mal. Le reste, c'est déjà encaissé depuis longtemps.

– Dorian ne veut plus de moi. Il m'abandonne, lui aussi.

Mon homme soupire, pose sa bière sur la table devant lui et s'adosse au canapé, contre moi.

– Et tu as peur de te retrouver seul, c'est ça ?

Je hoche la tête.

– Sans doute.

Ses mains caressent mon menton pendant que ses yeux parcourent mon cou, mon torse, me troublant plus que cela devrait être. Parce qu'après cette révélation, même si elle ne dévoile pas grand-chose, je me sens mis à nu. Faible. Sans défense.

– Valentin… Je ne pense pas que baiser soulage quoi que ce soit à propos de ton ami. Tu devrais sans doute l'appeler ? Essayer de lui expliquer ? À quel sujet vous êtes-vous disputés ?

– Ce n'est pas important. Et non, je ne le rappellerai pas. Je l'ai déjà fait, et ça n'a rien donné. Qu'il aille se faire foutre.

Je sens ma colère revenir. Eliés ne mérite pas de supporter cet accès de rage qui m'envahit, mais je ne sais comment y échapper. Les maudits nuages revenant tout assombrir, encore une fois. Et je réalise que je n'ai pas qu'un problème.

Pendant toutes ces années, j'ai occulté cet abandon qui rendrait n'importe qui mentalement dérangé, parce que Dorian tenait ma main. Il a rempli le vide qui occupait mon cœur, a réappris le sourire à mes lèvres, a réconforté mon âme et redonné un souffle à ma vie. Maintenant qu'il est parti, tout est à refaire… Et je ne m'en sens pas capable sans lui. Je n'y trouve plus d'intérêt.

Je prends conscience de la raison principale pour laquelle j'ai vendu mon corps tellement de fois, pour laquelle j'ai tenté d'oublier en injectant toutes sortes de substances dans mon corps, pour laquelle je me suis accroché à ce mac qui m'exploitait sans vergogne contre un peu de chaleur et de pseudo stabilité.

Cette raison, elle est simple et claire. La solitude. Le rejet. L'abandon. La peur de ne compter pour personne. L'angoisse de ne jamais rien être d'autre que cette silhouette qu'on croise et qu'on oublie aussitôt. Cette ombre dont tout le monde se fout, parce qu'elle ne représente rien.

Tout ça, Dorian avait réussi à le combattre. Mais il vient de lâcher les armes et de déclarer forfait. Et tout me revient en pleine face, comme avant. Je n'ai pas avancé, en fait. Je suis toujours cette petite pute qui demande l'attention qu'on veut bien lui donner, prêt à en payer le prix s'il le faut.

Eliés ne me quitte pas des yeux pendant que je conclus ce constat affligeant sur ma médiocre existence. Ses yeux si clairs me scrutent intensément, suivant, pensée après pensée, mon agonie silencieuse. Je sens qu'il va me questionner. Tenter de savoir. Et encore une fois, je ne le souhaite pas. Je veux qu'il remplisse à son tour le cratère béant que Dorian vient de découvrir à nouveau, et que tout reprenne comme avant, sans Dorian, mais avec Eliés.

Il se mord la lèvre avant d'embrasser les miennes, puis se lève du canapé, un air maussade affiché sur le visage.

– Tu ne m'as pas dit... Japonais ?

Je hoche la tête.

– Super. Je propose une soirée télé. Tu as l'air crevé, et je t'avoue que depuis cette nuit, je ne me suis pas posé. On parlera plus tard... Si tu en as envie ?

Le sourire qu'il m'adresse réchauffe mon cœur et allège un peu ma douleur... J'attrape un coussin et le serre contre moi, retire mes pompes et m'installe à mon aise sur son sofa. Une soirée télé, comme un vieux couple. Comme si tout était normal. Comme si nous nous connaissions parfaitement. C'est parfait. Eliés possède cette faculté : rendre chaque moment parfait.

Eliés

Dans la pénombre du salon, devant un film dont je ne me rappelle plus le nom, je caresse les cheveux de Valentin, endormi la tête sur mes cuisses. J'observe son profil serein et paisible dans le sommeil, comme je l'ai fait la nuit dernière. J'enroule ses cheveux à mon doigt. Caresse sa joue. Effleure sa barbe. Le picotement des poils contre mes doigts provoque un frisson remontant le long de mon échine. J'ai envie de lui, c'est un fait. Envie de le découvrir vraiment. Envie de me laisser aller à la tentation masculine.

Mais j'ai encore plus envie de revoir ce sourire tellement lumineux éclairer son visage. Envie de partager. Envie qu'il soit bien. Et de m'enorgueillir d'être celui dont il parle comme d'un prophète. Je l'ai cru, au début. Après son petit tour dans le bassin à dauphins, après son regard enfantin sur le girafon, après l'avoir senti fébrile sur ma moto et totalement transporté lors du parachute ascensionnel, je me suis autorisé à penser que j'y arriverais. Cependant, ce soir, je doute. Ce qu'il m'a raconté d'un ton badin n'a rien de léger, et je suppose que ce n'est qu'une petite partie de cet iceberg qui emprisonne son cœur. Qu'a-t-il vécu dans ce foyer qu'il a à peine évoqué ? Qu'a-t-il vécu, AVANT, avec son père ? Et ses grands-parents ? Il reste tellement de zones d'ombres... Je ne suis pas loin de penser que ce bout de son existence, qu'il a bien voulu partager, représente presque le côté « sympa » de l'histoire.

Pour être tout à fait honnête, si je suis plus que partant pour lui rendre ce bonheur volé par de mauvaises personnes, je ne sais pas dire, à l'heure actuelle, si j'en aurai les épaules. La tâche sera dure, je dois m'y attendre. Et peut-être vaine aussi... Mais pour lui, je crois que je pourrais être capable de beaucoup de choses. Dans la limite de mes capacités. Je suis habitué à l'esprit binaire animal. Et à celui, tordu, féminin. Saurai-je m'adapter à celui, fracassé et en miettes de Valentin ? C'est la grande question. En tout cas, je suis partant. Sans aucun doute possible.

Le générique du film inconnu qui n'a fasciné personne dans cette pièce défile enfin à l'écran et réveille Valentin, qui se contente d'ouvrir un œil.

– C'est terminé ?

– Mmm.

Il se redresse en se grattant la tête, l'air perdu et enfantin, totalement craquant.

– C'était génial !

Je m'esclaffe doucement.

– J'ai adoré aussi...

Je l'observe pendant qu'il bâille en se grattant le torse. Ce geste, tellement viril, plus que sexy quand c'est lui qui le fait...

Je n'ai pas envie qu'il parte. Même si je ne veux pas forcément lui sauter dessus, alors qu'il me fait bander comme pas possible. Je suis prêt à attendre. À apprivoiser l'animal farouche. À attendre le temps qu'il faudra.

Je m'éclaircis la gorge en me levant du canapé.

– Tu veux rester ? Comme hier ? Juste tes bras et les miens...

Il cherche la bonne réponse dans mon regard, méfiant, comme à son habitude, puis sourit avec sincérité.

– Avec grand plaisir.

J'esquisse un geste grandiloquent en direction de ma chambre dans une courbette ridicule pour l'inviter à me suivre, et il ne se fait pas prier.

En quelques minutes, nous nous trouvons sous la couette, lui contre mon cœur, et moi surveillant son sommeil. Et c'est bon. Même comme ça. Après tout, pourquoi pas ? Reprendre les bases, apprendre la tendresse. Découvrir cet homme si particulier. Et après, seulement après, apprendre à l'aimer et à l'honorer. Pour un mec qui n'a jamais fait dans le romantisme à outrance, je crois que je fais fort. Mais le plus étonnant, c'est que l'idée me transporte encore plus que si on me proposait de simplement baiser. C'est « l'effet Valentin ». Il attise la passion qui sert de guide à ma vie.

Il soupire en resserrant mes bras autour de lui.

– Tu restes là, toi ? Tu ne pars pas ?

Mon cœur se serre à cette demande. Je caresse ses cheveux avant de lui répondre :

– Je reste. Je ne pars pas.

– Merci...

Il me faut un long moment pour m'endormir, chamboulé par ce mec si fragile qui hante mon cœur... Comment a-t-il fait ? Pourquoi l'ai-je laissé faire ? Je crois que je ne le saurai jamais. Le destin a accompli son œuvre, je suppose que c'est l'unique raison.

CHAPITRE 8 ~3

Sweet Summer

<u>Valentin</u> : Bon, ici c'est Valentin qui vous parle. Nouvelles du front : j'ai dormi chez Eliés. Avec Eliés. Et, oui, Marlone, nous avons simplement dormi. Et si vous, vous vous demandez pourquoi je vous contacte à 5 h 26, c'est parce que lorsque je me suis réveillé à 3 h 51, je n'ai pas retrouvé le sommeil, parce que Monsieur Dorian s'est arrangé pour me pourrir ma nuit. Parce que je me suis dit en ouvrant un œil : « Youpi, j'ai dormi dans le lit d'un homme, sans avoir eu besoin de baiser pour y atterrir ! Quand les gars vont savoir ça, ils seront sans doute contents ». Et, après, je me suis dit : « Oui, enfin, les gars, d'accord, mais pas tous. Parce que l'un d'entre eux s'en fout. » Et du coup, mon bonheur s'est terni. Et je n'ai pas pu fermer l'œil. Donc, là, je vais prendre une douche. Puis, je vais aller courir avec mon chien, qui de fait, monte en grade et devient officiellement le quatrième larron à la place de mon ex-ami Dorian. Je lui achète un portable dans la journée pour qu'il puisse se joindre à Sweet Summer, si ça ne dérange personne. Ça dérange quelqu'un ?

<u>Milan</u> : Hello. T'as mangé du lion ce matin ?

<u>Valentin</u> : Non. J'en ai marre, c'est tout. Je change de vie.

<u>Marlone</u> : T'as oublié tes neurones dans tes rêves ou quoi ?

<u>Valentin</u> : J'aurais préféré. J'aurais sans doute mieux dormi comme ça.

<u>Milan</u> : Je pense que tu y vas fort. Mon point de vue, tu le connais. Dorian est comme ça, il agit en pensant que c'est pour ton bien, et pas l'inverse. C'est dommage d'en arriver là, mais en même temps, vous êtes deux sacrées têtes de cons, donc pas étonnant...

<u>Marlone</u> : Ça pour être des têtes de cons... Val, souviens-toi la manière dont Dorian a prévenu Milan par rapport à Alexandre... C'était simplement protecteur, déjà à l'époque, alors qu'on se connaissait à peine.

<u>Valentin</u> : Oui, mais la différence, c'est que Alexandre, c'était vraiment un enfoiré. La suite nous l'a prouvé. Pardon, Milan, mais c'est la vérité.

<u>Milan</u> : C'est bon, j'en suis arrivé au même constat que vous. Mais du coup, tu peux comprendre, Val, que Dorian réagisse pour nous, et pas contre nous.

<u>Valentin</u> : Je comprends surtout que je ne peux pas profiter de mon nouveau bonheur à cause de lui. Et ça... Ça gâche tout. Je vous laisse, j'arrive à la douche. Schuss, les mecs.

<u>Milan</u> : Salut. On reprend cette conversation plus tard.

<u>Marlone</u> : Oui, très bonne idée.

Eliès

Dois-je me rendre à l'évidence que j'ai plus qu'adoré l'avoir contre moi une bonne partie de la nuit ?

Dois-je avouer que j'ai été plus que déçu de me retrouver dans un lit vide ce matin ?

Et dois-je analyser les réactions de mon cœur lorsque j'ai remarqué ce SMS sur mon téléphone qui me disait (oui, je le connais par cœur, désolé d'être totalement guimauve, c'est nouveau pour moi aussi) :

<u>Valentin</u> : Tu dormais bien, mais pas moi... Je me lance dans la course à pied nocturne avec chien à partir de maintenant. C'est bien ce qu'on est censé faire quand on a un chien, non ? Ils font ça dans les films. Je ne sais pas comment tu bosses. Appelle-moi quand le cœur t'en dit, et on se voit ? Très belle journée... Val***

Étant donné que je me suis réveillé en retard, ce n'est qu'une fois mon premier client sorti de la clinique que je trouve le temps de le rappeler. Il décroche quasiment aussitôt, et le simple fait d'entendre sa voix fait frissonner mon cœur comme jamais. Je crois que tous les moments avec lui, aussi différents de ce que je connais qu'ils puissent être, m'enchantent toujours davantage et me rendent surtout complètement accro.

– Hello, Véto Sexy... Je me demandais, justement... Tu ne mets jamais de blouse quand tu bosses ? Genre, serait-il possible qu'on se la joue fantasme d'infirmier nu sous la blouse ?

Je retiens un rire. J'adore quand il est de bonne humeur et un peu léger... Ça me réconforte sur le fait que tout n'est pas si noir en lui.

– Attends, j'en commande une tout de suite… Tu crois que je peux garder les chaussettes en la portant ?

– Achète des socquettes, sinon beurk…

– Je devrais pouvoir trouver ça. Tu vas bien ? Mon lit ne t'a pas convenu ?

– Si, il est top… C'est simplement Dorian qui me bouffe le cerveau, mais j'ai décidé de passer outre. Ça va bien les conneries !

Je marque une pause en essayant de trouver le bon conseil à lui donner. Mais cette amitié, je ne sais pas de quoi elle retourne. Encore une fois, il n'est jamais entré dans les détails et je n'ai pas osé demander plus. Valentin n'est pas un homme qu'on force à quoi que ce soit.

– Si c'est ton ami…

– Si c'était vraiment mon ami, il ne me priverait pas de sa présence maintenant, simplement à cause d'un ressenti. Bref, c'est sans importance.

C'est évident qu'il se persuade du fait, mais je préfère l'encourager dans ce sens plutôt que d'appuyer là où cela fait visiblement mal :

– OK… Dis-moi, t'as déjà sauté en parachute ?

– Hein ? Non, mais tu me prends pour un barge ? Tu m'as déjà harnaché à un bateau à court de carburant, emporté à plus de 160 KM/heure sur une route de campagne, et pire, tu m'as forcé à manger plus de makis que je n'étais physiquement capable d'en ingurgiter hier… On va arrêter là pour le Guinness Book des records, merci…

– Mais…

– Non, non, non, Eliés… N'essaye même pas de me faire sauter d'un zinc à je ne sais combien de mètres d'altitude… Ou alors, l'avion d'un manège pour attraper le pompon. Ça, OK.

J'éclate de rire en imaginant la scène.

– OK. Et, sinon, plongée sous-marine ?

– Euh ? Sérieux ?

– Oui, j'ai un pote qui fait passer des initiations et des brevets. Je pense que ça pourrait se faire…

– Ben… pourquoi pas ?

– Cool, alors je l'appelle. Demain, c'est possible ? Je bosse toute la journée aujourd'hui.

Un client entre dans la clinique, m'indiquant que la fin de la conversation approche. Je le salue d'un signe de tête en écoutant la réponse de Valentin :

– Demain, attends voir… Je crois que mon planning le permet.

– Tu fais quoi aujourd'hui ?

– Là ? Je vais faire quelques courses avec Méline. Ensuite, crique avec Truc et Driss pour surfer un peu en mode pépère.

Un grognement de son pote le gamin se fait entendre derrière lui.

– Driss te salue, au passage. Et oui, Driss, « surf pépère ». Je ne vois pas d'autre mot…

Le téléphone de mon bureau se met à sonner. Foutu destin qui coupe ce petit moment plus qu'agréable. L'idée de fermer la clinique pour urgence afin d'aller le rejoindre me traverse l'esprit. Je suis gravement atteint, je crois.

– Bon, je dois te laisser. Je passe ce soir ?

— Yes… Bonne journée… Au fait, pour le passeport de Truc, je dois repasser ou pas ?

– Non, tu m'as déjà donné tous les éléments. Je m'en occupe.

– Super, merci… Schuss Véto Sexy…

– Bye.

Je raccroche et décroche l'autre téléphone.

– Clinique vétérinaire…

– Eliés ?

Oh ! Le choc d'entendre cette voix…

– Mark ?

Valentin

– Ce soir, je vais au ciné.

– Hein ? Tu vas au ciné en été, toi ?

Méline hoche la tête, les yeux perdus sur la mer, pendant que Truc se fait les griffes sur mon short de surf. Je le vire en le poussant, il roule dans le sable et revient à l'assaut. Ce chien est légèrement têtu. J'aurais dû l'appeler Dorian !

Il grimpe sur mes cuisses, puis sur mon ventre pour m'envoyer un coup de langue sur le nez.

Non. Il est trop mignon pour s'appeler Dorian.

– Ben oui. Comme je vais nager à la piscine en décembre. J'aime bien le ciné, le voisin m'a invité, alors j'y vais. Tu viens ?

Truc se roule en boule au creux de mes bras comme il l'a fait la première fois, sur le bord de la route. Il a déjà grandi… Il est trop mignon. Je suis certain que même Dorian craquerait.

Il faut que j'arrête avec lui, ça devient une obsession !

Mais, vraiment, il me manque. J'ai presque envie de prendre le combi de Mél sans lui demander sa permission pour aller le trouver. Mais ce n'est pas raisonnable. Quant au téléphone, ce n'est pas la solution, nous risquerions encore de ne pas nous écouter.

Ce mec est vraiment trop con ! Si je m'écoutais, je crois que j'en pleurerais. Bref.

– Non, pas de ciné. Eliés me rejoint ici ce soir… Certainement très bientôt en fait… Il est quelle heure ?

– Merde ! 18 heures 27 ! Merde, merde, merde ! Je te laisse.

Sérieux ? Déjà ? Nous avons passé la journée complète ici. Tellement occupés à ne rien faire, nous n'avons pas vu le temps passer, visiblement. Personnellement, ça m'arrange parce que cela signifie le retour prochain d'Eliés et donc, la fin de mes sempiternelles réflexions sur Dorian.

Dorian par-ci. Dorian par-là. Dorian est un connard. J'adore Dorian. Dorian me manque. Dorian, Dorian, Dorian.

– Salut, super surfer !

Je sursaute avant de me retourner vers Eliés, accroupi derrière moi. Mon premier réflexe est de lui sauter au cou, mais je m'arrête en plein geste. Parce que, d'une part, il n'est pas à l'aise avec ça, et ensuite, l'air atrocement sérieux de son visage m'en dissuade totalement. Il me panique, même.

Je repousse Truc de mes cuisses pour me tourner vers lui. Il me tend un petit livret.

– Tiens, c'est le passeport de Truc.

Je l'attrape et le feuillette, un peu désarçonné.

– OK, merci… C'est ce qui provoque ta mine super réjouie ? Si vraiment ça te dérange, on peut l'appeler autrement ?

Il sourit tristement, ses yeux marron glacé m'indiquant clairement que l'heure n'est pas à la fête.

– Non. Truc, c'est parfait. On peut parler quelques minutes ?

Méline, qui enfile une espèce de robe improbable jaune fluo et se prépare à partir, salue Eliés en me tendant la main.

– Tu veux que je le range dans le van ?

J'approuve en lui donnant le livret.

– Merci, Méline.

– De rien.

Elle attrape sa serviette et son panier, puis entraîne Driss avec elle en invoquant je ne sais quelle raison.

Eliés attend qu'ils s'éloignent significativement et s'installe à mes côtés. Je ne sens pas du tout ce truc… J'attrape les pattes de mon chien pour m'occuper les mains et m'amuse à le faire rouler sur le dos entre mes jambes. Il attrape mes doigts entre ses crocs et commence à les mordiller, pendant qu'Eliés m'observe longuement.

Il va falloir qu'il s'exprime, parce que je ne suis pas en état de supporter ce genre de moment indéfiniment. Il est clair que quelque chose ne va pas.

– Alors ? Tu voulais parler ?

Il soupire et passe une main dans ses cheveux avant de répondre.

– Mark m'a contacté ce matin.

– Mark ? Le fameux Mark ?

Sérieusement ? Je vois déjà très bien l'histoire.

– Oui, le fameux Mark.

– D'accord.

Je me referme clairement sur moi-même. Ma tête commence à tourner et la rage se mélange à une sorte de tristesse pour ensevelir mon esprit. Mais Eliés ne me laisse pas sombrer et s'explique aussitôt.

– Non, Valentin. Ne va pas chercher quoi que ce soit de tordu au niveau de Mark. Il n'a rien à voir avec toi. Et tu le surpasses en tout point.

– Oh. Donc, tout va bien ? Alors, pourquoi cette tête ?

Il semble embarrassé. Triste même… Putain, mais il le crache son problème ?

– Avant de te rencontrer, j'ai fait une demande pour partir un an en mission avec Véto Overwild. Ils m'ont plus ou moins refusé.

Je ne vois toujours pas où il veut en venir.

– Je suis désolé.

– Moi, pas.

Ses yeux plongent dans les miens pour me prouver sa sincérité. Il ne me ment pas.

– Ah… Écoute, Eliés, il est clair que quelque chose te dérange. Alors, s'il te plaît, va droit au but.

– OK. Donc, Mark m'a appelé ce matin pour me proposer un autre job. Il part en Colombie la semaine prochaine, pour six mois. Ensuite, il se rend en Patagonie, et ainsi de suite. Il me propose de partir avec lui.

– Oh.

Je remue nerveusement les doigts dans la gueule de Truc, qui mordille plus fort. Ça me fait du bien. La douleur me fait du bien. Triste à dire, mais ça fait longtemps que j'ai compris ce penchant en moi, qui réclame la souffrance pour supporter les difficultés de la vie. Bref, ce n'est pas le sujet. Il reprend.

– Alors, écoute. Partir en Colombie, c'est le rêve de ma vie, OK ?

Je ferme les yeux un instant, comprenant plus que bien la situation.

– Mais… Je t'ai dit, aussi, que j'étais en train de tomber amoureux. OK ?

Une boule dans ma gorge se forme. Je n'entends presque plus ses paroles.

– Tu comprends ?

Je confirme d'un mouvement du menton.

– Alors… J'y ai réfléchi toute la journée. Il n'y a que trois solutions possibles.

Toujours le même mouvement de tête, mes yeux tentant de se raccrocher aux vagues qui éclatent en pleine mer, loin devant nous.

– Si je considère mon propre besoin, je dirais qu'il faut que je dise oui, et que tu viennes avec moi.

Je me fige, surpris.

– Je te demande pardon ?

Je n'ai pas le temps de décrypter ce qu'engendre une demande pareille qu'il continue.

– Ou alors, je suis prêt à rester. À décliner l'offre de Mark et à attendre une année de plus. Je te l'ai dit, j'ai pour habitude de me laisser porter par mes passions. Et tu es celle qui compte le plus à cet instant.

– Mmm…

Je ne sais pas quoi penser. Je n'ose pas un seul regard dans sa direction. J'en suis incapable.

– Ou, la dernière solution, et la plus impossible selon moi, c'est que je parte. Et que tu restes.

Effectivement, c'est la plus douloureuse, et celle que je ne veux pas envisager… Mon corps se serre pendant qu'un frisson glacial parcourt mon dos. Je n'arrive pas à parler. Et je ne saurais même pas quoi dire d'ailleurs. Parce que, moi, en définitive, je n'ai pas trop le choix… Soit il part, soit il reste… Ou… je pars…

Eliés

Ce à quoi je m'attendais, et que je redoutais, est en train de se produire. Valentin se referme et n'entend plus rien. Il se contente de murmurer, le regard posé sur son chien qui joue avec ses doigts, sans réaliser le drame que nous vivons tous les deux.

– Je ne peux pas partir…

Évidemment qu'il ne peut pas partir. Nous nous connaissons si peu… Tout le monde n'est pas à moitié timbré comme moi, prêt à changer de vie sur un coup de tête. Les gens, en règle générale, sont sensés et prennent des décisions selon la logique… Ce qui est plutôt normal. Cependant, je ne peux pas non plus l'accepter sans tenter de faire entendre mon opinion. Parce que ce n'est pas si inconcevable que ça en a l'air. J'ai eu le temps de trouver des arguments pendant ma journée de réflexion.

– Réfléchis-y, Valentin. Tu m'as dit que tu étais sans emploi. Rien ne te retient…

Cette fois, il me coupe net, presque agacé.

– Non, je ne peux pas partir, Eliés. J'ai galéré si longtemps pour me construire une vie, des amis et une famille. Je t'apprécie beaucoup, mais je ne peux pas abandonner l'équilibre que j'ai mis si longtemps à trouver… C'est impossible. Surtout que je ne sais même pas ce que je pourrais faire là-bas. C'est ton rêve, pas le mien…

Je soupire en tirant sur mon bun. Il marque un point. Évidemment qu'il ne peut pas partir. J'en suis conscient au fond de moi, même si c'est douloureux. Je ne sais même pas ce qu'il viendrait faire avec nous. Je ne pars pas en vacances, mais en mission. Ce choix était le choix utopique de la liste, destiné à me faire garder espoir. Il s'avère évidemment stupide et irréalisable.

Cette journée est un véritable enfer... Depuis ce matin, je tourne tout dans tous les sens. Et la seule solution que j'ai trouvée me paraît bancale... Je ne veux pas le blesser. Et oui, je veux rester avec lui. Parce que je lui ai promis, et parce qu'aussi, j'en ai plus qu'envie... mais...

– Écoute, Valentin. Je suis prêt à tout abandonner. Mes rêves de gosse ne me paraissent plus aussi importants aujourd'hui. Mark... Mark, je m'en fous. J'ai envie de rester. Vraiment.

Il tourne la tête vers moi, en fronçant les yeux. Il me scrute longuement, puis demande d'un ton hésitant.

– Et... Et la Colombie ? Tu viens de dire que c'était ton rêve, Eliés !

– Mon rêve, Valentin, c'est d'être heureux ! Le reste, je m'en fous.

– Mais, tu parles au nom de ton côté passionné, comme tu me l'as déjà expliqué. Ce n'est pas... réel, Eliés. Juste une envie subite !

– Et alors ? Je suis sincère, Valentin ! N'en doute pas une seule seconde ! La passion, c'est une chose, mais je sais également discerner ce dont j'ai besoin... Le problème n'est pas là.

Il hoche la tête, ses yeux verts me détaillant, tentant de percer mon âme et de comprendre où je veux en venir. Et c'est là le plus dur... je me tourne vers lui et attrape sa main. Même en public, en fait, je m'en fous. Il y a plus important.

– Valentin, je suis prêt à te donner beaucoup. Énormément, même. Mais la vraie question c'est, est-ce que toi, tu es prêt à le recevoir ? Je veux bien me battre avec toi contre tes démons, apprendre à te connaître et à t'apprivoiser. Cependant, mon expérience me démontre qu'on ne peut pas aider celui qui ne veut pas l'être. Un lion ne se laisse jamais dompter. Alors, je me demande si toi, tu m'y autoriseras.

Ses traits se durcissent pendant que son regard continue de me sonder, encore et encore.

– Valentin... Réponds quelque chose...

Il secoue la tête, dégage sa main de la mienne et attrape son chien pour le presser fortement contre lui.

– Tu m'as dit qu'on avait du temps, Eliés. Plein de temps...

Sa voix n'est qu'un murmure qui arrive difficilement jusqu'à moi. Je me penche vers lui et attrape son menton entre mes doigts pour tourner son visage vers le mien. Son beau visage sur lequel se dessinent si bien la force et la fragilité. La lumière et l'ombre. Ses démons et les anges qui l'occupent.

– Oui, Valentin, il te suffit de me dire oui, et nous aurons tous le temps que tu veux. Il te suffit de…

Il se dégage de mon emprise pour repartir dans son observation de l'horizon, son chien fermement serré contre son cœur.

– Mais dire oui à quoi ? Je ne sais pas m'ouvrir et tout expliquer. Je comprends que tu ne peux pas tout abandonner pour le peu que je t'offre. Je ne suis pas fou, je sais que ce n'est pas viable et encore moins rassurant. Mais je ne peux pas faire mieux, Eliés… Je… Merde, je ne peux simplement pas. Et je ne veux pas porter la responsabilité de ça ! C'est ton rêve ! Ton rêve ! Une passion bien plus ancrée dans ton esprit que celle que nous avons à peine débutée… Tu y as déjà renoncé une fois… Tu dois le faire.

Il secoue la tête en plongeant son visage dans le pelage de son chien.

– Ta putain de passion…

– Mais ça, ce n'est pas ton problème, Valentin ! J'assume mon choix ! Tu n'as pas à décider pour moi ce qui est le plus important… Je te demande simplement si toi, tu serais prêt à ce que je reste…

– Mais tu poses la mauvaise question ! Je suis prêt à ce que tu restes, bien entendu… même plus que ça. Mais je ne peux rien promettre !

– Alors si tu essayes, au moins, ça m'ira !

– Tu dis ça maintenant ! Mais si dans un mois, rien n'a changé. Et dans deux ? Ou dans six ? Qu'est-ce que tu vas penser ?

Je m'en doutais.

– C'est ce qu'il va se passer ? Valentin, si je reste pour toi, n'est-ce pas une preuve ? Est-ce que tu ne peux pas en déduire que tu peux me faire confiance ?

Il se recroqueville de plus en plus.

– Oui… C'est peut-être une preuve. Mais je ne peux pas t'assurer que ça m'aide. Je n'arrive pas à m'ouvrir. Ce n'est pas toi, c'est le monde en général qui me fait cet effet… Je t'en prie, ne me force pas… Il y a des choses… Que seuls mes meilleurs amis connaissent… Et je ne veux personne d'autre dans ce passé qui m'étouffe. Non… Ce que je suis…

Les mots sortent, douloureux pour lui, et ravageurs pour moi. Mais il les prononce quand même, et je les écoute aussi. Parce qu'il le faut.

– Ce que je suis… Je ne veux pas te l'expliquer. Parce que je sais ce que tu penseras… Tu ne peux pas t'empêcher de vivre pour un mec comme moi, Eliés. Je veux que tu partes…

Mon cœur se brise en deux. Littéralement. Je ne trouve rien à redire, rien à rétorquer. Quelque chose en moi connaissait la réponse. Il était évident que Valentin n'accepterait pas d'agir au-delà de ce dont il se sent capable. Et tout aussi évident qu'il ne m'empêcherait pas de partir.

Quelque part, je devrais ne pas le prendre si tragiquement. Parce que partir en Colombie, puis ailleurs, c'est le but que j'ai toujours donné à mon existence. Je devrais être heureux… Mais c'est loin d'être le cas. Pas quand mon rêve m'emporte loin de ce mec hors-norme, qui a chamboulé en un temps record l'homme que je pensais être.

Je caresse sa joue.

– Tu es certain ? J'aimerais te forcer, Valentin. Attraper cette satanée vérité que tu me caches, l'extraire de toi et l'éloigner de nous. J'aimerais aussi te convaincre que, quoi qu'il te soit arrivé, rien ne me choquera ou ne me révulsera…

Il baisse les yeux.

– Non, je pense que je peux te croire. Mais ensuite ? Même si j'arrive à te parler… Ce n'est pas pour ça que je te laisserai regarder et toucher ma peau. Tout te révéler ne me permettra pas plus de faire l'amour avec toi. Cela ne remplacera pas non plus ce vide d'un ami, qui fait partie de moi et qui ne veut plus me parler. Je ne sais même pas si je pourrais assumer la situation, si elle change tout en ce qui concerne mes relations avec lui… Si toi, tu peux mettre de côté une partie de ce qui te fait vivre pour nous, je t'en félicite, parce que de mon côté, je ne m'en sens pas capable… bref, ce n'est pas le sujet…

– Comment ça ? De quoi parles-tu ? Ton ami ? Dorian ? Quel rapport ?

Il secoue la tête, visiblement épuisé par sa propre vie et en réelle souffrance.

– Aucun. Oublie ça…

Oh, non, je ne l'oublierai pas ! Parce que, logiquement, tout aussi important que soit cet ami dans sa vie, il n'y a aucune raison valable pour qu'il l'évoque maintenant… Sauf une… Qui m'éclate à l'esprit… Comme une évidence.

– OK… Je vois… Ton pote… Ce Dorian… Tu es fâché avec lui depuis…

Il plisse les yeux, sur la défensive.

– Trois jours, pourquoi ?

Tout se replace dans ma tête… Trois jours… nous en étions où, il y a trois jours ? Tout allait bien, de mémoire… Et pourquoi me parle-t-il de lui, comme si tant qu'il serait avec moi, Dorian, lui, ne serait pas présent ? Comme s'il devait faire un choix... Comme si j'étais un rempart entre eux, malgré moi… et surtout, comme s'il était prêt à choisir pour le garder auprès de lui… Depuis quand un ami rentre-t-il en ligne de compte dans un couple ?

Petit à petit, je comprends. Je comprends quelque chose qu'il semble lui-même ignorer. Mais ce n'est pas à moi de lui expliquer. Non. Je veux bien tout pour lui, mais pas ça. Certainement pas ça. Simplement, tout est clair à présent. Et je n'ai plus de raison de rester.

Je caresse son front en repoussant ses mèches, essayant de garder la tête à flot, de ne pas me noyer dans la peine que ce visage m'inspire désormais… parce que j'ai cru qu'il était à moi… Mais ça n'a jamais été le cas en réalité…

– Je crois que la décision est prise alors…

Il ne répond pas, mais son corps trahit un frisson qui semble douloureux. Sa voix arrive difficilement à se frayer un chemin jusqu'à sa bouche pour me donner la réponse finale.

– Je crois, oui…

J'attrape ses épaules et le presse contre moi, son chien s'échappant de notre étreinte en catastrophe. Il s'agrippe à moi, secoué de sanglots, le visage enfoui contre mon cou.

– Je suis désolé, Eliés… Tellement désolé… Je ne peux pas te promettre de régler ce que je ne comprends pas moi-même… Et si tu restes et que ça se passe mal, je m'en voudrai… Tellement… Je sais que ta vie, c'est tout ça… Tu resplendis quand tu soignes un animal… Même un chien… Je ne veux pas détruire ça… Je t'en prie, excuse-moi… Je veux que toute cette passion continue de te faire rayonner…

Le pire, c'est qu'il est sincère. Je ne peux pas lui en vouloir de refuser, je trouve déjà admirable qu'il ne m'accuse pas de le mettre égoïstement au pied du mur. Encore une fois, le destin a choisi. L'offre aurait pu arriver avant. Ou jamais. Manu aurait pu ne pas partir. Truc aurait pu ne jamais nous réunir… Mais tout arrive, c'est comme ça… Tout comme ces maudites larmes qui emplissent mes yeux et se déversent sur son épaule alors que, pourtant, je tente de les retenir.

Je resserre mon emprise autour de lui et le presse de toutes mes forces.

– Je t'aime, Valentin. Je suis tellement désolé….

Il redresse la tête, les yeux rouges lui aussi, et caresse mon visage…

– Tu auras été mon plus beau souvenir, Eliés… Tu es un girafon de cinq jours plus haut que moi… Trois dauphins magnifiques… Un roadtrip en moto au paradis… Un vol au-dessus de l'océan… Un rêve dans lequel j'ai nagé… Un pansement sur mon cœur qui m'a appris à exister… Un parfum de liberté… L'amour de vacances parfait… Alors… Ne sois pas désolé. Tu es aussi le parrain du seul fils que je n'aurai jamais… C'est important…

Je lui rends le sourire triste qu'il tente d'afficher, et je l'embrasse, encore et encore, me demandant si je ne ferais pas mieux de rester… Mais non. Je pourrais m'évertuer à tenter de comprendre, à tout lui donner… Ce n'est pas à moi qu'il réserve le vrai Valentin. Après réflexion, c'est tellement évident… Et je sais qu'il est sincère, qu'il est bon… Juste perdu.

– Je t'aime, Valentin.

Il n'y a rien d'autre à ajouter. Oui, je l'aime parce qu'on ne peut que l'aimer. Il n'y a pas d'autre alternative. L'aimer au-dessus de toute autre chose et lui souhaiter d'être heureux. Parce qu'il est celui, de tous ceux qu'il m'a été donné de rencontrer, qui le mérite le plus… Il restera un souvenir magnifique… Une belle histoire. Le courage, le plus beau sourire, le soleil, les vacances, la grenadine… Un mec qui surfe avec un chiot. Une beauté merveilleuse qui n'ose pas se montrer. Un homme qu'une seule personne semble pouvoir tenir entre ses doigts… et cette personne, malheureusement, ce n'est pas moi….

Valentin

Je l'ai laissé m'enlacer jusqu'à ce qu'il trouve le courage de partir. Il m'a proposé de passer cette soirée tous les deux, malgré tout, mais autant arracher le pansement d'un coup sec plutôt que de faire durer. Alors, je l'ai laissé reprendre son casque et son blouson, remonter l'escalier qui mène au parking, démarrer sa moto et disparaître pour toujours.

Et moi, je suis resté sur la plage à regarder l'océan. Ne sachant pas si je devais rester assis à simplement le regarder, ou m'y jeter, m'y noyer et me laisser emporter au loin, pour enfin tout oublier. Je me suis demandé si quelqu'un s'en rendrait compte… Combien de temps cela mettrait-il avant qu'on lance des recherches et que l'on me retrouve à moitié décomposé au fond des récifs ?

Puis, Truc m'a apporté un bout de bois en remuant la queue. Je l'ai ignoré. Alors il s'est juché sur mes cuisses, a posé ses pattes contre mon torse et m'a envoyé des coups de langue dans le cou.

Ensuite, Driss est apparu en haut de la butte qui sépare la plage du fameux parking où Eliés a disparu. Il s'est installé à côté de moi, et pour une fois, il n'a pas prononcé un mot. Il s'est contenté de comprendre ce qu'il pouvait, a passé un bras sur mon épaule, et c'est tout.

À un moment donné, nous sommes remontés au camping, et Dieu sait comment, je me suis retrouvé accoudé au comptoir du bar en face de la piscine, une ribambelle de bouteilles de bière vides devant le nez. Bues par moi… visiblement.

J'en suis là, amorphe et sans voix, ne sentant même plus mon cœur ni mes joues, qui me brûlaient il n'y a pas si longtemps, de mémoire, quand Méline apparaît tout à coup devant moi. Un pantin posé sur un tabouret, à lever le coude, sans penser à quoi que ce soit…

Elle me prend dans ses bras sans que je réagisse.

– Je veux Dorian, Méline…

Je n'ai que ce nom-là pour unique bouée de secours. Dorian. Dorian et encore Dorian…

– Oh, mon BB… Driss, tu aurais dû m'appeler.

– Tu étais au ciné, Méline… Et j'ai fait attention à lui… Je l'ai même fait manger un peu…

Ah oui ? M'en rappelle pas. S'il le dit, je suppose que c'est vrai… Je tente de me lever, mais il semblerait que je n'aie plus de jambes… Méline me rattrape. Je m'enroule à elle et fonds en larmes…

– Je me sens tellement seul… Méline… Où est Dorian ?

Ses mains caressent mon front.

– Qu'est-ce qu'il t'arrive mon cœur ! Et Eliés ?

La simple évocation de son nom me broie le cœur… Je ne veux plus y penser. Parce que je ne peux même pas le détester. En fait, tout est ma faute. C'est moi, le con qui ne peut pas parler. Moi, le fou dont le corps est tailladé de partout. Moi, la pute souillée et dégueulasse…

Eliés, lui, il a juste cru que j'étais normal, et il a cru qu'il pouvait me sauver... Il est le soleil et je suis la pénombre...

– Il a... fini... plus d'Eliés... Mais, je ne peux pas lui en vouloir, n'est-ce pas ? Il a juste fait comme tout le monde... Il est parti. Pendant que moi, je ne bouge pas... Je reste les deux pieds dans la merde... Eliés, il est beau. C'est un oiseau, pendant que je suis une vieille pintade de merde à qui les ailes ne servent à rien. Ouais. C'est ça ! Une pintade... Je vais me tuer, comme ça, vous passerez tous à autre chose... La pintade va crever... Et même Dorian, il en a marre de ma gueule... Même lui...

Oui, même Dorian... et c'est encore plus douloureux que tout le reste...

– N'importe quoi, Valentin ! Je t'interdis... Putain, merde ! Je sais ce dont tu es capable ! J'ai vu les marques ! Je ne... File-moi ton téléphone...

– Hein ? Tu veux faire quoi ?

Elle me pousse contre le bar et je manque de m'écrouler contre Driss, que j'enlace pendant que ma pote fouille dans les poches de mon bermuda. Je ne me rappelle même pas l'avoir enfilé...

– Je suis minable... Tu m'étonnes que personne ne veut de moi...

Driss me prend dans ses bras et je le laisse faire, pendant que Méline déverrouille mon téléphone en collant mon pouce sur la zone d'identification.

– On va rentrer. En attendant... Driss, aide-le à marcher.

Elle attrape la laisse de Truc et Driss me soulève autant qu'il le peut. Je me laisse emporter en titubant et en me cognant dans les chaises qui encombrent le chemin. Je m'en fous. Je ne suis qu'une merde. Ce n'est plus à prouver.

Sweet Summer

Valentin : Les gars ? C'est là que je peux trouver tout le monde ?

Marlone : 23 h 18... Donc, comme je le disais, plus ça va, plus on gagne du terrain sur le jour d'avant.

Milan : Oui, Bad Boy, tu peux trouver tout le monde... Enfin, je ne sais pas si Dorian...

Valentin : C'est Méline. Il ne va pas bien, il parle de suicide. Il réclame Dorian.

Marlone : Pardon ?

Milan : QUOI ????

Dorian : Qu'est-ce qu'il se passe ?

Valentin : Eliés est parti. Valentin ne m'a pas expliqué, mais Driss l'a croisé avant qu'il parte. Et il lui a demandé de prendre soin de lui, qu'ils avaient rompu... Merde, je suis désolée, je ne veux pas vous affoler, mais il a trop bu, et je n'étais pas là, je viens de rentrer... Qu'est-ce que je peux faire ? Il te réclame, Dorian.

Marlone : Bordel ! Il est comment ?

Valentin : Pas bien... Je le ramène à notre terrain. J'espère qu'il va dormir...

Dorian : Non. Il ne va pas dormir. J'arrive. Je suis là dans 2 h. Reste avec lui s'il te plaît.

Valentin : OK. Je suis vraiment désolée... Mais je ne l'ai jamais vu comme ça... Il me fait tellement de peine.

Milan : On te comprend, Méline. Mais ça va aller. Reste avec lui, et parle-lui. Dorian arrive, il est celui qui le connaît le mieux. Il va arranger l'histoire.

Marlone : Dorian avait raison ! Cet Eliés est un connard.

Valentin : Non. D'après Driss, il n'était pas bien non plus. Il lui a expliqué qu'il devait partir, et que Val ne l'avait pas retenu... Et pour l'avoir côtoyé, je pense sincèrement que ce n'est pas un salaud...

Milan : C'est surtout Val qui est fragile. Dorian ? T'es parti ?

Dorian : J'y vais... Méline, envoie-moi votre adresse STP. Et, malheureusement, je pressentais ce truc... Il s'accrochait trop. Bref... Je m'occupe du cas. Les gars, je vous contacte après...

Marlone : OK. Ne roule pas trop vite, Dorian. Un accident ne nous avancera à rien.

Dorian : D'ac. Ciao.

Milan : Putain ! Méline, on va appeler Val, si tu peux nous mettre en conférence... Si ça peut aider à passer le temps...

Valentin : Oui, bonne idée.

Valentin

– Les mecs, arrêtez vos conneries !

– Et la fois où Marlone s'est baladé à poil dans le réfectoire en plein repas de Noël !

Ce dernier se défend comme il peut.

– C'est bon, c'était un pari !

– La tronche de Magda ! J'ai cru qu'elle allait te faire bouffer tes grelots…

Je souris malgré moi en entendant les rires gras et enjoués de Milan et Marlone. Allongé dans le combi, dans les bras de Méline, Truc endormi contre mon flanc, j'écoute malgré moi les anecdotes débiles des deux couillons que je me trimballe comme potes. Méline ricane, Driss, allongé à côté de nous, s'esclaffe également, et moi, je dois en être à la troisième mûre à l'eau de ma soirée. Quand je vous dis que je me tape une vie de merde. Mon truc, c'est la grenadine. Et il faut forcément que la région soit en pénurie de grenadine lorsque ma vie décide de se décomposer…

Cela dit, mûre ou grenadine, le sirop me fait du bien et efface peu à peu l'effet de la bière. Certes je suis toujours mal. Et plus je retrouve mes esprits, pire c'est. L'abîme s'agrandit sous moi… Je me sens tout proche de la chute…. Mais au moins, je suis conscient de ce que je fais, et ma douleur me paraît plus pure…

Il faut vraiment être tombé bien bas pour en arriver à se réjouir de la pureté du malheur. Franchement, y a-t-il plus pathétique ?

– Non, moi, celle que je préfère c'est le jour où Val a décidé de manger son poids en burger. La tête qu'il se trimballait au bout du sixième !

– Mais ouiii ! Et quand Dorian l'a chopé par le col pour l'obliger à arrêter, et qu'il lui a vomi dessus !

– Alors que Dorian avait un entretien avec son employeur l'heure d'après !

– Exaaacccttt ! Il devait soutenir un projet super important !

Ils éclatent de rire, et moi aussi… Ce jour-là, j'ai cru qu'il allait me tuer… Dorian… Putain… Il me manque tellement…

– Oh ? Mais serait-ce le rire de Valentin que j'entends ?

– Val ? Aurais-tu ri, par hasard ?

Je me force à sourire à mon portable.

– Oui, vous êtes trop cons.

– C'est vrai… Mais comme tu le dis souvent…

–… Tu adores comment on est cons.

– Exact…

Méline m'enlace et dépose un baiser sur le haut de mon front. Puis, au loin, comme un rêve, j'entends cette voix qui m'appelle.

– Valentin ?

Truc redresse la tête, et je me fige en écoutant, de peur d'avoir imaginé cette voix qui pourtant se répète.

– Chaton ?

Je m'extirpe des bras de Méline. Truc, plus rapide, saute du van.

– Dorian ?

– Val !

Je m'emmêle dans ma couette, mais arrive quand même à sortir, pour ne discerner qu'une ombre dans l'obscurité de la nuit, devant le grillage. Truc tente de sauter sur lui et il se penche pour le caresser.

– Dorian !

Il se redresse. C'est bien lui. Je reconnaîtrais sa silhouette n'importe où, dans n'importe quel état. Je me précipite sur lui, alors qu'il me tend les bras.

Mes yeux sont noyés par le soulagement et tout un tas d'émotions qui se bousculent. Je ne vois plus que lui : mon phare dans la nuit, ma bouée de sauvetage, mon ami, mon frère, mon unique… Je ne prends même pas la peine de passer le grillage, laisse mon cœur aller vers lui et mon corps faire le reste.

Je me précipite jusqu'à lui et attrape ses joues…

– Dorian…

Et je pose mes lèvres sur les siennes, laissant aller vers lui tout ce que je suis, tout ce que l'instant m'inspire.

Il se fige un instant, infime, pendant que je tente de m'approprier sa bouche, désespérément, passionnément. J'ai besoin de lui. De ça. J'en crève, Dorian, putain… Dorian…

Ses mains attrapent ma nuque avec autorité, le bas de mon dos en douceur et m'attirent contre lui. Contre sa puissance, sa stabilité, sa tendresse. Contre ce cœur qui fait battre le mien… Sa bouche s'entrouvre et je lui offre ce baiser passionné que je ne peux réfréner, guidé par ce bonheur qu'il fait naître en moi, juste en arrivant.

Il y répond et m'en offre autant, furieusement, emporté dans la même passion qui me submerge, avide et merveilleux. Nos corps s'enroulent l'un à l'autre, en manque, fébriles et tremblants. Je me perds en lui, ne comprenant plus rien, ni ce que nous faisons, ni pourquoi nous le faisons. Mais je ferme les yeux et je m'abandonne aux mains de celui qui sait parfaitement quoi faire de moi. À son parfum devenu mon oxygène et à ce baiser que je ne suis plus le seul à donner.

Dorian. Dorian est enfin là…

Sweet Summer

Livre 4 ♥ Dorian

« Well scream from the rooftops
Soar through the sky, love and we'll laugh
And we'll never die
I'll swim in your eyes while the world passes by
Always be yours and you'll always be mine »

♥

Hurler depuis un toit,
S'élever vers le ciel, Aimer et rire
Et nous ne mourrons jamais.
Je nage dans tes yeux pendant que le monde passe
Toujours être à toi, et tu seras toujours à moi…

♥

Quireboys, King of New-York.
Paroliers : JIM VALLANCE/Jonathan Gray/Guy Bailey

CHAPITRE 0 ~4

8 ans plus tôt.

Dorian

– Maman, il faut que je te laisse.

– Oui, je comprends. Mais alors, pour ton frère ?

Je soupire en sortant discrètement par la porte-fenêtre du restaurant alors que mon chef fait son apparition dans la pièce par l'entrée principale. Je vais réussir à me faire remarquer le dernier jour de ma mission avec ces conneries…

– Quoi, pour mon frère ?

– Mais enfin, Dorian ! Ton frère, Louis… Je viens de te dire que…

– Oui, oui, maman, j'ai bien compris…

Je pince les lèvres en attrapant les dernières chaises attendant d'être rangées sur la terrasse. Au moins, si on m'intercepte au téléphone, on ne pourra pas dire que je ne fais absolument rien…

Découragée, ma mère pousse un profond soupir et se lance dans son énième discours…

– Je ne peux pas me permettre de lui fournir cet ordinateur. Pourtant, c'est essentiel pour ses études.

Je retiens difficilement un ricanement amer. Mon grand frère n'a jamais été un fin étudiant. Il se balade de DEUG en DEUG depuis au moins cinq ans, prétextant chaque fois un meilleur avenir dans la nouvelle filière qu'il choisit.

Face à mon mutisme, ma mère surenchérit une nouvelle fois.

– Enfin, Dorian, tu as travaillé toute la saison. Tu as été logé et nourri, pendant six mois. Tu dois bien pouvoir trouver un petit quelque chose… ? Il s'agit de son avenir…

Oui, effectivement. J'ai bien « un petit quelque chose » de côté. Mais cette réserve de fonds que je tente de garder pour les coups plus durs s'amenuise régulièrement, avant même de pouvoir vraiment devenir conséquente.

Non pas que je dépense quoi que ce soit, puisque comme elle vient de le préciser, je suis nourri et blanchi ici depuis le début de ma mission. Et avec les heures de travail auxquelles je m'astreins, je ne m'accorde même pas l'occasion de dépenser quoi que ce soit. Mais ma mère et mes innombrables demi-frères et sœurs s'évertuent depuis ma première paye à se mettre dans des situations nécessitant une aide urgente et – bien entendu – financière...

Laura, la plus petite, n'avait plus de vêtements à sa taille pour les beaux jours... Sarah, de deux ans son aînée, a eu besoin de cours d'été dans à peu près toutes les matières suite à ses résultats scolaires catastrophiques... Amélie, enfin, m'a appelé pour me supplier de lui avancer l'argent pour un billet de train afin d'aller rendre visite à son mec en province... J'aurais pu refuser ce dernier coup de main... Mais franchement, je n'en ai pas eu le cœur. De toutes mes sœurs, Amélie est la plus proche de moi. Par l'âge, mais aussi par le tempérament. C'est une jeune femme courageuse, elle travaille énormément le reste de l'année, à l'école comme ailleurs. Elle méritait son billet de train. Elle aurait d'ailleurs pu se l'offrir dans des conditions normales, en considérant le nombre d'heures de baby-sitting qu'elle a enchaînées cette année.

Mais malheureusement, maman n'ayant toujours pas trouvé de boulot, il lui a fallu, tout comme moi, contribuer aux frais de la famille.

Mais ce n'est malheureusement jamais assez. Notre foyer se compose de six personnes. Des besoins à combler, il y en a. Et inutile de préciser que les nombreux géniteurs de toute cette marmaille que nous représentons ne se proposent aucunement pour un petit coup de main. Ma mère étant un tantinet « volage », certains d'entre nous n'ont même jamais connu leur père. C'est mon cas. Il ne m'a même jamais reconnu officiellement. D'après ma mère, il ne saurait même pas que j'existe... Moi-même, je ne connais pas son nom. Forcer ma mère à m'avouer l'identité de mon père est bien dans mes plans, mais pour le moment, je n'ai pas vraiment le temps de m'attarder sur ce détail.

Ceci dit, ce n'est pas un problème majeur. L'organisation de la famille doit sembler certainement boiteuse, mais depuis que j'ai renoncé à la fac afin de bosser pour cette chaîne hôtelière, qui me réclame à chaque besoin qu'elle émet à mon agence d'intérim, nous arrivons à vivre à peu près correctement. Enfin... quand mes frangins ne me prennent pas pour Crésus et ne réclament pas des ordinateurs dernier cri pour des études fantômes qui ne mènent jamais à rien...

– Dorian ! Est-ce que tu pourrais au moins te donner la peine de me répondre ?

J'empile la dernière chaise sur les autres avant de lui faire à nouveau entendre le son de ma voix :

– Écoute, maman, il va falloir changer le réfrigérateur. Et la dernière fois que je suis rentré, le lave-linge émettait un bruit inquiétant. Louis peut se passer d'ordinateur. Et surtout, il devrait penser à chercher un job, ou une formation plus concrète... Lettres classiques, je ne suis pas certain que ça le mène quelque part...

Ma mère laisse échapper un grognement d'avertissement. Toucher à son grand garçon, c'est comme lui arracher un bras. Elle ne supporte pas.

– Dorian, je ne pense pas que tu sois en mesure de juger le cursus universitaire de Louis, vu que tu n'y as jamais mis les pieds toi-même... Tu sais, la fac, c'est compliqué !

– STOP, maman ! Nous savons tous pourquoi je n'ai pas suivi d'études. Par contre, ce que je ne comprends pas, c'est pourquoi Louis, lui, il en a fait... Et en fait encore, d'ailleurs !

– Je ne t'ai jamais demandé d'aller travailler si jeune, Dorian !

L'éternel discours...

– Ah oui ? Il fallait bien que les filles mangent, non ?

– Insinuerais-tu que je sois incapable de subvenir aux besoins de mes enfants, Dorian Halet ?

Je n'ai rien à redire à ça... Depuis le temps que j'y réfléchis, je ne sais pas si c'est ma mère qui gère mal, ou moi qui en fais trop. Parce que, non, elle ne m'a jamais demandé quoi que ce soit avant que je décide de prendre les choses en main dans cette famille. Je l'ai fait, c'est tout... Et maintenant, l'ordre des choses fait que je suis devenu la source de revenus stable de la maison. Tout en restant le fils cadet. C'est compliqué.

– Non, maman. De toute manière, je rentre demain, sans doute. On en reparlera.

– À Paris ?

– Oui, mais avant, je passe à Toulouse.

– Bordeaux-Paris, c'est plus simple que Bordeaux-Toulouse puis Paris, mon fils. Tu vas perdre du temps et de l'argent, et...

– Je dois passer à l'association demain matin. J'ai promis à Jean-Eudes.

Elle ne répond pas. Normal, nous avons déjà éludé le sujet. Je suis gay, elle est au courant depuis des années, mais elle n'y porte aucune attention particulière ni aucun intérêt. Lorsque j'ai bossé à Toulouse, j'ai rencontré des gens qui me font du bien, et je n'ai jamais cessé de les côtoyer depuis. Non pas que je vivais mal mon homosexualité. En fait, je ne la vivais pas du tout. Pas le temps. Désormais, avec *Sweet Home*, j'ai l'impression qu'au moins, de ce côté de mon existence, quelqu'un me soutient. Que ce n'est pas à moi de gérer tout seul. Et ça fait du bien, parfois, de poser une main sur une épaule pour s'épancher sur ses petits bobos amoureux… Même si, question romance et love story, je ne suis pas coutumier du fait, mon job et ma famille occupant largement 25 à 26 heures sur les 24 attribuées quotidiennement par Mère Nature…

Mais, je me dis qu'«au cas où je vivrais un truc torride et complexe », Magda et Jean-Eudes seraient présents pour moi… Ce qui agace ma mère, qui ne supporte pas que d'autres puissent jouer les tuteurs ou « grands-frères » auprès de son fils chéri… Mais là-dessus, je ne plierai jamais. J'aime cette association, je m'y sens bien. Et je compte faire perdurer ce lien qui se tisse doucement entre nous le plus longtemps possible. N'en déplaise à Mme Halet.

Elle renifle de dépit dans le combiné, alors que mon chef apparaît en face de moi sur la terrasse.

– Maman, je dois te laisser. Je te recontacte ce soir.

Je raccroche sans attendre sa réponse, un peu embarrassé de m'être fait prendre en plein coup de fil personnel sur une heure de travail.

Mon supérieur, lui, ne semble pas s'en offusquer et va droit au but.

– Dorian, je ne te l'ai pas annoncé avant, mais je viens de recevoir la réponse du siège…

Oh, merde. Les « réponses du siège » ne sont pas souvent des bonnes nouvelles dans cette boîte. Et comme j'avais émis le souhait de continuer à bosser pour eux dès la prochaine saison… Je préfère ne pas l'interrompre et connaître le fin mot de cette discussion rapidement.

– Je leur ai fait part de ta volonté de continuer à travailler pour nous l'année prochaine. Et en même temps, je me suis permis d'étoffer un peu ta demande.

Mon cœur cesse de battre, dans l'attente. Mais cet enfoiré prend son temps, passant son regard vers l'horizon, sur la mer s'étalant calmement au pied de la terrasse, les oiseaux…

Putain, tu la sors ta nouvelle ?

Il retient un rire en m'observant. Effectivement, c'est super drôle ! J'ai besoin de bosser, moi, et je me sens bien au sein de cette chaîne. En trois ans, j'ai appris presque tous les jobs qu'ils proposent, de l'animateur au serveur, en passant par le service de chambres, le coach sportif et…

– Ils ne sont pas d'accord pour te recontacter en avril.

Mon univers s'écroule, littéralement, tandis qu'il reprend.

– Non, plus de missions pour toi, Dorian. Ils préfèrent t'embaucher définitivement… Ça te dit de passer ton hiver dans les Alpes ? J'y pars dans dix jours, et j'ai besoin d'un assistant fidèle qui ne compte pas ses heures… Il faudrait t'inscrire au programme de formation, mais c'est un détail. J'ai de grands projets pour toi.

Je manque de défaillir.

– Pardon ?

Il hoche la tête en souriant, fier de son petit effet.

– Veux-tu faire partie de notre chaîne d'hôtels-clubs, Dorian ? Apprendre vraiment, bénéficier des formations du groupe et te préparer un réel avenir avec nous ? Tout en optimisant le confort et la satisfaction de notre clientèle, bien entendu…

Sans déconner ?

– Oui, non, bref… Oui ?

Il me semble que cette réponse manque de maturité, mais, franchement… Ils m'offrent un vrai job ! Putain de merde !

Mon chef éclate de rire en m'assenant une frappe paternelle sur l'épaule.

– Bon, je considère donc que c'est oui… Bienvenue dans la famille, Monsieur Halet… Si tu peux aller vérifier que les locaux de la plage sont bien fermés pour la saison. Et ensuite tu viendras me rejoindre dans mon bureau ? J'ai tout un tas de documents à te donner, des trucs à t'expliquer… Bref. On en a pour des heures. Je prépare le café.

Incroyable ! Mes yeux le suivent alors qu'il retourne d'où il vient, tranquillement… Moi ? Il m'offre un vrai job, à moi ? Waouh !

♥

C'est un peu avec précipitation que j'atteins la dernière baraque de matériel à contrôler. Plus j'avance sur la plage, plus mon esprit assimile ce que ce job signifie pour moi et ma famille. Fini la galère des fins de mois. Fini l'incertitude concernant les fins de missions. Fini la précarité... Et surtout, bonjour la formation, le travail sérieux et l'avenir...

J'attrape mon trousseau de clés au fond de ma poche en contournant le bungalow destiné à entreposer le matériel des sports nautiques, puis me fige devant la porte, rempochant mes clés. Pas besoin. La porte a été forcée...

Merde !

J'entrouvre le battant prudemment pour tenter de jeter un œil à l'intérieur, plongé dans la pénombre, les planches de sécurité ayant déjà été apposées aux fenêtres pour l'hiver.

– Y a quelqu'un ?

Pas de réponse. J'hésite... soit j'appelle la sécurité, soit je me colle moi-même à l'inspection des lieux. Le silence régnant toujours autour de moi, j'ai tendance à penser que rien de dangereux ne m'attend dans le local.

Je pénètre dans la pièce, puis marque une pause pour m'habituer à la pénombre. Un léger reniflement venant du fond de l'abri atteint mes oreilles.

– Y a quelqu'un ?

Au fond de ma poche, mes doigts s'agrippent à mon trousseau de clés, comme s'il s'agissait d'une arme redoutable et réconfortante. Un petit gémissement résonne autour de moi. Sans chercher à comprendre plus longtemps, je contourne le râtelier à planches à voile pour me diriger vers le fond de la pièce.

Et c'est là que je le trouve... Une petite chose tremblante, blottie dans un angle, sous une table. Un petit être perdu et apeuré. Un homme, ou un enfant, recroquevillé sur lui-même, tentant de disparaître sous l'ombre de la table qui le surplombe.

Il est clair que je ne risque rien. De nous deux, je suis sans doute celui qui effraye l'autre, c'est une évidence. Je m'accroupis devant lui, doucement, très doucement, de peur de le voir mourir d'angoisse, ou détaler comme un lapin si je réagis trop brutalement.

– Hé ! C'est privé ici !

Ses grands yeux se relèvent pour se poser au fond des miens, s'adressant directement à mon âme, sans passer par la case parole...

La détresse pure et entière qui me percute est si intense qu'elle annihile mes propres pensées et le fait que je devrais le choper par la peau du cul pour le virer d'ici, sans chercher à comprendre.

Lentement, je tends un bras vers lui et pose ma main sur la sienne, glacée et tremblante.

– Tu m'entends ?

Il hoche la tête en silence.

Je connais ce type. Cet été, je l'ai viré un nombre incalculable de fois de ma plage. Lui et ses potes les surfeurs prenaient un peu trop leurs aises sur les transats destinés aux clients. Et d'autres fois, je me suis efforcé de l'ignorer. Parce que j'avais envie de le mater un peu en douce…

Les autres, leurs allures, leurs visages, je ne m'en souviens pas. Mais lui… ce type est une beauté pure, presque irréelle. De celles que l'on n'oublie jamais. De celles qu'on ne tente même pas d'approcher tellement elles intimident. De celles qui parlent au corps et pourraient rendre fou n'importe quel homme ou femme sur lequel ce mec poserait ses yeux.

Mais ici, maintenant, dans ce local désert et triste, ce n'est pas ce physique ravageur qui parle à mon instinct. C'est la détresse et le désespoir qui émanent de lui. Sans que je ne puisse l'expliquer, j'ai envie de le prendre dans mes bras et de le guérir de n'importe quel mal qui le poursuivrait…

Mon esprit est totalement sous le choc, mon âme déroule le tapis rouge et mon cœur chancelle sous la fragilité de celui qui ne m'a même pas adressé un mot depuis mon arrivée. Je perds mes moyens, ne sachant que faire de tout ça.

Rationalisant un maximum mes pensées, je me lance dans une série de questions, m'évertuant à garder un ton calme et doux.

– Qu'est-ce que tu fais là ? Ils sont où tes potes ? Tu sais que tu ne dois pas être ici ?

Il hoche la tête, sans toutefois se décider à me parler… Je me laisse tomber sur les fesses et croise les jambes, comprenant que ce ne sera pas si simple. Bien entendu, je pourrais le dégager d'ici sans ménagement, réparer le verrou, appeler la sécurité, qui contacterait les flics, et l'affaire serait close. Mais cette solution me paraît totalement hors de propos. Allez savoir pourquoi.

Peut-être que j'ai un peu trop bandé pour ce mec cet été lorsqu'il surfait à quelques mètres de ma plage… (ben oui, j'ai toujours eu un faible pour le look surfeur bronzé et super cool. Et lui, en plus d'être vraiment bronzé et très, très cool, il s'avère extrêmement hypnotique, vraiment beau. Mais je crois que je l'ai déjà précisé). Possible aussi que je considère son regard comme la plus belle et la plus triste des choses qu'il m'ait été donné de contempler depuis longtemps. Et sans doute que mon instinct de grand-frère voulant aider tout le monde trouve un intérêt à s'occuper également de cet inconnu, qui requiert sans nul doute bien plus d'aide que je n'en ai jamais donné.

Je raye donc, pour le moment, la solution « appel à la sécurité ». Cet homme, cet enfant, me trouble trop et dans tous les sens pour que j'en reste là... J'ai ce besoin de lier le contact.

Il retire sa main de la mienne et resserre son sac à dos, que je n'avais pas remarqué, contre son ventre, dans un geste de protection. Son regard m'inspecte effrontément, semblant lire en moi totalement, dépassant les apparences et s'intéressant directement à ce qui se tapit au fond de moi.

– Je... je peux te donner des choses... N'appelle pas les flics, s'il te plaît...

Sa voix, faible et rauque, légèrement tremblante, me persuade définitivement d'oublier l'option sécurité. Ce type interpelle mon âme.

– Qu'est-ce que tu veux me donner ?

Il déglutit, ferme les yeux, puis relève les paupières pour dévoiler un regard différent. Enjôleur et prédateur. Sa main atteint mon genou, sans que je la voie venir, et glisse le long de mon jeans, remontant vers ma cuisse.

– Ça dépend de ce que toi, tu veux...

Mon corps se fige, mon cœur arrête de battre et mon membre se dresse... Ses doigts, qui s'aventurent sur moi, brûlent ma peau à travers mon pantalon et mon esprit perd le fil... Un désir malsain me pousse à attraper cette main pour la coller sur ma queue, directement. Car oui, ce mec se révèle être la tentation à l'état brut. Il me carbonise l'intérieur sans préavis, juste en un regard. Mais il touche également ma raison et mon cœur. Cette fragilité qui réside toujours au fond de ses pupilles m'enjoint à repousser cet élan purement physique, que ce mec s'évertue à attiser. Très efficacement, d'ailleurs...

Perdu au milieu de ce déferlement de sensations totalement imprévu, j'attrape son poignet et bloque son geste. Tout mon être réclame une pause. Deux secondes de réflexion. Juste un petit instant.

Valentin

Ses doigts pressent fortement mon poignet, ses yeux cherchant les miens dans la pénombre... Enfin, la semi-pénombre, puisque la porte au fond de la pièce est maintenant grande ouverte et laisse passer la lumière du soleil se couchant au loin. Je le distingue parfaitement. Et je sais qu'il me discerne tout autant.

Mon cœur se met à battre plus fort. Très fort. Atrocement fort. Me rappelant que, justement, mon but en venant me réfugier ici, c'était précisément d'arrêter définitivement ces battements incessants qui me forcent à supporter la vie... J'y étais presque. Si je n'avais pas craqué, si je ne m'étais pas accordé quelques minutes de pleurnicheries débiles et puériles, je n'aurais pas eu à amadouer ce type.

Lorsque j'ai quitté la ville, je me suis juré de ne plus jamais retoucher un mec. Ni avec mes mains ni avec autre chose. Ne plus jamais me mettre à genoux devant un de ces types bavant devant moi... Ne plus jamais offrir mon corps à leurs doigts dégueulasses ni à leurs regards dépravés. Mais s'il le faut, si de cette manière je peux en finir avec lui, pour ensuite en finir avec moi-même, alors je peux m'y résoudre. Je sais que je lui plais. Je l'ai noté dans son regard. Dès la première fois qu'il m'a viré de sa plage. Pour cette dernière rencontre, je peux largement l'emmener sur mon terrain... D'autant plus que le mal serait moindre. Ce type ne me dégoûte pas... Je dirais même qu'il pourrait correspondre largement à mes goûts. Il est bon et ça se voit sur lui. Et pour parfaire le tout, physiquement, il n'est pas mal du tout...

Je sais qu'il m'a vu souvent squatter sa plage. Mais, à l'exception de quelques fois, il n'a rien dit et a fait semblant de ne pas me voir... Je l'ai observé aider des enfants avec leurs châteaux de sable. Veiller sur les personnes âgées qui séchaient un peu trop sur la plage en pleine canicule. Et le tout, en souriant, semblant réellement vouloir faire plaisir... Ce genre d'âme est tellement rare à trouver qu'on ne peut que s'y arrêter lorsque l'on en croise une.

Il repousse ma main fermement.

– Je ne marche pas comme ça... Et d'ailleurs, je ne vois pas l'intérêt de rester dans ce cabanon. Où sont tes amis, les autres surfeurs ?

Je secoue la tête. Aucune envie de répondre à un quelconque interrogatoire. Ma vie ne le regarde pas, tout aussi bon qu'il semble être.

Où sont mes amis ? Des amis, je n'en ai pas. Tout au plus des connaissances. Les mecs dont il parle sont des surfeurs qui m'ont pris en stop alors que je m'enfuyais de la ville. Ils partaient pour deux mois de surf, ils étaient cool, alors je suis resté. J'ai appris à surfer, j'ai adoré, et personne ne m'a touché. Mais tout a une fin dans la vie. Chacun est reparti chez soi, et moi… Je n'ai pas de chez-moi. Nulle part où aller. Sauf peut-être sous terre, entre les vers et les cafards… Peut-être que là, je me sentirai enfin à ma place…

Il soupire puis se redresse, emportant mon poignet avec lui, m'obligeant à sortir de ma cachette pour me mettre debout.

– Tu sais, je suis disposé à discuter. Dieu seul sait pourquoi. Mais si tu ne veux pas parler, on va avoir un problème… Et non, tu ne peux rien me donner. Mets-toi bien ça dans le crâne.

Debout face à lui, si proche de lui, je me sens intimidé. Il est grand, costaud, et tellement… pur ? Oui, c'est ça. De près, ses traits me paraissent frais et sains… tellement différents de ce que je connais…

Par contre, il montre quelques signes d'agacement. Mon mutisme, sans doute… D'un geste nerveux, il attrape mon sac.

– Puisque tu ne veux pas prendre une main tendue…

Je n'ai pas fermé mon sac à dos. Il se déverse entre nous lorsqu'il tire dessus et le bruit des boîtes de médicaments tombant au sol le coupe dans sa tirade.

– Qu'est-ce que…

J'arrache mon sac de ses mains et me précipite au sol pour récupérer mon Graal, honteux et énervé, au bord du désespoir… Si même ça on me l'enlève ! Si même cette option n'est plus possible dans ma vie, alors je n'ai plus d'espoir, plus rien…

– Mais, putain ! De quoi je me mêle ? J'avais juste besoin de quelques heures… Quelques heures au calme ! C'est tout…

Les larmes chaudes retenues depuis longtemps derrière mes paupières en profitent pour s'échapper, inondant mes joues en tombant sur le carton des boîtes de somnifères que je récupère en tremblant.

– Juste du calme, qu'on me laisse en finir ! Pourquoi rien ne m'aide, jamais… pourquoi ? Juste une fois… J'aimerais, juste une fois, un geste, un truc, merde !

Toutes mes vannes cèdent, épuisées de retenir ce trop-plein de tout qui m'étouffe. La terreur, le dégoût, la douleur, la solitude, le néant qui m'entoure…

– Qu'est-ce que je dois faire pour qu'on m'oublie ?

L'homme s'accroupit devant moi et saisit une boîte de médicaments pour l'analyser. Je la récupère promptement et la fourre dans mon sac en reniflant, ne lui jetant même pas un regard, honteux, perdu, nul, idiot… Bref…

J'essuie mes larmes du revers de ma main tremblante, tentant désespérément de reprendre une certaine contenance, suffisante pour me permettre de me relever et de sortir de ce maudit local.

Mais c'est sans compter sur lui… Il sort de sa poche un Kleenex et essuie mes joues en me parlant doucement. Tellement tendrement que je n'ai pas le réflexe de reculer.

– Là… voilà… Tout ne peut pas être si terrible…

Tel le serpent du *Livre de la Jungle*, il m'envoûte avec ses intonations calmes et régulières pendant que ses doigts parcourent mon visage.

– Comment en es-tu arrivé là, beau surfeur ?

Je ferme les yeux, repoussant un nouveau flot de larmes remontant jusqu'à ma gorge.

Putain, mais qu'est-ce qu'il fout ?

Incapable de parler ou de bouger sans m'effondrer, je choisis de le laisser m'atteindre… C'est sans doute une folie. Chaque personne à qui j'ai laissé cette opportunité s'en est servie contre moi. Je devrais savoir que sous ses airs de bon samaritain, ce mec reste un mec, un vicelard en puissance, une saloperie d'obsédé de la bite, une raclure, un enfoiré, un enculé… Ils le sont tous…

Pourtant, je n'arrive plus à remuer un cil… Je n'arrive même plus à discerner les battements de ce salaud de cœur, qui pourtant doit sans doute faire son job, puisque je suis toujours là pour en parler…

– Voilà… Respire…

Dorian

Des somnifères. Des tas de putains de médocs à la con… Comme ceux que j'ai trouvés un jour dans la table de chevet de ma mère… Et ce regard, ces larmes…

Comment ne pas reconnaître la fin lorsqu'on la croise ? Comment ne pas vouloir chasser les démons lorsqu'ils rôdent avec tant de force autour d'une âme lessivée et désabusée ?

J'essuie sa peau humide en l'observant, mon cerveau carburant si vite que je n'arrive plus à suivre ni à m'exprimer… Tout ce que je sais, c'est que je ne suis pas là par hasard. Que malgré ce qu'il vient de déclarer entre deux sanglots, quelque part, quelque chose lui a envoyé de l'aide. Une force impalpable m'a guidé jusqu'à lui au bon moment…

Je fais glisser son sac derrière moi. Il se fige et y accroche ses mains dans un mouvement de panique que je calme dans l'œuf.

– Non… tout va bien. Ce sac n'est pas bon pour toi… Je vais t'aider…

Oui, parce que j'ai la solution. Je ne traîne pas depuis deux ans dans une association pour rien. Je les aide ponctuellement, et j'adhère à ce partage, cet amour qu'ils tentent tous de diffuser autour d'eux.

– Je vais t'embarquer avec moi.

Cette fois, il lâche l'anse de son sac et recule sous la table en secouant la tête.

– Non… Je ne vais nulle part. Personne ne m'emmène. C'est fini !

Je sors prestement une carte de visite de l'asso de mon portefeuille et la glisse entre ses doigts.

– Nous pouvons t'aider… Il y a toujours un moyen, mec…

Il consulte la carte, la retourne et m'observe en plissant les yeux.

– Toulouse ?

Je lui explique.

– Je te donnerais bien assez d'argent pour prendre le prochain train, mais j'ai peur que tu ne le fasses pas et que tu restes sur ton idée de médocs. Ce qui serait une erreur. Je prends le train ce soir. Tu peux venir avec moi. Je ne t'attacherai pas, tu seras libre…

J'avais prévu de prendre ce foutu train demain. Mais après tout, rien ne me retient ici… Je dirais même que tout me pousse à partir pour guider ce type vers J.E. et Magda, qui pourraient bien être son ultime espoir…

– Et sinon ?

Je hausse les épaules, tentant de garder une attitude dégagée, alors que tout en moi prie pour qu'il accepte.

– Sinon, j'appelle la sécurité. Et ce sera les flics…

Parce que, d'une manière ou d'une autre, je ne le laisserai pas repartir seul. C'est évident que c'est une mauvaise option.

Il hoche la tête après de longues minutes de réflexion.

– Si tu me donnes l'argent et l'heure, j'y serai… peut-être.

J'observe son visage, neutre et impassible. Dois-je lui faire confiance ? D'un autre côté, s'il y a bien une seule chose que je dois retenir de ceux qui m'entourent, c'est bien que personne ne peut aider celui qui ne réclame pas d'aide… C'est à lui de voir s'il veut avancer ou non. Je ne peux qu'ouvrir certaines portes et lui donner l'envie et les moyens de les passer.

Je sors une nouvelle fois mon portefeuille et y récupère quelques billets.

– Le dernier train part à 22 heures 38. Soit, dans un peu plus de deux heures. La gare se trouve à quinze minutes de marche par la route principale vers le centre-ville. J'y serai…

Il attrape l'argent que je lui tends. Je ne lâche pas ma prise, alors qu'il tire dessus promptement, jusqu'à ce qu'il lève ses magnifiques yeux verts constellés d'étoiles vers les miens.

– J'espère que tu y seras aussi…

Il hoche la tête d'un air sérieux.

– J'y serai…

Je le laisse récupérer l'argent. Je ne peux pas faire mieux. Prier, peut-être ? Je me redresse en le laissant là, considérant que rester davantage ne serait pas forcément bénéfique.

– Parfait… Au fait, je m'appelle Dorian…

– Et moi Valentin…

– Alors enchanté, Valentin… J'espère que j'aurai l'occasion de te revoir très vite… En attendant, je te laisse quelques minutes avant d'appeler la sécurité pour qu'elle vienne réparer cette porte…

Je n'attends pas sa réponse et tourne les talons, en espérant de tout mon cœur qu'effectivement, il réapparaisse rapidement dans mon espace. Parce qu'à plus d'un titre, ce Valentin est une personne hors normes. Et qui m'a touché en plein cœur, juste en un regard…

Espérons qu'il accepte cette main tendue… Qu'il n'est pas trop tard pour lui.

Chapitre 1 ~4

Aujourd'hui.

Sweet Summer

<u>Dorian</u> : Tout va bien. Je l'ai ramené chez moi.

<u>Marlone</u> : OK. Merci Dorian.

<u>Milan</u> : Comment va-t-il ?

<u>Dorian</u> : Il dort. Et son chien… putain, son chien !

<u>Marlone</u> : Quoi, son chien ? Il est mignon ?

<u>Dorian</u> : Je ne dirais pas ça. Ce cabot de malheur a pissé sur mes chaussettes !

<u>Milan</u> : C'est pas grave ! Allez, Dorian…

<u>Marlone</u> : MDR ! Un coup de machine et c'est bon. Tu es fétichiste des chaussettes, Dorian ?

<u>Dorian</u> : C'est ce satané sac à puces, le fétichiste ! Et, oui, mes chaussettes, je m'en fous, sauf quand mes pieds se trouvaient encore dedans ! J'ai dû prendre une douche ! Il est 3 h du mat ! Et maintenant, le truc squatte mon oreiller ! Je vais te virer Machin de mon pieu, ça va être vite vu !

<u>Milan</u> : PTDR ! Mais non, Truc dort avec Val, tu ne pourras rien y faire !

<u>Dorian</u> : C'est ce qu'on verra !

<u>Marlone</u> : Val dort avec toi ?

<u>Dorian</u> : Évidemment !

<u>Milan</u> : Et Lucas ?

<u>Dorian</u> : Lucas dort dans sa chambre, mon pieu n'est pas non plus un hall de gare.

<u>Milan</u> : Dorian's bed, the place to be.

Marlone : J'arrive, garde-moi une place. Enfin deux, je viens avec Tristan.

Milan : Ajoutes-en deux autres, je réveille Em... Tu passes nous prendre Marl ?

Dorian : Restez chez vous où je vous lâche le chien au cul ! Personne dans mon pieu.

Milan : Sauf Val.

Marlone : Et Lucas. Je sens que notre cher et tendre fait des préférences.

Dorian : Lucas ne dort jamais dans mon lit.

Milan : Donc, juste Val.

Dorian : Et son chien. Mais lui, il n'est pas invité... Bref...

Marlone : Je pose peut-être une question idiote, mais... Lucas accepte que tu restes avec Val cette nuit ?

Milan : Dans le lit auquel il n'a pas accès lui-même ?

Dorian : Je ne vois pas trop en quoi ça le regarde.

Milan : Sans déconner ? Rien ? Pas la moindre idée ?

Dorian : Les mecs, il est 3 h du mat et Val est H.S. Lucas l'a bien compris et n'a pas été chercher plus loin. Merci de faire preuve de la même intelligence de situation que lui.

Marlone : « Intelligence de situation ». Connais pas.

Milan : Moi non plus.

Dorian : Ça signifie que selon l'évènement, certains savent s'adapter, et d'autres non... Voilà, voilà... Je développe ?

Marlone : Oserais-je supputer que tu nous traites indirectement et à demi-mot de couillons ?

Milan : D'abrutis finis ?

Dorian : Non. Tu supputes très mal. Je pense simplement que vous allez nous faire toute une histoire d'une simple main que je tends à Val. Pas de réflexions à la con à ce sujet, merci.

Milan : Je ne vois vraiment pas ce que tu insinues. Non, tu partages ton lit avec ton pote de huit ans, avec lequel tu es très, très proche, alors que ton mec dort seul au bout de l'allée... Rien de bizarre ni sujet à interprétation. Tout va bien.

Marlone : Milan, je crois que j'ai la même « intelligence de situation » que toi.

<u>Milan</u> : Marl, tu la sens ma grosse intelligence[16] ?

<u>Marlone</u> : Bravo, Jim Carrey… Ou devrions-nous t'appeler Ace Ventura ?

<u>Milan</u> : Ace, ça me va, pas de chichis entre nous.

<u>Dorian</u> : Les mecs, pour paraphraser Val, j'adore comment vous êtes cons… Mais j'ajouterai : si vous pouviez être cons demain, ça m'arrangerait. J'suis nase. Ciao.

<u>Marlone</u> : OK. Je vais réveiller Tristan. J'ai envie de jouir.

<u>Milan</u> : Oh, ben, quelle surprise ! Em est réveillé, lui… ☺Bise les mecs.

<u>Marlone</u> : Bye.

Valentin

Je me réveille au milieu de la nuit, perdu dans des draps que je ne connais pas. Le pelage de Truc me pique le dos à travers mon tee-shirt, et la chaleur de son petit corps endormi contre moi me rassure en m'indiquant que tout va bien. Ma tête est posée sur un biceps, ma main sur un ventre ferme et lisse… Il me suffit de plonger le visage dans le creux du cou devant moi pour retrouver le parfum rassurant de Dorian.

Les souvenirs d'hier soir refluent dans mon esprit. Eliés. Ma cuite piteuse et pathétique au bar. Puis lui. Ses bras… Son sourire… Ses lèvres… Son baiser… Trop d'informations. J'ai envie de me raccrocher au bon, comme il me l'a appris. Je caresse machinalement le ventre tendu de mon ami, offert sous mes doigts, pendant que le passé, ces huit ans que nous avons partagés, se bouscule dans ma mémoire.

Il a suffi d'un quart d'heure à Dorian pour se créer une place dans ma vie. Et il n'en est jamais parti. À aucun moment il n'a fait mine de m'abandonner. Il s'est installé sur mon cœur, comme un souverain sur son trône, et y a pris ses aises. Je n'ai rien fait pour empêcher ça. Il m'a tendu 50 €, j'aurais pu les prendre et partir, mais il m'a donné sa confiance. Et à ce moment précis, elle m'a semblé beaucoup plus précieuse que les quelques billets pliés entre mes mains.

---

[16] Phrase culte, (en tout cas pour moi) *d'Ace Ventura, détective pour chiens et chats*… Je refuse d'expliquer la situation dans laquelle cette phrase est prononcée, par contre… ☺Et non, ce n'est pas une scène torride, pas de pensées déplacées, svp…

Le premier à prendre ma parole au sérieux. Même moi, je n'y croyais pas vraiment. Mais, certainement pour prouver que je valais quelque chose malgré tout, mes pieds se sont dirigés vers cette gare, et sont restés plantés sur ce quai jusqu'à ce qu'il me rejoigne. Puis j'ai parlé. J'ai ouvert les vannes en mangeant le sandwich qu'il m'avait apporté. Face à ce regard curieux et posé, ces yeux envoûtants, emplis de confiance et de respect, j'ai expliqué ma misérable vie. Les regards dépravés, les mains sur mon corps, les entailles que je m'infligeais, ma fuite de Bordeaux, mon espoir d'une nouvelle vie, mon incapacité à la trouver… C'était la première fois que je livrais le récit de ma vie, tel quel, sans omission ni mensonge. Pourquoi à lui ? Je ne le savais pas à l'époque. Et ce point reste un grand mystère aujourd'hui… Je ne le connaissais pas, et pourtant, je me suis mis à nu. Comme ça. En mangeant un sandwich dans un train.

Il n'a rien dit. Il s'est contenté de me nourrir, de m'écouter, puis de me conduire jusqu'à Jean-Eudes et Magda, qui m'ont accueilli, au milieu de la nuit. Il m'a tout simplement sauvé la vie.

Et aujourd'hui, je me retrouve encore une fois dans ses bras, dans son club, perdu au milieu de ma propre obscurité, me raccrochant à sa stabilité. Comment ne pas aimer un homme tel que lui ? Comment ne pas lui laisser cette place de choix dans mon cœur et dans ma vie, alors que sans lui, il n'y aurait que le néant ? Peu importe de savoir si j'aurais eu le courage de réellement en finir ou non cette nuit-là… dans tous les cas de figure, sans lui, je ne serais plus.

Normal qu'Eliés n'ait pas trouvé sa place. Normal que je n'en ai pas trouvé non plus pour lui. Entre ce que je suis au fond de moi, mes remords, mes dégoûts, mes démons et Dorian, il n'y a de place pour personne.

Mes doigts remontent le long du torse parfait de mon ami.

L'est-il réellement ?

Parfait ? Oui, c'est certain, il l'est. Mais ce n'était pas ma question. Est-il réellement mon ami ? Je me rappelle que je l'ai trouvé beau dès que je l'ai aperçu sur cette plage. Puis, encore plus lumineux dans ce train. Bienveillant, adorable, prévenant… Intelligent, plus que moi, et physiquement parfait… Mais à ce moment, j'étais un tel déchet que rien ne pouvait vraiment m'atteindre, et encore moins me chambouler. J'ai simplement pris sa main. Et nos doigts se sont liés, pour ne plus jamais se séparer. Ensuite, je n'y ai plus repensé. Jusqu'à cette distance, qu'il m'a imposée ces derniers jours. Mais, là encore, rien n'était clair.

Et je suis loin de penser que ça l'est plus aujourd'hui. Pourquoi l'ai-je embrassé ? Pourquoi m'a-t-il répondu avec autant de fougue ? Pourquoi ses bras représentent-ils le seul endroit où je peux oublier tout le reste ? L'amitié ? L'amour ? Je ne m'y connais pas plus sur l'un ou l'autre des sujets.

Tout ce que je sais, à ce moment précis, c'est qu'ici, contre lui, j'ai l'impression d'être intouchable. Le départ d'Eliés, mon incapacité à m'ouvrir à cet homme qui m'a donné énormément en peu de temps me semble secondaire, et peut-être pas si grave que ça, finalement. Ça me rappelle une vieille chanson que j'écoutais quand je me sentais bien, dans ma chambre chez Magda et J.E.

« All that I know, at this moment in time, I'm the king of New York[17] ».

Et c'est exactement ça que je ressens avec Dorian. Quand je me trouve avec lui, j'ai l'impression d'être le roi du monde.

Mes doigts continuent leur course sur ce corps que j'ai observé tant de fois sans jamais le toucher. Ils retrouvent son menton, effleurent ses lèvres, esquissent le contour de son profil, puis reviennent sur le satin de cette lèvre inférieure pleine et sexy…

Sexy. Oui, il l'est aussi… Effroyablement sexy… Je ferme les yeux et me redresse au-dessus de ce visage endormi. Son baiser, si bon… Tellement réconfortant… Tout semble clair à cette minute… Ma place. Celle qui me paraît l'unique et la seule envisageable. Celle qui me fait moins peur que les autres. Pas seul. Pas avec des inconnus auxquels je refuse tout accès. Mais avec lui, qui me connaît et sait prendre soin de moi. Dans ses bras que j'adore tant. Ça paraît fou et presque incongru… mais en même temps tellement juste…

Je me penche sur lui pour poser mes lèvres sur les siennes. Il sursaute et ouvre les yeux. Je recule légèrement pour laisser nos regards se sonder un instant. Puis je l'embrasse à nouveau, en forçant le barrage cette fois, avide de retrouver son intimité chaleureuse et accueillante. L'une de ses mains se place sur ma nuque et sa bouche s'entrouvre pour me laisser entrer. Nos langues se retrouvent et s'enlacent alors qu'il me hisse sur lui de son bras libre. Je m'enroule à lui, incendié par une foule de désirs, allumé par la saveur de ce baiser incroyablement sexy. Ses bras m'entourent et me collent à lui, pendant que ma queue se réveille, poussant contre son ventre et son membre, lui-même dur et imposant entre nous.

---

[17] Tout ce que je sais à ce moment précis, c'est que je suis le roi de New York. *King of New York*, Quireboys, paroliers cités en épigraphe.

Je sens ses doigts courir le long de ma colonne, par-dessus mon tee-shirt, sans jamais essayer d'aller au-delà, oubliant la peau que je ne veux pas dévoiler. Parce que, ça aussi, il le sait. Mon corps est un sanctuaire, ma peau une cité interdite... Pourtant, encore une fois, avec lui, je ne suis pas loin de regretter toutes ces barrières que je me suis construites. Je me perds dans notre baiser qui, contrairement à celui échangé au camping, prend son temps. Je frotte mes lèvres contre les siennes, le bout de sa langue taquinant mon piercing tandis que ses doigts se perdent à l'orée de mes cheveux.

Toute la tendresse, la confiance et l'amour que nous nous portons guident cet échange, qui n'a rien de sexuel, mais tout de l'échange et du besoin de mélanger nos âmes, de les fusionner l'une à l'autre plus intensément que jamais, de les enrouler plus étroitement qu'elles ne le sont déjà, dans l'affection et la profondeur de ce sentiment si fort que nous partageons.

La chaleur grignote le bas de mon dos, attisant un feu passionné qui réveille peu à peu mes sens et guide mon bassin contre le sien, frottant nos sexes l'un contre l'autre. Je perds l'esprit, la retenue, mes angoisses, et oublie tout le reste...

Mais ses mains se posent sur mes hanches et son visage s'écarte du mien. Je retrouve son regard si profond, perçant l'obscurité pour atterrir directement sur mon cœur.

– Valentin... Es-tu certain que c'est ce que tu veux ?

Je ne m'attendais pas à cette question, et me contente de le regarder, l'âme tout à coup en berne. Est-ce que c'est ce que je veux ? Que puis-je vouloir d'autre, puisque toutes mes autres options s'avèrent ridiculement impossibles face à lui ? Il détient mon cœur de toutes les manières possibles. Il n'autorise personne à y pénétrer, même un peu. Je suis pris dans le « piège Dorian », celui qu'il n'a même pas conscience d'avoir installé en moi... Je lui appartiens, corps et âme, de gré ou de force... Et j'adore me perdre dans ses baisers, je le découvre depuis hier soir.

Mais mon mutisme en dit plus long que je ne le voudrais, et suffit pour qu'il comprenne. Ou ne comprenne rien, justement. Je ne sais même pas moi-même ce qu'il en est de nous.

Le dos de ses doigts vient caresser ma joue tendrement.

– Écoute, Chaton... Je sais que c'est compliqué... et je suis là pour t'aider, n'en doute pas un seul instant. Cependant, pas comme ça. À moins que ce soit ta solution, et que tu en sois certain...

Il me laisse un temps pour répondre, mais une nouvelle fois, je n'en sais rien... Je suis novice et nul dans tout ce qui concerne les sentiments. Personne ne m'a jamais appris. Jouer de mon corps, faire rugir les hommes de plaisir, oui, je connais ce sujet sur le bout des doigts. Simuler, faire semblant, séduire, attirer, je maîtrise aussi parfaitement, même si je n'en joue plus depuis des années. Mais aimer, comprendre les âmes et les cœurs, me diriger dans le bordel des émotions, là, je sèche.

Il redresse la tête et dépose un baiser chaste sur mes lèvres.

– Tu as perdu tes bases avec ce mec, Val. Non pas que je l'incrimine. Mais je pense qu'à l'heure actuelle, tu dois surtout te demander si tu sauras, un jour, aimer... Ne fais pas tes griffes sur moi, c'est tout ce que je te demande. C'est le seul bémol que je dois t'imposer.

Je penche la tête en m'apprêtant à nier, mais il ne m'en laisse pas l'occasion.

– Je suis en couple, Valentin. Un mot de toi et Lucas disparaît... C'est toi qui décides...

Il me laisse sans voix. Et c'est la meilleure question qu'il pouvait poser. Parce qu'il sait que je prends soin de lui autant qu'il le fait pour moi. Jamais je ne lui demanderais de sacrifier un morceau de sa vie sans être absolument certain que ça en vaille la peine. Et donc, pour cette unique règle, la réponse ira de soi, forcément, avec ce que je me sens prêt à engager. Et je ne me sens pas de taille face à tout ça. C'est évident. Pas maintenant, pas comme ça, pas encore...

Je me laisse glisser sur le matelas sans prononcer un mot, mes gestes expliquant clairement les choses. J'attrape mon téléphone, qu'il a déposé au bord du lit avec mes écouteurs (je me suis endormi avec dans sa voiture), trouve ce morceau qui me trotte dans la tête depuis que je suis réveillé, et lance *King of New York* en le programmant sur replay. Puis, je me recroqueville pour m'appesantir sur ma vie, enlaçant Truc qui n'a pas cessé de ronfler depuis tout à l'heure. Je n'y arriverai jamais. Je suis totalement paumé.

Dorian s'enroule autour de mon dos, attrape l'une de mes oreillettes et la place à son oreille. Et nous nous endormons comme ça, encastrés l'un dans l'autre, naviguant sur le même air, flottant dans le même univers, perdus chacun dans nos pensées.

Sweet Summer

Dorian : Putain de bordel à cul !

Marlone : Expression... je dirais... fin 90 ?

Milan : T'es sympa. Mon grand-père disait ça. Et mon grand-père c'est plutôt 1960... allez, 1970 ?

Marlone : MDR ! Bon, sinon il se passe quoi ?

Dorian : Val dort !

Marlone : Étonnant ! À 5 h 58, quelle drôle d'idée !

Milan : Franchement, ce mec est une feignasse, si vous voulez mon avis !

Marlone : Je suis d'accord. C'est pas comme s'il était en vacances...

Milan : Voilà. Dorian, tu sais, les vacances ? Je sais que tu ne pratiques pas vraiment, mais peut-on au moins espérer que tu comprennes le concept ? Les gens normaux ont parfois besoin de repos, Dorian. Surtout en se couchant à 3 h du mat... Tu vois l'idée ?

Dorian : Super, vous expliquerez ça à son truc à poils !

Marlone : Il bande en dormant ?

Milan : Il se passe quoi exactement dans cette chambre ?

Dorian : Vous n'êtes qu'une bande d'obsédés ! Je parle de Truc ! Pas de son truc à lui ! Ce chien refuse de pisser dans mon jardin privé !

Marlone : Donc, il faut que tu le sortes.

Dorian : Merci, Einstein, j'avais pas compris ! Mais je bosse, moi ! J'avais, accessoirement, des petits-déjeuners à mettre en route !

Milan : Moi, y a un truc que je pige pas. T'es le chef, et tu te coltines le truc le plus chiant du monde, le petit-déjeuner. T'es en rade d'employés ou quoi ?

Dorian : Non, mais le petit-déj, c'est le moment où je tiens à être présent. Déjà, parce que c'est le seul moment où le client ferme sa gueule et qu'il pionce à moitié debout, généralement. Ensuite, parce que justement, ça me permet de me montrer accessible vis-à-vis de la clientèle, qui sait que tous les matins, si elle a besoin, je suis là. Du coup, depuis que je fais ça, j'ai moins de chieurs à frapper à la porte de mon bureau le reste de la journée.

Marlone : Dorian, tu es un fin stratège. Et donc, comment va Val ?

<u>Dorian</u> : Il dort, je viens de te le dire. Enfin, il dormait il y a cinq minutes, quand je suis parti.

<u>Milan</u> : Ce qui signifie ?

<u>Dorian</u> : Je suppose que ça veut dire qu'il dort en ce qui le concerne. Pour le reste, c'est-à-dire moi et son Truc, ça veut dire que je vais devoir bosser avec un chien dans les pattes... Je l'ai emmené au petit-déj. Il y a des tas de gosses, généralement, qui squattent dès 6 h, prêts à profiter de leur journée... J'en trouverai bien un pour promener le poil sur pattes.

<u>Marlone</u> : Doublement futé... Je me prosterne devant toi, ô grand prêtre rusé comme un singe.

<u>Dorian</u> : Oui, tu peux... Tiens, justement, affaire réglée. Truc confié à deux morveux qui vont courir sur la plage. En contrepartie, ça me coûte double ration de petit-déj à leur retour, c'est-à-dire rien, puisque c'est un buffet... Sont cons ces gosses !

<u>Milan</u> : MDR ! Je me prosterne aussi pour le coup !

<u>Marlone</u> : J'adore.

<u>Valentin</u> : Trop cool, merci Dorian !

<u>Dorian</u> : T'es réveillé ?

<u>Valentin</u> : Euh, non, pas vraiment... Juste somnambule... Je dors... Schuss !

<u>Dorian</u> : Ah non ! Viens reprendre ton cabot...

<u>Marlone</u> : Rectification, c'est Val mon maître incontesté ! Val, je me prosterne...

<u>Milan</u> : Tu ne serais pas un peu vendu, toi ? Genre, pas de patrie ?

<u>Dorian</u> : Oui, parce que tu viens de me jurer allégeance, y a quoi... cinq minutes ? Val, ramène ton cul pour récupérer ton chien dans dix minutes !

<u>Marlone</u> : Je suis un païen... j'ai le droit de vénérer le nombre d'idoles que je veux...

<u>Dorian</u> : Mouais. Val ? Chaton ?

<u>Milan</u> : Non, mais tu crois qu'il va répondre ? Tu ne le connais pas encore ?

<u>Marlone</u> : C'est là qu'il est fort... Parce que son Doudou ne va pas broncher et va se coltiner le chien jusqu'à une heure raisonnable, tu vas voir !

Dorian : J'ose espérer que quand tu parles de « doudou », ce n'est pas moi que tu évoques ?

Marlone : Si. Et donc ?

Dorian : Et donc, tu es boxeur, alors ça passe.

Milan : Cool, on a le droit de t'appeler Doudou ! Top, top !

Dorian : Non, pas toi.

Milan : Et pourquoi ?

Marlone : Parce que tu n'es pas boxeur !

Dorian : Voilà.

Milan : Mais si, je boxe !

Marlone : Non, tu squattes les douches ! Gros dégueulasse !

Dorian : Pour apercevoir certaines fossettes, dont nous n'avons toujours pas les photos, au passage !

Valentin : Exact ! Marlone, photo !

Dorian : Tiens t'es là ? Putain, je savais que tu ne pourrais pas t'empêcher de la ramener !

Marlone : Alors là, Val, tu me déçois. Je remonte mon autel en l'honneur de Doudou.

Milan : Girouette !

Dorian : Val, je te rapporte ton Truc !

Valentin : Oui, s'il te plaît... Il me manque !

Dorian : Sérieusement ? Bouger ton cul, ça pourrait se faire ou c'est un doux rêve ?

Valentin : Seconde solution...

Milan : Bon, j'ai l'impression que rien ne change. Donc, c'est que tout va bien. Je vous laisse. Bises.

Marlone : Idem. Bye.

Valentin : Schuss, les mecs. Doudou ? Tu viens ?

Dorian : Ciao les gars. Val, je te hais...

Dorian

Truc se jette sur le lit dès que j'ouvre la porte. Valentin, toujours allongé dans le noir, le récupère, lui gratte la tête et soulève la couette pour qu'il s'installe contre son ventre. Je reste un moment à examiner la scène depuis le pas de la porte. Je n'ai pas trop le temps et j'ai confié le service à un stagiaire, pour lequel je nourris pas mal de doutes quant à son efficacité.

Mais le visage de Valentin contraste vraiment avec son ton léger de la conversation sur le groupe. Ce qui ne m'étonne qu'à moitié. Valentin est fort quand il s'agit de faire semblant. Sauf avec moi. Je le connais trop bien pour me faire avoir par ses entourloupes, et il en est tout à fait conscient.

Je prends deux minutes pour m'asseoir au bord du lit et poser une main sur sa joue, en relevant les cheveux qui tombent sur ses yeux. Allongé sur le côté, il presse son oreiller fortement contre son visage, les yeux dans le vide, les traits tirés et fatigués.

Sans oser lever le regard sur moi, il murmure dans l'obscurité.

– Je suis désolé, Dorian…

Sa voix tente de résonner normalement, mais je sens le sanglot qui bloque sa gorge, et toutes ses sempiternelles remises en question qui titillent son esprit… Comme si cela ne suffisait pas, il m'a sauté dessus par deux fois la nuit dernière. Or, je sais que c'est un nouveau problème pour lui, car ce petit écart pourrait remettre en cause beaucoup de choses entre nous.

Bon Dieu, ce que j'aimerais effacer tout ce qui fait que sa tête est sur le point d'éclater ! Au bout du compte, le Valentin qui se trouve en face de moi, même s'il a fait des progrès énormes dans sa vie, est toujours le petit être fragile qu'il était il y a huit ans… Si socialement il a réglé presque tout, le fond du problème est toujours là… Je pensais que non. Erreur. Ce petit mec si futé arrive encore à me berner, finalement. Il est très fort.

Cependant, je ne suis pas le dernier des pauvres mecs non plus. Ma force, c'est de le connaître par cœur et de savoir comment il fonctionne.

Je le fais rouler sur le dos. Pris par surprise, il n'a pas le temps de se reprendre et me laisse l'avantage. J'en profite pour me pencher vers lui et l'embrasser sans lui demander son avis.

À ma grande surprise, il a le goût de menthe, frais et léger, de mon dentifrice. Petit futé, qui malgré toutes ses angoisses, se lave les dents avant mon arrivée… Ce petit détail change quelque chose en moi. Je voulais simplement remettre les comptes à jour… mais je me prends au jeu de prolonger ce baiser, auquel il s'adonne sans retenue, se laissant aller à gémir sous le jeu de nos bouches. Ce que j'ai commencé sans conviction s'intensifie malgré moi. Notre baiser s'enflamme, mes sens se mettent à bouillir et ses mains entrent dans le jeu. L'une de ses paumes caresse ma nuque, pendant que l'autre s'agrippe à mon biceps, par-dessus la manche de mon polo, m'attirant vers lui sans sembler vouloir me lâcher.

Je me force à reculer en caressant une nouvelle fois sa joue. Je souris à son regard perdu.

– Voilà… Je sais que nos baisers de cette nuit sont un problème pour toi… Plus maintenant. Tu as dérapé, et à présent, moi aussi. La balle est au centre, tu ne peux plus t'en vouloir pour ça… Ou alors, il faudra m'en vouloir aussi.

Il plisse le nez d'une manière adorable, puis passe le bout de sa langue sur ses lèvres en affichant un air effrontément malin.

– Ah, mais non… Je t'ai sauté dessus deux fois… Les comptes ne sont toujours pas bons…

Je retiens un rire devant son impertinence que j'adore, en essayant de cacher ma satisfaction face à cette demande. Quelque part, il devance mon envie…

Sa main se pose sur ma nuque et m'attire à lui, puis m'intime une pause pendant qu'il penche la tête pour m'informer…

– Et, pour que tout soit parfaitement équitable, vu que tu as bandé au moins cette nuit, je vais bander aussi pour celui-là… Je veux donc un baiser qui fait bander… Sinon, c'est pas juste…

Il ne me laisse pas le temps de répondre et attire mon visage sur le sien. Je récupère ses lèvres, qui me manquaient déjà, et prends possession de ce beau mec de la plus belle des manières.

Ma langue joue avec ce piercing qui m'agace et me fascine. Mes lèvres caressent les siennes, découvrant une nouvelle fois leur douceur addictive… Je crois que je suis dans la merde. Avant-hier, Valentin était déjà l'homme de ma vie. Mais rien de physique ne venait interférer dans nos relations. Il était juste celui que j'admirais, que j'aimais, qui détenait une place à part, plus haut que tout le reste… C'est comme ça que je le voulais, parce que rien d'autre n'était possible. Trop de démons, de terreurs et d'atrocités assiègent ce cerveau pourtant bien fait, et m'empêchaient de le voir autrement que comme un homme intouchable, comme le meilleur de mes frères, une âme sœur si proche qu'elle faisait presque partie de moi.

Mais depuis cette nuit… À partir du moment où mes lèvres ont rencontré les siennes, tout a basculé… Je savais très bien, depuis le début, que si nous mêlions les sens à ce qui nous lie, alors le mélange serait détonnant... Force est de constater que c'est bien le cas. Et même bien pire que ce que j'avais imaginé... Mon corps est attiré vers lui. Mais maintenant qu'il en connaît le goût, les pulsions qui me font beaucoup trop vibrer sont bien trop fortes pour laisser la place à la raison et à la retenue...

Nos bouches se dévorent sans vergogne, avides et affolées. Son corps sous le mien ondule savamment, appelant mes mains, que je refuse de guider vers lui. Mes doigts se cramponnent à ses cheveux pour ne pas succomber davantage, pour rester là où elles doivent être... Ses gémissements attisent ma flamme et mes sens. Y résister me demande un effort atroce, beaucoup trop contraignant pour mon esprit malmené par cette langue qui me fouille avidement... Je savais que Valentin était parfait sous tous les plans... Il est atrocement torride... Bordel de merde ! Je suis en train de poser les pieds dans un enfer sans nom... À partir de maintenant, tout va changer...

Je recule à regret en tentant de reprendre mes esprits. Ses mains restent agrippées à moi, tandis que son regard perdu et déboussolé ne me quitte pas. Évidemment, il a senti la même chose que moi... Merde, doublement... Parce qu'il n'a pas besoin de ça, surtout pas maintenant...

J'embrasse son front alors qu'il reste muet, sans doute de stupeur, puis me relève.

– Bon... J'espère que tu as bandé, ce serait dommage de devoir recommencer cette étape...

Il confirme d'un mouvement de tête et récupère ce ton faussement léger, qu'il maîtrise si bien.

– Oui... parce qu'auquel cas, nous serions obligés de remettre ça... Et du coup, hop, nouveau déséquilibre, et rebelote... Bref, j'ai une bonne grosse gaule à cause de toi. Tout va bien. Opération réussie.

Je reste à l'observer pendant qu'il se love sous la couette.

– Tout va bien, Val ?

Il secoue la tête pour nier, mais répond :

– Oui.

Il me lance un petit regard désolé, en tirant son chien le long de son corps pour le blottir dans son cou.

– Mais ça va aller. J'ai simplement besoin de... Putain, merde, Dorian... Je suis tellement déçu... Eliés était... top. Et pourtant, je n'ai pas su lui donner quoi que ce soit... J'ai préféré le laisser partir...

Tu vois ? Rien n'est possible. Avec personne… Je ne suis ni prêt ni armé pour tout ça.

Je comprends son avertissement. Je le prends pour moi, entre autres… Une manière polie et déguisée pour me faire comprendre que oui… mais non… Forcément… Il n'avait pas besoin de me prévenir, j'avais compris. Il ne fait que confirmer.

Je laisse traîner un sourire sur mes lèvres, qui n'atteint malheureusement pas mes yeux et ne lui redonne pas le sien. Je préfère tourner les talons et le laisser à ses réflexions. Sur ce point, je pense qu'il n'a pas besoin de moi. Loin de là.

– Oui, maman…

7 heures 32. Elle ne perd pas de temps. Cela fait deux jours que j'ignore ses coups de fil, m'excusant par SMS en prétextant tout et n'importe quoi. Amélie m'a prévenu qu'elle avait un nouveau mec et qu'elle rêvait de grandeur et d'amour au soleil, sous les cocotiers. Cependant, vu ses finances, je sais où elle compte trouver ses foutus cocotiers…

– Ah, Dorian… Je savais qu'à cette heure, tu serais moins occupé. Je suis contente que ton hôtel fonctionne à ce point, mais tu devrais t'accorder des vacances, mon cœur…

Je salue des vacanciers d'un signe de tête, alors que je traverse l'espace piscine, encore calme à cette heure. J'adore le matin… Le monde qui se réveille lentement, la fraîcheur qui s'attarde encore un peu dans l'air, le silence, la lenteur de la vie qui sort de la nuit…

– Oui… enfin, j'ai toujours un petit-déjeuner en cours… Je ne suis pas, à proprement parler, disponible.

Je n'ai pas vu le temps passer. Je suis resté presque une heure à divaguer dans les allées, à essayer de faire le point. La conclusion est simple : pour cette fois, je n'ai rien à faire. Seul Valentin doit agir et décider. De tout. De sa vie, de son bonheur… par la même occasion, de ma vie et de mon bonheur aussi. Parce qu'en ce qui me concerne, s'il est prêt, je le suis aussi… Même si je refusais de le comprendre, j'ai toujours aimé Valentin. Et pas du tout chastement. Simplement, ce n'était pas le bon moment. Et notre amitié est si forte qu'elle me suffisait. J'ai aussi une vie relativement chargée qui me permet largement de me perdre dans d'autres problématiques que ma vie amoureuse. Surtout que, en l'occurrence, je n'ai pas beaucoup de latitude concernant Valentin. C'est à lui de faire le chemin.

C'est terrible de se sentir impuissant quand on a l'habitude de tout contrôler. Même pour ma mère, je décide à peu près tout pour elle depuis des années. À part pour ce qui concerne ses histoires de cul. Sur ce point, elle n'a vraiment pas besoin de moi pour gérer.

– Ah, bon. Alors, ça sera rapide. Je me disais… Je crois qu'il est temps que je te présente quelqu'un.

Je ne suis pas censé savoir de quoi il retourne. Sous peine d'ôter toute crédibilité à ma sœur, qui s'est toujours révélée être un atout précieux pour moi.

– Qui donc ?

Je la laisse exposer les faits en replaçant quelques transats autour du bar de la piscine.

– Il s'appelle Rodrigo. Il est italien.

– Intéressant. Et ?

Allons droit au but…

– Et, je le fréquente depuis quelques mois maintenant…

D'après Amélie, trois semaines et quatre jours. Et je sais pertinemment laquelle je dois croire des deux.

– OK… Je suis content pour toi.

– Oui… Enfin, je sais ce que tu te dis…

Ce que je me dis, c'est que ma mère s'est trouvée enceinte de son premier enfant trop vite. Puis larguée encore plus rapidement, sans parent pour l'aider à débuter une vie saine avec son enfant. Puis, mon père a pris la place vide dans son lit à une vitesse incroyable, avant de se barrer, tout aussi vite, en la laissant enceinte et sans le sou, et ainsi de suite… Je pense que maintenant qu'elle n'a plus d'enfants à gérer, puisque nous sommes tous grands, et que je règle toujours une partie des études de Laura, plus un quart du loyer de Sarah à Lille, elle retrouve sa vie d'adolescente, dont elle n'a jamais pu profiter.

Je ne sais pas quoi en penser. Une part de moi la trouve égoïste et aurait envie de lui crier que nous ne sommes pas responsables de ses erreurs passées. Mais une autre, celle qui gagne à chaque fois, me pousse à penser qu'elle fait avec ce qu'elle a, et que les stigmates de son passé ont fortement dévié ses priorités, sans qu'elle n'y puisse rien elle-même… J'aurais tendance à la considérer comme une victime. Elle semble enfin libre et heureuse. Suis-je ne droit de lui en vouloir d'essayer d'attraper le bonheur ? Ma mère n'a jamais eu l'étoffe maternelle, dans tous les cas, bien qu'elle ait mis au monde cinq enfants. Ce n'est pas maintenant que je pourrai y changer quoi que ce soit. Et elle ne semble pas non plus vouloir évoluer sur ce point. On ne peut pas aider une personne qui ne le désire pas elle-même... J'en suis toujours autant persuadé.

– Je ne crois rien, maman. Tu as un job qui te plaît, et tu es célibataire. Tout va bien.

Elle pousse un soupir de soulagement. Je sais pertinemment que mon avis compte pour elle. Beaucoup. Parfois, j'ai l'impression de jouer le rôle du père dans sa vie. Donc, du grand-père pour mes frangines. Tout en étant aussi celui qui a contrôlé pendant longtemps les notes et les bulletins, ainsi que les finances, même à distance. Comme le patriarche manquant de l'équation. Et parfois, surtout avec Amélie, je reprends mon rôle de grand frère...

On pourrait croire que c'est usant. Et ça l'est. Mais c'est aussi de cette manière que j'arrive à dormir sur mes deux oreilles. De leur côté, tout roule, je n'ai rien à craindre ni à me reprocher.

– Bon, alors tant mieux. En plus, celui-là, je suis certaine qu'il te plaira. Il est vraiment charmant. Il est guitariste dans un petit groupe et tient un petit rôle dans une petite série en Italie. Tu sais, il est acteur aussi.

Je m'installe sur la terrasse en teck devant la piscine, surplombant la mer, me perdant dans ce paysage qui me fait oublier, parfois, que ma vie est chiante.

– Ah ? Et est-ce que tout ce qui le concerne est « petit » aussi, ou c'est juste au niveau de sa carrière qu'on situe le minuscule ?

Désolé, c'est plus fort que moi. Elle m'énerve, à toujours prendre pour des demi-dieux les premiers mecs qui lui matent le cul ! Je retire rapidement mes pompes et plonge mes pieds dans l'eau déjà tiède du bassin, encore vide de tout mouvement, en me préparant à sa réponse...

– Dorian ! Je ne sais pas comment je dois prendre cette réflexion...

Je préfère abandonner la lutte. Ici, je suis loin, je suis bien, je suis enfin en paix... J'ai ma vie, et la sienne ne m'importe plus autant qu'avant.

– Ne la prends pas. Je te demande pardon. Et sinon, comment puis-je t'aider ?

– Ah, oui... je me disais que peut-être... nous pourrions passer, avec Rodrigo... un petit week-end, par exemple ?

Super ! Encore une fois, Amélie avait tout bon...

– Écoute, pour le moment, je suis complet... mais je crois que dès septembre, je pourrais vous trouver un bungalow pour le week-end.

À la condition que son « petit » Rodrigo soit encore présent à cette date. Ce qui, soyons clairs, me paraît peu probable.

– Oh... si loin... bon, je suppose que tu ne peux effectivement pas faire mieux... Je suis impatiente de te revoir, mon fils.

– Moi aussi, m'man.

– Je dois te laisser, je travaille le matin cette semaine. Je suis déjà épuisée.

– OK. Bonne journée. Embrasse Laura pour moi.

– Je n'y manquerai pas. Bisous.

– Bisous.

Elle raccroche et je balance mon téléphone sur la terrasse à côté de moi. Tentant d'oublier qu'elle ne m'a rien demandé sur ma vie, comme d'hab, ni remercié à propos du virement pour les vacances de Laura dans les Pyrénées. Bref.

– J'ai l'impression qu'un petit remontant est de mise...

Je tourne à peine la tête vers Lucas, qui avance vers moi, un mug de café à la main. Fin du calme. Parfois, j'aimerais faire comme Val et m'enfermer loin de tout, sans répondre à personne. Mais ce n'est pas possible. Jamais...

Mon amant officiel s'installe à mes côtés en me tendant le café qu'il a apporté.

– Ton petit stagiaire m'a dit que je te trouverais là... Tu désertes le petit-déj ? T'en as marre cette fois ? Les vilains clients casse-couilles ont réussi à venir à bout de ta sacro-sainte patience ?

Je désigne mon téléphone du menton.

– Ma mère.

Il lève les yeux au ciel en allumant une clope.

– Oh...

Je l'observe pendant qu'il plonge lui aussi les pieds dans la piscine. Et je me demande ce que je dois faire. Parce que... J'ai embrassé Valentin. Parce que j'ai adoré ça. Parce que si Valentin me le demandait, j'oublierais Lucas en un quart de seconde. Et parce qu'il est un mec bien, qu'il ne mérite pas cette place. Si Val n'existait pas, je crois que je serais beaucoup plus engagé dans ce couple qui, pour le moment, ne ressemble pas à grand-chose, il faut être honnête… Une relation de travail améliorée, tout au plus. Très bien améliorée, cela dit. Lucas baise comme un putain d'enfoiré… Une affaire, sans nul doute.

Son regard traîne sur moi, pendant qu'il tire une bouffée de sa clope en inspectant mon visage. Il se gratte le menton tranquillement avant de me poser une simple question :

– Alors ? Comment va ton ami ?

Je hausse les épaules, adoptant un air détaché.

– Il survit. C'est pas facile.

– Sans doute… Et… Est-ce que je peux espérer te trouver dans mon pieu ce soir ?

Très bonne question… Je ne sais pas. Tout en moi veut retrouver Val. J'ai besoin d'être près de lui, parce qu'il ne va pas bien. Et pour autre chose aussi, que je refuse de nommer… Or, c'est justement ce dernier point qui me fait douter et supposer que ce n'est peut-être pas une bonne idée…

Il me coupe dans mon introspection.

– Tu sais, Dorian… J'aime beaucoup quand tu te pointes entre mes draps. J'aime beaucoup ta queue. Et j'aime encore plus ce que tu sais en faire…

Il joue avec ses sourcils, en souriant stupidement, arrivant à m'arracher un rire sincère, puis il reprend.

– Mais je ne suis pas amoureux. Pas plus que toi, je crois… Arrête-moi, si par mégarde je te brise le cœur, hein ? Je sais que je suis un mec torride, scandaleusement addictif…

Je m'esclaffe en me redressant pour boire mon café.

– Non, ça va. Je n'en suis pas encore arrivé à me languir de toi…

– C'est bien ce que je pensais… Mais tu sais, ça me va. Alors, ne te prends pas la tête. On avait dit « à la cool »… Alors, on reste cool, OK ?

Je plisse les yeux en l'examinant, ne comprenant pas exactement où il veut en venir.

Il se penche vers moi, adoptant un air conspirateur.

– Un autre truc que tu ne sais pas, me concernant. J'ai suivi des études de psycho… Avant de finir barman, puis maître d'hôtel et assistant du grand dirlo d'un club. Je sais décrypter les gens. Et toi, en particulier, je te décrypte super bien.

– Et ?

– Et, je ne sais pas qui est ce « Val », mais une chose est certaine, il ne sait pas la chance qu'il a… Parce que s'il savait combien il compte pour toi, tu n'aurais jamais pu sortir de cette chambre. Boulot ou pas boulot. Perso, moi, je t'aurais enfermé. Et j'aurais clairement avalé la clé… Ton ami est aveugle. C'est certain…

Une vague de chaleur me monte aux joues, parce que ce n'est pas tous les jours qu'on me décode aussi bien. Il remue la main tenant sa clope devant lui pour appuyer ses paroles.

– Tout ce que je veux te dire, c'est que tu es un mec bien, que moi aussi, et que je ne suis pas le roi des longues relations sincères et passionnées. Alors, tant que tout est cool entre nous, c'est top. Si demain, l'un des rouages déconne, ce n'est pas la fin du monde, tu vois ? Je ne suis pas venu ici pour baiser, mais pour bosser. Ta queue, c'était la cerise sur le gâteau… Rien de plus.

Je me tourne vers lui, perplexe. Il se reprend aussitôt.

– Enfin, pas une cerise… Plutôt une banane… Une belle grosse banane… Un truc énorme… voire, monstrueux… bien entendu…

J'éclate de rire.

– Évidemment.

– Qui se ressemble s'assemble, n'est-ce pas ?

Il ponctue sa phrase par un sourire angélique et une main caressant lascivement mon dos, puis il se redresse vivement en sautant sur ses pieds.

– Bon, on a du boulot, chef. Nous le recevons quand ce voilier ? J'ai déjà plusieurs demandes, il serait temps de savoir de quoi nous parlons…

– Yep ! Je dois appeler Milan.

Je me relève, récupère mes chaussures à la main et le rattrape en deux pas. Il stoppe son avancée, se tourne vers moi et me vole un baiser.

– C'est toujours ça de pris, beau gosse. Et dans le cas où ça ne serait pas clair… ma porte reste ouverte. Sans obligation ni rancune.

OK. Je note bien. Je crois que j'adore Lucas. Parfois, un peu de simplicité fait du bien. L'unique problème, c'est que ça ne fait pas battre mon cœur. Juste lever ma queue. Je pourrais m'en satisfaire, largement. S'il n'y avait pas Valentin…

CHAPITRE 2 ~4

Sweet Summer

Dorian : Bordel de merde, j'ai perdu le chien !

Milan : Hein ?

Marlone : Mais comment peut-on perdre un chien à 5 h 35 du mat ? Tu dors, parfois, Dorian ?

Dorian : Oui, justement, je dors... Je croyais qu'il était contre Val hier soir quand je me suis couché, mais ce matin, pas de clébard sous la couette...

Milan : Appelle-le, il est peut-être planqué sous le lit ?

Marlone : Tu dois lui faire peur ! Tu sais, avec ton grognement de mec agacé, là...

Dorian : Je ne vois pas de quoi tu parles !

Milan : Oh oui, putain... Tu sais comme dans ce livre... Truc doit croire que tu vas te transformer en méga félin, genre jaguar...

Marlone : Voilà... Ou plutôt, un lion qui se serait levé de mauvais poil...

Milan : La crinière hirsute, tout ça, tout ça...

Marlone : Grrrr....

Dorian : C'est bon, vous avez fini ? Vous pensez sincèrement que vos messages m'aident, ou c'est juste pour faire chier ?

Milan : Pour faire chier, voyons... Appelle-le !

Dorian : Non, Val dort. Je ne peux ni allumer ni parler fort...

Marlone : Réveille le comateux, merde ! C'est son chien, après tout !

Dorian : Non. Il a besoin de dormir...

Milan : Il ne va pas mieux ? Dorian, tu sais que nous pouvons venir, au besoin.

Marlone : Oui... Et même toi, tu as peut-être besoin qu'on vienne te peloter les couilles un peu...

Valentin : Personne ne pelote les couilles de Doudou ! Dorian, Truc dort dans ton tiroir à chaussettes.

Dorian : Je te demande pardon ?

Valentin : Oui, dans le tiroir à chaussettes, qui se trouve en bas de ton dressing, entre les chiottes et la chambre. Tu situes, ou t'as besoin d'un plan ? Il n'a pas voulu en bouger hier soir quand je suis sorti de la douche.

Dorian : Dans CE tiroir ? Avec mes caleçons et tout ça ?

Valentin : Exact. Tu ne l'as pas vu en t'habillant ?

Dorian : Non, j'ai pris dans la pile que j'ai ramenée de la lingerie hier, vu que je n'ai pas pu allumer pour ranger... Attends une minute, toi, depuis quand t'es réveillé ?

Valentin : Non, mais je dors en fait. Regarde, je suis sous la couette... Gros dodo, tu peux même allumer le dressing !

Dorian : Sors de là ! Va promener ton chien !

Milan : Eh, salut, Val ? Tu vas bien ? Bien dormi ?

Valentin : Oui, nickel... Le réveil, par contre, laisse un peu à désirer... Je me demande quelle note je vais laisser sur Trip Advisor...

Marlone : Tu m'étonnes !

Dorian : Je rêve ! Ce cabot dort réellement dans mes calbutes !

Valentin : Ben oui !

Dorian : Nom de Dieu, il a mâchouillé mes Gucci !

Marlone : Oh, bordel, je vais me pisser dessus ! Trop fort le toutou !

Valentin : Tu portes des caleçons Gucci ? Sérieux ?

Milan : Val, un conseil, fuis ! Loin, et vite ! Mais sinon, Dorian, Gucci ? Rien que ça ?

Dorian : VAL ! Lâche ce téléphone et viens prendre ton Truc ! Et oui, Gucci. Ça pose un problème à quelqu'un ?

Marlone : Euh, non.

Milan : Du tout... C'est classe. Un bel étui pour tes bijoux. Val, photo SVP !

Valentin : C'est compromis, vu que Truc les a mâchouillés... Attends, je regarde ce qu'il porte tout de suite... Ralph Lauren... Mouais...

Valentin

Mon téléphone est éjecté de mes mains, et je me retrouve face à un Dorian quelque peu énervé. *Merde.* Je prends le temps de détailler son visage et son corps. En simple caleçon, la peau encore humide de la douche, tout comme ses cheveux, il est tout simplement hypnotique.

Quelque chose a basculé en moi depuis hier. Comme si tout était clair depuis tant de temps et que mes yeux venaient à peine de s'ouvrir... Mon archétype d'homme parfait, c'est Dorian. Il a tout. Ni plus, ni moins. Simplement, c'est moi qui n'ai rien à lui offrir. Pas même mon corps. Je ne me sens pas plus prêt qu'avec Eliés. C'est peut-être même pire. Parce que là où Eliés était aveugle, Dorian, lui, est informé de tout, dans les moindres détails. Il traîne huit ans de confessions dans sa mémoire, et ce n'est pas rien.

Il sait que j'ai baisé pour manger, que je me suis drogué, que j'ai dormi dans la rue, et qu'après tout ça, je me suis lacéré la peau pour éviter de me taillader les veines. Il ne juge pas, il est trop bon pour ça. Mais moi, je le sais... Je me sens nul, sale à ses yeux... Je ne peux simplement pas me comparer à lui. Et encore moins l'obliger à assumer un mec comme moi...

Mes yeux se posent sur ses lèvres et les larmes montent à mes yeux, lorsque je me répète pour la énième fois qu'il n'est pas pour moi...

Voyant mon changement d'humeur subit, mon ami s'assied au bord du lit.

– Val. Chaton... Est-ce que ta journée d'hier t'a fait du bien ?

Je hoche la tête. Comment faire autrement ? Encore une fois, il a pris soin de moi, de Truc, il m'a apporté à manger et j'en passe... Et moi, je me suis contenté de rester allongé dans le noir, à ressasser encore et encore.

Il pince les lèvres d'un air embarrassé.

– Bon, écoute. Je sais comment tu fonctionnes. Tu as besoin de ce laps de temps pour toi, alors prends-le. Par contre, je voudrais que tu tentes de te relever. OK ?

Je hoche la tête. Truc saute sur le lit pour me lécher le cou, puis se retourne vers Dorian pour lui assener le même traitement, mais ce dernier joue son grognon et l'attrape entre ses mains sexy (oui, j'adore les mains de Dorian. Grandes, puissantes et soignées. Parfaites).

– Et toi, la crotte de service, on va te trouver les gamins d'hier pour une balade sur la plage. OK ? Je te ramène après…

Il se lève en coinçant Truc sous son bras, ce dernier se laissant faire comme une vulgaire peluche.

– Merde ! Je devais parler à Milan du voilier ! Bon, je vais l'appeler. Je reviens t'apporter ta grenadine dans une heure et on en reparle. J'y vais.

Je ne prononce pas un mot et il disparaît. Je laisse glisser mon corps le long des oreillers, toujours autant perdu. Eliés, ma connerie, et maintenant Dorian, et encore ma connerie… Tu parles de vacances ! Je n'avais pas prévu de tomber dans un tel bordel en partant. Je retiens sérieusement J.E. et Magda et leurs idées lumineuses… Pourquoi nous forcer à avancer quand tout était si simple et stable ? N'importe quoi… Je pars tranquillement de Toulouse pour surfer au soleil et me voilà en proie à une foule de problèmes à propos de sujets que je ne maîtrise absolument pas.

Je ne sais pas quoi penser… J'ai l'impression que ce que je ressens pour Dorian est trop fort, trop intense. Que je risquerais de souffrir… Et il y a Eliés, aussi… Ne serait-ce pas un peu prématuré de penser à Dorian alors qu'il y a peu, je pleurais sur Eliés ? Et de toute manière, ce n'est pas comme si mon Véto Sexy avait disparu de mes pensées… Il est toujours là, lui aussi… Et je ne sais pas trop quoi faire de ces deux hommes qui squattent ma tête…

Ce n'était définitivement pas prévu comme ça… Et ça fait d'autant plus mal. Une rupture et des liens amicaux qui se transforment… De bons moments avec un homme que je ne veux pas minimiser. J'ai réellement vécu des instants géniaux avec Eliés… Mais, Dorian… C'est une autre dimension… Et d'un autre côté, est-ce que me tourner vers mon meilleur ami maintenant est vraiment respectueux et judicieux ? Je respecte trop Dorian pour l'utiliser comme porte de sortie… et c'est justement ça, je l'aime, bordel… Mais « amour », en réalité, qu'est-ce que ce mot signifie ? Eliés disait qu'il tombait amoureux, et moi, je le croyais aussi… Mais ici, dans ces draps, mon cœur bat tellement différemment… Est-ce l'amitié ? Mais ces baisers…

PUTAIN ! Qu'est-ce que ça me met les nerfs de ne rien comprendre !

Bon, bref, je tourne en rond. Et, à part m'agacer, je n'arrive à rien…

Je sors dans le petit jardin privatif de la chambre de Dorian... Un carré d'herbe et un petit bout de terrasse sur lequel un transat m'ouvre les bras. Je m'étale sur le lit de soleil, offrant mon visage aux rayons réconfortants, essayant de trouver une solution. Tentant d'oublier également le sentiment d'abandon qui plane au-dessus de tout ça. Parce que, c'est aussi ça le problème. Eliés qui part... Dorian, susceptible de disparaître, lui aussi, si d'aventure ce qui se trame entre nous ne se passe pas au mieux... Et étant donné que je ne suis même pas capable de savoir ce qui est bon, de trouver la bonne voie...

Le soleil m'éblouit de trop... je retourne m'enfouir sous la couette...

Et mon cerveau m'interdit le repos...

Je passe en une semaine d'une vie intime proche du zéro absolu à une activité débordante et ingérable... La classe ! Je ne comprends pas ce qu'ils aiment tous dans les relations amoureuses... C'est définitivement trop complexe pour moi...

Cependant, maintenant que j'y suis, il va falloir que je trie un peu tout ça... Si je tente de me montrer rationnel et de comparer avec ce que je connais... Avec Eliés, c'était bien. Très bien. Passionné, entêtant... Mais incertain aussi, parce que ce n'était qu'un début. Nous ne nous connaissions pas...

Avec Dorian, c'est tellement différent. Nous nous connaissons trop bien. Tout va de soi. Et c'est comme si l'attirance n'attendait qu'un petit coup de pouce pour nous pousser dans une autre sorte de relation... C'est rassurant, et encore plus flippant, parce que les règles établies sont en train de changer, sans que nous ne puissions rien y faire.

Jamais je ne pourrais me résoudre à tuer notre amitié, mais je sens de plus en plus que c'est déjà trop tard. Comme un bolide sans frein, lancé à vitesse maximum vers l'horizon.

Mon téléphone se met à vibrer, quelque part au bout du lit. Je plonge au milieu de la couette, le trouve au bout d'un temps presque trop long, et me dépêche de décrocher.

– Allô ?

– Valentin ? C'est Eliés.

Je reste muet de surprise. Et tout remonte en moi… Je me laisse tomber sur le matelas en roulant sur le dos, sans voix. J'ai l'impression qu'il est déjà tellement loin. Et en même temps, sa voix sonne douloureusement belle à mes oreilles, comme si nous étions encore enlacés l'un à l'autre. Ma première histoire d'amour. Mon premier chagrin de cœur. Le premier vrai regret de mon âme… Et ça fait mal. Très mal. Parce que, encore une fois, la finalité de tout ça a été l'abandon. Certes, je n'y suis pas innocent, je l'ai moi-même poussé à partir, mais quelle autre solution avais-je ?

Tout aurait pu être simple, j'aurais pu me laisser toucher, j'aurais pu tenter de le suivre ou de l'attendre… Mais ouvrir la porte à cet homme pourtant magnifique était tout simplement hors de ma portée.

Pourquoi tout est-il toujours si compliqué quand il s'agit de moi ?

Je reprends mes esprits, car il émet un petit raclement de gorge, me rappelant qu'il attend une réponse de ma part.

– Oui ? Eliés ?

Un petit rire sincère résonne jusqu'à moi, et j'imagine son sourire, ses yeux pétillants…

– Oui, c'est bien moi. Je… je voulais savoir comment tu allais.

– Je… bien. Enfin, je crois…

Ma voix ne raconte pas la même histoire. J'essaye de me racler la gorge, mais quelque chose la bloque, une sorte de boule amère et désagréable.

Il reprend.

– Oui. Je suppose. Je… Merde, je ne sais pas quoi dire… Et pourtant… Attends, j'ai noté. Je crois que j'ai bien fait. Faut juste que je retrouve le papier… Voilà… Alors…

Il se racle la gorge une nouvelle fois, puis continue.

– Donc, oui, c'est ça… Tu sais, j'ai réfléchi. Un véto est déjà en poste à la clinique, il est arrivé hier. Et mes cartons sont déjà faits, alors je vais partir plus tôt que prévu.

– Ah ?

Une vague de nostalgie me prend à la gorge. Peut-être que j'aurais dû me forcer plus et lui dire oui ? Même si, d'une certaine manière, je suis soulagé. Parce que, encore une fois, Dorian est rentré dans l'équation… Mais… Bordel, je ne comprends rien à ce que je dois penser ou faire…

– Oui. Tu sais, sur le même principe que... enfin, pour nous deux...
Rester ne m'avance à rien. Je préfère partir tout de suite. Alors, j'ai
appelé mon ex pour qu'elle récupère deux ou trois trucs, et...

– Ah ? Et... elle va bien ?

Je ne comprends rien à cette conversation.

– Ouais. Enfin, non. Mais on s'en fout un peu, non ?

Je retiens un rire.

– Si tu le dis.

– Oui, je le dis. Par contre, justement, elle m'a elle aussi dit une
chose importante.

– Quoi ?

– Elle m'a dit qu'elle s'attendait à ce que je parte, puisque c'était
mon plus grand rêve. Tu sais, mes histoires de passions, bla-bla-bla...

– Oui, je crois que j'ai compris ce point chez toi... Mais nous le
savions déjà, non ?

– Ce que j'essaye de te dire, Valentin, c'est que partir, c'était
effectivement mon rêve. La passion que je traîne en moi depuis
tellement d'années ! Tu avais raison. Et Manu aussi... Simplement,
je pense que j'étais aveuglé par notre histoire... J'en ai oublié celui
que j'étais, je pense. Comme je l'ai plus ou moins déjà fait avec elle...
Et le résultat est assez net pour que je ne commette pas la même erreur
avec toi... Il ne fallait pas que je laisse passer cette opportunité... Et
j'en suis désolé. Je t'ai proposé de me demander de rester ici, mais
c'était une erreur, et je m'en excuse. Si j'étais resté, je t'en aurais
voulu, je crois. Quelque part, je préfère te garder en souvenir, comme
un mec magnifique qui en une semaine a changé ma vie. Parce que
c'est le cas, Valentin. Tu as réellement fait ça...

Je m'éclaircis la gorge.

– Non, je n'ai rien fait, Eliés. C'est toi... les dauphins, la moto...
Enfin, tout ça...

– Tu te trompes... Moi je te dis que tu es une personne magnifique.
Et toi, tu me parles de dauphins et de moto... Ce que tu as aimé, c'est
le décor, Valentin. Pas moi. Comment l'aurais-tu pu, d'ailleurs ? Je
ne t'ai pas montré celui que je suis, finalement. Je voulais tellement
te plaire, j'ai préféré te charmer avec des cadeaux, des trucs
éblouissants...

Je reste muet un instant pour analyser ses paroles. Il considère sans
doute que je valide, parce qu'il continue.

– Enfin, merde… Je ne sais pas trop parler… Tu sais, je préfère définitivement les animaux… Mais… Je dois faire un effort. Pour toi, parce que je veux te rendre ce que tu m'as apporté. J'ai besoin de ça…

– Mais, je…

– Chut, Valentin. Laisse-moi finir. Oui, tu m'as offert quelque chose d'énorme. Tu as accepté de me laisser te découvrir. Un homme. J'ai découvert que je pouvais accepter ça. Tu m'as appris à peser mes gestes, à bien les préparer, à les analyser… J'ai aimé tout ce que nous avons fait, réellement… Peut-être que si nous avions été plus vite, je n'en garderais pas le souvenir que j'ai de toi aujourd'hui ? Tu sais, tu avais raison… On n'embrasse pas sans permission. On ne couche pas tant que ce n'est pas sérieux et sincère… Tu t'es excusé, mais en fait, c'est moi qui aurais dû le faire…

– Non, je… enfin, tu n'as rien à te reprocher, Eliés.

– Non, effectivement. Mais toi non plus, Valentin. Je t'appelle pour te le confirmer. Je crois que j'ai compris quel homme tu étais. Et je voulais m'assurer, avant de partir, que cette histoire entre nous ne te démontait pas trop le moral… Parce que… Merde, Valentin, je ne suis pas celui qu'il te faut… Je ne voulais pas te le dire, sur la plage… Et en plus, je ne le connais pas… mais ton ami… Tu ne parles que de lui, Val… Je ne suis même pas certain que tu le réalises. Mais, si tu cherches la paix, je pense que c'est près de lui qu'elle se trouve. Vraiment…

– Mais…

– Et moi, ma paix à moi, elle se trouve loin. Dans un lieu indéfini… Si j'étais resté, j'aurais fait comme avec Manu. Et on connaît le résultat. Mais, tu peux être fier de toi. Tu es une si belle personne, si passionnante, qu'en une semaine, tu m'as presque fait oublier mes idéaux…

– Je n'ai pas voulu ça, Eliés.

– C'est ça le plus beau. Tu ne l'as même pas fait consciemment… Tu es simplement resté toi-même. Alors que moi, j'ai sorti le grand jeu… Le parachute et tout le bordel… Tu vois la nuance ?

Il arrive à me réchauffer le cœur.

– Oui, je vois…

– Bien. C'était le but de mon appel. Alors, va rejoindre ton ami, Valentin. Et surtout, n'oublie pas… Même si toi, tu ne le vois pas, tu es un trésor…

– Toi aussi, Eliés, je…

– Oui, oui, moi aussi... Mais moi, c'est pour la faune animalière colombienne que je me réserve... C'est un peu une autre histoire.

– Et Mark ?

– Valentin... Mark ? Après toi ? Même pas en rêve... Enfin si, peut-être un peu en rêve quand même... Mais je crois qu'il est marié. Et bon, tu sais, nous, les mecs gay, on a du mal avec les hétéros... Sont un peu chiants, non ?

J'éclate de rire.

– Oui ! Super casse-couilles... Mais j'en ai connu un, dernièrement... Un mec génial...

Il laisse passer un blanc avant de répondre.

– Merci Valentin. Pour tout. Je garde ton numéro, si ça ne te dérange pas... Juste pour... tu sais... Savoir si tu vas bien...

– N'hésite pas... Et si tu as un souci, hésite encore moins, OK ?

– Ça marche. Je suis content d'avoir pu te parler. Je dois te laisser. J'ai un rendez-vous d'adieu avec le zoo.

– Oh. Dis à ma pote la girafe qu'elle gère sa mère !

Il éclate de rire.

– OK, je lui dirai... Prends soin de toi, Valentin de mes rêves...

– Toi aussi, mon prince charmant...

– J'aime ce surnom... Salut... Je raccroche, hein ?

– Oui...

Et il raccroche. Je me laisse aller sur la couette... Je crois qu'il a raison sur une chose. Je pense que je vaux mieux que la pauvre loque que je suis en train de devenir, à m'enfermer comme ça. Et il m'a mieux compris que moi...

Dorian... Putain ! Dorian...

Est-ce que c'est lui ? Est-ce que ce mec qui m'a sauvé la vie pourra sauver mon âme, et surtout mon cœur ? Si j'en ai réellement un, saura-t-il fonctionner correctement ? Et cette amitié ? Que devient ce lien si cher à nous deux ?

Putain ! Je crois que c'est un peu le bordel, là ! Non ?

CHAPITRE 3 ~4

Sweet Summer

Milan : Dorian, ton voilier arrive dans la journée. Je te le dis maintenant, j'ai pas mal de taf aujourd'hui, je risque d'oublier.

Dorian : Putain, il est quelle heure ?

Marlone : 6 h 35. Je commençais à m'inquiéter. Si même les dingos du réveil traînent ce matin, alors le monde court à sa perte...

Dorian : Putain ! Merde ! J'ai loupé le petit-déj ! Bordel !

Milan : Oups... C'est la cata ?

Dorian : Lucas devait le préparer avec moi ce matin. Donc normalement, non. Mais, bon...

Marlone : Dorian, relax. Ton mec gère, je suppose. Prends ton temps pour une fois.

Dorian : Ce n'est pas... laisse tomber. Dans tous les cas, Lucas ou non, je dois y être... En plus, je dois sortir le sac à puces, et j'ai dû louper les gosses d'hier pour la balade... fait chier ! La journée commence terrible ! Merci Milan pour le voilier, on en reparle plus tard, je file...

Dorian

Des bras se jettent sur moi alors que je repousse la couette pour sortir du lit.

– Bonjour Doudou... Et non, tu ne files pas...

Valentin me tire contre lui avec force. Et j'avoue, je n'ai pas envie de me battre ce matin. Je me laisse retomber contre mon oreiller et le laisse s'enrouler autour de moi.

Je lui tourne le dos, mais ses bras m'enlacent. L'une de ses jambes atterrit sur les miennes pour les empêcher de bouger, et ses lèvres se posent dans mon cou, prenant totalement possession de mon corps et de mon esprit, qui relèguent mes obligations professionnelles très loin dans la liste de mes priorités de l'instant. Ma température corporelle grimpe de quelques degrés contre son corps bouillant et fluide qui me domine complètement. Même à travers son tee-shirt, je le sens contre moi. Ma peau réagit en frémissant, et ses putains de lèvres au bas de ma nuque réveillent correctement ma queue, qui ne trouve rien de mieux à faire que de se dresser ostensiblement sous mon caleçon... Impossible, donc, de me lever maintenant. Condamné à attendre que ça se calme.

J'aimerais ne pas y être aussi sensible... J'aimerais qu'il ne me pousse pas sur ce chemin... Enfin, non, j'aime le sentir contre moi... Mais tout est toujours incertain, et je ne me sens pas de taille à combattre le Valentin tentateur... Pas du tout... Et de toutes les façons, je pense que le repousser serait une idée extrêmement mauvaise... Le rejet, il l'a trop connu, et il y est très sensible... Jamais je ne pourrais me résoudre à refuser ses pas vers moi... Quand bien même cela signifie que je prenne sur moi... Ou, meilleure solution, que j'oublie un peu tous les éléments négatifs de cette situation pour profiter de tout le positif...

Oui, je crois que je vais plutôt faire ça ! Sa chaleur et ses bras sont beaucoup trop tentants...

– Attends...

J'envoie un SMS à Lucas pour le prévenir de mon retard, auquel il répond dans la minute que tout est sous contrôle. Je balance mon téléphone sur mon chevet et roule sur le dos pour lui offrir un accès plus confortable.

Il ne se fait pas prier et glisse la tête sur mon biceps, s'enroulant à mon torse en replaçant sa jambe et ses bras sur mon corps, comme s'il lui appartenait... Et c'est de toute manière le cas, qu'on le veuille ou non. Il a depuis toujours libre accès à tout ce qui me concerne.

Ainsi lové contre moi, il frissonne de bien-être et ronronne doucement...

– J'adore tes câlins, Doudou...

– Je ne suis pas Doudou, Val...

Un petit rire s'échappe de sa gorge alors qu'il attrape mon bras pour l'enrouler à sa taille.

– Bien sûr que si, tu l'es... Regarde... C'est simplement parfait...

Putain, oui, ça l'est... La tentation à l'état brut, même. Je me retourne pour lui faire face et m'emboîter totalement à son corps. Nos cuisses s'emmêlent, nos bras s'enlacent et nos visages se perdent au creux du cou de l'autre. Et tant pis pour ma gaule... De toute manière, je sens qu'il a exactement la même sous son caleçon...

J'ai l'impression de fondre en lui. Que nous ne formons plus qu'un... Je suis submergé par l'envie de retrouver ses lèvres pour aller titiller son piercing, de glisser mes mains le long de son dos, de tâter ses fesses parfaites et de presser sa gaule contre la mienne... Putain, j'ai envie de lui comme ça devrait être interdit...

Et le pire, c'est qu'il continue de ronronner... Ce mec va me tuer... Parce que... non ! Évidemment que non, je ne ferai rien ! Il n'est pas prêt, il me l'a dit. Et entre nous réside cette amitié solide, que je croyais indéfectible et inatteignable. Mais je réalise qu'elle ne l'est peut-être pas tant que ça, finalement, face à ces pulsions qui nous parcourent. Un pas de trop, et tout peut s'écrouler. Et avec Valentin, le pas de trop peut être très vite franchi...

Ses mains se baladent le long de ma nuque, jouant avec mes cheveux, alors que son souffle caresse mon épiderme surchauffé... Putain de merde. Je vais faire une connerie...

– Tu vois que si, tu es un parfait doudou... J'adore...

Sa voix n'est qu'un murmure suave qui emplit le silence et attise mon envie de le dévorer... Mes doigts se crispent sur son tee-shirt, pour éviter de partir à l'aventure sur ce corps qu'il protège précieusement de tout toucher pervers et lubrique.

– OK pour le doudou, alors...

Il frissonne entre mes bras et resserre notre câlin...

– Encore quelques minutes, et je te libère... Ensuite, j'irai promener Truc. Mais pas tout de suite...

Je ferme les yeux et j'attends... Immobile et à sa merci... Je me laisse bercer par cette intimité inattendue qui me percute de plein fouet. Submergé par le bien-être que m'offrent ses bras. Prêt à tout pour lui, même à l'attendre en bandant comme un damné encore huit autres années, si c'est nécessaire.

Bien entendu, tout à une fin. Et particulièrement le bonheur, quand on se nomme Dorian Halet... Le boulot, la famille et les emmerdes se jettent sur moi dès que je quitte ce cocon hors du temps qu'est devenue ma chambre depuis l'arrivée de Valentin... Sur le chemin jusqu'à mon bureau, mon frère Louis me fait la surprise d'un appel...

– Ouais ?

– Bonjour, Frangin, tu vas bien ?

Ton doucereux et faux-cul par excellence. Qui a dit : « la famille y a que ça de vrai » ?

– Bien, et toi ?

Je crois que je n'ai reçu aucune nouvelle depuis Noël... Certes, il était en mission je ne sais où... Mais quand même.

Il me répond d'une voix traînante insupportable.

– Ça va... Enfin... J'ai démissionné.

– Je te demande pardon ?

Je stoppe net mon avancée sur l'allée donnant au bâtiment principal du club. Le groupe d'enfants qui me suivait me fonce dessus, n'ayant pas le temps d'appréhender mon arrêt subit, puis me dépasse en me jetant une panoplie de regards, tous aussi désobligeants les uns que les autres.

– J'ai démissionné ! Tu sais, quand on décide de changer de boulot et tout ça...

– Non, mais, pourquoi ?

– Parce que je m'ennuyais... Et puis, tu sais, l'armée, c'est quand même dangereux... Et Élisa en avait marre de m'attendre...

– Dangereux ? Mais tu travailles exclusivement dans les bureaux, Louis !

– D'accord, mais je me déplace quand même à proximité de certains terrains à caractère...

– À caractère que dalle ! Et tu vas faire quoi ?

Putain ! C'est pas possible ! Il serait capable, même à plus de trente ans, de rappliquer chez notre mère pour se faire entretenir... Et nous savons tous qui réglera la note. À court ou à moyen terme.

– Je ne sais pas encore. C'est justement pour ça que je t'appelle. Élisa et moi, nous nous disions que partir à l'étranger... Ta boîte a bien des établissements au Maroc, non ?

– Je ne vois pas le rapport.

Mon frère m'insupporte, c'est fou !

– Bien entendu, que tu le vois le rapport, Dorian. Ils cherchent sûrement de la main-d'œuvre, non ?

Il rêve s'il croit que je vais le pistonner au sein de mon enseigne ! Ce type est une feignasse de première, doublé d'un fouteur de merde hors norme.

J'arrive à mon bureau, dans lequel Lucas a pris place, lui-même au téléphone, l'air peu amène, devant mon ordinateur. Je sens la bonne journée. Je me laisse tomber dans le fauteuil invité en face de lui en refusant de me remémorer les bras plus qu'accueillants de Valentin, dans lesquels j'étais blotti il n'y a qu'une petite demi-heure.

– Écoute, Louis, je ne suis absolument pas au courant des besoins en personnel de mes collègues du Maghreb. Envoie ton CV via le service de recrutement sur le site internet et tu verras bien.

– Comment ça ? Tu ne peux pas faire passer mon CV ? Sérieux ? C'est quoi ce délire ?

Le pire, c'est qu'il a réellement l'air choqué. J'inspire une grande goulée d'air pour me détendre. Inutile.

– Bon, écoute, Louis, j'ai une merde, là, je n'ai pas le temps. Désolé.

– Ouais, bien entendu… Tu sais que tu devrais arrêter de te prendre pour une star, Dorian ? C'est pas ta boîte à ce que je sache ! T'es juste un pauvre mec qui bosse pour eux, pas de quoi pavoiser non plus ! Et je suis ton frère ! Ne me prends pas de haut, conseil !

Sérieux ? Maintenant, il me « conseille » des choses ? Autant en finir tout de suite parce que je sens que cette conversation prend un chemin qui ne va pas me plaire.

– OK. Si tu veux. Maintenant, je dois te laisser. Salut !

Je raccroche en relevant les yeux vers Lucas, qui a raccroché de son côté et qui m'observe de son regard neutre, attendant de voir si, oui ou non, il m'annonce sa catastrophe. Je hoche la tête.

– Vas-y, balance…

Il se laisse aller contre le dossier de son siège en soupirant.

– Arnaud.

– Quoi, Arnaud ? Qu'est-ce que ce type a encore fait ?

– Rien, justement… Il ne s'est pas présenté au premier rendez-vous de la matinée. J'ai envoyé un stagiaire le réveiller, mais il n'est pas non plus dans son bungalow.

Je balance mon téléphone sur mon bureau en réfléchissant. Je déteste le côté humain de ce boulot.

– Bordel de merde. Ce mec me fait chier. OK. Donc, demande à Noémie de prendre en charge les animations de plage aujourd'hui, jusqu'à ce qu'on trouve un autre employé pour le taf. Envoie un recommandé à l'autre branleur, pour lui signifier qu'il est viré. Et lance une demande de personnel en urgence sur l'intranet.

– Mais Noémie n'est pas déjà postée à l'animation piscine ?

– Si. Mais c'est la seule qui connaisse le job sur la plage. Pour la piscine, on n'a qu'à lancer un truc « animation spéciale ». Discothèque de jour les pieds dans l'eau… À partir de 16 heures, bassin moyen réservé aux ados avec cocktails offerts, bouées à la con à disposition, et musique plus forte. J'ai un prototype d'affiche sur mon PC. D'ici là, on aura bien trouvé une heure dans l'emploi du temps d'un employé pour gérer les monstres.

Il hoche la tête en allumant mon PC.

– OK, je lance ça pendant que tu vas réceptionner le voilier ?

– Le voilier ?

– Oui, tu sais… le voilier, pour la nouvelle activité que tu voulais absolument proposer aux vacanciers ?

Son regard narquois me rappelle combien je dois être fatigué. Parce que : « oui, le voilier ! » Ça fait des jours que je travaille là-dessus avec Milan…

Je soupire en laissant tomber ma tête sur le dossier de mon fauteuil.

– Oui… Le voilier… Merci Lucas.

Mon bras droit se lève en soupirant, fait le tour de mon bureau pour se placer derrière moi et me masser les épaules.

– De rien, grand chef. Il te fatigue tant que ça ton nouveau pensionnaire ?

Je m'esclaffe.

– Pas exactement, non… C'est surtout tout le reste qui m'épuise…

Il se penche sur moi, son visage caressant le mien…

– Tu te rappelles bien ce que je t'ai proposé l'autre jour, n'est-ce pas ? Ma porte est toujours ouverte… Si besoin d'un peu de détente… Je me dévoue. Et plutôt deux fois qu'une…

Ses mains passent mes épaules pour se diriger sur mon ventre. Je soupire pour lui signifier que non…

– Lucas…

– Je ne vois pas où est le mal, Dorian… Adultes… Consentants… Qui aiment s'amuser…

– Je ne suis pas…

La porte de mon bureau s'ouvre en stoppant net mes paroles. Et, qui vient d'ouvrir cette porte ? Qui pourrait se foutre d'entrer sans s'annoncer dans un bureau sur la porte duquel est inscrit en toutes lettres d'au moins quinze centimètres de hauteur « Direction, merci de frapper » ? Valentin bien sûr ! Qui d'autre !?

Il pose ses yeux sur moi, puis sur les bras de Lucas que ce dernier remonte lentement sur mes épaules en se redressant. Les pupilles de mon ami le fusillent sur place. Puis, c'est à mon tour de me faire crucifier par un seul regard vert profond absolument glacial.

Et merde !

Il ouvre la bouche en affichant un rictus amer.

– Oh ! Pardon, je croyais interrompre uniquement une séance de travail… Viens, Truc !

Il tourne les talons et claque la porte derrière lui.

Lucas, qui ne se laisse impressionner par presque rien, tend son index vers la porte.

– C'est…

Je soupire en me levant. Ras le cul de cette journée.

– Valentin.

– Ah… Oups ?

– Ouais… Excuse-moi deux minutes.

Je sors de mon bureau à mon tour et rattrape mon ami, déjà arrivé sur l'allée menant à la plage. Je tente de l'arrêter en posant une main sur son épaule.

– Valentin, c'est une méprise.

Il continue son chemin en marmonnant. Je suis obligé de tendre l'oreille pour l'entendre.

– Non, il n'y a pas de méprise. Ça ne me regarde pas. Je savais très bien que tu avais un mec, mais…

Il stoppe et se retourne vers moi.

– Mais tu n'en parles jamais et tu dors avec moi ! C'est quoi ton problème, Dorian ?

Je lui réponds sur le même ton.

– Quoi ? Mon problème ? Mais moi, je n'ai AUCUN problème, figure-toi ! C'est vous, tous, qui me foutez VOS problèmes sur les épaules en pensant que je peux trouver des solutions à tout ! Si j'ai envie de me faire peloter dans l'intimité de mon bureau, après tout, qui ça dérange ? Hein ?

Son visage se ferme aussitôt. Il n'est plus furieux, mais pas non plus détendu. Non. Il est devenu impassible et détaché. Valentin retourne dans son univers et ne se laisse plus approcher. Je n'en tirerai plus rien, à moins de trouver les mots exacts qu'il veut entendre... Putain ! Mais pourquoi ai-je reporté mon ras-le-bol sur lui, alors qu'il est le seul à me faire du bien ? Je suis vraiment le roi des cons...

J'attrape son bras alors qu'il tente de s'éloigner.

– Valentin, je ne voulais pas dire...

Des clients passent devant nous en jetant des regards curieux sur notre couple improbable. Je l'emmène malgré lui entre deux bungalows, un peu à l'écart de la vue, son chien nous suivant joyeusement.

Tout ce temps, il reste impassible. Normal. Je n'en attendais pas moins de lui et de son caractère de merde.

– Écoute-moi bien, Valentin... Oui, il y a méprise. Et je sais que c'est primordial que tu le saches. Lucas et moi... c'est terminé. Depuis ton arrivée.

Son regard étoilé me scrute, durement, mais aussi plein d'espoir, essayant de me croire. Puis il se ravise et referme les portes entre nous.

– Ce ne sont absolument pas mes histoires.

– Si, justement, Valentin !

Il hausse un sourcil hautain. Je ne le laisse pas m'envoyer paître et lui impose mes paroles.

– Je pense que nous sommes assez adultes pour ne pas jouer au petit jeu que tu tentes d'instaurer entre nous. Soyons honnêtes. Oui, ça te regarde. Parce que ce matin, tu bandais contre ma gaule. Ou je bandais contre la tienne, peu importe. Tu le sais, je le sais, et je suis presque certain que Milan et Marlone le savent aussi. Tu es à moi, autant que je suis à toi. C'est un fait et pas une interrogation. La seule chose qui nous empêche de franchir ce putain de cap, c'est justement notre amitié... Je t'aime trop pour t'aimer. Et je suis désolé pour ce que je viens de dire. Tu n'es pas, et tu n'as jamais été un problème pour moi. C'est tout le contraire, justement. Tu comprends ?

La lueur dans son regard s'est débarrassée de la colère pendant mon petit discours. Je retrouve la flamme passionnée, la poussière d'or qui scintille sur les émeraudes de ses yeux... Je me rapproche de lui pour murmurer, plus calmement.

– Alors, ne me fais pas chier avec ton cinéma. Je ne suis plus avec Lucas. Ça te concerne et j'espère que ça te fait plaisir, tout autant que je suis ravi que cet Eliés ait disparu de ton univers. On est d'accord là-dessus ?

Il attrape le col de mon polo d'une main et m'attire à lui.

– Nous arrivons sur un terrain glissant, Doudou... J'annonce tout de suite... Je dérape.

Ses lèvres fondent sur les miennes avant même que j'assimile sa phrase. En un instant, il est enroulé autour de moi et je suis agrippé à lui. Sa langue retrouve la mienne dans un baiser fiévreux et passionné. J'oublie tout le reste. Les clients qui déambulent à quelques mètres et nous observent sans doute. Le soleil de plomb qui tombe sur nous. Son chien qui gémit à nos pieds. Mon boulot. Les emmerdes. Tout ce qui reste de ma vie est là, entre mes lèvres, entre mes bras, tout près de mon cœur. Je le rapproche de moi autant qu'il m'est possible de le faire. Je dévore sa bouche et tente d'y trouver mon compte sans y parvenir, n'ayant jamais assez de sa saveur, de sa douceur, de sa sensualité.

Ma queue retrouve la sienne entre nos vêtements. Et cette fois, lui comme moi nous déhanchons sans aucune pudeur pour assouvir notre besoin. Ses mains passent la barrière de mon polo et se faufilent sous ma ceinture, se crispant sur mes fesses pour m'attirer contre lui et me faire fondre contre la flamme qui le consume tout autant que moi.

Je perds mes doigts dans ses cheveux pour l'embrasser, encore et encore, savourer ce qu'il me donne et le graver en moi, profondément, pour toujours, ou pour encore plus longtemps... J'aime ce mec comme un fou, il n'y a plus de doute possible. Il est à moi et je suis à lui. Cette réalité n'a jamais été aussi palpable qu'à cet instant.

C'est totalement troublé que je m'écarte de lui, réalisant tout à coup que l'endroit n'est pas adéquat pour plus... Alangui contre le mur derrière lui, la tête penchée, le regard flou et apaisé, il arbore un sourire léger, sincère et magnifique... Je caresse sa joue nonchalamment en tentant de trouver une place plus agréable à mon érection, coincée dans mon caleçon.

– J'aime quand tu dérapes, Chaton...

Il m'adresse un clin d'œil...

– J'aime beaucoup glisser avec toi, Doudou... La seule chose... nous sommes de nouveau en déséquilibre... Ça risque de me ruiner le moral, cette histoire...

Je retiens un rire en me demandant si je ne devrais pas rétablir l'équilibre dès maintenant. C'est un peu n'importe quoi, ce jeu entre nous. Mais je préfère fermer les yeux sur le côté « bidon » de nos prétextes pour nous rapprocher et penser qu'effectivement, chaque baiser n'engage à rien d'autre que la félicité du moment... C'est bon, parfois, de ne pas trop réfléchir...

Je passe une main dans ses cheveux et replace son...

– MON polo ? Tu t'es déguisé en moi ? T'es malade ?

Il ricane en se redressant sur ses pieds. Il porte aussi le bermuda de l'uniforme du club...

– Mais, c'est la raison de ma venue dans ton bureau, figure-toi... T'as fait quoi de mes fringues ? Mon sac est vide !

– Ah ? Ça ? Elles étaient sales. Je les ai portées au service pressing de l'hôtel. Ils lavent le linge de tout le personnel résident... Tout devrait être prêt ce midi, si tu ne tiens pas à rester déguisé en moi...

Je redresse le col de son polo sur son cou, ce qui lui donne un petit côté beau gosse tout à fait sympathique.

– Non, c'est bon... J'ai l'impression d'être important comme ça...

Il désigne du menton l'inscription « manager » sur sa poitrine.

– Mouais. Tu éviteras donc de faire n'importe quoi en portant ce truc...

Il sourit de manière maléfique.

– Bien entendu...

Je lève les yeux au ciel en le prenant dans mes bras.

– Je suis content de te voir hors de cette chambre, en tout cas. Même si je m'attends au pire...

Il hoche la tête en tapotant mon dos.

– Tu sais bien... J'ai besoin de sombre, parfois, pour trouver ma bouée... et puis... Eliés m'a appelé, hier.

Je m'écarte de lui, mon sang s'agitant trop vite dans mes veines. Eliés. Je n'ai rien contre ce mec, à proprement parler... sauf qu'il est celui qui a fait chavirer mon Valentin... J'ai eu tellement peur de le perdre... Je sais que j'ai agi égoïstement, alors que moi aussi j'étais plus ou moins avec un mec, mais... J'ai compris beaucoup de choses la semaine dernière. Je pensais que la page était tournée, mais s'il le rappelle… Et nous n'avons pas encore évoqué ce sujet... D'ailleurs, depuis son arrivée, nous n'avons abordé aucun sujet précisément…

Il retient un rire en sifflant son chien, parti découvrir un parterre de fleurs derrière nous.

– Fais pas cette tête-là, Doudou… Je t'ai dit, Eliés est un homme bien. Gentil, tout ça, tout ça…

– Mmm… Je dois repartir bosser, Val. Je…

Cette fois, c'est lui qui attrape mon bras pour m'attirer à lui.

– Dorian, regarde-moi…

Je relève les yeux pour les plonger dans les siens.

– Bien… Donc, pour reprendre tes mots, on ne va pas faire comme si mon histoire avec Eliés ne te touchait pas, OK ? Et, si l'on considère que j'ai le droit de savoir ce qu'il se passe avec Lucas, alors c'est pareil pour toi et Eliés, OK ?

Je hoche la tête. Il continue.

– Eliés part à l'autre bout du monde, rien n'a changé. Et, pour moi non plus, rien n'a changé. Je n'avais pas envie de lui offrir plus et je ne regrette pas mon choix. Lui et moi sommes d'accord là-dessus. C'était bien, mais pas pour moi. C'est tout ce qu'il y a à en dire.

Un sourire un peu idiot s'impose sur mes lèvres sans que j'arrive à le retenir.

– OK.

Il hoche la tête sérieusement.

– Alors, c'est parfait. En attendant, tu fais quoi aujourd'hui ?

Oh, putain… La question qui tue…

– Alors, dans l'ordre : je vais virer un mec, réorganiser mon service animation, trouver un remplaçant pour ledit mec, accuser la réception d'un voilier, agencer le planning du capitaine de ce voilier, appeler Milan, certainement, à un moment dans la journée, parce qu'il y aura forcément une couille au sujet du rafiot… Et je dois rappeler mon frère pour lui dire d'aller se faire… Bref. Enfin, tu vois. Journée sympa. Et toi ?

Il hausse les épaules en passant son piercing entre ses dents.

– Je vais surfer. Ou, au moins, balader Truc sur ma planche. Prendre l'air. On mange ensemble à un moment, ou entre nous c'est purement sexuel ?

Je calcule rapidement le temps que je devrai consacrer au boulot aujourd'hui en enfonçant mes mains dans mes poches.

– Purement sexuel, désolé… Mais rien ne m'empêche de sortir mon plan cul au resto du village… Je passe te prendre vers 20 heures ?

Il hausse un sourcil.

– Sérieux ?

– Oui, pourquoi ?

– Tu me sors et tout ? Genre rencard ?

Ah ? C'est un rencard ? Merde ! Oui ? Non ? On la fait comme ça ? Depuis quand l'inviter à manger se transforme en rendez-vous officiellement romantique ? Je… Merde…

Il éclate de rire.

– Eh ! Arrête ça !

– Quoi ?

– Je déconne, d'accord ? OK pour une pizza grenadine vers 20 heures… Rien ne change, Dorian… Ce n'est pas quelques dérapages qui modifieront la face du monde… Tu restes Doudou, et je reste Chaton… Keep cool !

Je tourne les talons en grognant.

– Je ne suis pas Doudou…

Il me répond d'une voix forte, pour que je l'entende bien.

– Si, tu l'es !

Mouais !

Valentin

Toutes mes bases vacillent… J'ai envie de lancer une bouteille à la mer pour que quelqu'un vienne me sauver. Depuis huit ans, je m'étouffe tout seul avec une multitude de principes, que je m'instaure pour ne pas revivre ce qui me terrifie. Les mecs que je me tape depuis des années ne sont que des passades. Des visages inconnus qui passent et disparaissent, après que je leur aie demandé de me baiser, juste comme je le voulais, sans écart ni contact.

Cette manière de vivre ma sexualité est certes étrange, mais je ne peux pas plus. Je n'en ai même pas réellement envie. Avec Eliés, le sujet a même empêché notre couple d'évoluer. En arrivant ici, je pensais, réellement, que le problème n'était en fait qu'un état des choses, ma nouvelle manière d'être, et que je devais m'y résoudre. Libido en berne, actes uniquement pour assouvir mes besoins… et rien d'autre. Le désir qui tord le ventre et fait oublier tout le reste, je l'ai effleuré avec Eliés, mais pas d'assez près pour passer le cap… Pourtant, j'ai adoré ce mec. C'était rapide, subit, mais totalement renversant et passionné. C'était bien. Sans avenir, mais bien…

Mais avec Dorian, j'ai l'impression que tout ce que je tenais pour acquis s'effondre lamentablement… Oui, j'ai peur. Et c'est encore la seule chose qui me retient de me jeter sur lui à chaque seconde passée à ses côtés… Mais, cette fois, j'ai l'impression que mon corps va entrer en rébellion. Je m'attends, à un moment ou à un autre, à un sacré bordel là-haut, mon appétit sexuel entrant en guerre contre mes neurones sages et disciplinés, à grand renfort de claques sur la tronche et de coups bas… Pour le moment, j'arrive à gérer. Nos « dérapages » restant tacitement acceptables, nous permettant de repousser ce moment où l'amitié, l'envie, le désir et la peur vont se retrouver face à face et nous obliger à ne plus nous mentir… Je ne sais pas quand ça arrivera. Mais ça arrivera. Je le sais, et il le sait tout autant…

Et, étonnement, nous ne tremblons pas. Nous continuons à vivre notre amitié, comme avant, sans vraiment nous demander ce que la suite sera… C'est aussi ça que j'aime chez lui… Il ne panique pas. Alors, moi non plus. De toute manière, j'aime Dorian, je l'ai toujours su. Donc, tout ce qui nous tombe dessus aujourd'hui n'était-il pas inéluctable ?

Je pense que oui. Je crois qu'il faut que j'arrête de me poser trop de questions et que j'accepte ce que le destin me prépare… Que je m'inspire d'Eliés sur ce point. On verra bien.

La seule chose qui dérange, enfin non, les deux choses qui dérangent sont, pour résumer : notre amitié et mon putain de corps, qui reste malgré tout sur ses gardes. Les deux points sont liés, étroitement. Parce que si je n'arrive pas à oublier mon passé, et qu'il se passe quelque chose entre nous, alors ça finira mal… Et du coup : « bye, bye, l'amitié… » Et, dans le sens inverse, Dorian étant mon ami, j'ai peur de me dévoiler totalement. Certes, il connaît mon passé. Mais mes cicatrices, il ne les a jamais vues. Il n'a jamais senti les irrégularités qui parsèment ma peau, comme elles ont toujours été le relief de mon existence. Mon corps n'est que le reflet de ma folie passée. Et ça, il n'y a jamais été confronté. Entendre et écouter, c'est une chose. Voir, examiner, toucher et devoir accepter, c'en est une autre… Je ne l'accepte même pas moi-même, alors…

J'en suis malade en réalité… Parce que, clairement, tout repose sur mes épaules.

– Ça a été, Monsieur ?

Je réponds par l'affirmative alors que le serveur pose l'addition sur notre table. Dorian étant parti « se repoudrer le nez aux sanitaires », j'en profite pour sortir mon portefeuille et régler la note. Parce que, si j'attends, il va forcément m'inviter. Et l'hospitalité, c'est bien, mais un minimum de réciprocité, c'est mieux. J'ai quand même les moyens d'offrir le resto à mon meilleur pote. Faut pas pousser ! J'ai bossé des mois entiers sans vacances ni projets. Je suis bien dans mes comptes. Bref.

Je confie ma carte au serveur et réalise que je n'ai aucune monnaie pour le pourboire. J'attrape le portefeuille de mon pote pour y trouver 2 € et… Sa carte d'identité… Génial… Il faut savoir que personne, à part sa famille sans doute – et encore, je ne suis même pas certain – ne connaît sa date de naissance… Ça fait trois ans qu'il nous dit qu'il a 30 ans, par exemple. Il affirme que comme ça, c'est plus simple pour tout le monde. Ouais, il peut s'avérer un peu taré, mon pote… Mais en fait, j'apprends que très bientôt, il va prendre… 29 ans ! J'en prends bonne note et referme son portefeuille, alors qu'il revient vers moi.

– Bon. Je paye et on se barre ?

Je lui offre mon plus beau sourire.

– Oh, mais tu as déjà réglé… le pourboire…

Je me lève et me dirige vers la sortie. Il me rattrape en bougonnant.

– Non, mais, Val, tu devrais garder ton fric ! J'ai dit que je t'invitais…

– Oui, oui… Oh, ça à l'air sympa par là…

Je traverse la rue pour rejoindre la plage qui s'étale devant nous. Il doit être à peine 22 heures et le soleil commence à s'effondrer dans la mer d'huile qui grignote le sable au bord de la promenade. J'avise un muret sur lequel je m'installe pour griller une clope.

Dorian considère mon paquet d'un œil désapprobateur.

– Je croyais que tu avais arrêté ?

– Alors déjà, non, je n'ai jamais dit ça. J'ai dû freiner pour mon piercing. Et oui, j'essaye de ne pas reprendre mon rythme d'avant.

J'examine mon pote, adossé à mon perchoir… Les rayons du soleil qui capturent ses mèches claires, caressant sa peau hâlée et s'accrochant au chaume clair de ses joues, le rendent presque irréel…

Il n'a pas de lunettes de soleil, la lumière éclaircit davantage ses pupilles bleu ciel, et c'est tout simplement magnifique. Je me perds dans ses yeux, m'imaginant flotter dans cet océan calme et rassurant... Dorian, mon port d'attache. Mais aussi celui qui est en train de réveiller la tempête au fond de moi...

Il rompt le silence, alors que nos regards se sont rivés l'un à l'autre sans réussir à se séparer.

– Alors... Eliés ? Il t'a appelé ?

Je détourne les yeux pour m'intéresser à mes pompes, tout en balançant mes pieds contre mon mur.

– Oui. Il m'a dit que j'avais bien choisi...

Il hoche simplement la tête. En fait, il ne connaît rien de cette histoire. Je ne l'ai jamais appelé pour lui raconter. C'est une nouvelle preuve que quelque chose se tapit en nous à ce sujet. Dorian sait tout sur tout depuis toujours. Mais quand je rencontre un mec différent qui m'interpelle, je ne crois pas utile de lui faire part des détails. Et il ne s'est pas non plus précipité sur le téléphone pour les demander. Et ça s'est passé de la même manière pour Lucas. Étonnant. Ou pas.

En attendant, et en considérant les derniers évènements ayant eu lieu entre nous, je pense utile – voire fondamental – d'en dire plus.

– Eliés m'a montré beaucoup de choses. J'ai nagé avec des dauphins, tu réalises ? Moi, le petit parisien arrivé en stop à Bordeaux, avec le parcours atroce qu'on connaît, j'ai nagé avec des dauphins. Et j'ai caressé un girafon. Et j'ai volé au-dessus de l'océan... C'était génial...

Il baisse la tête en enfonçant les mains au fond de ses poches. Je le connais assez bien pour savoir qu'en ce moment même, il se compare à mon ex. Qu'il se dit que lui ne m'apporte rien. Qu'il n'a pas de moto ni de pote qui bosse dans un zoo...

Je reprends.

– C'était top... Mais on ne passe pas sa vie dans un bassin à dauphins, pas vrai ? Ni accroché à un filin au-dessus de l'eau... Et, je dois dire que ce dernier point est une excellente chose... Tout ça, oui, je dois l'admettre, ça m'a fait du bien. Mais, il me l'a fait comprendre hier, ce n'était qu'une illusion. C'est comme Jurassic Park.

Il hausse un sourcil, amusé.

—— Jurassic Park ?

– Yep ! Tu crées un univers de toutes pièces et tu espères que c'est la réalité... Mais ça reste faux. Artificiel. Superficiel. La vraie question, c'est… Sans Flipper et le parachute, aurais-je trouvé un tel intérêt à Eliés ?

Il attend ma réponse un moment, mais j'attends qu'il me la demande. Ce qu'il fait.

– Et donc ?

– Et donc ? Et donc, je connais des personnes qui n'ont pas besoin de m'offrir la lune pour que je les trouve exceptionnelles. Il y a des gens, autour de moi, qui accourent sans que je leur demande, simplement parce qu'ils m'aiment. Des individus un peu louches qui savent que je ne supporte pas d'être touché et qui ne me demandent rien d'autre que de continuer d'être ce que je suis. Des potes qui m'offrent bien plus en commandant une grenadine sans que je la demande. Un homme qui prend le temps de promener mon chien alors qu'il est déjà débordé, et qui emmène même mes fringues au pressing, simplement parce que… parce que je compte pour lui. Un type qui n'aurait pas peur de me démontrer son affection en public et qui n'hésiterait pas à le faire si l'envie lui en prenait. Pourquoi irais-je chercher ailleurs alors que le bonheur dort à ma porte depuis si longtemps ?

Il se redresse dans une grande inspiration et vient se placer entre mes cuisses.

– Je suis désolé. Je sais que tu aimes qu'on te demande la permission… Mais je ne te laisserai pas l'opportunité de refuser. J'en ai besoin… J'annonce… Dérapage.

Il attrape ma nuque et m'embrasse fougueusement. Je jette mes bras autour de sa taille et l'attire brutalement à moi, alors que ses lèvres agressent les miennes sans aucune patience. Ses mains remontent sur mes joues pour me diriger avec urgence. Je ferme les yeux en m'envolant dans son baiser magique. Mes doigts trouvent ses fesses et le collent à moi, tandis que j'écarte les cuisses pour l'accueillir contre ma queue. Il bande comme un enfoiré, et j'adore ça. Putain, je connaissais le Dorian consolateur, le Dorian protecteur, le Dorian un peu débile, parfois, l'ami, le grand-frère, et quelques fois le paternel… Mais le Dorian intime… Chaud bouillant…

Il agrippe mes cheveux en balançant son bassin contre le mien. Sa queue, imposante, vient se frotter à la mienne sans pudeur, alors que nous nous trouvons à la vue de tous, que ses mouvements de cul vers moi se révèlent torrides, et qu'une longue litanie de gémissements s'échappe de nos deux gorges, presque en harmonie, comme si elles n'attendaient que ça.

Mes doigts par-dessus son jeans lui ordonnent une cadence soutenue qu'il ne rechigne pas à adopter. Nos langues s'enroulent, explorent l'autre, en demandent encore et encore, me perdant dans un désir qui me percute durement...

Il s'écarte de moi, haletant...

– Si on continue, je te suce sur le trottoir, t'es prévenu...

Un frisson me parcourt l'échine. Ça ne devrait pas du tout me faire bander, mais c'est pourtant le cas...

– Ça ferait un gros dérapage, là, non ?

Il retient un rire.

– Surtout si on finit en taule pour exhibitionnisme...

Je récupère sa nuque...

– Certes... Évitons donc le tête-à-queue dangereux... Cependant, t'as pas fini ton dérapage, il me semble...

Il sourit en terminant parfaitement ce baiser atrocement sensuel par un câlin magnifique. Devant la mer, alors que le soleil disparaît au loin et que ses lèvres recouvrent mes tempes d'effleurements furtifs et grisants, j'ai l'impression de toucher le Paradis.

Et encore une fois, dans ses bras, devant l'océan, plus rien d'autre n'existe. J'ai l'impression d'être le roi de l'univers. Important, beau, parfait, digne d'être aimé, comptant réellement pour au moins une personne. Et, allez savoir pourquoi... Je me mets à chanter... J'en suis vraiment désolé pour lui...

— *You are the reason that makes this all worthwhile.*

You see it in my face, when all I do is Smile[18].

– Toujours cette chanson ?

Je hoche la tête enfouie contre son torse.

– C'est la tienne...

Il s'écarte de moi, alors que mes doigts s'agrippent à son polo et que mes bras refusent de le laisser partir... Il attrape ma main pour y déposer un baiser tendre et serein.

– Allez, viens... dérapage terminé... On laisse Truc à Lucas ?

– Non, mais ça va pas ?

---

[18] Tu es la raison pour laquelle tout vaut la peine. Tu peux le voir sur mon visage quand je ne fais que sourire. *King of New-york, The Quireboys*. Sources indiquées en épigraphe.

Oui, parce que, je dois admettre que son ex est cool. Quand il a su que nous sortions en ville, il s'est proposé pour garder mon toutou… Parfois, j'ai l'impression que le monde me sourit… Après m'avoir fait la gueule pendant si longtemps… Je dépose un baiser volé sur la joue de Dorian et saute de mon perchoir pour prendre la direction de l'hôtel… Heureux… Et si ? Et pourquoi ne pas envisager une fin belle et parfaite ? Je n'ai jamais pensé à cette option… J'ai toujours imaginé mon avenir plus ou moins noir et pourri… Et si j'essayais la lumière, pour changer ? J'ai déjà en moi cette petite flamme qui ne cesse de prendre de l'ampleur… Il suffit, peut-être, de la laisser s'étaler et monter haut dans mon ciel. À son rythme, certes, mais un peu chaque jour, ça finit par faire beaucoup, non ?

CHAPITRE 4 ~4

Sweet Summer

Valentin : Il est quelle heure ?

Milan : Ah, je ne peux pas répondre. C'est Marlone, l'horloge parlante du groupe.

Marlone : Exactement, merci de l'avoir noté, Milan. Il est exactement 23 h 58, et non pas que ça me coûte de le faire, mais tu sais que les téléphones font aussi horloge, Val ? Jette un œil en haut de ton écran, par là... ↑ ↑ ↑

Valentin : OK, merci...

Milan : Pourquoi cette question ?

Valentin : Pour rien... on vient de rentrer, et Doudou dort déjà... Il se réveille si je pince son nez, vous croyez ?

Marlone : Oui, vas-y, essaye.

Milan : Je ne tenterais pas, à ta place. Au fait, pourquoi une discussion à cette heure ? Tu vas bien, Val ?

Dorian : Putain, il m'a vraiment pincé le nez... Ce mec est insupportable. Comme son chien !

Valentin : Ne mêle pas Truc à ça ! Il dort ! Non, tout va bien. Encore une petite minute...

Marlone : C'est quoi le truc, on peut savoir ?

Dorian : Le truc, Marl, c'est que Valentin ici présent a décidé de ne pas me laisser dormir...

Valentin : Ah, voilà...

Milan : Voilà quoi ?

Valentin : 3

Marlone : ?

Valentin : 2

Dorian : Oh, putain, mais non !

Valentin : 1

Milan : Mais quoi ?

Valentin : JOYEUX ANNIVERSAIRE, MON DOUDOU !!!! ♥ ♥ ♥

Milan : Oh, putain !!! C'est ton anniv ! Joyeux anniversaire ! Bordel, Val, mais comment t'as dégoté l'info ?

Marlone : Sérieux ? Happy birthday mon pote ! Et du coup, t'as quel âge ?

Valentin : 29 !

Dorian : Merci les gars ! Val, dégage de mon pieu, conseil !

Valentin : Désolé, les gars, interruption momentanée de nos programmes. Vous pouvez nous retrouver en replay sur notre chaîne 24/24. Schuss !

Dorian

– Qu'est-ce que…

Valentin me saisit le téléphone des mains, lance de la musique, sa musique, sur son propre portable, et, dressé sur ses genoux à côté de moi, balance les deux appareils au bout du lit.

La voix rocailleuse du chanteur chante « Love such a small word for someone so dear[19]… » alors qu'il se penche sur moi, le visage sérieux et le regard constellé de ces étoiles merveilleuses, encore plus brillantes qu'habituellement.

Le visage à quelques centimètres du mien, il m'annonce dans un souffle.

– J'annonce un dérapage de 24 heures…

Son visage tellement décidé me fait presque frémir. Il pose ses mains sur mes poignets et remonte le long de mes bras en s'installant entre mes jambes.

– Vu que tu es et resteras une tête de mule hallucinante, je n'ai pas eu le temps de t'acheter une boule à neige ou une cuillère de la ville pour ta collection. Je vais donc improviser…

– Je n'ai jamais collectionné les petites cuillères !

---

[19] Amour est un mot trop étriqué pour une personne autant chérie…, *King of New York*, Quireboys

– Raison de plus. Tu m'en vois très heureux, au passage... Maintenant, tais-toi.

Il m'embrasse en s'allongeant sur moi avec douceur, mettant tous mes sens en éveil. Je réponds à son baiser, totalement à sa merci, abdiquant avant même de me battre, me livrant corps et âme à son programme mystérieux.

Il ne s'attarde pas sur mes lèvres et dépose une série de baisers sur mon visage, ondulant sur moi savamment. Je ferme les yeux en réalisant que lui, Valentin, va jouer de mon corps. Je mentirais si je disais que je n'ai jamais pensé à lui comme à un putain de Dieu du Pieu... oui, même si je l'ai toujours considéré comme pur, j'avoue que je me suis souvent demandé... putain, soyons honnêtes, qui ne rêve pas d'être pris en main par un mec aussi sexy et qui porte sur lui la « torride attitude » ?

Ses lèvres atteignent mon torse alors que je suis déjà en transe. Je ne sais pas où nous allons et encore moins où il veut m'emmener, mais tout ce dont je suis certain, c'est que pour le moment, le chemin est merveilleux... Alors, je ferme les yeux pour me concentrer sur sa présence...

Ses mains me caressent, sa langue lèche avidement l'un de mes tétons et son ventre applique un massage sensuel à ma queue qui en redemande, même avec la barrière de mon caleçon et de son tee-shirt... Mes mains attrapent ses hanches, détestant ce tissu qui les sépare de ce corps que je brûle de voir et de toucher. Les quelques tatouages sur ses bras laissent deviner ce qu'il cache depuis toujours, attisant toutes sortes de fantasmes incroyables, qui embrument mon cerveau divinement.

Ce sont ses mains qui m'éjectent de mon nuage lorsqu'elles agrippent la ceinture de mon caleçon. Tout devient clair dans mon esprit. Les enjeux entre nous, cette amitié, et surtout... Valentin a reconstruit sa vie sur certains principes. Principes qu'il semble vouloir piétiner pour un simple anniversaire ! C'est absolument hors de question ! Je l'attrape sous les aisselles en l'empêchant de continuer sa descente experte vers ma queue.

– Non, Chaton ! Jamais ! Ne fais pas ça !

Il se redresse en relevant un sourcil, attendant une explication. Que je lui donne sans problème.

– Tu m'as toujours dit que plus jamais tu ne te mettrais à genoux devant un mec... Je ne veux pas de ça... Viens là !

Il secoue la tête en se décalant sur le côté.

– Déjà, Monsieur Halet, je comptais m'allonger, et pas du tout me mettre à genoux…

Sa main passe doucement le long de la ceinture de mon sous-vêtement.

– Ensuite, je sais ce que je fais…

Il se penche sur moi et m'embrasse rapidement.

– Tu n'es pas « un mec », tu es « LE mec ». Et d'autre part, il faut savoir que je dis pas mal de conneries, en règle générale…

Je plisse les yeux, peu convaincu, mais il insiste en baissant la voix, qui en devient suave et sexy.

– Et j'en ai envie… Je propose que nous y allions doucement… Le reste ne change pas, je garde le tee-shirt… Mais pour cette nuit… Laisse-moi faire, Dorian… S'il te plaît… J'ai envie de te lécher, beau mec… Pour une fois… peut-être pour la première fois de ma vie, j'en ai réellement envie… Tu veux bien être ma première fois ? Juste ça. Simplement ça. Rien d'autre…

Je caresse son visage en tentant de lire en lui. Je ne discerne que la passion et sa « sexytude », poussée à son paroxysme. Ses deux mains se posent sur mes hanches et le bout de ses doigts glisse sous mon caleçon. Il n'attend pas plus et le baisse sur mes cuisses d'un geste vif, me le retire et le jette dans la pièce.

Puis, il se repositionne entre mes jambes en se léchant les lèvres. J'abandonne la lutte. C'est un grand garçon et je bande comme un fou. Sa main qui s'enroule à ma base provoque un gémissement au fond de ma gorge.

Putain, Val va me sucer. Bordel de merde !

Je baisse les yeux vers lui pour m'assurer que tout est bon. Qu'il ne le fait réellement pas à contrecœur.

– Tu réalises, Chaton, que si tu poses cette langue sur cette queue...

Il plonge son regard au fond du mien, prédateur, puis tire sa langue, son piercing reflétant les rayons de lune, et l'enroule autour de mon gland, me rendant incapable de terminer ma phrase. Je crois qu'il connaît exactement les conséquences de ce genre de jeu.

Je ferme les paupières, laissant le plaisir accaparer toutes mes pensées. Ses papilles s'agitant autour de moi sans relâche et le métal sur sa langue laissant une traînée froide sur ma peau brûlante et moite. Je ne comprends même plus ce qu'il fait avec ses mains, tandis que je tente de garder un minimum de retenue pour ne pas lui sauter dessus. J'écarte les cuisses et m'agrippe au drap sous mes doigts, retenant mon bassin qui ne demande qu'à partir…

Un doigt passe sur mon périnée, descendant jusqu'à mon antre, puis remonte, me laissant en attente, pour retrouver mes testicules et les enserrer parfaitement. Sa bouche me suce, sa langue me lèche, devant et derrière, sa gorge m'avale et me rejette, puis ses doigts se resserrent sur moi, à la limite de la douleur, juste à ce point parfait entre le bien et le mal… pile au summum du plaisir.

Les muscles de mes fesses se crispent pour ne pas bouger, alors que je rêve de plus loin, plus profond, plus vite, plus fort… J'en tremble, ma peau transpire et ma respiration s'affole. Je redresse les genoux, prêt à lancer mon bassin contre lui, mais non ! Putain, non… Pas avec Valentin…

– Putain, mais baise ma bouche !

Je redresse la tête, perdu dans le flou du désir qui ne demande qu'à être assouvi. Il se relève sur les genoux, offrant à ma vue sa main glissant sur son tee-shirt et disparaissant sous le tissu de son caleçon.

– Je t'explique le principe, Doudou… Je te suce, tu baises ma bouche… N'aie pas peur d'être brutal… Et moi, je me branle pour toi…

Son bras entame un va-et-vient, le mouvement sous le tissu tendu m'indiquant clairement qu'il ne fait pas semblant. Je déglutis, hypnotisé par cette silhouette que je discerne à peine, magnifique et bandante, s'offrant à mon regard.

– Montre-moi, Val…

Il plisse les yeux en passant son barbel entre ses dents, et je regrette aussitôt ma requête. Mais il sourit et tire sur son caleçon, qu'il descend jusqu'à mi-cuisse.

Mes yeux admirent ce membre tendu, épais et appétissant, glisser entre ses doigts. Et je focalise sur les deux boules de titane accrochées au bord de son gland. Ses doigts accélèrent sur cette queue magnifique, me faisant haleter à son rythme. Je deviens complètement barge lorsque son pouce passe sur son méat, puis joue avec ses piercings, le faisant gémir voluptueusement.

J'attrape un coussin derrière moi et le cale sous mon cou, pour adopter une position d'où je pourrai mater. Le spectacle est trop parfait, trop bandant, trop… tout.

– Putain… Suce-moi, Valentin…

Il sourit, satisfait…

– Enfin, tu deviens raisonnable… Bon anniversaire, Doudou…

Et dans un sourire, il se baisse à nouveau, mais sans s'allonger, m'offrant la vision de sa main s'agitant sur sa queue, pendant qu'il dévore la mienne.

À bout de patience, je m'en remets à sa requête et laisse mes sens prendre le contrôle. J'attrape ses cheveux et balance violemment mon bassin contre ses lèvres. Il accueille mon attaque dans un gémissement appréciateur. OK… Je recommence, sa main libre attrape ma base, puis remonte le long de mon membre avant de redescendre, ses lèvres suivant leur descente et sa bouche m'engloutissant presque entièrement. Je balance ma queue au fond de sa gorge en ne lâchant pas des yeux son putain de pénis, érigé comme une promesse, me faisant perdre la tête. Je rue en lui et lui tire les cheveux. Il gémit, je halète et balance encore et encore, en perdant le souffle. Profond, toujours plus profond, j'ordonne à mon bassin d'intensifier mes mouvements, refusant de rejeter ma tête en arrière, repoussant l'orgasme qui se précipite dans mes muscles, paralyse mon ventre, échauffe mes bourses et agresse chacun de mes sens. Tout ce que je veux, c'est qu'il jouisse. Je veux le voir, lui, et prendre mon pied en le contemplant pendant qu'il se perd dans l'extase.

Comme s'il avait compris mon attente, il stoppe sa pipe brusquement pour se relever sur les genoux, face à moi, une main sur sa queue et l'autre sur la mienne, s'offrant à mon regard et se branlant à une vitesse hallucinante, sous mes yeux qui se nourrissent de ce spectacle : Valentin, les lèvres entrouvertes, le souffle court, aux prises avec son orgasme, le laissant traîner, monter en lui, son corps frissonnant, pris de spasmes et de secousses torrides.

Ses doigts se resserrent sur ma verge au bord de l'éruption.

Je m'agrippe aux draps, la bouche sèche et l'esprit en surchauffe.

– Oui, putain, Val… Oui…

Il laisse échapper un cri qui me terrasse et jouit en poussant le bassin vers moi, se déversant sur mon ventre par de longues saccades brûlantes. Il ne m'en faut pas plus pour sombrer à mon tour, m'autorisant à pousser ma tête contre les oreillers en ronronnant de bonheur, mon propre sperme se mélangeant au sien sur ma peau, mon énergie s'envolant totalement de mon corps.

Putain de baiseur de folie !

Je tends la main au hasard, trouve son bras et l'attire contre moi. Il s'affale sur mon ventre et me laisse l'enlacer, l'embrasser, le bercer, l'entourer de toute mon affection. Je sais ce que ce moment représente pour lui. Je ne veux pas qu'il s'imagine une seconde retourner à l'époque où il ne le faisait pas par plaisir. Je m'applique à déverser toute mon affection sur lui en le recouvrant de douceur et d'attentions… Et il me laisse faire, mou et serein, un petit sourire accroché aux lèvres. Au-delà du plaisir immense qu'il vient de m'offrir, il y en a un autre, encore plus grand, encore plus magnifique, qui explose en moi à cet instant… Il a réussi. Il est passé par-dessus sa première barrière. Je suis… heureux. Et fier. De lui, déjà, et de moi, parce que je suis celui avec lequel il a osé…

Je caresse sa joue doucement alors qu'il autorise l'épuisement à clore ses paupières.

– Tu es incroyable, Valentin…

Il se love contre moi en soupirant.

– Et tu es mon Doudou…

Je ferme les yeux et l'accompagne dans le sommeil…

Quelques heures plus tard, au milieu de la nuit, un courant d'air froid passe le long de mon torse, inhabituel depuis que Valentin a envahi ma chambre… J'ouvre les yeux pour inspecter mon lit, dans lequel je constate que je suis seul. Je me redresse et tends l'oreille pour entendre l'eau couler sous la douche.

Je me rallonge en soupirant, le cœur en berne. Ce n'est qu'une demi-victoire. Une avancée, oui. Mais rien n'est réparé… Un détail, certes, mais d'une importance énorme. Valentin se lave au milieu de la nuit…

Il revient, je ferme les yeux et il se glisse sous les draps dans un tee-shirt propre, reprenant sa place contre moi. Je l'enlace, l'embrasse et lui promets intérieurement que je le sortirai de là. Avec le temps. Ou avec les mots qu'il faut… Nous sommes deux, maintenant, contre ses démons. Je leur souhaite bon courage.

Je resserre mes bras autour de lui et attends son sommeil pour me permettre le mien.

Valentin

– Sérieux, gamin, tu t'appelles réellement Gustave ?

La tête blonde confirme fermement devant moi.

– Oui… Et pas de commentaire à la con, bro ! Un prénom, ça ne veut rien dire, OK ?

Hou là, un peu agressif le garçon ! Son pote lance son coude dans ses côtes en ricanant.

– Oh, allez, Gus, il y est pour rien, merde…

– Ta gueule !

OK… Bon, recentrons le sujet. Je récupère ma planche qui s'éloigne au gré des vagues. Je n'arrive même pas à me souvenir de la raison pour laquelle tous ces gosses sont regroupés autour de moi… Et encore moins pourquoi, moi, je les occupe avec ce jeu débile.

– Truc, ici !

Mon toutou, qui se dirigeait vers le bord de l'eau en moulinant des pattes, fait demi-tour pour me retrouver. Je l'attrape, embrasse son museau et le pose sur mon surf.

– Alors, Gus… Assieds-toi. Tu fais tomber Truc, t'as perdu. Quelqu'un chronomètre ?

Un gosse trop grand et trop maigre pour son âge – ah, l'adolescence ! Vraiment une période ingrate au niveau physique – lève son bras pour désigner sa montre.

– Je m'y colle !

– Ça marche. Gus, vas-y, essaye de te lever maintenant…

Ses potes se mettent à hurler pour l'encourager, mais lui semble beaucoup moins sûr, et Truc se balade peinard sur le surf en remuant la queue… Le gamin appuie ses mains sur le milieu de la planche, tente de relever les jambes, pose un pied sur la surface incurvée, et… c'est la chute !

– 48 secondes !

L'assistance, moyenne d'âge treize ans, éclate de rire. Je récupère Truc, qui commence à fatiguer à force de barboter, et j'aperçois Dorian sur le bord de l'eau, les mains enfoncées dans les poches de son bermuda, lunettes de soleil, polo noir au col ouvert et relevé. Cheveux effleurés par la brise, teint mat… 100 % beau gosse.

– Bon, les enfants, entraînez-vous sur mon surf, je reviens. Le premier qui l'érafle, je le bute. C'est bien compris ?

Ils hochent la tête pendant que je me dirige déjà vers mon dérapage préféré… Plus que content de le voir.

Soyons francs. Je ne l'ai pas vu ce matin et il me manque. Je me suis réveillé tard, un plateau « grenadine et croissants » m'attendant déjà au pied du lit. J'ai rapporté le plateau vide au restaurant sans pouvoir lui parler, il était occupé. Puis, je suis passé en ville pour quelques achats, lui ai demandé s'il était dispo pour déjeuner par SMS, mais il a décliné, car trop occupé. Et le voilà qui arrive enfin, trois bonnes heures après notre dernier échange. C'est long... Trop long. J'ai besoin de ma dose de lui. J'étais déjà fan de lui avant, alors maintenant, c'est devenu presque obsessionnel. Mais je comprends aussi ses obligations.

Il m'accueille sur la plage avec un sourire radieux.

– Le bruit court au club qu'un mec torride donne des cours de surf avec un chien... Je suis venu inspecter le phénomène moi-même...

– Ah ?

Je pose Truc et retire son gilet de sauvetage avant de me relever face à lui.

– Ben, vas-y, inspecte ! Je suis tout à toi....

Il ôte ses lunettes, et ses yeux clairs ne se gênent pas pour détailler mon corps dans son intégralité... Un long moment passe, puis ses pupilles retrouvent les miennes, alors que ses dents mordillent sa lèvre inférieure, indiquant clairement le fond de ses pensées... C'est plus fort que moi, mes joues s'échauffent tout à coup. Et devant lui, pour la seconde fois de ma vie, je me sens mis à nu... Comme le jour de notre rencontre... Ce n'est plus Dorian le pote que je vois, mais l'homme qui m'évalue... Je note toutefois une différence énorme entre ces huit années qui nous séparent de notre rencontre. Aujourd'hui, son regard me fait bander. Aujourd'hui, je ne suis pas au bord du suicide et j'ai appris à vivre avec moi-même. Aujourd'hui, je le connais et je suis tout à fait conscient de sa valeur. Aujourd'hui, j'ai envie de lui plaire. Enfin, je crois.

Oui.

C'est certain...

Je repousse les cheveux de mon front en penchant la tête.

– Alors, la journée est finie ?

J'espère, plus que fortement. Parce que c'est son anniversaire, que je lui ai promis une journée dérapage, mais que nous n'avons pas encore dérapé. Oui, OK, c'est un prétexte très bidon pour essayer de jouer au petit couple, pendant au moins 24 heures, sans avoir à analyser nos rapprochements. Et pour être honnête, anniversaire ou pas, j'ai envie de lui sauter dessus... Mais pas tant qu'il bosse. Et pas tant qu'il subsiste un doute. Cette nuit, je mourrais d'envie de le recouvrir de caresses. Et pourtant, au milieu de la nuit, ma seule alternative pour espérer dormir s'est avérée être une douche urgente et brûlante. Je me sentais sale. Malgré le fait qu'il ne m'ait finalement pas touché et que c'était lui, Dorian, il m'a fallu effacer les traces de mes actes. Rien à faire d'autre pour retrouver la paix.

Je ne sais pas s'il s'est réveillé à ce moment. Je crois. En tout cas, il n'en a pas parlé.

Il soupire en répondant.

– Non. Je dois toujours trouver un remplaçant pour les sports de plage, et… Cet Arnaud, que je suis en train de virer, refuse de quitter son logement. Lucas gère ce point, heureusement… Et Louis tente de me joindre depuis ce matin. Sans compter ma mère qui m'a relancé pour un séjour possible ici…

Je ne cache pas ma moue de dépit.

– Dorian, on en a déjà parlé. À l'exception d'Amélie, ta famille pue de la bite !

– Val…

Ça m'énerve ! Ces gens, qui se prétendent sa famille, le ponctionnent dans tous les sens, et depuis toujours. Il fait tout pour eux. Sa mère est une bonne à rien qui passe de mec en mec, ses petites sœurs ont des goûts de luxe et des exigences de princesses sans jamais rien faire pour s'aider elles-mêmes. Quant à Louis, si Dorian n'avait pas menacé de couper les vivres à sa mère il y a quelques années, pour forcer son frère à s'engager dans l'armée, je suis certain qu'il serait resté le cul dans le canapé, une bière dans chaque main, à mater des séries à la con à la télé…

Dorian sait ce que j'en pense. Et il n'aime pas que je le mette face à cette réalité… Il se fait avoir en beauté par cette bande de trous du cul. Personnellement, ça fait longtemps que j'aurais dit : « merde ! » à tout le monde. Sauf à Amélie. Elle bosse depuis des années, se démerde et c'est également la seule qui pense à lui pour autre chose que le fric. Elle, je l'aime beaucoup. Mais le sujet reste sensible, et je n'ai pas envie de m'engager sur cette voie avec lui. Tout ce que je vois, moi, c'est qu'il se trouve en face de moi, beau comme un de Dieu.

– Et donc ? Est-ce que je peux espérer dîner au moins avec toi ce soir ? Besoin d'un coup de main ?

Il balaye la plage du regard, puis observe les mômes derrière moi avant de répondre.

– Ils ont l'air de passer un bon moment…

– Oui, je crois. C'est l'effet Truc. Les gosses adorent les chiens…

Il soupire en passant une main dans ses cheveux.

– C'est cool. Je crois que sans le savoir, tu m'as évité une émeute. Noémie devait s'occuper de la plage aujourd'hui, et c'était justement le jour des enfants. Et comme elle gère aussi la piscine, elle a été plus qu'heureuse de voir qu'aucun môme ne s'était présenté aux jeux de plage… Forcément, ils étaient trop occupés… avec toi.

– Ah ? Merde, je suis désolé, je ne voulais pas…

– Non, c'est parfait ! Bon, OK pour dîner avec toi. Dans trois heures ? Mais je devrai repartir bosser après. D'habitude, je travaille mieux le soir. Moins de sollicitations.

Je cache ma déception du mieux que je le peux. Il faut que j'arrive à me mettre dans la tête qu'il bosse, et pas moi.

Dorian

– Je te souhaite une nouvelle fois un bon anniversaire, frérot. Ton colis part dans quelques jours, je suis un peu à la traîne, je suis vraiment désolée…

– Merci Amélie, mais je n'ai besoin de rien !

– Oui, bien entendu… La seule chose, vois-tu, c'est que tes besoins, ou plutôt tes non-besoins, je crois que je m'en fiche… Je sais que tu adores les caleçons Gucci…

Je me retiens de lui avouer que je ne suis pas le seul à les aimer… Un truc à poils et à quatre pattes semble les apprécier fortement lui aussi… Je vais changer mon tiroir à caleçons de place. Dès que j'ai cinq minutes à moi, je classe cette histoire en top priorité !

– Donc, je suppose qu'il est inutile que j'insiste ?

– C'est ça ! Je te laisse… Bonne soirée, mon frère adoré…

– Bonne soirée Amélie, merci de ton appel…

Je raccroche, un sourire accroché aux lèvres… J'adore ma sœur. La seule de la famille à y avoir pensé.

Mes yeux se perdent à l'horizon, alors que je me laisse glisser sur mon siège en posant mon téléphone sur la table devant moi. Assis à la terrasse du restaurant de la piscine, j'attends Val patiemment en essayant de décompresser. La fin de l'après-midi fait place au début de soirée. Encore un moment que j'apprécie particulièrement ici. Les clients sont pour la plupart retournés dans leurs appartements avant de revenir pour dîner. Le personnel s'active en silence pour le service du soir. Le calme règne sur l'espace piscine et le monde entier semble se reposer entre deux vagues de touristes en pleine forme…

Mes yeux se perdent sur la mer au loin et mon esprit s'envole au son des cliquetis familiers des couverts, posés sur les tables par les serveurs… Pour le moment, le restaurant est fermé, ainsi que cette partie de la terrasse. Calme. Tranquillité. Oisiveté. Pour quelques minutes au moins.

Des mains se posent sur mes yeux tandis que des lèvres que je sais tentatrices murmurent à mon oreille.

– Joyeux anniversaire, Doudou…

Un sourire s'invite sur mon visage, en même temps qu'un frisson remonte le long de mon échine. Valentin, ici, avec moi. Si je ne bossais pas autant, je dirais que je me trouve au paradis… J'attrape son poignet pour embrasser sa paume.

– Merci…

Toujours derrière moi, il enroule ses bras autour de mon cou, frottant sa joue à la mienne.

– Oups, j'ai failli glisser… Le terrain est dangereux ici, propice aux dérapages…

Je tourne la tête et ses lèvres se posent sur les miennes. Il m'offre un baiser doux et sensuel, l'une de ses mains caressant ma joue, son parfum frais m'enrobant de son univers, dans lequel j'adore plonger depuis deux jours.

Valentin… comment en suis-je arrivé à rêver de ses lèvres en plein jour ? À me languir lorsque je le sais quelque part, dans ce club, mais trop loin de moi pour que je puisse profiter de sa présence ? J'aime ne plus être son ami. J'aime sentir mon cœur se réveiller lorsqu'il approche. J'aime la sensation de ses doigts sur ma peau et de ses lèvres contre les miennes. J'aime son souffle effleurant mon cou et son regard au fond du mien. Et je vénère cet espoir naissant que, peut-être, il pourrait devenir celui qui hante mes draps. Celui qui embellit mon univers. J'aime être à lui, j'aime quand il dérape et j'adore qu'il soit le seul, avec ma sœur, à me souhaiter mon anniversaire… Lui, il a le droit. Lui, il a tous les droits.

En parlant d'anniversaire…

Il s'écarte, attrape une chaise à la table voisine et s'y installe, après l'avoir rapprochée à quelques centimètres de moi. Puis, il pose deux paquets entre mes couverts.

– De la part de Milan et Marlone…

Je lève les yeux au ciel.

– Mais non ! Pourquoi leur as-tu dit, aussi ?

– Non, mais, personne ne te demande ton avis ! Tu reçois des cadeaux, alors tu les ouvres et tu te tais.

Je retiens un rire en attrapant l'un des paquets qu'il me tend.

– Tiens, celui-ci vient de Marl… À moins que cela soit Milan. Merde, je ne sais plus qui a dit quoi. Ils font chier les siamois, aussi… Bref, considère que c'est moitié de l'un, moitié de l'autre…

Je ricane en déballant mon premier présent…

– Oh… Une boule à neige…

Il semble fier de lui.

– Pour ta collection…

Je jette un œil au second paquet, plus petit.

– Ne me dis pas que c'est une cuillère souvenir ?

Il éclate de rire.

– Ben, je ne le dis pas… Pour ton autre collection…

– Mais je n'ai jamais rien collectionné, Val, et tu le sais très bien…

– Peut-être, mais je trouve que tu devrais commencer, justement… Ça ferait bien sur ta cheminée.

– Chaton… Je n'ai pas de cheminée. Je n'ai même pas d'appart, je vis dans les clubs où je travaille.

Il hausse les épaules d'un air nonchalant.

– Eh bien, quand tu te décideras à louer, ou à acheter un appart, ou une maison, tu en choisiras un ou une avec une cheminée. Pour ta collection, justement… Truc, viens ici !

Son chien interrompt son reniflage intensif de l'eau de la piscine pour rappliquer et se coucher aux pieds de son maître. J'oublie cette conversation sur les collections qui n'a ni queue ni tête.

– Il a faim ?

– Non, il a mangé dans la chambre. Moi, par contre…

– J'ai commandé deux plats du jour. Bleu ton tournedos ?

Il hoche la tête avant de changer de sujet.

– Alors, ta chère maman t'a appelé pour ton anniv ?

Je ne réponds pas et préfère ranger mes cadeaux sur le bord de la table.

– Il faut que j'appelle les gars pour les remercier.

Réponse qui, évidemment, ne lui convient pas du tout. Ma famille, sujet sensible avec les gars. Aucun d'entre eux n'apprécie ma mère, mon frère et mes deux sœurs cadettes. Surtout Valentin. Je sais que ce sujet l'irrite.

– Dorian, ce n'est pas ma question. Elle t'a appelé ?

– Amélie vient de le faire.

Il lève les yeux au ciel en allumant une cigarette.

– Évidemment qu'Amélie t'a appelé ! Ta cadette est un ange parmi les enfoirés… Exactement comme toi ! Mais ce n'est pas cette question que je posais, Doudou !

Je tends le bras jusqu'à la table voisine pour attraper un cendrier et le poser devant lui.

– Merci. Donc ?

Il me saoule quand il est comme ça… Le pire, c'est qu'il en est totalement conscient. Irrité, je dévie le sujet.

– Tu fumes trop !

– Non, je fume moins ! Mais ce n'est pas le problème du soir. Est-ce que cette chère Clarisse s'est souvenue qu'en ce jour béni de juillet, il y a 29 ans, elle a mis au monde un bébé merveilleux, appelé à devenir magnifique quelques années plus tard ?

Son regard insistant et implacable me fait comprendre qu'il ne changera pas de sujet avant d'obtenir la réponse.

– Non. Non, elle ne m'a pas appelé. Enfin, si. Pour me demander si aucune chambre ne s'était libérée pour le week-end. Elle file le parfait amour avec un dénommé Rodrigo et veux absolument me le présenter.

– Ben voyons ! Elle veut surtout venir se dorer la pilule aux frais de son fils, oui ! Et donc ?

Je soupire en posant les coudes sur la table.

– Et donc, je lui ai dit que non. Que nous étions complets. Ce qui n'est pas le cas, à vrai dire.

Un sourire éclaire son visage. Je n'ai pas envie de parler de ma famille avec lui. Mais cela ne semble pas être son cas.

– Ah ! Ça, c'est cool ! Bien fait !

Je m'écarte alors que le serveur pose nos assiettes devant nous.

– En fait, Louis cherche du boulot. Et je sais que si elle vient, elle va me prendre la tête… Parce que oui, je pourrais lui trouver une place. Ici, ou même ailleurs, il parlait du Maroc. Mais je ne veux pas de lui dans mon atmosphère.

Il hoche la tête en saisissant ses couverts.

– Je suis fier de toi, Doudou... Ton frère est un branleur... Mais il ne devait pas être à Tombouctou, lui, au fait ?

– Il a démissionné.

– Crétin ! L'armée a été bien gentille de l'accepter, il aurait dû baiser les pieds de notre Mère-Patrie plutôt que de se barrer...

Je pose mes couverts en soupirant.

– On peut changer de sujet ?

Il attrape un bout de pain qu'il déchiquette en deux.

– Oui. Alors, le bateau de Milan ?

– Ah, mais oui, il est arrivé hier. Le capitaine est d'accord avec les plans de navigation. Nous l'avons ajouté à nos activités payantes... Un baptême en voilier. C'est simple, mais vraiment beau... L'idée, c'est de proposer aux clients une nuit au large... Il y a un public pour ça. J'ai organisé des visites du navire pour les prochains jours afin de lancer l'opération. Un photographe vient demain, aussi, pour les brochures. Bref, c'est en bonne voie.

Il me sourit en attrapant une frite, l'air rêveur.

– Tu sais que bosser ici, c'est quand même le pied ? Enfin, je veux dire... Je suis conscient que ce n'est qu'une partie du boulot, mais occuper des gosses comme je l'ai fait cet après-midi, c'était top... Ton employé, là, qui a abandonné, c'est le roi des cons.

Je lève un sourcil, ne prenant pas ses paroles à la légère.

– Ça t'intéresse ?

Parce que oui, il avait l'air de vraiment bien gérer cet après-midi. Et après réflexion, je le vois bien dans le rôle. Il a ce charisme naturel qui attire et ce côté cool qui forcerait le respect à n'importe quel gosse. Mais a priori, il ne voit pas les choses de cette manière...

Il s'étouffe avec sa frite.

– Qui ? Moi ? Ah, mais non ! Je n'ai pas de diplôme pour ça. Je suppose qu'il faut quelque chose qui nous déclare « capables » de gérer des gosses. Et probablement être maître-nageur, aussi, non ?

– Oui... mais mon enseigne propose des formations, tu sais ?

Il secoue la tête en attrapant sa grenadine.

– Oui, mais non. Tu sais, je suis vendeur, moi… Vendre des tongs en promo, c'est ça, ma vraie passion. Sans parler des chaussettes. Je t'ai dit que je me suis surpris à bander devant le rayon des raquettes de ping-pong, l'autre jour ? Un vrai kiff, vraiment !

Je retiens un rire puis l'observe, sa silhouette parfaite se découpant devant le ciel rougeoyant autour du soleil qui décline. Une petite brise agite les palmiers, l'air marin embaume l'atmosphère… Je me sens bien. Vraiment. Il arrive à m'extraire de mon univers de boulot en quelques phrases, à faire sourire mon cœur, alors que je n'ai pas reçu de coup de fil de ma mère le jour de mon anniversaire. J'ai beau tenter de me faire une raison, cette mère qui brille par son absence arrive encore à me toucher, parfois. Malheureusement pas de la bonne manière. C'est loin d'être la sensation la plus agréable.

Je tends la main vers lui.

– T'avoir ici, avec moi, Chaton, ce serait… top. Parfait.

Ma voix n'est qu'un murmure. Notre situation restant en équilibre entre l'amour et l'amitié, je ne sais pas où s'arrêtent le convenable et le raisonnable. Est-ce trop que de demander à le garder près de moi ? C'est pourtant tout ce que je souhaite. Maintenant qu'il s'est approché si près, la simple idée de le voir prendre le large me rend malade. Et ce n'est même pas nouveau. Je n'ai jamais aimé le savoir seul et loin de moi. Je me sens réellement apaisé lorsqu'il me suffit de tendre le bras pour le toucher.

Il penche doucement la tête et attrape ma main en m'adressant un sourire attendri. Ses doigts glissent sur ma paume, esquissant le contour de mon pouce, puis de mon index, et continuent pendant qu'il les observe rêveusement.

– Je sais… moi non plus, je n'ai pas envie de partir. Pourtant, je dois bientôt penser à trouver un boulot, et donc retourner à Toulouse.

La seule idée de le raccompagner jusqu'à la gare me soulève le cœur. Je me prends à le supplier…

– J'en ai un pour toi… Val, réfléchis-y.

Il secoue la tête.

– Et quoi ? Nous restons là, sans savoir où nous allons ? Un peu ami, un peu amant ? Nous passons le reste de notre vie à déraper sans nous poser de questions ? Pour un jour réaliser que nous n'allons nulle part, finalement ? Je ne connais pas grand-chose aux relations de couple, je veux bien l'admettre, mais il me semble que la nôtre ne ressemble pas à grand-chose… Et que ferions-nous de ça, si je reste ?

J'attrape ses doigts et les emmêle aux miens.

– Il nous suffit d'avancer…

Son piercing passe nerveusement entre ses dents. Le stress montant en lui comme la lave d'un volcan en éruption…

– Et si je n'y arrive pas ? Je veux dire… je… cette nuit…

– Je sais, Chaton. Je sais. Tu as eu besoin de passer sous la douche. Mais après, tu es revenu, non ? Tu t'es endormi avec moi. Dans mes bras. Et, j'ai aimé ça… Énormément.

Il sourit à cette déclaration avant de retrouver un visage sérieux.

– C'est vrai… Moi aussi, je me ferais vite à ce genre de nuit. Mais j'ai peur, Dorian. Les sentiments que je porte en moi, pour toi, sont si… troublants… Si demain nous loupions cette histoire, et que nous ruinions cette amitié entre nous, je crois que je ne m'en remettrais pas. Je préfère te garder en ami, plutôt que de sauter et me rétamer. Si tu m'abandonnes, je ne sais pas ce que…

Je me penche vers lui pour sceller ses lèvres dans un baiser. Je ne supporte pas de l'entendre proférer des aberrations pareilles.

– Je ne t'abandonnerai jamais, Valentin. Quoi qu'il arrive, je serai là. Toujours.

Il s'écarte de moi pour s'adosser à sa chaise, pensif.

– Quand tu as annoncé que tu couchais avec ce mec… Ça m'a tué. Et en même temps, j'ai réalisé que je devais me bouger le cul, moi aussi. Je crois que c'est ta relation qui m'a poussé à tenter de m'ouvrir à Eliés. C'était peut-être une bonne chose, en fait. Il évoquait souvent le destin. Le destin qui m'a poussé à entrer dans le petit bois dans lequel j'ai trouvé Truc. Le destin qui a mis sa clinique sur ma route, sans autre choix puisque c'était la seule du coin… Le destin qui a décidé sa femme à se barrer pile au moment où j'entrais dans la salle d'attente… Et de ton côté, ton ex qui revient après tant de temps et te permet aujourd'hui de t'écarter un peu de ton boulot… Peut-être que le destin a mis ces hommes sur nos routes pour qu'on, en tout cas, pour que JE me pose les bonnes questions… ? Enfin, je ne sais pas…

J'embrasse ses doigts.

– C'est pour ça qu'il faut que tu restes, Val. Pour que nous prenions le temps. Rien ne presse. Moi aussi, ça m'a foutu les boules quand tu nous as parlé d'Eliés. Et je suis désolé si tu as cru que je t'abandonnais. Mais je n'arrivais pas à me réjouir pour toi. Avec Lucas, tu avais raison, ce n'était pas sérieux. Et, depuis huit ans, aucun des hommes que j'ai croisés ne l'a jamais été… Je l'ai compris à ce moment. Je ne veux pas te perdre… Cependant, si tu rentres à Toulouse maintenant, nous ne pourrons jamais savoir ce qu'il en est… Je considère que toi et moi avons droit à cette parenthèse.

Il confirme d'un geste de la tête, ses doigts s'enroulant autour des miens.

– Je suis d'accord. Cependant, je ne veux pas vivre à tes crochets. Faire comme ta famille. C'est tout l'inverse.

Je presse ses doigts entre les miens.

– Mais tu es déjà tout l'inverse, Val. Ma famille me fait chier. Toi, tu me la fais oublier… Je considère que ma véritable famille n'est pas là où on le pense.

Il me sourit, l'air séducteur et content, apparemment, de mon petit aveu. Comme s'il ne s'en doutait pas !

– Je peux déraper ? Encore un peu ?

– Évidemment ! C'est la journée dérapage, il paraît…

Il se penche vers moi, alors je ferme les yeux et replonge dans le paradis de ses lèvres. Je suis de plus en plus « Valentin dépendant ».

Chapitre 5 ~4

Sweet Summer

Marlone : Euh... Tout le monde va bien ? Il est 7 h 12, pour info.

Dorian : Chut, Val dort encore ! Pour ma part, je bosse.

Marlone : Ben voyons... Pauvre chaton !

Valentin : Exactement. Pauvre chaton... J'ai pas une vie facile, figurez-vous ! Dorian a décidé de dormir en Jésus cette nuit. Je me suis même demandé si je n'allais pas me coucher avec Truc dans le tiroir...

Milan : Et mâchouiller les caleçons Gucci de Dorian ?

Valentin : Voilà... Mâchouiller les calbutes, c'est la vie ! Doudou ? Tu fais quoi, aujourd'hui ?

Dorian : Tu ne veux pas le savoir. J'ai le photographe pour le voilier qui vient d'arriver. Ensuite... bref, des merdes.

Valentin : OK. Je vais surfer, alors.

Dorian : Désolé.

Marlone : Pauvre Chaton qui va devoir surfer... Dure la vie, sérieux...

Valentin : C'est ça. Je crois que je vais me payer une orgie de grenadine au bar, aussi. Les vacances, c'est le pied ! Schuss les mecs, Truc va pisser dans la piaule si je ne me bouge pas.

Dorian : Bouge Val, bouge ! Si ce machin pisse chez moi...

Milan : Il s'appelle Truc, pas Machin !

Dorian : Tu trouves que ça fait une différence, toi ?

Marlone : Ben techniquement, Truc vient du latin populaire *trudicare*, de *trudere* qui signifie « pousser » ou « cogner ». Alors que Machin est issu du mot machine, lui-même descendant du latin *machina* qui signifie « invention » ou « engin ». Donc, rien à voir.

Milan : Marl ? Tu es certain que ça va ?

Marlone : Ben oui, pourquoi ?

Dorian : Tu t'es transformé en Petit Larousse ?

Valentin : Ou en gros Robert ?

Milan : MDR ! Marl n'est qu'un gros Robert... Bref.

Marlone : Ah, Ah ! Non, en fait, Tristan a suivi des cours de latin. Forcément... C'est une tête, mon homme.

Marlone : Et une bouche, aussi...

Marlone : Et un cul, waouh...

Marlone : Et une queue...

Valentin : MDR ! OK, on a l'idée. Bon, je vous laisse, cette fois.

Dorian : Viens prendre ton petit-déj, je t'attends pour faire ma pause... Je nous installe en terrasse.

Milan : Voyez-vous ça... Bon, sérieusement, les mecs...

Dorian : Oui ?

Marlone : Milan, trop tôt. Chut !!!!

Valentin : Explique ? Trop tôt pour quoi ?

Milan : Non, pas trop tôt. Y en a marre ! Val, Dorian... est-ce que vous jouez au papa et à la maman dans notre dos ?

Valentin : Non, mais j'ai sucé Dorian l'autre jour. Pourquoi ?

Dorian : Ouais. Il suce vachement bien, d'ailleurs. C'était cool.

Valentin : Cool ? Sérieux ? T'as pas pire comme appréciation ?

Marlone : Bon, les mecs, OK, ça ne nous regarde pas, on a compris.

Valentin : Cool ! Non, mais... Cool, quoi !

Milan : Bon, vous verrez ça plus tard, arrêtez deux minutes votre cinéma !

Valentin : Cool, c'est pourri ! Dorian ? Cool ? Vraiment ?

Dorian : Non, mais cool dans le sens, incroyablement génial, la pipe du siècle, un feu d'artifice, une éruption volcanique, apocalyptiquement correct... Tu vois l'idée ?

Valentin : Aaaahhhh, oui !!! Ce cool-là ? Alors, ça va... Je m'en contenterai.

Dorian : Oui, ce cool-là ! Bon, voilà, d'autres questions les mecs ?

Milan : Dans la mesure où vous n'avez toujours pas répondu, alors non, pas d'autres questions !

Marlone : Ça y est, il va bouder ! Bravo les mecs !

Milan : Oui, je boude ! Vous êtes chiants ! Je pense que nous devrions être informés, quand même...

Valentin : Milan, ne boude pas, Roudoudou ! Dorian a une grosse bite. Ça te va comme info ?

Dorian : Merci Chaton, mais t'es bien membré aussi.

Valentin : Merci, ça me touche. Tu kiffes les piercings ?

Dorian : Grave !!

Marlone : Voilà, les deux couillons de service en plein show ! Bravo Milan, je t'avais dit : + de subtilité !

Milan : Mouais. OK, je me mêle de mes affaires à partir de maintenant. C'est-à-dire, Em... Je vous laisse ! Bises.

Valentin : Aahhh les mecs, j'adore comment vous êtes cons !

Marlone : Tiens, ça faisait longtemps qu'on ne l'avait pas entendue celle-là ! Bon, je vous laisse aussi. Bye, les loulous.

Valentin : Schuss.

Dorian : Ciao.

Valentin

Après le petit-déjeuner, je n'ai pas revu Dorian. Je suis allé surfer avec Truc, des enfants nous ont rejoints et nous avons organisé une course de planches. C'était sympa. Mais pas ce que je recherchais. Dorian me manque. Mon âme a besoin de lui, autant que mon corps a besoin du soleil pour ne pas dépérir. Cependant, je conçois que Doudou ait du boulot. Je lui suis déjà reconnaissant d'être prévenant et aux petits soins avec moi dès qu'il le peut. Je ne peux décemment pas lui reprocher d'être ce qu'il a toujours été, c'est-à-dire un homme qui gère tout autour de lui. Il porte tellement de choses sur ses épaules, que le moins que je puisse faire, c'est bien de ne pas lui ajouter des reproches supplémentaires à gérer. J'ai donc gardé le sourire en attendant que les heures passent, parce qu'aussi, passer des vacances sur la plage, au soleil, à surfer avec mon chien, on a fait pire.

Nous avions rendez-vous pour le dîner ET la soirée. J'avais prévu un ciné. Mais sa mère a appelé. Résultat, une heure de conversation concernant son connard de frère. Il a refusé de l'aider. Mais après le coup de fil, il a quand même tenu à consulter l'intranet de sa boîte pour trouver un petit boulot à Louis, sur lequel personne ne demande de références extraordinaires. J'en suis resté là. J'ai préféré le laisser bosser et aller promener Truc.

Maintenant, il est minuit, et je suis seul dans le lit. Aucun dérapage à signaler aujourd'hui. Je n'ai pas apprécié ma journée, et je ne suis même pas chez moi. J'ai déjà épuisé les séries Netflix sur lesquelles j'avais pris du retard, et mes mangas sont restés chez moi... Je n'ai pas non plus la possibilité d'aller squatter chez Marlone, ou d'entraîner Milan dans une soirée improbable. Les vacanciers du club, quant à eux, sont sympas, mais les soirées apéros et danse de groupe, merci, mais non... Je supporte, mais sans plus.

Je tourne et retourne dans mon lit, après être allé m'allonger quelques minutes sur le transat du jardinet, en emportant Truc de force avec moi. Mais ce chien préfère les caleçons et les chaussettes de son tiroir visiblement... Donc, je me suis recouché. Conclusion : quitte à dormir seul et à passer ma journée tout aussi loin de lui, autant le faire dans mon univers.

Pour tromper l'ennui, j'allume mon téléphone sur une chanson d'Alterbridge, *What a wonderful life...*

But these words, they will live on

What a wonderful life,

For as long as you've been at my side.[20]

Très bonne idée, Valentin, ce morceau est triste à mourir, et ne fait qu'empirer les choses, finalement...

Je me noie dans une foule de questions existentielles, et surtout sans réponses... Serait-ce l'envers du décor ? Cette face cachée de Dorian que je ne connais pas ? De loin, il est parfait. De près, est-il impossible à attraper, trop occupé pour espérer une vie privée ?

Je m'endors sans avoir avancé dans mes dilemmes... Seul...

---

[20] Mais ces mots, resteront, quelle vie merveilleuse, tant que tu es à mes côtés. Paroliers : Mark Tremonti/Myles Kennedy. Paroles de Wonderful Life © Sony/ATV Music Publishing LLC

Chapitre

Sweet Summer

Milan : Dorian, les photos du voilier sont magnifiques. Le gang des pères adore. Em veut même venir chez toi pour réserver une petite nuit sur l'eau... Il a fallu que je souligne le fait que nous avions les mêmes à disposition chez nos parents pour qu'il se calme...

Dorian : Oui, je suis content du résultat. On va faire un carton. Et dis à Em qu'il est toujours le bienvenu ici.

Valentin : Euh, les mecs, il est 6 h 2. C'est possible d'attendre une heure raisonnable pour parler boulot ? Vous voulez que je vous raconte la vie d'un mec qui pointe à Pôle Emploi ? Non, alors c'est bon !

Marlone : Malgré le fait que tu me piques mon boulot d'horloge, Val, je me range de ton côté. Allez bosser ailleurs !

Valentin : Oh, pardon, Marl. Mais je crois que l'heure a changé... Quelle heure est-il Marl ?

Marlone : 6 h 3.

Valentin : Merci.

Marlone : À ton service, Chaton. Bon, programme du jour ?

Valentin : Laisse-moi deviner... Dorian va bosser, ou appeler sa mère, ou son frère... et moi, je vais squatter la plage. On se voit Dorian aujourd'hui, ou pas ?

Dorian : Oui... enfin. Tu passes pour le petit-déjeuner ?

Valentin : Je sais pas... Je vais peut-être aller faire un tour chez la pédicure du club. Elle a l'air cool. Ça va être fun ! Tu crois qu'elle s'y connaît en surf ?

Dorian : Justine doit avoir 58 ans ! Et qu'est-ce que tu vas aller foutre chez la pédicure ?

Valentin : Ça, ou autre chose... Elle pourrait poser du vernis sur les griffes de Truc ? Pour le moment, je trouve l'occupation passionnante et tellement excitante !

Dorian : Val...

Milan : Houlà... Ça sent le gaz au bord de la mer...

Marlone : Oh, tu sais, Milan... Scène de ménage, tout ça, tout ça...

Dorian : Pas drôles les mecs. Valentin, viens prendre ton petit-déj !

Valentin : Ouais. M'attends pas. J'suis débordé. Bon, j'y vais. Schuss les minous.

Marlone : Bye. Et bonne baise. Milan, tu vois, subtil. On glane les infos, sans rien demander.

Milan : Trop subtil pour l'heure, j'ai rien compris.

Dorian : Marl, vous glanez quoi ?

Milan : Bon, eh bien, j'y vais aussi, bises.

Marlone : Idem, bye !

Dorian : J'adore pas comme vous êtes cons ! Ciao !

Dorian

Je sens une nouvelle bonne journée. Valentin ne répond pas à son téléphone. Et, évidemment, il n'est pas encore venu me rejoindre, alors qu'il est presque 9 heures. Je sais que ce n'est pas forcément parfait, mais je ne vois pas comment lui donner plus. J'aimerais, pourtant. Mais je ne suis pas payé pour batifoler sur la plage ou dans mon pieu toute la journée. D'un autre côté, il s'occupe, je devrais en être content et ne pas me sentir déçu parce qu'il ne s'est pas montré ce matin. Pourtant, c'est le cas. Ma dépendance à mon meilleur ami devient réellement inquiétante, et peut-être même légèrement difficile à gérer. Ce qui n'arrange pas mon humeur...

Je pose un plateau de verre sur le buffet en me morigénant intérieurement. Qu'est-ce qui ne va pas chez moi ? Une cliente, probablement octogénaire, affairée à choisir sa tasse, sursaute devant la brusquerie avec laquelle je me débarrasse de mon plateau.

Il ne manquerait plus qu'elle nous fasse une attaque. Je me force à lui sourire pour la rassurer, puis je récupère les saladiers vides du buffet. C'est ce moment que choisit Lucas pour apparaître, les cheveux hirsutes et le polo à moitié boutonné.

– Donne-moi ça.

Il récupère la vaisselle de mes mains et l'emporte précipitamment en cuisine. Je saisis l'une des cafetières vides et pars le rejoindre.

– Eh, tout va bien ?

Il sursaute en m'entendant, trop concentré sur la vaisselle sale qu'il entasse dans la machine. Non, visiblement, tout ne va pas bien. Lucas est plutôt du genre cool en toutes occasions... Donc, on continue dans la journée compliquée... Et il est ? 9 heures 08... Génial.

Lucas plisse les yeux d'un air contrarié en se grattant nerveusement le crâne, aggravant davantage sa coiffure qui n'est plus à ça près.

– Oui, oui... Je suis désolé, j'ai loupé l'heure.

Je m'occupe du café en soupirant.

– Ne t'excuse pas d'avoir une vie.

– Non, mais bon. J'ai un boulot aussi... Au fait, tu n'as rien contre le fait que ton bras droit... comment dire...

– Oui ?

Il semble embarrassé, se grattant le crâne, adossé à la rampe de la machine... Lucas est vraiment un beau mec, quand même. Moins que Val, cela dit, qui lui, arbore des traits fins et harmonieux, lui conférant l'allure d'un ange. Un ange un peu tordu, certes, mais un ange quand même. Lucas est plus... Mâle. Grand, musclé, blond et bronzé. Bref.

En attendant, il ne répond pas.

– Ah, Lucas, si tu n'oses pas m'avouer que tu as baisé cette nuit, c'est bon, tu peux. Je ne me sens pas bafoué ou autre, t'inquiète !

Il secoue la tête.

– Oui, ça, j'ai bien compris que tu étais passé à autre chose. Je te l'ai dit, c'est cool pour moi. Non, c'est pas ça.

J'interromps mon nettoyage de cafetière pour prendre le temps de l'écouter.

– Alors ? Vas-y, tu peux me faire confiance, tu sais ?

Il hoche la tête en se décidant à m'expliquer.

– Je me suis tapé un client.

J'éclate de rire. Ce qui, visiblement, ne lui plaît pas.

– Arrête, c'est pas drôle, merde ! Il est marié ! Et sa femme est arrivée, figure-toi.

J'écarquille les yeux.

– Oh, merde !

– Ah, mais non, pas « merde », c'était top ! dit-il en m'adressant un sourire idiot.

– Tu t'es tapé un couple d'hétéros ?

– Pas si hétéro que ça, si tu veux tout savoir. Bungalow 31….

– STOP ! Je ne veux rien savoir ! Sauf ce qui te pose problème, si problème il y a…

Il retrouve un air sérieux en passant une main sur son menton.

– Oui, il y en a un. Ils veulent remettre ça. La femme m'aime beaucoup, visiblement.

– La femme ? Tu as… enfin, une femme ?

Je m'adosse au plan de travail, sonné par la nouvelle… Lucas ? Avec une femme ? Mes sourcils froncés et mon air dubitatif l'amusent, apparemment, puisqu'il ne réprime pas un rictus en m'expliquant :

– C'est ça. Je l'ai baisée, elle… Mon premier vagin. Et j'avoue que je suis un peu troublé…

Tu m'étonnes !

– Merde, t'as tourné hétéro ?

– Non plus… j'avais sa bite à lui dans le cul en même temps. C'est peut-être le mélange des deux, je ne sais pas.

Je me retiens de rire en imaginant la scène. Je savais que Lucas était un mec très ouvert, mais là, il dépasse mes espérances… Très prometteur !

– Et donc, tu vas accepter ?

– Déjà fait. Je les retrouve vers minuit dans leur bungalow.

– Nom de Dieu… Bon, du moment que tu ne transformes pas ce club en plateforme libertine, je n'ai rien à en dire. Vous êtes tous adultes et consentants, non ?

Il confirme d'un mouvement de tête.

– Ouais… Mais du coup, je me demande ce que ça fait de moi… Tu vois ? Un vagin, une bite, et hop, je suis content… Je ne m'attendais pas du tout à ça.

Je programme la cafetière avant de lui conseiller :

– Fais ce qu'il te plaît, Lucas. As-tu besoin de tout analyser ? Pour ma part, je suis bien en train de tomber définitivement amoureux de mon meilleur ami… J'ai abandonné les questions trop compliquées. On verra bien. Et toi, pareil.

Avouer à haute voix ce qui se passe en moi me choque presque… Garder en tête, et uniquement en tête, certaines informations, c'est une chose. Mais les entendre, c'est totalement différent… Bon Dieu, je suis amoureux de Valentin… C'est réel ! C'est vraiment en train d'arriver… Et le pire, c'est que j'oscille entre l'état de béatitude et la panique… À l'instant, ce serait plutôt l'angoisse même, parce qu'il ne s'est pas montré pour le petit-déjeuner. Et si j'aime à m'en rendre fou Valentin dans sa globalité, il y a quelques aspects de sa personnalité qui me hérissent le poil. Par exemple, son tempérament borné de sale gosse. Ou lorsqu'il agit volontairement à l'inverse de ce qui me ferait plaisir, simplement parce que justement, il ne veut PAS me faire plaisir…

Lucas met en route la plonge avant de me rejoindre sur le pas de la porte.

– Ah oui ? C'est sérieux avec ton Valentin, alors ? Je suis content pour toi.

– Sérieux, oui. Mais en même temps, la vraie question est : qu'est-ce qui est sérieux ? Notre non-relation ? Parce qu'au final, nous sommes un peu plus que des amis, mais un peu moins que des amants…

– Ouais, je vois… Comme moi, je suis un peu plus qu'homo, mais pas bi non plus. Enfin, je ne sais pas…

– Oui, c'est l'idée…

– Tiens, quand on parle du loup !

Lucas se baisse pour accueillir Truc qui se jette sur lui.

– J'adore ce chiot… Il est top ! Et en plus, il surfe, je l'ai observé hier pendant ma pause.

Je retiens un soupir coupable. Même Lucas a eu le temps d'entrevoir Valentin hier… Alors que moi, à part une petite heure ridicule, je n'ai pas trouvé un moment pour lui. Je suis nul, putain ! Valentin, qui dépasse ses peurs et ses retenues pour moi avant-hier matin, et depuis, je ne suis même pas là pour lui. C'est vraiment limite… Mais en même temps, si je n'étais pas pollué par ma famille de merde, tout serait franchement plus simple !

Je redresse la tête pour observer l'homme qui me plaît beaucoup trop traverser la salle de restaurant, les mains enfoncées dans les poches arrière de son bermuda en jean, son tee-shirt moulant son corps parfaitement et ses yeux clairs contrastant avec son teint vraiment bronzé. Il illumine la pièce. D'ailleurs, plusieurs paires d'yeux se fixent sur lui pendant qu'il nous rejoint. Comme d'habitude, il ignore toutes ces personnes, des femmes en majorité, qui le déshabillent impudiquement du regard. Il déteste ça. Je sais qu'être ainsi examiné le met mal à l'aise et lui donne l'impression qu'on lui vole son intimité. Et pourtant, c'est presque systématique. Son physique, additionné à son attitude de bad boy désinvolte font de lui un aimant à nanas. Et à mecs. Même les enfants se dirigent vers lui naturellement. C'est inné, et jamais ça ne changera. Dommage que ce point lui fasse plus de mal que de bien.

Il arrive à mon niveau, sans sourire.

– Salut.

Lucas se redresse en portant Truc, qui semble aux anges, dans ses bras.

– Eh, salut !

Valentin le dévisage rapidement puis hoche la tête en récupérant son chien.

— Hello.

Il pose Truc à ses pieds et Lucas en profite pour tenter d'établir un semblant de conversation, pendant que j'observe mon ami/homme de ma vie, ses traits fermés indiquant clairement que nous sommes dans un de ses mauvais jours. La journée va s'avérer charmante, je le sens.

– Dis-moi, ton chien, tu ne lui mets jamais de laisse ? Il te suit partout, c'est dingue à son âge ! Il est jeune, non ?

Un éclair de fierté passe à travers les pupilles étoilées de Valentin. Bien joué, Lucas !

– En fait, je l'ai sauvé alors qu'il était destiné à crever dans un carton dégueulasse. J'imagine que ça crée des liens, ce genre de choses.

Lucas confirme d'un geste de tête.

– Sauver la vie d'un être vivant… C'est beau… Sacrée responsabilité !

Valentin hausse les épaules puis me jette un regard en coin.

– Je confirme… Certains les trouvent dans les bungalows, et d'autres dans des cartons… J'imagine que la suite logique, c'est que le « sauvé » devienne dépendant à vie du « sauveur »… Je dois l'assumer maintenant. Et faire ma vie en fonction de lui… Ne pas le laisser pourrir dans un coin, m'assurer qu'il va bien, passer du temps avec lui, au moins un minimum… Pourquoi le sauver si c'est pour l'oublier à mon tour ?

Le message est on ne peut plus limpide. Et nous sommes bien d'accord qu'il n'évoque pas uniquement le sujet de son chien à cet instant… Me sentir visé directement me semble une excellente idée.

Je me pince les lèvres en tentant de paraître le plus repentant possible, ce qui semble fonctionner, puisque son regard s'adoucit avant qu'il décide de sourire à Lucas en adoptant un air plus détendu.

– Mais aussi, j'ai toujours des friandises en forme d'os dans la poche. Il sait que s'il reste à mes pieds, il va se gaver… Par contre, s'il se barre… C'est moins certain… Et j'avoue, j'ai le temps de m'en occuper en ce moment. Il apprend vite.

Petit regard noir dans ma direction, histoire de m'expliquer que je ne suis pas totalement excusé… Message reçu cinq sur cinq.

Je pose la cafetière sur son socle chauffant, puis j'attrape une assiette, que je remplis de viennoiseries.

– Bon, Lucas, je prends une pause. Valentin, tu viens ?

Comme je pouvais m'y attendre, le bad boy tête de mule reprend du service aussitôt :

– Non, je n'ai pas faim.

– Ce n'est pas ma question. D'ailleurs, il n'y a aucune question. Tu es venu ici, je suppose que ce n'est pas pour m'éviter, si ? Si c'est le cas, c'est un peu nul de venir te perdre pile-poil là où tu es certain de me trouver... Allez, terrasse, tous les deux, tout de suite.

Je ne l'attends pas et me dirige vers l'extérieur. Sans grande surprise, il me suit en boudant. Je choisis une table excentrée, cachée entre deux buissons. J'y pose mon assiette et m'installe en désignant une chaise pour qu'il fasse de même. Il s'assied en croisant les bras, étendant ses jambes sous la table sans se dérider un instant.

– Tu boudes ?

– Non.

Parfait… J'adore… Je penche la tête en lui adressant un sourire innocent.

– Je peux déraper ce matin ?

Il ne se détend pas du tout. Au contraire, il se renfrogne.

– Sol sec, même pas un peu humidifié par la rosée. Impossible de glisser.

Je laisse échapper un grognement d'agacement.

– C'est quoi le problème, Chaton ?

– Ce matin, c'est Valentin. Pas Chaton ! Et rien, il n'y a aucun problème. Si tu trouves que tout va bien, alors c'est que c'est effectivement le cas ! Parfait pour moi, ne change rien. Continue ta petite vie.

Mon téléphone se met à sonner. Ma mère. Putain.

– Attends deux minutes, Val. C'est ma mère.

– Ah, ben voyons ! Vas-y, je t'en prie…

Son ton m'incite à changer d'avis, et je refuse l'appel, véritablement énervé cette fois.

– Putain, mais c'est quoi le truc ? Tu te montres fermé comme une huître ! J'ai bien compris que tu ne voulais pas discuter. D'accord, c'est ton choix ! Mais par contre, pendant notre non-discussion, je ne peux même pas prendre un appel de ma mère ? Fais gaffe, Val, tu te transformes en connard !

Il se redresse en haussant la voix :

– Si tu veux parler à ta mère, vas-y, je ne t'ai rien demandé ! Il me semble que tu es assez grand pour définir tes priorités, Dorian !

Je m'arrache les cheveux, les coudes posés sur la table. Ils ont décidé de me faire tous chier en ce moment, ou quoi ?

– Je ne VEUX PAS parler avec ma mère. Mais visiblement, elle, elle a des choses à me dire… Qu'est-ce que tu veux que j'y fasse ?

– Je ne sais pas, moi. Mais il me semble qu'hier soir, déjà, elle t'a raconté sa vie dans tous les sens, non ? Et avant-hier aussi ! Alors vas-y, continue, parle-lui, encore et encore, je n'y vois aucun inconvénient ! Après tout, si moi j'ai envie de passer du temps avec toi, quelle importance, puisque ta mère, cette charmante connasse qui ne t'a jamais remercié pour rien, a décidé d'accaparer ta vie ? Et j'en ai autant au sujet de ton frangin et de tes sœurs dépendantes, que tu traînes derrière toi comme des boulets.

Il fait mal en tapant directement là où c'est déjà douloureux. Parce qu'il sait qu'effectivement, je n'ai pas réellement de retours de ma famille, peu importe ce que je fais pour eux.

– C'est ma famille, Val ! Je ne peux pas les laisser dans la merde !

Il secoue la tête, hors de lui.

– Je sais bien que c'est ta famille ! Mais je vais te dire, la meilleure chose que tu puisses faire pour eux, c'est de les laisser se démerder ! Comment veux-tu qu'ils apprennent la vie si tu leur mâches tout le travail ? Tout ce que tu fais est devenu normal à leurs yeux ! Ta mère qui pleure au moindre souci, ton frère incapable de se prendre en charge et de jouer son rôle de grand-frère ! Tes sœurs qui dépensent sans compter TON argent, et j'en passe… Et tout ça pour quoi ? Tu veux vraiment que je te le dise, Dorian ?

Je reste muet devant son flot de paroles, qui ne semble même plus vouloir s'arrêter. Son chien, le sentant sortir de ses gonds, saute sur ses genoux pour lui lécher le cou. Mais il le repousse en soupirant.

– Tu ne peux pas imaginer le mal que ça me fait de te voir te démener pour eux depuis tant d'années… Et encore maintenant, alors que tu tentes d'avoir une vie… Tu n'as pas l'impression qu'ils s'invitent entre nous sans que nous ne leur ayons rien demandé ? Enfin, « nous »… je ne suis qu'un élément extérieur, ce n'est même pas moi le souci, Dorian. N'importe quelle personne essayant de prendre une place dans ta vie sera confrontée au même problème… Tu focalises sur eux ! Alors qu'eux, ils s'en foutent de toi !

Ses mots, dont je sais pertinemment qu'ils sont atrocement vrais, même si je refuse de le comprendre depuis des années, me brisent le cœur. Il en a conscience, il le voit, mais il ne s'arrête pas pour autant.

– Est-ce que tu peux me rappeler QUI est le chouchou de ta mère ? Louis ! C'est une évidence qui n'a pas pu t'échapper ! Dès que je la croise, cette femme ne montre que son adoration pour son fils aîné. Pas pour toi. Toi, tu lui as tellement donné à penser que tout ce que tu faisais était normal, qu'elle n'en prend même plus note. Et tu peux me dire QUI t'a souhaité ton anniversaire, à part Amélie ? Vas-y, balance ? Que nous, tes amis, n'en soyons pas informés me semble logique, puisque tu nous l'as caché pendant des années, et nous n'étions pas présents le jour de ta naissance ! Si tu ne nous le dis pas, nous ne pouvons pas deviner. Mais ta mère, Dorian ? Elle était bien là, non ? Elle était même l'une des actrices principales de la scène, si je n'm'abuse ! C'est moi qui me plante, là ? Elle a accouché par procuration, peut-être ?

Je ferme les yeux alors qu'il conclut, d'une voix basse et douce, tout à coup.

– Et moi, Dorian, j'ai besoin de toi… Pas pour ton argent. Pas non plus pour un boulot. Juste pour toi. Pour parler, rire et partager avec toi. Pour t'embrasser, te toucher et t'enlacer, même si ce n'est peut-être pas exactement ma place. Pour te donner tout ce que tu recherches chez ces gens qui se disent ta famille et qui te ne voient même pas… Moi, je le sais. Moi, je veux te dire toutes ces choses, et bien plus… Tu n'as pas la moindre idée de la profondeur de ces mots qui me brûlent la langue et me carbonisent le cerveau... J'aimerais te dire qui tu es merveilleux, te démontrer que tu es précieux, te faire comprendre que mon cœur t'appartient, sans que tu aies besoin d'accomplir de miracle pour le conquérir... Il est à toi, simplement comme ça, parce que tu lui as appris un jour à battre, et que depuis lors, son rythme suit celui du tien, peu importe la distance et ce que nous sommes l'un pour l'autre...

Chaque mot qu'il prononce a ce double effet sur moi... Il me berce le cœur en même temps qu'il me le brise... La sincérité me caresse en même temps qu'elle enfonce dans mon âme l'amertume de la réalité... Ce contraste entre les gens qui m'entourent me percute de plein fouet. Ma famille, à qui je donne tout, et qui ne se baisse jamais pour récupérer les miettes du fils, du frère qui n'en peut plus... Et lui, qui me ramasse à leur place plus que régulièrement, sans jamais se lasser. Sauf aujourd'hui... La place qu'il est en train de prendre dans ma vie lui donne ce droit de me placer face aux spectres qui me hantent quotidiennement, et me forcer à les affronter.

Conscient du poids de ses mots, il baisse la tête pour reprendre ses esprits avant de continuer.

– Mais tu t'entêtes à donner de l'importance aux mauvaises personnes. Dorian, c'est inutile d'insister... Ils sont cons et tu ne pourras jamais rien y changer... Et je sais que ça fait mal. Enfin, je le suppose. Mais tu perds ton temps avec eux.

La vérité, sans aucun artifice, est parfois terrible et désarmante. Je sais qu'il a raison, mais je le déteste de me l'envoyer comme ça, en pleine matinée, sans que je n'aie rien demandé.

Et au lieu de me calmer, il titille mes nerfs et mon amour propre, accroissant mon agacement.

– Oui, ils sont cons, mais quoi ? Qu'est-ce que je peux faire, à part les aider ? Laura a envie de poursuivre ses études, elle a de très bons résultats. Quel homme cela fait-il de moi si je ne lui donne pas un coup de pouce ? Louis est con, mais si je peux l'aider à bosser, comment puis-je ne pas le faire ? Et ma mère, elle semble heureuse, même si nous savons tous que c'est éphémère... Et c'est ma mère ! Et...

– Mais putain, Dorian ! Tu les laisses se démerder ! Tu parles des études de Laura, mais franchement, les vacances dans les Pyrénées, c'est pour les études ? Elle ferait mieux de se trouver un job d'été pour financer ses projets ! Elle t'a demandé si tu pouvais l'embaucher ici ?

Je ne réponds rien. Parce que non, Laura n'a même pas évoqué le sujet. Je me contiens, également, car il va trop loin. Je n'ai pas envie d'entendre tout ça.

J'ai horreur qu'il me juge et me donne l'impression d'être un pauvre mec, dénué de caractère et de jugeote. Mais apparemment, il se moque royalement de mes poings, qui se resserrent sur la table, et de mon regard que je pense pourtant très explicite.

Il continue.

– Et Louis ? Il a démissionné, ce con ! Eh bien, c'est son choix, qu'il se démerde ! Putain, mais tu les gâtes beaucoup trop ! Comment j'ai fait, moi ? Je n'avais personne ! Et je suis encore vivant ! Et relativement en bonne santé, à ce que je sache !

Les mots sortent tout seuls de ma bouche. Sans passer par la case cerveau. En mode roue libre.

– Tu plaisantes j'espère, Valentin ? Tu veux que ma sœur aille faire la pute pour payer ses études ?

Les mots de trop… Ses paroles m'ont blessé et mon esprit revanchard n'a pas hésité à lui envoyer l'arme la plus acérée qu'il ait trouvée. Son passé. Je suis le dernier des connards. J'ai à peine le temps d'analyser l'horreur que je viens de lui envoyer au visage qu'il blêmit, pince ses lèvres et se lève calmement.

– Je rentre à Toulouse.

Je me lève à mon tour en attrapant son bras.

– Non, Valentin, je ne voulais pas dire ça… Je voulais simplement que tu comprennes que je ne veux justement pas qu'ils galèrent comme tu l'as fait… Si quelqu'un avait pu t'aider à l'époque, ça aurait été mieux, non ?

Ses yeux se posent sur ma main qui le retient. Toujours très calmement. Beaucoup trop.

– Oui, certainement. Après tout, on peut difficilement faire pire que mon expérience, n'est-ce pas ? Peux-tu lâcher mon bras, s'il te plaît ?

Son ton froid et incisif me glace le sang. Je ne le lâche pas, mais n'ose pas non plus l'attirer vers moi pour l'enlacer et effacer mes paroles dans un baiser. C'est trop tard. Il reprend tout et se mure dans l'indifférence.

Putain de merde !

– Je suis désolé, Valentin, mes mots ont dépassé mes pensées. Je te demande pardon.

Son regard assiège le mien, me pétrifiant sur place.

– Lâche-moi !

– Ne rentre pas à Toulouse. Valentin, je t'en prie…

– J'ai besoin d'air, là. Lâche-moi, putain !

Je desserre mes doigts sur son biceps. Il n'attend pas une seconde et tourne les talons.

– Valentin ?

Il ne se retourne pas et disparaît par la porte-fenêtre menant au restaurant. J'en profite pour reprendre ma respiration. Inutile de lui courir après. Tel qu'il est là, il n'écoutera rien, de toute manière… La meilleure solution est d'attendre. Nos mots sont allés trop loin, des deux côtés, et je suis moi-même dépité par ce que je viens d'entendre.

Je retire mes chaussures et vais m'asseoir au bord de l'eau. Ma place favorite. Cette piscine, peu utilisée par les vacanciers, car un peu à l'écart des autres devant le restaurant, est pourtant la plus belle. Je plonge les pieds dans l'eau déjà tiède, les laissant flotter, pendant que mes yeux se perdent sur la mer s'étendant à perte de vue, entre les palmiers… Je me sens toujours si petit face à la puissance des vagues qui se jettent sur la plage, devant l'immensité de l'océan et la beauté du ciel… La Terre regorge de tellement d'éléments magnifiques et grandioses que nous ne prenons plus le temps d'admirer… Préférant nous déchirer, refouler les sentiments et nous faire mal pour redorer nos petits ego blessés… Parfois, il est bon de relativiser. C'est juste une dispute.

Une dispute qui me tend les nerfs beaucoup trop…

J'ai à peine le temps de me calmer que mon téléphone sonne, encore. J'ai simplement envie de balancer ce machin au fond de la piscine devant moi. Mais c'est Amélie. Alors je réponds. Amélie, c'est différent.

– Ouais !

– Oh ! Bonjour frangin, comment va ? Tu m'as l'air… en pleine forme, dis-moi.

— Hello. Excuse-moi, je suis un peu à cran, c'est vrai. Comment vas-tu ?

– Bien… Maman vient de m'appeler, elle n'est pas contente du tout, dis-moi.

Tu m'étonnes ! Je lève les yeux au ciel. J'ai horreur quand elle se plaint à la planète entière que son très vilain fils ne lui accorde pas tout ce qu'elle désire. Amélie éclate de rire toute seule.

– Tu l'aurais entendue, elle était outrée ! Non, mais sérieusement ? Louis a démissionné ? Qu'est-ce qu'il croit ? Dorian, dis-moi que tu n'es pas en train de lui trouver un boulot dans ton enseigne ? Dis-moi que tu n'as pas encore cédé à ses caprices ?

– Toi aussi, tu crois que je vais l'aider ?

Je remue mes pieds dans l'eau calme… Mon regard ensorcelé par l'onde qui s'étend sur la surface, jusqu'aux bords opposés. Amélie me fait toujours du bien, elle me semble être la seule personne normalement constituée de cette famille. À moins que ce soit nous, les deux ovnis dans leur univers, je ne sais pas trop situer.

– Non. Moi, je crois que tu devrais les envoyer chier. Franchement, Dorian ! Y en a marre. Tu sais qu'elle m'a appelée pendant que je bossais ? Je lui ai dit que j'étais en clientèle, que je la rappellerais dans cinq minutes, le temps de terminer ma vente avec mon client… eh bien non ! Non seulement elle n'a pas raccroché, mais elle m'a traitée de « toi », d'ingrate et j'en passe. C'est incroyable ! Tu ne peux pas savoir le bien fou que ça m'a fait de lui raccrocher au nez !

Je retiens un rire.

– Tu as fait ça ? Elle t'a traitée de « moi » ?

– Bien sûr ! C'est ce que je fais à chaque fois qu'elle commence à être trop chiante. C'est-à-dire une fois sur deux à peu près… Tu sais, Dorian, notre mère a besoin qu'on la remette en place. Sinon, elle n'est plus vivable ! Et oui, elle m'a dit « exactement comme ton frère, à ne penser à personne ! ». La bonne blague ! Je lui ai répondu que je prenais ça pour un sacré compliment… Elle n'a pas apprécié non plus cette partie de la conversation !

Même elle, Amélie, arrive mieux à gérer cette famille que moi. Et je n'ai jamais entendu notre mère se plaindre de ma sœur. Au contraire, elle l'admire. Valentin a raison, définitivement. Et moi, j'ai tort sur toute la ligne.

– Je suis réellement un pauvre mec, Amélie.

– Mais non, Dorian. Tu es simplement trop gentil. Et ils l'ont tous compris.

– Sauf moi… Putain, Amélie, ça me déprime. Je ne suis même pas capable de faire autrement, tu vois ? Dès qu'ils me harcèlent, j'ai envie de les envoyer paître, mais je n'y arrive pas !

Je ne sais pas si elle comprend, mais j'ai besoin de parler. Elle n'en semble pas étonnée et répond, en plein dans le mille.

– Le problème, c'est qu'ils abusent et ne te rendent pas le quart de ce que tu leur donnes, parce qu'ils pensent que c'est normal, que tu es comme ça, une sorte de robot superhéros, et que tu n'as pas besoin de reconnaissance. Sauf que c'est faux, Dorian. Tout le monde a besoin de se sentir aimé… Je t'aime, mon frère. Prends cette phrase, recopie-la sur un post-it, photocopie – le sur un carnet entier même, et colles-en partout autour de toi. Tu mérites de le savoir, encore et encore. Je t'aime Dorian… Les autres, tant pis s'ils ne s'en rendent pas compte… Tu ferais mieux de ne pas perdre ton temps avec eux et de vivre ta vie… Tu as tellement à donner.

– J'ai… Je crois que justement, c'est ce qu'on vient de me demander.

– Ah ? Oh ! Mais raconte-moi tout ! Y aurait-il un futur beau-frère dans la famille ? Et surtout, comment se fait-il que je ne sois pas déjà présentée ?

Je m'esclaffe.

– Tu le connais déjà, Amélie.

C'est étrange d'évoquer Valentin d'une autre façon que comme le pote de toujours… Enfin, étrange uniquement pour moi a priori !

– Valentin ? Mais oui, je suis certaine que c'est Valentin… Dis-moi que c'est lui, s'te plaît, s'te plaît, s'te plaît ?

Je m'esclaffe.

– C'est si évident ?

– Non, non, ce n'est absolument pas évident… Huit ans qu'il est le centre de ton monde, dès que tu oublies le boulot et maman… Huit ans qu'il apparaît au moins une fois dans n'importe quelle conversation que j'ai avec toi… Eh merde, huit ans qu'il est beau comme un Dieu et que tu le regardes comme si tu voulais le bouffer… Alors, si on parle d'évidence, je dirais… Ben non, voyons, je suis tout simplement extralucide…

– OK. Alors moi, je suis tout simplement con ! Je viens justement de l'envoyer chier, parce qu'il me disait d'oublier la famille…

– Quoi ? Mais putain, oui, tu es le roi des cons ! Enfin, ce n'est pas irréparable non plus. Va t'excuser.

– Pourquoi moi ? Il n'a pas été tendre non plus, je te signale !

– M'en fous ! Et tu t'en fous, toi aussi. Qui a raison, qui a tort, est-ce que c'est important ? Tu l'aimes comme un fou, alors au lieu de perdre du temps tous les deux, à vous envoyer des insultes à la tronche, parlez-vous d'amour… Merde, la vie est trop courte,

Dorian… Huit ans que vous vous attendez… Il serait peut-être temps de vous pointer au rendez-vous, non ?

– Tu as raison. Je vais aller le chercher.

– Bien. Mais avant… Dis-moi tout… Ça fait longtemps ? C'est sérieux ? Vous emménagez ensemble ? C'est déjà fait ? Et pourquoi je ne suis pas au courant, bordel ?

– Alors… Dans l'ordre : Non, j'espère que oui, beaucoup trop tôt pour en parler, mais il vit dans mon lit depuis cinq jours, parce que je n'ai pas eu le temps de souffler depuis deux mois, et que c'est encore trop flou pour annoncer quoi que ce soit d'officiel.

– Oh… bon, je vais trier tout ça, pendant que tu vas lui courir après… Et, Dorian ?

– Oui, petite sœur ?

– Vraiment, Valentin est un gars bien. Si tu dois choisir entre lui et maman, n'hésite pas une seule seconde. OK ? Moi, je suis team Valentin, depuis longtemps déjà… Allez, file !

– Bien m'dame !

– Mademoiselle.

– Je t'aime, Amélie.

– Ben je sais ! Allez, raccroche ! Je ne veux plus t'entendre… Tiens-moi au courant !

— Yes !

Je range mon portable en me redressant, récupère mes pompes et traverse la terrasse en direction de mon bungalow. Mais Lucas me rattrape en trottinant.

– Dorian ? Putain, je te cherchais…

– Quoi, encore ? J'ai pas le temps, Lucas !

– Je sais, mais je pensais que tu devais en être informé quand même… Valentin vient de prendre un taxi, avec sa planche, son chien et un sac de voyage sur le dos.

Le monde autour de moi se fige…

– Je te demande pardon ?

Il hoche la tête.

– Il y a cinq minutes.

– Pour aller où ?

Je demande, mais il n'y a pas plusieurs solutions. Il se rend à la gare pour rentrer chez lui. Il ne prendrait pas le taxi jusqu'à Toulouse, c'est évident. Et je ne vois pas d'autres endroits où il pourrait se rendre.

– Je ne sais pas, je l'ai juste aperçu montant dans un taxi.

– Merde ! Bon, je te laisse. Tu gères le club. Bye.

Il me répond, mais je suis déjà loin, en train d'appeler Valentin, qui ne décroche évidemment pas. Je rentre chez moi en consultant les horaires de train. Il est 10 heures 29. Je n'ai que quinze minutes avant le départ du prochain pour Toulouse, prévu à 10 heures 44. Le temps de trouver mes clés et de récupérer ma voiture, garée à l'autre bout du club…

Bon, ben je vais courir alors…

10 heures 39, je franchis la limite de la ville et prends la direction du centre, en récoltant forcément tous les feux au rouge et plusieurs coups de klaxon lorsque je marque moyennement les stops.

10 heures 42, j'aperçois la gare, de loin. Et surtout, l'unique parking du quartier annonçant complet.

10 heures 43… Je me gare en double file, en activant les warnings, et je traverse la route en courant…

10 heures 44… je rejoins le quai. Un train à ma droite démarre, et un autre à ma gauche attend tranquillement son heure… Lequel est-ce ?

Je reviens sur mes pas pour consulter le panneau d'information concernant les départs. Mes yeux se perdent sur le train déjà minuscule à l'horizon… Il est parti.

Valentin

Le train s'éloigne de la gare, direction Toulouse. Sans moi. Je ne peux pas partir… Pas comme ça, sur un coup de tête. Oui, il a été incisif et salaud dans ses paroles. Mais je ne me suis pas montré plus tendre. Blessé et vexé qu'il ne me mette pas en priorité dans sa liste des choses à faire, j'ai préféré lui balancer des vérités ignobles plutôt que d'avouer que j'étais tout simplement égoïste.

Je m'en veux énormément... L'image qui reste en moi, celle de son regard empli de douleur, me torture depuis mon départ du club.

– Valentin !

Au milieu du hall de gare, sa voix derrière moi me fait sursauter. Je me retourne, perplexe et surpris. Il ne devrait pas se être ici. Il devrait être là-bas, le nez plongé dans son boulot. J'avais misé sur ça pour que mon départ passe inaperçu. Et pourtant, il se trouve ici, face à moi, à quelques mètres à peine, le regard et les gestes affolés...

J'ai à peine le temps de le détailler d'un coup d'œil qu'il se précipite sur moi. Je lâche mon sac et mon surf pour l'accueillir alors qu'il se jette dans mes bras, attrapant mon visage pour m'embrasser avidement. Je l'enlace, mon cœur dérapant à son tour dans son urgence, plus qu'heureux de voir qu'il est là, venu me chercher malgré notre discussion et les mots trop forts entre nous. Soulagé qu'entre son boulot et moi, il ait choisi... Tout simplement trop content de pouvoir le goûter une nouvelle fois, le toucher, le sentir contre moi et autour de moi, même si je me suis montré stupide et con et qu'il en a fait de même.

C'est lui qui commence la farandole d'excuses appropriées, dans un souffle entre deux baisers, le front collé au mien, ses mains cherchant les miennes, posées sur ses reins.

– Valentin, je suis désolé... Tellement désolé. Je t'en prie, excuse-moi...

Je suis encore tellement surpris de sa présence ici que tout ce qu'il me vient à l'esprit à cet instant, c'est...

– Dorian... Mais qu'est-ce que tu fais là ?

Il m'embrasse pour toute réponse, encore et encore, me serrant si fort dans ses bras que j'ai l'impression de fusionner avec lui. J'attrape son menton et plonge ma langue en lui, reprenant la direction des opérations en le faisant gémir contre mes lèvres, durcir dans son bermuda et frémir dans mes bras. Ses doigts s'agrippent à mes cheveux et à mon tee-shirt, me pressant contre son cœur en me demandant pardon. M'excitant comme pas permis.

L'atmosphère devient électrique et lourde de tension sexuelle. Mon membre s'affole sous la pression du sien, mes mains se dirigent toutes seules sur ses fesses et appuient, encore et encore pour l'attirer plus près, attisant le feu qui nous consume tous les deux.

– Dorian, j'ai envie de toi, maintenant.

Mes doigts remontent sur sa ceinture et tirent sur son polo pour atteindre sa peau, si douce et torride, à son image... Et je bande. Ma tête m'échappe et j'ai envie de baiser, de me perdre au milieu de nos draps, dans ses bras. De m'abandonner à tout ce qu'il voudra et de passer ce putain de cap, tout de suite, en urgence, pendant que rien d'autre ne compte pour moi que de le retrouver...

– Dorian...

Ses dents mordillent la peau de mon cou, me rendant fou et fébrile en faisant bouillir le sang dans mes veines, exploser mon cœur et battre mon âme.

– Dorian...

Il récupère mes lèvres pour m'achever dans un baiser renversant, me faisant perdre toute notion de gravité. Je suis subjugué par chacun de ses gestes, ensorcelé par sa propre passion, étourdi par la mienne, et proche, tellement proche du précipice dans lequel je brûle de plonger... Mon corps tout entier se met à trembler, suppliant et avide...

Il accède à ma demande entre deux baisers :

– Viens...

Il attrape mon sac et ma planche, m'entraîne à travers la rue, et balance le tout dans le coffre de son SUV, l'abandonnant là, garé au milieu de la rue, pour m'emporter vers le premier hôtel venu.

– Dorian, c'est un 4* ! On peut retourner au club...

Mais il ne m'entend pas et nous dirige vers la réception, où il alpague une gentille réceptionniste, qui prend presque peur devant son air plus que décidé.

– Il nous faut une chambre.

– Bien, monsieur. Combien de personnes, vue sur la ville ou plutôt sur la mer ? Lit double ou préférez-vous....

Dorian frappe sur le comptoir en lui adressant un regard impatient.

– La première suite venue fera l'affaire... Allez, allez, on se presse !

Je retiens un rire avant de réaliser ce qu'il vient de dire.

– Une suite ? Mais non, enfin...

– Valentin, pour une fois... Ferme-la !

– Bon, OK.

Quand il est dans cet état, inutile d'insister ? La réceptionniste l'a très bien compris, visiblement. Plus qu'efficace, elle nous tend une carte magnétique à la vitesse de l'éclair. Il lui confie sa carte bleue en retour et pose deux billets sur la banque devant elle.

– Et occupez-vous du chien. Il est gentil, il s'appelle Truc. S'il sourit quand nous revenons, vous aurez le double. Sinon, j'appelle la SPA pour mauvais traitement. Et je vous préviens, j'ai le bras long, je suis journaliste. Un seul faux pas et votre réputation est faite pour dix ans dans toute la région !

Espèce de menteur éhonté ! J'adore !

J'ai envie d'éclater de rire, mais je me retiens... Parce que... Nous y voilà... Il attrape Truc et le pose directement sur le comptoir, m'arrache sa laisse des mains pour la jeter dans celles de la gentille hôtesse, puis m'emporte, il n'y a pas d'autres mots, dans l'ascenseur.

– Dorian, t'es au courant qu'un chien, ça ne sourit pas ?

– J'm'en tape !

Il récupère mes lèvres et m'accule contre l'une des parois de la cabine, me soulevant pour me poser sur la rampe qui s'y trouve. J'agrippe mes jambes à ses hanches et enroule mes bras à ses épaules en gémissant, pendant que sa bouche embrasse mon cou, cette petite partie fine sous mon lobe, sa langue esquissant des arabesques sur ma peau sensible. Jusqu'au « ding » annonçant l'arrivée à l'étage... Il m'aide à retrouver le sol, mais son traitement m'a passablement rendu fébrile. Mes jambes ne comprennent plus qu'elles doivent me porter et marcher... Alors, il enlace ma taille et me guide jusque dans le couloir luxueux, puis à travers le salon magnifique de la suite, jusqu'à la porte... La chambre.

Son regard trouve le mien, incertain, mais j'en ai tellement envie que je refuse de le voir douter une demi-seconde. Mes bras l'attirent à moi, contre mes lèvres, et j'ouvre cette dernière barrière, parce qu'il est plus que temps. Et qu'il n'y a pas d'autre issue...

Je recule jusqu'au milieu de la pièce, sans le lâcher, mes mains ouvrant son bermuda et remontant son polo, dans des gestes désordonnés et urgents. Il me laisse l'effeuiller, virant ses tennis au passage, sans jamais oser un geste vers mes propres fringues. Cette retenue profondément respectueuse, qu'il garde alors qu'il bande comme un malade, sa queue raide et imposante fièrement dressée contre le bas de son ventre, le prouve et me bouleverse. Je ne sais même pas ce que j'ai fait pour que la vie m'offre un mec pareil...

Surtout avec les horreurs que je lui ai balancées il n'y a pas deux heures…

Je suis loin d'être convaincu de mériter un tel traitement. Mais lui, il semble penser le contraire. Mes mollets butent contre le lit derrière moi, et je m'y laisse tomber en l'entraînant avec moi. Son corps me recouvre en me pressant contre la couette, plus que douillette, sa peau nue échauffant mes sens, ses lèvres brûlant mon esprit et ses mains par-dessus mon tee-shirt m'enivrant de désir…

J'attrape ses doigts, haletant.

– Touche-moi, Dorian…

Il se fige, redresse la tête et inspecte mon visage avec application et détermination.

– Valentin… Je ne t'en veux pas pour tes mots… on a tout notre temps… Tu n'as pas à…

Je dirige sa main sous mon tee-shirt, inspirant lourdement, puis presse sa paume contre la peau de mon ventre.

– Touche-moi ! J'ai besoin que tu me touches, Dorian…

Sa main se met à bouger pendant qu'il récupère sa place sur mes lèvres. Je la sens passer sur mes cicatrices, sans s'y arrêter. S'aventurer vers mon torse, caresser mes tétons timidement… Ses doigts… Ici… depuis si longtemps… Ils agissent comme un électrochoc, me ramenant si loin en arrière, dans un passé qui, étrangement, reste flou… Je pensais qu'il me reviendrait en force le jour où je passerais le cap, mais mes yeux, s'en remettant à ceux de l'homme que j'admire et en qui j'ai toute confiance, ne discernent plus rien d'autre. Lui, lui, et encore lui… Oubliés les fantômes, les visages sans nom et les gestes mécaniques…

Je m'accroche à ses pupilles, à ce bleu clair et sincère, plein de tout ce dont j'ai besoin, et le laisse me découvrir en priant pour qu'il ne décèle pas les reliefs qui parsèment ma peau. Enivré par la douceur de ce moment que j'appréhendais tellement, je laisse mes mains reprendre là où elles en étaient, glisser sur la peau de son ventre tendu et apprécier les muscles bandés sous mes doigts. Mon souffle s'accorde au sien, court et empressé, chaud contre mon visage, ses yeux toujours au fond des miens… Son corps ondule, le mien le suis, sa paume pressée contre ma peau, s'aventurant toujours plus, et mon esprit cherchant de plus en plus à s'accrocher au bon, aux sensations nouvelles et grisantes, à se souvenir que ce sont ses mains à lui, et à personne d'autre.

Elles effleurent, me caressent et me cajolent, comme jamais je ne l'ai été. C'est bon, tendre et ensorcelant. Dans ses bras, sous ses effleurements timides, je me sens unique et pur, presque précieux. Pris par une vague irrésistible de volupté, je penche la tête en arrière et m'abandonne à ses gestes doux, perdant le contact avec son regard, le laissant soulever mon tee-shirt et le passer par-dessus ma tête.

– Chaton... Tu es magnifique... Merci...

C'est seulement là que je réalise que je suis presque nu devant lui. Sans aucun moyen de fuite ou de repli. Les rideaux sont ouverts, les rayons du soleil dardent à travers les carreaux, m'offrant totalement à son regard, sans plus aucune protection. Ses yeux détaillent chacun de mes tatouages, ainsi affichés devant lui pour la première fois, pauvres décorations cachant comme ils peuvent la misère que je me suis infligée pendant des années. Et ses pupilles... Alors qu'elles se posent sur ma peau, je les discerne avides, affamées, prédatrices... Perturbantes... Effrayantes...

Merde ! La sensation de me retrouver sans défense face à ma plus grande peur jaillit en moi, brutalement, inexorablement... Dorian se penche sur moi et embrasse ma peau, sa langue s'enroulant à mon téton, me percutant le cœur de la mauvaise manière... Je cherche son regard désespérément, nécessitant de me raccrocher à son âme. Mais, concentré sur mon épiderme, il n'entend pas ma détresse muette et m'abandonne face à ce passé qui, cette fois, percute ma mémoire et mes terreurs de plein fouet.

Putain, mais qu'est-ce qu'il m'a pris ? Je n'ai pensé à rien, ou quoi ? Comment rêver que d'un coup de baguette magique, tout soit effacé ?

J'ai envie de l'appeler à l'aide, mais rien ne sort, mon corps se figeant sous les souvenirs trop noirs et douloureux qui s'emparent de moi. Rester face à lui devient impossible et atrocement intolérable.

J'attrape les épaules de mon amant en suffoquant. Il est toujours allongé sur moi, trop lourd, emprisonnant mes jambes, empêchant toute fuite. Et cette fois, je panique.

– Pardon... Il faut... Désolé... Je... Pardon...

Je m'extirpe de ma prison et glisse au bord du lit, trouve la salle de bains et m'y enferme, activant les multiples jets de la douche et retirant mes fringues, les laissant tomber au sol, les larmes aux yeux, avant d'entrer dans cette douche à l'italienne et de me placer sous la cascade bouillante et purifiante. J'attrape une éponge de corps, l'enduis de gel douche et frotte. Je frotte partout. Mettant à dure épreuve chaque parcelle détestée qui me le rend bien. J'astique les cicatrices, les tatouages qui les cachent. Je frotte plus fort, n'arrivant pas à faire disparaître la peur et le dégoût. Ce corps que tant d'hommes ont touché sans permission, qu'ils ont pris et utilisé, qu'ils ont sali de leurs regards pervers et dépravés, m'emmenant dans leurs délires écœurants... Sale, crade, dégueulasse. Ils ont marqué mon corps, mon âme et ma vie de toutes leurs saloperies de fantasmes immondes....

Et rien ne part, tout reste accroché. J'ai beau laver et frotter, depuis des années, pendant des minutes entières, sous une eau qui brûle cet épiderme inutilement... Leurs empreintes restent et se mélangent les unes aux autres, s'appropriant ma peau et tout mon avenir, comme des spectres hurlant dans les couloirs d'un château, ils flottent tout autour de moi, riant et me signifiant qu'ils ne partiront jamais... Jamais... Jamais...

J'ai le sentiment que je deviens fou ! À bout de nerfs, à bout de larmes, à bout d'espoir, j'abdique et leur concède la victoire en me laissant tomber au sol, noyé sous l'eau, offrant mon visage au jet qui décape mes joues, nettoyant mes larmes et vidant mon esprit...

La lumière de la pièce s'éteint tout à coup, me sortant de ma transe.

– Chaton ?

Un frémissement d'effroi me paralyse la colonne.

– N'entre pas, Dorian ! Je suis désolé... Laisse-moi !

Par réflexe, je frotte de nouveau mon ventre, tentant vainement de faire disparaître l'ineffaçable. Je suis tellement concentré que je ne l'entends pas approcher ni entrer dans la douche immense... Je ne réalise sa présence que lorsqu'il me saisit l'éponge des mains, sans me laisser le choix.

– Seigneur, Valentin, ne pleure pas, je t'en prie...

Il tente de me prendre dans ses bras, mais je recule jusqu'au mur derrière moi.

– Non, Dorian, sors de là !

Ses mains atteignent mes épaules, malgré tout.

– Non. Viens... Je ne te vois pas, il fait nuit. Tu n'as rien à craindre.

Je renifle en résistant quelques instants, mais la volonté qu'il met dans son geste a raison de moi et de mon esprit fatigué. Je le laisse m'enlacer et embrasser mes joues.

– Ne pleure pas, Chaton. Je ne peux pas supporter de te voir dans un état pareil à cause de moi...

Maintenant qu'il se trouve contre moi, dans la pénombre, je m'accroche à ses épaules, blottissant mon visage au creux de son cou.

– Ce... ce n'est pas toi, Dorian... C'est moi... Je ne supporte pas... Je ne peux pas... Je suis tellement désolé.

Ses mains caressent mon dos, provoquant un frisson sur ma peau, me coupant presque le souffle.

– Arrête, je t'en prie...

– Explique-moi pourquoi...

Sa voix est douce et posée. Calme et apaisante. Je décide de saisir la main qu'il me tend.

– Je suis dégueulasse...

– Pourquoi ?

Un sanglot brouille ma voix alors que j'essaye de continuer. Les mots ne sortent pas... Il embrasse ma tempe.

– Attends deux secondes, Chaton. Je reviens.

Il quitte la pièce, me laissant affreusement seul, et revient presque aussitôt, à mon grand soulagement. Je réalise que même comme ça, dans ces conditions, sa présence m'est indispensable. Il me rejoint sous le jet en expliquant.

– Quand Amélie avait des chagrins de cœur, elle écoutait toujours de la musique. Cette chanson... Je te l'accorde, elle est vieille. Mais... la musique adoucit les mœurs, il paraît...

Des notes de piano envahissent la pièce pendant qu'il reprend sa place et m'enlace à nouveau.

– Laisse-toi bercer, Chaton... C'est tout...

Les paroles arrivent jusqu'à nous et font leur office. Mon esprit les décrypte et s'allège un peu...

Listen to your heart when he's calling for you

Listen to your heart there's nothing else you can do

I don't know where you're going and I don't know why,

But listen to your heart before you tell him goodbye[21].

(Écoute ton cœur quand il t'interpelle, écoute ton cœur, tu ne peux rien faire d'autre, je ne sais pas où tu vas, et je ne sais pas pourquoi, mais écoute ton cœur avant de lui dire au revoir)

---

[21] Listen to your heart, interprétation au piano par D.H.T. Paroliers : Rolf Letekro / Tony Harnell © Universal Music Publishing Group

– Je connais cette chanson.

Il attrape l'éponge et commence à me laver le dos tendrement.

– Oui, c'est une reprise de Roxette, *Listen to your heart*. Amélie l'adore. Même encore aujourd'hui, lorsqu'elle déprime à cause d'un mec, elle l'écoute. C'est pour ça que je la garde dans mon téléphone. Toujours prêt à dégainer…

Je ne réponds pas et le laisse me frotter le dos affectueusement, les yeux fermés, ressentant son corps protecteur autour de moi et son âme si proche de la mienne.

– Voilà… Tu veux te laver ? Je le ferai pour toi. Je ne suis pas contre toi, Valentin. Mais avec toi.

Je renifle contre son cou. Épuisé. Comme un pantin qui ne peut plus lutter. Je ne sais même plus ce que je ressens. J'écoute sa voix, le peu de paroles qu'il émet, et la musique.

And there are voices that want to be heard

So much to mention but you can't find the words[22]

(Et il y a des voix qui veulent être entendues, tellement à dire,
mais tu ne trouves pas les mots)

Il embrasse mon cou, me noyant dans tout cet amour qu'il me prodigue. Si doux, si beau, faisant réapparaître de minuscules larmes au bord de mes yeux…

Et sa voix profonde, si tendre…

– Tu n'es pas sale, Valentin… Tu es beau… Et tu sais quoi ?

Il me repousse doucement en s'attaquant à mon ventre avec son éponge.

– Tes cicatrices, oui, je les ai senties. Mais j'aime chacune d'elles. Et tu veux savoir pourquoi ?

Je ne réponds pas. Il n'attend d'ailleurs pas de réponse, continuant son monologue dont chaque mot s'inscrit dans mon âme, comme une caresse anesthésiante. Je crois tout, je bois tout, ensorcelé par sa voix et cette musique qui recommence, encore et encore, au cœur de l'obscurité. J'ai l'impression d'avoir quitté la planète et de flotter quelque part, dans un univers inconnu constitué de coton.

---

[22] Listen to your heart, interprétation au piano par D.H.T. Paroliers : Rolf Letekro / Tony Harnell © Universal Music Publishing Group

– Chaton, chaque marque sur ta peau fait que tu es encore ici, avec moi… Elles prouvent ta force. Je sais que tu as marqué la peau de ton corps alors qu'en fait, tu voulais te taillader les veines. Je vénère ces cicatrices, parce que si elles n'étaient pas là, tu ne serais sans doute plus là non plus… Et un monde sans toi, c'est impossible à concevoir pour moi… Tu comprends ?

Mes larmes redoublent et mon cœur gonfle, gavé à n'en plus pouvoir de ces mots qui le transpercent si facilement. J'attrape ses épaules pour ne pas m'effondrer. Il continue, encore et encore, à me ramener vers lui, de la plus belle des façons.

– Ta peau n'est rien, Valentin… Elle est abîmée ? Et alors ? Ce qui compte, c'est ton cœur… C'est la seule chose qui m'intéresse. C'est lui que tu dois écouter. Pas ce que ta peau raconte. Elle est justement là pour protéger… Et c'est ce qu'elle a fait… Quand tu salis un tee-shirt, toi, tu n'es pas sale, pas vrai ?

Je hoche la tête, étourdi par cet homme si bon, si beau, si parfait.

– Alors, voilà ce qu'il faut faire. Ne laisse pas les apparences dicter ce que tu dois faire de ton existence… Tu as taillé ta peau pour rester en vie, justement… Pour permettre à ton cœur de continuer à battre… Alors, maintenant que tu l'as sauvé, lui… Laisse-le diriger. Qu'est-ce qu'il te dit ?

Je reste immobile, muet et perdu, analysant ses mots… Il jette l'éponge et pose sa main sur mon cœur, en me fixant dans la pénombre.

– Dis-moi, Valentin, qu'est-ce qu'il te dit, lui ? Oublie tout le reste, et dis-moi ! Raconte-moi…

Listen to your heart when he's calling for you
(Écoute ton cœur lorsqu'il t'interpelle)

Une barrière explose en moi. Trop. C'est trop… Il est trop… merveilleux… D'une telle force… juste pour moi. Ne lâchant rien, ne m'abandonnant pas au milieu de mon enfer, mais venant me chercher, comme personne avant lui ne l'a fait. Il est…

Je me rue dans ses bras, mes larmes explosant autant que mon cœur. Mon esprit, mes réserves, tout mon être fond sur lui pour lui dire combien :

– Je t'aime, Dorian… Je t'aime tellement…

Je l'embrasse, encore et encore, lui donnant tout, n'arrivant pas à lui signifier assez fort tout ce qu'il représente pour moi. J'ai besoin de lui, tellement fort que le simple contact de son corps contre moi ne me suffit plus. Je veux qu'il caresse mon esprit, qu'il m'emporte avec lui dans sa vie, qu'il m'aime, inconditionnellement, qu'il ne me lâche jamais et qu'il me protège, pour toujours, du reste du monde… Lui, le seul homme qui sait parler à mon cœur, au mépris de tout le reste…

– Fais-moi l'amour, Dorian… Maintenant…

Il m'enlace et me serre contre lui, mais j'ai besoin de plus.

– Non, Chaton, ce n'est pas…

J'attrape sa queue, affamé, dépendant de lui…

– Si ! J'ai besoin, Dorian ! Baise-moi !

Ma main s'active sur lui alors que je bande comme un fou. Tout mon corps me démange, irradie de ce besoin cuisant, hurle ce désir qui l'étouffe… Pour une fois, mon esprit, mon cœur et cette enveloppe charnelle que j'exècre se mettent d'accord et s'unissent dans ce besoin incontrôlé… Je le veux et il me le faut, maintenant, violemment, profondément, intensément…

Je retrouve ses lèvres et envahis sa bouche en urgence, emporté par ce désir qui vrille mon cerveau, m'élevant dans la passion, où aucune autre issue n'est possible.

– Valentin !

– Prends-moi !

Je supplie, j'impose et j'ordonne avant de récupérer sa langue qui hésite, d'attraper ses mains pour les diriger vers ma queue et de coller mon torse au sien… Ses doigts caressent mon membre, alors j'ondule du bassin pour en quémander davantage. Je mords sa langue, j'attrape sa nuque en grognant…

L'espace d'un moment, je le sens perdu entre la raison et la passion… Abdiquer ? Résister ? Je connais si bien ce combat que je sais le reconnaître quand il apparaît… J'abandonne un gémissement sur ses lèvres avant de supplier…

– Prends-moi, Dorian…

– Valentin…

Il s'écarte un moment pour examiner mon visage et examiner mon regard… Ma détermination a raison de la sienne. Il se décide enfin…

Il m'allonge sur la faïence de la douche. J'écarte les cuisses en urgence et l'accueille alors qu'il s'étend sur moi, sa main glissant le long de mon ventre, puis de mon membre, pour trouver mon périnée. Je halète, emporté, soulevant mon bassin pour qu'il aille plus vite. Ses gestes s'affolent, son souffle devient court et saccadé, ses baisers endiablés sur mon visage, pendant que son corps s'enroule au mien sous le jet martelant toujours nos épidermes échauffés... Les cheveux collés au front, sa peau ruisselante, ses muscles s'activant devant mes yeux... Il est au summum de la sensualité, titillant sans s'en rendre compte mon besoin de le sentir en moi...

Écartant davantage les cuisses, je soulève mon bassin nerveusement, accrochant mes mains où je le peux, à sa queue, à ses épaules...

– Dorian...

Son doigt entre enfin en moi. C'est rêche, c'est rude, mais c'est encore meilleur. Je veux qu'il me marque, que notre passion soit incrustée sur ma peau et dans mes muscles, qu'elle me titille au moindre geste pendant des jours....

Son doigt s'enfonce avec douceur, mais fermement. J'ondule en poussant vers lui pour en demander plus, le branlant comme un fou, gémissant, ne contrôlant plus mon corps ni mes envies.

– Putain, Valentin... Merde... calme-toi, ou je vais jouir tout de suite !

Je ronronne en me cambrant.

– Dorian, putain, mais prends-moi ! Je veux plus !

Il ajoute un doigt et va-et-vient en moi, encore et encore, rapidement, me déchirant la peau... Mon esprit monte, au-dessus de nous, au-delà de cette douche, loin, haut, léger...

– Attends, Chaton...

Il attrape maladroitement le flacon de gel douche fourni par l'hôtel et en badigeonne ses doigts et son pénis.

– Capote ?

J'éructe d'impatience alors que ses doigts trouvent ma prostate. Je laisse un gémissement m'emporter avant de lui répondre par bribe.

– Je suis clean ! Toi aussi.

Il hoche la tête en activant le massage de cette zone magique...

– Putain de bordel ! Continue !

Je crois que je vais mourir, étouffé par les sensations du plaisir sans bémol et de la félicité de partager un vrai moment de pure passion...

– Dorian... S'il te plaît...

J'en veux plus, encore plus, toujours plus... Il retire ses doigts... Et sans attendre, il présente son gland devant mon orifice.

Je pousse contre la paroi derrière ma tête et m'empale sur lui. Il donne enfin un coup de bassin, qui l'enfouit au plus profond de moi...

– Putain ! Valentin !

Une excitation incroyable m'emporte. Je lui tends les bras en tremblant et il s'allonge sur moi. Mes jambes s'enroulent sur ses hanches et mes fesses se resserrent autour de lui... Il se met en mouvement. Je n'ai pas été pris comme ça depuis des années. La dernière fois, c'était un cauchemar de plus. Mais lui, il m'emmène au Paradis. Je hoquette de plaisir alors qu'il me pilonne sans pitié, m'enlaçant et m'embrassant, me bourrinant encore et encore, son bassin mû par une passion non feinte.

Ses dents malmènent ma clavicule et son corps frémit. Le mien frissonne tandis que ses mains se crispent sur mes épaules, m'attirant contre lui, alors que les miennes s'agitent dans son dos. Sa queue ferme étire ma peau, cherchant à aller plus loin, plus vite, plus fort...

J'attrape la mienne et la presse le plus possible, attendant le moment...

– Encore, Dorian, encore... Tu vas me faire jouir... Putain !

Ce qui bout en moi est incroyable. Inimaginable... L'extase me retourne les sens, toujours dans la pénombre, sous le jet encore brûlant. Je perds ma gravité et m'enroule à lui d'une main, en astiquant ma queue de l'autre, l'esprit libéré de tellement de choses.

Il pousse un gémissement viril qui me fait basculer, sans que je ne trouve plus rien à quoi m'accrocher. Un orgasme dévale ma colonne, explose dans mon ventre et fait déraper mon âme. J'évacue le plaisir dans un spasme violent pendant que je le sens faire de même au fond de moi, me donnant tout de lui. Il me fait sien et je l'accepte entièrement. Enfin ! Nous sommes enfin réunis, totalement.

Il se laisse choir sur mon torse, hors d'haleine, pendant que les dernières gouttes de ma semence s'étalent entre nous. Inerte, j'abandonne mon visage sous l'eau qui nettoie mon âme et balaye le reste de mes démons. Ceux que Dorian a chassés de mon esprit... Je les sens abandonner mon corps, définitivement perdants dans ce combat qu'il a mené avec moi.

– Je t'aime tellement, Dorian...

Il redresse la tête et se hisse jusqu'à mes lèvres pour les embrasser amoureusement.

– Au cas où tu ne l'aurais pas compris, Chaton, je t'aime tout autant... Tout pour toi. Toujours.

Nous nous enroulons l'un à l'autre, épuisés.

♥

Je ne sais où nous en avons trouvé l'énergie, mais nous nous sommes finalement lavés. Enfin, c'est Doudou qui s'est dévoué pour laver tout le monde. Puis, fidèle à lui-même, il m'a séché et a cajolé chaque tatouage, chaque blessure avec tendresse, m'obligeant à l'accepter, lui, sur ma peau… Et j'avoue que ce n'est pas si terrible. Son regard, à la lumière du jour, n'a pas réveillé la douleur. Peut-être que c'est cette étincelle qui brille de plus en plus au fond de son regard qui fait toute la différence… ? Peut-être est-ce mon cœur qui a décidé de lui faire confiance ? Peut-être est-ce moi, peut-être est-ce lui… ? Sans doute que c'est nous deux réunis… A-t-on réellement besoin de comprendre et d'analyser ? Je n'en ai pas envie… Pour le moment, ce que je note, c'est une timidité, que je ne soupçonnais pas, qui fait rosir mes joues et trembler mon corps lorsqu'il me détaille et me touche… J'ai simplement peur de ne pas lui plaire. Pas à cause de ces cicatrices, non. Simplement parce que je suis un homme, fébrile et amoureux. Et que je doute d'être celui qu'il attend, puisqu'il me découvre pour la première fois… Est-ce qu'il aime mes tatouages ? Suis-je assez musclé ? Enfin, mon corps, en général, est-il de ceux qu'il aime observer et toucher ?

Bref, je ne suis qu'un pauvre mec, éperdu d'amour face à un homme parfait… J'attends qu'il laisse tomber la serviette pour l'enlacer et l'embrasser, calmement cette fois, tendrement, en tentant de le séduire toujours plus et de lui démontrer la place qu'il tient dans mon cœur…

Il répond affectueusement à ma passion en nous conduisant jusqu'au lit, pour m'enlacer encore et me recouvrir une énième fois de toute son attention. Mon cœur explose un peu plus chaque minute, devant tant de gestes et de regards adorateurs, qu'il sait si bien proférer, sans doute beaucoup mieux que moi… Ça aussi, il va falloir que je l'apprenne… Ne pas avoir peur de montrer. Mais on verra plus tard.

Enlacé par ses bras, sous la couette, je me laisse aller à ronronner contre son cou, alors que ses mains frôlent mon épiderme sans jamais se lasser….

Il embrasse mon front en murmurant :

– Tu es certain que tu vas bien ?

Je hausse un sourcil taquin.

– Tu veux savoir si j'ai mal au cul ?

Un sourire discret, presque embarrassé, me répond. Je me hisse jusqu'à ses lèvres pour les embrasser, dans un baiser profond que j'espère rassurant...

– Je vais très bien, et c'est grâce à toi...

Il soupire et m'enlace, mêlant ses jambes aux miennes, pour me bercer tendrement.

– Alors, c'est parfait... Tu as faim ?

Presque endormi, je lutte pour lui répondre.

– Non... Trop bien... Pas bouger...

Cette fois, il rit doucement et se détend en laissant tomber sa tête sur l'oreiller...

– OK. Alors, grande nouvelle, j'ai décidé de prendre ma journée... Je te laisse une heure. Ensuite, je t'emmène manger. Et surtout, on récupère Truc, car je ne la sens pas cette nana...

Je ricane, avant de relever ses propos :

– Mais, dis-moi, tu peux l'avouer maintenant... tu l'adores ? Mon sac à puces...

– Jamais de la vie ! J'ai pas le choix, c'est tout... s'il manque un poil à ton cabot, tu vas nous chier une pendule, et j'aimerais finir la journée sans drame, si possible.

– Mouais, bien sûr... On va dire que je te crois.

Je lui souris en me blottissant contre son torse. Il dépose un baiser ferme sur mon front.

– Voilà, on va dire ça. Par contre, si tu veux dormir, c'est maintenant...

– OK, Doudou...

J'attends la réplique habituelle disant qu'il n'est pas « Doudou », mais elle n'arrive jamais... Je m'endors, serein et amoureux, dans les bras de DOUDOU.

CHAPITRE 7 ~4

Sweet Summer

Marlone : Bonjour, il est 8 h 45... J'ai envie de dire, c'est quoi ce bordel ?

Milan : Oh, putain ! Merde, je suis en retard ! Mais Dorian ? Pourquoi ne nous réveilles-tu pas ?

Marlone : Heureusement qu'il y en a qui suivent !

Milan : Grave ! Je crois que Valentin n'a pas une super influence sur Doudou...

Marlone : C'est clair ! Pauvres clients qui attendent leurs croissants, à faire la queue en pyjama devant la porte du resto...

Milan : Ouais, en chaussons, les cheveux en l'air...

Marlone : Quel beau métier que celui d'hôtelier... On doit voir la facette intime de véritables inconnus tous les jours...

Milan : Ça doit être cocasse.

Marlone : Oui, c'est le mot... bon, Dorian, Valentin ? L'un d'entre vous est-il opérationnel ?

Milan : Moi, je crois qu'ils sont en plein câlin...

Marlone : Arrête avec ça, je n'y crois pas une seconde. Ils se foutent de nous, oui !

Milan : Il y avait de l'eau dans le gaz hier matin... J'ai un 6e sens pour ça !

Marlone : Ouais... Tu veux qu'on parle d'un certain Antoine ? Il était barré où, ton 6e sens, à ce moment, Irma ?

Milan : OK, bon, parfois mon radar déconne. Mais pas là...

Marlone : Euh, Milan, je crois qu'on s'enflamme un peu, là... Nous sommes toujours sur Sweet Summer...

Milan : Oh, merde ! On passe en privé. Bise les mecs. Si vous vous décidez à apparaître, surtout, n'hésitez pas !

Marlone : Voilà, on va faire ça ! Bye ! Et au cas où vous vous poseriez la question, oui, nous passons en privé pour parler de vous ! Comme des vieilles commères sur un trottoir ou en bas d'un immeuble ! OUI, Messieurs ! Parce qu'on en a marre de ne pas savoir ce qu'il se passe entre vous ! Bordel de merde !

Milan : Marlone, mon chat, calme-toi… Viens prendre tes pilules… On va discuter, ça va bien se passer… Les mecs, sérieux, voyez dans quel état vous le mettez… Franchement ! Marl, réponds à mon message sur notre autre conversation, et arrête de bouder ! À plus les mecs.

Dorian

– On leur avoue ?

Je grogne en blottissant mon visage dans son cou. Allongé contre moi dans mes bras, en cuillère, Valentin suit la conversation de nos potes en riant. Je remonte la couette sur nous.

– Non… J'aime bien les faire marcher…

J'embrasse ses épaules nues. J'adore qu'il n'ait pas gardé de tee-shirt en se couchant hier soir… Son air timide et hésitant lorsque, au bout du lit, il a retiré tout ce tissu qui le recouvrait était tout simplement émouvant. Et maintenant, sa peau touche la mienne, son dos serré contre mon torse, chaud et lisse… Il n'a pas de cicatrices dans le dos. Logique.

Mes lèvres esquissent le contour d'une carpe sur son omoplate. Cette partie de son corps est réellement magnifique. Elle est parsemée de poissons aux nuances roses et grises, nageant entre des nénuphars aux couleurs éclatantes.

– Je peux te poser une question, Chaton ?

Il ronronne en se lovant davantage contre moi.

– Bien sûr.

– Pourquoi avoir tatoué ton dos ? Cela dit, tu as très bien fait, il est magnifique.

– Parce que… Au début, mes tatouages étaient destinés à recouvrir mes cicatrices. Puis un jour, j'ai croisé un mec relativement âgé dans le salon que je fréquente. Il avait un dos un peu comme le mien aujourd'hui. C'était vraiment beau. Et quand, quelques semaines plus tard, j'ai eu envie de me scarifier, encore, mais que toute la peau de mon ventre était déjà chargée, j'ai hésité à commencer mes cuisses.

Et, je ne sais pas pourquoi, j'ai décidé à ce moment de changer la donne. Plutôt que de me taillader la peau pour ensuite la recouvrir, la douleur étant également présente lorsque l'on se fait tatouer, j'ai décidé de passer mon besoin directement au salon... Alors, j'ai repensé à ce mec et à ce dos qui ressemblait à une mare. Le sien était uniquement noir et gris... J'ai voulu de la couleur... Voilà, tu sais tout. Je crois que c'était mon réel premier pas vers le changement... Arrêter de me faire mal moi-même.

Je débute une nuée de baisers sur cette peau transformée en œuvre d'art.

– J'aime ce dos encore plus, alors, puisqu'il symbolise le début de ta nouvelle vie...

– Merci... Ça me paraît vieux, maintenant... C'était à mon arrivée à *Sweet Home*. Mes premières payes « honorables ».

Je m'écarte de lui, surpris.

– Je te connaissais à cette époque !

Il confirme d'un signe de tête.

– Et tu ne m'en as pas parlé ?

– Non. Ma peau... c'est mon truc à moi. Tu n'as su que bien plus tard pour mes cicatrices. Et encore, tu m'as tiré les vers du nez, pour rappel...

Je ne réponds pas et récupère sa peau sous mes lèvres. Oui, Valentin a toujours gardé cet univers bien particulier pour lui. Ses tatouages, ses scarifications et ses piercings, plus récents, n'ont jamais appartenu qu'à lui, et à lui seul. J'ai l'impression que même si nous avons été très proches très rapidement, une partie de lui m'a toujours échappé. Je le trouvais déjà fragile, mais en le découvrant intimement, je réalise que j'étais loin du compte.

Mes doigts s'aventurent sur son ventre et les souvenirs d'hier, dans cet hôtel, me reviennent en tête... Ses larmes, son besoin de rapports rudes, à la limite de la violence... Je m'y suis plié, eh oui, j'ai adoré le prendre en laissant libre cours à ma passion. Mais après coup, je me sens coupable. Parce que ce n'est peut-être pas la bonne solution. Peut-être a-t-il trouvé dans les rapports brutaux une nouvelle manière de se faire mal à lui-même ? Dois-je envisager que ce besoin de souffrir pour se punir de son passé est encore présent, sous une nouvelle forme ?

Mon amant se presse davantage contre moi en soupirant d'aise, ses fesses se dandinant contre ma queue et sa main s'aventurant sur mes hanches…

Puis-je avouer que j'appréhende le sexe avec lui ? Je ne veux pas être celui qui lui fait mal. Son exutoire à je ne sais quel besoin malsain qu'il pourrait avoir. Je veux le meilleur pour lui. Et si j'aime le sexe brutal, parfois, j'aimerais que cela soit occasionnel. Pas la manière unique que nous adoptons. Je m'en veux déjà assez de l'avoir sodomisé alors qu'il pleurait… Même si c'est lui qui m'a demandé, voire supplié, ça ne change pas le problème. Ce n'est pas ce que je veux pour lui.

Si son besoin de douleur passe désormais par le sexe, alors nous allons avoir un sérieux problème. Parce que je n'envisage pas du tout ma relation avec lui comme ça. Et d'un autre côté, je ne m'imagine pas le repousser non plus… Valentin n'est pas un homme que l'on repousse. Il ne le supporterait pas. Et il ne le mérite pas.

Bref, ce n'est pas si simple. Je m'y attendais, et je m'y étais préparé. Mais, plongé au cœur du problème, l'issue n'est pas forcément facile à trouver. J'ai besoin d'un peu de temps.

Mon téléphone se met à vibrer, quelque part dans la chambre, et Truc apparaît en grognant depuis son dressing… Ce chien a définitivement adopté mes chaussettes et mes caleçons comme matelas… Je devrais m'y opposer. Mais je n'y arrive pas. Ce machin est mignon. Chiant et plein de poils, mais mignon…

Valentin soupire en appelant son chien, pendant que je glisse le long du lit pour retrouver mon portable, caché au fond d'une poche de mon bermuda, lui-même à moitié planqué sous le lit. Depuis que Valentin a envahi ma vie, ma chambre est un bordel sans nom… à l'instar de ma vie, remarque… Je devrais avoir honte… mais en fait, je crois que j'adore être la victime de cet ouragan prénommé Valentin…

Je réponds à l'appel de Lucas en m'affalant sur mon lit, à côté de mon homme.

– Salut, boss. Je me demandais à quelle heure tu comptais venir bosser. Enfin, si tu as prévu de venir… Parce que, clairement, tout roule. On n'a pas vraiment besoin de toi. Sans te manquer de respect...

– Bonjour Lucas, je vais bien, merci de demander. Et toi ? Ton plan bite et vagin ?

Il s'esclaffe.

– Sympa… J'y retourne ce soir… Je te raconterai. Bon, je suis désolé de te déranger, mais j'ai du monde pour toi à l'accueil.

– Ah ?

Je me redresse en m'adossant à mon oreiller. Valentin ne perd pas une seconde pour venir s'enrouler autour de mon ventre, une cuisse barrant les miennes, sa main s'aventurant sur ma queue et ses lèvres sur mon torse… Mes yeux ne loupent pas une miette de ce corps, dont je pense que je ne me lasserai jamais… Je suis tellement heureux qu'il semble s'habituer assez rapidement à la nudité en ma présence… C'est un vrai cadeau qu'il me fait… Et si je n'appréhendais pas ses réactions, je raccrocherais immédiatement ce téléphone pour lui faire l'amour jusqu'à ce soir. Mais j'avoue, je flippe. Je ne veux tellement pas lui faire de mal. Même si c'est lui qui le réclame, j'en serai incapable.

Lucas continue son discours que je n'écoutais pas.

– Donc, ils voulaient venir te réveiller, mais j'ai supposé que c'était une mauvaise idée. Je les ai installés à la terrasse du restaurant.

Mais de qui parle-t-il ?

– Hein ?

Il soupire de découragement.

– Tu pourrais m'écouter deux minutes ? Ta mère, Dorian. Elle s'est présentée à la réception. Mais par contre, les deux autres personnes avec elle, je ne sais pas du tout qui elles sont. Ils t'attendent. Remarque, ils n'ont pas tout perdu, ils prennent le petit-déjeuner du coup…

Ben voyons…

– Mais qu'est-ce qu'ils foutent ici ?

– Euh… ce serait mieux que tu leur demandes toi-même, non ?

– Oui, merci Lucas. J'arrive.

Je raccroche et balance mon téléphone sur le lit.

– Putain, fait chier !

Valentin, qui, accessoirement, était affairé à me branler plutôt efficacement – malgré mes réticences, je bande, et pas qu'un peu. Nu et allongé sous lui, c'est compliqué de cacher un truc pareil, clairement ! – se fige en fronçant les yeux.

– Quoi ?

– Ma mère. Elle est en train de prendre son petit-déjeuner en terrasse.

Il se redresse vivement.

– Quoi ? Tu l'attendais ?

– Non ! Surtout pas, non !

– Merde !

J'embrasse son front et m'extirpe du lit, à regret.

– Oui, comme tu dis. Bon, alors, je vais bosser.

Il saute à son tour au sol, se cachant le corps de ses bras, dans un réflexe naturel. C'est un détail, mais il m'émeut beaucoup. Lui, par contre, n'y prête pas attention et annonce :

– Je viens avec toi.

– Valentin, non, ce n'est pas…

Il m'arrête d'un signe de la main, découvrant son ventre. Je suis certain que peu à peu, ses habitudes se modifieront d'elles-mêmes, avec le temps et beaucoup de confiance. Mais ce n'est pas le sujet. Il veut s'incruster à la table de ma mère. Et vu ses propos d'hier, je sens le petit-déjeuner folklorique… Valentin sait se révéler absolument insupportable quand il veut… Et tout me laisse à penser qu'aujourd'hui, il va le vouloir… Énormément…

Son ton quand il me répond confirme d'ailleurs sa motivation. Ferme, et légèrement hargneux.

– N'essaye même pas de m'en dissuader, Dorian… Déjà, j'ai faim. Ensuite… Y en a marre de tout ce cirque… Si tu me l'autorises, j'ai envie de me mêler un peu de tes affaires… On va voir si cette chère Clarisse fait toujours la maline quand quelqu'un tient la main de son fils…

Je sens que cette fois, c'est la bonne… il ne restera pas en retrait, mais il fera valoir son point de vue clairement face à elle. Et maintenant que je sais exactement en quoi consiste ce point de vue, j'avoue que je reste dubitatif. Non, dubitatif n'est pas le mot. C'est plus complexe que ça… Je suis heureux qu'il prenne le sujet autant à cœur. Valentin, même s'il sait être un ange, peut s'avérer incisif et cassant. Une petite teigne qui ne lâche pas sa proie. C'est tellement rare que quelqu'un me protège, que ça me déboussole… D'un autre côté, cela me terrifie. Je n'ai jamais affronté ma mère… Je sais qu'elle mériterait que je le fasse. Que je l'envoie paître proprement. Je ne lui dois absolument rien, c'est même tout l'inverse. Mais c'est ma mère, et ce point change un peu la donne… Même si je sais que lui et Amélie ont raison, comme Milan et Marlone, qui tiennent eux aussi le même discours à son propos… Mais si…

Il passe une main sur ma hanche et m'attire à lui, embrassant mon épaule.

– Doudou... Tu tiens à te battre avec moi contre mes démons. Je t'ai laissé faire. Mais à la condition que tu me laisses, moi aussi, t'accompagner face à tes problèmes. Et en ce qui me concerne, Clarisse EST ton problème majeur... Nous sommes d'accord là-dessus ?

Je réfléchis un instant en caressant sa joue, analysant la flamme furieuse brûlant au fond de ses pupilles. Mon silence semble trop long pour son impatience. Il fait glisser ses doigts entre les miens en reprenant :

– Elle ne t'écoute pas et se moque de tes décisions, Dorian ! Tu ne peux pas constamment valider ça ! Je sais que tu as peur de la froisser. Je comprends. Mais si tu veux qu'elle te respecte, alors il faut lui expliquer clairement les choses. Et tout seul, tu n'y arriveras jamais... Et tu mérites mieux que ce traitement... Beaucoup mieux.

Sa détermination à me protéger, non feinte, me touche. Oui, il est peut-être temps que, moi aussi, je me batte contre ceux qui sont devenus toxiques dans ma vie. Moi aussi, j'ai envie de trouver la paix.

– OK. Alors, on y va. Je t'invite sous ma douche ?

Il hésite. J'ai envie qu'il accepte. Parce que, même si je rechigne à envisager le sexe, j'ai du mal à m'éloigner de lui, même pour une douche. J'adore toucher sa peau, j'en ressens le besoin. C'est au-delà du physique, c'est simplement fusionnel et intense. Valentin fait partie de moi, d'une manière de plus en plus évidente. C'est donc avec un grand sourire que j'accueille son hochement de tête, le soulevant dans mes bras et l'emportant dans la salle de bains, avant qu'il ne change d'avis. Même s'il pèse son poids. Même s'il me prévient que nous allons tomber. Même s'il tente de me mordre le cou pour me faire lâcher prise. Il pourra tenter tout ce qu'il veut, je ne le lâcherai plus jamais.

Rodrigo et Louis. Voilà avec qui m'a mère a jugé bon de se pointer sans prévenir. Assis aux côtés de Valentin, qui grignote silencieusement un croissant accompagné de sa grenadine, j'écoute ma génitrice expliquer sa rencontre avec son homme, qui semble à peine atteindre la moitié de son âge, et qui, de surcroît, paraît ne pas très bien comprendre le français. Donc, maintenant, ma mère est une cougar qui va pêcher dans les eaux internationales. De mieux en mieux...

Louis, quant à lui, reste silencieux, se contentant de me lancer des regards peu amènes en mangeant comme dix.

– Et donc, nous avons pensé que tu pourrais nous trouver une petite chambre, pour une ou deux nuits... afin que l'on puisse passer un peu de temps ici... Il paraît qu'il y a de belles choses à voir dans la région...

Encore une fois, elle fait ce qu'elle veut... J'ai envie de hurler ! Je lui ai dit «non», bordel ! C'est incroyable ! Insupportable... N'importe lequel de mes employés, même de mes amis, montrerait autant d'indifférence envers mes propos, il passerait clairement un sale quart d'heure... Mais elle... je ne lui dis rien... C'est comme si elle m'avait anesthésié la langue... Tout bouillonne en moi, mais rien ne sort... Mes doigts pétrissent nerveusement une viennoiserie, pendant qu'elle énumère les pièges à touristes qu'elle a prévu de visiter durant les deux jours qui viennent... Je tente de trouver les mots, mais rien ne vient... Bordel !

Valentin pose une main sur ma cuisse en m'offrant un regard attendri, puis, en sale gosse qu'il sait très bien être quand il l'a décidé, il termine son verre à l'aide de sa paille, dans une aspiration sonore et insupportable, digne d'un môme de quatre ans. Ce qui a le mérite de suspendre le discours plus qu'agaçant de ma mère et de me faire rire nerveusement. Même si je m'attends au pire. Et, sans surprise, il confirme que mes craintes sont fondées en posant son verre pour prendre la parole, d'un ton calme et faussement poli.

– Et donc, vous vous êtes dit... Profitons-en pour aller offrir au fils prodigue ses cadeaux d'anniversaire... C'est bien ça ?

Le visage de ma mère change subitement de couleur pendant qu'il continue.

– Je me disais bien, aussi... Quelle famille ne contacte pas l'un des siens pour lui souhaiter son anniversaire ? Mais voilà, j'ai ma réponse : une famille qui préfère se déplacer pour le couvrir d'amour et de cadeaux... Franchement, moi qui n'ai jamais eu personne, je trouve ce geste tellement touchant... Pas vrai, Dorian, que tu es touché ?

Il se tourne vers moi, le visage affichant un masque angélique et innocent, auquel n'importe qui donnerait le Bon Dieu sans confession. J'adore cet homme... Il arrive à me dérider, alors que j'étais plus sous pression qu'une cocotte-minute en fin de cuisson !

Mon frère, par contre, ne semble pas apprécier sa répartie. Il pose son café sur la table en grognant.

– Dorian n'est plus un enfant. Pourquoi pas des guirlandes et un clown pour la garden-party pendant qu'on y est ?

Valentin ne répond pas, se contentant de le fusiller du regard. Mon frère continue en s'adressant à moi.

– Je suis venu avec maman parce que j'ai lu sur votre site de recrutement que tu cherchais un animateur pour la plage. Je postule.

Merde ! Je n'avais pas réalisé que Lucas posterait une offre d'emploi saisonnier… Je reste sans voix, cherchant une raison valable pour refuser sa demande.

Valentin se racle la gorge en attrapant un croissant dans la corbeille devant nous.

– Oh… Mais, tu n'es plus un enfant non plus, il me semble… Tu devrais être capable de te trouver un job sans avoir besoin que Dorian te prenne la main… S'il n'a pas l'âge qu'on lui souhaite son anniversaire, je pense que tu n'as plus celui que l'on tienne ton crayon pour t'inscrire en agence d'intérim.

Louis le considère durement. Valentin s'en moque royalement.

– Ça n'a rien à voir ! On parle de boulot, pas de ballons gonflés à l'hélium !

– La seule chose qui gonfle ici, Louis, c'est toi ! Dorian est trop poli et respectueux pour te le dire, mais moi, je ne suis ni l'un ni l'autre. Ajoute à cela le fait que je ne suis pas sympa et que ton air de connard ne m'impressionne pas du tout. T'as démissionné ? Tu t'es cru malin ? Alors, très bien. Achète-toi une paire de couilles et va distribuer des CV, même si je suppose qu'ils seront désespérément vides et sans intérêt. Et évite d'imaginer que tu peux venir faire chier mon mec impunément.

Louis marque une pause, ébahi par l'annonce un peu lapidaire de notre nouveau couple… Moi, par contre, j'aime beaucoup être officiellement « le mec » de Valentin…

– Ton mec ? Sérieux ? Vous vous faites le cul, maintenant ? De mieux en mieux ! Dorian, c'est n'importe quoi !

Valentin garde son calme pour répliquer.

– Exactement. Je lui ai offert mon cul pour son anniversaire, justement… Il a adoré. Je l'avais emballé avec un gros nœud et attaché à un ballon à l'hélium. Il a fortement apprécié de souffler ma bougie, d'ailleurs… Comme quoi, y a pas d'âge…

Ma mère manque de faire une attaque.

– Oh, mon Dieu !

Cette fois c'est moi qui réponds, parce que Valentin a raison, y en a marre. Et il m'a donné le courage… Je pose ma main dans celle de Valentin, qui s'empresse d'y exercer une pression réconfortante, en me redressant pour me pencher vers elle par-dessus la table.

– Quoi, « oh mon Dieu », maman ? Tu nous ramènes des poignées de mecs chaque année, alors ne joue pas les offusquées dès qu'on parle de cul, s'il te plaît !

Elle s'évente de la main, les yeux au ciel, l'air hautain et méprisant. Détestable au possible.

– Enfin, on parle surtout de la vie sexuelle de mon fils ! Oui, je suis choquée !

Valentin réagit aussitôt.

– Votre fils ? Il l'est uniquement quand ça vous arrange ! Quand vous voulez vous payer un week-end au soleil, quand vous avez besoin de placer votre aîné totalement abruti pour un boulot… Mais sinon ?

Ma mère tend son index manucuré vers mon homme, menaçante.

– Valentin, je t'ai toujours accepté comme le meilleur ami de mon fils, mais si tu vas trop loin…

– Je ne suis plus son meilleur ami, je suis son mec. Et franchement, votre avis sur moi m'indiffère totalement. Vous n'êtes pas une bonne personne, Clarisse. Et votre rejeton à deux balles ne l'est pas plus. Dorian mérite que vous veniez vous prosterner devant lui. Avec tout ce qu'il fait pour vous depuis des années… Mais vous êtes trop limités mentalement pour le comprendre. Cet avis n'engage que moi, mais si j'étais à sa place, je vous virerais de cette terrasse et de ce club à grands coups de pied au cul ! Mais, je le répète, cela n'engage que moi. Et Dorian est bien trop bon, pour ne pas dire con, pour faire une chose pareille.

Le gigolo, comprenant sans doute que la conversation tourne au vinaigre, se redresse sur sa chaise :

– Scuzamé, ma…

Valentin le fusille du regard.

– Toi, si tu ne veux pas que je m'occupe de tes castagnettes, je te conseille de la fermer, OK ?

Le mec referme la bouche et se laisse retomber sur son siège, tandis que mon frère se lève pour menacer Valentin.

– Toi, tu ne parles pas à ma mère sur ce ton. Tu mériterais une raclée, pauvre type.

Ma mère ajoute en marmonnant :

– Les castagnettes, c'est espagnol. Rodrigo est Italien...

Cette femme a réellement un souci pour discerner les priorités !

Mon amant ne relève pas, même si je soupçonne qu'il meurt d'envie de rire... Mais il garde son sérieux pour gérer mon frère. Il lève un sourcil provocateur et pose son croissant sur la table dans un calme olympien.

– Louis, mon ami, tu ne veux pas que je me lève et te prenne au mot. Je te promets que tu ne le désires vraiment pas. Donc, rassois-toi, rapidement. Tu es simplement agacé de comprendre que ton frère ne va certainement pas accéder à ta demande concernant ce job, et tu réalises que tu es vraiment le roi des cons... Il est plus que temps, tu me diras ! Du coup, ça te rend malade, parce t'es vraiment dans la merde ! Il n'y a que la vérité qui fâche, proverbe simple, mais pourtant véridique...

Mon frère secoue la tête, de plus en plus énervé.

– Je n'ai pas besoin de mon frère pour trouver un job !

Valentin hausse les épaules, toujours aussi serein.

– Alors, parfait... Dorian n'a donc pas à se mêler de cette histoire... C'est très bien, nous sommes tous fiers de toi, Louis !

J'ai déjà mentionné que Valentin pouvait se montrer absolument insupportable quand il s'y mettait ? Personnellement, je le trouve drôle. Mais les principaux concernés, j'ai nommé ma mère et Louis, eux, ne semblent pas vraiment fans. Quant à Rodrigo, lui, il préfère regarder les oiseaux dans le ciel. Un homme bien, finalement.

Ma mère prend la parole en s'adressant à moi.

– Dorian ! Tu vas le laisser nous parler sur ce ton ? Enfin, il est peut-être ton... amant...

Val l'interrompt :

– Petit ami, je vous prie....

Le regard de ma mère tente de le crucifier sur place pendant qu'elle reprend.

– Bref, peu importe ce qu'il est… En attendant, je trouve inadmissible que tu le laisses s'adresser à nous de cette manière ! Il me semble que nous méritons un minimum de respect !

Cette fois, c'est moi qui m'engage, réellement, dans ce débat. Valentin m'a ouvert la voie, parfaitement. Et mes propres réserves s'effacent enfin, éclaircissant mes idées de manière à ce que j'arrive à les formuler de manière intelligible et posée… De plus, j'ai horreur qu'on s'en prenne à Val. Elle ou un autre, même combat. Personne n'y touche, de près ou de loin.

– Du respect ? Mais ma pauvre maman, tu ne connais même pas la définition de ce mot ! Je ne vois pas de respect dans votre manière de me traiter. Jamais ! Je t'ai dit, à plusieurs reprises, que je n'avais ni le temps ni la place de vous accueillir, toi et ton gigolo ! Et pourtant, tu es venue de Paris, sans écouter un traître mot de mes directives, pour mendier une chambre ! J'ai dit : NON ! Alors c'est non, point final !

Et, me tournant vers mon frère :

– Et toi, tu ne travailleras jamais pour moi. Et je ne te pistonnerai jamais nulle part ! Tu es une pauvre merde qui n'a pas plus de suite dans les idées qu'une mouette ! Jamais je ne me porterai garant de ton inaptitude manifeste ! Tu veux jouer les frères aînés ? Tu penses que tu peux te permettre de me dicter mes actes ? Très bien, alors, avant de faire ça, il va falloir que tu reprennes les factures de la famille. La scolarité de Laura, l'appart de Sarah à Lille, et les frasques financières de maman… En ce qui me concerne, c'est fini. La seule que j'aiderai désormais, c'est Amélie. Pour le reste… je ne veux plus entendre parler de vos soucis financiers ou autres.

Le silence revient, le temps que je trouve mes mots pour conclure. Ils viennent rapidement, cela dit… ils sont prêts depuis des années, à attendre que je les libère. À chaque phrase que j'évacue, mon esprit s'envole, plus léger, plus libre, plus heureux…

– Donc, pour faire clair. J'abandonne la place qui n'est pas la mienne de toute manière. Maman, tu reprends ton rôle et gères tes filles. Elles sont majeures et pas foutues de bosser pour s'aider elles-mêmes. J'en ai marre de le faire pour elles ! Louis, va chier, je n'ai aucun conseil à te donner, tu es trop con pour les comprendre de toute manière. Et donc, non, je ne vous donnerai pas de chambre, et encore moins ce job sur la plage. Vous pouvez repartir, c'est mon dernier mot. Considérez dès aujourd'hui que Dorian n'a plus rien à donner.

Ma mère se lève d'un bond, le menton fièrement relevé.

– Eh bien… Je ne suis pas venue ici pour me faire insulter ! Rodrigo, nous rentrons. Louis, tu viens. Nous trouverons bien un boulot pour toi à Paris. Valentin, je ne te salue pas. Dorian… Tu me déçois… Vraiment. Allez ! On y va.

Je ne me lève pas pour les raccompagner, et ils n'attendent pas que je le fasse. Valentin pose une main réconfortante sur ma cuisse alors que je les suis des yeux.

– Je suis désolé, Dorian… Je sais que ça fait mal. Mais c'était nécessaire. Je suis fier de toi. Comment te sens-tu ?

Je fais le point sur mon moral en posant ma main sur la sienne.

– Je me sens plus libre… C'est comme évacuer un kyste qui aurait trop longtemps parasité mon cœur… Au moins, les choses sont claires et je pense ne plus avoir de sollicitation avant un bon bout de temps.

Il penche la tête en scrutant mon visage d'un air affectueux et prévenant.

– Et, tu verras, ils se rendront compte de tout ce que tu leur apportais. Quand ils devront trouver l'argent et l'aide ailleurs, ils réaliseront quel homme merveilleux tu as été, Dorian. Ils ne s'en doutent certainement pas, mais ils viennent de perdre énormément…

Je porte sa main à mes lèvres pour y déposer un baiser.

– Peut-être… ou pas… Mais j'ai perdu une partie de ma famille, moi aussi… J'ai toujours bossé pour eux. J'ai toujours pris soin de tout ce petit monde…

Il se penche vers moi et dépose un baiser sur mes lèvres, ses yeux reflétant le soleil derrière moi, les pépites d'or étincelant sur le vert profond de ses rétines.

– Eh bien, à partir de maintenant, c'est toi qui vas être pris en main… Moi, je vais m'occuper de toi, Doudou… Tu termines à quelle heure, ce soir ?

Je lui offre un nouveau baiser.

– Tu sais quoi ? Je n'ai pas envie de bosser…

Un sourire maléfique se dessine sur ses lèvres.

– Intéressant…

Oui, non… J'attrape ses mains.

– Valentin. Je… tu es certain que je ne t'ai pas fait mal ?

Son sourire se fige.

– Non, bien sûr que non… enfin, si, tu m'as marqué… mais c'est plutôt sympathique…

Je secoue la tête, pas d'accord avec lui.

– Non, Chaton, je ne veux pas être celui qui te fait du mal… Je…

Il se lève pour prendre mes cuisses d'assaut en s'installant à califourchon sur moi.

– Dorian… c'est moi qui te l'ai demandé…

– Justement… Je l'ai fait pour toi, mais ce n'est pas ce que je veux, Valentin.

Je passe ma main sur son bras, puis sur son ventre.

– Je ne veux pas être une nouvelle cicatrice pour toi, tu comprends ? C'est tout le contraire…

Il secoue la tête avant de se pencher sur moi pour m'enlacer.

– Je comprends… J'en avais besoin, c'est tout… Mais ne t'en fais pas pour ça, Dorian…

Il s'interrompt pour m'observer, puis reprend, blottissant son nez dans le creux de mon cou.

– Quelle est cette chance qui m'a été donnée de te rencontrer ?

Je l'enlace en fermant les yeux.

– J'ai eu la même ce jour-là, Chaton… Je t'aime…

– Je t'aime aussi… Donc, pour détendre tout le monde, je propose… Surf ? Plage, Truc et les gosses insupportables ?

Je ne sais pas à quand remonte ma dernière journée à ne rien faire sur cette plage. Il fait beau, comme tous les jours. Valentin m'aime et son chien, je commence à m'y faire… Quant au poids qui pesait lourdement sur mon esprit, principalement ma mère, il vient de s'envoler. J'ai envie d'être léger et de profiter du bonheur qui pointe enfin son nez dans ma vie. Même si je sais que le sevrage familial me fera mal de temps en temps. Impossible de passer à côté… Mais j'ai le sentiment que la justice vient d'être rendue. Et une partie de moi, qui a toujours souffert de ce manque de reconnaissance de la part de ma mère, se sent apaisée. J'ai déjà fait ma propre psychanalyse, depuis des années. N'ayant jamais connu mon père, j'ai toujours tout fait pour plaire plus que de raison à ma mère, afin qu'elle, au moins, reste… Résultat de l'opération : c'est moi qui la vire… Allez comprendre… Si je veux être honnête, tout ce qu'il y a à comprendre, c'est que mon géniteur a sans doute eu raison de se barrer. Comme il ne savait même pas qu'elle était enceinte…

Bref, j'ai assez usé mes neurones aujourd'hui…

– C'est parti pour le surf…

Valentin me serre plus fort contre lui.

– OK. Après le câlin…

Je plonge mon nez dans ses cheveux en approuvant.

– Après le câlin.

Chapitre 8 ~4

Sweet Summer

Dorian : Hello, hello.

Marlone : Aaahhh ! 5 h 59... Les affaires reprennent. Bonjour Dorian, comment vas-tu ? Quelle belle journée n'est-ce pas ? Quoi de neuf ?

Dorian : Oui, il fait très beau, effectivement. Rien de spécial et toi ?

Marlone : Oh, tu sais, ma vie est calme et sans surprise... Tristan, Damien, la salle qui tourne au ralenti, tout ça, tout ça... Et vous ?

Valentin : Hello. Et nous ? Ça va super... Enfin, tu sais, les vacances, planning chargé... Le matin, fellation. À 13 h, 69. 17 h, branlette. Et 23 h, sodomie... Tout ça, tout ça... J'ai mal au cul, à force... Le sable, ça gratte...

Dorian : C'est vrai, Chaton ? Fallait le dire, je t'aurais massé.

Valentin : Ben, je le dis... Et si on changeait ? Ce matin, anulungus ?

Dorian : OK. Amène-toi, y a encore personne au buffet... Je te badigeonnerai de chantilly !

Valentin : Ouiii... avec une grosse cuillère, pas la cuillère à café...

Milan : Et bon réveil, les amis ! Non, mais sérieux, les mecs... On a dit : pas à jeun, l'anulungus !

Valentin : Ben, c'est pour ça qu'il propose de la chantilly !

Marlone : La chantilly au petit-déj, je trouve ça un peu limite... C'est un peu lourd, ça reste sur l'estomac...

Milan : Je me désolidarise de cette conversation !

Dorian : Milan, franchement...

Marlone : Non, mais sinon, sérieux les mecs ?

Valentin : Sérieux, quoi ?

Marlone : Arrête de faire l'innocent ! T'as bien un scoop à me filer...

Valentin : Oui !

<u>Milan</u> : Alors ?

<u>Dorian</u> : Allez, vas-y, Chaton, fais péter la news !

<u>Valentin</u> : Hier, Dorian a fait un truc exceptionnel...

<u>Milan</u> : C'est-à-dire... Et ne me parle pas de pipe aromatisée à la pastèque !

<u>Dorian</u> : Non, mais quelle idée ! Franchement Milan, je te trouve limite obscène...

<u>Marlone</u> : Je suis d'accord. Pauvre Emeric, il doit en voir des trucs ! Bon, ce scoop ?

<u>Valentin</u> : Oui, le scoop... Hier, Dorian a passé sa journée à la plage, avec moi... Il n'a même pas bossé. Pas une minute.

<u>Marlone</u> : Ah... C'est ça, ton scoop ?

<u>Milan</u> : Mais c'est génial ! Dorian, je suis fier de toi !

<u>Marlone</u> : Oui, bon, Milan, n'en fais pas trop non plus, c'est pas ce qu'on attendait...

<u>Valentin</u> : Pourquoi ? Vous attendiez quoi ?

<u>Milan</u> : Rien, on n'attend rien. Hein, Marlone, qu'on n'attend rien ?

<u>Marlone</u> : Oui, oui... on n'attend rien.

<u>Dorian</u> : Bon, alors c'est parfait... Chaton ? Tu restes sur l'idée Chantilly ? Parce que j'ai de la confiture issue d'un petit producteur du coin... Bio et de saison... J'avoue, c'est tentant... Viens me dire que je prépare tout ça...

<u>Valentin</u> : J'arrive Doudou... Mais sinon... tu sais, Nutella, c'est bien aussi...

<u>Marlone</u> : M'énervent ces deux-là ! Milan, en privé ! Faut que je me défoule !

<u>Milan</u> : Et voilà, il va être ingérable ! Merci les mecs, je vous revaudrai ça !

<u>Valentin</u> : Plus sérieusement, j'ai vraiment un scoop...

<u>Marlone</u> : Quoi ? Que Dorian est allé chez le coiffeur pour se teindre en rose bonbon ?

<u>Milan</u> : Tu t'es fait épiler les épaules ?

<u>Valentin</u> : Je n'ai pas de poils aux épaules, Milan !

<u>Marlone</u> : Évidemment, puisque tu viens de te faire épiler !

<u>Milan</u> : Voilà !

Valentin : Je ne sais pas si j'adore comment vous êtes cons ce matin... Non, mais en fait, il s'est passé un truc top hier...

Dorian : Je ne pense pas que ce soit utile de préciser, Chaton...

Valentin : Moi, je crois que si, au contraire ! Tu as passé un cap immense, Marl et Milan ont besoin de savoir !

Milan : Bon, cette fois, je VEUX savoir. Vas-y !

Marlone : Ouais, magne-toi !

Valentin : En fait, Dorian a enfin dit : « merde ! » à Clarisse !

Marlone : Sans déconner ?

Valentin : Sérieusement. Et même à Louis, au passage... J'en ai bandé de bonheur !

Milan : Mais j'en bande aussi ! Trop bien ! Bravo, Dorian ! Mais ça s'est passé comment ?

Dorian : Merci... En fait, ils se sont pointés ici alors que je leur avais dit de ne pas le faire... Ce qui a gonflé Val...

Valentin : Arrête, tu étais tout autant énervé que moi...

Dorian : Oui, mais si tu n'avais pas été là, je n'aurais certainement pas bronché.

Valentin : Attends... Tu n'es pas en train de me le reprocher, j'espère ?

Dorian : Bien sûr que non... je suis, au contraire, en train de te remercier, Chaton... Je me sens... heureux...

Valentin : Oh... Arrête... je vais chialer... Moi ? Je te rends heureux ?

Dorian : Quelle question...

Marlone : Et voilà, ça roucoule... Bon. Clairement, c'est une excellente chose que tu aies envoyé bouler Clarisse et sa marmaille... Vraiment...

Milan : Putain, oui ! Depuis le temps que j'ai envie de lui envoyer des corbeaux morts... sauf ton respect, Dorian.

Dorian : Des corbeaux morts ? Milan, tu m'inquiètes... Mais oui, j'ai enfin réussi à me libérer de ce qui me pesait sur le cœur... Et je suis presque impressionné de voir combien ça me soulage... Je crois qu'il était plus que temps...

Milan : Ouiii !!! Le jour de grâce est arrivé, Dorian a enfin terminé sa mutation !! C'est un homme maintenant ! Il a coupé le cordon !! Trop bien !

Marlone : Sans vouloir paraître rabat-joie ou un tant soit peu insistant... Et en ce qui concerne le sexe ? Dorian ? Est-ce également un jour de grâce à ce niveau ?

Milan : Marlone, c'est pas toi qui parlais de subtilité dans l'enquête ?

Marlone : Ouais, ben je suis boxeur... Dans le genre subtil et délicat, on a vu mieux, merde ! Dorian ? Réponds !

Dorian : Marlone, tous les jours sont des jours de grâce au niveau sexe avec Valentin... Un étalon doublé d'un putain de pénis de compétition... Tu verrais l'engin !

Valentin : Merci Doudou... Tu me touches...

Dorian : Non, mais ça peut se faire...

Valentin : Ohhh... Oui, vas-y... je suis très sensible de la fesse droite.... Un peu plus bas, OUI ! LÀ !!! Putain, continue !

Marlone : Incroyablement cons, ces deux-là ! Putain de bordel... J'en ai marre !

Valentin : Quel était le but de ta question, mon enfant ? Ne te mets pas dans des états pareils, je t'en prie...

Dorian : Je préconise une petite camomille pour te détendre...

Marlone : Faites vos malins, toi le buveur de grenadine en série, et toi, le bosseur fou... Putain, vous me gonflez !

Milan : Bon, Marl, tu voulais passer en privé, je crois qu'il est temps...

Marlone : Oui, t'as raison... Ils auront ma peau ces deux zouaves... Bye.

Milan : Bise.

Valentin : Schuss.

Dorian : Ciao.

Valentin

Je jette mon téléphone sur le lit et enlace l'oreiller vide de Dorian. Parce que non, il n'est pas là. Malheureusement, il bosse… Je plonge mon nez dans ce parfum qui me fait tourner la tête…

De mémoire de Valentin, je crois que je n'ai jamais été aussi heureux. Même si Dorian semble hésitant. Je m'en veux pour ma crise à l'hôtel, parce qu'elle l'a tout simplement effrayé. Je ne vois que ça.

Le point positif, c'est que ce n'est pas moi et mes putains de cicatrices qui l'ont rebuté. Enfin si, indirectement, tout vient de là. Mais Dorian, encore une fois, ne réagit pas comme je l'attendais. Il ne me trouve pas dégueulasse. Au contraire. Il m'aime tellement qu'il a peur de me briser une nouvelle fois. Et j'ai eu beau lui assurer que tout allait bien, pendant toute la journée d'hier, ça n'a rien changé. Il n'ose pas.

C'est presque drôle qu'à ce point de la relation, ce soit moi qui doive le rassurer, alors que tout donnerait à penser que ça devrait être l'inverse. Il s'inquiète pour moi, mais moi, je me sens normal pour la première fois de mon existence. J'ai envie de construire ma vie avec lui, alors que je n'aurais jamais cru un tel projet envisageable. J'ai envie de faire l'amour, envie de ses mains et de son corps. Besoin d'être sans cesse à ses côtés, de partager, de parler, de me dévoiler, de le toucher et de l'embrasser... Je l'aime à un point incroyable. Je serais prêt à tout pour lui et son bonheur...

Truc me sort de mes pensées en sautant sur le lit. Il se glisse tout naturellement sous la couette pour se lover contre mon ventre... Je l'attrape et le remonte sous mon cou, alors il attrape doucement mes doigts dans sa gueule pour jouer. Je le fais rouler sur le dos, il saute en dehors du lit et se met à courir dans tous les sens sans raison. Il sort dans le petit jardin par la porte-fenêtre, que Dorian a entrouverte exprès pour ses besoins naturels, puis revient, court vers la salle de bains, puis revient encore, ressort, rentre une nouvelle fois, pour enfin grimper à nouveau sur le matelas, glisser sous la couette et se coller à mon ventre, exténué.

Ce chien est débile !

Je m'apprête à réitérer ce jeu hautement intelligent, lorsque mon téléphone vibre sur le lit. Je l'attrape et décroche, m'attendant à parler à Marlone. Il avait l'air tellement remonté sur *Sweet Summer* que j'imagine aisément un coup de fil dans la matinée.

Mais non... Le coup de fil provient de Méline.

– Allô, Mél ?

– Euh, non !

Ah ben non, c'est Driss !

– Eh, salut gamin ! Alors ? Toujours dans les pattes de Méline ?

– Ben oui, comme tu vois. En fait, elle voulait t'appeler pour te demander si tu voulais rentrer à Toulouse avec nous, car on part demain.

– Avec vous ? Tu pars à Toulouse, toi aussi ?

– Oui ! Tu m'avais déjà presque convaincu, mais Méline a continué le travail. Et… J'ai appelé ton association, tu sais ? Jean-Eudes et Magdalena m'ont proposé de passer les voir la semaine prochaine, alors je crois que je vais faire ça. Je voulais te remercier pour ça, Valentin.

Je laisse échapper un éclat de joie.

– C'est vrai ? Tout s'arrange, alors ?

– Oui… Enfin, mes parents ne sont pas plus ouverts qu'avant, mais Magdalena m'a dit qu'elle en avait maté de plus coriaces, alors j'espère que ça marchera…

– Bravo, Driss, je suis fier de toi !

– Merci, mais je n'ai rien fait ! C'est grâce à vous !

– Tu as pris la décision qu'il fallait, tu ne le dois qu'à toi. Alors, sois fier… Et sinon, le surf ?

– Pff ! Là, c'est un autre problème… Truc doit mieux surfer que moi à l'heure qu'il est… Il va bien, au fait ?

Je jette un œil à mon chien, affairé à mâchouiller un caleçon de Dorian, qu'il a dû aller chercher pendant que je discutais.

– Oh, putain, merde ! Un Gucci !

Je me redresse pour attraper le sous-vêtement, mais ce chien est plus têtu que Dorian ! Il tire dessus pendant que je fais de même !

– Quoi ?

Un grand crac annonce le décès prématuré du caleçon.

– Merde ! Hein ?

– Pourquoi parles-tu de Gucci ? Sinon, tu vas mieux, Valentin ?

Je me jette sur Truc, enroule mes jambes autour de lui pour le bloquer, et le force à ouvrir sa gueule d'une main. Il pense certainement que c'est un jeu, alors il resserre ses crocs.

– Oui, oui, je vais mieux ! Bordel de chien !

Je tire un coup sec et cette fois, la déchirure est manifeste.

– Oh, putain ! Ça coûte cher un caleçon Gucci ?

– Je ne savais même pas qu'ils faisaient des caleçons !

– Moi non plus !

– Ben alors, pourquoi tu…

– Laisse tomber !

Je tapote le museau de Truc en lui adressant un regard mécontent. Il bâille pour toute réponse puis se tortille pour sortir de l'étau de mes cuisses.

– Bon, je te passe Méline. On se revoit sur Toulouse ? Ou avant, si tu rentres avec nous ?

– Ouais ! Sur Toulouse, je pense ! Schuss gamin !

– Allô ? BB ?

– Salut Mél, ça va ?

– Et toi ? Je suppose que ça va, vu les quelques SMS que tu m'as envoyés, mais je voulais l'entendre de vive voix.

Oui, j'ai informé ma pote des avancées de mon moral. Un minimum. Assez pour la rassurer, mais pas trop pour ne pas la saouler. Je pense que je lui ai assez pourri ses vacances comme ça !

– Oui, ça va…

– Alors, avec ton ami ? Comment ça se passe ? Love, love, love… ou pas ?

– Je dirais méga love, mais tu ne le dis à personne, hein ?

– Ah, ben si, je comptais faire publier un article dans la gazette du coin, voyons… Donc, enfin, tu trouves ton bonheur ? Et Eliés ?

– Eliés, c'était bien. Mais ça n'était pas destiné à être autre chose que ça.

– Oui. C'est possible. Le principal, c'est que tu le sentes comme ça, BB.

J'hésite un moment à lui demander plus. Je ne me suis jamais livré vraiment avec elle, mais elle n'a jamais demandé à s'immiscer dans ma vie intime, et elle a toujours respecté mes silences. Je la considère comme une personne au grand cœur et très maline.

– BB ? Qu'est-ce qu'il se passe ?

– Rien… Enfin, si… Tu sais, je crois que Dorian a peur de me casser… Il me respecte, et c'est génial, mais… Ce n'est pas un mec comme les autres. Il est sensible et prend soin des gens. Et… Je lui ai demandé d'être un peu… enfin, tu vois, j'avais envie et…

– Stop ! Je vois très bien, inutile d'aller plus loin. Disons que tu avais très faim, tu voulais manger avec les doigts alors qu'il te proposait une fourchette. C'est l'idée ?

Je m'esclaffe.

– Oui, carrément ! J'adore l'image…

– Bon alors, figure-toi que j'ai connu ça… Un mec, bon Dieu, tu aurais éjaculé rien qu'en le croisant ! Et moi, je bavais, pour ne pas entrer dans de sombres détails anatomiques…

Je retiens un rire pendant qu'elle continue.

– Alors, quand il m'a accostée, je lui ai littéralement sauté dessus. Genre, super affamée, tu vois ?

– Oui, je vois très bien !

– Ouais, sauf qu'en fait, le mec était super timide ! J'ai cru qu'il allait se mettre à pleurer en plein milieu d'une petite pipe, pourtant toute mignonne…

J'abuse si je déclare qu'elle est folle à lier ?

– J'imagine ! Et donc, t'as fait quoi ?

– Alors, j'ai tout stoppé. Et je lui ai dit « vas-y, fais-moi l'amour comme toi tu veux le faire ».

– Ah oui ?

– Ouais.

– Et donc ?

– Bon, en l'occurrence, le mec était puceau… Alors, évidemment, ça a vite tourné court. Je me suis terminée en mode manuel, dans ma voiture, devant chez lui.

J'éclate de rire, mais ça ne semble pas la perturber.

– Mais ton Dorian, à mon avis, il a de la ressource et il n'est certainement pas puceau. Moi, à ta place, je ferais un truc mortel du genre « tout pour mettre à l'aise », tu vois, et ensuite, je m'offrirais, telle une déesse nue drapée d'un linge blanc qui ne cache rien, ou presque, alanguie sur un sofa en velours, lascive et grignotant des grains de raisin… Tu vois l'idée ? Cléopâtre…

Bon, je confirme, cette nana est barrée. Mais l'idée de base est bien !

– Oui ! Je capte…

– Bon, te concernant, on dira plutôt Jules César en toge sexy… Mais tu tiens le concept, alors c'est parfait. D'autres questions ?

– Euh, non. Ah, si ! Où puis-je trouver des caleçons Gucci ?

– C'est quoi cette question ? Tu m'inquiètes, BB !

– Laisse tomber.

– Oui, je vais faire ça. Donc, je suppose que je ne passe pas te prendre pour rentrer ?

– Non, merci Mél. Je te recontacte plus tard ?

– Oui ! Prends soin de toi, mon biquet !

– Toi aussi, ma belle. Schuss.

– Bises, beau mec !

Dorian

Je retrouve Lucas à la réception, suite à son appel soi-disant urgent. Pourtant, j'ai beau analyser les visages des personnes derrière le comptoir en approchant, absolument aucun ne semble dans l'urgence. C'est même une ambiance plutôt cool. Mon bras droit discute avec un client, appuyé contre la banque, et la réceptionniste range les dépliants de l'hôtel devant elle…

J'attends patiemment, le temps que Lucas cesse de draguer le trentenaire qui semble très réceptif à ses charmes, pour comprendre en quoi ma présence était plus que nécessaire. Je ronge mon frein. Parce qu'il est déjà 17 heures et que je n'ai pas vu Valentin depuis ce matin, au petit-déjeuner. Et que ça commence à faire long. Je lui ai promis de prendre du temps. Ça commence bien, y a pas à dire ! De 6 heures à 17 heures, c'est une bonne journée de travail. Un peu trop longue à mon goût…

Je n'ai pas à attendre longtemps. Car si je ne vais pas à Valentin, par contre, lui, il vient à moi, tenant Truc en laisse, ce qui est plus qu'étrange, car il ne le fait quasiment jamais, son chien lui collant aux fesses à longueur de temps.

Il s'accoude à la banque pendant que Lucas congédie son client, tout à coup très pressé.

– C'est bon ?

Mon bras droit hoche la tête et tend la main vers mon homme, ni l'un ni l'autre ne prêtant réellement attention à moi, positionné derrière eux.

– Oui, tout est OK. Tu me files le colis ?

Valentin se penche et se relève, tenant son chien dans ses bras.

– Le voilà. Tu dis au revoir, Truc ?

Le chien lui lèche le cou en frétillant de la queue, puis Valentin le confie à Lucas, qui semble ravi. Et ce n'est même pas ironique. Mon homme pose un sac sur le comptoir.

– Je t'ai indiqué les doses de croquettes. Enfin, comme d'hab, quoi.

– Ça marche !

– Merci Lucas.

– À ton service !

C'est quoi ce cinéma ?

Valentin semble enfin réaliser ma présence et se tourne vers moi en souriant.

– Alors tout roule. On y va ?

Je ne comprends franchement rien…

– Où ça ?

– Viens.

Il me tend la main en me souriant, vraisemblablement pas décidé à m'en dire plus. Je suis fatigué et heureux de pouvoir m'échapper pour le retrouver. Je ne demande donc pas mon reste pour faire le tour du comptoir et le rejoindre.

Il dépose un baiser sur ma joue, l'air radieux. Je jette un coup d'œil à l'homme qui glisse ses doigts entre les miens, et je me sens le plus heureux du monde. Bermuda en jean, polo noir et baskets noires, la peau bronzée, les yeux clairs et les cheveux fraîchement lavés en vrac, il est à tomber, naturellement. Je resserre ma main sur la sienne, mon cœur s'emballant comme à chaque fois que j'ai l'occasion de le toucher. J'aime ce mec à en crever…

Il m'entraîne à travers le hall d'accueil du club, puis sur l'allée principale menant à la plage, nous faisant bifurquer sur le quai d'embarquement, où le zodiac destiné aux transports jusqu'à mon nouveau voilier est amarré.

– Valentin, qu'est-ce qu'on fait là ? Tu voulais visiter le bateau de Milan ?

Il secoue la tête.

– Non. Je l'ai loué. Nous allons étrenner la mini-croisière.

Je marque une pause alors que nous arrivons devant le zodiac.

– Tu déconnes ?

Il semble content de mon air ahuri.

– Pas du tout.

Il attrape mes épaules et me dirige vers le zodiac, dans lequel nous attend un membre de mon personnel.

– Comme tu ne veux pas partir trop loin de ton club, et comme moi je veux m'évader un peu, pour t'avoir 100 % pour moi, j'ai décidé de mixer les deux. Allez, grimpe, au lieu de faire ton mec cucul, là !

– Mais… Tu as payé ? Enfin, je veux dire… C'est inutile, Chaton…

Il fait semblant de s'agacer.

– Bon, Dorian, ça suffit maintenant ! Je connais le bras droit du patron, il m'a fait un prix ! Il est sympa, d'ailleurs, ce Lucas. Mais il a de sacrés problèmes d'identité à régler. Je lui ai refilé la carte de *Sweet Home* au passage. Bon, tu viens, ou il faut que je t'assomme ? Parce que je peux le faire, ça aussi !

Devant son air décidé, j'ai envie de me laisser guider. Après tout, j'adore l'idée. Je saute dans la navette.

– OK, OK. Alors, on y va…

Il hoche la tête et m'entraîne avec lui sur le plancher. Installé derrière moi, il passe ses bras autour de ma taille et pose son menton sur mon épaule.

– Donc, c'est parti, Doudou. Presque 24 heures loin du monde. Toi, moi, et un capitaine pour nous faire à manger et nous conduire au Paradis… Je t'aime. Joyeux Anniversaire, homme de ma vie.

Je pose mes mains sur les siennes, croisées sur mon ventre, et décide de tout oublier. De me laisser guider dans le monde que Valentin a tenu à construire pour nous. Je ferme les yeux et laisse les embruns balayer mon visage jusqu'à notre arrivée sur le voilier, amarré un peu plus loin, au large.

Valentin ne me laisse pas vraiment le temps d'inspecter les lieux en arrivant sur le navire. Déformation professionnelle, j'ai envie de vérifier que tout est bien en place, comme convenu avec le capitaine qui gère son bateau seul, de A jusqu'à Z.

Mon homme me guide à travers la pièce à vivre, jusque dans la chambre de luxe prévue pour les clients. Il semble connaître déjà les lieux, ce qui me paraît étonnant.

– Tu… tu es déjà venu ici ?

– Oui, monsieur. Pas plus tard que cet après-midi. Je voulais être certain que cette chambre était sympa. Je n'achète pas sans connaître la marchandise. Lucas m'a accompagné pendant que tu gérais les problèmes de plomberie du bungalow… 21 B ? C'est bien ça ?

J'hallucine.

– Oui, c'est bien ça… Et Lucas ne m'a rien dit !

Il s'esclaffe en refermant la porte derrière nous.

– Ben évidemment, sinon je lui arrachais les couilles ! Bon, allez, assez parlé de Lucas. Tu es ici en tant qu'invité, alors vire le manager récalcitrant des lieux, on n'en a pas besoin…

Il passe derrière moi, se collant à mon dos, ses mains passant sur mes hanches.

– Déjà, tu vas me virer ces fringues de patron… Et prendre une douche… J'ai apporté de quoi se changer pour après…

Sa voix, envoûtante, me détend immédiatement. Ses doigts dégrafent ma ceinture, puis abaissent mon bermuda, emportant mon caleçon dans le même temps. Puis, sans attendre, ses paumes remontent, caressant mes cuisses, glissant sur mon ventre, attrapant mon polo, pour le faire passer par-dessus ma tête, doucement...

– Et maintenant, à la douche. Viens…

Ses mains retrouvent mes hanches pour me conduire jusqu'à la salle de bains. Il se déshabille, règle les jets dans la douche immense et m'attire à lui, sous l'eau chaude et bienfaitrice. Doucement, il m'embrasse en m'enlaçant, le bout de ses doigts passant le long de ma colonne vertébrale en la massant avec précaution.

– Je vais prendre soin de toi, comme tu le fais avec moi, Dorian.

Il repose ses lèvres sur les miennes, sa langue trouvant le chemin jusqu'à la mienne et son piercing titillant mes papilles avec application. Je m'abandonne dans ses bras, sous ses attentions envoûtantes et appliquées. Il attrape la bouteille de gel douche en se détachant de moi, sa langue léchant ses lèvres charnues, me donnant envie de me jeter dessus pour les retrouver. Mais il ne m'en laisse pas l'occasion, me lavant sensuellement, me faisant bander sans pour autant toucher ma queue. Il caresse mes fesses, effleure mon torse, frotte mon ventre, puis chacune de mes jambes, n'hésitant pas à se mettre à genoux devant moi, son visage à quelques centimètres de mon membre déjà en demande.

Je ferme les yeux en m'appuyant sur la paroi derrière lui, savourant l'eau tombant sur mon dos et mes épaules, offrant mon corps à ses mains, ressentant chaque geste, chaque frôlement, comme une marque d'amour touchant directement mon cœur.

Puis, il éteint les jets, attrape une serviette, et, comme je l'ai fait lors de notre journée à l'hôtel, il éponge l'eau sur ma peau, embrassant les parcelles sèches, m'enveloppant à nouveau de ses bras, retrouvant mes lèvres, me berçant dans sa tendresse.

Ses doigts retrouvent les miens une fois qu'il considère son travail terminé, et il m'entraîne jusqu'à la chambre. Devant le lit, il m'enlace en déposant des nuées de baisers sur mon épaule, ses mains flattant savamment mon ventre et mes fesses.

Il s'interrompt tout à coup, déposant un baiser sur mes lèvres, puis s'allonge devant moi dans une position absolument affolante, à savoir sur le dos, adossé aux oreillers, les jambes écartées, son membre entre ses doigts.

– Maintenant Dorian... Tu m'as dit que tu ne me voulais pas violemment... Et je suis d'accord... Je n'ai jamais fait l'amour à personne. De ma vie entière, je n'ai jamais fait que baiser... Montre-moi comment tu me veux, Dorian... Montre-moi l'amour...

Ses yeux constellés d'étoiles m'offrent tout à cet instant. Son corps, sa confiance, ses sentiments, son passé, son avenir... Tout ce qu'il détient, il me le confie en un seul regard, auquel je ne peux résister.

Je le rejoins sur le lit sans ajouter un mot, rampant sur lui tel un félin, jusqu'à le surplomber pour atteindre ses lèvres. Nos langues se retrouvent enfin, avides l'une de l'autre, enflammées et impatientes. Puis, je descends sur son menton et son cou, prenant le temps de découvrir ce corps encore humide qu'il m'offre sensuellement. Je lèche son torse tandis que ma main caresse sa peau inégale, mais pourtant si douce, les muscles bandés de son ventre, ses hanches fines, ses côtes... Ma bouche trace un chemin entre les dessins qui le recouvrent, animant son corps de frissons, sa respiration s'alourdissant peu à peu.

Ses mains se posent sur mes épaules lorsque j'atteins le bas de ses abdos, mon menton frottant la peau fine et douce de son gland. Il se cambre en gémissant, ses doigts se crispant sur ma peau moite lorsque ma langue trouve son méat, lapant le liquide s'en échappant. Je ne m'y arrête pas, continuant mon chemin jusqu'à sa base, le long de la veine proéminente. Puis, je retrouve ses testicules, les suce, le faisant gémir, ses genoux se relevant autour de moi en urgence. J'empaume son pénis en dirigeant ma langue sur son périnée, descendant directement vers son antre que je brûle de cajoler après le traitement que je lui ai infligé la première fois.

Comprenant mon intention, il écarte davantage les cuisses, déjà en transe. Je tends la main vers lui.

– Oreiller, Chaton...

Il s'empresse de me donner ce que je réclame. Je le glisse sous ses reins et m'installe entre ses jambes, écartant ses fesses d'une main, l'autre ayant retrouvé sa queue dure et satinée, palpitant sous mes doigts. Ma langue reprend son chemin jusqu'à son orifice. Il se met à gémir avant même que j'atteigne mon but. Il se redresse, affolé.

– Dorian…

Je lève les yeux vers lui, attendant la suite. J'admire l'image indécente qu'il m'offre, le fantasme pur matérialisé dans cet homme beau comme un Dieu, enfermé dans un corps rebelle et tatoué, la bouche entrouverte, le regard incendiaire, la queue dressée juste devant moi… La tentation dans son plus bel écrin.

Il déglutit.

– Je… on ne m'a jamais… fait ça.

Je lui adresse un sourire, ravi de connaître cette information, avant de lui demander, afin de détendre l'atmosphère.

– Tu veux de la chantilly ?

Il s'esclaffe en repoussant les mèches devant ses yeux.

– Je préférerais la confiture bio, si je peux choisir.

Je retiens un rire en embrassant sa queue, puis retrouve le chemin entre ses fesses bombées et surtout crispées. Je plonge ma langue sans attendre cette fois, dans son antre, décidé à l'emmener aux portes du plaisir. Ultra réactif, il accueille mes attentions avec véhémence, ondulant dès que j'effleure ses muscles serrés, gémissant lorsque je m'immisce entre eux, soupirant lorsque j'en ressors, haletant lorsque j'accélère le rythme de mes doigts sur son membre. Ma langue et ma main s'accordent sur cette partie de son corps qui renferme tant de trésors. J'entre en lui, chatouille la peau sensible, branle son phallus au bord de l'implosion, puis approche un doigt pour accompagner ma langue, l'enfonçant sans préavis au fond de lui, le retirant, reprenant la suite avec ma langue, puis encore mon doigt, ma langue, les va-et-vient sur sa queue, puis encore, deux doigts, ma langue et ainsi de suite.

Il rue dès que j'entre en lui, pousse des cris emportés dès que ma langue calme le jeu, remue contre moi, tente de pousser contre mes doigts pour les accueillir plus profondément, tout en agitant le bassin pour accentuer la masturbation que je continue de mon autre main. Son corps réagit sensuellement, transpire et se tend, sa voix cassée par le désir emplit la pièce, ses doigts s'accrochent à la couette, ses cuisses s'écartent et sa respiration perd son rythme.

– Putain, Dorian… prends-moi, je t'en prie…

Je bande dur et fort. Ma tête ne comprend plus rien, encore plus enivrée qu'après une cuite. Je me redresse et il s'empresse d'attraper le lubrifiant qu'il avait sans doute préparé et me le lance entre les mains. J'essaye de garder mes esprits, ma tête tournant dans tous les sens, emportée par le désir trop puissant pour que je puisse y résister encore longtemps.

Je m'enduis rapidement le membre et les mains puis balance le flacon au sol. Je remonte le long de son corps pour retrouver ses lèvres entrouvertes et y faufile ma langue pour l'embarquer dans un baiser incendiaire. Ma faim de lui est telle que je pourrais jouir rien qu'en enlaçant sa langue avec la mienne. Mais, à tâtons, je retrouve son antre, et me positionne à son entrée avant de pousser doucement.

Il attrape mes épaules, puis glisse ses bras autour de ma nuque, s'accrochant à moi pour notre grand voyage. Je m'enfile dans son canal étroit, provoquant un frisson chez lui, ses yeux se fermant pendant qu'il ronronne de plaisir. Jusqu'à ce que j'atteigne le point parfait, sa prostate.

Il se fige alors que je recule le bassin pour revenir dessus, répétant l'opération plusieurs fois, faisant vibrer son corps, ayant moi-même du mal à retenir mon orgasme. Son corps tremble, ses lèvres asséchées s'entrouvrent pour laisser ses gémissements s'échapper jusqu'à mon oreille, me compliquant lourdement la tâche. J'ai trop envie de jouir.

Je dégage une main pour retrouver sa queue, alors que ses bras se resserrent autour de mon cou.

– Bordel, Dorian !

Je l'astique fermement, m'enfonçant totalement cette fois, lui soutirant un cri d'extase. Et cette fois, je m'autorise à le prendre comme j'en ai envie. J'active mon bassin, d'avant en arrière, adoptant un rythme soutenu, guidé par mon désir et mon envie de jouir. Il respire difficilement, ondule avec moi, nos corps s'accordant dans un ballet sexuel parfait, amplifiant la tension qui ne cesse de nous pousser dans le plaisir. Je grogne contre son épaule, menaçant de sombrer, accélérant mon bassin et ma main, mon souffle trouvant de plus en plus difficilement la voie.

Son corps est secoué d'un spasme impressionnant, l'envoyant contre moi et crispant ses muscles. La tête rejetée en arrière, il expulse son plaisir dans un cri torride qui a raison de ma retenue. Je sombre dans l'orgasme magnifique qu'il a fait naître entre mes reins et me propulse contre lui, au creux de ses bras, en me déversant dans son intimité trop accueillante.

Je m'écroule, le visage retrouvant le creux de son cou, à bout de souffle, épuisé et rassasié. Ma joue rencontre la sienne, humide. Je me décale pour inspecter son visage et trouver ses yeux noyés de larmes.

– Valentin… Je t'ai fait mal ?

Il secoue la tête en repoussant un sanglot, avant de plonger son regard enamouré dans le mien…

– Tu ne peux pas t'imaginer, au contraire, combien tu m'as fait du bien, Dorian… Je t'aime tellement…

Il s'enroule à moi, me serrant si fort qu'il me bloque le souffle, caressant mes cheveux et mes tempes tandis que ses jambes s'accrochent dans mon dos. Je le berce lentement en lui rendant ses attentions, lui murmurant que je l'aime à l'oreille, jusqu'à ce qu'il en perde la raison… Nos bouches se retrouvent dans un baiser passionné, enflammé et absolu, jusqu'à ce que ses larmes tarissent…

Je mime un mouvement de recul pour me retirer. Mais il me retient.

– Non… Reste encore un peu… J'aime quand tu es en moi…

J'embrasse son cou en me blottissant dans ses bras. Au fond de lui, je suis effectivement au meilleur endroit qui soit…

Le sommeil me rattrape, et, pris dans un nuage confortable, je marmonne contre sa peau.

– Et ensuite ?

Ses mains massent mon dos langoureusement.

– Ensuite, on va manger en regardant le soleil se coucher, puis je te ramènerai ici. Et on fera encore l'amour, parce que j'adore quand tu m'aimes. Mais pour le moment, je propose de fermer les yeux, un peu…

– Je valide cette idée.

Mes yeux se ferment tout seuls. Je m'abandonne à lui…

Valentin

Allongé dans les bras de l'homme qui vient de me montrer l'amour, je rêvasse sur le pont d'un voilier, en regardant le soleil rendre ses dernières armes avant de disparaître à l'horizon.

J'ai une petite pensée pour tout ce chemin parcouru depuis que je me suis caché, un jour, dans une réserve de matériel de sports nautiques, pour en finir avec mon existence. D'une certaine façon, ça a effectivement été le cas, ce soir-là... La rédemption n'est simplement pas arrivée comme je l'imaginais...

Ma porte de sortie n'a pas été les médicaments avec lesquels je comptais en finir. Non. Ma fin, mon ultime espoir est apparu sous les traits d'un mec hors normes, beau et troublant, qui m'a pris dans ses bras pour ne plus jamais me lâcher. Le chemin a été parfois dur, parfois doux, parfois amer et souvent compliqué, mais au bout du compte, si je m'adonne à un petit bilan, je dirais que mon bonheur a eu son prix, et que je serais prêt à tout recommencer, exactement de la même manière, pour me retrouver là, et nulle part ailleurs...

Je tends la main derrière moi pour caresser la joue de l'homme. Le seul et l'unique... Maintenant que ses bras m'enlacent, je me dis que c'était tellement évident. L'univers nous réserve parfois de drôles de jeux, des chemins biscornus, des joies cachées derrière les désillusions... Si je devais résumer, je dirais que même le bonheur porte son armure, et qu'il est nécessaire de prendre le temps de percer un peu la carapace...

Les bras autour de moi se resserrent, m'apportant la chaleur que je recherche depuis si longtemps.

– Valentin ?

– Mmm ?

– Reste avec moi...

Je me redresse et me tourne vers lui, pour comprendre où il veut en venir. Il embrasse ma joue avant de presser son front contre ma tempe en fermant les yeux.

– Je ne veux plus passer mon temps à attendre, Chaton... Je te le demande, officiellement. Ce n'est pas une demande en mariage, parce que je ne crois pas aux faux engagements, mais...

Il écarte sa tête, ses doigts jouant avec les mèches qui barrent mon front.

– Mais j'ai envie que tu restes... Il y a ce poste, tu ne m'as pas dit ce que tu en pensais...

Je suis tellement bien avec lui, et sa proposition s'avère réellement tentante, mais...

– J'en pense que je ne suis pas forcément le meilleur dans l'animation. Enfin, Dorian, j'ai un vocabulaire affreux, je n'y connais rien avec les gosses, et il y a sans doute tout un tas de trucs que je ne maîtrise pas… Et puis… J'aimerais trouver un boulot par moi-même. Je ne suis pas comme ton frère, je ne veux pas vivre à tes crochets…

– Valentin, ça n'a rien à voir. Je sais que tu aimes faire les choses de ton propre chef, mais je peux te jurer que ce sera le cas. Ma société n'embauche pas ses managers comme ça.

Cette fois, je me redresse vraiment, surpris et presque effrayé par ses paroles.

– Managers ? Non, mais attends, on parlait d'animer des sports sur la plage, il me semble ! Pas de gérer des trucs.

Il redresse ses genoux autour de moi pour y poser ses coudes…

– Laisse-moi t'expliquer ce que je recherche avant de t'embarquer dans ton rôle de mec super indépendant qui n'a besoin de personne. Cette année, j'ai réalisé que mon équipe n'était pas opérationnelle. Il me manque un bras droit en ce qui concerne les animations.

– Tu as déjà Lucas, et je ne compte pas lui piquer sa place, sous prétexte que je couche avec le boss.

– Lucas n'est pas destiné à rester ici, Valentin. Il est venu en formation dans le but de reprendre la direction d'un club l'année prochaine. Et de plus, s'il est très bon en gestion administrative, il est aussi comme moi, nul en animations. Tout le contraire de toi, Chaton. Je t'ai vu avec les enfants sur la plage. Tu as ce truc en toi qui attire. Et ne me dis pas que bosser avec une planche entre les mains, ou sur une plage à organiser des matchs de beach-volley ne te tente pas…

Je réfléchis un moment en me réinstallant dans ses bras. Voyant sans doute que la brèche est béante et qu'il est temps pour lui de profiter de ce moment où je suis ouvert à certaines propositions, il continue.

– Je te propose un vrai job, Val. Et une formation. Et si tu crois que cela signifie que nous serons toujours collés l'un à l'autre, tu te trompes. Déjà, tu devras partir en formation cet hiver pour obtenir les diplômes nécessaires, valider tes acquis et tes compétences. C'est le parcours obligatoire chez nous, avant toute embauche. Tu dois faire tes preuves dans d'autres établissements. Je peux te proposer un petit contrat jusqu'à novembre. Mais ensuite, tu iras bosser pour les établissements en montagne jusqu'en avril. Pour apprendre et montrer tes talents. Si tout va bien, tu reviendras ici pour embauche définitive. Et si un jour tu en as marre de cette plage, alors tu pourras demander une mutation. Pareil, si tu veux changer de boulot et grimper au sein de l'enseigne. C'est ce que j'ai fait, et ce que Lucas est en train de faire… Il était barman à l'origine. C'est une bonne boîte, Valentin. Et c'est eux qui t'embaucheront. Pas moi. Je ne ferai que poser ta candidature sur un serveur intranet. C'est tout.

La proposition est tentante…

– Ça veut dire qu'en plus d'être payé pour patauger dans la flotte, je devrai endurer une saison sous la neige à apprendre le snowboard et jouer avec des gosses à la luge ?

Il retient un rire.

– C'est ça…

– Waouh ! Trop dur !

– J'imagine le supplice ! Mais tu devras aussi passer des certifications et faire tes preuves. Le poste que je voudrais te confier, c'est une grande partie de gestion : établissement des plannings, encadrement du personnel, peut-être le recrutement…

Il me fout les boules… Vraiment.

– Non, mais, on va dire que pour le moment, tu m'embauches pour faire du surf avec des gosses. C'est bien, ça… Quelques mois, jusqu'à la fin de la saison… Et puis, tu me montreras tout ça… Et si je fais l'affaire et que je comprends tout, alors on avise ?

– Tu comprendras tout, Valentin… J'en suis persuadé. Tu as su gérer une vie qui commençait mal et la redresser admirablement. Tu sauras sans problème t'arranger d'un stock de matériel et de l'animation de touristes dilettantes.

Je hoche la tête, essayant d'être d'accord avec lui… Parce que j'ai confiance en lui. Et souvent, Dorian voit les choses avant moi, donc, peut-être que… s'il le dit…

– Alors, OK. Je peux commencer le boulot, genre, la semaine prochaine ? T'inquiète, je peux aller surfer avec Truc et les mômes tous les jours si tu veux, c'est cool pour moi. Mais j'aimerais aussi profiter de quelques grasses matinées supplémentaires avant de démarrer. J'ai bien compris que pendant la saison, tu n'as pas de congés. C'est bien ça l'idée ?

– Mais non ! Tu as un jour de congé par semaine, le solde étant récupérable à la fin de la saison.

– Ah oui ?

– Oui. Et les animateurs commencent à 9 heures, pas à 6 !

Cet homme sait me parler !

– 9 heures ? Genre, je peux dormir jusqu'à 8 heures 50 ?

– Oui. Et tu es logé et nourri pendant toute la saison…

– Logé ? Avec toi ?

– Oui. Non, tu auras une chambre dans un bungalow, en colocation. Mais tu es également invité à partager toutes mes nuits...

– Waouh ! Je signe où ? Juste pour partager tes nuits, je suis partant.

Il s'esclaffe en embrassant mon cou.

– Pour ce qui est d'emménager avec moi, où tu veux... Sur mon corps...

Je l'embrasse, il se laisse aller dans ce baiser, ses muscles se détendant autour de moi... À dire vrai, le simple fait de rester près de lui est le seul et unique salaire dont j'ai besoin.

Il s'écarte et je me retourne, me nichant contre son torse.

– Par contre, je pense que ce ne sera pas dans le lit que j'occupe actuellement.

– Comment ça ?

– J'ai réfléchi. Et, tu sais, mon domicile fixe, pour le moment, c'est encore chez ma mère à Paris. Je n'ai pas d'appart à moi, puisque depuis que je bosse pour l'enseigne, je suis logé... Je ne voyais pas d'intérêt à prendre un appartement en plus. Surtout que j'étais amené à changer de club tous les ans. Mais ici, c'est un poste définitif. Et, après ce qu'il s'est passé avec ma mère, j'ai plus qu'envie de déménager, de me poser, enfin. Chez moi. D'acheter des meubles et de régler mes propres factures. À moi... Ou à nous. Si tu acceptes...

– À nous ?

– Valentin... Ma vie n'aurait aucun sens, sans toi... C'est sans doute pour ça que j'ai envie de la construire aujourd'hui, alors que je m'en suis toujours foutu avant... Tu es le jour de ma naissance, Chaton.

Il va me faire chialer, ce con !

Je me redresse et cette fois, je me retourne face à lui, passant mes jambes autour de ses hanches, les fesses posées entre ses cuisses.

– Alors, oui. Je veux partager mes factures avec toi, choisir les rideaux et tondre la pelouse. Acheter des bottes en caoutchouc et une salopette bleue pour tailler les rosiers, avec Truc dans les pattes. Et sans doute ruiner toutes les fleurs en confondant un jour l'engrais et le désherbant... Je n'ai jamais eu de maison, Dorian. Je rêve d'un jardin. Et d'un garage. Et d'un permis. Et d'une moto, aussi, un jour... Et d'une chambre... avec toi... Et d'une cheminée, pour étaler tes collections légendaires...

Il m'enlace si fort que je crois défaillir... Je l'aime. Putain, je l'aime tant...

Il s'écarte difficilement et essuie une énième larme sur ma joue. Je deviens trop fleur bleue, ça ne va pas du tout cette histoire ! Je prends une grande inspiration.

– Bon alors, c'est pas tout ça, mais j'ai même pas vu le soleil se coucher... Mais, une chose est certaine : c'est l'heure d'aller copuler, il fait nuit !

Il éclate de rire en fouillant dans la poche de son bermuda – propre, je tiens à le préciser, parce que c'est moi qui ai choisi ses fringues en préparant notre petite évasion cet après-midi. Je suis fier de ça, aussi. M'occuper des fringues d'un autre, une grande première ! –.

– Oui... On va faire ça. Mais avant...

Il dégaine son portable et le tend devant nous.

– Je propose un selfie pour les mecs. Si nous en sommes au stade du choix des meubles, je pense qu'il est plus que nécessaire de les informer...

– Oh, putain ! Marlone va devenir barge ! Il va nous tuer !

– Possible. Mais il ne pourra pas dire que nous avons caché quoi que ce soit ! Il a été tenu au courant dès la première pipe !

– Pas faux !

Il attrape ma nuque et attire mon visage contre le sien.

– Embrasse-moi, gueule d'amour !

J'éclate de rire.

– C'est super ringard !

– Ouais. Je sais ! C'est pour le sourire sincère sur la photo.

– Si je t'embrasse, je ne peux pas sourire !

– Tu paries ? Et si je te dis qu'après la photo, je te taille la meilleure pipe de ta vie ?

J'attrape son col, un putain de sourire débile accroché aux lèvres.

– Dépêche-toi de m'embrasser, qu'on en finisse.

CHAPITRE 9 ~4

Sweet Summer

Dorian : Hello, là-dedans... Pas de réaction ? La photo date d'hier soir ? Il serait temps !

Valentin : Moi, je te dis qu'ils font la gueule ! Marlone ? Attention, je vais annoncer l'heure si tu ne te ramènes pas ici !

Dorian : Ils lisent. Regarde, y a leurs petites photos sous nos messages.

Valentin : Oui, t'as raison... Milan, d'ailleurs, t'as eu raison de mettre la bobine d'Emeric en avatar, il est quand même plus canon que toi... Je vous ai dit qu'il me faisait craquer, ce chouchou ?

Dorian : Ah, non, tiens, t'as pas dit... Tu peux développer ?

Valentin : Euh, non, pas trop... Bon, Marl, tu l'auras voulu ! Il est exactement 7 h 43.

Dorian : Et BAM ! Dans ta tronche, Rocky !

Valentin : Non, mais sérieux, je crois que ça boude sévère ! Marlone ? J'ai vu la photo de toi sous le message de Doudou... T'as lu ! Ah ben tiens, Milan aussi... Marl ? C'est quoi, cette photo ? C'est censé être toi ? Parce que t'es légèrement flou...

Dorian : C'est son dos... Oh, putain, ce sont ses fossettes ! Il a mis ses fossettes sur sa photo de profil ! Alléluia !

Valentin : Très belles fossettes ma foi... Doudou, est-ce que j'ai des fossettes, moi ?

Dorian : Non. Mais toi, tu as 2 piercings à la queue.

Valentin : Ah oui ! Tu crois que je peux les mettre en photo de profil ?

Dorian : Je préférerais que tu t'abstiennes, Chaton... Il va falloir que je me batte avec tous les trous du cul qui passeront sur ton profil...

Valentin : Ça va, je n'ai que 578 amis... Pourquoi j'ai autant d'amis moi, d'abord ? Bref. OK, je vais mettre une photo de Truc.

Dorian : Sage décision. Bon, les mecs ?

Valentin : Cherche pas, je te dis qu'ils font la gueule. Ils boudent comme des gamins en maternelle.

Dorian : J'ai l'intime conviction que Marlone est jaloux. Parce qu'en fait, il me kiffe grave et qu'il a échafaudé le plan secret de fonder un trio avec Tristan et moi... Je sais pas, une intuition...

Valentin : Et moi je crois que Milan est le fils caché de la Reine Elizabeth II d'Angleterre et du commandant Cousteau, tu crois que ça a un rapport ?

Dorian : J'en sais rien... MDR. Bon... OK, alors, si ça boude... (Mais nous savons que vous lisez, messieurs...) Chaton, j'ai une grosseur, là... Ça m'inquiète, ça n'arrête pas d'enfler depuis qu'on est réveillés...

Valentin : Oh, putain, fais voir ?

Dorian : Là... Sous mon caleçon...

Valentin : Doudou, tu ne portes pas de caleçon...

Dorian : Ah, ben oui...

Valentin : Attends, je vais ausculter... Tu aimes jouer au docteur, Doudou ?

Dorian : Ça dépend... Quelle spécialité ? Si c'est podologue, bof.

Valentin : Proctologue. J'ai un diplôme.

Dorian : Je prends ! Ciao, les loulous !

Valentin

Un petit moment d'intimité plus tard...

J'embrasse la cheville de mon amant, posée sur mon épaule, en ne loupant pas une seconde du spectacle de son corps alangui sur la couette blanche, sa glotte s'agitant sous l'excitation, ses muscles bandés et sa peau moite de désir... Je passe une main sur ses abdos, la laissant glisser jusqu'à son pénis dressé et suintant de désir.

– Valentin...

Sa voix me rappelle qu'il est au bord du gouffre, et que moi aussi... J'envoie valser le flacon de lubrifiant en lui caressant la queue, tout en me positionnant devant son orifice plus que prêt... Je me prépare à souffrir. Parce que l'orgasme est déjà là, latent, prêt à exploser sans crier gare. Je pousse mon gland lubrifié entre ses muscles accueillants, pressé de m'introduire pour la première fois en lui, attrapant la main qu'il a posée sur son ventre, astiquant toujours sa verge turgescente de l'autre... Je m'enfonce doucement afin de ressentir chaque centimètre de lui que je découvre.

Un gémissement profond éclate depuis sa gorge, signifiant l'agonie que je lui fais endurer.

Je sais, Dorian, mais je pense aussi que la délivrance n'en sera que plus délicieuse...

J'interromps mon avancée en lui, mes dents mordant ma lèvre vivement pour m'éviter de partir, et j'active mon poignet sur sa queue. Le cri qu'il pousse sort cette fois du fin fond de son être, les yeux fermés, son corps se cambrant de passion, proche de la folie. Une vague de chaleur s'empare de ma nuque, remontant dans mon cerveau et je m'oblige à ne pas bouger.

– Vallll... Putain...

Ses mots hachés me supplient, sa main dans la mienne écrase mes doigts et sa queue palpite contre ma paume, plus dure que de la pierre. Les muscles de son cul se resserrent, ses fesses tentent de pousser contre moi pour l'empaler sur mon pieu, mais je ne cède pas.

– VALLL !!!

Pris d'une furie subite, il rue sur le matelas en gémissant, au bout de son attente insupportable.

– Putain, mais baise-moi !

Je n'en peux plus non plus. Mes muscles trop raides, ma queue douloureuse et cet orgasme bouillant au creux de mes boules m'obligent à en découdre.

Je pousse un grand coup et prends d'assaut son canal chaleureux, la friction de nos peaux à nu, l'une contre l'autre en lui, agissant merveilleusement sur mes sens. Il crie sans retenue, perdu dans l'extase, son besoin enfin assouvi.

Je lâche tout pour attraper ses hanches.

– Putain, Dorian... Ton cul est magique... Branle-toi !

Ses mains attrapent sa verge et l'astiquent fiévreusement, pendant que je recule et reviens dans une série de gestes emportés. Plus aucune barrière, plus rien pour nous retenir. Ses muscles tendus massant ma queue m'indiquent qu'il n'attend que moi. Mon bassin s'active tandis que je lâche ses hanches pour me pencher vers lui, je trouve ses lèvres entrouvertes, tends ma langue vers la sienne et lui roule une pelle magistrale en continuant de matraquer son cul.

Rien n'est tendre, mais tout est affection et passion. Il attrape ma nuque et m'attire à lui, approfondissant notre baiser en soufflant dans ma bouche, ronronnant de plaisir à l'unisson avec moi et gémissant pour supplier le grand saut.

J'accentue les mouvements de mon bassin, bloquant tous mes muscles dans un dernier effort, puis accueille son cri de jouissance comme une libération, me déversant au fond de son cul avec bonheur, pendant qu'il se répand entre nous en tremblant, fébrile et conquis...

Ses bras m'ordonnent de me laisser tomber sur lui, ce que je fais. Ils m'enlacent et m'étouffent sous une vague de passion folle et démesurée... Ses lèvres, ses jambes, son torse, ses mains, tout m'entoure, me cajole et me garde dans la félicité que je n'ai pas envie de quitter... Égoïstement, je laisse ma queue se remettre de ses émotions dans son canal, parce que j'y suis bien et que je fais ce que je veux... Mais il ne s'en plaint pas, occupé à me recouvrir de son amour...

Parfois, les mots ne suffisent pas à exprimer tout ce que l'on voudrait signifier. En l'occurrence, lui dire que je l'aime serait bien en dessous de la réalité. Et j'ai encore moins besoin de l'entendre de ses lèvres. Tout en nous le crie, le hurle, le démontre. Nos peaux, nos souffles, nos regards et nos corps... tout explique, raconte et promet. Il suffit d'une main qui en enlace une autre, d'yeux qui se perdent entre eux, de cœurs lancés dans la course à qui aimera le plus... D'une tête posée sur une épaule, d'un baiser sur une tempe, et d'un silence complice. D'une larme, d'un sourire et d'une étreinte.

On cherche parfois le bonheur ailleurs, alors qu'il nous entoure... Et j'aime ces larmes qui coulent de mes yeux, signifiant que moi, j'ai enfin terminé ma quête... Enfin trouvé ma maison, mon âme sœur, ma famille... Je peux tourner une nouvelle page et inventer la suite de l'histoire, sans peur ni combat... juste avec lui dans mes bras.

Dorian

– Merci Christian, c'était parfait.

Le capitaine hoche la tête en nous saluant. J'attrape les hanches de Valentin pour qu'il s'assoie entre mes cuisses sur le zodiac.

– Et merci à toi, c'était plus que parfait. Je te dis que je t'aime ? Tu l'as bien compris ?

– Tu peux le répéter, ça ne m'écorchera pas l'oreille.

Je pose mes lèvres sur son oreille pour lui murmurer, encore et encore, les choses affolantes qu'il fait subir à mon cœur. Nous nous laissons reconduire à la réalité en silence, déjà nostalgiques de ce petit moment plus que parfait...

Plusieurs silhouettes se profilent sur le ponton vers lequel nous nous dirigeons. Je plisse les yeux pour discerner les personnes composant notre comité d'accueil, mais Valentin est plus prompt à les reconnaître que moi.

– Putain ! Les deux trous du cul ! On aurait dû se douter !

Je comprends au même moment, alors que le zodiac longe le quai en bois.

– Milan et Marlone ! Putain, ils vont nous tuer, y a plus de doute.

– C'est ça !

Nous attendons que le bateau soit arrimé pour sauter sur le ponton, en face de nos amis qui nous attendent, tels des jumeaux terribles, jambes écartées, bras croisés sur leurs torses, lunettes de soleil et sourires peu amènes.

Nous restons là, plantés en face d'eux, comme deux garnements pris la main dans le sac à bonbons. Valentin, sans nul doute le plus courageux de nous deux, prend la parole d'un air cool, passant la main dans ses cheveux.

– Eh, salut les mecs... Alors, on vient partager une grenadine ? Cool la vie, ou quoi ?

Pas de réponse. Aïe. Je tente à mon tour...

– Sympa d'être venus ! Je vais vous trouver une chambre. Vos mecs sont ici ? On mange ensemble ?

Toujours pas de réponse.

Vous voulez que je vous dise ? Ça pue !

Marlone fronce le nez et prend enfin la parole :

– Et donc ? Vous croyez que l'heure est à la gaudriole ou quoi ?

– Euh….

Milan ajoute, furieux :

– À cause de vous, j'ai perdu 100 balles !

– Hein ?

Valentin se gratte la tête.

– Ben, je ne vois pas comment…

– Comment ? Mais si vous aviez été clairs, je n'aurais PAS parié avec un boxeur débile que vous n'étiez pas ensemble ! Bande de couillons !

Je retiens un rire. Marlone reprend.

– Ouais, et moi j'ai perdu deux semaines de vaisselle !

Cette fois c'est moi qui ne comprends plus.

– Mais si tu as gagné le pari !

– J'ai gagné le pari avec Milan, ouais ! Mais comme je lui devais 80 balles pour un autre truc, en fait, j'ai laissé tomber les 20 restants, c'est mesquin. Et AVANT tout ça, j'avais déjà parié avec Tristan. Lui, il vous voyait ensemble depuis notre petit week-end ici, avant ton départ, Val. Alors, je l'ai évidemment pris pour un con, et j'ai parié deux semaines de vaisselle. Puis toi, là – il désigne Valentin – tu es parti en cacahuète. Et toi, là – c'est moi qu'il vise –, t'es venu le chercher. Puis vous deux, là, vous avez fait des cochonneries ! Et du coup, je suis bon pour aller acheter des éponges et du Mir Vaisselle ! Bande de baltringues ! Alors oui, vous avez plutôt intérêt à nous payer la tournée de grenadine, c'est moi qui vous le dis !

Milan ajoute :

– Et après, je veux voir Truc et faire du surf avec lui !

Valentin hausse un sourcil.

– Tu sais surfer ?

– C'est pas le problème !

Je balance un coup de coude dans les côtes de Valentin, qui ouvre déjà la bouche, pour l'enjoindre à ne pas surenchérir. Il se contente d'un :

– Ah, ben non… C'est vrai.

On ne va pas les contredire, c'est mauvais pour notre karma. En attendant, je suis trop content de les voir.

– Bon, c'est bon, là ?

Marlone hoche la tête.

– Pour ma part, oui. Milan ?

L'autre trou de balle prend le temps de peser le pour et le contre, ce qui agace Marlone, qui lui balance une main derrière la tête.

– Petit indice, la réponse c'est : « oui » ou « non »… Tu crois que c'est dans tes cordes ?

Milan retire ses lunettes et lève les yeux au ciel.

– Et toi, annonce l'heure, ça va t'occuper !

– Ah oui, tiens ! Il est exactement 15 h 22 !

Valentin éclate de rire et se jette dans les bras de Milan. Puis de Marlone. Je fais de même… Heureux de revoir ces deux mecs…

Pour l'occasion, je pose un énième jour de congé. En fait, deux. Je compte bien profiter de ce moment au maximum avec eux. Quand le bonheur passe, on s'y accroche et on tente de le faire durer indéfiniment, non ?

Je récupère Truc auprès de Lucas, plus que ravi d'apprendre que je lui laisse les clés du club encore deux jours, passe chercher le gilet de sauvetage du Machin, qui semble content de me voir puisqu'il me lèche les mollets, alors que je marche et que je manque par deux fois de me vautrer dans les parterres de fleurs qui bordent les allées…

Ceci étant fait, je rejoins la bande des Sweeties – je trouve que l'appellation est parfaite – sur le bord de la plage…

Je tends à Valentin son surf et son chien, ainsi que tout son attirail. Les gars s'en frottent les mains à l'avance, ravis de pouvoir aller se rafraîchir par cette chaleur étouffante.

Mon homme récupère ses affaires, plante sa planche dans le sable et harnache Truc, puis se redresse en m'examinant…

– Quoi ?

Légèrement embarrassé, il désigne du regard nos potes qui retirent leurs bermudas et leurs tee-shirts, arborant leurs shorts de plage… Je pense que cette petite excursion en amoureux m'a passablement ramolli le cerveau, parce que je ne comprends pas ce qu'il tente de me dire.

– Valentin, nous avons plongé du voilier avant de partir, tu portes ton maillot…

Il soupire, puis, avec hésitation, il ouvre son bermuda… C'est seulement lorsqu'il atterrit sur le sol que je tilte…

– Merde, j'ai oublié ton haut de surf… Attends, j'y retourne !

Il attrape mon bras pour me retenir.

– Non, c'est bon.

J'ai à peine le temps de le contrer qu'il attrape son polo et le retire promptement, affichant son torse tatoué et magnifique sous les rayons du soleil. Et surtout, sous les regards de nos amis. Je reste sans voix, presque plus choqué que lui…

– Chaton…

Il m'adresse un sourire timide en lançant son polo sur le sable.

– C'est bon ! Il est temps, non ?

Je me précipite sur lui pour l'embrasser, le féliciter de ce geste en avant, de cet effort qui n'a l'air de rien, mais qui représente tout… La fin de son agonie, son retour définitif dans la vie, son futur, notre avenir…

J'embrasse son nez en laissant mes doigts parcourir son dos, tellement accroc à la douceur de sa peau que j'en bande affreusement…

– Il va falloir que j'étale de la crème solaire sur cette peau… Hors de question qu'elle souffre une nouvelle fois…

Il me sourit pendant que Milan ouvre son sac à dos et nous tend un flacon.

– Ouais, t'es super blanc, super bad boy ! Heureusement qu'Em ne range jamais rien… Tiens, c'est pour peau sensible !

J'attrape la crème et me concentre à ma tâche pendant que Marlone s'approche de Valentin pour le prendre furtivement dans ses bras, dans une accolade virile, et lui glisser discrètement à l'oreille :

– On est fier de toi, Chaton !

Milan se joint à nous.

– Va falloir que tu me donnes l'adresse de ton salon, tes carpes sont… Waouh ! Bon, Dorian, active un peu ! On y va ! On prend Truc !

Ils n'attendent pas, attrapent le chien qui se débat en remuant la queue et courent vers la mer…. Valentin, dos à moi, se laisse tomber contre mon torse, le regard rêveusement posé sur l'horizon.

– C'était aussi simple que ça, en fait… Je n'en reviens pas !

Je dépose un baiser sur sa clavicule.

– Je te l'ai dit, Chaton. Tout ce qui compte, c'est ce que ton cœur décide. Le reste n'a aucune importance. Et ton cœur, il décide de vivre… Je suis fier de toi. Et tellement amoureux…

Il frissonne quand mes doigts recouverts de crème solaire se posent sur son ventre, puis rit lorsque je passe sur ses flancs... Tout simplement heureux...

– Je pense que nous allons passer une bonne journée...

– Je crois aussi...

Ainsi va la vie. Les rencontres font parfois des miracles. J'ai poussé la porte de *Sweet Home* un jour où je me sentais perdu dans mon existence, seul et incompris. J'ai rencontré des gens formidables, appris à écouter, à donner, à ne pas juger. Puis, des liens se sont tissés, sans vraiment que j'en prenne conscience.

Et aujourd'hui....

Assis dans le sable devant le soleil couchant, après une journée parfaite entre amis et amour, entouré des trois hommes qui rythment mes jours et maintenant mes nuits, pour l'un d'entre eux, je me sens entier, à ma place et heureux... Ils peuvent tous dire que j'ai fait beaucoup pour les autres en ne pensant jamais à moi. Mais la vérité, c'est que ce sont eux qui m'ont apporté le plus. Mal dans ma vie à l'époque, j'ai rencontré ces trois mecs extraordinaires, et nous avons construit une famille. Entre les larmes, les cris et les disputes, il y a des rires, des bonheurs, des tonnes de confidences et encore plus de confiance. La compréhension, le soutien et l'amour, sous toutes ses formes... Tant de choses inconnues pour nous tous, tant de découvertes et de partages.

Et tout un univers qui aujourd'hui n'appartient qu'à nous...

Valentin, assis entre mes jambes, lève son verre, la joie étincelant au fond de ses yeux.

– Pour une fois que je bois du champagne, et avant que je m'écroule en chantant une *Marseillaise* revisitée « façon Valentin », je voulais vous remercier, tous, d'être mes amis... Je vous aime, tous... Longue vie à l'amitié, à l'amour, à Truc et à *Sweet Home* !

Marlone soupire en frappant son verre contre le sien.

– Valentin, t'es déjà bourré !

Milan se gratte la tête.

– Ça donne quoi la *Marseillaise* revisitée ?

– Oui, je suis ivre ! J'aime le champagne grenadine ! Et pour la *Marseillaise*, attends…

Je pose une main sur sa bouche.

– Valentin, j'ai des clients pas loin !

– Mmm !

– Merci les gars, il ne va plus lâcher l'idée, maintenant !

Les deux mecs trinquent entre eux.

– Exact. C'était le but…

– Bien joué, Milan ! Non, mais sérieux, une journée à la plage, un repas et une bouteille de Champagne, et ils croient qu'ils sont sortis d'affaire ! Mais ce n'est qu'un début ! Vous payerez cher vos plans en douce, les gars, soyez-en assurés ! J'hésite à apprendre à Truc à pisser sur les pompes de ses maîtres !

– Mmm !

– Ou alors, on raconte tout à Magda… Les mensonges, les cochonneries qu'ils font un peu partout…

– Ouais, ça, c'est bon ! Elle va leur courir après avec un rouleau à pâtisserie !

– Les enfermer dans une armoire !

– Ouais ! J'adore… les priver de grenadine !

– Ouais…

– Mmm !

Valentin s'énerve sous mes doigts ! Et je le comprends. Magda est une arme de dissuasion massive qui déteste le mensonge et le manque de tenue de la part de ses ouailles, dont nous faisons partie…

On n'est pas dans la merde !

– Bon, les gars, vous voulez combien ?

Marlone m'adresse un sourire satisfait. L'enfoiré !

– 1000 ! En petites coupures de 20, s'il te plaît !

Milan ne reste pas muet non plus.

– Et moi, je voudrais une nuit sur le voilier ! Ça ferait plaisir à Em… Nous sommes libres dans deux jours !

– Mmm.

Là, Valentin est outré et les menace sans doute de leur couper les parties, ou un truc dans le genre… Je garde ma main sur ses lèvres… C'est plus prudent…

Les deux mecs attendent ma réponse, en se contrefichant totalement des gesticulations de mon Homme…

J'ai réellement dit que j'aimais ces mecs ?

Sweet Summer

Epilogue

Epilogue

Jean-Eudes

Une belle fin de journée de septembre

La journée arrive enfin à sa fin… Je ne pensais pas que la rentrée de Sweet Home serait aussi animée. Nous avons maintenu des activités cet été, mais le grand retour à la normale vient d'être célébré…

Je lance mon torchon sur mon épaule et me plante au bout du carré de pelouse, aménagé en mini-terrain de foot pour la journée. J'observe Marlone en plein « une deux » avec Damien, le fils de son homme… Le sourire aux lèvres, ils se dirigent vers les buts, concentrés et complices… Tristan, les jambes et les mains écartées, en alerte, s'apprête à parer l'attaque, concentré… Passe de Marlone à Damien, qui feinte à gauche, puis redonne à Marlone. Ce dernier mime un tir, son homme s'avance vers lui, mais le ballon retourne entre les pieds de Damien, qui saisit l'occasion et tire ! La balle passe la limite avant que son père n'arrive à l'intercepter. Mon boxeur lève les bras en l'air en criant victoire, le petit lui saute dessus, plus que ravi, et son père se laisse tomber dans l'herbe en gémissant…

Ils offrent la parfaite image d'un couple heureux, et les observer depuis ce matin est un vrai bonheur pour moi…

J'interromps mes rêveries pour me pencher vers un petit chien tout mignon, qui lèche mes mollets. Milan me rejoint en courant, lui aussi, un sourire béat aux lèvres.

— Attends, Em a promis à Val de dessiner Truc, mais ce machin bouge sans arrêt…

Il attrape le chien et retourne s'asseoir sous un arbre avec son homme… Décidément, je ne croyais pas que ce défi, lancé un peu au hasard, leur donne des ailes… Je ferme les yeux pour respirer le calme et la plénitude de l'instant… Je suis fier de mes petits mecs… Tellement content qu'ils trouvent enfin la paix…

Magda arrive derrière moi et dépose un petit baiser sur ma joue.

– Tu ne connais pas la dernière ?

J'ouvre un œil, attendant la suite.

– Figure-toi que Marlone et Milan ont fait chanter Valentin et Dorian ! Ils les ont menacés de me raconter des choses, apparemment...

Ma femme croise les bras, visiblement agacée.

– Soi-disant que je leur fais peur... Valentin a refusé de donner 1000 € à Marlone, évidemment, mais a promis une compensation d'une valeur inestimable... Marlone a accepté, sans savoir... Du coup, Valentin a prêté son chien au petit, dans le dos du couple, en guise de compensation, pour tout un week-end... Truc a littéralement retourné l'appartement... Ce chien adore jouer avec les coussins, il paraît, et voue une véritable passion aux caleçons ! Marlone n'était pas vraiment ravi, mais comme Damien était aux anges... Ils l'ont gardé... Quant à Milan, il avait demandé une nuit sur un voilier... je n'ai pas compris tous les détails... En attendant, Dorian était très amusé de m'expliquer qu'en fait, il leur avait fait embarquer dans le zodiac, prétextant le trajet jusqu'au voilier. Sauf qu'en réalité, les ordres étaient de les mener au large, loin des côtes et du voilier. Ils ont passé la moitié de la nuit sur une coque de noix, à manger des Snickers et à boire de l'eau...

Ma femme soupire de désespoir.

– Moi, je te le dis, Jean-Eudes, entre ceux qui menacent et ceux qui jouent de sales tours, nous avons définitivement loupé quelque chose avec ces mômes... Et le pire, c'est que j'étais le centre de toutes ces manigances... Ils m'épuisent... Bon, on va ranger tout ça, je viens de fermer le portail...

Elle se prépare à appeler les joueurs de foot et les dessinateurs lorsqu'une sorte de tornade se précipite sur la pelouse, une bouteille à la main, en direction de Marlone : Valentin...

– C'est l'heure de la VENGEANCE !!!! Doudou, amène-toi !

Je ne sais comment, et encore moins pourquoi, mais la scène paisible de jeux familiaux se transforme en moins de deux secondes en bataille d'eau organisée. Dorian rejoint les rangs, les bras remplis de bouteilles, Milan et Emeric se lèvent pour aller chercher des seaux remplis d'eau, et tout ce petit monde hurle, court et s'asperge... Et, bien entendu, le chien n'est pas en reste, sautant et aboyant autour d'eux, la queue en mode hélicoptère, totalement en transe...

Magda et moi observons le spectacle navrant… Marlone qui attrape le tuyau d'arrosage du local et arrose tout le monde. Milan qui lui balance carrément le seau sur la tête, Emeric qui grimpe à un arbre pour échapper à Damien… et au milieu de tout ça, Dorian qui attrape Valentin, le serre contre lui et l'embrasse avec tendresse… Eux deux… Je n'y croyais plus, depuis longtemps, j'avais renoncé… Et pourtant…

Je jette un œil à Magda, qui tente de cacher son sourire…. Elle remarque que je la scrute et hausse les épaules.

– Eh bien voilà ! Nous avons cru qu'ils s'assagiraient… Nous sommes stupides, moi, je te le dis ! C'est encore pire qu'avant ! Ils étaient quatre. Maintenant, ils sont six avec un enfant et un chien… Seigneur ! Toi et tes idées idiotes, franchement… Bon, allez ! Ça suffit !

Elle siffle entre ses doigts, mettant en pause le pugilat devant nous.

– Bon, on range tout ! Vous avez trente minutes !

La petite troupe se calme aussitôt et se met à l'ouvrage. J'aime ma femme. Elle tourne les talons en bougonnant.

– Et en plus, ils osent se servir de moi comme menace… Comme si j'étais effrayante ! Non, mais franchement… Un ange… Une pauvre femme sans défense ! Quelle honte ! Quel manque de respect ! Ils vont la sentir passer celle-là ! C'est une promesse !

J'observe ma femme, puis les gars, qui s'activent en se tirant sur les bermudas, se jetant le reste de l'eau derrière mon dos, repartant dans les messes basses, à mon avis pas catholiques… Franchement, au milieu de tout ça, je ne sais plus qui choisir… Je décide d'aller m'enfermer dans les toilettes. Il n'y a plus que là que je suis en totale sécurité… Ils me font tous peur, sans exception…

Sweet Summer

Marlone : Il est 5 h 26.

Milan : Oui, et ?

Dorian : Sérieux, les mecs, je suis en vacances, là !

Marlone : Ah, ah, ah la bonne blague !

Valentin : Ça te fait rire ? Pourquoi nous réveilles-tu ?

Marlone : En fait... Je me disais... Cette conversation va me manquer. Nos petits réveils ensemble, mon job en bénévolat d'horloge parlante, la vie trépidante de la famille de Milan et Em, apprendre que Dorian a une grosse bite ou que Valentin l'a sucé... Tout ça, tout ça...

Milan : Ben, on a toujours notre ancien groupe. Tu sais, celui en bordel qui parle de tout et de rien...

Marlone : Ouais, mais c'est pas pareil... Ici, c'est un peu militaire, cadencé. Je crois que j'aime ça.

Dorian : Oui, moi aussi, mais nous n'avons plus d'homme à trouver...

Valentin : Oui, et nous ne serons bientôt plus en été...

Marlone : Exact.

Sweet family

Valentin : C'est quoi encore que ce nouveau groupe ?

Milan : Nouveau défi ?

Dorian : Marlone ?

Emeric : Qu'est-ce que je fais là ?

Tristan : Et moi ?

Marlone : Bonjour, bonjour... À la demande générale, voici notre nouveau groupe... ici, nous parlerons de tout et de rien.

Valentin : Surtout de rien ! Em et Tristan, vous êtes prévenus... Et on n'a jamais rien demandé !

Tristan : Je me doute. Par contre, les mecs, j'ai des photos pour vous...

Dorian : Sans déconner ? Les fossettes ?

Marlone : Tristan ! Déconne pas !

Milan : Mais oui, Tristan, au contraire, déconne, n'hésite pas...

Valentin : Emeric, Chouchou, tu es là ? Trop bien !

Emeric : Oui, présent.

Valentin : Dis-moi, j'avais envie de te demander un dessin, pour mon prochain tatoo...

Emeric : C'est vrai ?

Dorian : Chaton ? Où, le tatoo ?

Milan : Mais ouiii !

Valentin : Je crois, dans le cou, là, regarde…

Milan : Ils sont ensemble ! MDR !

Emeric : Ben, moi aussi, je suis à côté de toi, nounouille !

Valentin : Oh, putain, le surnom ! Nounouille !

Milan : Em, je pense que tu devrais t'éloigner très vite de ce canapé ! Valentin, oublie tout de suite ce que tu viens de lire !

Valentin : Dans tes rêves ! Nounouille !

Dorian : Tristan ? Photos ? Fossettes ?

Tristan : Oui, ça arrive, attends…

Marlone : Bordel, c'est déjà un grand n'importe quoi là-dedans ! Tristan, pas mes fossettes !

Valentin : En fait, elle est cool ton idée, Marlone !

Milan : Je valide aussi.

Dorian : Grave !

Tristan : Oui, aussi… Matez-moi un peu les fossettes…

Valentin : Oh !

Dorian : Ah !

Milan : Yes !

Tristan ; Attendez, j'en ai d'autres plus nettes…

Marlone : Tristan… Tu vas le payer…

Tristan : Mais j'espère bien !

Milan : Les mecs, je crois que vous êtes tous barges…

Valentin : On est au moins d'accord là-dessus. Mais j'adore comment vous êtes cons !

Dorian : Non, moi, je me sens sain d'esprit !

Marlone : Ouais, bien sûr ! J'ai des dossiers, au passage…

Dorian ; Développe, Marlone ?

Milan : Oui, des scoops !

Emeric: Yes !

Marlone : Alors, vous vous souvenez, l'année dernière, quand….

Fin de l'aventure Sweet Summer...

Merci de nous avoir suivis

REMERCIEMENTS

C'est avec le cœur gros que j'entame cet ultime chapitre de la série. Encore une fois, ce projet a vu le jour en quelques heures, sur un coup de tête, alors qu'il semblait impossible…

Quelques mois pour le rédiger, encore moins de temps pour le corriger… Des photos de couverture très compliquées à trouver, et je ne parle pas de la mise en page, etc… Voilà les contraintes et « tuiles » qui ont parsemé l'aventure Sweet Summer.

Cependant, l'idée était là et les dates de sortie évidentes. Donc… Un jour pour cibler les scénarios un autre pour faire le vide, et plusieurs semaines pour tout réaliser… Voilà le Défi Sweet Summer…

C'est dans ce genre de moments que la magie de l'entraide prend tout son sens…

Une famille qui accepte le projet et l'annonce de mon indisponibilité pendant plusieurs mois, sans (trop) broncher. Des amies prêtes à supporter mes craintes, mes doutes et mes sautes d'humeur, tout en travaillant sur les thèmes avec moi jusqu'à des heures indues. Des bêta fabuleux, toujours partants. Certaines lectrices qui acceptent de lire au pied levé les tomes terminés, mais pas du tout corrigés. Un mari qui accepte d'illustrer chaque tome dans le style « simpliste », juste parce que j'en ai envie… Une dessinatrice sur texte qui se brûle les yeux à la relecture finale. Une correctrice qui relève le défi, des blogueuses qui acceptent de lire en urgence. Et des lectrices dont l'engouement donne des ailes et des envies de faire toujours plus…

Alors, commençons dans l'ordre…

Sweet Family

Merci à vous, mes petits têtards, la petite grenouille devenue grande et le crapaud en chef, de me nourrir de tellement de choses quand j'oublie moi-même… D'amour, de confiance, de joie et d'aliments, aussi, ça peut servir… Vous êtes mes piliers, mes bouées, ceux qui empêchent la dérive et comblent ma vie… Je vous aime tous tellement fort…

Sweet Chouchou

J'adore tes dessins, même si tu les trouves un peu simple et que, oui, tu aurais pu faire plus détaillé, plus recherché, plus parfait… Mais moi, j'aime les dessins qui ne me collent pas trop de complexes… Merci d'avoir subi mes caprices et mes contraintes de temps, sans jamais broncher… Je t'aime…

Sweet Friends

Alors, vous… Isa, Sonia, Nanine… De la Miss Scénarios, jusqu'à Miss Analyse et Suivi, en passant par Miss Vibrations, entre autres, que ferais-je sans vous ? Je sais que je me suis montrée insupportable. Surtout lors de la mise en place du livre 3, Valentin… Le pauvre est passé à toutes les sauces, avec toutes sortes d'amoureux, avant de trouver son beau Véto Sexy… Merci, merci pour tout, dans tous les sens et sans ordre précis… Juste… Un immense merci…

Sweet bêtas

À tous les bêta du groupe Sweet Summer… Parce que oui, ce groupe existe vraiment… Alexandre, Alexandra, Séverine, Carine, Christine, et encore Sonia et Isa… Merci pour votre présence quotidienne, votre patience et vos mots… Sans vous, encore une fois, ça n'aurait pas été si agréable, loin de là…

Un grand merci et à très vite… Je suppose…

Sweet lectrices de fin

Laetitia, Sonia, Rachel, Soumya... Et Ena, qui est encore plongée dans le tome de Valentin en ce moment même, je vous adresse un immense merci, du fond du cœur… J'ai eu des moments de doute, ce moment classique de fin où tout me paraît plat, fade et inutile… Grâce à vous, j'ai retrouvé la confiance. Alors merci… Pour votre réactivité aussi…

Quant à toi, Topie, tu n'as pas encore eu les manuscrits entre les mains. Je n'ai donc pas eu ma dérouillée habituelle de fin de romance… Qui ne saurait tarder, me voilà rassurée… Je m'attends au pire… pour un rendu au mieux… Merci à toi de rester partante à chaque fois…

Sweet Correctrice

J'imagine encore ta tête quand je me suis amenée sur notre conversation, l'air de rien, en te demandant… 4 tomes en 2 mois, un jeu d'enfant pour toi, non ?

Je suis désolée… Vraiment… Mais tu as accepté le défi, toi aussi, en gardant le sourire, et ça… Ça n'a pas de prix… Merci, merci, Cécile…

Sweet blogueuses et chroniqueuses

En retard sur tout, et pourtant, aucune ne m'en a tenu rigueur… La plupart d'entre vous me soutiennent depuis le début, d'autres sont arrivées en court de route, mais pas moins adorables… Peut-être que ça ne vous paraît pas évident, mais vous m'êtes toutes précieuses, à plus d'un titre… Par où commencer ? Pour les chroniques, bien entendu, mais aussi pour les blablas, les sourires, les encouragements, les partages de posts, les partages de bons trucs… Vous êtes géniales… Carine des Étoiles des bibliothèques, Sonia des Petites discussions entre amis, Lixia, Au Cœur d'une passion, Muriel et ses vidéos, Lectures de Mumu, Minouche, Notre Passion au fil des pages, Audrey, de Lire ses rêves, YopBéa et Rose de M/Meninbooks, Mélo de My ladies book, Delphine d'Au cœur d'une passion, Elsa de Les lectures d'Elsa, Lilas des Lectures de Lilas…

Mais aussi Topie (mais je l'ai déjà citée plus tôt, donc bon), Avis Livresques, New Reading, une nouvelle venue dans l'équipe, Julie Peretto, Sab de Girls love books & romance, et l'équipe des Tentatrices, qui ouvrent en ce moment même Turn me Wild et, peut-être, cette série également.

Bref, les filles, 1000 mercis… Je pense n'en avoir oublié aucune, mais au cas où ce serait le cas, je vous autorise à venir me hurler dessus, m'insulter et tout ce que vous voudrez… Je n'ai aucune mémoire, c'est ce qu'il faut retenir.

Sweet lectrices

Et enfin, un immense merci à vous toutes. Si vous lisez ces lignes, c'est que vous avez suivi mes divagations et je vous en remercie… J'espère que le moment a été aussi bon que le mien lors de la rédaction des histoires de nos Sweeties… Vous êtes celles qui rendent l'aventure toujours aussi merveilleuse et je vous remercie d'y participer, avec toujours autant de passion…

Vous êtes merveilleuses…

Prenez soin de vous, je vous donne rendez-vous très bientôt, après un petit repos quand même… Ces mecs m'ont épuisée…

Très bonnes vacances à vous, et rappelez-vous… L'été sera Sweet….

Je vous embrasse,

Marie.

Sweet adresses

Vous pouvez me suivre sur ma page Facebook

Marie HJ auteur.

https://www.facebook.com/auteur.marie.h.j/

Sur mon groupe Facebook Private Romance (Marie HJ/Erin Graham)

https://www.facebook.com/groups/1806242569388247/

Instagram

MARIE.H.J

Amazon

https://www.amazon.fr/l/B074PPMFLR?_encoding=UTF8&qid=1560973397&redirectedFromKindleDbs=true&ref=sr_ntt_srch_lnk_1&rfkd=1&shoppingPortalEnabled=true&sr=1-1

Sweet Romances

Mes romances :

Printed by Amazon Italia Logistica S.r.l.
Torrazza Piemonte (TO), Italy

60560608R00439